Annales Brevet 2023

NOUVEAU BREVET

SUJETS et CORRIGÉS

Tout-en-un

Sébastien Dessaint
Professeur certifié de Physique-Chimie

Malorie Gorillot
Professeure certifiée de SVT

Michèle Laskar
Professeure certifiée de Lettres modernes
Professeure en collège

Brigitte Réauté
Professeure agrégée de Lettres classiques

Philippe Rousseau
Professeur agrégé de Mathématiques

Christophe Saïsse
Professeur certifié d'Histoire-Géographie
Professeur en collège

hachette
ÉDUCATION

MODE D'EMPLOI

106 sujets conformes à l'épreuve du Brevet

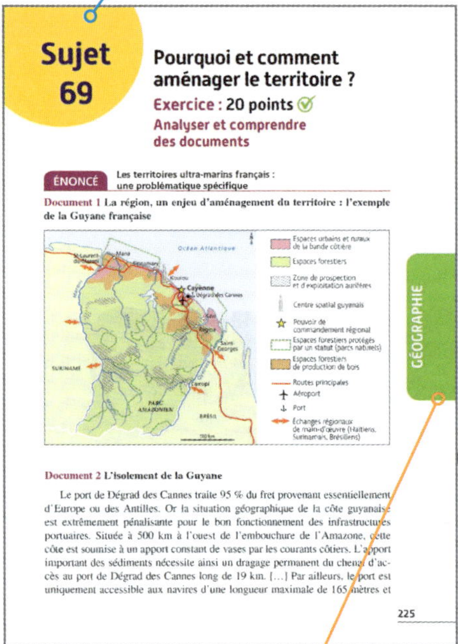

Des corrigés détaillés et rédigés.

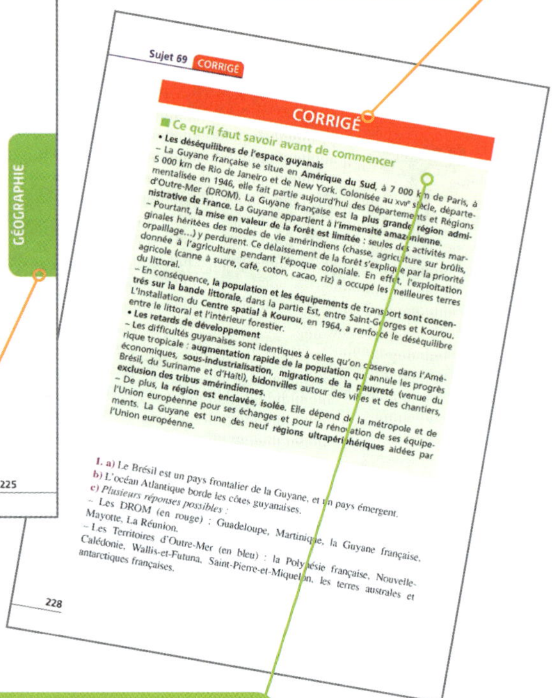

Une couleur spécifique pour chaque matière.

Des rappels de cours synthétiques et des conseils méthodologiques.

Couverture : Mélissa Chalot ; Audrey Izern
Intérieur : Mélissa Chalot
Mise en pages : Médiamax

ISBN : 978-2-01-719421-7

Cartographie : Hachette Éducation

58 rue Jean Bleuzen CS 70007 92178 Vanves Cedex
www.parascolaire.hachette-education.com

SOMMAIRE

SUJETS COMPLETS 2022
pages 319 à 406

Français

Maths

Géométrie

Calcul d'aires

Espace

Réduction – Agrandissement

Algorithme et tableur

Programme Scratch

Histoire – Géographie – EMC

Sciences

Sujets complets 2022

Français

Maths

Histoire – Géographie – EMC

Sciences

LE BREVET

TOUT CE QU'IL FAUT SAVOIR POUR BIEN RÉUSSIR LE BREVET

MODALITÉS D'ATTRIBUTION DU DIPLÔME NATIONAL DU BREVET

> Depuis la session 2018, le diplôme national du Brevet (DNB) s'obtient en ajoutant deux types de résultats :

Résultats acquis en cours de scolarité (maîtrise du socle commun)	Notes obtenues aux cinq épreuves terminales de l'examen du DNB
Total maximum de **400 points**	Total maximum de **400 points**

> Pour être **déclaré admis** au diplôme national du brevet, vous devez obtenir un **minimum de 400 points sur le total de 800.**

Le jour de l'épreuve, prévoyez d'avoir **votre carte nationale d'identité** ou un autre document officiel comportant une photographie : vous devez faire preuve de votre identité au moment de l'examen.

L'ÉPREUVE ÉCRITE DE FRANÇAIS

Durée de l'épreuve : 3 heures

Nature de l'épreuve : L'épreuve prend appui sur un texte littéraire, éventuellement accompagné d'un document iconographique. Elle comprend 2 parties :

Partie I : Travail sur le texte littéraire et sur une image

- **Questions portant sur l'analyse d'un texte littéraire,** et de son éventuel document d'accompagnement.
- **Réécriture :** court fragment de texte dont il s'agit de transformer les temps et/ou l'énonciation et/ou les personnes et/ou les genres, etc.

Notation : 100 points

- **Dictée (20 minutes) :** un texte de 600 signes environ est dicté aux candidats.

Partie II : Rédaction

- **Rédaction :** un sujet de rédaction à traiter parmi deux sujets proposés : un **sujet de réflexion** et un **sujet d'imagination**. La rédaction doit faire au moins deux pages (environ 300 mots).

L'ÉPREUVE ÉCRITE DE MATHÉMATIQUES

Durée de l'épreuve : 2 heures

Nature de l'épreuve

Le candidat traite une série d'exercices indépendants les uns des autres. Parmi ces exercices figure obligatoirement un exercice d'algorithmique ou de programmation.

Notation : 100 points
Les points attribués à chaque exercice sont indiqués dans le sujet.

L'ÉPREUVE ÉCRITE D'HISTOIRE-GÉOGRAPHIE-EMC

Durée de l'épreuve : 2 heures

Notation : 50 points.
Les points attribués à chaque exercice sont indiqués dans le sujet.

Nature de l'épreuve

L'épreuve comprend 3 exercices :

- **Exercice 1 : Analyser et comprendre des documents en histoire et géographie (20 points) :**
les questions proposées dans cette partie s'appuient sur des documents remis au candidat avec le sujet.
Peut y être adjoint un document iconographique ou audiovisuel (rendu accessible par un sous-titrage adapté), d'une durée inférieure ou égale à cinq minutes.

Les questions ou consignes proposées ont pour objectif de tester la bonne compréhension des documents et, le cas échéant, le regard critique porté sur ces documents.

- **Exercice 2 : Maîtriser différents langages pour raisonner et utiliser des repères historiques et géographiques (20 points) :**

Une question d'histoire ou de géographie appelle un développement construit, sous la forme d'un texte structuré et de longueur adaptée.

Éventuellement, une question met en jeu un autre langage (croquis, schéma, frise chronologique).

- **Exercice 3 : Mobiliser des compétences relevant de l'enseignement moral et civique (10 points) :** une problématique d'enseignement moral et civique est posée à partir d'une situation pratique appuyée sur un document. Le questionnaire qui amène le candidat à y répondre comprend des questions à réponse courte et une question à réponse plus développée.

L'ÉPREUVE ÉCRITE DE SCIENCES : PHYSIQUE-CHIMIE, SVT, TECHNOLOGIE

Durée de l'épreuve : deux fois 30 minutes, soit 1 heure.

Notation : 50 points.
Les points attribués à chaque exercice sont indiqués dans le sujet.

Nature de l'épreuve : pour cette épreuve, à chaque session de l'examen, deux disciplines seulement sur les trois citées – physique-chimie, sciences de la vie et de la Terre, technologie – sont retenues.
Le choix des deux disciplines est signifié deux mois avant la date de l'examen.

Le sujet est constitué d'exercices qui doivent pouvoir être traités par le candidat indépendamment les uns des autres.
Le candidat traite les exercices de chacune des deux disciplines retenues sur une même copie.

L'ÉPREUVE ORALE DU BREVET

Durée de l'épreuve : 15 minutes

Notation : 100 points
– maîtrise de l'expression orale : 50 points,
– maîtrise du sujet présenté : 50 points.

Nature de l'épreuve : dans le collège, soutenance orale d'un projet devant un jury.
Le candidat présente l'un des sujets qu'il a étudiés grâce à l'enseignement de l'histoire des arts ou l'un des projets qu'il a menés au cours des enseignements pratiques interdisciplinaires du cycle 4 ou dans le cadre de l'un des parcours éducatifs (parcours Avenir, parcours citoyen, parcours éducatif de santé, parcours d'éducation artistique et culturelle) qu'il a suivis.
L'oral se déroule en deux temps : un **exposé** suivi d'un **entretien** avec le jury.

FRANÇAIS

CONSEILS GÉNÉRAUX DE MÉTHODE POUR LE FRANÇAIS

1 Comprendre le texte

> **Pour commencer, lisez le texte du sujet au moins deux fois** sans regarder les questions. Si vous survolez la lecture, vous risquez de ne pas comprendre le sens global du texte ou de ne pas saisir l'enchaînement de certaines questions.

> **Une lecture attentive**, avec un crayon ou un surligneur à la main, vous aidera à bien répondre aux questions. Demandez-vous à quelle époque et en quel lieu se déroule l'action, qui sont les personnages et ce qui leur arrive. Notez vos remarques sur vos feuilles de brouillon.

> **Relevez les particularités du texte** : soyez sensible notamment à la façon dont le texte est mis en page, à sa typographie* (caractères **gras**, *italique*, CAPITALES). Demandez-vous de quel type de texte* il s'agit et à quel genre* littéraire il s'apparente. Quand vous passerez aux questions, relisez les notes que vous avez prises lors de vos premières lectures du texte car elles peuvent vous aider à répondre.

> **Lisez également attentivement le paratexte***, c'est-à-dire le titre s'il y en a un, le nom de l'auteur, la date de parution du livre, le chapeau d'introduction et les notes explicatives. Ces informations peuvent vous aider à mieux situer le texte et vous préparent aux exercices de Seconde.

2 Comprendre l'image

> Vous avez déjà analysé des images en français, en histoire ou en histoire des arts. Pour répondre aux questions posées, il vous faut être attentif(ve) aussi bien au sujet de l'image qu'à la façon dont il est traité (couleurs, orientation, cadrage ...). Votre réponse sera d'autant mieux évaluée que vous aurez montré que vous avez été sensible à l'aspect artistique de l'image.

3 Comprendre et traiter les questions

> **Lisez toutes les questions d'emblée :** cela vous permettra de mieux saisir leur enchaînement et leur progression.

> Ces questions sont conçues pour vous initier au commentaire que vous aurez à composer au lycée. Certaines vous incitent à réagir au texte. D'autres sont des questions de grammaire ou de vocabulaire pour vous amener à une compréhension plus fine.

> Commencez par traiter les questions portant uniquement sur la grammaire (morphologie* et syntaxe*) ou le vocabulaire. Si vous avez bien révisé vos cours, vous y répondrez rapidement et facilement car on vous interroge sur des notions basiques.

> Si vous ne comprenez pas bien une question, n'hésitez pas à proposer quand même une réponse sur ce que vous croyez avoir compris. Trop souvent les élèves n'osent pas répondre par peur de se tromper : mieux vaut au contraire montrer que vous avez fait l'effort de réfléchir et d'essayer de comprendre. Votre initiative sera le plus souvent valorisée.

> Certaines questions peuvent être des « questionnaires à choix multiple » (QCM) ou des « Vrai/Faux » : réfléchissez bien avant de répondre, tenez compte des nuances.

> Pour les autres questions, **IL EST OBLIGATOIRE DE RÉDIGER VOS RÉPONSES ! Faites des phrases complètes et ne vous contentez pas de n'indiquer que deux ou trois mots.**

> Repérez combien de points sont attribués à chaque question : plus il y en a, plus on attend de vous une réponse détaillée. Ainsi, si une question vaut 2 ou 3 points, cela signifie que votre réponse doit faire au minimum 4 à 5 lignes. Dans les corrigés que nous vous proposons ici, nous développons parfois plus qu'il n'est nécessaire en apportant des précisions et des explications. Celles-ci apparaissent le plus souvent en italique et en couleur afin que vous puissiez repérer qu'elles ne font pas partie de la réponse attendue.

> Si l'on vous demande : « Quelles expressions le prouvent ? » ou « Justifiez votre réponse par des **éléments du texte**. », vous devez relever un **passage précis et complet**. Ne vous contentez pas, dans ce cas, de ne citer que le premier et le dernier mot du passage en question, en mettant des points de suspension entre eux, ou de ne mentionner que des numéros de lignes !
En revanche, lorsque la consigne exige des **mots précis**, ne relevez que les **mots attendus** et non la phrase entière.

> Ce sont généralement les mêmes points de langue ou effets de style qui sont analysés d'un texte à l'autre.

> Si une question porte sur un point que vous n'avez pas vu en cours, ne vous laissez pas troubler et réagissez avec bon sens.

4 Soigner la réécriture

> L'exercice de réécriture consiste à modifier un passage du texte en fonction d'une consigne. **N'OUBLIEZ PAS DE FAIRE CET EXERCICE :** trop de candidats, pressés par le temps, omettent cet exercice ou le bâclent.

> Faites la réécriture posément : lisez la consigne en soulignant les mots qui indiquent les transformations à effectuer. Attention : on peut vous demander de faire deux modifications au lieu d'une seule.

> Localisez avec attention quel passage du texte est concerné par le changement demandé : inutile d'en faire plus.

5 Réussir la dictée

> Pour réussir sa dictée, il faut réfléchir à la situation d'énonciation* : comprendre qui « parle » dans le texte, de quoi, où, quand et pourquoi.

> **La dictée est un exercice de concentration :** écoutez attentivement le texte que l'on vous lit. La dictée sera peut-être plus longue que celles présentées ici : restez concentré(e) jusqu'au bout.

> **Écoutez bien la première lecture du texte,** sans vous demander constamment comment on écrit tel ou tel mot. Cherchez plutôt à saisir le sens des phrases.

> **Suivez attentivement la relecture finale.** N'hésitez pas à demander que l'on relise un passage.

> **Pour chaque verbe, demandez-vous qui fait l'action,** donc quel est le sujet, et si le sujet est au masculin ou au féminin, au singulier ou au pluriel.

> **Veillez aux automatismes d'accord.** Si le groupe nominal commence, par exemple, par un déterminant pluriel, avez-vous pensé à mettre au pluriel les adjectifs et le nom qui constituent ce groupe ? – sauf, bien sûr, s'il y a des mots invariables.

> **Relisez-vous une dernière fois** après avoir fait, si possible, le vide dans votre esprit : le but est de regarder votre texte d'un œil neuf.

6 Réussir la rédaction

> **Choisissez rapidement** entre le sujet d'imagination et le sujet de réflexion car si vous hésitez trop longtemps, vous risquez de « bâcler » la fin de votre rédaction ou de ne pas avoir le temps de la relire.

> **Pour le sujet d'imagination**, il vous faut bien connaître la forme demandée (lettre, récit, scène, dialogue...) et avoir une situation assez précise (personnages, évènements, enjeux...) à développer.

> **Pour le sujet de réflexion**, il faut que vous ayez en tête des arguments variés et appuyés sur des références (livres étudiés, films vus, exemples des cours d'histoire ou d'une autre discipline...).

> **Il EST IMPORTANT DE FAIRE DES PARAGRAPHES !** C'est la première chose à laquelle vous devez penser. Beaucoup trop de copies ne contiennent qu'un seul « pavé » : **AÉREZ votre présentation**. À vous d'adapter les paragraphes à la structure de votre rédaction. Si vous adoptez, par exemple, un plan traditionnel, consacrez un paragraphe à l'introduction, au moins un autre au développement et un dernier à la conclusion. Mais l'idéal consiste à changer de paragraphe dès que votre récit aborde un élément nouveau ou important, ou à chaque fois que votre pensée amorce une idée nouvelle (dans une argumentation, par exemple).

> **Lisez attentivement le sujet** : c'est important !

Vous avez appris, pendant vos années de collège, à repérer ce que doit contenir votre rédaction : insérer un dialogue, une description, écrire sous la forme d'une lettre, d'une scène de théâtre... Il est temps de les appliquer tout(e) seul(e). Faites la liste, sur votre brouillon, de tout ce que devra comporter votre texte (parfois, les consignes elles-mêmes le précisent). Avant de recopier votre brouillon, vérifiez que tous ces éléments figurent bien dans ce que vous avez écrit. Sachez que des points sont attribués à chacun de ces éléments.

7 Présenter correctement sa copie

> **Soignez la présentation de votre copie :** une copie propre et bien lisible disposera favorablement le correcteur. Évitez donc les ratures, les gribouillages et les « pâtés ». Évitez également de ne pas sauter de ligne, ou d'écrire tout serré ! Si votre correcteur doit relire votre copie plusieurs fois pour la déchiffrer, il risque d'être de fort mauvaise humeur !

Il serait donc préférable :
- d'écrire au stylo à plume ;
- d'écrire gros et en écartant les mots ;
- de sauter des lignes entre chaque réponse ;
- de respecter l'ordre des questions ;
- de reprendre les titres ou les numéros de ces questions ;
- de barrer proprement à la règle ce que vous souhaitez raturer ;
- de souligner les titres sans forcément mettre beaucoup de couleurs.

Pensez à apporter un dictionnaire le jour de l'épreuve

Sujet 1

Simone de Beauvoir *La force de l'âge*

Partie I : Travail sur le texte littéraire et sur une image

1 heure 10 min — 50 points

Document 1 Texte littéraire

Simone de Beauvoir vient d'avoir vingt ans : en s'installant à Paris, dans une pension tenue par sa grand-mère, elle obtient enfin la liberté dont elle avait tant rêvé pendant ses années d'études… Elle raconte cette installation au deuxième tome de son œuvre autobiographique.

Ce qui me grisa lorsque je rentrai à Paris, en septembre 1929, ce fut d'abord ma liberté. J'y avais rêvé dès l'enfance, quand je jouais avec ma sœur à « la grande jeune fille ». Étudiante, j'ai dit avec quelle passion je l'appelai. Soudain, je l'avais ; à chacun de mes gestes, je m'émerveillais de ma légèreté. Le matin, dès que j'ouvrais les yeux, je m'ébrouais, je jubilais. Aux environs de mes douze ans, j'avais souffert de ne pas posséder à la maison un coin à moi. Lisant dans Mon journal[1] l'histoire d'une collégienne anglaise, j'avais contemplé avec nostalgie le chromo[2] qui représentait sa chambre : un pupitre, un divan, des rayons couverts de livres ; entre ces murs aux couleurs vives, elle travaillait, lisait, buvait du thé, sans témoin : comme je l'enviai ! J'avais entrevu pour la première fois une existence plus favorisée que la mienne. Voilà qu'enfin moi aussi j'étais chez moi ! Ma grand-mère avait débarrassé son salon de tous ses fauteuils, guéridons, bibelots. J'avais acheté des meubles en bois blanc que ma sœur m'avait aidée à badigeonner d'un vernis marron. J'avais une table, deux chaises, un grand coffre qui servait de siège et de fourre-tout, des rayons pour mettre mes livres, un divan assorti au papier orange dont j'avais fait tendre les murs. De mon balcon, au cinquième étage, je dominais les platanes de la rue Denfert-Rochereau et le lion de Belfort. Je me chauffais avec un poêle à pétrole rouge et qui sentait très mauvais : il me semblait que cette odeur défendait ma solitude et je l'aimais. Quelle joie de pouvoir fermer ma porte et passer mes journées à l'abri de tous les regards ! Je suis très longtemps restée indifférente au décor dans lequel je vivais ; à cause, peut-être, de l'image de Mon journal je préférais les chambres qui m'offraient un divan, des rayonnages ; mais je m'accommodais de n'importe quel réduit : il me suffisait encore de pouvoir fermer ma porte pour me sentir comblée.

Je payais un loyer à ma grand-mère et elle me traitait avec autant de discrétion que ses autres pensionnaires ; personne ne contrôlait mes allées et venues. Je pouvais rentrer à l'aube ou lire toute la nuit, dormir en plein midi, rester claquemurée vingt-quatre heures de suite, descendre brusquement dans la rue. Je déjeunais d'un bortsch chez Dominique[3], je dînais à la Coupole d'une tasse de chocolat. J'aimais le chocolat, le bortsch, les longues siestes et les nuits sans sommeil, mais j'aimais surtout mon caprice. Presque rien ne le contrariait. Je constatai joyeusement que le « sérieux de l'existence », dont les adultes m'avaient rebattu les oreilles, en vérité ne pesait pas lourd. Passer mes examens, ça n'avait pas été de la plaisanterie ; j'avais durement peiné, j'avais eu peur d'échouer, je butais contre des obstacles et je me fatiguais. Maintenant, nulle part je ne rencontrais de résistances, je me sentais en vacances, et pour toujours.

Simone DE BEAUVOIR,
La Force de l'Âge, © éditions Gallimard, 1960.

1. Mon journal : mensuel de l'époque, pour filles et garçons de cinq à dix ans.
2. Chromo : illustration en couleur.
3. Dominique : restaurant russe qui servait entre autres choses le bortsch, un potage traditionnel de l'Est.

Document 2 Image

Rêverie, Vittorio MATTEO CORCOS, 1896.
© Archives Alinari, Florence,
Dist. RMN-Grand Palais / Carlo Brogi

QUESTIONS

Les réponses aux questions doivent être entièrement rédigées.

Grammaire et compétence linguistiques

1. « j'y avais rêvé dès l'enfance » (ligne 2)
Dans cette proposition, à quel temps le verbe est-il conjugué ? Expliquez son emploi. **(2 points)**

2. « j'avais durement peiné, j'avais eu peur d'échouer, je butais contre des obstacles et je me fatiguais. Maintenant, nulle part je ne rencontrais de résistances, je me sentais en vacances, et pour toujours. » (lignes 35-37)
a) Quel est le rapport logique entre ces deux phrases ?
b) Transformez ces deux phrases en une phrase complexe contenant une proposition subordonnée. **(4 points)**

Réécriture

3. « Je suis très longtemps restée indifférente au décor dans lequel je vivais ; à cause, peut-être, de l'image de *Mon journal* je préférais les chambres qui m'offraient un divan, des rayonnages ; mais je m'accommodais de n'importe quel réduit ».
Réécrivez ce passage en remplaçant la première personne du singulier (je) par la première personne du pluriel (nous) désignant la narratrice et sa sœur. Vous ferez toutes les modifications nécessaires. **(10 points)**

Compréhension et compétence d'interprétation

4. Lignes 1 à 35 : relevez trois mots qui illustrent le sentiment dominant de ce passage. Quelle en est la cause ? **(4 points)**

5. « J'aimais le chocolat, le bortsch, les longues siestes et les nuits sans sommeil, mais j'aimais surtout mon caprice. » (lignes 31-32)
Quels sont les goûts évoqués par la narratrice dans cette phrase ? Lequel est mis en avant et comment ? **(6 points)**

6. Que représente la nouvelle chambre dans la vie de la narratrice ? Vous développerez au moins deux idées. **(8 points)**

7. Quelle est la place de la lecture dans la liberté nouvelle de la narratrice ? Justifiez en citant le texte. **(6 points)**

Image

8. Décrivez l'attitude de la jeune femme dans ce tableau.
Quelle image particulière de la lectrice introduit-il ? Cette vision rejoint-elle celle que propose le texte ? **(8 points)**

DICTÉE 20 min 10 points

Voilà pourquoi en rencontrant Herbaud j'eus l'impression de me trouver moi-même : il m'indiquait mon avenir. Ce n'était ni un bien-pensant, ni un rat de bibliothèque, ni un pilier de bar ; il prouvait par son exemple qu'on peut se bâtir, en dehors des vieux cadres, une vie orgueilleuse, joyeuse et réfléchie : telle exactement que je la souhaitais.

Cette fraiche amitié exaltait les gaietés du printemps. Un seul printemps dans l'année, me disais-je, et dans la vie une seule jeunesse : il ne faut rien laisser perdre des printemps de ma jeunesse.

Simone de Beauvoir, *Mémoires d'une jeune fille rangée,* © éditions Gallimard, 1958.

Écrire au tableau : Herbaud.

Partie II : Rédaction

1 heure 30 min 40 points

Vous traiterez au choix le sujet A ou B.

Sujet A : Réflexion

En quoi la lecture peut-elle être selon vous une source de liberté ?
Vous répondrez à cette question en envisageant notamment différentes pratiques ou différents supports de la lecture.
Votre rédaction sera d'une longueur minimale d'une soixantaine de lignes (300 mots environ).

Sujet B : Imagination

La narratrice rencontre sa grand-mère dans la pension : cette dernière exprime ses sentiments face à la liberté et au bonheur de sa petite fille. Elle lui raconte ce qu'était sa vie au même âge.
Votre rédaction sera d'une longueur minimale d'une soixantaine de lignes (300 mots environ) et mêlera dialogue et narration.

CORRIGÉ

Partie I : Travail sur le texte littéraire et sur une image

Premier réflexe : observer le texte

• Ce texte, par son écriture à la 1re personne et son retour sur la jeunesse de l'auteur, illustre l'enjeu littéraire « Se raconter, se représenter ». Il s'agit pour cette jeune fille de 1929 d'affirmer sa liberté dans l'optique de mener ses études à une époque où ce n'est pas du tout le destin habituel des jeunes femmes. Il y a donc bien une volonté d'émancipation qui s'inscrit en lien avec le thème d'Histoire « Femmes et hommes dans la société des années 1950 aux années 1980 ».

• Ce texte, en dépit de sa date et de sa localisation à Paris, ne présente quasiment pas de difficulté de compréhension ni de vocabulaire pour des collégiens. Au contraire la satisfaction de jouir de la liberté de cette jeune femme de vingt ans correspond bien aux aspirations des adolescents et les projette dans leur avenir.

QUESTIONS

Remarques préalables

• Peu de questions dont une qui porte sur une analyse comparée de l'image et du texte.

• Un certain nombre de questions qui font appel à vos connaissances linguistiques : champ lexical en 4, procédés de mise en relief en 5, valeur des temps en 1, rapports logiques en 2.

Grammaire et compétences linguistiques

1. La forme verbale « j'avais rêvé » est un plus-que-parfait de l'indicatif. Il se justifie car il renvoie à l'enfance, époque antérieure à celle de 1929 où la narratrice évoque ses vingt ans. Donc on est bien dans l'évocation d'une période qui se place avant un moment déjà situé dans le passé (« plus-que-parfait » c'est « plus-que-passé »).

2. a) Les deux phrases sont dans un rapport logique d'opposition : la première évoque la lutte et les obstacles rencontrés dans le passé, la seconde affirme la victoire contre ces obstacles et la liberté.

b) Pour exprimer un rapport d'opposition par la subordination, on peut utiliser plusieurs conjonctions mais celles qui conviennent le mieux seraient ici : « **Alors que** j'avais durement peiné, **que** j'avais eu peur d'échouer, **que** je butais contre des obstacles et **que** je me fatiguais, désormais (ou dorénavant ou maintenant), nulle part je ne rencontrais de résistances, je me sentais en vacances, et pour toujours. »

FRANÇAIS

Ou bien « Même si j'avais durement peiné, même si j'avais eu peur d'échouer, même si je butais contre des obstacles et même si je me fatiguais, désormais (ou dorénavant ou maintenant), nulle part je ne rencontrais de résistances, je me sentais en vacances, et pour toujours. »
Si on utilise « bien que » il faut employer le subjonctif pour les verbes : « **Bien que** j'aie durement peiné, **bien que** j'aie eu peur, **bien que** j'aie buté, **bien que** je me sois fatiguée (plus heureux que « bien que je butasse…, que je me fatiguasse… »).

3. Réécriture

■ Repérer les difficultés

• La première modification est de changer le pronom personnel sujet : passer de « je » à « nous ». Il faut aussi, par conséquent, changer les pronoms compléments (« qui m'offraient » devient « qui nous offraient »).
• Les accords doivent se faire au féminin pluriel : vous y penserez plus facilement car l'accord est déjà fait au féminin dans le texte d'origine : par exemple, « indifférente » devient « indifférentes ».

Nous sommes très longtemps rest**ées** indifférent**es** au décor dans lequel **nous vivions** ; à cause, peut-être, de l'image de *Mon journal* **nous préférions** les chambres qui **nous** offraient un divan, des rayonnages ; mais **nous nous accommodions** de n'importe quel réduit.

Compréhension et compétences d'interprétation

4. Le champ lexical qui s'impose dans ces cinq premières lignes est celui d'une joie puissante : on peut relever « ce qui me grisa » (l. 1), « je m'émerveillais » (l. 4), « je jubilais » (l. 5) et éventuellement, comme traduction physique de ce sentiment, « je m'ébrouais » (l. 5).
Cette joie est due à la liberté qu'elle découvre en pouvant disposer d'un « coin à elle » où elle peut vivre comme bon lui semble, sans contrôle.

5. La narratrice exprime des goûts contradictoires et qui sortent de l'ordinaire : sur le plan alimentaire, le goût sucré et raffiné du « chocolat » s'oppose au côté rustique du potage « bortsch », les « longues siestes » dans la journée s'opposent aux « nuits sans sommeil » et supposent un mode de vie très décalé du rythme ordinaire. Elle surenchérit par l'expression de mise en relief « mais surtout » sur son « caprice », c'est-à-dire sur ses souhaits sans entrave, sans justification. Aimer son caprice, c'est aimer faire ce qu'on veut quand on veut, sans écouter la raison.

6. La chambre représente pour la narratrice un havre de solitude et de liberté : être chez soi, disposer de sa liberté d'allure et y faire ce que l'on veut à l'abri des regards intrusifs. Ce n'est pas du tout une pièce à décorer : elle y met les seuls meubles utiles et les plus simples. Ce qui compte à ses yeux, ce sont les rayonnages couverts de livres pour pouvoir lire et travailler.

7. La lecture est une priorité pour la narratrice : sa première préoccupation est de pouvoir ranger ses livres. (« des rayons couverts de livres » l. 9, « des rayons pour mettre mes livres » l. 15-16. C'est son activité principale : elle est capable de « lire au lit toute la nuit » (l. 28). La lecture lui offre en effet une source d'information sur le monde extérieur : c'est par la lecture de sa revue qu'elle découvre la collégienne anglaise qui dispose d'un espace à elle. Les livres sont également nécessaires à ses études qui lui assureront l'indépendance intellectuelle et une profession.

Image

8. La jeune femme du tableau peint par Vittorio Matteo Corcos est assise sur un banc à l'extérieur. Trois livres sont posés sur le banc. La jeune femme semble plongée dans la méditation : sa tête appuyée sur son poing évoque « Le Penseur » de Rodin. Elle a l'air de regarder droit devant mais son regard semble plutôt tourné vers l'intérieur, comme si elle réfléchissait à ce qu'elle vient de lire.
Ce tableau met en valeur la réflexion solitaire que la lecture enclenche le plus souvent. À la différence de Simone de Beauvoir qui a besoin de s'enfermer dans sa chambre pour satisfaire son besoin de lire, cette jeune femme préfère lire au cours d'une promenade en plein air (chapeau et ombrelle sur le banc à côté des livres). La lecture semble ici associée au loisir plus qu'au travail, aux études.

DICTÉE

■ Repérer les difficultés

• **Difficultés grammaticales :**
– Attention aux infinitifs « me trouver » et « laisser perdre » qu'il ne faut pas confondre avec des participes passés écrits en –é ;
– Pas d'autre difficulté que de penser aux accords avec « une vie » : on entend le féminin pour « orgueilleuse » et « joyeuse » mais pas pour « réfléchie » ni « telle », la présence du pronom féminin « la » peut vous servir d'alerte (« Ai-je bien mis des féminins ? »).
• **Difficultés de conjugaison :** à part le passé simple « j'eus » de la première ligne et les présents de vérité générale (« on peut » et « il faut » à la fin), les autres formes verbales sont des imparfaits à la 1re personne du singulier en -ais (« je souhaitais », « me disais-je ») ou à la 3e personne en -ait (« il m'indiquait », « il prouvait », « exaltait »)
• **Difficultés lexicales :** « bien-pensant » n'est pas difficile dès qu'on le décompose ; « orgueilleux/se » provoque souvent des erreurs sur la place de « u » et de « e » ; « exalter » n'a pas besoin de « h » pour s'écrire.

Partie II : Rédaction

Sujet A : Réflexion

Comprendre le sujet A

• Pour élargir votre réflexion, pensez aux textes que vous avez abordés pendant vos cours de français ou en lecture individuelle : quelles émotions, quelles découvertes, quelles réflexions vous ont-ils apportées ? Vous ferez ensuite la sélection des idées qui sont plus en relation avec la notion de liberté.
• Envisagez, comme le suggère le sujet, tous les modes et tous les supports de lecture, à savoir le livre en papier mais aussi la liseuse, la tablette, le téléphone portable ; le roman mais aussi le livre documentaire, le magazine, le journal…
• Ne raisonnez pas que pour vous-même : la lecture est aussi un partage. Quelles réflexions la lecture peut -elle provoquer dans la classe, dans un groupe ?

[Introduction] Chez les adolescents, la lecture peut apparaître comme une contrainte : on nous enjoint de lire le roman ou le texte documentaire imposés par nos professeurs, au lieu de nous consacrer à notre sport favori, à nos confidences entre ami(e)s ou à notre farniente préféré, allongé(e)s sur le canapé… Et pourtant la lecture est provocatrice de liberté.

[Premier argument] La lecture est source de liberté individuelle.

En effet lire est d'abord un moyen de s'informer, de sortir de l'ignorance, en particulier quand on est issu d'un milieu modeste ; avoir accès aux connaissances, qu'elles appartiennent à la culture scientifique ou littéraire, permet de sortir de sa condition. C'est d'ailleurs le rôle émancipateur de l'éducation : ainsi par les programmes du collège, nous découvrons les événements passés qui nous font comprendre l'évolution des pays ou les explications scientifiques qui enclenchent les progrès techniques dont nous profitons pour améliorer nos vies.

La lecture est aussi source d'évasion : quand on est coincé dans un endroit, l'univers imaginaire que propose un roman d'aventures par exemple nous ouvre toutes les portes. C'est particulièrement le cas grâce aux nouveaux supports de la lecture : les liseuses, les tablettes, les portables, facilement disponibles, nous proposent des lectures multiples qui nous font ainsi échapper à un contexte contraignant. Ne voit-on pas des gens lire dans le métro et s'évader au milieu des steppes, dans la galaxie ou au plus intime des rêves selon le livre choisi ? Ainsi l'enfant du roman de Jules Vallès, alors qu'il est censé être puni à l'étude s'évade en lisant Robinson Crusoë et se retrouve vivant les aventures du héros sur son île.

En découvrant dans un livre les expériences vécues ou les émotions ressenties par des personnages, chacun peut se libérer de ses angoisses et trouver des réponses à ses doutes. En particulier un adolescent en train de construire sa personnalité et en proie à des complexes ou des contradictions peut tirer profit de la même expérience racontée par un personnage, parfois issu du réel. Par exemple, un collégien harcelé peut trouver un exutoire à sa souffrance et une solution pour sortir de cette « prison » dans le récit de cette expérience par un auteur comme Noémya Grohan (*De la rage dans mon cartable*).

[Second argument] La lecture est également source de liberté collective.

Les livres ont été symboles d'émancipation : l'invention de l'imprimerie a permis la diffusion accrue des idées et a permis à l'éducation de progresser, libérant ainsi de plus en plus de gens de l'ignorance, comme il l'a été dit supra au niveau individuel.

C'est par les écrits en particulier que les philosophes ont diffusé les idées de progrès, d'abolition des privilèges, d'égalité au Siècle des Lumières. Leurs textes sont toujours les supports d'une réflexion qui peut se dégager des idées reçues pour apprendre à raisonner en toute indépendance et avec objectivité. D'ailleurs un texte célèbre de Voltaire porte un titre révélateur : « De l'horrible danger de la lecture ». Ainsi, les écrits sur les Noirs de Montesquieu ou le mythe du bon sauvage chez Diderot nous guident vers une critique des injustices et de la société. C'est par la diffusion de ces idées par les livres que les peuples ont mené leur conquête de la liberté.

D'ailleurs les livres ont tellement été les véhicules d'une pensée libératrice que l'on a inventé le format « de poche » de façon à pouvoir le dissimuler ou le transmettre dans la poche de son vêtement.

[Restriction] Le livre peut néanmoins être utilisé pour asservir les gens.

En Chine, au moment de la Révolution culturelle, le « Petit Livre rouge » a été imposé pour conditionner le peuple : il était impossible de penser autrement que ce que disait ce livre de façon à imprimer les idées de la révolution chinoise dans tous les esprits. Ne lire toujours que le même ouvrage ou les mêmes idées devient dans ce cas une aliénation.

En revanche, pendant cette même révolution chinoise, les intellectuels étaient interdits de lecture car les tenaillait le désir de lire autre chose, d'avoir accès à d'autres idées dont ils savaient, eux, qu'elles existaient (voir le texte de Dai Sijie, p. 129).

Sous le nazisme, on a fait des autodafés de livres d'auteurs juifs mais aussi de tous les penseurs qui pouvaient s'opposer à cette doctrine.

Mais c'est précisément le signe que la lecture est une puissante source de réflexion.

[Conclusion] La lecture est donc source de libération, de progression personnelle à condition qu'on ait le choix de ce qu'on lit et que l'on maintienne la diversité de ses lectures.

Sujet B : Imagination

■ Comprendre le sujet B

• Ce sujet d'imagination demande que vous racontiez une rencontre entre la grand-mère et sa petite fille, que la grand-mère fasse part de ses sentiments et réactions et qu'elle évoque sa propre vie de jeune fille. Voilà qui n'est pas forcément facile pour vous car vous avez sans doute du mal à imaginer la vie d'une jeune femme à la fin du XIXe siècle. En effet si Simone de Beauvoir a vingt ans en 1929, cela signifie que sa grand-mère a eu cet âge vers 1880-1890.

• Appuyez-vous sur vos lectures (romans de la fin du XIXe siècle de Zola, Maupassant...), sur des films retraçant cette période ou sur vos connaissances en histoire sur la condition féminine.

• Vous n'êtes pas obligé(e) de faire une introduction et une conclusion mais on vous demande de mêler du dialogue à la narration.
• Comme il est précisé « La narratrice rencontre... », mieux vaut rester dans un récit à la 1re personne, comme dans le texte initial.

Ce matin, en rentrant à l'aube après une nuit passée chez des amis à refaire le monde et écouter de la musique, j'avais trouvé un petit mot glissé sous ma porte par ma gentille grand-mère, si discrète, qui ne voulait jamais me déranger : « Ma chère Simone, cela fait bien longtemps que je ne t'ai vue et n'ai pu parler un peu avec toi. Voudrais-tu passer un de ces jours pour prendre un thé avec moi ? Vers 16 heures, c'est un moment où je suis assez tranquille avec mes pensionnaires. Je t'embrasse et te dis à bientôt, ma chère petite, puisque tu seras toujours ma petite malgré tes vingt ans rayonnants ! ».

Je m'en voulais d'avoir un peu négligé ma grand-mère et de ne pas être allée la voir plus souvent depuis mon arrivée dans sa pension : j'étais complètement éblouie et accaparée par ma nouvelle vie, je n'avais pensé qu'à moi-même... Le jour même, à 16 heures, je descendis frapper à la porte de ma grand-mère et je l'embrassai bien fort en la serrant dans mes bras :

« Je suis désolée de ne pas t'avoir fait signe plus tôt mais, tu sais, depuis mon arrivée chez toi, je n'ai pas vu le temps passer ; j'ai eu tant de choses nouvelles à découvrir ! Je me sentais à l'étroit chez mes parents alors qu'ici, c'est le monde qui s'offre à moi. Et puis, pendant toute cette période d'examens, j'ai dû travailler dur, j'étais presque complètement cloîtrée, juste avec mes livres et mes devoirs à rendre. Mais si tu savais comme je suis heureuse maintenant : je fais ce que je veux, je n'abuse pas de ma liberté, je ne fais pas n'importe quoi mais uniquement ce qui me plaît ! et ça, tu peux me croire, c'est un bonheur indicible !

– Justement est-ce que tu ne te couches pas un peu trop tard ? je te trouve bien pâlotte !... »

Ma pauvre grand-mère ! si elle avait su que parfois, comme ce matin justement, je ne rentrai qu'à l'aube... Je préférais lui laisser ses illusions pour ne pas trop l'inquiéter ; et je n'avais pas envie non plus que, croyant bien faire, elle ne prévienne mes parents... J'allais avoir vingt-et-un ans mais n'étais pas encore majeure et mes parents pouvaient me rappeler sous le toit familial...

« Il faut que je te dise, grand-mère, je suis allée au musée du Louvre et j'ai pu y admirer « La Joconde » et bien d'autres chefs-d'œuvre ; je suis montée à la Tour Eiffel ». Je sentais intuitivement qu'il était peut-être préférable que je ne lui raconte pas mes nuits blanches ou mes siestes au milieu de l'après-midi, elle qui n'avait jamais connu que le travail acharné...

« Tu sais, moi, à ton âge, reprit-elle avec un regard intérieur, plongé vers le passé, j'étais déjà mariée et je venais d'avoir mon premier enfant, ta mère ; alors il n'était pas question d'aller s'amuser ! Je suis quand même allée voir la Tour Eiffel un dimanche mais je n'ai jamais visité Paris : il y avait d'abord l'hôtel à faire marcher et je ne vois pas comment j'aurais pu parler de liberté à mes beaux-parents, les parents de ton grand-père (tu te souviens un peu de lui ? il est décédé dès les premiers jours de la guerre, me laissant veuve, avec un hôtel à tenir). Ils étaient âpres au gain et durs à la tâche… Je devais tout assumer : pendant que ma belle-mère accueillait les clients et gérait la comptabilité, j'enchaînais l'entretien du linge de l'hôtel, je supervisais la cuisine tout en m'occupant de mon bébé que je traînais partout avec moi. Quand arrivait le soir, j'étais épuisée et je n'aurai jamais eu la force de sortir de toute façon. On croit que les femmes ne travaillaient pas au xixe siècle mais c'est faux : elles pratiquaient toutes sortes de métiers mais ce n'était pas reconnu. Et pas le droit de sortir sans être « chaperonnée », c'est-à-dire surveillée par une parente ou son mari. Mais enfin je ne me plains pas et de te savoir sous mon toit me réchauffe le cœur ! Je te le dis en toute sincérité : amuse-toi tant que tu peux, ma petite Simone, profite bien de ta liberté et de ta jeunesse ! »

Pendant ce temps-là le thé avait refroidi, je me levai de ma chaise et serrai sur mon cœur ma chère grand-mère en lui promettant de venir la voir plus souvent et de lui parler de ma joie à découvrir un monde nouveau qui s'offrait à moi dans toute sa splendeur !

Sujet 2

Guy de Maupassant
Bel-Ami

Partie I : Travail sur le texte littéraire et sur une image

1 heure 10 min — 50 points

Document 1 Texte littéraire

Le héros, Georges Duroy, est journaliste dans un grand quotidien parisien à la fin du XIX*e siècle. Provoqué par le rédacteur d'un autre journal, il décide de se battre en duel, au pistolet, pour défendre son honneur. Le duel aura lieu le lendemain, à l'aube...*

Dès qu'il fut au lit, il souffla sa lumière et ferma les yeux.

Il avait très chaud dans ses draps, bien qu'il fît très froid dans sa chambre, mais il ne pouvait parvenir à s'assoupir. Il se tournait et se retournait, demeurait cinq minutes sur le dos, puis se plaçait sur le côté gauche, puis se roulait sur le côté droit.

Il avait encore soif. Il se releva pour boire, puis une inquiétude le saisit : « Est-ce que j'aurais peur ? »

Pourquoi son cœur se mettait-il à battre follement à chaque bruit connu de sa chambre ?

Quand son coucou allait sonner, le petit grincement du ressort lui faisait faire un sursaut ; et il lui fallait ouvrir la bouche pour respirer pendant quelques secondes, tant il demeurait oppressé.

Il se mit à raisonner en philosophe sur la possibilité de cette chose : « Aurais-je peur ? »

Non certes il n'aurait pas peur puisqu'il était résolu à aller jusqu'au bout, puisqu'il avait cette volonté bien arrêtée de se battre, de ne pas trembler. Mais il se sentait si profondément ému qu'il se demanda : « Peut-on avoir peur malgré soi ? » Et ce doute l'envahit, cette inquiétude, cette épouvante ! Si une force plus puissante que sa volonté, dominatrice, irrésistible, le domptait, qu'arriverait-il ? Oui, que pouvait-il arriver ?

Certes il irait sur le terrain puisqu'il voulait y aller. Mais s'il tremblait ? Mais s'il perdait connaissance ? Et il songea à sa situation, à sa réputation, à son avenir.

Et un singulier besoin le prit tout à coup de se relever pour se regarder dans sa glace. Il ralluma sa bougie. Quand il aperçut son visage reflété dans le verre poli, il se reconnut à peine, et il lui sembla qu'il ne s'était jamais vu. Ses yeux lui parurent énormes ; et il était pâle, certes, il était pâle, très pâle.

Tout d'un coup, cette pensée entra en lui à la façon d'une balle : « Demain, à cette heure-ci, je serai peut-être mort. » Et son cœur se remit à battre furieusement.

Il se retourna vers sa couche et se vit distinctement étendu sur le dos dans ces mêmes draps qu'il venait de quitter. Il avait ce visage creux qu'ont les morts et cette blancheur des mains qui ne remueront plus.

Alors il eut peur de son lit, et afin de ne plus le voir il ouvrit la fenêtre pour regarder dehors.

Guy de MAUPASSANT, *Bel-Ami*, Ire partie, chapitre 7, 1885.

Document 2 Image

Gustave COURBET, *Le désespéré*, 1843-1845.

FRANÇAIS

QUESTIONS

Grammaire et compétence linguistique

1. Justifiez l'emploi du présent « ont » dans la phrase des l. 31-32 (« Il avait ce visage creux [...] ne remueront plus. »). Quel peut être l'effet de cet usage du présent sur le personnage ? **(2 points)**

2. Relevez et identifiez avec précision les formes verbales en « -rais » et en « -rait » des lignes 13 à 21 (de « Il se mit à raisonner » jusqu'à « voulait y aller »). Justifiez leur emploi. **(4 points)**

Réécriture

3. Recopiez le passage de « Et un singulier besoin... » jusqu'à « ... jamais vu » (l. 24 à 26), en opérant simultanément les transformations suivantes :
– le récit sera fait par une narratrice et à la 1re personne du singulier ;
– « visage » sera remplacé par « traits » ;
– « dans le verre » sera remplacé par « sur la surface ». **(10 points)**

Compréhension et compétence d'interprétation

4. a) Qui raconte et à quelle personne est faite la narration ? Justifiez votre réponse par une citation du texte. **(2 points)**
b) Qui s'exprime dans les passages au style direct ? Citez un exemple. **(2 points)**
c) Comment interprétez-vous les remarques faites en **a)** et **b)** pour définir l'enjeu littéraire de ce texte ? **(2 points)**

5. Comment caractériseriez-vous le rythme du récit ? Appuyez votre réponse sur les connecteurs temporels qui le font progresser (l. 1 à 7 et l. 24 à 35) et sur le nombre de paragraphes. **(4 points)**

6. a) Quel sentiment domine le personnage ? À quoi est-il dû ? Appuyez votre réponse sur les termes du lexique qui marquent cette émotion. **(2 points)**
b) Comment cette émotion se traduit-elle physiquement ? Relevez les termes. **(2 points)**

7. À propos des lignes 13 à 23 (« Il se mit à raisonner ... à son avenir. ») : qu'est-ce qui l'emporte, du sentiment ou de la raison, dans l'esprit du personnage ? Appuyez votre opinion sur les différents rapports logiques que vous relèverez dans le texte, sur les outils grammaticaux et lexicaux ainsi que sur le rythme de ce passage. **(6 points)**

8. En vous appuyant sur vos réponses précédentes, diriez-vous que la fin du texte est fantastique, tragique, dramatique ? Justifiez votre réponse par des exemples. **(4 points)**

Image

9. a) Quelles caractéristiques de l'autoportrait ce tableau de et par Gustave Courbet présente-t-il ? **(2 points)**

b) En quoi se distingue-t-il des tableaux du même genre ? **(2 points)**

10. Ce tableau s'intitule « Le désespéré ».

a) Comment ce sentiment est-il représenté ? **(3 points)**

b) Quel(s) lien(s) voyez-vous avec le texte de Maupassant ? Développez votre opinion. **(3 points)**

DICTÉE 20 min 10 points

Sont écrits au tableau : Duroy, Rival, Boisrenard.

Duroy marmottait toujours :
« Quand on commandera feu, j'élèverai le bras. » Et il pensa qu'un accident de voiture arrangerait tout. Oh ! Si on pouvait verser, quelle chance ! S'il pouvait se casser une jambe !
Mais il aperçut au bout d'une clairière une autre voiture arrêtée et quatre messieurs qui piétinaient pour s'échauffer les pieds ; et il fut obligé d'ouvrir la bouche tant sa respiration devenait pénible.
Les témoins descendirent d'abord, puis le médecin et le combattant. Rival avait pris la boîte aux pistolets et il s'en alla, avec Boisrenard, vers deux des étrangers qui venaient à eux. Duroy les vit se saluer avec cérémonie puis marcher ensemble dans la clairière en regardant tantôt par terre et tantôt dans les arbres, comme s'ils avaient cherché quelque chose qui aurait pu tomber ou s'envoler. Puis ils comptèrent des pas et enfoncèrent avec grand-peine deux cannes dans le sol gelé. Ils se réunirent ensuite en groupe et ils firent les mouvements du jeu de pile ou face, comme des enfants qui s'amusent.

Guy de Maupassant, *Bel-Ami*, 1885.

Partie II : Rédaction

1 heure 30 min 40 points

Vous traiterez au choix le sujet A ou B.

Sujet A : Imagination

Vous racontez, dans votre journal intime, un moment de grande peur qui eut une fin heureuse.
Votre texte fera au moins deux pages (soit une cinquantaine de lignes).

Sujet B : Invention

De quoi peut-on avoir peur ? Analysez les causes de la peur.
Votre texte fera au moins deux pages (soit une cinquantaine de lignes).

CORRIGÉ

Partie I : Travail sur le texte littéraire et sur une image

Premier réflexe : observer le texte

• Ce texte de Maupassant illustre **l'enjeu littéraire « Se raconter, se représenter »**. Certes il ne s'agit pas d'une autobiographie car Maupassant choisit pour héros de son roman un personnage, Duroy connu sous le surnom de Bel-Ami, dont il parle à la 3e personne. Il n'est pas censé parler de lui-même.
• Cependant cette introspection du héros à la veille d'un duel correspond bien à l'analyse et aux sentiments que n'importe quel individu pourrait éprouver, confronté à la mort. Maupassant donne à cette scène du roman un ton grinçant car il aime à se moquer de son personnage très suffisant, très content de lui mais c'est aussi l'être humain, en général souvent lâche devant l'imminence de la mort, sur lequel il ironise.
• Comme toujours, mettez-vous « dans la peau » du personnage pour bien comprendre ses réactions et sentiments. Et pour cela, ne négligez pas le chapeau d'introduction qui vous explique les circonstances.

QUESTIONS

Remarques préalables

• Ne vous fiez pas au nombre restreint de questions : elles sont souvent démultipliées en a, b, c et demandent des réponses précises et élaborées. Donc ne perdez pas de temps.
• Certaines font appel à des notions littéraires (question sur le narrateur, sur l'emploi des temps...) : c'est le moment de rassembler les connaissances que vous avez révisées en vous préparant à l'examen.

Grammaire et compétence linguistique

1. Le présent dans l'expression « ce visage creux qu'ont les morts » est un présent de vérité générale : c'est un fait constant (« les morts ont le visage creux ») qui n'est pas lié à l'histoire. Cependant ce présent de vérité générale fait encore plus sentir la menace de la mort et donne de l'intensité à cette vision qui explique l'effroi du personnage au paragraphe suivant.

2. Les formes « aurais-je », « aurait », « arriverait », « irait » sont des conditionnels présents, à la première personne du singulier pour « aurais », à la troisième personne du singulier pour les autres. L'emploi de ce mode se justifie puisqu'il exprime des hypothèses, autrement dit des potentiels (ce qui peut se produire) et que tout est supposition dans ce passage.

3. Réécriture

■ Repérer les difficultés

• Cet exercice comporte plusieurs consignes, ce qui signifie qu'il y a beaucoup de changements à faire !
• Soyez donc vigilant(e) et restez concentré(e) jusqu'au bout. Pointez les changements à faire et vérifiez plutôt deux fois qu'une :
– Ai-je bien réécrit au féminin (« une narratrice ») ? ;
– Ai-je bien mis le texte à la première personne ? ;
– Ai-je bien remplacé « visage » par « traits » masculin pluriel et fait les changements qui s'imposent ?
– Ai-je bien remplacé « dans le verre » par « sur la surface », mot féminin singulier, et fait les changements qui s'imposent ?

Et un singulier besoin **me** prit tout à coup de **me** relever pour me regarder dans **ma** glace. **Je rallumai ma** bougie. Quand **j'aperçus mes traits** reflétés **sur la surface** pol**ie**, **je me** reconn**us** à peine et il **me** sembla **que je** ne **m'étais** jamais **vue**.

Compréhension et compétence d'interprétation

4. a) La narration est faite à la troisième personne par un narrateur* extérieur à l'histoire. Il ne se confond pas avec le personnage de Duroy, mais exprime tout ce qu'il ressent, livrant ainsi au lecteur ses sensations (ex. : « Il avait très chaud dans ses draps », l. 2) et ses réflexions intérieures (ex. : « Certes il irait sur le terrain puisqu'il voulait y aller. », l. 21). C'est donc un narrateur omniscient.
b) « Est-ce que j'aurais peur ? » (l. 7) ou « Aurais-je peur ? » (l. 14) ou « Peut-on avoir peur malgré soi ? » (l. 17-18) ou « Demain, à cette heure-ci, je serai peut-être mort. » (l. 28-29) sont au discours* direct : ce sont les pensées de Duroy, le personnage, à moins qu'il ne les dise à haute voix et que ce soit bien des paroles.
c) *[Cette question vous demande de prendre du recul par rapport au texte et de vous situer dans le programme de l'année. La réponse est déjà en grande partie formulée dans le paragraphe « Observer le texte », nous en reprenons l'essentiel ici.]* La présence du « je » est très forte dans les passages au discours direct et le narrateur se glisse dans la peau du personnage. Néanmoins ce texte n'est pas réellement autobiographique : il répond pourtant à la volonté d'introspection, d'analyse face à un danger. En cela il répond à l'enjeu littéraire « Se raconter, se représenter » qui se traduit par « percevoir l'effort de saisie de soi et de recherche de la vérité ».

5. L'abondance des connecteurs temporels qui rythment le récit et la multiplicité des paragraphes créent un rythme saccadé et haché. On peut aussi parler de rapidité ou d'accélération. En effet au début du texte, les connecteurs* temporels sont : « dès que » (l. 1), « cinq minutes » (l. 4), trois fois « puis » (l. 4, 6). À la fin du texte, nous trouvons « quand » (l.25), « Tout d'un coup » (l. 28) et « Alors » (l. 33). *[Ne relevez pas « Demain », l. 28, qui ne ponctue pas le récit mais apparaît dans les paroles du personnage ; cela dit, il projette le lecteur dans un avenir immédiat.]* Le texte de 34 lignes est effectivement divisé en douze paragraphes, ce qui donne des paragraphes très courts : le passage à la ligne rend compte du trouble du personnage qui passe d'une impression à l'autre, qui tergiverse et se tourne et se retourne aussi bien physiquement que mentalement.

FRANÇAIS

6. a) Duroy est dévoré par la peur et l'angoisse de la mort qui peut résulter du duel. Savoir que l'on est mortel est une chose, être confronté à l'idée que la mort vous attend très prochainement est autrement plus angoissant. Cette angoisse se traduit par un champ* lexical riche : « inquiétude » (l. 6), « sursaut » (l. 11), « oppressé » (l. 12), « avoir peur » (l. 14), « trembler » (l. 16), « doute, inquiétude, épouvante » (l. 18), le « cœur » qui bat « furieusement » (l. 30).
b) Les manifestations physiques de son angoisse sont d'abord qu'il a chaud et soif (l. 2 à 6) alors qu'il fait froid dans la chambre, qu'il s'agite dans son lit (l. 3 à 5) puis que les battements de son cœur s'accélèrent (l. 8 et 30), que sa respiration est gênée (l. 11-12), enfin que son visage pâlit (l. 27).

7. L'expression de rapports logiques est très dense dans cette partie du texte comme si le personnage conviait toutes les ressources de sa raison : expression de la cause avec « puisque » (l. 15, 16 et 21), de la conséquence avec « si profondément ému que » (l. 17), de l'opposition avec « certes » (l. 15 et 21) et « mais » (l. 16 et 21) et des hypothèses (« si » aux l. 18, 21 et 22). La présence des nombreux connecteurs logiques et le fait que ce passage articule bien arguments (deux au début, un seul ensuite, introduits par « puisque ») et contre-argument (introduit par « mais ») ou restriction (annoncée par « certes ») pourraient faire croire que la raison l'emporte. Mais, peu à peu, on voit le sentiment de panique s'imposer : en effet « ce doute » qui marque l'irruption du sentiment dans le raisonnement est repris par deux groupes nominaux plus amples (quatre syllabes au lieu de deux) et de sens plus fort : « cette inquiétude », « cette épouvante ». Il y a donc gradation*. On remarque la même amplification* quand le narrateur évoque la « force plus puissante que sa volonté » : puis la qualifie ensuite par l'intermédiaire de deux adjectifs plus forts et plus longs (« dominatrice, irrésistible »). D'ailleurs, le troisième « puisque » (l. 21) n'introduit aucun argument nouveau : on ne fait que reprendre ceux des l. 15 et 16. On constate également que la ponctuation, de neutre, devient expressive : point d'exclamation (l. 18) et points d'interrogation (l. 14, 18, 19, 20, 21 et 22). Un autre élément marque la faillite de la raison : les répétitions, comme si la pensée ne pouvait plus progresser, piétinait, se figeait sur quelques mots. C'est illustré par « qu'arriverait-il ? » repris par « que pouvait-il arriver ? ». De la même façon, au paragraphe suivant, seules les hypothèses de malheur sont exprimées sous la forme de subordonnées conditionnelles (« s'il tremblait », « s'il perdait connaissance », l. 21-22) sans qu'aucune proposition principale n'apporte de solution.

8. La fin du texte s'apparente plutôt au genre* fantastique puisque le héros subit un phénomène de dédoublement – le thème du double est un thème fantastique pour lequel Maupassant a une certaine prédilection (*cf. Le Horla*) – : il voit son propre corps mort (« il se vit distinctement étendu sur le dos dans ces mêmes draps qu'il venait de quitter », « Il avait ce visage creux qu'ont les morts », « Il eut peur de son lit »). Mais on peut objecter que le personnage n'est pas en proie à l'hésitation : il croit tellement s'être vu mort qu'il a peur de son lit et s'en détourne pour aller regarder par la fenêtre. Or l'hésitation est caractéristique du fantastique. En revanche, ce peut être le lecteur qui hésite : faut-il croire à cette vision surnaturelle ? Par ailleurs, l'évocation de la mort donne une coloration tragique à ce texte. Donc la réponse la plus sensée serait : la fin du texte évoque le genre fantastique par les thèmes du dédoublement et de la vision surnaturelle mais la menace de la mort et l'angoisse qu'elle crée tirent le texte vers le tragique.

Image

9. a) Gustave Courbet se représente lui-même de face, en gros plan : souvent l'autoportrait cadre uniquement le visage, c'est le cas ici. Son regard semble plonger dans le regard du spectateur : c'est également la loi du genre.
b) En revanche l'autoportrait est le plus souvent en format « portrait », c'est-à-dire vertical, alors qu'ici Courbet a choisi le format « paysage » (horizontal) comme s'il voulait « écraser » le personnage. Par ailleurs, pour faire son autoportrait, l'artiste se représente le plus souvent de façon neutre ou flatteuse, souvent « au travail ». Certes il y a une tradition romantique du portrait marqué par une émotion mais celle ici représentée est si forte qu'on ne peut s'empêcher de penser que le tableau a un autre sens que de représenter l'artiste.

10. a) Ici Courbet se représente bouche entrouverte, les yeux écarquillés, les deux mains s'arrachant les cheveux, le visage très pâle et contrastant avec la noirceur de la barbe et des cheveux. La lumière venant de la gauche est crue et accentue la violence des contrastes. On se demande ce que le personnage a vu qui provoque en lui une telle émotion à moins que ce ne soit, justement, de se trouver face au spectateur, un autre homme, qui provoque son désespoir. Son expression, son regard font peur ou au moins inquiètent : est-ce si effrayant d'être un homme ?
b) On verrait volontiers dans ce tableau la représentation de Duroy se regardant dans la glace aux lignes 24 à 29 : « il se reconnut à peine », « ses yeux lui parurent énormes », « il était pâle, très pâle ». Et le titre se comprendrait alors comme le désespoir de la condition humaine, la peur irrépressible de l'homme devant le gouffre béant de la mort qui annihile tous ses efforts pour dépasser cette condition mortelle.
Là apparaît non seulement le mal de vivre romantique, poussé jusqu'à un certain cynisme à la fin du XIXe siècle mais également le tragique de la condition humaine tel qu'il se manifestera dans les œuvres des artistes du XXe siècle.

FRANÇAIS

DICTÉE

■ Repérer les difficultés

Ce texte est très long, plus long que la moyenne des dictées du Brevet et, en plus, il n'est pas facile ! Restez donc concentré(e) jusqu'au bout.

• Difficultés de conjugaison :
– Il est nécessaire de maîtriser le futur et de ne pas le confondre avec le conditionnel-temps : « on commandera » et « j'élèverai » (sans « -s ») sont des futurs ; « arrangerait » est un conditionnel-temps (futur dans le passé).
– Il faut également maîtriser le passé simple : on vous fait conjuguer beaucoup de troisièmes personnes du singulier et du pluriel.

• Difficultés grammaticales :
– Il faut maîtriser l'accord du participe passé, dont les trois cas illustrés ici : employé seul, il s'accorde comme un adjectif avec le nom auquel il se rapporte (ex. : « une voiture arrêtée ») ; employé avec l'auxiliaire « être », il s'accorde avec le sujet (ex. : « il fut obligé ») ; employé avec « avoir », il s'accorde avec le cod seulement s'il est placé avant (ex. : « ils avaient cherché quelque chose », pas d'accord à faire).

– Il faut maîtriser l'emploi de l'infinitif. C'est l'infinitif que l'on met après une préposition (à, de, par, pour, sans + infinitif, ex. : « pour s'échauffer ») ou après un premier verbe qui n'est pas l'auxiliaire « être » ou « avoir » (ex. : « si on pouvait verser », « s'il pouvait se casser », « qui aurait pu tomber ou s'envoler ») ou encore comme forme verbale de la subordonnée infinitive après un verbe de perception (ex. : il « les vit se saluer... puis marcher »).
– Pensez aux accords quand le sujet est le pronom relatif qui : « quatre messieurs qui piétinaient », « deux des étrangers qui venaient », « des enfants qui s'amusent ».
• **Difficultés lexicales :**
Retenez l'orthographe de « marmotter », « une clairière », « tantôt », « avec grand-peine », « une canne » (bâton pour marcher).

Partie II : Rédaction

Sujet A : Imagination

Comprendre le sujet A

Vous devez écrire une page de journal intime à la première personne. Reportez-vous à la fiche 9 p. 17-18.
• Pensez à varier les formes de discours :
– narratif : racontez les circonstances de la naissance de votre peur, le déroulement de l'action et la fin heureuse ;
– descriptif : pour exprimer ce que vous ressentez moralement et physiquement (c'est ce que le sujet appelle « expression des sentiments ») ;
– argumentatif : vous vous dédoublez et vous essayez de faire dialoguer les deux parties de vous-même, celle qui a peur et celle qui essaie de raisonner cette peur.
• Inspirez-vous des procédés d'écriture de Maupassant pour faire comprendre la peur ressentie par son personnage :
– un point de vue omniscient puis interne ;
– des manifestations physiques de la peur (mots soulignés dans le texte) ;
– le vocabulaire spécifique de la peur ou des sentiments contraires (en gras ici) ;
– des modalisateurs* pour traduire le trouble de la raison ;
– des connecteurs logiques quand la raison essaie de l'emporter, etc.

[Entrée en matière du journal intime] Mon cher journal, si tu savais ce qui vient de m'arriver et la peur que j'ai eue ! Heureusement, maintenant, il fait jour et les grandes terreurs de la nuit se sont envolées.

[Narration des circonstances] Hier soir, je devais aller à une soirée chez Sophie. Maman était très réticente : quand je sors, elle ne peut pas s'endormir avant mon retour et cela ne l'arrangeait pas du tout de veiller ce soir-là.

Heureusement que la mère de Sophie a téléphoné à la maison pour proposer que je reste dormir chez eux : cela a résolu le problème. Seulement voilà : Sophie et moi, nous nous étions confié notre attirance pour Benjamin, un garçon de la classe.

J'espérais bien danser avec lui mais Sophie l'a accaparé. J'ai été tellement déçue, vexée et humiliée que j'ai immédiatement quitté la soirée. Je décidai de prendre le dernier car pour rentrer à la maison sans prévenir personne. Je voulais pouvoir cacher mes larmes et ne pas avoir à entendre les réflexions extasiées de Sophie commentant les charmes de Benjamin !

[Mise en condition psychologique] Heureusement le car est arrivé assez vite. Le chauffeur parlait et riait avec un inconu. Moi, je ruminais ma déception. Je me sentais laide, idiote et empotée. D'un seul coup, j'eus comme un mauvais pressentiment : ce n'était pas mon jour de chance et si cela continuait… « Tu ne vas pas revenir en bus, c'est trop risqué » : cette phrase de mes parents me trottait dans la tête…

À ce moment-là, j'aurais donné n'importe quoi pour rester dans le car toute la nuit, pour n'avoir jamais obtenu la permission de mes parents ou même pour contempler Sophie pâmée entre les bras de Benjamin.

[Narration de la peur et expression des sentiments] Comment allais-je parcourir le kilomètre qui me séparait de la maison ? La nuit était vraiment très noire, un vent violent me glaçait. Et pourquoi cet homme prenait-il la même rue que moi ?

[Manifestations physiques] Je voulais marcher rapidement vers la maison, mais mes jambes semblaient extrêmement lourdes. J'avais l'impression que mes articulations étaient bloquées et je peinais à chaque pas. À un moment, je m'aperçus que je n'entendais plus que les battements de mon cœur. Je fis un effort surhumain pour me retourner et je constatai que l'inconnu avait pris une autre direction. Soulagée, je respirais profondément. Je m'étais fait des idées ! Je m'étais laissée emporter par mon imagination ! Du coup, mes jambes se délièrent et j'eus l'impression de marcher plus vite. Or, tandis que je me rassurais, j'entendis soudain un claquement régulier : c'était l'inconnu, il me suivait !... Tu ne peux t'imaginer la brusque montée de panique que j'ai ressentie à ce moment-là : toutes les histoires les plus horribles de jeunes filles assassinées me revinrent en mémoire et ma gorge se dessécha.

[Tentatives de raisonnement] Que faire ? La maison était encore loin : si je criais, personne ne m'entendrait… Accélérer le pas ? Courir ? L'angoisse commençait déjà à me couper les jambes. Il se rapprochait, je sentais déjà son souffle chaud sur mon cou… Mais non ! ce n'était qu'une bouche de ventilation. « Du calme, Sarah ! Tu vas te retourner, l'affronter, lui demander ce qu'il veut », me dis-je. *[Dédoublement]* Mais, aussitôt après, j'y avais renoncé, terrifiée par ce claquement comme s'il me frappait.

Une sueur glacée coula dans mon dos… « Sarah, arrête ! » arrivais-je parfois à penser. Je finis par m'efforcer de marcher presque normalement : si j'étais calme, cela l'impressionnerait forcément. Si…

Mais entendre ces pas derrière moi **m'affolait**. Et si je me retournais et que je l'attendais de pied ferme : en attaquant la première, j'aurais pour moi l'effet de surprise, il serait peut-être dérouté et prendrait la fuite ? Heureusement la maison se rapprochait et j'allais bientôt pouvoir échapper à toutes ces **frayeurs** ; je commençais à chercher mes clés quand je m'aperçus que je ne les avais pas dans mon sac. Je blêmis. Mes pensées se précipitaient : sonner ? Mais mes parents dormaient, ils ne m'attendaient pas, ils ne m'entendraient pas. Tambouriner ? Crier ? Aucun son ne sortit de ma gorge.

[Fin heureuse] La porte s'ouvrit enfin et je pus voir le visage de ma mère : « Oh ! ce bruit de l'éolienne, ça m'empêche de dormir ! »

Sujet B : Réflexion

Comprendre le sujet B

- Il s'agit ici d'une réflexion « libre » sur la peur, mais pas « désordonnée ». Organisez-la autour de questions simples : qu'est-ce qui fait peur ? pourquoi ?
- Pensez à élargir la réflexion : la question n'est pas « De quoi avez-vous peur ? » mais « De quoi a-t-on peur ? ». Analysez des cas plus généraux.
- Maupassant le fait dans une nouvelle intitulée « La peur » où il explique que la peur surgit quand on ne comprend pas le danger, quand on ne sait pas quoi faire pour lutter contre quelque chose d'insaisissable.

[Introduction] La peur accompagne sans doute l'homme depuis les débuts de son évolution parce qu'elle fait partie intégrante de sa vie : peur de la guerre, des famines, des épidémies, des phénomènes naturels, en bref peur de ce qui fait mal et, en fin de compte, peur de la mort, résultat ultime de tous ces fléaux.

[Variations de la peur] La peur se décline selon une palette variée de sentiments, de sensations et de manifestations physiques. Elle va de la simple peur à l'angoisse la plus profonde ; elle va du simple frisson, du cri ou du sursaut quand quelqu'un vous surprend, comme elle peut s'accompagner de « chair de poule » ou de palpitations et de sueurs froides : c'est le cas de Duroy, à la veille de son duel, qui se voit déjà mort. Ou vous étreindre jusqu'à ne plus pouvoir sortir un son ou se sentir paralysé.

On peut être complètement tétanisé(e) sur place par une phobie qui semblera puérile et stupide aux autres : phobie des araignées, des serpents… Il y a même des noms médicaux pour nommer la peur des espaces fermés (la claustrophobie) ou ouverts (l'agoraphobie). Ces peurs nécessitent l'aide de médecins pour les surmonter alors même que les autres ne les comprennent pas.

[Causes de la peur] La plupart du temps, nous avons peur de ce que nous ne connaissons pas : depuis la petite peur du bruit inattendu, du mouvement imprévu jusqu'à la peur moins fugace des étrangers parce qu'ils ne parlent pas la même langue et ne vivent pas comme nous, peur de l'ailleurs qui pourrait être différent de notre nid douillet, peur de demain quand la civilisation évolue trop vite et qu'on y perd ses repères.

[Remèdes à la peur] Pour essayer de conjurer tous ces dangers et ces peurs qui l'assaillent de toutes parts, l'homme invente des mythologies : l'orage, que l'on peut expliquer scientifiquement actuellement, était incarné dans l'Antiquité gréco-latine par Zeus qui, mécontent des hommes, lançait sur eux ses foudres et faisait tonner sa colère. Ou bien l'homme invente de conjurer la peur par des rituels : le pharaon mort est momifié et accompagné dans sa tombe de nourriture et d'objets qui lui serviront dans l'au-delà où il sera immortel. Les rites mortuaires se sont développés dans toutes les civilisations pour amadouer « la Faucheuse ». Et s'il ne peut pas inventer une explication, alors l'être humain se recroqueville sur ce qu'il connaît et se ferme.

[Aspects positifs de la peur] Mais la peur n'est pas entièrement négative et a aidé à la survie de l'espèce humaine en permettant de prendre conscience des dangers et ainsi de les éviter. Quand on dit de quelqu'un qu'il n'a peur de rien, qu'il est téméraire, ou plus familièrement « casse-cou », son courage n'est pas valorisé : on considère

qu'il prend des risques inutiles et qu'il ne contribue pas à protéger l'ensemble de l'humanité. C'est au contraire en cherchant à se prémunir contre un risque qu'on fait avancer la science.

[Peur et imagination] Si les peurs sont si diverses, si c'est « à chacun sa peur », c'est en effet parce que dans la peur intervient le rôle de l'imagination, « la folle du logis » « maîtresse d'erreur et de fausseté » comme l'écrivait Blaise Pascal au XVIIe siècle. Maupassant, relatant dans sa nouvelle « La peur » le roulement d'un tambour insaisissable dans le désert, insiste bien sur le fait qu'elle n'est jamais aussi forte que lorsqu'on ne comprend pas d'où peut venir le danger. On imagine tout ce qui pourrait nous arriver faute de savoir quelle est la menace réelle.

Et les auteurs de contes, de livres fantastiques ou de films d'horreur, les concepteurs de parcs d'attraction ont bien compris que c'était un extraordinaire filon à exploiter ! Quel plaisir d'avoir peur à condition de se sentir et de se savoir en sécurité ! Avoir peur du loup quand un adulte vous raconte « le Petit Chaperon rouge » et que vous êtes bien au chaud dans votre lit, loin de la sinistre forêt ! Un roman fantastique comme « Le Horla » instille graduellement la peur chez son personnage mais aussi chez le lecteur, sans lui donner d'explication rationnelle. Pouvoir se moquer du psychopathe qui rôde ou des zombies quand on sait que la porte d'entrée est bien fermée et que de toute façon « ça n'existe pas ! » ! Certain(e)s recherchent même ces sensations fortes, cette décharge d'adrénaline, en faisant des sports extrêmes comme le saut à l'élastique. Mais ils ont auparavant vérifié les conditions de sécurité.

[Conclusion] La peur est un sentiment à multiples variations individuelles. Elle naît de l'inconnu plus que du connu, qu'elle soit le fruit de notre imagination ou de ce que nous ne maîtrisons pas – comme l'avenir.

Sujet 3

Maylis De Kerangal
Naissance d'un pont

Partie I : Travail sur le texte littéraire et sur une image

1 heure 10 min   50 points

Document 1 Texte littéraire

John Johnson, dit le Boa, a été élu maire de Coca, ville imaginaire des États-Unis. Il a de grands projets pour sa ville. Quelques semaines après son élection, il fait un séjour à Dubaï. C'est son premier voyage hors du continent américain.

Ce qu'il voit entre l'aéroport et la ville provoque chez lui une sensation ambivalente d'euphorie[1] et d'écrasement.

Les grues d'abord lui éberluent[2] la tête : agglutinées par centaines, elles surpeuplent le ciel, leurs bras comme des sabres laser plus fluorescents que ceux des guerriers du Jedi, leur halo blafard auréolant la ville chantier d'une coupole de nuit blanche. Le Boa se tord le cou à les compter toutes, et l'homme en *dishdash*[3] blanche qui le coudoie sur la banquette, le voyant faire, lui signale qu'un tiers des grues existant à la surface du globe est réquisitionné en ces lieux : une sur trois répète-t-il, une sur trois est ici, chez nous. Sa toute petite bouche soulignée d'un trait de moustache articule très doucement nous construisons la cité du futur, une entreprise pharaonique. Le Boa ne dit plus rien. Il salive, émerveillé. La prolifération des tours le sidère, si nombreuses qu'on les croit multipliées par un œil malade, si hautes qu'on se frotte les paupières, craignant d'halluciner, leurs fenêtres blanches comme des milliers de petits parallélogrammes aveuglants, comme des milliers de pastilles de Vichy effervescentes dans la nuit délavée ; ici on travaille vingt-quatre heures sur vingt-quatre, les ouvriers sont logés à l'extérieur de la ville, les rotations se font par navette – l'homme susurre chaque information, escortant l'étonnement du Boa avec délicatesse. Plus loin, il pointe d'un index cireux un édifice en construction, déjà haut d'une centaine d'étages, et précise : celle-ci sera haute de sept cents mètres. Le Boa hoche la tête, s'enquiert soudain des hauteurs de l'Empire State Building de New York, ou du Hancok Center de Chicago, questionne sur les tours de Shanghai, de Cape Town, de Moscou, il est euphorique et médusé[4]. À Dubaï donc, le ciel est solide, massif : de la terre à bâtir. Le trajet est long dans la longue voiture, la mer tarde à venir, le Boa l'attend plate, inaffectée, lourde nappe noire comme le pétrole dont le pourtour s'effacerait dans la nuit, et il sursaute à la découvrir construite elle aussi, rendue solide, croûteuse, et apte à faire socle pour un archipel artificiel qui reproduirait un planisphère – la Grande-Bretagne y est à vendre trois millions de dollars – ou un complexe d'habitations de luxe en forme de palmier : elle aussi, donc, de la terre à bâtir.

Le Boa arrive à l'hôtel bouleversé, les joues rouges et les yeux exorbités, il peine à s'endormir, la nuit est trop claire, comme filtrée par une gaze[5] chaude, lui-même trop excité – le Burj Al-Arab est l'hôtel le plus haut du monde, une immense voile de verre et de Téflon gonflée face au golfe Persique qui est absolument noir à cette heure, et clos comme un coffre [...]. Au réveil, le Boa est convaincu d'avoir trouvé l'inspiration qui manquait à son mandat. C'est un espace maîtrisé qui s'offre à ses yeux, un espace, pense-t-il, où la maîtrise se combine à l'audace, et là est la marque de la puissance.

Maylis DE KERANGAL, *Naissance d'un pont*, éditions Verticales, 2010.

---

1. Euphorie : sensation intense de bien-être, de joie, d'optimisme.
2. Éberluer : étonner vivement, stupéfier.
3. *Dishdash :* longue robe blanche, vêtement traditionnel.
4. Médusé : qui manifeste un grand étonnement, de la stupeur.
5. Gaze : tissu léger, utilisé en couture (gaze de soie ou de coton) ou en compresses et pansements (gaze de coton).

Document 2 Image

Philip Lange, « Site de construction à Dubaï », © Shutterstock.

QUESTIONS

Grammaire et compétence linguistique

1. À quel temps les verbes sont-ils majoritairement conjugués dans le texte ? Comment comprenez-vous ce choix de l'auteur ? **(4 points)**

Réécriture

2. Réécrivez cette phrase en remplaçant « Le Boa » par « Ils » et en procédant à toutes les transformations nécessaires.
« Le Boa arrive à l'hôtel bouleversé, les joues rouges et les yeux exorbités, il peine à s'endormir, la nuit est trop claire, comme filtrée par une gaze chaude, lui-même trop excité ». **(10 points)**

Compréhension et compétence d'interprétation

3. Quelles sont les caractéristiques principales de la ville décrite dans le texte ? **(4 points)**

4. Étudiez précisément la progression des émotions et sensations ressenties par le personnage principal au fil de l'extrait. **(6 points)**

5. « Sa toute petite bouche soulignée d'un trait de moustache articule très doucement nous construisons la cité du futur, une entreprise pharaonique » : comment dans cette phrase les propos tenus par le personnage sont-ils rapportés ? Est-ce une manière de faire habituelle ? À votre avis, pourquoi l'auteur procède-t-il ainsi ? **(4 points)**

6. « Une entreprise <u>pharaonique</u> » (l. 11) : **(3 points)**
a) Comment le mot souligné est-il construit ?
b) Que signifie-t-il généralement ?
c) Le contexte lui donne-t-il une valeur particulière ?

7. « Un espace, pense-t-il, où la maîtrise se combine à l'audace, et là est la marque de la puissance » (l. 37-38) :
a) Expliquez le sens de cette phrase en vous aidant de ce qui la précède. **(4 points)**
b) À votre avis, l'auteur partage-t-il ici la pensée du personnage ? **(2 points)**

8. Proposez un titre pour ce texte, puis expliquez vos intentions et ce qui justifie votre proposition. **(4 points)**

Image

9. Quels sont les éléments qui rapprochent l'image et le texte ? **(4 points)**

10. Quelles impressions suscite en vous cette photographie ? Sont-elles comparables à celles produites par le texte ? Pourquoi ? **(4 points)**

DICTÉE 20 min 10 points

Sont inscrits au tableau : au-delà, Aragon, Aurélien, 1944.

Les Parisiens n'ont jamais de leur ville le plaisir qu'en prennent les provinciaux. D'abord, pour eux, Paris se limite à la taille de leurs habitudes et de leurs curiosités. Un Parisien réduit sa ville à quelques quartiers, il ignore tout ce qui est au-delà qui cesse d'être Paris pour lui. Puis il n'y a pas ce sentiment presque continu de se perdre qui est un grand charme. Cette sécurité de ne connaître personne, de ne pouvoir être rencontré par hasard. Il lui arrive d'avoir cette sensation bizarre au contraire dans de toutes petites villes où il est de passage, et le seul à ne pas connaître tous les autres.

Louis ARAGON, *Aurélien,* © éditions Gallimard, 1944.

Partie II : Rédaction

1 heure 30 min 40 points

Vous traiterez au choix le sujet A ou B.

Sujet A : Réflexion

Selon vous, la vie au sein d'une ville moderne est-elle source de bonheur et d'épanouissement ?

Vous répondrez à cette question dans un développement argumenté en vous appuyant sur votre expérience, sur vos lectures, votre culture personnelle et les connaissances acquises dans l'ensemble des disciplines.

Votre rédaction sera d'une longueur minimale d'une soixantaine de lignes (300 mots environ).

Sujet B : Imagination

Vous êtes un architecte et vous proposez au pays imaginaire d'Utopia la fondation d'une ville idéale. Écrivez la lettre que vous adressez aux dirigeants d'Utopia pour expliquer votre vision de la ville, justifier vos choix et les inviter à retenir votre projet.

Votre rédaction sera d'une longueur minimale d'une soixantaine de lignes (300 mots environ).

CORRIGÉ

Partie I : Travail sur le texte littéraire et sur une image

Premier réflexe : observer le texte

• Il s'agit d'un texte récent (publié en 2010) d'un auteur contemporain, Maylis de Kerangal, sur une ville qui incarne la modernité car elle est en devenir : Dubaï.
• Lisez bien le chapeau d'introduction qui vous situe le personnage : le Boa est maire d'une ville imaginaire et vient visiter cette ville futuriste.
• Soyez sensibles à toutes les comparaisons que l'on n'attendrait pas dans une description de ville : les sabres laser, les pastilles Vichy dans le texte de M. de Kerangal… qui soulignent le caractère surréaliste de cette ville un peu folle.

QUESTIONS

Remarques préalables

• Sept questions allient vos connaissances en langue (emploi des temps, vocabulaire…) et votre compréhension des intentions de l'auteur du texte.
• N'hésitez pas à développer la question 2 : l'adverbe « précisément » vous incite à détailler les émotions du personnage et la question vaut 3 points.
• Attention aux deux dernières questions qui vous demandent plus de réflexion : question 6, la phrase est plus complexe à comprendre ; on vous précise de vous appuyer sur ce que vous avez lu avant. Question 7, il s'agit de proposer un titre.

Grammaire et compétence linguistique

1. Le temps majoritairement utilisé pour conjuguer les verbes du texte est le présent de l'indicatif. Ce temps donne au lecteur l'impression qu'il est plongé, comme le personnage, dans le spectacle de cette ville, qu'il participe à sa découverte, qu'il la vit. C'est un présent de narration qui donne plus de force, plus d'impact aux événements racontés.

2. Réécriture

Repérer les difficultés

• Les modifications sur les deux formes verbales sont simples : il suffit de mettre à la 3e personne du pluriel ces verbes du 1er groupe, sans piège (« ils arrivent », « ils peinent »).
• En revanche il faut bien repérer les termes (pronom, adjectif, participe) qui renvoient à ce sujet devenu pluriel « ils » : il faut accorder au masculin pluriel ces termes (« bouleversés », « eux-mêmes », « excités »).

• Repérer que les autres participes et adjectifs ne doivent pas être modifiés car ils ne se rapportent pas aux personnages (ainsi « claire » et « filtrée » se rapportent à « la nuit », féminin singulier).

Ils arrivent à l'hôtel boulevers**és**, les joues rouges et les yeux exorbités, **ils peinent** à s'endormir, la nuit est trop claire, comme filtrée par une gaze chaude, **eux-mêmes** trop excit**és**.

Compréhension et compétence d'interprétation

3. La ville décrite – Dubaï – est en pleine construction, puisque le narrateur est d'abord éberlué par le nombre extrême de grues (un tiers des grues existant au monde est ici concentré). Cette ville se caractérise donc par son gigantisme : les tours prolifèrent (l. 12) plus hautes les unes que les autres (l. 13). Elle semble en proie à une folie de la construction parce qu'elle veut transformer en « terre à bâtir » le ciel « solide, massif » (l. 24) et la mer « rendue solide, croûteuse » (l. 27). On pourrait qualifier d'orgueil excessif, d'arrogance cette volonté de construire plus haut et plus dense que partout ailleurs au monde.

4. Le personnage est en proie à des sensations et des sentiments ambivalents, comme cela est dit dès le début du texte (l. 2). Il est d'abord très étonné (« éberlu(er) », l. 3), puis admiratif (« émerveillé », l. 12) devant cette volonté insatiable de construire toujours plus et toujours plus haut. Ce défi provoque en lui de l'enthousiasme (« euphorique et médusé », l. 23) et de l'excitation (« bouleversé », l. 31, « excité », l. 33) : il pense avoir trouvé dans la démesure de cette ville l'esprit, la marque de la gouvernance qu'il mettra en place pour diriger la ville américaine dont il est maire : « maîtrise » et « audace ».

5. Les propos du personnage à « trait de moustache » sont rapportés sans respecter les règles de présentation du discours direct, c'est-à-dire sans la ponctuation qui le marque (: pour annoncer les paroles et guillemets pour les délimiter). On pourrait parler de discours indirect libre mais les paroles rapportées ne nous font pas pénétrer dans l'esprit du personnage. C'est plutôt comme si ces paroles parvenaient tout doucement à l'esprit du Boa, sans qu'il parvienne à les comprendre, tellement il est sidéré. Il n'y a pas dialogue entre les deux personnages, le Boa entend cela sans vraiment écouter.

6. a) L'adjectif « pharaonique » est construit avec un suffixe d'adjectif (« -ique ») ajouté au nom « pharaon ».
b) Il sert, usuellement, à caractériser ce qui se rapporte à ces anciens souverains de l'Égypte.
c) Mais dans la mesure où ils ont été des bâtisseurs prodigieux de pyramides, l'adjectif prend le sens de magnifique, voire démesuré, mégalomane, c'est-à-dire désireux de faire toujours plus grand, voire trop grand.

7. a) Le Boa, en constatant la frénésie de construction qui caractérise cette ville ambitieuse, pense qu'il faut faire preuve d'audace, oser des défis (toujours plus haut, gagner sur le ciel et sur la mer) tout en étant capable de maîtriser techniquement ces défis, donc de les réaliser. Pour lui qui va avoir à gérer sa ville, il faut associer des rêves de grandeur (l'audace) avec les moyens réels (les grues, les ouvriers vingt-quatre

FRANÇAIS

heures sur vingt-quatre) de les faire exister (la maîtrise) et que c'est cela qui donne à une ville, à un pays, voire à un homme, la puissance.

b) L'auteur ne semble pas partager la pensée du Boa. On perçoit une distance critique, voire un avertissement, à travers quelques expressions dont notamment le « pense-t-il » qu'il prend soin d'insérer dans la phrase. La ville de Dubaï apparaît souvent comme surréaliste ou inhumaine. Les grues sont comparées à des sabres laser de guerriers du Jedi (l. 4-5), comme s'il s'agissait d'un jeu de pure fiction. Les tours sont si nombreuses qu'on les croirait « multipliées par un œil malade » (l. 13) et si hautes que l'on pense à une hallucination (l. 14) : on n'est donc pas dans le raisonnable. Cela semble folie (le prix exorbitant de trois millions de dollars pour acheter un « fac similé » de Grande-Bretagne souligne l'aspect démesuré du projet) que de vouloir bâtir le ciel et la mer.

8. *[Il n'y a pas qu'une seule réponse possible pour formuler ce titre mais pensez à évoquer la construction ou la ville et la démesure.]* Comme titre on peut proposer « Folie de bâtisseur » ou « Une ville mégalomane » ou « Dubaï, la ville qui exagère/ de l'audace » ou « Dubaï, un défi inhumain », etc. En effet le texte de M. de Kerangal montre à quel point les bâtisseurs de Dubaï sont les pharaons de l'ère moderne, rêvant de conquérir terre, ciel et mer pour y implanter des projets architecturaux toujours plus audacieux.

Image

9. La photographie de P. Lange montre un chantier où l'on voit au moins cinq grues sur un espace limité, des échafaudages et de constructions vides, des tours très hautes à l'arrière-plan ainsi que des tas de sable et le désert au premier plan. Cela correspond à ce que dit le texte de cette frénésie de construction et de l'avancée des constructions sur le désert.

10. Comme la photographie est prise en format paysage et qu'on a au premier plan le « désert », on est plus sensible ici à l'environnement naturel et sec opposé au monde minéral du chantier (fer, pierre) : on se demande quand la construction des tours cessera. Il s'agit bien de Dubaï mais on ne partage pas l'émerveillement du Boa pour la splendeur des constructions : c'est une autre réalité de ce délire architectural que la photographie nous montre, une réalité où l'humain ne semble guère avoir sa place.

DICTÉE

Repérer les difficultés

• Difficultés de conjugaison :

– Tous les verbes sont au présent de l'indicatif, à la 3e personne ; cela ne présente pas de grandes difficultés mais faire attention au verbe « réduire » (du 3e groupe) qui fait « il réduit » à la 3e personne du singulier.

– Pour tous les verbes du 1er groupe, la 3e personne du singulier au présent est en -e : « Paris se limite », « il ignore », « qui cesse », « il lui arrive ».

• **Difficultés grammaticales** :
– Bien repérer le verbe « prendre » dans la proposition subordonnée « qu'en prennent les provinciaux » : le sujet inversé et le pronom « en » risquent de brouiller votre compréhension de la phrase ; rétablir l'ordre habituel : « les provinciaux prennent du plaisir de Paris » ; cela vous permet de moins hésiter sur l'orthographe de la forme verbale.
– Attention à « tout » qui apparaît sous toutes ses formes dans ce texte : le pronom neutre invariable dans « tout ce qui » à distinguer de « tous ceux qui » qui désignerait un nom pluriel, par exemple, « tous les Parisiens qui » ; l'adjectif qui s'accorde avec « villes » au féminin pluriel « dans de toutes petites villes » ; le déterminant pluriel « tous les autres ».
– Bien repérer le pronom réfléchi « se », toujours devant un verbe (« se limite », « se perdre ») à ne pas confondre avec le démonstratif « ce » qui ne peut se trouver que comme déterminant devant un nom (« ce sentiment ») ou comme pronom (« ce qui est »).

Partie II : Rédaction

Sujet A : Réflexion

■ Comprendre le sujet A

• Bien identifier ce qu'il faut entendre par « ville moderne » : c'est l'exemple de Dubaï illustré par le texte de M. de Kerangal, ou encore de New York (pourtant ancienne), du quartier de La Défense en région parisienne ou de ville construite récemment comme Shanghai – c'est-à-dire des villes hérissées de tours, très denses, très hautes –. Cela pose la question des espaces verts, du bruit, de la densité de population…
• Prendre en compte les deux termes proposés de « bonheur » et « épanouissement » : ce sont deux notions subjectives, propres à chacun. Par conséquent, vous ne pourrez pas envisager tous les arguments, il faudra les sélectionner en fonction de choix personnels.
• Comme indiqué dans la consigne, pensez à utiliser vos lectures, notamment ce texte de M. de Kerangal ou celui de É. Zola.

[Introduction] Si on nous dit « ville moderne », que voit-on en imagination ? New York, pourtant construite aux débuts du XXe siècle, reste l'archétype de ces villes hérissées de gratte-ciels. Ont suivi le quartier de La Défense à Paris, Shanghai, Lagos… et l'exemple actuel de Dubaï, que décrit le texte de M. de Kerangal, ville résolument moderne qui se construit sur le sable du désert et même s'étend sur la mer ! En dehors de leurs tours, comment sont conçues ces villes pour répondre aux besoins de leurs habitants ?

[Premier argument : l'esthétique de l'architecture] Construire en hauteur répond à un accroissement très rapide de la population urbaine qu'il faut faire travailler, vivre

et habiter sur une surface restreinte. Ces « villes-champignons », qui « poussaient » très rapidement, là où il n'y avait avant que des champs, ont parfois illustré les rêves futuristes des architectes… Est-ce que ces innovations ou ces splendeurs architecturales signifient pour autant bonheur et épanouissement des résidents ? Pour être sensible à l'esthétique d'une architecture, il ne faut pas être submergé par d'autres problèmes : un immeuble magnifique mais peu pratique ou bien réservé à une certaine clientèle, par exemple.

Il faut d'ailleurs nuancer : toutes les villes modernes ne sont pas forcément des prodiges séduisants d'architectes qui rivalisent d'imagination pour donner la forme la plus originale possible à leurs bâtiments. Certaines alignent les formes grisâtres parallépipédiques de leurs bâtiments de façon très monotone, sans aucune variation, sans aucune couleur, comme si on alignait des dortoirs. Or la première nécessité est de respecter les règles de l'urbanisme, c'est-à-dire un équilibre entre l'habitat et les autres espaces de vie de l'homme urbain.

[Deuxième argument : le souci de l'urbanisme] L'urbanisme regroupe l'ensemble des techniques qui doivent assurer un développement harmonieux des espaces urbains. Les architectes actuels s'en soucient et l'idée des concepteurs des villes modernes est de réunir dans un même espace tout ce dont peuvent avoir besoin les habitants, qu'ils soient de passage ou non : aux différents niveaux des tours vont s'étager les centres commerciaux, les bureaux, les appartements, les centres de loisir et de sport, les appartements dont les fenêtres offrent une vue magnifique sur la ville (et la nuit, avec toutes les lumières, c'est féérique). Tout est pensé pour atteindre un niveau maximum de confort, d'hygiène et de sécurité.

Pour les architectes et urbanistes de ces villes nouvelles il apparaît donc comme une évidence que la vie doit s'y dérouler de manière heureuse et épanouissante.

Mais est-ce que le tout à portée de main est une garantie du bonheur pour chacun ? En effet, avoir tout proposé dans son immeuble peut amener l'individu à perdre toute curiosité, tout désir d'aller voir ailleurs, au risque de perdre ces conditions de vie que l'on prétend idylliques. Ces citadins vont évoluer vers un « entre soi » qui prend des allures de ghetto car les prix des appartements dans ces villes résolument modernes sont si élevés que seuls les plus riches peuvent y habiter.

Par conséquent coexistent à quelques mètres les uns des autres, des quartiers d'affaires aux buildings orgueilleux et des quartiers sordides, comme c'est le cas à Rio de Janeiro, par exemple, où les gratte-ciels côtoient les favelas. Dans un film comme *Metropolis* de Lang ou le dessin animé de Grimault et Prévert *Le Roi et l'Oiseau* les villes modernes se développent à deux niveaux : les étages supérieurs pour les nantis oisifs et les bas-fonds sans air pour les ouvriers nécessiteux.

[Troisième argument : ville et liberté] Dans les villes modernes y a-t-il une réelle place pour l'être humain dans son individualité ? Bonheur et épanouissement découlent de choix personnels : peut-on les privilégier en ville ? Il semblerait qu'en apparence du moins ce soit le cas puisque de nombreux pays connaissent un exode rural important et que des paysans quittent leur lopin de terre pour tenter leur chance en ville dans l'espoir de trouver un travail et une vie meilleure, mais les trouvent-ils ? Certes les villes modernes sont des villes où la vie « pulse » à un rythme souvent effréné, où les distractions et les services abondent, où il y a toujours quelque chose à faire, à voir, où l'anonymat est garanti… mais n'est-ce pas une illusion de vie véritable ? Très souvent les habitants des villes, qu'elles soient modernes ou non

d'ailleurs, partent le week-end à la campagne pour retrouver une maison individuelle dans un village certes où il y a moins de confort mais où les voisins se connaissent, où on entend moins de bruit, où on peut prendre son temps, flâner… Ils vont donc chercher autre chose.

[Conclusion] Répondre à la question posée est une question de sensibilité personnelle mais aussi et surtout de niveau de vie : apparemment il n'y a pas de règle absolue.

Sujet B : Imagination

Comprendre le sujet B

• On vous demande d'écrire une lettre : cela peut vous sembler peu moderne (vous auriez pensé à un courriel) mais cela reste une forme communément employée car elle conserve un caractère officiel. Consultez la fiche 5 p. 15-16 pour vous en remémorer les critères.

• N'oubliez pas en particulier que, dans une lettre, il y a un expéditeur – l'architecte qui conçoit la ville – et un destinataire – les habitants d'Utopia – : vous devez les rendre présents, surtout l'architecte qui présente son projet.

• Vous êtes dans un pays imaginaire et vous devez construire la ville idéale : soyez audacieux ! Mieux vaut développer deux ou trois idées très innovantes plutôt que de vouloir décrire toute la ville. Adoptez un ton enthousiaste, propre à persuader : voyez quels procédés utiliser grâce à la fiche qui suit.

Mesdames et Messieurs, Chers Utopiens,

[Prise en compte du destinataire] J'ai pris connaissance de votre appel d'offres pour construire une ville nouvelle mais surtout une ville idéale dans votre beau pays d'Utopia !

Je m'empresse donc de vous présenter mon projet qui, je l'espère, saura répondre à vos attentes. Vous avez déjà dû entendre mon nom. Sachez que pour moi il n'y a pas de projet irréalisable ! J'ai mené à bien la construction d'une ville sous-marine, j'ai conçu des immeubles qui, tels des héliotropes, suivent le soleil : conséquence… leurs appartements sont toujours ensoleillés. Pour construire votre ville je n'aurai que ces guides en tête : l'imagination au service de la beauté et de la fonctionnalité !

[Développement des idées] Le maître mot de ma ville idéale est la diversité. Avez-vous envie de continuer cette vie monotone du citadin qui fait chaque jour la même chose, le même trajet et doit attendre le week-end pour s'échapper vers un environnement plus séduisant en s'infligeant des heures sur les routes ?

Premier aspect de cette diversité : la nature est complètement associée à la ville car je tiens à la faire entrer par tous les moyens dans la vie de vos concitoyens. À Utopia, les tours seront comme les troncs d'arbres gigantesques auxquels s'accrochera toute la végétation. On s'y promènera dans une forêt tropicale puis dans un jardin zen, une forêt de mélèzes ou une allée de palmiers au gré des quartiers. Par conséquent on pourra aussi varier son habitat : dormir dans une cabane perchée dans un arbre ou sous une tente : en effet, chaque quartier bénéficiera d'un climat différent sous sa bulle immense.

Diversité des loisirs aussi : les lieux de vie et de distraction seront disséminés dans toute la ville et non pas réservés à un seul quartier. Ils s'adapteront instantanément à la personne qui les choisit. Par exemple tout le monde pourra s'asseoir dans une grande salle de cinéma, ce qui mêlera les générations, et selon son âge ou ses envies chacun verra son film sur l'écran, grâce à un système particulier de lunettes : ainsi le grand-père verra un western assis à côté de son petit-fils qui, lui, regardera un film de science-fiction.

Rêvez ! Rêvez ! Je vous offre une ville entièrement modulable, au service de ses habitants, c'est-à-dire que les lieux changeront au gré des humeurs ou des envies de leurs utilisateurs : par exemple les habitants pourront le matin choisir de travailler dans une boulangerie, un hôpital ou un atelier de gravure et le soir changer de résidence comme décrit plus haut : cabane dans un arbre, suite dans un palace ou tente dans un camping au bord de la mer… et cela pour le même prix.

Abolie l'injustice ! Les pauvres pourront profiter, comme les riches, de conditions agréables de vie ! Ainsi régnera l'harmonie entre les classes sociales.

Imaginez votre plaisir de vivre dans cette ville changeante ! Vous êtes d'humeur mélancolique ? Vous arpentez des allées de jardins publics fleuries de chrysanthèmes et ombragées de saules pleureurs. Vous avez envie de retrouver le moral ? Vous contemplez des massifs d'azalées aux couleurs éclatantes ou des parterres de coquelicots …

Dans les rues, rectilignes ou sinueuses, les maisons de différents styles se succèdent : maisonnettes de village aux murs colorés, villas des siècles précédents, gratte-ciels aux formes évocatrices… Quel bonheur incroyable de changer d'endroit plusieurs fois par jour ! Finis la monotonie et l'ennui ! On pourra le matin se retrouver avec des amis dans un bar italien pour prendre un cappuccino, le midi dans un grand restaurant gastronomique français et le soir dans une boîte de nuit londonienne, non sans être passé, dans l'après-midi, par une forêt de sapins enneigés, à moins que vous n'ayez choisi une baignade dans une mer tropicale.

La ville idéale que vous cherchez à construire vient de naître sous ma plume ! C'est le concentré parfait de tous les plaisirs de vivre et de toutes les beautés du monde. Je vous joins les plans, du moins les plans de départ puisque, je vous le rappelle, le secret de cette ville idéale est qu'elle ne peut exister de manière définitive mais qu'elle va changer de forme, aussi souple et évolutive qu'un nuage dans le ciel !

Vous allez adorer venir habiter dans ma ville qui est déjà LA VÔTRE !

Et qui sera aussi la mienne ! Car si on dit toujours que les architectes n'aimeraient pas vivre dans les bâtiments qu'ils ont imaginés ! eh bien moi, je vais venir m'installer parmi vous, dans cette ville qui sera l'apothéose de ma carrière !

Veuillez recevoir, mes chers futurs concitoyens, l'assurance que je ferai le maximum pour être à la hauteur de vos attentes, ainsi que mes sentiments les plus chaleureux !

Votre architecte dévoué

Sujet 4

Didier Daeninckx
Cannibale

Partie I : Travail sur le texte littéraire et sur une image

1 heure 10 min   50 points

Document 1 Texte littéraire

Un vieil homme raconte comment, en compagnie d'hommes et de femmes de son village de Nouvelle-Calédonie, il a été désigné par les autorités françaises pour représenter l'Océanie à l'Exposition coloniale de 1931, à Paris.

Nous avons embarqué le 15 janvier 1931, sur le « Ville de Verdun ». Nous vivions sur le troisième pont, comme des passagers de dernière catégorie. Il faisait trop chaud le jour, trop froid la nuit, et plusieurs d'entre nous ont contracté la malaria[1] lors d'une escale aux Nouvelles-Hébrides. Il y a eu trois morts, si mes souvenirs sont exacts, dont Bazit, un Kanak[2] albinos de Wé. L'équipage a jeté leurs corps à la mer sans nous laisser le temps de leur expliquer que l'on naît pour vivre avec les vivants et que l'on meurt pour vivre avec les morts. Les morts ne peuvent vivre dans l'océan, ils ne peuvent pas trouver leur tribu… Nous sommes arrivés à Marseille au début du mois d'avril, sous la pluie. Des autocars militaires attendaient sur le quai de la Joliette pour nous conduire directement à la gare Saint-Charles. Je ne connaissais que la brousse de la Grande-Terre[3], et d'un coup je traversais l'une des plus vastes villes de France… À l'époque, je n'étais jamais allé au cinéma. J'avais mal aux yeux à force de les tenir ouverts pour ne rien perdre du spectacle ! Les lumières, les voitures, les tramways, les boutiques, les fontaines, les affiches, les halls des cinémas, des théâtres… Parvenus à la gare, nous n'osions pas bouger. Nous restions collés les uns aux autres, comme des moutons, effrayés par le bruit, les fumées, les râles de vapeur et les sifflements des locomotives. La fatigue m'a terrassé. Je n'ai presque rien vu du voyage, sauf un moment magique : un peu de neige qui tombait sur le Morvan[4]. Je restais le plus près possible de Minoé[5]. Elle m'était promise, et j'avais fait le serment à son père, le petit chef de Canala, de veiller sur elle.

À Paris, il ne subsistait rien des engagements qu'avait pris l'adjoint du gouverneur à Nouméa[6]. Nous n'avons pas eu droit au repos ni visité la ville. Un officiel nous a expliqué que la direction de l'Exposition était responsable de nous et qu'elle voulait nous éviter tout contact avec les mauvais éléments des grandes métropoles. Nous avons longé la Seine, en camion, et on nous a parqués derrière des grilles, dans un village kanak reconstitué au milieu du zoo de Vincennes, entre la fosse aux lions et le marigot des crocodiles. Leurs cris, leurs bruits nous terrifiaient. Ici, sur la Grande-Terre, on ne se méfie que du serpent d'eau, le tricot rayé. Et encore… les gamins s'amusent avec. C'est rare qu'il arrive à ouvrir sa gueule assez grand pour mordre ! Au cours des jours qui ont suivi, des hommes sont venus nous dresser, comme si nous étions des animaux sauvages. Il fallait faire du feu dans des huttes mal conçues dont le toit laissait passer l'eau qui ne cessait de tomber. Nous devions creuser d'énormes troncs d'arbres, plus durs que la pierre, pour construire des pirogues tandis que les femmes étaient obligées de danser le pilou-pilou à heures fixes. Au début, ils voulaient même qu'elles quittent la robe-mission[7] et exhibent leur poitrine. Le reste du temps, malgré le froid, il fallait aller se baigner et nager dans une retenue d'eau en poussant des cris de bêtes. J'étais l'un des seuls à savoir déchiffrer quelques mots que le pasteur[8] m'avait appris, mais je ne comprenais pas la signification du deuxième mot écrit sur la pancarte fichée au milieu de la pelouse, devant notre enclos : « Hommes anthropophages[9] de Nouvelle-Calédonie ».

Didier DAENINCKX, *Cannibale*, © Éditions Verdier, 1998.

1. Malaria : maladie transmissible par les moustiques, qui entraîne de fortes fièvres.
2. Kanak : peuple d'Océanie (appelé aussi « mélanésien »). Ce nom, en polynésien, signifie « homme ».
3. Grande-Terre : nom de l'île principale qui constitue la Nouvelle-Calédonie.
4. Morvan : région de Bourgogne.
5. Minoé : nom féminin.
6. Nouméa : capitale de la Nouvelle-Calédonie.
7. Robe-mission : robe préconisée par les missionnaires, lorsqu'ils ont converti les Kanaks au christianisme.
8. Pasteur : prêtre chez les Protestants.
9. Anthropophages : qui mangent de la chair humaine (synonyme de « cannibales »).

Document 2 Image

« Jardin zoologique d'acclimatation : Indiens Galibis », affiche de Jules Chéret, 1882.
Le Jardin d'acclimatation se trouve dans le bois de Boulogne, en bordure de Paris.
Les Indiens Galibis sont des Amérindiens vivant en Amazonie, en Guyane française.

QUESTIONS

Grammaire et compétence linguistique

1. « Les lumières, les voitures, les tramways, les boutiques, les fontaines, les affiches, les halls des cinémas, des théâtres... » (lignes 14 à 16).

a) Quelle est la particularité grammaticale de cette phrase ? **(1 point)**

b) Quel effet est produit par la construction de cette phrase ? **(2 points)**

2. « Un officiel nous a expliqué que […] avec les mauvais éléments des grandes métropoles » (lignes 24 à 27).

a) Comment sont rapportées les paroles de l'officiel ? Quelles caractéristiques grammaticales vous permettent d'identifier ce type de discours rapporté ? **(2 points)**

b) Que pensez-vous de l'explication avancée par l'officiel ? **(2 points)**

Réécriture

3. Réécrivez le passage suivant à la troisième personne du pluriel et au féminin. Vous effectuerez toutes les modifications nécessaires.
« Parvenus à la gare, nous n'osions pas bouger. Nous restions collés les uns aux autres, comme des moutons, effrayés par le bruit, les fumées, les râles de vapeur et les sifflements des locomotives. La fatigue m'a terrassé. » (lignes 16 à 18) **(10 points)**

Compréhension et compétence d'interprétation

4. D'après les lignes 1 à 5, comment s'est déroulé le voyage en bateau ? Relevez trois indices dans ce passage pour justifier votre réponse. **(3 points)**

5. Dans le passage qui s'étend de la ligne 5 à la ligne 8 :
a) Pour quelle raison l'équipage du navire a-t-il « jeté leurs corps à la mer » ? **(1 point)**
b) De quelle manière le narrateur perçoit-il ce geste ? Justifiez votre réponse. **(2 points)**

6. « Nous restions collés les uns aux autres, comme des moutons, effrayés par le bruit, les fumées, les râles de vapeur et les sifflements des locomotives. » (lignes 16 à 18).
a) Relevez et identifiez la figure de style utilisée dans cette phrase. **(1 point)**
b) Expliquez-la : que met ainsi en valeur le narrateur ? **(2 points)**

7. Dans le passage qui s'étend de la ligne 18 à la ligne 22 (« Je n'ai presque rien vu [...] de veiller sur elle. ») :
a) Expliquez le choix de l'adjectif « magique » par le narrateur. **(1 point)**
b) Expliquez l'expression : « Elle m'était promise ». **(1 point)**
c) Qu'apprend-on dans ces phrases sur le caractère du personnage ? **(4 points)**

8. Dans le passage de la ligne 27 à la ligne 44, comment les Kanaks sont-ils traités ? Développez votre réponse en vous appuyant sur des citations de ce passage. **(4 points)**

9. Quelle image des Kanaks la direction de l'exposition veut-elle montrer ? Selon vous, le narrateur correspond-il à cette image ? Développez votre réponse en prenant appui sur l'ensemble du texte. **(4 points)**

Image

10. a) Que représente cette affiche ? **(2 points)**
b) Quel(s) lien(s) pouvez-vous faire avec le texte de D. Daeninckx ? **(2 points)**

11. Quels peuvent être les réactions et les sentiments des personnages présents sur l'affiche ? Et des visiteurs de ce Jardin d'acclimatation en 1882 ? Développez votre opinion. **(6 points)**

DICTÉE 20 min 10 points

On précisera aux élèves que le narrateur est un homme.

Je me suis précipité sur les uniformes, les poings dressés. Ils n'attendaient que cela pour sortir leurs gourdins et me frapper sur les épaules, la tête. J'ai réussi à m'agripper à un des surveillants, à m'en servir comme d'un bouclier. J'avançais en le tenant par la gorge. Je montrais les dents, comme ils nous avaient appris à le faire pour impressionner les visiteurs. Ils avaient formé le cercle et riaient.

Mais c'est qu'il mordrait, le cannibale !

L'un des gardiens s'était faufilé derrière moi, et quand j'ai pris conscience de sa présence, il était trop tard. La matraque s'est abattue sur ma nuque. Je suis tombé sur les genoux, à demi assommé. J'ai rassemblé toutes les forces qui me restaient pour ne pas fermer les yeux.

Didier DAENINCKX, *Cannibale*, © Éditions Verdier, 1998.

Partie II : Rédaction

1 heure 30 min 40 points

Vous traiterez au choix le sujet A ou B.

Sujet A : Imagination

Un journaliste a visité l'Exposition coloniale de 1931. Imaginez l'article qu'il rédige pour dénoncer le traitement infligé aux Kanaks. Vous signerez votre article des initiales du journaliste (A. B.)

Votre texte fera environ 300 mots.

Sujet B : Réflexion

Selon vous, en quoi la rencontre d'une autre culture est-elle une expérience enrichissante ? Vous donnerez votre réponse selon un développement argumenté et organisé.

Votre texte fera environ 300 mots.

CORRIGÉ

Partie I : Travail sur le texte littéraire et sur une image

Premier réflexe : observer le texte

• Ce texte répond à **l'enjeu littéraire : « Dénoncer les travers de la société »**. En effet, même s'il n'utilise pas les procédés stylistiques propres à la satire, l'auteur, D. Daeninckx, qui écrit ce texte en 1998, met en évidence le traitement que l'on a infligé aux populations des colonies quand, dans les années 1930, on les considérait comme des « sauvages », au mépris de leur culture.

• C'est un texte écrit à la première personne, un témoignage mais pas une autobiographie : l'auteur, D. Daeninckx, n'est pas le narrateur, il donne la parole à un Kanak.

• Il faut bien prendre conscience de l'époque des faits racontés : en 1931, on a encore peu d'informations et d'images sur les pays et les peuples éloignés. C'est cette ignorance qui crée le décalage important entre les Kanaks, venus de Nouvelle-Calédonie, et les Français des villes. Chaque peuple paraît « exotique » à l'autre car ils ignorent tout de leurs coutumes et de leur mode de vie respectifs.

QUESTIONS

Remarques préalables

• N'oubliez pas que le texte est écrit du point de vue du Kanak : mettez-vous à la place de ce personnage venu d'un pays lointain pour bien comprendre le texte et répondre aux questions.

• À la question 7, la dernière partie doit tenir compte de ce qu'on vous a fait remarquer en 7. a) et en 7. b) : les qualités d'émerveillement en a) et la loyauté, la fidélité à la parole donnée en b). Le c) attend une réponse de synthèse.

• Les questions 8 et 9 exigent des réponses développées : elles font la synthèse de ce que vous avez analysé avant. Donc relisez vos premières réponses avant de les rédiger.

Grammaire et compétence linguistique

1. a) Le passage « Les lumières, les voitures, les tramways, les boutiques, les fontaines, les affiches, les halls des cinémas, des théâtres… » est une énumération de groupes nominaux, sans verbe : c'est une phrase nominale *[ou elliptique du verbe]*.
b) Cette accumulation de groupes nominaux traduit l'éblouissement des Kanaks devant le foisonnement de la ville, la multiplicité des choses qu'ils découvrent jusqu'à en être étourdis, voire enivrés ; ils sont comme dans un tourbillon.

2. a) Les paroles de l'officiel sont rapportées au discours indirect : elles rapportent l'essentiel du message, elles dépendent d'un verbe de parole (« expliquer »), elles ne sont pas encadrées de guillemets, elles respectent la concordance des temps pour les

verbes et la modification des pronoms (au discours direct, on aurait dit : « La direction [...] est responsable de vous. »).
b) L'officiel n'a sans doute pas menti : il est vraisemblable qu'on ait voulu protéger les Kanaks car on était conscient que le dépaysement allait être brutal pour eux et que les gens, en 1931, pouvaient avoir des réactions surprenantes à leur égard. Mais l'officiel ne dit pas toute la vérité : vouloir leur éviter des contacts avec « les mauvais éléments » ne nécessitait pas de les parquer. En fait ils voulaient les exhiber dans l'Exposition comme une espèce rare d'animaux.

3. Réécriture

■ Repérer les difficultés

- L'exercice repose uniquement sur les problèmes d'accord au féminin pluriel.
- Il faut bien repérer tous les mots (adjectifs, participes, pronoms) qui doivent passer au féminin pluriel : par exemple, « effrayés » se rapporte bien à « elles » et non pas aux « moutons » de la comparaison.

Parvenues à la gare, **elles** n'os**aient** pas bouger. **Elles** rest**aient** coll**ées les unes** aux autres, comme des moutons, effray**ées** par le bruit, les fumées, les râles de vapeur et les sifflements des locomotives. La fatigue **les** a terrass**ées**. *[ou « l'a terrassée », si on considère qu'on peut passer du « elles » pluriel au « elle » singulier comme le texte passe du « nous » au « je »]*

Compréhension et compétence d'interprétation

4. Le voyage en bateau s'est passé dans des conditions difficiles d'inconfort et d'insalubrité : les Kanaks sont entassés au troisième pont, la plus basse classe, alors qu'on leur avait annoncé qu'ils représenteraient l'Océanie à l'Exposition coloniale ; ils souffrent de la chaleur et du froid, ils attrapent la malaria et trois d'entre eux en meurent.

5. a) L'équipage jette les corps à la mer parce qu'ils sont morts, sans doute de malaria, maladie des zones chaudes et humides qui peut être mortelle. Dans la marine, il était d'usage de se débarrasser des corps par-dessus bord, car il était impossible de conserver les cadavres à bord (à cause de la chaleur et des risques sanitaires).
b) Ce traitement choque les Kanaks car ils n'ont pas le temps de rendre les hommages aux morts selon leurs coutumes. Les vivants ne peuvent plus se recueillir sur la dépouille du défunt. Pour eux, avoir jeté les corps à la mer est un acte impie, un sacrilège. *[Pensez à Priam qui vient réclamer à Achille le corps d'Hector pour lui rendre les honneurs funèbres, dans* L'Iliade *d'Homère.]*

6. a) La figure de style utilisée est une comparaison : « comme des moutons ».
b) Cette comparaison avec des animaux, que l'on voit souvent vivre en troupeau, souligne que ces hommes sont traités comme des bêtes, qu'on cherche à les avilir. Eux-mêmes sont si apeurés qu'ils se sentent amoindris et se comportent comme tels, obligés de se regrouper pour conjurer leur peur.

7. a) La neige qui tombe est déjà un émerveillement pour les enfants ou même les adultes qui connaissent ce phénomène météorologique. Alors, pour le

FRANÇAIS

narrateur et ses compagnons qui viennent d'un climat tropical et ne connaissent que la pluie, le spectacle des flocons, à la fois très visibles et si légers, si vite fondus est « magique ».
b) « Elle m'était promise » signifie qu'elle était comme sa fiancée : les parents avaient dû convenir que les deux jeunes gens se marieraient quand ils en auraient atteint l'âge.
c) Le narrateur présente de nombreuses qualités morales : il est capable de s'émerveiller du spectacle de la nature, quand la neige tombe ; il est loyal et fidèle à ses engagements car il tient à respecter la promesse qu'il a faite de veiller sur sa « promise ». Il est également courageux puisqu'il s'affirme prêt à affronter les dangers pour honorer sa promesse.

8. Les Kanaks sont maltraités : non seulement les autorités ne respectent pas les promesses qui leur ont été faites de visiter Paris mais on les méprise en les traitant comme « des animaux sauvages » (l. 34). On les oblige à vivre dans des conditions difficiles qui ne correspondent pas à leurs habitudes de vie – contrairement à ce que pensent les autorités – : ils sont « parqués derrière des grilles » (l. 27-28), dans le zoo, près d'animaux dangereux (les lions, les crocodiles) qui les « terrifiaient » (l. 30) car ce n'est pas du tout leur milieu de vie naturel. On essaie de les « dresser » (l. 33), de leur faire faire des activités sur commande comme à des animaux de cirque : « faire du feu » (l. 34), « construire des pirogues » (l. 36), « danser le pilou-pilou à heures fixes » (l. 37), « se baigner et nager » malgré le froid (l. 39), voire que les femmes « exhibent leur poitrine » (l. 38).

9. Les autorités veulent montrer les Kanaks comme des hommes préhistoriques ou des sauvages, non civilisés. On essaie même de faire croire qu'ils sont « anthropophages » (l. 43), qu'ils mangent de la chair humaine en l'écrivant sur la pancarte. En réalité, non seulement les Kanaks ont leur propre culture (rites d'hommages funèbres l. 6 à 8, fabrication de huttes et de pirogues l. 35 et 36, pudeur des femmes qui refusent d'exhiber leur poitrine l. 38) mais le narrateur témoigne d'une lucidité qui prouve son esprit critique : il voit bien que les huttes sont mal conçues (l. 34-35), signe qu'il s'y connaît en construction, que le bois n'est pas approprié pour creuser des pirogues. De plus il sait lire (l. 40-41) et il fait preuve de curiosité : il a très envie de découvrir ce monde inconnu de la ville : « J'avais mal aux yeux à force de les tenir ouverts pour ne rien perdre du spectacle. » (l. 13-14). Ce ne sont donc pas des « sauvages » mais des hommes qui ont une culture différente de la civilisation occidentale *[qui, à l'époque, se croit supérieure à toutes les autres.]*

Image

10. a) Ce document est une affiche publiée dans le cadre de l'Exposition universelle de 1882 au Jardin zoologique d'acclimatation, en bordure de Paris : elle présente une famille (un homme, une femme et des enfants), peut-être avec d'autres adultes, dans un décor exotique et dans leur tenue habituelle, adaptée au climat tropical. Mais comme l'exposition a lieu à Paris, cela devient étrange, voire choquant, de les montrer ainsi. On note en particulier que la femme se détache, debout, mais n'est-ce pas pour exhiber sa nudité ? L'homme a le privilège d'être assis alors qu'il n'a pas d'enfant à porter. En 1882, cette exposition a pour but d'informer les Européens sur les populations des colonies dont on ne sait rien, les voyages étant réservés à quelques privilégiés.

b) Même s'il s'agit des Kanaks (de Nouvelle-Calédonie) venus pour l'Exposition coloniale dans le texte de D. Daeninckx et des Indiens Galibis (de Guyane) exhibés au Jardin d'acclimatation sur l'affiche, le thème de ces deux documents est identique : montrer des populations exotiques aux Européens. Cependant l'intention n'est pas identique : le texte de D. Daeninckx, écrit en 1998, cherche à dénoncer les mauvais traitements infligés aux Kanaks et le ridicule de la démarche alors que l'affiche de 1882 n'a pas de visée satirique en cette fin de XIXe siècle. Le terme « zoologique » qui figure sur l'affiche est particulièrement choquant, à nos yeux de contemporains, puisqu'il ne s'agit pas d'animaux mais bien d'êtres humains. C'est nous, lecteurs du XXIe siècle, qui trouvons scandaleux cette exploitation des hommes.

11. *[Beaucoup d'éléments de réponse à cette question ont déjà été formulés dans les réponses précédentes ; essayez surtout de montrer le contraste entre ce que ressentent les Indiens et les visiteurs de l'époque.]* Comme les Kanaks du texte, ces Indiens doivent être stupéfaits d'être ainsi montrés dans des conditions qui ne sont pas celles de leur véritable milieu : on ne vit pas revêtu d'un pagne en climat tempéré (d'ailleurs plusieurs tombèrent malades et certains en moururent), tout doit leur paraître artificiel jusqu'au faux décor reconstitué. Ils ne doivent pas comprendre pourquoi on les traite comme des animaux alors que, eux, savent bien que leur vie authentique n'a rien à voir avec cette situation.
Les visiteurs peuvent être partagés entre un voyeurisme, en partie explicable par l'ignorance des gens (voir « Observer le texte »), face à ce que les gens appellent à l'époque des « sauvages » ; un sentiment de compassion car ils doivent se rendre compte des conditions de vie pénibles ; peut-être même un sentiment de révolte, trouvant scandaleux qu'on exhibe ainsi des êtres car, dès le XVIIIe siècle, les Lumières ont dénoncé l'exploitation humaine et la religion catholique, plus pratiquée dans la première moitié du XXe siècle qu'aujourd'hui, proclame l'égalité des hommes.

FRANÇAIS

DICTÉE

■ Repérer les difficultés

• **Difficultés de conjugaison :**
La plupart des verbes sont à l'imparfait ou au passé composé. Ce sont des temps que vous maîtrisez bien généralement : terminaisons *-ais, -ais, -ait, -ions, -iez, -aient* pour l'imparfait (« ils attendaient », « j'avançais », « je montrais », « qui restaient ») ; présent de l'auxiliaire « avoir » ou « être » pour le passé composé + participe passé. Il faut néanmoins faire attention aux accords du participe.
• **Difficultés grammaticales :**
– Accord du participe passé employé avec « avoir » : il ne s'accorde pas sauf si le COD du verbe est placé avant lui ; ce n'est jamais le cas dans ce texte, donc on a « j'ai réussi », « ils nous avaient appris », « ils avaient formé », « j'ai pris », « j'ai rassemblé ».
– « Frapper » (l. 2) est un infinitif car il dépend de la préposition « pour » comme le verbe « sortir » auquel il est relié.

– Attention à l'accord au pluriel de « restaient » (l. 11) : il faut penser à accorder le verbe avec son sujet « toutes les forces » remplacées par « qui » dans la subordonnée relative.

• **Difficultés lexicales :**

– Lettre finale du participe passé : pour savoir comment se termine un participe passé, il faut le mettre au féminin car on entend alors la consonne finale s'il y en a une ; ainsi la leçon est « apprise », la direction est « prise » alors que l'épreuve est « réussie ».

– Quelques mots à retenir : « agripper », « impressionner », « cannibale », « se faufiler », « conscience », « assommé ».

Partie II : Rédaction

Sujet A : Imagination

Comprendre le sujet A

• C'est un article de journal qu'il faut écrire.

• Le journaliste doit rapporter les faits : vous pouvez reprendre les éléments donnés dans le texte, il vous suffit de les exposer du point de vue du visiteur et non du point de vue du Kanak.

• L'article doit « dénoncer le traitement infligé aux Kanaks » : ce n'est donc pas un exposé neutre. Il vous faut orienter l'expression pour provoquer l'indignation du lecteur. Cherchez à susciter ses réactions et sentiments en utilisant, par exemple, le « pathos ».

SCANDALE À L'EXPOSITION COLONIALE

[Introduction de l'article]

L'événement à ne pas manquer du moment est cette « Exposition coloniale » dont tout Paris parle. Chacun s'extasie sur les merveilles dont regorgent nos colonies : il y a tant de choses à voir et à commenter ! On ne sait où poser les yeux au milieu de tant de splendeurs ! Fruits exotiques, plantes inconnues et impressionnantes, vêtements multicolores, produits d'artisanats aux ressources méconnues… Pour ces découvertes de la nature ou d'objets exotiques, l'Exposition coloniale est un régal de tous les sens, une belle réussite.

Mais il y a des hommes qu'on a aussi fait venir de nos colonies… Et là, le spectacle est affligeant, bouleversant, scandaleux même *[rythme et champ lexical de l'indignation]*. Imaginez une pancarte où est écrit « Hommes anthropophages de Nouvelle-Calédonie » ! Le visiteur s'offrirait bien quelques frissons de peur dans ce siècle qu'on dit de progrès et de civilisation : voir de féroces cannibales, de dangereux mangeurs d'hommes ! Quelle sensation !

[Exposé des faits]

On s'approche alors des grilles – il faut bien appeler les choses par leur nom : l'endroit où ces hommes sont regroupés ne diffère pas beaucoup des enclos des bêtes sauvages qui les entourent : ils sont littéralement parqués entre la fosse aux lions et le marigot des crocodiles – et on découvre un village kanak reconstitué. Mais c'est la honte qui doit vous submerger et non la curiosité…

Derrière ces grilles, au lieu de cannibales redoutables, on découvre en fait de pauvres bougres, transis de froid, qui sursautent à chaque rugissement des lions… Certains, l'air morne, essaient de creuser des pirogues dans des troncs de bois trop dur pour les outils dont ils disposent. Leurs gestes sont habiles, mais aux paroles qu'ils échangent, on comprend qu'ils critiquent le bois qu'on leur a choisi. D'ailleurs pourquoi creuser des pirogues dont ils n'ont pas l'usage ? Veut-on pousser le ridicule jusqu'à les faire naviguer sur la Seine ? On les voit patauger dans une mare : qui les oblige à cette mascarade ?

Des femmes sont assises en rond, désœuvrées. Avez-vous souvent vu des femmes ne rien faire ? mais elles, elles sont arrachées à leur milieu naturel. Parfois, sans qu'on sache pourquoi, elles se lèvent et, d'une manière mécanique, un peu comme des automates, se mettent à danser… On voit bien que le cœur n'y est pas. D'ailleurs, il leur échappe souvent une larme…

Quel rôle veut-on faire jouer à ces êtres humains ? Servir de distraction du dimanche à des spectateurs qui, derrière les grilles, leur jettent des cacahuètes, comme à des singes ? À l'expression étonnée de leur regard, on comprend que les Kanaks se demandent pourquoi ils sont là. Ils ont un air plutôt affolé mais très doux, alors qu'on s'attendrait à leur révolte.

[Passage à la 1re personne]

Un homme jeune s'est approché, il parlait assez bien le français et m'a interpellé : « Pourquoi nous a-t-on menti ? Pourquoi nous a-t-on promis de faire un magnifique voyage, bien au-delà des mers, et de visiter Paris, la Ville Lumière dont nous avait parlé le pasteur, avec des étoiles dans les yeux ? Pour nous retrouver là, prisonniers ? Trois de nos compagnons sont morts au fond du navire, victimes des terribles conditions de voyage. Pourquoi les ont-ils jetés à la mer comme de vulgaires sacs d'ordures : c'était tellement contraire à nos coutumes ! Comment allaient-ils pouvoir rejoindre leurs ancêtres, perdus au milieu de cet océan si vaste ?... Nous avons essayé de nous révolter contre cela mais on nous a brutalement intimé l'ordre de nous taire. Ils ont même voulu que nos femmes se dénudent : quelle honte ! Mais on n'a pas cédé. Ah ! les anciens avaient bien raison de dire qu'ils se trouvaient bien sur notre île et qu'ils n'avaient pas besoin d'aller voir ailleurs. »

Il a soupiré, s'est un instant tu puis a repris : « Il n'y a qu'une chose que je ne regrette pas. Pendant le voyage en train, j'ai vu comme des pétales de fleurs blanches tomber sur le sol : c'était beau ! »

Le jeune homme a ensuite apostrophé les visiteurs : « Que sommes-nous devenus ? Qui sommes-nous finalement ? Pouvez-vous me dire ce qui est écrit sur la pancarte ? J'arrive à lire les mots mais je ne comprends pas ». Je n'ai pas eu le cœur de lui dire la vérité, je lui ai répondu que c'était un mot savant que moi non plus je ne comprenais pas…

[Commentaire du journaliste]

Lesquels d'entre nous sont les plus dignes de recevoir le nom d'hommes ? Ces Kanaks à qui nous avons volé leur culture en leur imposant notre civilisation ou nous qui leur avons menti en leur promettant monts et merveilles pour ne finalement leur accorder qu'un enclos au milieu des bêtes sauvages ? Nous leur mettons une étiquette sans même nous intéresser à leur culture, simplement pour flatter notre prétendue supériorité ou exciter notre voyeurisme !

Chers lecteurs, vous qui êtes des citoyens responsables, respectueux des droits de l'homme ici bafoués, signez la pétition du journal pour dénoncer les ignobles conditions de vie de ces Kanaks, nos frères !

A. B.

Sujet B : Réflexion

Comprendre le sujet B

• Insistez sur l'aspect « argumenté et organisé » de votre rédaction. Voyez la fiche 1 p. 13 pour vérifier ce que qu'implique « argumenté et organisé ». Pensez en particulier à faire des paragraphes pour les idées distinctes.

• À notre époque, vous avez maintes occasions de rencontrer d'autres cultures : vos camarades de classe qui sont peut-être d'origine différente, vos lectures, les médias, les transports, les voyages… Partez de ces expériences pour analyser ce que vous apportent ces échanges : de l'étonnement ? de l'intérêt ? du rejet ? un regard différent sur votre propre façon de vivre ?

• Pensez à utiliser le texte proposé pour les questions : il présente justement un contre-exemple car il n'y a guère d'enrichissement ni pour les Kanaks ni pour les Français lors de cette « rencontre » entre métropole et colonies.

• Ne soyez pas effrayés par le mot « culture ». La culture est une notion vaste et assez difficile à définir en quelques mots : d'une manière abstraite et intellectuelle elle est à la fois une manière d'être, un système de valeurs, des arts et une écriture ; mais de façon plus prosaïque et concrète elle peut aussi englober la gastronomie, la manière de s'habiller, certaines coutumes quotidiennes… Vous pouvez donc vous appuyer sur vos expériences de la vie de tous les jours.

[Introduction]

Le livre de Didier Daeninckx, *Cannibale*, nous fait remonter à l'époque de l'Exposition coloniale de 1931 : la France, extrêmement fière des richesses variées de son empire colonial très étendu, fait construire une Exposition dans le Bois de Vincennes à la fois pour montrer sa puissance aux autres pays européens et faire admirer aux Parisiens, aux Français et aux touristes étrangers les différents aspects de ses colonies en Afrique, en Asie ou en Océanie. Cette exposition offrait l'occasion d'une réelle rencontre avec d'autres civilisations : à quelles conditions peut-on dire que c'est une expérience enrichissante ?

[Développement]

Dans le texte de Daeninckx nous ne pouvons pas dire que nous assistons à la rencontre véritable de deux civilisations : les Kanaks se retrouvent parqués dans un enclos, comme des bêtes sauvages. Au mépris de la réalité, ils sont présentés comme des cannibales ; on leur fait faire des gestes sur commande en leur demandant d'accentuer leur aspect « sauvage ». En effet, à cette époque, les civilisations occidentales se considèrent comme supérieures à toutes les autres. Dans ce cas on peut dire que nous avons la caricature d'une rencontre intercivilisations parce que la différence est vue comme la marque d'un rapport de valeurs et non justement comme l'acceptation d'une différence. Pour qu'il y ait enrichissement, il faut accepter de regarder l'autre, venu d'une autre culture, comme un égal. Le premier apport de cette rencontre entre cultures est donc d'abord de développer notre sens de l'égalité entre les humains. L'autre est notre égal même s'il agit différemment : il suffit de le regarder vivre avec intérêt et empathie.

La découverte d'une autre culture est nécessairement une expérience qui nous sort de notre quotidien, de nos habitudes. Nous sommes amenés à découvrir d'autres saveurs, d'autres habitudes alimentaires si nous goûtons à la cuisine d'autres pays. Ou bien d'autres paysages, d'autres climats et nous pouvons en tirer des plaisirs insoupçonnés. C'est donc un enrichissement personnel sur le plan des sensations. En découvrant d'autres cultures, nous apprenons aussi d'autres mœurs. Nous constatons par exemple que la politesse ou l'affection s'expriment par des gestes différents : on peut se serrer la main en Europe mais aussi s'incliner au Japon ou se tirer la langue au Tibet (alors que c'est vu comme une impolitesse en France), on peut s'embrasser (mais c'est jugé comme trop familier dans certains pays) mais aussi se frotter le nez chez les Esquimaux… Cela nous permet de réfléchir sur ce que nous pouvions penser comme universel simplement parce que nous le faisions. Nous y apprenons le sens de la relativité.

Ces expériences nous aident à surmonter les préjugés : Montaigne, écrivain du XVIe siècle, dit qu'« il faut voyager pour frotter et limer sa cervelle contre celle d'autrui » : il veut dire que cela nous oblige à devenir plus poli, au sens propre du terme, ce qui doit déboucher sur plus de tolérance. Pascal, auteur du XVIIe siècle, lui, déclare que ce qui est « vérité en deçà des Pyrénées [est] erreur au-delà » : ce que nous admettons comme évident est vu de manière différente ailleurs ; cela doit nous obliger, en nous montrant la relativité des coutumes, à plus de modestie et de réflexion. Les autres hommes arrivent aussi à vivre, même si c'est d'une façon différente de la nôtre. En revanche, nous nous apercevons parfois de faits qui nous choquent : des sociétés où les individus n'ont pas tous les mêmes droits selon leur origine, la place inférieure réservée aux filles, des traitements infligés aux animaux… Dans ce cas, même si nous rejetons ces aspects culturels qui nous révoltent, l'expérience nous fait grandir car elle nous permet de prendre conscience de qui nous sommes, avec notre propre culture.

[Conclusion]

La découverte d'une autre culture va au-delà d'un simple enrichissement culturel ; elle est aussi un enrichissement beaucoup plus profond et intime ; en découvrant l'autre et sa culture nous nous découvrons nous-mêmes.

Sujet 5

Dai Sijie
Balzac et la petite tailleuse chinoise

Partie I : Travail sur le texte littéraire et sur une image

1 heure 10 min — 50 points

Document 1 Texte littéraire

Pendant la Révolution culturelle chinoise (1966-1976), le narrateur, un jeune étudiant de 17 ans, est envoyé à la campagne dans un village pour être rééduqué par le travail. Toutes les distractions sont interdites. Un jour, il peut se procurer illégalement et secrètement un roman de Balzac traduit en chinois, « Ursule Mirouët » ; mais il faut, maintenant, rendre le livre.

Soudain, je sus ce que je voulais faire.

Je décidai de copier mot à mot mes passages préférés d'*Ursule Mirouët*. C'était la première fois de ma vie que j'avais envie de recopier un livre. Je cherchai du papier partout dans la chambre, mais ne pus trouver que quelques feuilles de papier à lettres, destinées à écrire à nos parents.

Je choisis alors de copier le texte directement sur la peau de mouton de ma veste. Celle-ci, que les villageois m'avaient offerte lors de mon arrivée, présentait un pêle-mêle de poils de mouton, tantôt longs, tantôt courts, à l'extérieur, et une peau nue à l'intérieur. Je passai un long moment à choisir le texte, à cause de la superficie limitée de ma veste, dont la peau, par endroits, était abîmée, crevassée. Je recopiai le chapitre où Ursule voyage en somnambule. J'aurais voulu être comme elle : pouvoir, endormi sur mon lit, voir ce que ma mère faisait dans notre appartement, à cinq cents kilomètres de distance, assister au dîner de mes parents, observer leurs attitudes, les détails de leur repas, la couleur de leurs assiettes, sentir l'odeur de leurs plats, les entendre converser… Mieux encore, comme Ursule, j'aurais vu, en rêvant, des endroits où je n'avais jamais mis les pieds…

Écrire au stylo sur la peau d'un vieux mouton des montagnes n'était pas facile : elle était mate, rugueuse et, pour copier le plus de texte possible dessus, il fallait adopter une écriture minimaliste, ce qui exigeait une concentration hors normes. Lorsque je finis de barbouiller de texte toute la surface de la peau, jusqu'aux manches, j'avais si mal aux doigts qu'on aurait dit qu'ils étaient cassés. Enfin, je m'endormis.

Dai Sijie, *Balzac et la petite tailleuse chinoise*, © éditions Gallimard, 2000.

Document 2 **Image**

« Autodafé », papier découpé, propagande chinoise
sur la Révolution culturelle vers 1960-1969.
© Collection Kharbine-Tapabor

QUESTIONS

Grammaire et compétence linguistique

1. « J'aurais voulu […] pieds. » (l. 11 à 17)
Relevez deux verbes au conditionnel passé et expliquez leur emploi. **(2 points)**

Réécriture

2. Réécrivez le deuxième paragraphe (depuis « Je décidai » jusqu'à « nos parents » l. 2 à 5) au présent de l'indicatif, en remplaçant le narrateur singulier par le pluriel correspondant. **(10 points)**

Compréhension et compétence d'interprétation

3. a) Dans quelles conditions (logement, vêtements…) vit le narrateur ? Appuyez votre réponse sur des expressions relevées dans le texte. **(2 points)**
b) Comparez avec les conditions de sa vie d'avant (l. 12 à 15). **(2 points)**

4. Qu'est-ce qui rend l'exercice de copie du texte difficile ? Comment s'y prend le narrateur pour le faire ? **(2 points)**

5. Qu'apprenons-nous sur le caractère du narrateur ? Citez les passages du texte. **(2 points)**

6. a) Décomposez le mot « somnambule » (l. 11) en deux radicaux différents et donnez son sens. **(2 points)**
b) Citez un mot de la famille* de chacun de ces radicaux. **(2 points)**
c) Relevez le champ lexical du sommeil dans tout le texte. Comment peut-on interpréter cet attrait pour le sommeil ? **(4 points)**

7. « J'aurais voulu […] pieds. » (l. 11 à 17)
a) Quels sont les deux vœux que le narrateur souhaite réaliser en s'identifiant à Ursule Mirouët ? Citez le texte à l'appui de votre réponse. **(2 points)**
b) Des deux vœux, lequel lui semble préférable ? Selon vous, pourquoi ? **(4 points)**

8. Si on vous proposait comme titre pour cet extrait « Une possibilité d'évasion », le trouveriez-vous adapté ? Justifiez votre opinion. Proposez-en éventuellement un autre. **(6 points)**

Image

9. Que représente le document iconographique ? **(4 points)**

10. En reliant vos réponses aux informations données par l'ensemble du corpus (document iconographique, document historique, paratexte et texte littéraire), quelles réflexions en tirez-vous sur l'époque et la situation évoquées ? **(6 points)**

DICTÉE 20 min 10 points

Un livre peut être une forêt de signes. Mais une forêt non tropicale, une forêt domestiquée, aménagée, un parc de loisirs, un éden à portée des lèvres et des yeux. Ne dit-on pas d'ailleurs, quand on parcourt un livre, ne dit-on pas qu'on le feuillette ? Les livres auraient donc des feuilles, comme les arbres ! On n'oublie jamais un livre parlant des forêts quand il est lu dans les branches d'un arbre. Il faudrait faire aussi des livres qu'on pourrait lire sous l'eau quand ils nous parlent de la mer et d'autres, phosphorescents, pour nous raconter chaque nuit les étoiles ! Mais je rêve.

Jacques LACARRIÈRE

Partie II : Rédaction

1 heure 30 min 40 points

Vous traiterez au choix le sujet A ou B.

Sujet A : Imagination

Luo, le camarade de chambre du jeune héros, arrivant par hasard, le voit recopier le texte de Balzac et l'interroge sur les raisons qu'il peut avoir de le faire. Racontez de manière détaillée.
Votre texte fera une quarantaine de lignes.

Sujet B : Réflexion

Quelles ouvertures sur le monde, quelles évasions peut apporter, selon vous, la culture humaniste que vous avez reçue au collège ou que vous avez acquise en dehors de celui-ci ?
Votre texte fera une quarantaine de lignes.

CORRIGÉ

Partie I : Travail sur le texte littéraire et sur une image

Premier réflexe : observer le texte

• Dai Sijie est un écrivain d'origine chinoise, né en 1954, qui vit désormais en France. L'extrait de ce roman contemporain porte un regard sur l'histoire du siècle, et notamment sur la Révolution culturelle chinoise (1966-1976). En cela il s'inscrit dans **l'enjeu littéraire « Agir dans la cité : individu et pouvoir »** : il témoigne de ce bouleversement historique mais vise également à en faire comprendre les conséquences sur le quotidien des hommes.
• Lisez attentivement chaque mot du paratexte* sinon vous risquez de ne pas comprendre la situation toute particulière de ce jeune étudiant : les adverbes « illégalement et secrètement » vous montrent que son initiative de copier un livre est dangereuse et pourrait lui valoir un châtiment grave.
• Vous n'avez pas besoin de connaître le roman de Balzac ni la Révolution culturelle chinoise pour comprendre le texte : on vous dit l'essentiel sur *Ursule Mirouët*, ce personnage qui voyage par l'esprit.

QUESTIONS

Remarques préalables

La question 4 porte sur l'étymologie* ou la formation* d'un mot : ne paniquez pas si vous ne connaissez pas la racine de ces termes ; faites preuve de bon sens en cherchant des mots que vous connaissez et qui semblent de formation identique.

Grammaire et compétence linguistique

1. « J'aurais voulu » et « j'aurais vu » sont les deux conditionnels passés qui expriment un irréel du présent, c'est-à-dire un souhait non réalisé dans le présent.

2. Réécriture

Repérer les difficultés

• Attention à la formulation de la consigne : pas très claire au premier abord, elle est formulée ainsi pour voir si vous avez bien compris qui est le narrateur. En fait, on vous demande de remplacer « je » par « nous » et de mettre les verbes au présent.
• Pas de difficulté particulière : les verbes à mettre au présent, 1re personne du pluriel, ne présentent pas de pièges. En revanche, il faut penser à faire aussi les autres modifications : « mes » devient « nos », « ma » devient « notre », mais « nos (parents) » reste inchangé puisqu'il renvoyait déjà aux parents des deux garçons (voir la question 3).

Nous décidons de copier mot à mot nos passages préférés d'*Ursule Mirouët*. C'est la première fois de **notre** vie que **nous avons** envie de recopier un livre. **Nous cherchons** du papier partout dans la chambre, mais ne **pouvons** trouver que quelques feuilles de papier à lettres, destinées à écrire à nos parents.

Compréhension et compétence d'interprétation

3. a) *[On n'attend pas de vous que vous mentionniez tous les éléments suivants.]*
Le narrateur semble vivre dans des conditions difficiles :
– Il ne dispose pas de feuilles de papier pour écrire (celles qu'il détient doivent uniquement lui servir pour écrire à ses parents), à tel point qu'il utilise sa veste comme support. Cette peau de mouton lui a certes été offerte mais elle est grossièrement travaillée : les poils sont « pêle-mêle », taillés n'importe comment, « tantôt longs, tantôt courts » ; la peau est « abîmée, crevassée », « rugueuse » alors qu'une peau bien tannée, de belle qualité, doit être souple.
– Il partage sa chambre. En effet, le narrateur précise que les feuilles de papier qu'il trouve dans la chambre sont « destinées à écrire à **nos** parents ». S'il était seul, il aurait dit « feuilles destinées à **mes** parents » : l'emploi de l'adjectif possessif de la 1re personne du pluriel (« nous ») prouve bien qu'ils sont plusieurs dans la chambre.
– Il est à cinq cents kilomètres de ses parents et l'on devine qu'il n'a sans doute pas le droit de les voir puisque leur présence lui manque.
[On trouve également des indications dans le paratexte : l'étudiant est envoyé dans un petit village de campagne pour « être rééduqué par le travail », ce qui signifie qu'il n'a plus le droit d'étudier ; il n'a accès à aucune distraction, en particulier il lui est interdit de lire. Il vaut mieux, cependant, relever les indications du texte proprement dit.]*
b) Le narrateur doit vivre en communauté à la campagne, dans des conditions difficiles et sans le droit d'étudier ni de lire alors qu'avant il avait une vie de famille apparemment sereine, dans une certaine aisance (assiettes de couleur, plats odoriférants, repas qui doivent être raffinés puisqu'il souhaite en « observer les détails » l. 14-15) et avec des échanges intéressants (il souhaite « entendre converser » ses parents).

4. Comme il n'a pratiquement pas de feuilles de papier, il choisit de copier le texte sur l'intérieur de sa veste en peau de mouton. Mais comme cette peau est « mate, rugueuse » (l. 19), ce support n'offre pas la fluidité d'une écriture sur papier lisse.
De plus, il veut écrire le maximum de texte possible et s'oblige à une écriture « minimaliste » (l. 20). « Minimaliste » est formé sur le latin *minimus* (qui a donné minimum, mot qui existe tel quel en français), adjectif au superlatif qui signifie « le plus petit ». Une écriture minimaliste est donc une écriture formée de caractères les plus petits possibles ou une écriture simplifiée où l'on se contente du minimum de signes.

5. Le personnage-narrateur semble quelqu'un de réfléchi, de méticuleux et de précis, puisqu'il sélectionne soigneusement les passages et qu'il veut en garder l'intégralité (« mot à mot » dit le texte, à la ligne 2).

6. a) « Somnambule » est formé du radical* *somn-* et du radical *-ambule*.
b) Sur le radical *somn-* on peut citer « somnoler », « somnolence », « somnifère », « insomnie » ou « insomniaque ». *[Notez, bien que ceci ne vous soit pas demandé par la question, qu'il s'agit de la racine provenant du latin somnus, le sommeil.]*

FRANÇAIS

Sur le radical -*ambule* (qui vient du latin *ambulo*, marcher), on peut trouver « ambulance », « ambulant », « déambuler », « déambulateur » (appareil qui permet aux gens de prendre appui pour mieux marcher) et « préambule » qui désigne les propos tenus pour commencer un discours.

c) Le champ* lexical du sommeil se compose de : « chambre », « somnambule », « endormi », « lit », « en rêvant », « je m'endormis ». Dans cet univers très surveillé, très contraignant, le sommeil est une forme d'évasion, d'une part, parce que, lorsqu'il dort, le personnage échappe au travail sans relâche et ne voit plus la médiocrité de son environnement, d'autre part parce que le rêve est incontrôlable et lui offre la liberté dont on l'a privé. En pensée, il peut aller partout et retrouver ce qu'il aime. D'ailleurs la dernière phrase du texte « Enfin, je m'endormis » (l. 23) montre bien que la personnage ne prend même pas le temps de se satisfaire de la réussite de son entreprise.

7. a) Le personnage-narrateur souhaite d'abord être somnambule comme Ursule Mirouët pour pouvoir revenir sur les lieux connus, son cadre de vie familier d'avant (« voir ce que faisait ma mère dans <u>notre appartement</u>, à cinq cents kilomètres de distance »). Son deuxième vœu serait de découvrir d'autres régions inconnues de lui (« j'aurais vu des endroits où je n'avais jamais mis les pieds »).

b) C'est l'attrait de l'inconnu qui l'emporte puisqu'il l'annonce en disant « Mieux encore ». On voit ressurgir son désir d'évasion, son besoin d'échapper à sa condition actuelle.

8. Le titre « Une possibilité d'évasion » convient car cette expression désigne l'évasion par le rêve, par la force de l'esprit, par l'imagination qu'offre effectivement la lecture. Il ne s'agit pas de s'évader physiquement car ils vivent dans un univers très contraint. En revanche aucune force physique ou militaire ne peut interdire à des prisonniers de penser à autre chose, de rêver – que l'on soit d'ailleurs endormi ou éveillé – et d'imaginer d'autres vies, d'autres univers et ainsi d'échapper à la surveillance de leurs geôliers. On peut toutefois reprocher à ce titre de ne pas rendre compte du contexte dans lequel vit le personnage et de ne rien dire de l'effort de copie. La seule indication que l'on a est que, si les personnages parlent d'évasion, c'est qu'ils ressentent le besoin d'échapper à un lieu ou un mode de vie qui est difficilement supportable.

On pourrait donc proposer : « L'évasion par l'écriture / la lecture / le rêve » ou « L'imagination pour fuir un univers contraignant ».

Image

9. Ce document iconographique est un papier découpé qui est un art traditionnel en Chine. Il représente des hommes – dont l'un est vêtu de l'uniforme des Gardes rouges de Mao – en train de jeter au feu des documents écrits, ce qu'on appelle un « autodafé ». Leur attitude traduit la violence (bras et poing levés de l'un, élan du personnage principal pour jeter les écrits) et la couleur rouge, le feu au premier plan renforce cette impression.

10. Ce papier découpé est en lien étroit avec le texte de Dai Sijie car son personnage résiste à cette volonté de détruire la vie culturelle en recopiant un extrait de livre sur sa veste. Il est également en lien avec le sujet d'Histoire car il montre quelles formes peut prendre le totalitarisme qui veut dominer toute activité intellectuelle pour mieux maîtriser jusqu'à l'esprit des populations : ce qu'on appelle la propagande.

DICTÉE

■ Repérer les difficultés

• **Difficultés de conjugaison :**

– Il convient de maîtriser le présent de l'indicatif : les verbes de ce texte n'ont pas les présents les plus simples. Attention à la 3e personne du singulier : « on parcourt » pour le verbe parcourir, « on feuillette » avec deux « t » pour le verbe feuilleter, « on oublie » avec un « e » final à ne pas oublier pour ce verbe du premier groupe.

– La maîtrise du conditionnel est plus facile : « ils auraient », « il faudrait », « on pourrait ».

• **Difficultés grammaticales :**

– Il faut maîtriser l'accord de l'adjectif et du participe passé : mettre au féminin singulier « tropicale », « domestiquée », « aménagée » car ils sont épithètes de « une forêt » ; « phosphorescents » est, lui, au masculin pluriel car il se rapporte aux « livres » repris par « d'autres ».

– Distinguez bien aussi le « il » impersonnel et toujours singulier (qui correspond au « it » de l'anglais) du pronom personnel qui se met au singulier ou au pluriel (comme ici, quand il renvoie aux livres) : « il faudrait » mais « ils (= les livres) nous parlent ».

• **Difficultés lexicales :**

– Ne pas confondre « à portée de » avec le participe « apporté ».

– Ne pas se perdre dans le labyrinthe des « h » et des « s » de « phosphorescent ».

FRANÇAIS

Partie II : Rédaction

Sujet A : Imagination

■ Comprendre le sujet A

• **Variez les genres de discours* :** narratif (raconter la scène entre Luo et le personnage), descriptif (peut-être un portrait de Luo ou une description du village dans lequel ils vivent) et argumentatif (dans l'échange entre les deux jeunes gens).

• **Insérez obligatoirement un dialogue** et faites-en la partie la plus importante de votre rédaction. Mais veillez à sa progression : les deux jeunes gens ne vont pas s'affronter tout de suite sur la question « Pourquoi recopier un livre alors que c'est interdit ? »

• **Écrivez votre récit à la 1re personne et au passé :** la consigne ne le précise pas, mais il vaut mieux respecter les données du texte de base.

• **Essayez de parsemer la description et l'argumentation** au lieu de faire un paragraphe entier de description par exemple. Ce sera beaucoup plus habile. En particulier, pour ne pas alourdir votre texte, faites deviner le caractère de chaque interlocuteur par les moyens énumérés dans la Fiche 15, ci-dessous.

[Narration] J'étais agenouillé sur le sol de la misérable chambre qui nous tenait lieu d'habitation, en train d'essayer de recopier le précieux texte de Balzac sur ma peau de mouton. C'était une tâche très délicate et douloureuse, mes doigts étaient tout engourdis à force de tenir le stylo ; mais je voulais y arriver coûte que coûte !
Tout entier absorbé par mon travail, je n'entendis pas Luo entrer dans la pièce. Surpris, je n'eus pas le temps de dissimuler la peau de mouton et il me demanda immédiatement : « Qu'est-ce que tu fais ? Tu essayes de recoudre ta vieille veste ? »

[Description de Luo] Je lui jetai un coup d'œil : il se détachait dans le clair-obscur de la porte, trapu, costaud et pourtant encore haletant des efforts fournis aux champs et du long chemin pour en revenir. L'odeur un peu âcre de la transpiration et ses cheveux en broussaille, parsemés d'herbes, lui donnaient un air animal. Je ne voulais pas lui répondre tout de suite car même si nous partagions la même chambre, j'hésitais à lui dévoiler ce que je considérais comme mon secret. J'avais peur qu'il ne puisse me comprendre.

[Dialogue] Mais il me pressait de questions :

« Alors que fais-tu accroupi sur le sol ? Pourquoi tu réponds pas ? Tu fais quelque chose de défendu ?

[Surprise d'abord et explications] – Un peu… Ne le répète à personne : je recopie un livre !

– Tu recopies un livre ! Mais comment ?

– Tu vois : comme je n'ai pu trouver assez de papier, j'écris sur l'envers de ma veste… »

Luo, d'abord si étonné qu'il ne savait plus que dire, reprit la parole :

« Mais tu es complètement fou ! C'est impossible à faire ! »

Je lui montrai le résultat de mon travail et il put voir comment j'avais réinventé l'écriture sur parchemin… Il n'en revenait toujours pas :

[Argumentation ensuite] « Pourquoi te donnes-tu tant de mal ?

– Les livres me manquent tellement ! Ici il n'y a rien ! Les paysans de ce village sont complètement illettrés !

– C'est justement pour cela qu'on nous a expédiés ici ! Pour que l'on perde nos habitudes de jeunes gens des villes !

– Je veux bien perdre beaucoup de choses mais pas les livres ! Ils font partie de ma vie ! Si tu savais comme lire me manque ! À tel point que lorsque les paysans reviennent du marché, je me jette sur les feuilles de journal qui entourent les objets qu'ils rapportent ! Les nouvelles sont anciennes ou sans intérêt mais je peux enfin retrouver des caractères écrits ! Alors tu t'imagines pour les livres… »

Je voyais bien que Luo était impressionné par mes paroles. Il avait connu, lui aussi, la vie citadine et avait été arraché à ses études mais il s'était relativement bien adapté à cette nouvelle vie à la campagne : il aimait l'effort physique et les travaux des champs ne lui faisaient pas peur. Il avait fini par apprécier la simplicité de cette vie au grand air et il m'avait dit une fois que repiquer le riz lui paraissait plus utile et instructif que tous les livres que nous avions pu étudier. Il était donc loin de partager ma nostalgie :

« Que cherches-tu à obtenir en te donnant tant de mal ? Ne crois-tu pas qu'il vaut mieux aller de l'avant et nous adapter à notre vie ici plutôt que de regretter notre jeunesse studieuse ? Il y avait des moments où j'avais vraiment envie de jeter tous les livres qu'on nous demandait de lire !…

– Je ne suis pas comme toi ! Pour moi ce village est une prison que seule la lecture me permet d'oublier !

– Une prison ? Tu exagères ! On circule comme on veut, rectifia Luo.

[Description de l'environnement] – Mais regarde autour de toi : ce village aux maisons rudimentaires, ces rues jonchées de tas d'ordures, ces gens qui sont tellement épuisés par le travail des champs qu'ils ne pensent qu'à dormir ou à boire pour oublier. En as-tu vu un jouer un peu de musique, dessiner sur le sol, sculpter un bout de bois ou faire n'importe quelle activité créatrice ?

[Dialogue argumentatif] – Mais ils n'ont pas été éduqués…

– Évidemment ! Et on ne va surtout pas les éduquer : si jamais ils venaient à réfléchir et à trouver que leur vie est stupide ! Si jamais on leur donnait envie d'autre chose ! Non, ici, c'est pire que la prison pour les corps, c'est l'esprit qu'on assassine ! »

Luo était surpris de la violence de ma réaction. Moi aussi d'ailleurs, j'étais généralement d'un tempérament plutôt posé et je compris à cet instant, à travers ce flot de paroles brutales, à quel point j'avais été frustré depuis des mois. Je vis un voile d'incompréhension et d'inquiétude assombrir son regard.

« Et si tu te fais prendre ? Tu sais que c'est interdit ?

– Je m'en moque, je ne supporte plus cette vie de bête. Au moins, là, je peux lire en cachette.

– Mais si on trouve la veste, nous risquons de gros ennuis. »

Sa voix trembla sur le « nous » : il avait tellement envie de vivre, même sans autre horizon que le miroitement de la rizière. Je m'apaisai et le rassurai. Je ne voulais pas perdre son amitié, seul raffinement moral dans cet univers grossier, brutal.

« Ne crains rien, lui dis-je. On ne regarde jamais nos vêtements. Et puis tu n'y es pour rien. Si jamais je me fais prendre, je dirai que tu n'étais pas au courant. Mais si tu savais comme je me sens mieux, soulagé, depuis que j'ai recopié ce texte ! »

À voir mon visage sans doute transformé, Luo se rendit compte combien la lecture pouvait être vitale pour moi. Pour me faire plaisir, il me demanda ce que j'avais recopié. Je le lui dis : « Un extrait d'un très grand auteur français : Balzac. C'est l'histoire d'une jeune fille et le passage que je préfère est celui où elle peut voyager en rêvant. Elle peut voir des endroits éloignés ou encore inconnus… Et moi je voudrais tant pouvoir faire comme elle, partir d'ici, ne serait-ce qu'en imagination ! Revivre les moments passés avec mes parents autour de la table familiale, retrouver les parfums et les couleurs d'avant ! »

Je m'enflammai de nouveau, signe que ma nostalgie était profonde et douloureuse.

« J'étouffe ici ! Ah ! pouvoir enfin m'évader vers d'autres horizons…

– Ne parle pas d'évasion, me coupa brutalement Luo ; tu sais très bien que nous sommes constamment surveillés et qu'on aurait vite fait de te rattraper ! Impossible de s'échapper !

– Sauf si c'est en rêve… »

Sujet B : Réflexion

Comprendre le sujet B

• Ce **sujet de réflexion** peut et doit se traiter à votre niveau d'élève de 3e. Appuyez-vous sur ce que vous avez appris pendant votre scolarité au collège en histoire, en français, en arts plastiques, en éducation musicale… Donnez des **exemples précis** empruntés à ce que vous avez lu ou vu en classe.
Le mot important de cette consigne est le mot « **ouvertures** » au pluriel : il s'agit d'exposer les découvertes, les enrichissements en divers domaines qu'apporte la culture générale par rapport à votre milieu de vie originel.
• Comme l'indique la consigne du sujet, vous pouvez aussi faire appel à vos **expériences personnelles** : voyages, théâtre, émissions de télévision à portée culturelle, films…

[Introduction] Chacun de nous naît dans un environnement bien défini : une ville ou un village, une famille où les parents exercent des métiers du commerce, de l'artisanat, de la médecine ou de l'enseignement ou… avec des loisirs différents. Chacun est donc un peu conditionné par son milieu d'origine. Comment peut-il en sortir et découvrir d'autres voies que celles auxquelles il est presque « prédestiné » ?
C'est la culture qu'apporte en premier lieu l'école qui nous permet d'évoluer.

[Premier argument : la culture est découverte de soi]

La lecture, le cinéma permettent de mieux se connaître soi-même : les histoires des personnages que l'on rencontre éclairent l'analyse des émotions que l'on ressent car l'auteur du livre ou du film explore des situations de jalousie, de colère, de contrariété que l'on a connues soi-même. Par exemple, le personnage de Dai Sijie ne supporte pas la vie trop étroite qu'on lui impose et trouve dans le personnage de Balzac, Ursule Mirouët, une réponse à son désir d'évasion par le rêve.

Par ailleurs, les situations et les réactions rencontrées peuvent nous paraître tellement étrangères que nous percevons notre différence et que nous parvenons à mieux nous définir nous-mêmes et à déterminer nos valeurs. Ainsi on peut comprendre que tel personnage mené par l'ambition comme *Bel-Ami* de Maupassant ou au contraire trop mou et velléitaire, « ce n'est pas moi ! ».

La culture permet également d'apporter un apaisement à sa souffrance : nous comprenons, grâce à une lecture, un film, un tableau, que d'autres ont vécu les mêmes expériences douloureuses (par exemple le mal-être de l'adolescent, la douleur d'aimer qui ne vous aime pas…).

À travers les tragédies que nous découvrons en Histoire (comme la Shoah), nous apprenons à relativiser nos petits malheurs et cela nous aide à mûrir, à grandir.

[Deuxième argument : la culture est ouverture sur le monde]

La culture a aussi pour immense avantage de nous ouvrir au monde et à son histoire. Ainsi, à travers les films historiques (comme *Ridicule* de P. Leconte sur la société aristocratique du XVIIIe siècle) ou les romans de Zola (*L'Assommoir*, *Germinal* qui illustrent chacun un aspect du XIXe siècle) ou de Barbusse (*Le Feu*), nous découvrons les racines, le passé et l'évolution de nos sociétés. Ainsi nous comprenons mieux celle dans laquelle nous vivons actuellement.

La culture scientifique offre d'autres ouvertures sur le monde : elle nous permet de comprendre les phénomènes physiques comme les geysers, les volcans… ; elle nous explique les économies de pays émergents et lointains comme le Brésil. Le monde entier nous devient plus familier.

[Troisième argument : la culture invite à la tolérance]

La culture nous enrichit également sur le plan moral car, en comprenant mieux les autres pays et leurs civilisations, nous progressons en tolérance. Comme nous avons été sensibilisés à leur histoire et leurs conditions de vie, nous pouvons aborder les personnes issues de cultures différentes sans rejet. Expliquer, connaître nous permettent d'accepter les autres.

De plus, si nous comparons nos conditions de vie avec celles du passé ou celles d'autres pays contemporains, si nous rencontrons des cas de personnes que le malheur a violemment frappées, si nous sommes confrontés aux génocides, à la misère qui règne dans le Tiers-Monde ou ailleurs, nous apprécions notre chance.

[Conclusion]

Ainsi, la culture, qu'elle soit littéraire, artistique, historique ou scientifique nous permet à la fois de cerner notre personnalité, d'agrandir notre vision du monde qui n'est plus réduit à notre seul espace de vie et à notre cercle d'amis et de famille et surtout de devenir un citoyen plus averti.

Sujet 6

Romain Gary
Les Racines du ciel

Partie I : Travail sur le texte littéraire et sur une image

1 heure 10 min   50 points

Document 1 Texte littéraire

Quelques années après la Seconde Guerre mondiale, le narrateur évoque son séjour dans un camp de prisonniers et se souvient avec tendresse de son ami Robert, avec lequel il partageait le même block.

Un jour, par exemple, il était entré dans le block[1] mimant l'attitude d'un homme qui donne le bras à une femme. Nous étions écroulés dans nos coins, sales, écœurés, désespérés, ceux qui n'étaient pas trop claqués geignaient, se plaignaient et blasphémaient à haute voix. Robert traversa la baraque, continuant à offrir le bras à la femme imaginaire, sous nos regards médusés, puis il fit le geste de l'inviter à s'asseoir sur son lit. Il y eut, malgré le marasme général, quelques manifestations d'intérêt. Les gars se soulevaient sur un coude et regardaient avec ahurissement Robert faire la cour à sa femme invisible. Tantôt il lui caressait le menton, tantôt il lui baisait la main, tantôt il lui murmurait quelque chose à l'oreille et il s'inclinait de temps en temps devant elle, avec une courtoisie d'ours ; à un moment, apercevant Janin, [...] qui se grattait les poils, il s'approcha de lui et lui jeta de force une couverture [...].

– Quoi ? piailla Janin. Qu'est-ce qui te prend ? J'ai plus le droit de me gratter ?

– Un peu de tenue, nom de nom, gueula Robert. Il y a une grande dame parmi nous.

– Hein ? Quoi ?

– T'es fou ?

– Quelle dame ?

– Naturellement, dit Robert, entre ses dents. Ça ne m'étonne pas... Y en a parmi vous qui font semblant de ne pas la voir, n'est-ce pas ? Ça leur permet de rester sales entre eux...

Personne ne dit rien. Il était peut-être devenu fou, mais il avait encore à ce moment-là des poings solides, devant lesquels les prisonniers de droit commun[2] eux-mêmes se taisaient respectueusement. Il revint auprès de sa grande dame imaginaire et lui baisa tendrement la main. Puis il se tourna vers les copains complètement ahuris, qui le regardaient, la gueule ouverte :

– Bon. Alors, je vous préviens : à partir d'aujourd'hui, ça va changer. Pour commencer, vous allez cesser de pleurnicher. Vous allez essayer de vous conduire devant elle comme si vous étiez des hommes. Je dis bien « comme si » – c'est la seule chose qui compte. Vous allez me faire un sacré effort de propreté et de dignité, sans ça, je cogne. Elle ne tiendrait pas un jour dans cette atmosphère puante, et puis, nous sommes Français, il faut se montrer galants et polis. Et le premier qui manque de respect, qui lâche un pet, par exemple, en sa présence, aura affaire à moi…

On le regardait, bouche bée, en silence. Puis quelques-uns commencèrent à comprendre. Il y eut quelques rires rauques, mais tous nous ressentions confusément qu'au point où nous en étions, s'il n'y avait pas une convention de dignité quelconque pour nous soutenir, si on ne s'accrochait pas à une fiction, à un mythe, il ne restait plus qu'à se laisser aller, à se soumettre à n'importe quoi et même à collaborer. À partir de ce moment-là, il se passa une chose vraiment extraordinaire : le moral du block K remonta soudain de plusieurs crans.

Romain GARY, *Les Racines du ciel*, © Gallimard, 1954.

---

1. Block : dans le langage du camp, baraque de détenus.
2. Prisonniers de droit commun : prisonniers qui ne sont condamnés ni pour leurs opinions ni pour leurs croyances ni à la suite d'une guerre perdue mais pour les délits qu'ils ont commis.

Document 2 Image

Alberto GIACOMETTI, *L'homme qui marche*, sculpture en bronze, 1947.
Dimensions : 180,5 × 97 × 23,9 cm.

QUESTIONS

Grammaire et compétence linguistique
Réécriture

1. Réécrivez le texte suivant comme si c'était Robert qui racontait, en remplaçant « il » (l. 1) par « je » et en remplaçant « Nous » (l. 2) par « Ils ».
« Un jour, par exemple, il était entré dans le block mimant l'attitude d'un homme qui donne le bras à une femme. Nous étions écroulés dans nos coins, sales, écœurés, désespérés [...]. Robert traversa la baraque, continuant à offrir le bras à la femme imaginaire, sous nos regards médusés, puis il fit le geste de l'inviter à s'asseoir sur son lit. » **(10 points)**

Compréhension et compétence d'interprétation

2. « Nous étions écroulés [...] à haute voix. » (l. 2-4)
a) Dans quel état d'esprit sont les prisonniers ? **(2 points)**
b) Relevez les deux énumérations qui le soulignent. **(2 points)**
c) Comment est formé le mot « désespéré » (l. 3) ? **(2 points)**

3. Quel est le comportement habituel des prisonniers avant l'intervention de Robert ? Justifiez votre réponse en relevant trois éléments dans l'ensemble du texte. **(2 points)**

4. Comment Robert fait-il croire à la présence d'une femme ? **(2 points)**

5. Comment comprenez-vous « avec une courtoisie d'ours » (l. 10-11). Quels comportements de Robert illustrent cette expression. **(4 points)**

6. Pourquoi les camarades de Robert l'écoutent-ils sans protester ? **(2 points)**

7. « Vous allez me faire un sacré effort de propreté et de dignité, sans ça, je cogne. [...] Et le premier qui manque de respect, qui lâche un pet, par exemple, en sa présence, aura affaire à moi... » (l. 31-32 et 34-35). Quels sont les différents niveaux de langue utilisés dans ces deux phrases ? Pourquoi, dans son discours, Robert les mêle-t-il ? **(2 points)**

8. La réaction du groupe face à l'invention de Robert évolue. Quelles en sont les étapes successives ? Justifiez votre réponse en citant des éléments du texte. **(4 points)**

9. a) De quels risques cette fiction de la « grande dame imaginaire » protège-t-elle le groupe ? **(2 points)**
b) À quelles conditions (l. 38-40) le groupe peut-il échapper à ces risques ? Expliquez-les. **(2 points)**

10. En vous appuyant sur vos réponses précédentes, récapitulez les qualités de Robert. **(4 points)**

Image

11. a) Décrivez l'aspect physique de l'homme représenté par cette sculpture de Giacometti. **(3 points)**
b) Quel(s) rapprochement(s) avec d'autres représentations des événements de la période 1939-1945 vous suggère l'aspect de cet homme ? **(3 points)**

12. Le titre de cette sculpture est « L'homme qui marche » ; son matériau est en bronze. Ces deux choix de l'artiste vous paraissent-ils être en écho avec le texte de R. Gary ? Développez votre opinion. **(4 points)**

DICTÉE 20 min 10 points

Est inscrit au tableau : acquitte.

Je dois vous dire aussi que j'ai contracté, en captivité, une dette envers les éléphants dont j'essaye seulement de m'acquitter. C'est un camarade qui avait eu cette idée, après quelques jours de cachot – un mètre dix sur un mètre cinquante – alors qu'il sentait que les murs allaient l'étouffer, il s'était mis à penser aux troupeaux d'éléphants en liberté – et, chaque matin, les Allemands le trouvaient en pleine forme, en train de rigoler : il était devenu increvable.

Romain GARY, *Les Racines du ciel*, © Gallimard, 1954.

Partie II : Rédaction

1 heure 30 min 40 points

Vous traiterez au choix le sujet A ou B.

Sujet A : Imagination

Un ami ou un adulte de votre entourage vous a convaincu de changer votre comportement.
Vous raconterez cette expérience en rappelant d'abord comment vous vous comportiez puis comment votre interlocuteur s'y est pris pour vous amener à changer.
Votre texte fera environ 300 mots.

Sujet B : Réflexion

La politesse vous paraît-elle nécessaire pour mieux vivre ensemble ?
Pour traiter ce sujet vous mobiliserez vos lectures, les notions acquises dans les différentes disciplines et votre expérience sur le plan culturel ou personnel.
Votre texte fera environ 300 mots.

CORRIGÉ

Partie I : Travail sur le texte littéraire et sur une image

■ Premier réflexe : observer le texte

• Comme pour le sujet 1, **l'enjeu littéraire est « Agir dans la cité : individu et pouvoir »**. En effet, il s'agit bien d'illustrer comment l'homme lutte contre les différentes formes de tyrannie qui veulent l'écraser.
• L'extrait du roman de R. Gary fait partie de ces « œuvres et textes du xxe siècle appartenant à des genres divers et en lien avec les bouleversements historiques majeurs qui l'ont marqué » ; il permet de « s'interroger sur les notions d'engagement et de résistance, et sur le rapport à l'Histoire ». Sachez que R. Gary a obtenu deux fois le prix Goncourt (une fois sous son vrai nom, une fois sous le pseudonyme d'Émile Ajar pour le roman *La Vie devant soi*).
• Concentrez-vous bien pour lire le texte le jour de l'examen : celui-ci vous demande un effort pour imaginer un contexte (un camp de prisonniers) très éloigné de votre expérience. Le texte est néanmoins facile à comprendre grâce à une langue simple et l'usage du dialogue.
• C'est un texte qui invite à garder une certaine dignité humaine, un respect de soi et des autres, même dans un contexte difficile : une belle leçon de vie, une démonstration du pouvoir de libération que donne l'imagination.
• Soyez aussi sensible à l'humour de ce texte : le comportement de Robert, les réactions des autres prisonniers…

QUESTIONS

■ Remarques préalables

• Les questions sont très diverses : entre celles qui font appel à vos connaissances en vocabulaire, en effets stylistiques (énumérations) et celles qui sollicitent la compréhension, tous les sujets sont abordés.
• Veillez à traiter plus longuement les questions dont le barème est de 2 points : ce sont des questions de compréhension fine du texte qui demandent une réponse plus développée.

Grammaire et compétence linguistique
1. Réécriture

■ Repérer les difficultés

Bien comprendre que c'est Robert qui devient le narrateur, donc, dans le passage concerné, il faut non seulement changer le « il » en « je » mais aussi « Robert » en « je ». En revanche, tout ce qui se rapporte à la dame imaginaire n'est pas à modifier.

• Changer les pronoms personnels sujets impose de modifier les verbes conjugués qui en dépendent mais également les adjectifs ou les pronoms possessifs qui s'y rapportent : ainsi à « je » correspond « mon », à « ils » correspond « leurs ».
• Faire attention à la 1re personne du passé simple qui est en *-ai* pour les verbes du 1er groupe : si « je fis » est la plupart du temps bien orthographié, « je traversai » risque de se transformer en un imparfait (« je traversais ») qui serait pénalisé.

Un jour, par exemple, **j'étais** entré dans le block mimant l'attitude d'un homme qui donne le bras à une femme. **Ils étaient** écroulés dans **leurs** coins, sales, écœurés, désespérés [...]. **Je traversai** la baraque, continuant à offrir le bras à la femme imaginaire, sous **leurs** regards médusés, puis **je fis** le geste de l'inviter à s'asseoir sur **mon** lit.

Compréhension et compétence d'interprétation

2. a) Les prisonniers n'ont plus d'espoir, ils ne croient plus en rien, ils commencent à renoncer à leur humanité.
b) La première proposition contient une énumération d'adjectifs : « écroulés [...], sales, écœurés, désespérés » (l. 2-3) ; la seconde proposition contient une énumération de verbes : « geignaient, se plaignaient et blasphémaient » (l. 3-4). Ces énumérations soulignent le désespoir des prisonniers (« écœurés, désespérés », « geignaient, se plaignaient ») et la déshumanisation progressive que cela entraîne : ils se comportent avec vulgarité, en perdant tout respect d'eux-mêmes et de leurs valeurs (« sales », « blasphémaient »).
c) Le mot « désespérés » est composé d'un préfixe privatif (ou négatif) « dés- » et, comme radical, de l'adjectif « espéré », formé sur le participe passé du verbe.

3. Les prisonniers se comportent avec vulgarité, presque comme des animaux : ils sont « sales » (l. 3), « écroulés » (l. 2), ils se grattent les poils (l.11), « blasphèm(ent) » (l. 4) et « lâche(nt) un pet » (l.33). Ils perdent leur dignité humaine.

4. Robert mime « l'attitude d'un homme qui donne le bras à une femme » (l. 1-2 et 5). Il fait « la cour à [une] femme invisible » (l. 8). Il se comporte donc comme si une femme était là, il ne mime pas la femme elle-même, mais le comportement qu'il aurait si une femme était présente. *[On peut aussi dire qu'il « fait semblant », qu'il « fait comme si », qu'il « imite les gestes » d'un homme galant.]*

5. L'expression est étonnante – on pourrait presque parler d'oxymore – car se comporter « comme un ours » signifie habituellement qu'on est un peu sauvage, qu'on manque de raffinement et d'élégance alors que le mot « courtoisie », surtout envers une dame, évoque la littérature médiévale, voire la préciosité, où il fallait respecter un code précis de galanterie pour faire la cour à une dame. On peut comprendre que Robert, qui n'est pas au départ quelqu'un qui a des manières distinguées (« gueula Robert » l. 15, sa manière de parler l. 20-22), s'efforce de se conduire avec galanterie, mais de façon maladroite, pataude, comme un ours. Néanmoins, en effet, il connaît les usages : il lui donne le bras (l. 2 et 5), il l'invite à s'asseoir dans une sorte de révérence (« le geste » l. 6), il lui « caress(e) le menton, lui bais(e) la main, s'inclin(e) devant elle (l. 9-10) et est capable de « murmurer » et non plus de « gueuler ».

6. Le narrateur note avec un certain humour que Robert « avait encore à ce moment-là des poings solides, devant lesquels les prisonniers de droit commun eux-mêmes se taisaient respectueusement » (l. 23-25). Robert impressionne donc les autres prisonniers qui le craignent.

7. Les niveaux de langue utilisés dans les lignes 31-32 et 34-35 sont le niveau courant et le niveau familier ou relâché (« sacré », « je cogne », « qui lâche un pet »). Robert utilise un niveau de langue familier pour se faire comprendre des autres prisonniers mais il veut aussi les impressionner et montrer l'exemple, c'est pourquoi il emploie un niveau de langue correct.

8. La réaction du groupe face à l'invention de Robert passe de l'étonnement, de la stupéfaction (« sous nos regards médusés » l. 5, « avec ahurissement » l. 8, « complètement ahuris » l. 27) à la crainte (« Il était peut-être devenu fou, mais il avait encore à ce moment-là des poings solides… » l. 23-24) et à la gêne (« quelques rires rauques » l. 37). Mais au final, tous finissent par comprendre, se rangent à son avis (« une chose vraiment extraordinaire… » l. 41-42) et retrouvent l'espoir (l. 42).

9. a) Les prisonniers risquent de perdre tout espoir, de se démoraliser complètement, ce qui les amènerait à se déshumaniser, à perdre toute forme de résistance face à l'ennemi et à « collaborer » (« au point où nous en étions, s'il n'y avait pas une convention de dignité quelconque pour nous soutenir, si on ne s'accrochait pas à une fiction, à un mythe, il ne restait plus qu'à se laisser aller, à se soumettre à n'importe quoi et même à collaborer » l. 38-41).
b) Les conditions sont exprimées par les deux propositions subordonnées conjonctives : « s'il n'y avait pas une convention de dignité quelconque pour nous soutenir » et « si on ne s'accrochait pas à une fiction, à un mythe » (l. 39-40). La « convention de dignité » désigne l'accord qu'acceptent les prisonniers en croyant à la présence « fictive », imaginaire de la dame (c'est un « mythe », une histoire qu'ils s'inventent) afin de garder leur « dignité » d'hommes, de ne pas se déshumaniser.

10. Robert fait preuve de beaucoup d'intelligence et de lucidité : il sait à la fois analyser la situation et en prévoir les risques mais il sait en même temps s'adapter aux hommes qui l'entourent : dans l'état où ils sont, il aurait été inutile de leur faire un sermon, de les obliger, il était bien plus malin de les intriguer par cette dame imaginaire et de leur donner l'exemple avec humour et fermeté. Ce sont là aussi ses qualités qu'il met au service de son orgueil, pris au bon sens du terme, c'est-à-dire la volonté de progresser, de ne pas décevoir par rapport à un certain idéal de la dignité d'un être humain. *[Votre réponse peut être formulée très différemment du moment que vous mentionnez à la fois les valeurs morales – le sens de la dignité – et le sens « pratique », l'efficacité et l'humour de Robert.]*

Image

11. a) Cet homme est représenté grandeur nature (1 m 80) mais il frappe par son extrême maigreur, en particulier celle de ses jambes décharnées. Cela lui donne un aspect aérien, dynamique car il se projette vers l'avant mais ses pieds sont disproportionnés et semblent peser, l'engluer dans une terre dont il peine à s'échapper. Il marche à grands pas.

b) On peut citer les images des camps de concentration à leur libération : les hommes et les femmes qui avaient survécu y étaient d'une maigreur effrayante.

12. *[Votre réponse peut être très variable car les interprétations le sont pour cette sculpture : certains y voient une vision pessimiste de l'homme, fragile et englué dans sa condition, subissant les atrocités du siècle ; d'autres insistent sur l'optimisme de cet homme debout qui marche d'un pas décidé malgré sa fragilité. À noter : le bronze est un matériau fréquent pour une sculpture mais qui demande un investissement de la part de l'artiste. Il y a donc volonté de donner du prix, de la solidité à son œuvre.]* Le titre de l'œuvre illustre bien la volonté de résister, de rester debout et d'avancer que manifestent Robert puis ses compagnons de captivité, en dépit de tous les malheurs subis qu'évoque la maigreur de l'homme. Il veut s'arracher à sa condition et le choix du bronze prouve sa solidité : malgré sa silhouette longiligne, décharnée, il a la force du métal. La volonté de l'homme – et de l'artiste – peut vaincre tous les maux qu'il subit.

DICTÉE

Repérer les difficultés

• Difficultés grammaticales :

– Le verbe se met à l'infinitif après une préposition (« à », « de », « pour »…) ou un verbe autre que « avoir » et « être » : il faut donc mettre la terminaison *-er* aux verbes (« de m'acquitter », « les murs allaient l'étouffer », « à penser », « en train de rigoler »). En revanche, « j'ai contracté » est un passé composé dont le participe s'écrit en *-é*.

– Faire attention à l'accord : « les Allemands le trouvaient ». Le sujet est bien un pluriel (« les Allemands ») même s'il est séparé du verbe par le pronom COD (« le »).

– Mettre au pluriel « aux troupeaux d'éléphants » car, d'une part, l'article défini « aux » a une valeur généralisante ici et ne désigne pas un troupeau précis et, d'autre part, il y a forcément plusieurs éléphants dans un troupeau.

• Difficultés de conjugaison :

– Bien connaître l'orthographe de participes passés courants comme « (j'ai) contracté », « (qui avait) eu », « (il s'était) mis », « (il était) devenu ».

– Reconnaître les verbes pronominaux : « s'acquitter » et « se mettre ».

• Difficultés lexicales :

– Faire attention à écrire les mesures en toutes lettres (« un mètre dix sur un mètre cinquante ») et non en abréviation.

– Repérer les noms féminins avec un suffixe en *-té* qui ne prennent pas de e final : « captivité » et « liberté ».

Partie II : Rédaction

Sujet A : Imagination

Comprendre le sujet A

- Vous devez raconter une expérience personnelle : si vous n'avez pas vécu l'expérience proposée par le sujet (un changement de comportement), il vous faut l'inventer.
- Racontez l'épisode à la première personne.
- Respectez l'« esprit » du texte en racontant une amélioration de votre comportement et non l'inverse. En revanche vous n'avez pas besoin de vous imaginer prisonnier dans un camp de la Seconde Guerre mondiale.
- Variez les types de récit : une partie narrative et un dialogue argumenté sont appropriés.

[Introduction] « Hé ! Fred, tu veux bien nous dépanner pour le relais ? Yann est blessé, on compte sur toi pour faire gagner l'équipe ! » Cette phrase me laissa incrédule. Jamais, au grand jamais, je n'aurais cru l'entendre un an auparavant. Seulement voilà, tout avait tellement changé en un an…

[Description du comportement antérieur] Je préparais mes bagages pour partir en vacances et je me gavais d'illusions : « Inutile de penser à remettre mes affaires de l'année précédente, j'ai bien trop grandi ! ». Je dus bien reconnaître que j'avais surtout énormément grossi. Et là, devant ma glace, les remarques moqueuses de mes « camarades » me revenaient : « Alors, Bouboule, dépêche-toi d'aller à la cantine, sinon tu ne vas plus avoir assez à manger ! », « Eh ! toi, ton "projet professionnel", c'est sumo ? »… Certes ces remarques me blessaient profondément mais, au lieu de répliquer, j'adoucissais ma vie en mangeant des sucreries, je cherchais une consolation dans les gâteaux et les sodas, en guise de sport je pratiquais le lancer de chips dans ma bouche et le pointage de précision sur le bouton de la télécommande. Personne ne voulait de moi dans son équipe et pourtant, j'avais été bon à la course, plus petit. Pour me faire accepter des autres, j'étais devenu le clown de la classe. Lorsque mes parents me faisaient une remarque sur mes résultats scolaires en chute libre ou ma manière de vivre, je leur répondais de manière odieuse. Sur eux retombait toute la rancœur que j'avais accumulée dans la journée. Pour oublier tout ça je m'apprêtai à prendre une barre de céréales chocolatée.

[Narration du changement de comportement] C'est alors que mon portable vibra : un SMS arrivait. J'ouvris le message : « T OK pr 1 toil tonight ? ». Cela venait d'Audrey, une fille timide et isolée dans la classe mais qui avait un sourire sympathique. J'acceptai bien sûr et enfilai un jogging bien large, assez informe, dans lequel j'avais très chaud, mais c'était ma tenue habituelle… Le soir, avant la séance, j'allai m'acheter un grand pot de pop-corn quand Audrey m'arrêta en me disant qu'elle détestait entendre quelqu'un mâcher bruyamment à côté d'elle, pendant qu'elle regardait un film. J'avais pris des gâteaux secs dans mes poches et je me promettais de les manger après la séance…

[Dialogue argumenté] Mais une fois le film fini, sur le chemin du retour, Audrey m'empêcha de les sortir de leur paquet :

FRANÇAIS

« Arrête, Frédéric, je te vois tout le temps en train de manger ! Tu ne crois pas qu'il vaudrait mieux pour toi profiter de cette promenade et savourer la beauté de la nuit ? »

Je bougonnai, à la fois surpris de ces paroles et dérangé dans mes habitudes. Elle continua :

« Tu sais, je suis plutôt timide mais, comme tu me vois à peine dans le noir, je vais enfin oser te parler. Je vois bien que tu souffres et que, comme moi, tu n'as pas d'amis au collège.

– Mais si ! j'ai plein d'amis ! Tout le monde rigole avec moi !

– Pas du tout ! Je les ai entendus se moquer de toi. Ils te poussent juste à faire des bêtises.

– Ah ! tu espionnes ! », rétorquai-je, furieux qu'elle mette à nu la vérité que je sentais confusément.

« Non. Je m'intéresse à toi. »

Déconcerté, touché même par sa voix douce et son message d'amitié, je me fis moins agressif :

« Et comment peux-tu savoir ce que je ressens ?

– Je vais te confier un secret : moi aussi, j'étais grosse avant d'arriver dans ce collège. J'ai fait une dépression à cause de toutes les remarques que je devais endurer, je ne voulais plus aller en classe et j'ai perdu mon année. Voyant que les choses allaient trop loin, mes parents ont demandé le changement de collège et m'ont envoyée voir un médecin nutritionniste. Nous avons parlé longtemps, il m'a prescrit un régime tout à fait adapté et tu vois le résultat maintenant ! »

Je ne voulais pas admettre qu'elle puisse avoir raison :

« Mais qu'est-ce qui te dit que je ne suis pas heureux comme je suis ?

– Arrête Frédéric ! Tu crois que je ne te vois pas ? Tu n'oses pas te montrer, tu mets des vêtements informes, tu ne prends jamais la parole en classe, si ce n'est pour dire des bêtises… Tu fais tout pour que l'on te remarque ou que l'on t'oublie… Le problème c'est que les autres, eux, ne t'oublient pas ! »

Comment pouvait-elle ainsi pointer du doigt tout ce qui me faisait si mal ?

Et elle continuait, inexorable :

« Tu sais, ce n'est pas si compliqué de changer. Il suffit de s'y mettre. Je ne te mentirai pas : au début ce n'est pas si facile. On dit que c'est une question de volonté mais il faut tenir : l'organisme est mal habitué, il renâcle, il proteste. Mais j'ai confiance en toi, je sais que tu as de la fierté et je te promets de t'aider. »

J'étais partagé entre la gratitude, l'espoir et la crainte. Je n'allais jamais y arriver ! Ce serait trop dur ! Audrey devinait mes réticences et poursuivait :

« Va voir un médecin nutritionniste : les régimes, maintenant, ce n'est plus juste un œuf et quelques haricots verts par repas ! Tu pourras te faire plaisir en mangeant mais il ne faut pas abuser des sucreries ni des plats trop gras… Aimes-tu les fruits ? »

Je sentais que quelque chose était en train de se mettre en place dans ma tête. J'avais de l'importance pour quelqu'un. Je retrouverais ma place parmi les autres. Il ne fallait pas décevoir Audrey. Elle poursuivait sur sa lancée : « Et il te reste juste quelque chose à faire pour que tout soit bien en place et que tu puisses perdre tes kilos. Tu devines ? Du sport ! J'aime beaucoup nager, l'été arrive… et si nous allions à la piscine tous les jours ? »

Je tentais de me défendre, je me revoyais avec mon maillot de bain devant la glace :

« Je vais bientôt partir…

– Mais il ne faut pas attendre !

– Si jamais nous allons à la piscine, au moins que ce soit très tôt le matin pour que personne ne me voie !

– D'accord, je te comprends… »

[Narration du changement de comportement] Nous nous retrouvions à la piscine dès l'ouverture et nous partions avant midi. Audrey m'imposait des longueurs ou variait les jeux et je ne sentais plus mon poids dans l'eau qui caressait agréablement mon corps, m'obligeant à l'apprécier de nouveau. J'enchaînais avec les vacances au bord de la mer ; je courais sur la plage tôt le matin ou tard le soir, je nageais beaucoup dans les vagues. Je ne montais pas sur la balance tous les jours mais je sentais bien que tout allait mieux. La chaleur, l'activité chassaient loin de moi l'envie de manger.

En septembre, j'avais perdu les cinq kilos qui étaient l'objet de mon pari avec Audrey. Quand elle me vit, elle siffla comme un garçon qui admire une fille. Surpris – cela se voyait donc tant que cela, mes cinq kilos en moins ? – je rougis de plaisir. Alors j'ai tout enchaîné : le médecin nutritionniste qui me trouva un régime adapté, l'inscription dans un club d'athlétisme, le jogging tous les soirs… Quinze minutes, puis vingt, puis trente, puis… Aller à pied au collège et non plus prendre le bus. Je croisais souvent Audrey et son regard reflétait la fierté d'être mon amie. Les autres avaient encore parfois des remarques désagréables (« Eh ! Bouboule, tu fonds, ça va mouiller partout ! »). Mais quand le professeur principal de troisième nous a expliqué qu'il fallait valider des compétences pour obtenir son brevet, il m'a pris pour exemple en disant à la classe : « Frédéric est l'exemple parfait pour que je puisse lui valider la compétence du socle "Conscient des enjeux de bien-être et de santé des pratiques alimentaires et physiques" et bien d'autres », alors ils n'ont plus rien osé dire. Les rapports houleux avec mes parents se sont arrangés comme par magie ; ils me soutiennent dans mes efforts et m'aident à composer mes menus. Mon travail scolaire s'est amélioré car je ne consacre plus mon énergie à me faire remarquer des autres.

[Conclusion] Je n'ai pas encore la silhouette dont je rêve et c'est parfois difficile de ne pas se laisser aller mais ma récompense, vous la connaissez : il n'y a pas qu'Audrey qui réclame ma présence…

FRANÇAIS

Sujet B : Réflexion

■ Comprendre le sujet B

• Réfléchir sur la politesse vous paraît un sujet trop limité sur lequel vous n'avez rien à dire ? Détrompez-vous : réfléchir sur la politesse, c'est réfléchir sur les conséquences quand on n'est jamais poli, sur les contraintes que la politesse engendre, sur les excès de politesse et bien évidemment sur les avantages qu'elle procure. Vous pouvez organiser votre composition sur cette structure : un paragraphe par aspect.

• Pour point de départ, revenez au texte de R. Gary : que se passe-t-il quand les prisonniers sont polis ? que se serait-il passé si Robert ne les y avait pas contraints ?

• Cherchez dans votre dictionnaire les synonymes et les variantes autour du mot « politesse » pour en voir les différentes nuances : amabilité, courtoisie, savoir-vivre, bienséance, convenances, obséquiosité, flagornerie, hypocrisie…

[Introduction : étymologie du mot « politesse »] Lorsque l'on emploie les mots « politesse » ou « poli » on ne pense pas nécessairement à leur origine : le nom « politesse » vient de l'italien *« politezza »* qui veut dire « propreté », lui-même dérivé du latin « politus » qui signifie « lisse ». Effectivement en français on peut parler d'un galet poli par les eaux d'un torrent, d'une pierre précieuse polie par le bijoutier qui s'oppose à la pierre brute découverte dans la mine. On voit bien alors que, sur le plan métaphorique, la politesse sert à « arrondir les angles », permet de briller (ou du moins de montrer le meilleur aspect de soi-même) en société en s'opposant à la brutalité, et qu'elle nécessite un travail sur soi.

[Premier aspect : des règles à respecter] Si l'on s'interroge sur la nécessité de la politesse, on peut répondre que les « bonnes manières » dont elle est synonyme permettent une vie en société satisfaisante et acceptable : au « savoir-vivre » ancien l'époque contemporaine a rajouté l'adverbe « ensemble » pour bien insister sur le fait que l'homme est avant tout un être qui vit en société et qu'il doit observer et suivre des règles s'il veut s'y insérer. Aux anciens traités de politesse qui existent depuis fort longtemps (on recommande aux enfants du Moyen Âge de ne pas « faire le vilain », c'est-à-dire de ne pas se conduire comme un paysan rustaud, de ne pas mettre les coudes sur la table, de ne pas parler en mangeant…) répond un manuel du savoir-vivre pour lutter contre les incivilités que l'on voit affiché dans les transports en commun et souvent présenté avec humour : par exemple « Ne pas faire de son portable un insupportable ».

Certaines de ces règles peuvent paraître démodées ou d'un snobisme inutile : pourquoi ne pas mettre les coudes sur la table ? pourquoi manger le poisson avec un couteau bizarre qui ne coupe rien ? Parfois on a oublié l'origine de ces pratiques, souvent on ne sait pas quelles sont les règles de vie du voisin et on n'obéit qu'à ses propres règles.

La politesse, c'est avant tout apprendre à observer les autres, c'est avoir une forme de curiosité de la vie des autres.

[Deuxième aspect : contrainte ou qualité de vie ?] Ces règles de politesse ne vont pas de soi : elles passent par l'éducation, donnée en famille ou à l'école. L'enfant ou les adultes vont donc devoir les apprendre ou les réviser, parfois d'ailleurs sous la contrainte : punition pour l'enfant, amende pour l'adulte. Elles ne sont pas toujours écrites mais imposent un effort à tout individu vivant en société : il les connaît même s'il ne les exécute pas.

Elles vont de préconisations simples (ne pas jeter de papier par terre, dire bonjour quand on entre dans une boutique) à des recommandations comportementales plus évoluées nécessitant un respect mutuel et une certaine empathie (tenir la porte à la personne qui nous suit, porter la valise d'une personne âgée, aider une autre personne à monter une poussette dans les escaliers du métro…).

Pourquoi certains ne le font-ils pas ? Par exemple, même si des amendes sont prévues, les gens continuent à jeter leurs mégots dans la rue. Bien sûr, cela prend un peu de temps de chercher la poubelle, bien sûr on préfère s'occuper de soi avant tout. Mais si l'on respecte l'espace commun, si l'on aide le passant inconnu qui ne vous rendra jamais le service, au bout du compte, la politesse met du lien et du liant dans les relations humaines et rend la vie quotidienne un peu plus agréable pour tous.

[Troisième aspect : diversité des politesses] Les règles essentielles de politesse se retrouvent d'un pays à l'autre mais peuvent varier sur des points de détail : le rot à la fin d'un repas peut être jugé comme incorrect ou au contraire indiquer que l'on a bien mangé ; les petits Tibétains qui tirent la langue au capitaine Haddock dans *Tintin au Tibet* se font traiter d'effrontés alors que c'est réellement leur façon polie de l'accueillir… Dans certains pays, les règles de politesse régissant la vie quotidienne peuvent être parfois très sophistiquées et peu accessibles au voyageur étranger.

Par conséquent, la politesse peut être nuisible, discriminante : on exclurait quelqu'un de son groupe car il ne pratique pas les usages. Ainsi les « bonnes manières » ne sont pas les mêmes dans toutes les couches de la société. Une personne qui ne suit pas les règles au pied de la lettre parce qu'elle les ignore peut se retrouver marginalisée. C'est ce que montre le film *Ridicule* de Patrice Leconte : à la Cour excessivement policée du règne de Louis XV, celui qui, malgré ses profondes qualités personnelles, déroge à une étiquette ridicule est méprisé et rejeté.

La politesse peut donc apparaître comme inutilement contraignante et facteur d'injustices. Être poli dans ce cas n'est plus l'expression d'un respect de l'autre ou d'une conscience exigeante de sa propre dignité, mais un artifice qui ne demande pas de sincérité.

[Quatrième aspect : politesse ou mensonge ?] Quelle est la frontière entre la politesse et l'obséquiosité ? la politesse et la flagornerie ? Le corbeau de la fable de La Fontaine, flatté dans son orgueil, se laisse sottement prendre par les habiles compliments du renard :

« Sans mentir, si votre ramage
Se rapporte à votre plumage
Vous êtes le phénix des hôtes de ces bois ».

La politesse n'est plus là que pour tromper l'autre et lui nuire, l'abuser. Elle devient mensonge : c'est ce que montrent les personnages de Molière dans *Les Femmes savantes* : Trissotin et Vadius se font des compliments jusqu'à ce que, par mégarde, éclate la vérité. La politesse est alors synonyme d'hypocrisie et Alceste, le Misanthrope de Molière, la refuse, lui qui veut des rapports sincères entre les hommes. Ne dit-on pas « trop poli pour être honnête » quand on se méfie ? Et, dans le film *Ridicule*, cité plus haut, que dire des terribles méchancetés qui se cachent sous les dehors d'une exquise politesse ?

Mais cette politesse-là est celle de gens qui n'ont pas la qualité morale qui devrait fonder la politesse : le respect.

[Conclusion] La politesse joue avant tout un rôle social : elle est nécessaire et a le mérite de faciliter les rapports humains mais, pour ne pas rester une enveloppe creuse, elle doit aussi être fondée sur une forme plus personnelle de générosité qui se traduit par le respect d'autrui et l'exigence de dignité envers soi-même que chacun s'engage à développer.

Sujet 7

Jean Giono
Les Vraies Richesses

Partie I : Travail sur le texte littéraire et sur une image

1 heure 10 min — 50 points

Document 1 Texte littéraire — 16 points

Giono a décidé de vivre à la campagne, au plus près de la nature. Néanmoins, il va parfois à Paris. Il évoque ici son expérience de la ville.

Quand le soir vient, je monte du côté de Belleville[1]. À l'angle de la rue de Belleville et de la rue déserte, blême et tordue, dans laquelle se trouve *La Bellevilloise*[2], je connais un petit restaurant où je prends mon repas du soir. Je vais à pied. Je me sens tout dépaysé par la dureté du trottoir et le balancement des hanches qu'il faut avoir pour éviter ceux qui vous frôlent. Je marche vite et je dépasse les gens qui vont dans ma direction ; mais quand je les ai dépassés, je ne sais plus que faire, ni pourquoi je les ai dépassés, car c'est exactement la même foule, la même gêne, les mêmes gens toujours à dépasser sans jamais trouver devant moi d'espaces libres. Alors, je romps mon pas et je reste nonchalant[3] dans la foule. Mais ce qui vient d'elle à moi n'est pas sympathique. Je suis en présence d'une anonyme création des forces déséquilibrées de l'homme. Cette foule n'est emportée par rien d'unanime. Elle est un conglomérat de mille soucis, de peines, de joies, de fatigues, de désirs extrêmement personnels. Ce n'est pas un corps organisé, c'est un entassement, il ne peut y avoir aucune amitié entre elle, collective, et moi. Il ne peut y avoir d'amitié qu'entre des parties d'elle-même et moi, des morceaux de cette foule, des hommes ou des femmes. Mais alors, j'ai avantage à les rencontrer seuls et cette foule est là seulement pour me gêner. Le premier geste qu'on aurait si on rencontrait un ami serait de le tirer de là jusqu'à la rive, jusqu'à la terrasse du café, l'encoignure de la porte, pour avoir la joie de véritablement le rencontrer. […]

De tous ces gens-là qui m'entourent, m'emportent, me heurtent et me poussent, de cette foule parisienne qui coule, me contenant sur les trottoirs devant *La Samaritaine*[4], combien seraient capables de recommencer les gestes essentiels de la vie s'ils se trouvaient demain à l'aube dans un monde nu ?

Qui saurait orienter son foyer en plein air et faire du feu ?

Qui saurait reconnaître et trier parmi les plantes vénéneuses les nourricières comme l'épinard sauvage, la carotte sauvage, le navet des montagnes, le chou des pâturages ?

Qui saurait tisser l'étoffe ?

Qui saurait trouver les sucs pour faire le cuir ?

Qui saurait écorcher un chevreau ?

Qui saurait tanner la peau ?

Qui saurait vivre ?

Ah ! c'est maintenant que le mot désigne enfin la chose ! Je vois ce qu'ils savent faire : ils savent prendre l'autobus et le métro. Ils savent arrêter un taxi, traverser une rue, commander un garçon de café ; ils le font là tout autour de moi avec une aisance qui me déconcerte et m'effraie.

Jean Giono, *Les Vraies Richesses*, © éditions Gallimard, 1936.

---

1. Belleville : quartier parisien dans l'Est de la ville.
2. *La Bellevilloise :* coopérative ouvrière qui permettait aux ouvriers d'acheter des produits de consommation moins chers. C'est aussi en 1936 un lieu culturel très connu.
3. Nonchalant : lent et indifférent.
4. *La Samaritaine :* grand magasin parisien, fondé en 1870.

FRANÇAIS

Document 2 Image

Daniel Fung, « Croisement de piétons », Hong-Kong, © Shutterstock.

QUESTIONS

Les réponses aux questions doivent être entièrement rédigées.

Grammaire et compétence linguistique
Réécriture

1. Réécrivez le passage ci-dessous en remplaçant « je » par « nous » et en mettant les verbes conjugués à l'imparfait.
« je connais un petit restaurant où je prends mon repas du soir. Je vais à pied. Je me sens tout dépaysé par la dureté du trottoir et le balancement des hanches qu'il faut avoir pour éviter ceux qui vous frôlent. » **(10 points)**

Compréhension et compétence d'interprétation

2. En vous appuyant sur le premier paragraphe, expliquez la formule du narrateur « Je me sens tout dépaysé » (ligne 4). **(4 points)**

3. a) Quel est ici le sens du mot « entassement » (ligne 14) ?
Trouvez un synonyme de ce nom dans les lignes qui précèdent ?
b) Elle est … personnels. » (lignes 12-13) : quel est le procédé d'écriture utilisé dans cette phrase ?
c) En vous appuyant sur vos deux réponses précédentes, expliquez comment le narrateur perçoit la foule. **(8 points)**

4. Ligne 25 à ligne 33 :
a) Quelles remarques pouvez-vous faire sur la disposition et les procédés d'écriture dans ce passage ? Trois remarques au moins sont attendues.
b) Quel est, selon vous, l'effet recherché par le narrateur dans ce passage ? Développez votre réponse. **(8 points)**

5. Dans le dernier paragraphe, pourquoi le narrateur est-il déconcerté et effrayé (ligne 37) ? Justifiez votre réponse en vous appuyant sur le texte. **(4 points)**

6. Ce texte est extrait d'un livre intitulé *Les Vraies Richesses*. Quelles sont, selon vous, « les vraies richesses » auxquelles pense l'auteur ? Rédigez une réponse construite et argumentée. **(8 points)**

Image

7. Que ressentez-vous en regardant la photo de Daniel Fung (document 2) ? Expliquez votre réponse. **(4 points)**

8. Cette œuvre (document 2) peut-elle illustrer la manière dont le narrateur perçoit la foule dans le texte de Jean Giono (document 1) ? Développez votre réponse. **(4 points)**

Partie II

FRANÇAIS
RÉDACTION ET MAÎTRISE DE LA LANGUE

1 h 50 min   25 points

DICTÉE 5 points

De temps en temps, je m'arrête, je tourne la tête et je regarde vers le bas de la rue où Paris s'entasse : des foyers éclatants et des taches de ténèbres piquetées de points d'or. Des flammes blanches ou rouges flambent d'en bas comme d'une vallée nocturne où s'est arrêtée la caravane des nomades. Et le bruit : bruit de fleuve ou de foule. Mais les flammes sont fausses et froides comme celles de l'enfer. En bas, dans un de ces parages sombres est ma rue du Dragon, mon hôtel du Dragon. Quel ordre sournois, le soir déjà lointain de ma première arrivée, m'a fait mystérieusement choisir cette rue, cet hôtel au nom dévorant et enflammé ?

Il me serait facile, d'ici, d'imaginer le monstre aux écailles de feu.

Jean GIONO, *Les Vraies Richesses*, © éditions Gallimard, 1936.

FRANÇAIS

TRAVAIL D'ÉCRITURE 20 points

Vous traiterez au choix le sujet A ou B.

Sujet A : Réflexion

Pensez-vous comme Jean Giono que la ville soit un lieu hostile ?

Vous proposerez une réflexion organisée et argumentée en vous appuyant sur vos lectures et vos connaissances personnelles.

Votre rédaction sera d'une longueur minimale d'une soixantaine de lignes (300 mots environ).

Sujet B : Invention

Vous vous sentez vous aussi « dépaysé(e) » en arrivant dans une ville. Racontez cette expérience. Vous décrivez les lieux que vous découvrez, vous évoquez vos impressions et vos émotions.

Vous ne signerez pas votre texte de votre nom.

Votre rédaction sera d'une longueur minimale d'une soixantaine de lignes (300 mots environ).

CORRIGÉ

Partie I : Travail sur le texte littéraire et sur une image

Premier réflexe : observer le texte

• C'est un texte récent d'un écrivain du début du XXe siècle, **Jean Giono** (1895-1970). Né à Manosque, il a consacré une bonne partie de son œuvre à magnifier la campagne provençale et à défendre des valeurs de vie simple mais riche près de la nature.

• Ce texte a pour thème central le **malaise** que l'on peut ressentir en ville face à la foule des passants qui se pressent autour de vous dans l'indifférence et l'anonymat. Ce texte est fort par la **réflexion intime** qu'il expose avec une grande sensibilité mais qui n'est pas forcément facile à comprendre pour des adolescents, surtout ceux habitués à vivre en ville.

• Malgré sa date de publication (1936) qui peut vous paraître éloignée, il fait écho à des thèses très contemporaines de retour à la nature, d'une vie plus simple, de relations plus humaines.

QUESTIONS

Remarques préalables

• Deux questions (la 2 et la 3) font appel à vos connaissances sur les effets de style (ou procédés d'écriture) ainsi qu'à votre compréhension du vocabulaire par déduction.

• L'ensemble des questions repose sur votre compréhension fine du texte à appuyer sur des extraits précis. Soignez en particulier la question 5, notée sur 4 points, qui attend une réponse développée – au moins 5 lignes.

Grammaire et compétence linguistique
1. Réécriture

Repérer les difficultés

• Passer à l'imparfait 1re personne du pluriel (« nous » + terminaison « -ions ») est plutôt facile, d'autant plus qu'aucun verbe ici n'est un piège.

• Attention ! Passer au pluriel (1re personne) ne touche pas que les verbes. Il faut aussi accorder au pluriel les adjectifs ou participes qui se rapportent au sujet « nous » : c'est le cas pour « dépaysé ».

• N'oubliez pas de changer « mon repas » en « notre repas ». Prononcez la phrase dans votre tête, cela vous sera évident.

• Les deux derniers verbes peuvent éventuellement rester au présent si l'on considère que c'est un présent de vérité générale (il faut toujours balancer des hanches pour éviter ceux qui vous frôlent). Mais si on reste dans le contexte du narrateur, on les met aussi à l'imparfait.

Nous connaissions un petit restaurant où nous prenions notre repas du soir. Nous allions à pied. Nous nous sentions tout dépaysés par la dureté du trottoir et le balancement des hanches qu'il fallait avoir pour éviter ceux qui vous frôlaient. (ou en conservant un présent de vérité générale : le balancement des hanches qu'il faut avoir pour éviter ceux qui vous frôlent.)

Compréhension et compétence d'interprétation

2. Le narrateur se sent dépaysé en ville parce que, venant de la campagne, il n'a pas l'habitude de marcher sur le bitume des trottoirs dont il retient avant tout la « dureté » (l. 4) alors qu'il est habitué au sol plus souple au pied des chemins de terre ou même des champs.
Il est en même temps perturbé par la densité des passants qui le « gênent » continûment dans sa marche (à la campagne, on ne se bouscule pas) et l'obligent, pour passer, à esquiver les corps qui sont autant d'obstacles, « sans jamais trouver devant [lui] d'espaces libres » (l. 8-9).
Troisième cause de son dépaysement : il ne parvient pas à identifier les êtres ou les lieux. La ville lui fait l'effet d'une répétition sans fin : « exactement la même foule, … les mêmes gens » (l. 7-8).

3. a) « entassement » signifie ici « accumulation », « empilement » *[pensez au verbe « entasser » dont le sens vous est plus familier]*. Son synonyme est le nom « conglomérat » (l. 12) *[pensez au sens du préfixe « com/n- », venu de la préposition* cum *qui, en latin, signifie « avec » et au verbe « agglomérer » dont le sens de « mettre ensemble » vous est peut-être plus familier]*.
b) La phrase «Elle est un conglomérat de mille soucis, de peines, de joies, de fatigues, de désirs extrêmement personnels. » (l. 12-13) contient une énumération. *[Cette figure de style a pour effet d'insister sur le nombre, l'abondance, la densité.]*.
c) La foule, par sa densité, son nombre, est d'abord une « gêne » physique pour le narrateur (l. 8). Sur le plan moral, elle ne lui apparaît pas comme des personnes humaines bien identifiées qu'il pourrait rencontrer, avec qui il pourrait engager une conversation, mais comme un amoncellement de choses « anonyme(s) » (l. 11) avec qui il ne peut lier une « amitié » (l. 14-15). C'est pourquoi il ne peut entrer en sympathie (l. 10) avec personne. La ville, à son avis, déshumanise les relations entre les êtres.

4. a) Les lignes 25 à 33 sont constituées de nombreux paragraphes réduits pour six d'entre eux sur sept à une ligne : une phrase pour chaque paragraphe. Chacune de ces sept phrases est interrogative et commence par « Qui saurait » : on peut donc parler d'anaphore. L'emploi du mode conditionnel souligne le doute déjà exprimé par la tournure interrogative.
b) Ces procédés d'écriture accumulés cherchent à interroger le lecteur, à le faire réfléchir car toutes ces phrases évoquent des savoir-faire des gens de la campagne et que les

FRANÇAIS

citadins ont perdus. Il s'agit de lui faire prendre conscience de la société très sophistiquée dans laquelle il vit : ayant perdu les savoir-faire vitaux, l'homme qui vit en ville est dépendant de tous ceux qui le nourrissent, l'habillent, le chauffent, l'éclairent...

5. Si on lit le texte au premier degré, on a l'impression que c'est l' « aisance » (l. 37) à vivre en ville du citadin qui déconcerte et effraie le narrateur. En fait la remarque est ironique car cette aisance est plutôt une inconscience : le citadin ne se rend pas compte qu'il passe son temps à consommer des services pour se faire transporter (autobus, métro, taxi), pour boire (commander le garçon de café) mais qu'il ne produit rien de réellement utile lui-même. Et c'est cette vanité de ces occupations – au sens de stérilité, inutilité de leur vie – qui déconcerte et effraie le narrateur : comment le citadin ne peut-il pas s'en apercevoir ?

6. « Les vraies richesses », pour Giono, ce sont les « gestes essentiels de la vie » (l. 23-24) car effectivement ils évoquent des savoir-faire ancestraux, certains remontant même aux hommes préhistoriques (comme faire du feu l. 25, la cueillette l. 26-28 ou préparer la viande l. 31) mais nécessaires à la survie de l'espèce. Implicitement ce texte est une critique d'une société urbaine où toutes ces tâches de base sont éclipsées par l'industrialisation ou le commerce, où on achète avec son argent un travail souvent dévalorisé (celui des agriculteurs pour les plantes, celui des éleveurs ou des gens travaillant dans les abattoirs, par exemple) mais dont on percevrait le rôle crucial si on se retrouvait dans un « monde nu » (l. 24), comme après une guerre ou une explosion nucléaire. *[Lire sur ce thème de la survie après l'apocalypse – une catastrophe nucléaire – le roman* Malevil *de Robert Merle.]*

Image

7. *[La question est « Que ressentez-vous ? » : la réponse est donc très personnelle et peut différer de ce que nous proposons.]* Les piétons donnent l'impression de fourmis qui se déplacent : « ça grouille », tous dans la même direction, mais on ne sait pas où tout ce monde va. En tout cas aucun ne s'arrête, aucun ne discute avec un autre : on avance, comme contraints par une force. Une impression d'anonymat où l'on ne se retrouve jamais, où l'on ne se rencontre jamais. Cela pourrait être une illustration d'une condition humaine absurde : il faut vivre et avancer sans en comprendre le sens, sans dominer son destin.

8. La photo de Daniel Fung illustre bien le texte de Giono pour ces trois aspects au moins :
– la foule des passants, nombreux, serrés, qui, à l'exception de l' « allée » centrale, semblent prêts à se bousculer pour passer ;
– l'anonymat : ils sont tous semblables, des silhouettes d'hommes indifférenciées ;
– l'absence de communication : aucun ne converse avec un autre, ils ne se croisent même pas.
En revanche les interrogations de Giono sur la vacuité des actions des citadins (l. 21-37), qui ont perdu le sens des activités essentielles à la vie, n'apparaît pas explicitement. Cependant ces passants ne font rien d'autre qu'avancer : cela peut paraître absurde.

DICTÉE

■ Repérer les difficultés

• **Difficultés grammaticales :** essentiellement, dans ce texte, des questions d'accords à ne pas oublier :
– de nombreux accords au pluriel dans les groupes nominaux (« **des** foyer**s** éclatan**ts** et **des** tache**s** de ténèbres piquet**ées** de point**s** d'or » où il faut penser à mettre « points » au pluriel parce qu'il en faut plusieurs pour piqueter ; « Des flammes blanches ou rouges ») ;
– accord des adjectifs attributs avec le sujet au féminin pluriel («les flammes sont fausses et froides ») ;
– ne pas oublier la logique d'accord au féminin pluriel pour « celles » qui remplace « les flammes » ;
– attention à l'accord du participe passé de la forme verbale « s'est arrêtée » avec son sujet inversé « la caravane » ;
– bien identifier le « où » avec accent qui est le pronom relatif du « ou » sans accent qui signifie « ou bien ».

• **Difficultés lexicales :** elles sont peu nombreuses ; le mot « flamme », bien connu, prend deux « m » ; le verbe « s'arrêter » prend deux « r » ; ne pas confondre la « tache », marque de couleur ou de lumière, avec la « tâche », le travail à accomplir.

FRANÇAIS

Partie II : Rédaction

Sujet A : Réflexion

■ Comprendre le sujet A

• On vous demande de réfléchir à la ville comme « lieu hostile » : « hostile » vient du mot latin *hostis* qui signifie « ennemi », mot fort qui suggère que la ville « tue » l'être humain. Le texte de Giono montre que les relations humaines sont absentes et que le citadin ne sait plus « vivre » : vous pouvez réagir à ces deux idées.
• Que vous soyez un(e) collégien(ne) de la ville ou de la campagne, évitez de faire un « procès à charge », pour ou contre la ville. Même si vous avez une opinion tranchée, pensez à envisager quelques arguments opposés.
• Vous pouvez structurer votre argumentation en des paragraphes entièrement dédiés à une position « pour » ou « contre » ou, comme, le corrigé vous le propose, nuancer chacun des aspects de la ville que vous évoquez : les contraintes matérielles de la ville, son influence sur la psychologie des gens, ses aspects culturels.

[Introduction] Giono fut le chantre de la nature et de sa province natale, la Provence, qu'il évoque dans ses romans comme *Regain*, *L'homme qui plantait des arbres*, *Un de Baumugnes* où il écrit : « Les choses de la terre, mon vieux, j'ai tant vécu avec elles, j'ai tant fait ma vie dans l'espace qu'elles laissaient, j'ai eu tant d'amis arbres, le vent s'est tant frotté contre moi que, quand j'ai de la peine, c'est à elles que je pense pour la consolation ». Lorsque cet homme de la nature se retrouve à Paris, il perd ses repères et voit la ville comme un lieu hostile où l'on se sent anonyme, sans relations humaines, occupé à des activités vaines. La ville peut-elle être réduite à cette vision négative ? Si elle impose des contraintes matérielles plus difficiles, si elle risque de déshumaniser ses habitants, ne peut-elle pas être aussi un lieu de beauté et d'épanouissement personnel ?

[Premier argument : les contraintes matérielles] Comme le souligne Giono dans le texte extrait des Vraies Richesses, la ville est ressentie comme un milieu « dur » à vivre. Elle impose des conditions quotidiennes qui peuvent être perçues comme agressives : les transports sont bondés, les problèmes de panne ou d'incidents fréquents, les temps de trajet pour aller travailler longs et pénibles. De plus les logements sont souvent beaucoup plus petits qu'à la campagne et, en revanche, beaucoup plus chers : les gens sont obligés de s'y entasser. De manière générale, le peu d'espace dont les gens jouissent est de médiocre qualité : pollution (les habitants de Pékin se sont transformés en fantômes suffocants, perdus dans un brouillard jaunâtre), saleté (les touristes déplorent l'état des rues de Paris). Dès le xixe siècle, cette ville, en particulier, apparaît comme un lieu sordide : l'extrait du roman de Zola en témoigne (L'Assommoir).

À cela s'ajoute le bruit incessant de la circulation anarchique comme dans certaines grandes villes qui ont poussé sans plan d'urbanisme concerté (les embouteillages de Bombay).

L'architecture offre des aspects plus contrastés : la hauteur des immeubles peut les transformer en murailles qui emprisonnent les habitants aux yeux de certains et les constructions sont parfois vétustes ou juste fonctionnelles, sans aucune harmonie, sans nature pour les égayer. En revanche, la ville offre aussi ses beautés architecturales, qu'elles soient anciennes comme le Parthénon à Athènes ou les gratte-ciels – de New York par exemple aux yeux de Jean-Paul Sartre ou de Shangaï ou de Kuala Lumpur – qui peuvent capter le regard vers l'horizon, vers le ciel et sublimer leur construction audacieuse.

[Deuxième argument : l'influence sur la psychologie] La ville, aux yeux de Giono, est vue avant tout à travers ses habitants qui vaquent à des occupations futiles ou stériles, de manière indifférenciée (c'est toujours « la même foule, la même gêne, les mêmes gens »), anonyme, égoïste (« conglomérat de désirs extrêmement personnels »). Giono considère la ville et ses habitants comme la négation de l'individu auquel ils enlèvent toute possibilité d'épanouissement personnel. Les hommes ne semblent plus être que des automates comme sur le lavis de Stora : des êtres qui se suivent sans s'arrêter, sans communiquer. La même déshumanisation se retrouve dans le film Metropolis de Fritz Lang : des ouvriers sont écrasés par l'architecture monstrueuse des buildings.

Et comme la ville attire des paysans ou des migrants qui espèrent échapper à la misère, qu'elle leur expose des vitrines rutilantes d'objets de consommation, elle favorise à la fois une concentration de misères (les favelas de Rio) et des trafics criminels (la plupart des films noirs ou des films policiers se déroulent dans le décor de villes inhospitalières et gigantesques).

Cependant c'est cette même offre diversifiée, cette richesse d'expériences ou de rencontres à chaque coin de rue qui permet aux êtres humains de découvrir des aspects inconnus de la civilisation.

[Troisième argument : les aspects culturels] Alors que les villes se développent de plus en plus dans le monde, ne peut-on y voir que des aspects négatifs ? Après un urbanisme un peu débridé, les villes sont actuellement repensées pour en faire des lieux plus conviviaux : les centres-ville sont réaménagés pour que les piétons puissent y flâner de manière sûre et tranquille.

La ville, c'est un endroit pratique où sont réunis de nombreux lieux de travail, tous les commerces et les services, administratifs, médicaux mais avant tout culturels comme les cinémas, les théâtres, les bibliothèques, les musées. Les collèges eux-mêmes y sont souvent proches et c'est plus pratique que d'attendre le car de ramassage scolaire…

Les citadins sont conscients que la nature leur manque et développent des moyens d'y remédier : murs de plantes, potagers en ville, sur les toits… La ville, est aussi un lieu de loisirs et de rencontres, d'ouverture sur les autres avec des terrasses de café où il fait bon discuter et s'attabler, des parcs où il est possible de se promener. La ville c'est un lieu où la vie pulse de jour comme de nuit, contrairement à certains endroits que l'on qualifie de « déserts ».

Dans « ville » on pourrait presque dire qu'il y a le mot « vie » !

[Conclusion] La vision de la ville dépend de l'expérience et de la sensibilité de chacun : en général les gens apprécient les aspects pratiques et sympathiques de la ville pendant la semaine ou l'année mais ils aiment aussi passer leur week-end et leurs vacances dans des endroits plus tranquilles et verdoyants… Ils ont besoin des deux. En tout cas, faire de la ville un lieu agréable est une volonté et un métier : celui d'urbaniste !

Sujet B : Imagination

■ Comprendre le sujet B

- Attention à bien lire le sujet : il vous demande de décrire combien vous êtes « dépaysé(e) » en arrivant dans une ville. « Dépaysé » ne veut pas dire que vous ressentez forcément une impression négative comme Giono. C'est seulement que vous ne connaissez pas cette ville, qu'elle vous surprend parce qu'elle est différente de votre cadre de vie habituel.
- Si vous habitez déjà en ville, vous pouvez choisir une ville étrangère où vous avez voyagé, ou une toute petite ville si vous habitez une grande métropole, ou l'inverse. Vous pouvez aussi imaginer une ville à travers vos lectures ou un documentaire ou un film que vous avez vu : pourquoi pas une ville futuriste ?

Comme nous avions un exposé à présenter sur un pays lointain de notre choix, mes parents m'avaient autorisé(e) à regarder une série de documentaires centrés sur des pays asiatiques sur une chaîne télévisée spécialisée dans ce genre de reportages. Il s'agissait du Vietnam et j'avais été impressionné(e) par les rizières où l'on voyait les gens courbés sous leurs grands chapeaux de paille pointus mais aussi par la visite de Saïgon, désormais appelée Hô-Chi-Minh Ville.

J'étais allée me coucher plus tard que d'habitude, la tête farcie d'images et déjà désireux(euse) d'y aller…

Je ne sais ni comment ni pourquoi mais quelques heures plus tard je me retrouvais avec mon frère, projetés dans les rues d'une ville que je ne reconnaissais pas.

« Mais qu'est-ce qu'on fait là ? Où sont Papa et Maman ? Où doit-on aller ? demandai-je à Pierre, mon frère.

– Mais je n'en sais rien ! Où est-on ? Ça n'est pas chez nous ! Regarde cette cohue ! » me répliqua-t-il sur un ton angoissé.

Et là ! à voir les cohortes de vélos, cyclomoteurs, motos et à entendre le vacarme de leurs pots d'échappement ou de leurs klaxons, puis, par moments, les visages des passants tous aux cheveux bruns, raides, au visage rond, aux yeux noirs bridés, j'eus une illumination ! Je lui criai, les bras levés en signe de victoire : « Je reconnais ! C'est Saïgon ! »

Il me regarda, éberlué, voire inquiet, mais je lui communiquai mon enthousiasme : « Ah ! c'est trop bien ! On va pouvoir visiter ! »

[Description de la ville] Pour moi qui étais habitué(e) au silence – nous habitions une maison dans une rue très calme d'une toute petite ville – quel étonnement d'entendre ce bruit pétaradant mais incessant des cyclomoteurs ou des motos ! Une foule incroyable circulait dans ces rues où quelques voitures cabossées tentaient de se frayer un chemin. Mais le plus surprenant était l'amoncellement sur chaque selle de deux roues : l'un portait d'énormes ballots d'herbes, l'autre des centaines de paires de tongs dans des sacs plastique, un troisième emmenait sa femme et ses deux enfants sur un seul véhicule et un quatrième avait comme un collier de poulets vivants, pattes liées, autour du cou !

[Description des sensations] La poussière d'une route à peine asphaltée montait en nuages sous la pression des pneus. On était apparemment le matin mais il faisait une chaleur moite que je ne connaissais qu'en plein été quand s'annonçait un orage. Je suffoquais et moi qui n'avais jamais toussé, je me mis à avoir une crise d'asthme, enfin je crois, comme mon copain Max de mon collège.

Tout à coup, sans prévenir, une pluie d'une densité et d'une force incroyables nous tomba dessus. En quelques instants, nous étions trempés et nous vîmes des courants de boue jaune commencer à parcourir la chaussée. Et pourtant pas de coup de tonnerre, pas d'éclair !

« C'est la mousson ! » me cria mon frère qui avait, lui, fait des exposés sur le dérèglement climatique et connaissait tous les climats de la planète.

Nous avons cherché où nous réfugier alors que nous constations que tous les gens continuaient, sans paraître incommodés, leur route… Il y avait sur le côté de la rue, une ouverture béante où des gens entraient et sortaient. Il en sortait aussi plein d'odeurs inconnues. C'était un grand marché couvert. Nous décidâmes de nous aventurer à l'intérieur de cette halle en attendant la fin de la pluie…

[Description du marché et des gens] Les yeux écarquillés, nous découvrîmes des étals incroyables : du jamais vu pour nous, habitués aux étalages joliment alignés de fruits, de légumes sous les bâches du marché en plein air du samedi. Les vendeurs

étaient accroupis sur leurs monceaux de marchandises. Ils s'interpellaient dans cette langue inconnue, assez saccadée. L'un était assis sur des empilements de petits seaux en plastique, l'autre découpait des morceaux de viande qu'il accrochait ensuite sur des fils comme si c'était du linge à sécher ! Un troisième brassait des fruits inconnus, comme de minuscules pommes, dans une bassine d'eau. Une dame voulait nous vendre des tee-shirts et nous les enfilait presque sur le dos.

[Description des sensations] C'était le bazar, il est vrai, c'est le cas de le dire, mais ces étalages, ces colonnes de choses hétéroclites et empilées nous attiraient par leurs couleurs vives et chatoyantes. En fait j'adorais être au milieu de cette foule, entendre cette langue différente, et peu m'importait de ne pas comprendre ou que les odeurs ne soient pas toutes agréables. Je ressentais une fierté à me dire « Eh bien moi, je suis très loin de chez moi et je profite de toutes ces sensations nouvelles ! ».

Quel éblouissement d'observer tout ce qui était différent de chez nous ! Tout cela sentait formidablement la vie, l'énergie, tout était plein d'élan même si l'impression d'un capharnaüm frappait d'abord les yeux. Et quel embarras du choix pour les aliments, tous plus exotiques par leur texture, leurs formes…

J'allais me laisser tenter par un légume – ou un fruit – qui ressemblait à un ballon de football vert à l'extérieur et blanc et dur à l'intérieur quand… le réveil sonna et ma mère, passant la tête par la porte, me dit : « Allez, c'est l'heure ! »

Tout au long de mon chemin vers le collège, je ne cessais de dire : « J'irai à Saïgon et pas seulement en rêve ! »

MATHÉMATIQUES

CONSEILS POUR SE PRÉPARER À L'ÉPREUVE DE MATHS

❶ Le programme

> Le programme de **Mathématiques** de la classe de troisième vous permet de consolider vos acquis des classes précédentes, de conforter l'acquisition des méthodes caractéristiques des mathématiques et de développer votre capacité à utiliser les mathématiques dans différents domaines (autres disciplines ou vie courante).

❷ Travailler régulièrement tout au long de l'année

> La réussite dans les matières scientifiques, comme dans les autres matières, commence par l'**apprentissage du cours**. En mathématiques, sans une parfaite connaissance des règles de calculs, des théorèmes et propriétés de géométrie, il est impossible de résoudre correctement des exercices.

> Pour vous préparer efficacement, apprenez **régulièrement** vos leçons. Construisez à la fin de chaque leçon une **fiche-résumé** sur laquelle devront figurer :

– le titre de la leçon ;
– les notions essentielles ;
– les formules à utiliser.

La fiche doit être synthétique afin d'êtr facile à relire régulièrement.

> Pour réaliser les calculs, il faut bien maî triser l'usage de la **calculatrice**. Utilisez l même calculatrice le jour de l'épreuv que pendant l'année.

❸ S'entraîner à rédiger

> Exercez-vous régulièrement en soi gnant la **rédaction** et la **présentation de exercices**. Ainsi, le jour d'un contrôle o d'un examen, vous donnerez une bonn impression au correcteur.

❹ S'entraîner sur de vrais sujets

> Placez-vous dans les **conditions réelle de l'épreuve** : mettez-vous au calme téléphone éteint, choisissez un suje d'annales et traitez-le complètement.

> **Respectez le temps imparti** à chaqu discipline (2 heures pour les Maths comme le jour de l'examen. Vous pouve déclencher un chronomètre pour vou aider à gérer votre temps.

> **Lisez l'ensemble du sujet** avant d commencer à rédiger et identifiez le connaissances dont vous allez avoi besoin.

> Si vous n'avez pas réussi à faire u exercice, consultez son corrigé puis, deu ou trois jours plus tard, reprenez-le e refaites-le : c'est la meilleure façon d progresser !

5 Quelques jours avant l'épreuve et le jour de l'épreuve

> Vous devez avoir prévu **votre matériel** ; si le papier est fourni, il vous faut en revanche apporter crayons (de différentes couleurs), compas, règle, équerre, calculatrice, gomme et rapporteur.

> Vous devez vous rendre à l'épreuve avec une **pièce d'identité** et votre **convocation**.

> **Le temps de l'épreuve**

- Gérez votre temps : faites une première lecture de l'ensemble de l'énoncé (5-10 minutes), suivie par la résolution des différents exercices en commençant par ceux qui vous semblent les plus faciles, puis faites une relecture finale attentive de votre copie (10 minutes).

– Un sujet contient plusieurs exercices indépendants. Si vous bloquez sur une question, laissez de la place pour y répondre et passez à l'exercice ou à la question suivante.

– Utilisez le brouillon mis à votre disposition pour réaliser au préalable les calculs et les schémas.

– Soignez l'orthographe, la rédaction et la présentation qui sont évaluées sur 5 points.

Sujet 8

Fractions

Exercice : 9 points

ÉNONCÉ Fractions, équations

Recopier la bonne réponse (aucune justification n'est attendue).

	Réponse A	Réponse B	Réponse C
1. La somme $\frac{7}{4} + \frac{2}{3}$ est égale à :	$\frac{9}{7}$	$\frac{29}{12}$	$\frac{9}{12}$
2. L'équation $5x + 12 = 3$ a pour solution :	1,8	3	–1,8
3. Une valeur approchée, au dixième près, du nombre $\frac{\sqrt{5}+1}{2}$ est :	2,7	1,6	1,2

CORRIGÉ

1. $\frac{7}{4} + \frac{2}{3} = \frac{7 \times 3}{4 \times 3} + \frac{2 \times 4}{3 \times 4} = \frac{21}{12} + \frac{8}{12} = \frac{21+8}{12} = \frac{29}{12}$.

La somme $\frac{7}{4} + \frac{2}{3}$ est égale à $\frac{29}{12}$.

Pour additionner deux fractions, on commence par les réduire au même dénominateur.

2. $5x + 12 = 3$ donne successivement :
$5x = 3 - 12$;
$5x = -9$;
$x = -9 \div 5$;
$x = -1,8$.
L'équation $5x + 12 = 3$ a pour solution $-1,8$.

3. Sur une calculatrice on tape $(\sqrt{5}+1)/2$.
Une valeur approchée, au dixième près, du nombre $\frac{\sqrt{5}+1}{2}$ est 1,6.

Attention : pour une écriture fractionnaire, la barre de fraction donne lieu à des priorités comme si le numérateur et le dénominateur étaient entre parenthèses.

Sujet 9

Fractions

Exercice : 8 points

ÉNONCÉ **Fractions, durées**

Le marnage désigne la différence de hauteur entre la basse mer et la pleine mer qui suit.
On considère qu'à partir du moment où la mer est basse, celle-ci monte de 1/12 du marnage pendant la première heure, de 2/12 pendant la deuxième heure, de 3/12 pendant la troisième heure, de 3/12 pendant la quatrième heure, de 2/12 pendant la cinquième heure et de 1/12 pendant la sixième heure. Au cours de chacune de ces heures, la montée de la mer est supposée régulière.

1. À quel moment la montée de la mer atteint-elle le quart du marnage ?
2. À quel moment la montée de la mer atteint-elle le tiers du marnage ?

CORRIGÉ

1. On a $\frac{1}{12}+\frac{2}{12}=\frac{3}{12}=\frac{3}{3\times 4}=\frac{1}{4}$.

La montée de la mer atteint le quart du marnage au bout de 2 heures.

2. On veut atteindre un tiers du marnage.

Or on a $\frac{1}{3}-\frac{1}{4}=\frac{4}{12}-\frac{3}{12}=\frac{1}{12}$. Après être montée d'un quart du marnage en 2 heures, la mer doit encore monter de un douzième de marnage, c'est-à-dire du tiers de ce qu'elle monte pendant la troisième heure. Comme un tiers d'heure vaut 20 minutes, **la montée de la mer atteint le tiers du marnage au bout de 2 heures et 20 minutes.**

1 h = 60 min

MATHS

Sujet 10

Racines carrées

Exercice : 12 points

ÉNONCÉ Racines carrées, diviseurs, dénombrement

Quatre affirmations sont données ci-dessous :

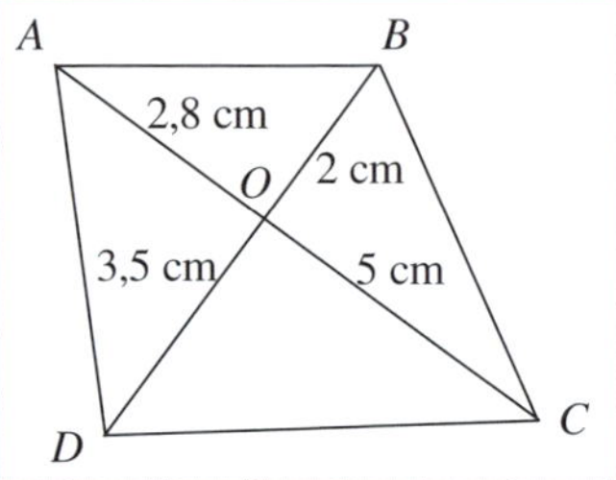

Affirmation 1 : $(\sqrt{5} - 1)(\sqrt{5} + 1)$ est un nombre entier.

Affirmation 2 : 4 n'admet que deux diviseurs.

Affirmation 3 : Un cube, une pyramide à base carrée et un pavé droit totalisent 17 faces.

Affirmation 4 : Les droites (AB) et (CD) sont parallèles.

Pour chacune des affirmations, indiquer si elle est vraie ou fausse en argumentant la réponse.

CORRIGÉ

• On a $(\sqrt{5} - 1)(\sqrt{5} + 1) = \sqrt{5}^2 - 1^2 = 5 - 1 = 4$: c'est un entier.

L'affirmation 1 est vraie.

• 4 admet trois diviseurs qui sont 1, 2 et 4.

L'affirmation 2 est fausse.

• Un cube a 6 faces, une pyramide à base carrée en a 5 (la base et les 4 faces latérales) et le pavé droit en a 6. En tout, cela fait 17 faces.

L'affirmation 3 est vraie.

• AOB est un triangle avec C un point sur (OA) et D un point sur (OB).

Supposons que les droites (AB) et (CD) soient parallèles.

D'après le théorème de Thalès, on aurait $\frac{OA}{OC} = \frac{OB}{OD} = \frac{AB}{DC}$.

Or, on a $\frac{OA}{OC} = \frac{2,8}{5} = 0,56$ et $\frac{OB}{OD} = \frac{2}{3,5} \approx 0,57$.

On a donc $\frac{OA}{OC} \neq \frac{OB}{OD}$, ce qui est absurde.

La supposition est fausse : les droites (AB) et (CD) ne sont pas parallèles.

L'affirmation 4 est fausse.

Sujet 11

Puissances de 10

Exercice : 8 points

ÉNONCÉ **Puissances de 10 et écriture décimale**

1. Quelle est l'écriture décimale du nombre $\frac{10^5 + 1}{10^5}$?

2. Antoine utilise sa calculatrice pour calculer le nombre suivant : $\frac{10^{15} + 1}{10^{15}}$.

Le résultat affiché est 1.
Antoine pense que ce résultat n'est pas exact. A-t-il raison ?

CORRIGÉ

1. On a $\frac{10^5 + 1}{10^5} = \frac{10^5}{10^5} + \frac{1}{10^5} = 1 + 10^{-5} = \mathbf{1{,}000\ 01}$.

2. On a $\frac{10^5 + 1}{10^5} = \frac{10^{15}}{10^{15}} + \frac{1}{10^{15}} = 1 + 10^{-15}$; ce n'est pas 1.

Antoine a raison de penser que ce résultat affiché par la calculatrice n'est pas exact.

Sujet 12

Puissances de 10

Exercice : 12 points

ÉNONCÉ Conversion de volume, pourcentages, ordre de grandeur

Une analyse médicale montre que chez un patient, il y a 5 millions de globules rouges par mm^3 de sang.

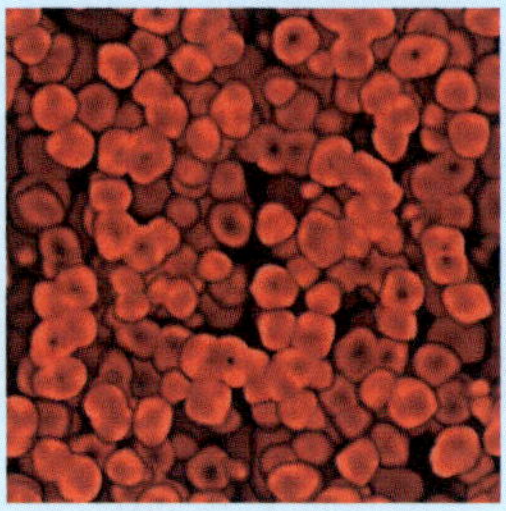

1. On estime à 6 litres la quantité de sang du patient.

a) Exprimer 6 litres en mm^3 à l'aide d'une notation scientifique.

b) Donner un ordre de grandeur du nombre de globules rouges présents dans le corps de ce patient.

2. Les globules rouges représentent 45% du volume du sang.

a) Quel est le volume des globules rouges dans 1 mm^3 de sang ?

b) Quel est le volume d'un globule rouge en mm^3, puis en cm^3 ? On donnera les résultats en écriture scientifique.

CORRIGÉ

1. a) On a 6 litres = 6 dm^3 = $\mathbf{6 \times 10^6\ mm^3}$.

b) Le nombre de globules rouges présents dans le corps du patient est environ $6 \times 10^6 \times 5 \times 10^6$, soit $\mathbf{3 \times 10^{13}}$.

2. a) Dans 1 mm^3 de sang, le volume des globules rouges est $\mathbf{0{,}45\ mm^3}$.

b) Le volume d'un globule rouge est $0{,}45\ mm^3 \div 5\,000\,000$, soit $\mathbf{9 \times 10^{-8}\ mm^3}$ **ou** $\mathbf{9 \times 10^{-11}\ cm^3}$.

Sujet 13

Arithmétique – PGCD

Exercice : 12 points

ÉNONCÉ Arithmétique

Un panneau mural a pour dimensions 240 cm et 360 cm. On souhaite le recouvrir avec des carreaux de forme carrée, tous de même taille, posés bord à bord sans jointure.

1. Peut-on utiliser des carreaux de : 10 cm de côté ? 14 cm de côté ? 18 cm de côté ?
2. Quelles sont toutes les tailles possibles de carreaux comprises entre 10 et 20 cm ?
3. On choisit des carreaux de 15 cm de côté. On pose une rangée de carreaux bleus sur le pourtour et des carreaux blancs ailleurs. Combien de carreaux bleus va-t-on utiliser ?

MATHS

CORRIGÉ

1. La taille des carreaux doit diviser les dimensions 240 et 360 du panneau.
On a 10 qui divise 240 et 360, donc **on peut utiliser des carreaux de 10 cm de côté**.
On a $240 \div 14 \approx 17{,}14$, donc 14 ne divise pas 240 et **on ne peut pas utiliser des carreaux de 14 cm de côté**.
On a $240 \div 18 \approx 13{,}33$, donc 18 ne divise pas 240 et **on ne peut pas utiliser des carreaux de 18 cm de côté**.

2. La taille des carreaux doit diviser 240 et 360, donc leur PGCD.
À l'aide de l'algorithme d'Euclide, on a :

a	*b*	*r*
360	240	120
240	120	0

Le PGCD de 360 et de 240 est 120 avec :
$120 = 1 \times 120 = 2 \times 60 = 3 \times 40 = 4 \times 30$
$= 5 \times 24 = 6 \times 20 = 8 \times 15 = 10 \times 12.$
Les diviseurs de 120 compris entre 10 et 20 (inclus) sont 10, 12, 15 et 20.
Les tailles possibles de carreaux comprises entre 10 et 20 cm **sont 10 cm, 12 cm, 15 cm et 20 cm**.

3. On a $360 \div 15 = 24$ et $240 \div 15 = 16$.
Il y aura 24(bord de 360) + 16(bord de 240) + 24(bord de 360) + 16(bord de 240) – 4 (coins qu'il ne faut pas compter 2 fois) carrés bleus, soit **76 carrés bleus**.

Sujet 14 Programme de calcul

Exercice : 8 points

ÉNONCÉ Technique de calcul, calcul littéral

Tom doit calculer $3{,}5^2$.
« Pas la peine de prendre la calculatrice », lui dit Julie, tu n'as qu'à effectuer le produit de 3 par 4 et rajouter 0,25.

1. Effectuer le calcul proposé par Julie et vérifier que le résultat obtenu est bien le carré de 3,5.
2. Proposer une façon simple de calculer $7{,}5^2$ et donner le résultat.
3. Julie propose la conjecture suivante : $(n + 0{,}5)^2 = n(n + 1) + 0{,}25$, avec n un nombre entier positif.
Prouver que la conjecture de Julie est vraie (quel que soit le nombre n).

CORRIGÉ

1. On a $3 \times 4 = 12$ et, en ajoutant 0,25, on obtient **12,25** qui est bien le carré de 3,5.

2. Pour calculer $7{,}5^2$, on calcule 7×8 et on ajoute 0,25 au résultat.
On a $7 \times 8 = 56$ et, en ajoutant 0,25, on obtient **56,25** comme carré de 7,5.

3. Soit n un nombre. On a :

$$\begin{aligned}(n + 0{,}5)^2 &= n^2 + 2 \times n \times 0{,}5 + 0{,}5^2\\ &= n^2 + n + 0{,}25\\ &= n(n + 1) + 0{,}25.\end{aligned}$$

La conjecture de Julie est vraie (quel que soit le nombre n).

$$(a + b)^2 = a^2 + 2ab + b^2$$

Sujet 15

Calcul littéral

Exercice : 10 points

ÉNONCÉ **Développement, factorisation, équation**

On considère l'expression $E = (x - 2)(2x + 3) - 3(x - 2)$.

1. Développer E.
2. Factoriser E et vérifier que $E = 2F$, où $F = x(x - 2)$.
3. Déterminer tous les nombres x tels que $(x - 2)(2x + 3) - 3(x - 2) = 0$.

CORRIGÉ

1. $E = (x - 2)(2x + 3) - 3(x - 2)$
$= 2x^2 + 3x - 4x - 6 - 3x + 6$
$= \mathbf{2x^2 - 4x}$.

2. $E = (x - 2)(2x + 3) - 3(x - 2)$
$= (x - 2)[(2x + 3) - 3]$
$= \mathbf{(x - 2) \times 2x}$.

On a bien $\mathbf{E = 2F}$, où $F = x(x - 2)$.

On obtient le même résultat en factorisant par $2x$ la forme développée.

3. On veut $(x - 2)(2x + 3) - 3(x - 2) = 0$, soit $E = 0$.

On a successivement :

$2x(x - 2) = 0$;

$2x = 0$ ou $x - 2 = 0$;

$x = 0 \div 2$ ou $x = 0 + 2$;

$x = 0$ ou $x = 2$.

Les solutions de $(x - 2)(2x + 3) - 3(x - 2) = 0$ sont 0 et 2.

MATHS

Sujet 16

Calcul littéral

Exercice : 12 points

ÉNONCÉ **Équations, calcul littéral**

On cherche à résoudre l'équation $(4x - 3)^2 - 9 = 0$.

1. Le nombre $\frac{3}{4}$ est-il solution de cette équation ? Et le nombre 0 ?
2. Prouver que, pour tout nombre x, $(4x - 3)^2 - 9 = 4x(4x - 6)$.
3. Déterminer les solutions de l'équation $(4x - 3)^2 - 9 = 0$.

CORRIGÉ

1. • Pour $x = \frac{3}{4}$, l'expression $(4x - 3)^2 - 9$ vaut :
$(4 \times \frac{3}{4} - 3)^2 - 9$, soit $0^2 - 9$ ou encore -9. Ce n'est pas 0.
$\frac{3}{4}$ n'est pas solution de l'équation $(4x - 3)^2 - 9 = 0$.
• Pour $x = 0$, l'expression $(4x - 3)^2 - 9$ vaut :
$(4 \times 0 - 3)^2 - 9$, soit $(-3)^2 - 9$ ou encore 0.
0 est solution de l'équation $(4x - 3)^2 - 9 = 0$.

$(-3)^2 = 9$

2. Pour tout nombre x, on a :
$(4x - 3)^2 - 9 = (4x - 3)^2 - 3^2 = [(4x - 3) + 3]\,[(4x - 3) - 3] = 4x(4x - 6)$.

$a^2 - b^2 = (a + b)\,(a - b)$

3. On veut résoudre l'équation $(4x - 3)^2 - 9 = 0$, soit aussi $4x(4x - 6) = 0$.
Si un produit de facteurs est nul, alors l'un au moins de ses facteurs est nul.
On a donc successivement :
$4x = 0$ ou $4x - 6 = 0$;
$x = 0 \div 4$ ou $4x = 6$;
$x = 0$ ou $x = 6 \div 4$.
Les solutions de l'équation sont 0 et 1,5.

Sujet 17

Équations

Exercice : 8 points

ÉNONCÉ **Équations**

Arthur vide sa tirelire et constate qu'il possède 21 billets.
Il a des billets de 5 € et des billets de 10 € pour une somme totale de 125 €.

Combien de billets de chaque sorte possède-t-il ?

Si le travail n'est pas terminé, laisser tout de même une trace de la recherche. Elle sera prise en compte dans l'évaluation.

CORRIGÉ

Soit x le nombre de billets de 5 €.
Arthur possède 21 billets, donc il possède $21 - x$ billets de 10 €.
Le montant en euros est $5x + 10\,(21 - x)$, mais aussi 125.
On a donc $5x + 10\,(21 - x) = 125$, ce qui donne successivement :
$5x + 210 - 10x = 125$;
$-5x = 125 - 210$;
$-5x = -85$
$x = -85 \div (-5)$;
$x = 17$.
On a aussi $21 - 17 = 4$.
Arthur possède 17 billets de 5 euros et 4 billets de 10 euros.

MATHS

Sujet 18

Équations

Exercice : 10 points

ÉNONCÉ Équations

Pour la fête d'un village on organise une course cycliste. Une prime totale de 320 euros sera répartie entre les trois premiers coureurs.
Le premier touchera 70 euros de plus que le deuxième et le troisième touchera 80 euros de moins que le deuxième.

Déterminer la prime de chacun des trois premiers coureurs.

CORRIGÉ

Soit x le montant en euros perçu par le second. Le premier reçoit $x + 70$ et le troisième $x - 80$.
On veut $(x + 70) + x + (x - 80) = 320$, soit $3x - 10 = 320$.
On a successivement $3x = 320 + 10$; $3x = 330$; $x = 330 \div 3$; $x = 110$.
Le premier coureur reçoit 110 + 70, soit **180 euros**.
Le second coureur reçoit **110 euros**.
Le troisième coureur reçoit 110 – 80, soit **30 euros**.

Sujet 19

Statistiques

Exercice : 16 points

ÉNONCÉ Tableur, moyenne, médiane

Document 1

Le surpoids est devenu un problème majeur de santé, celui-ci prédispose à beaucoup de maladies et diminue l'espérance de vie.
L'indice le plus couramment utilisé est celui de masse corporelle (IMC).

Document 2

L'IMC est une grandeur internationale permettant de déterminer la corpulence d'une personne adulte entre 18 ans et 65 ans.
Il se calcule avec la formule suivante : $\text{IMC} = \frac{\text{masse}}{\text{taille}^2}$ avec « masse » en kg et « taille » en m.

Normes : $18{,}5 \leqslant \text{IMC} < 25$ Corpulence normale
$25 \leqslant \text{IMC} < 30$ Surpoids
$\text{IMC} \geqslant 30$ Obésité

1. Dans une entreprise, lors d'une visite médicale, un médecin calcule l'IMC de six des employés. Il utilise pour cela une feuille de tableur dont voici un extrait :

	A	B	C	D	E	F	G
1	Taille (en m)	1,69	1,72	1,75	1,78	1,86	1,88
2	Masse (en kg)	72	85	74	70	115	85
3	IMC (*)	25,2	28,7	24,2	22,1	33,2	24,0
4	*(*) valeur approchée au dixième*						

a) Combien d'employés sont en situation de surpoids ou d'obésité dans cette entreprise ?

b) Laquelle de ces formules a-t-on écrite dans la cellule B3, puis recopiée à droite, pour calculer l'IMC ?
Recopier la formule correcte sur la copie.

=72/1.69^2	=B1/(B2*B2)	=B2/(B1*B1)	=$B2/($B1*$B1)

MATHS

2. Le médecin a fait le bilan de l'IMC de chacun des 41 employés de cette entreprise. Il a reporté les informations recueillies dans le tableau suivant dans lequel les IMC ont été arrondis à l'unité près.

IMC	20	22	23	24	25	29	30	33	**Total**
Effectif	9	12	6	8	2	1	1	2	**41**

a) Calculer une valeur approchée, arrondie à l'entier près, de l'IMC moyen des employés de cette entreprise.
b) Quel est l'IMC médian ? Interpréter ce résultat.
c) On lit sur certains magazines : « On estime qu'au moins 5 % de la population mondiale est en surpoids ou est obèse. » Est-ce le cas pour les employés de cette entreprise ?

CORRIGÉ

1. a) Parmi les six employés examinés, 3 ont un IMC supérieur ou égal à 25, donc **3 employés sont en surpoids ou obèses**.
b) Les formules =72/1.69^2 et =$B2/($B1*$B1) ne calculent que l'IMC de la première personne car elles sont inchangées par recopie.
La formule =B1/(B2*B2) correspond à taille/masse², ce qui n'a aucun sens.
La bonne formule est **=B2/(B1*B1)**.

2. a) On effectue une moyenne pondérée.

$$m = \frac{20 \times 9 + 22 \times 12 + 23 \times 6 + 24 \times 8 + 25 \times 2 + 29 \times 1 + 30 \times 1 + 33 \times 2}{41}$$

$$m = \frac{949}{41}.$$

À l'entier près, **l'IMC moyen est de 23**.
b) Il y a 41 valeurs, donc la médiane est la 21e valeur de la série ordonnée. Or 9 + 12 = 21, donc la 21e valeur de la série ordonnée est 22.
L'IMC médian est 22.
50 % au moins des personnes ont un IMC inférieur ou égal à 22 et 50 % au moins des personnes ont un IMC supérieur ou égal à 22.
c) Dans cette entreprise, le nombre de personnes en surpoids ou obèses est :
2 + 1 + 1 + 2, soit 6 personnes.
Cela représente 14,6 % $\left(\text{c'est-à-dire } \frac{6}{41}\right)$ de l'effectif.
Le personnel de cette entreprise correspond à l'affirmation du magazine qui indique « qu'*au moins* 5 % de la population mondiale est en surpoids ou est obèse ».

Sujet 20

Statistiques

Exercice : 12 points

ÉNONCÉ **Histogramme, fréquence, probabilité**

On lance deux dés tétraédriques, équilibrés et non truqués, dont les faces sont numérotées de 1 à 4. On calcule la somme des nombres lus sur chacune des faces sur lesquelles reposent les dés.

1 000 lancers sont simulés avec un tableur. Le graphique suivant représente la fréquence d'apparition de chaque somme obtenue :

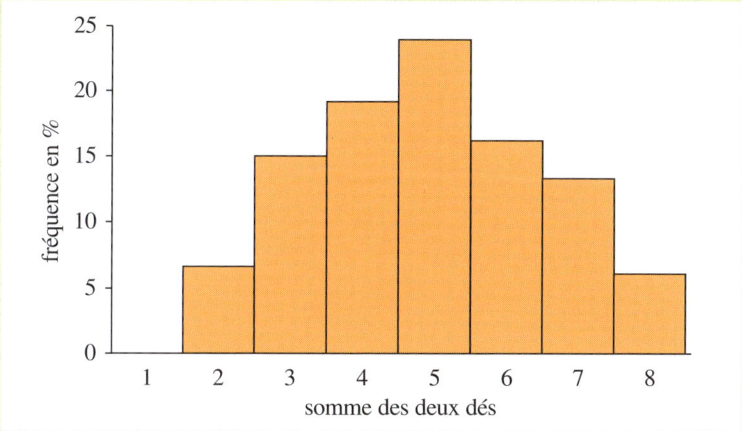

1. Par lecture graphique, donner la fréquence d'apparition de la somme 3.

2. Lire la fréquence d'apparition de la somme 1. Justifier cette fréquence.

3. a) Décrire les lancers de dés qui permettent d'obtenir une somme égale à 3.

b) En déduire la probabilité d'obtenir la somme 3 en lançant les dés. On exprimera cette probabilité en pourcentage. Expliquer pourquoi ce résultat est différent de celui de la question **1**.

MATHS

CORRIGÉ

1. Par lecture graphique, la fréquence d'apparition de la somme 3 est **15 %**.

2. La fréquence d'apparition de la somme 1 est 0. Il est impossible d'obtenir une somme de 1, car sur chaque dé le minimum vaut 1 et donc la somme minimum est 2.

3. a) Pour obtenir une somme de 3, on peut avoir 1 sur le premier dé et 2 sur le second ou bien 2 sur le premier dé et 1 sur le second dé.
b) Cela représente 2 cas sur les 4×4 cas possibles.

La probabilité d'avoir une somme de 3 est $\frac{2}{16}$, soit **12,5%**.

On n'obtient pas la fréquence, car dans la question **1**, c'est une simulation et les résultats peuvent varier d'une simulation à une autre, alors que la probabilité est un résultat théorique.

Sujet 21

Statistiques

Exercice : 16 points

ÉNONCÉ **Durée, étendue, médiane, vitesse moyenne**

À l'issue de la 18e étape du Tour de France cycliste 2014, les coureurs ont parcouru 3 260,5 kilomètres depuis le départ.
Le classement général des 9 premiers coureurs est le suivant :

Classement	NOM Prénom	Pays d'origine	Temps de course de chaque coureur
1	NIBALI Vincenzo	Italie	80 h 45 min
2	PINOT Thibaut	France	80 h 52 min
3	PÉRAUD Jean-Christophe	France	80 h 53 min
4	VALVERDE Alejandro	Espagne	80 h 53 min
5	BARDET Romain	France	80 h 55 min
6	VAN GARDEREN Tejay	États-Unis	80 h 57 min
7	MOLLEMA Bauke	Pays-Bas	80 h 59 min
8	TEN DAM Laurens	Pays-Bas	81 h 00 min
9	KONIG Leopold	République Tchèque	81 h 00 min

1. Calculer la différence de temps de course entre Leopold Konig et Vincenzo Nibali.

2. On considère la série statistique des temps de course.

a) Que représente pour la série statistique la différence calculée à la question **1** ?

b) Quelle est la médiane de cette série statistique ? Vous expliquerez votre démarche.

c) Quelle est la vitesse moyenne en $km \cdot h^{-1}$ du premier français Thibaut Pinot ? Arrondir la réponse à l'unité.

MATHS

CORRIGÉ

1. On a 81 h 00 min – 80 h 45 min = 80 h 60 min – 80 h 45 min = 15 min. Il y a **15 minutes** entre le temps de course de Leopold Konig et celui de Vincenzo Nibali.

> 1 h = 60 min

2. a) La différence calculée à la question 1 représente **l'étendue de la série statistique**.

b) Il y a 9 valeurs dans la série statistique. La médiane est la valeur centrale de la série, soit la cinquième valeur.

La médiane de la série vaut 80 h 55 min.

c) Le temps de course du premier Français est 80 h 53 min,

soit $\frac{80 \times 60}{60}$ h + $\frac{53}{60}$ h, ou encore $\frac{4\,853}{60}$ h.

On a $v = \dfrac{3\,260{,}5}{\dfrac{4\,853}{60}}$, soit environ 40,31.

La vitesse moyenne de Thibaut Pinot est 40 km.h^{-1} à l'unité près.

> $v = \frac{d}{t}$
>
> Il faut convertir les heures minutes en heures décimales pour effectuer une division par un temps.

Sujet 22

Probabilités

Exercice : 12 points

ÉNONCÉ **Probabilités, multiples, nombres premiers**

Un sac contient 20 boules ayant chacune la même probabilité d'être tirée. Ces 20 boules sont numérotées de 1 à 20. On tire une boule au hasard dans le sac.

Tous les résultats seront donnés sous forme de fractions irréductibles.

1. Quelle est la probabilité de tirer la boule numérotée 13 ?

2. Quelle est la probabilité de tirer une boule portant un numéro pair ?

3. A-t-on plus de chances d'obtenir une boule portant un numéro multiple de 4 que d'obtenir une boule portant un numéro diviseur de 4 ?

4. Quelle est la probabilité de tirer une boule portant un numéro qui soit un nombre premier ?

CORRIGÉ

1. Les boules ont chacune la même probabilité d'être tirées. Il y a une seule boule numérotée 13 parmi les 20 boules. La probabilité de tirer la boule numérotée 13 est $\frac{1}{20}$, soit **0,05**.

2. Dix boules parmi les vingt ont un numéro pair. La probabilité de tirer une boule portant un numéro pair est $\frac{10}{20}$, soit **0,5**.

3. Les multiples de 4 sont 4, 8, 12, 16 et 20 alors que les diviseurs de 4 sont 1, 2 et 4.

Comme il y a plus de multiples de 4 que de diviseurs de 4, alors **on a plus de chances d'obtenir une boule portant un numéro multiple de 4 que d'obtenir une boule portant un numéro diviseur de 4.**

4. Il y a 8 nombres premiers inférieurs ou égaux à 20, donc la probabilité de tirer une boule portant un numéro qui soit un nombre premier est $\frac{8}{20}$, soit **0,4**.

Les nombres premiers jusqu'à 30 sont 2 – 3 – 5 – 7 – 11 – 13 – 17 – 19 – 23 – 29.

Sujet 23

Probabilités

Exercice : 10 points

ÉNONCÉ **Probabilités**

À l'entrée du garage à vélos du collège, un digicode commande l'ouverture de la porte.
Le code d'ouverture est composé d'une lettre A ; B ou C suivie d'un chiffre 1 ; 2 ou 3.

1. Quels sont les différents codes possibles ?
2. Aurélie compose au hasard le code A1.
a) Quelle probabilité a-t-elle d'obtenir le bon code ?
b) En tapant ce code A1, Aurélie s'est trompée à la fois de lettre et de chiffre.
Elle change donc ses choix.
Quelle probabilité a-t-elle de trouver le bon code à son deuxième essai ?
c) Justifier que si lors de ce deuxième essai, Aurélie ne se trompe que de lettre, elle est sûre de pouvoir ouvrir la porte lors d'un troisième essai.

CORRIGÉ

1. Les différents codes possibles sont : **A1, A2, A3, B1, B2, B3, C1, C2 et C3.**

2. a) Aurélie compose au hasard le code A1. Cela représente 1 code parmi les 9 codes possibles. La probabilité qu'elle a d'obtenir le bon code est $\frac{1}{9}$.
b) En tapant ce code A1, Aurélie s'est trompée à la fois de lettre et de chiffre. Le bon code ne comporte ni la lettre A ni le chiffre 1. En changeant ses choix, il lui reste 4 choix possibles (B2, B3, C2 et C3), dont un est le bon code.
La probabilité qu'elle a de trouver le bon code à son deuxième essai est $\frac{1}{4}$.
c) Si elle a le bon chiffre au second essai, comme elle n'avait plus que le choix entre deux lettres, il lui suffit donc de changer de lettre entre B et C au troisième essai pour avoir le bon code et elle est sûre de pouvoir ouvrir la porte lors de ce troisième essai.

Sujet 24

Probabilités

Exercice : 12 points

ÉNONCÉ Probabilités

Dans un jeu de société, les jetons sont des supports de format carré, de mêmes couleurs, sur lesquels une lettre de l'alphabet est inscrite. Le revers n'est pas identifiable.

Il y a 100 jetons. Le tableau ci-dessous donne le nombre de jetons du jeu pour chacune des voyelles :

Lettres du jeu	A	E	I	O	U	Y
Effectif	9	15	8	6	6	1

On choisit au hasard une lettre de ce jeu.

1. Quelle est la probabilité d'obtenir la lettre I ?
2. Quelle est la probabilité d'obtenir une voyelle ?
3. Quelle est la probabilité d'obtenir une consonne ?

MATHS

CORRIGÉ

1. Il y a 8 lettres I parmi les 100 lettres du jeu.
La probabilité d'obtenir la lettre I est **8 ÷ 100**, soit **0,08**.

2. On a : 9 + 15 + 8 + 6 + 6 + 1 = 45.
Il y a 45 voyelles parmi les 100 lettres du jeu.
La probabilité d'obtenir une voyelle est **45 ÷ 100**, soit **0,45**.

3. « obtenir une consonne » est l'événement contraire de « obtenir une voyelle ».
La probabilité d'obtenir une consonne est **1 – 0,45**, soit **0,55**.

p(non A) = 1 – p(A)

Sujet 25

Fonctions et lectures graphiques

Exercice : 16 points

ÉNONCÉ Volume, lectures graphiques

On dispose d'un carré de métal de 40 cm de côté. Pour fabriquer une boîte parallélépipédique, on enlève à chaque coin un carré de côté x et on relève les bords par pliage.

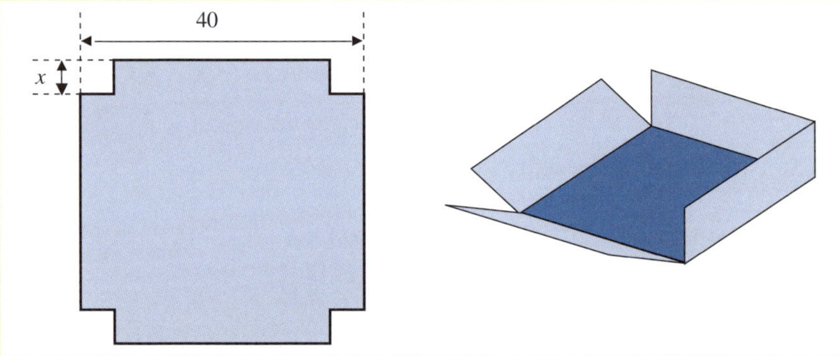

1. Quelles sont les valeurs possibles de x ?

2. On donne $x = 5$ cm. Calculer le volume de la boîte.

3. Le graphique suivant donne le volume de la boîte en fonction de la longueur x.

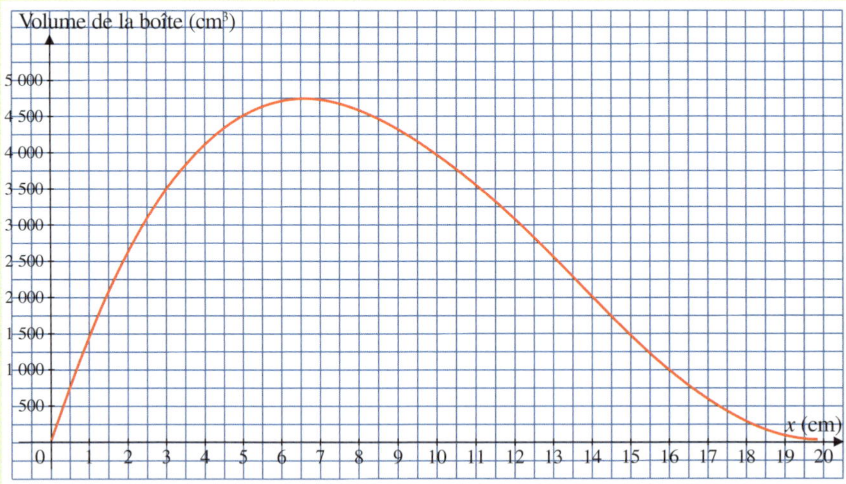

On répondra aux questions à l'aide du graphique.

a) Pour quelle valeur de x, le volume de la boîte est-il maximum ?

b) On souhaite que le volume de la boîte soit de 2 000 cm³.

Quelles sont les valeurs possibles de x ?

CORRIGÉ

1. x représentant une longueur, c'est un nombre positif.

De plus, x doit être plus petit que la moitié du côté de la plaque, donc plus petit que 20.

Les valeurs possibles de x sont **les nombres compris entre 0 et 20**.

2. Si $x = 5$ cm, le côté du fond de la boîte mesure $40 - 2 \times 5$, soit 30.

On a alors : V = aire du fond × hauteur = $30 \times 30 \times 5 = 4\,500$.

Si $x = 5$ cm, le volume de la boîte est **4 500 cm³**.

Pour un parallélépipède rectangle, on a : V = aire de base × hauteur.

3.

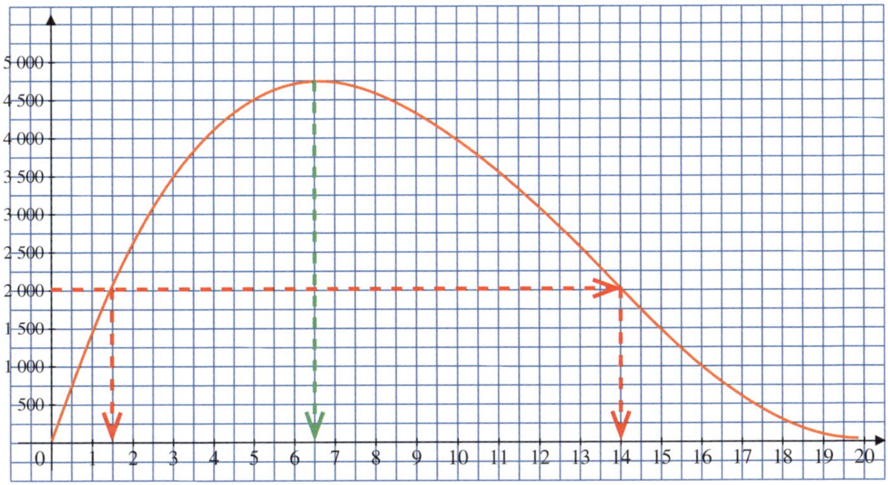

a) Le volume de la boîte est maximum pour **x = 6,5 cm**.

b) Pour que le volume de la boîte soit de 2 000 cm³, il faut que x soit égal à environ **1,5 ou 14 cm**.

MATHS

Sujet 26

Fonctions et lectures graphiques

Exercice : 20 points

ÉNONCÉ Conversion température, fonctions affines, équations

Il existe différentes unités de mesure de la température. En France, on utilise le degré Celsius (°C), aux États-Unis on utilise le degré Fahrenheit (°F).

Voici deux représentations de cette correspondance :

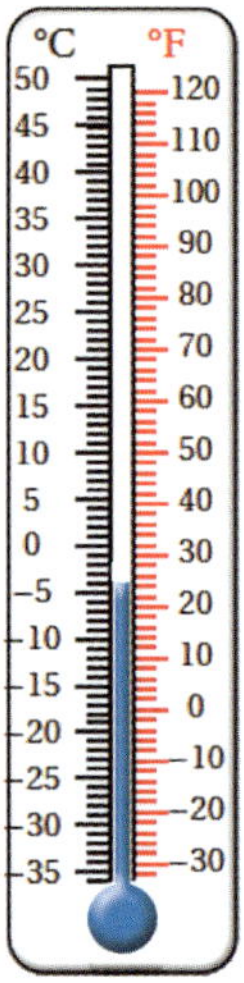

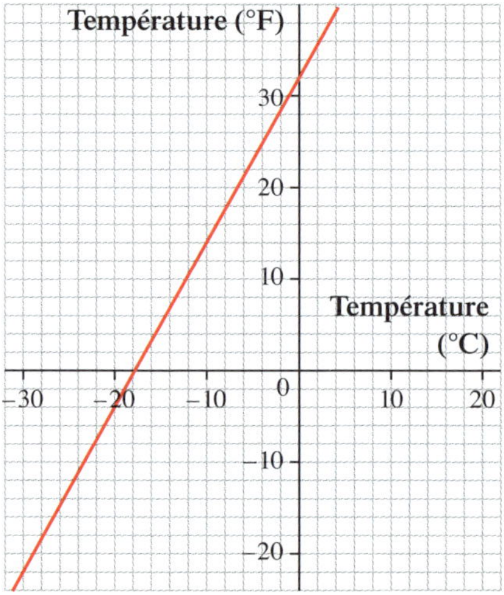

1. En vous appuyant sur les représentations précédentes, déterminer s'il y a proportionnalité entre la température en degré Celsius et la température en degré Fahrenheit. Justifier la réponse.

2. Soit f la fonction qui, à une température x en degré Celsius, associe la température $f(x)$ en degré Fahrenheit correspondante. On propose trois expressions de $f(x)$:

Proposition 1	Proposition 2	Proposition 3
$f(x) = x + 32$	$f(x) = 1{,}8x + 32$	$f(x) = 2x + 30$

L'une des trois propositions est correcte. Un élève affirme : « Les propositions 1 et 3 ne peuvent pas être correctes. C'est donc la proposition 2 qui convient. » Justifier cette affirmation.

3. On considère la fonction f définie par $f(x) = 1{,}8x + 32$.
a) Calculer $f(37)$.
b) Le corps humain a une température normale de 37° Celsius.
À quelle température en Fahrenheit cela correspond-il ?
4. Un Européen en voyage aux USA tombe malade.
Le médecin américain lui annonce une température de 104°. À quelle température européenne cela correspond-il ?

CORRIGÉ

1. Comme la représentation graphique n'est pas une droite passant par l'origine du repère, **il n'y a pas proportionnalité entre la température en degré Celsius et la température en degré Fahrenheit.**

2. On lit sur le thermomètre qu'une température de 45° Celsius correspond à environ 112° Fahrenheit.
Avec la proposition 1, on a $f(45) = 45 + 32 = 77$, donc la proposition 1 n'est pas correcte.
Avec la proposition 3, on a $f(45) = 2 \times 45 + 30 = 120$, donc la proposition 3 n'est pas correcte.
Comme il y a une proposition correcte, c'est donc la proposition 2.
L'affirmation « Les propositions 1 et 3 ne peuvent pas être correctes. C'est donc la proposition 2 qui convient. » est donc juste.

3. a) Avec $f(x) = 1{,}8x + 32$, on a $f(37) = 1{,}8 \times 37 + 32 = \mathbf{98{,}6}$.
b) Le corps humain a une température normale de 37° Celsius, soit **98,6° Fahrenheit**.

4. On cherche x tel que $f(x) = 104$, ce qui donne successivement :
$1{,}8x + 32 = 104$; $1{,}8x = 104 - 32$; $1{,}8x = 72$; $x = 72 \div 1{,}8$; $x = 40$.
La température de 104° Fahrenheit du malade correspond à **40° Celsius**.

MATHS

Sujet 27

Fonctions et lectures graphiques

Exercice : 12 points

ÉNONCÉ **Lectures graphiques**

Avec un logiciel :
– on a construit un carré *ABCD*, de côté 4 cm ;
– on a placé un point *M* mobile sur [*AB*] et construit le carré *MNPQ* comme visualisé sur la copie d'écran ci-contre ;
– on a représenté l'aire du carré *MNPQ* en fonction de la longueur *AM*.

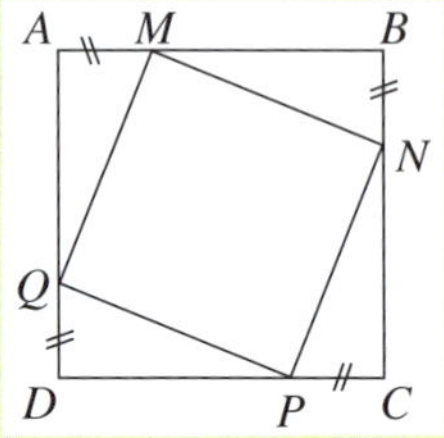

On a obtenu le graphique ci-après.

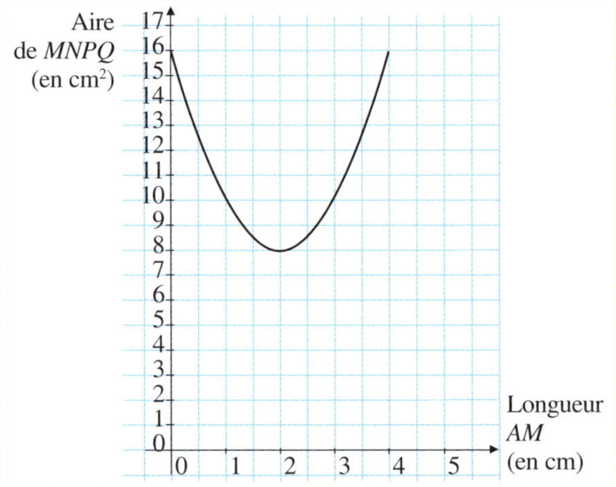

En utilisant ce graphique répondre aux questions suivantes. *Aucune justification n'est attendue.*

1. Déterminer pour quelle(s) valeur(s) de *AM*, l'aire de *MNPQ* est égale à 10 cm^2.

2. Déterminer l'aire de *MNPQ* lorsque *AM* est égale à 0,5 cm.

3. Pour quelle valeur de *AM* l'aire de *MNPQ* est-elle minimale ? Quelle est alors cette aire ?

CORRIGÉ

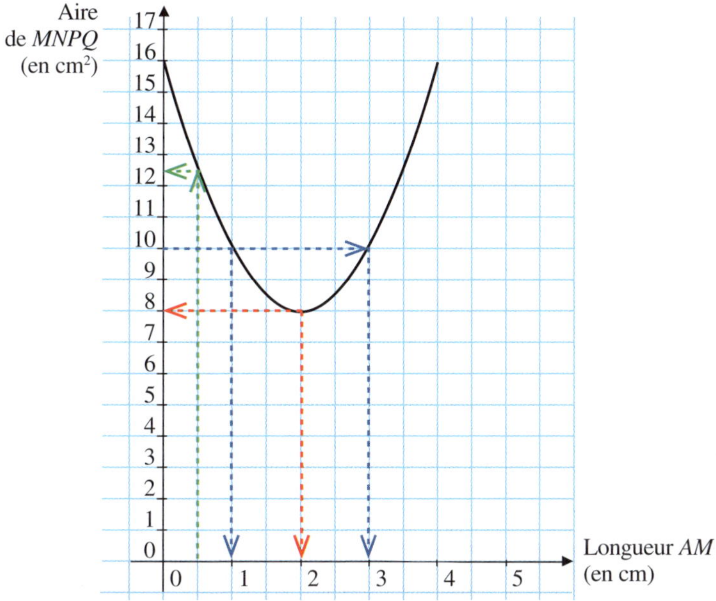

1. L'aire de *MNPQ* est égale à 10 cm² si *AM* vaut **1 cm ou 3 cm**.

2. Lorsque *AM* est égale à 0,5 cm, l'aire de *MNPQ* vaut **12,5 cm²**.

3. L'aire de *MNPQ* est minimale si *AM* vaut **2 cm**. Cette aire minimale vaut **8 cm²**.

MATHS

Sujet 28

Proportionnalité et pourcentages

Exercice : 12 points

ÉNONCÉ Réduction en pourcentage, image par une fonction

Chacune des affirmations suivantes est-elle vraie ou fausse ? Justifier la réponse.

Affirmation 1

Un billet d'avion Paris - New York coûte 400 €. La compagnie aérienne Air International propose une réduction de 20 %. Le billet ne coûte plus que 380 €.

Affirmation 2

f est la fonction affine définie par $f(x) = 4x - 2$.

L'image de 2 par la fonction f est aussi le double de l'antécédent de 10.

CORRIGÉ

Affirmation 1

Après réduction, le billet coûte 400 € × $\left(1 - \frac{20}{100}\right)$, soit 320 €.

Le billet ne coûte pas 380 €. **L'affirmation 1 est fausse.**

Diminuer une valeur de a% revient à multiplier cette valeur par $\left(1 - \frac{20}{100}\right)$.

Affirmation 2

L'image de 2 par f est $f(2) = 4 \times 2 - 2 = 6$.

L'antécédent de 10 par f est solution de $f(x) = 10$, qui donne successivement : $4x - 2 = 10$; $4x = 10 + 2$; $4x = 12$; $x = 12 \div 4$; $x = 3$. L'antécédent de 10 par f est 3.

Comme 6 est le double de 3, **l'affirmation 2 est vraie.**

Un antécédent d'un nombre k par une fonction f est une solution de l'équation $f(x) = k$.

Sujet 29

Proportionnalité et pourcentages

Exercice : 8 points

ÉNONCÉ **Grandeur composée, proportionnalité**

Lors d'un marathon, un coureur utilise sa montre chronomètre. Après un kilomètre de course, elle lui indique qu'il court depuis quatre minutes et trente secondes.
La longueur officielle d'un marathon est de 42,195 km. Si le coureur garde cette allure tout au long de la course, mettra-t-il moins de 3 h 30 pour effectuer le marathon ?

CORRIGÉ

Le coureur parcourt un kilomètre en quatre minutes et trente secondes.
Si le coureur garde cette allure tout au long de la course, il y a proportionnalité entre la distance parcourue et le temps mis pour parcourir cette distance.
On a : quatre minutes et trente secondes = 4,5 minutes.
On a aussi 4,5 minutes × 42,195 = 189,8775 minutes
Comme on a une heure = 60 min, on a 3 heures = 180 min.
Le coureur mettra environ 3 h 10 min pour courir le marathon, soit **moins de 3 h 30**.

Sujet 30

Proportionnalité et pourcentages

Exercice : 12 points

ÉNONCÉ Calculs élémentaires, lecture d'informations, proportionnalité

Un épicier se procure du sel chez un grossiste. Il achète 300 cartons de forme parallélépipédique de dimensions 50 cm × 20 cm × 10 cm pesant chacun 10 kg.

Il achète les cartons dans un magasin situé à 10 km de son épicerie. Pour les transporter, il loue au magasin un fourgon.

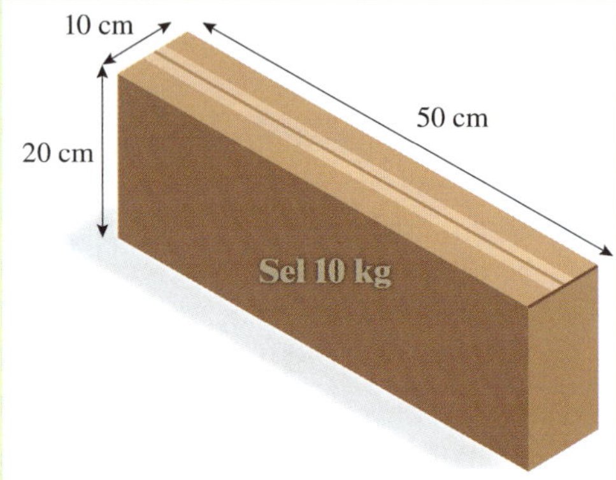

Information 1 :
Caractéristiques du fourgon.
– 3 places assises.
– Dimensions du volume transportable (L × ℓ × h) :
2,60 m × 1,56 m × 1,84 m.
– Charge pouvant être transportée : 1,7 tonne.
– Volume réservoir : 80 litres.
– Diesel (consommation : 8 litres aux 100 km).

Information 2 : Tarifs de location du fourgon.

1 jour 30 km maximum	1 jour 50 km maximum	1 jour 100 km maximum	1 jour 200 km maximum	km supplémentaire
48 €	55 €	61 €	78 €	2 €

Ces prix comprennent le kilométrage indiqué hors carburant.

Information 3 : Un litre de carburant coûte 1,50 €.

1. Expliquer pourquoi l'épicier devra effectuer deux allers-retours pour transporter les 300 cartons jusqu'à son épicerie.
2. Quel sera le coût total du transport ?
3. Les tarifs de location du fourgon sont-ils proportionnels à la distance maximale autorisée par jour ?

CORRIGÉ

1. La masse totale des 300 cartons est 300 × 10 kg, soit 3 000 kg ou 3 tonnes. La charge pouvant être transportée est au maximum de 1,7 tonne, donc un seul voyage ne suffit pas.
En deux voyages, on peut transporter 2 × 1,7 tonne soit 3,4 tonnes.
De plus, en mettant 150 cartons en faisant un assemblage de 10 × 3 × 5, le volume occupé est 2 m × 1,50 m × 1 m, ce qui rentre dans le véhicule.
Deux allers-retours seront nécessaires et suffisants pour transporter les 300 cartons.

2. Deux allers-retours font une distance totale de 40 km, donc il faut prendre le tarif à 55 €. La consommation de diesel est de 8 litres pour 100 km, soit de 0,08 litre au km. Avec 40 km, on consomme 40 × 0,08 L, soit 3,2 L.
À 1,50 € le litre de diesel, le carburant coûte 3,2 × 1,5 €, soit 4,80 €.
Le coût total est de 55 € + 4,80 €, soit **59,80 €**.

3. On a $\frac{48}{30} = 1{,}6$ et $\frac{61}{100} = 0{,}61$. Les quotients n'étant pas égaux, **les tarifs de location ne sont pas proportionnels à la distance maximale autorisée**.

MATHS

Sujet 31

Grandeurs composées

Exercice : 20 points

ÉNONCÉ Lectures graphiques, vitesse

La distance de freinage d'un véhicule est la distance parcourue par celui-ci entre le moment où le conducteur commence à freiner et celui où le véhicule s'arrête. Celle-ci dépend de la vitesse du véhicule. La courbe ci-dessous donne la distance de freinage d, exprimée en mètres, en fonction de la vitesse v du véhicule, en m/s, sur une route mouillée.

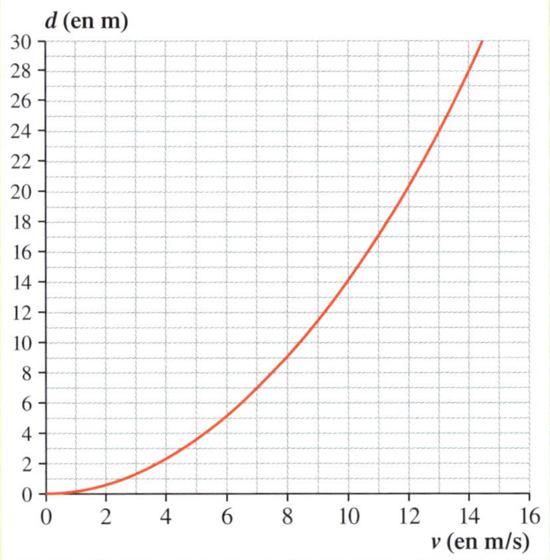

1. Démontrer que 10 m/s = 36 km/h.

2. a) D'après ce graphique, la distance de freinage est-elle proportionnelle à la vitesse du véhicule ?

b) Estimer la distance de freinage d'une voiture roulant à la vitesse de 36 km/h.

c) Un conducteur, apercevant un obstacle, décide de freiner. On constate qu'il a parcouru 25 mètres entre le moment où il commence à freiner et celui où il s'arrête. Déterminer, avec la précision permise par le graphique, la vitesse à laquelle il roulait en m/s.

3. On admet que la distance de freinage d, en mètres, et la vitesse v, en m/s, sont liées par la relation $d = 0{,}14\ v^2$.
a) Retrouver par le calcul le résultat obtenu à la question **2. b**.
b) Un conducteur, apercevant un obstacle, freine ; il lui faut 35 mètres pour s'arrêter. À quelle vitesse roulait-il ?

CORRIGÉ

1. $36 \text{ km/h} = \dfrac{36 \text{ km}}{1 \text{ h}} = \dfrac{36\,000 \text{ m}}{60 \times 60 \text{ s}} = \dfrac{36\,000 \text{ m}}{3\,600 \text{ s}} = \dfrac{10 \text{ m}}{1 \text{ s}} = 10 \text{ m/s}.$

1 h = 60 min = 60 × 60 s

2. a) D'après ce graphique, la distance de freinage n'est pas proportionnelle à la vitesse du véhicule, car la représentation graphique n'est pas une droite passant par l'origine du repère.
b) Graphiquement, pour un véhicule roulant à 36 km/h, c'est-à-dire à 10 m/s, **la distance de freinage est 14 m.**

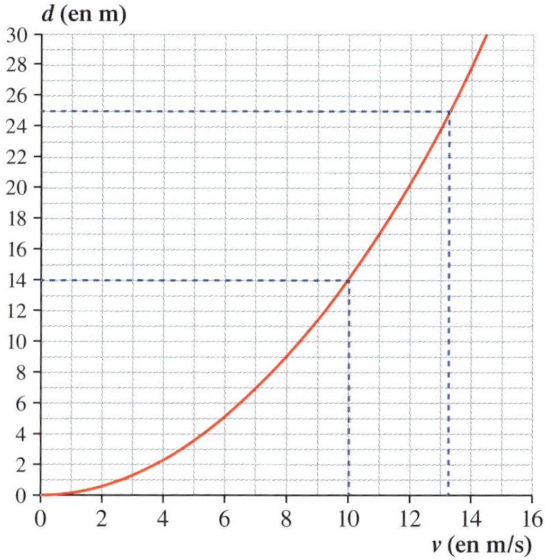

c) Si la distance de freinage est 25 m, alors la vitesse est environ 13,5 m/s.
Or 13,5 m/s = 13,5 × 3,6 km/h, soit 48,6 km/h.
La vitesse du véhicule est environ 48,6 km/h.

3. a) Pour $v = 10$ m/s, on a $d = 0{,}14 \times 10^2 = 14$. On retrouve le résultat obtenu à la question **2. b**.
b) On veut $d = 35$, soit $35 = 0{,}14\ v^2$ ou encore $35 \div 0{,}14 = v^2$. On a $250 = v^2$.
On fait $\sqrt{250} = v$. **Le conducteur roulait à environ 15,8 m/s.**

MATHS

Sujet 32

Grandeurs composées

Exercice : 12 points

ÉNONCÉ Vitesse, grandeurs composées

Lancé le 26 novembre 2011, le Rover Curiosity de la NASA est chargé d'analyser la planète Mars, appelée aussi planète rouge.
Il a atterri sur la planète rouge le 6 août 2012, parcourant ainsi une distance d'environ 560 millions de km en 255 jours.

1. Quelle a été la durée en heure du vol ?
2. Calculer la vitesse moyenne du Rover en km/h. Arrondir à la centaine près.
Pour cette question, toute trace de recherche, même incomplète, sera prise en compte dans l'évaluation.
3. Via le satellite Mars Odyssey, des images prises et envoyées par le Rover ont été retransmises au centre de la NASA.
Les premières images ont été émises de Mars à 7 h 48 min le 6 août 2012.
La distance parcourue par le signal a été de 248×10^6 km à une vitesse moyenne de 300 000 km/s (vitesse de la lumière).
À quelle heure ces premières images sont-elles parvenues au centre de la NASA ? (On donnera l'arrondi à la minute près).

CORRIGÉ

1. $255 \times 24 = 6\,120$. **Le vol a duré 6 120 heures.**

2. $v = \dfrac{d}{t} = \dfrac{560\,000\,000}{6\,120} \approx 91\,503.$

La vitesse moyenne du Rover est 91 500 km/h à la centaine près.

3. Comme on a $v = \dfrac{d}{t}$, on a aussi $vt = d$ et $t = \dfrac{d}{v}$.

Ici, on a $t = \dfrac{248\,000\,000}{300\,000} \approx 827.$

Le message a voyagé pendant 827 secondes.
Or, $827 \text{ s} = 13 \times 60 \text{ s} + 47 \text{ s}$, soit presque 14 minutes.
Le message est arrivé 14 minutes après 7 h 48, soit à **8 h 02**.

Sujet 33

Grandeurs composées

Exercice : 8 points

ÉNONCÉ Grandeur composée, aire, calcul de temps

Le débit moyen q d'un fluide dépend de la vitesse moyenne v du fluide et de l'aire de la section d'écoulement d'aire S. Il est donné par la formule suivante : $q = S \times v$
où q est exprimé en $m^3.s^{-1}$, S est exprimé en m^2 et v est exprimé en $m.s^{-1}$.
Pour cette partie, on considérera que la vitesse moyenne d'écoulement de l'eau à travers la vantelle durant le remplissage est $v = 2{,}8$ $m.s^{-1}$.
La vantelle a la forme d'un disque de rayon $R = 30$ cm.

1. Quelle est l'aire exacte, en m^2, de la vantelle ?
2. Déterminer le débit moyen arrondi au millième de cette vantelle durant le remplissage.
3. Pendant combien de secondes faudra-t-il patienter pour le remplissage d'une écluse de capacité 756 m^3 ? Est-ce qu'on attendra 15 minutes ?

CORRIGÉ

1. La vantelle étant un disque, son aire est donnée par la formule $A = \pi R^2$.
Ici avec $R = 30$ cm $= 0{,}3$ m, l'aire de la vantelle est $\mathbf{0{,}09\pi}$ $\mathbf{m^2}$.

aire d'un disque de rayon $R = \pi R^2$

2. Avec $q = S \times v$, on a ici $q = 0{,}09\pi \times 2{,}8$, soit environ 0,792.
Arrondi au millième, le débit moyen de cette vantelle durant le remplissage est de **0,792 $m^3.s^{-1}$**.

3. Si t désigne le temps de remplissage, on a $V = q \times t$, soit $t = \frac{V}{q}$.
Ici, on a $t = \frac{756}{0{,}792}$. Il faudra patienter pour le remplissage d'une écluse de capacité 756 m^3 environ **955 s**.
Or, on a 15 min = 15 × 60 s = 900 s. **On attendra plus de 15 minutes.**

1 min = 60 s

MATHS

Sujet 34

Thalès et réciproque

Exercice : 6 points

ÉNONCÉ **Théorème de Thalès, raisonnement par l'absurde**

Une entreprise veut produire un nouveau modèle de desserte en bois. Pour cela, un employé propose le schéma d'une desserte en bois donné ci-contre.

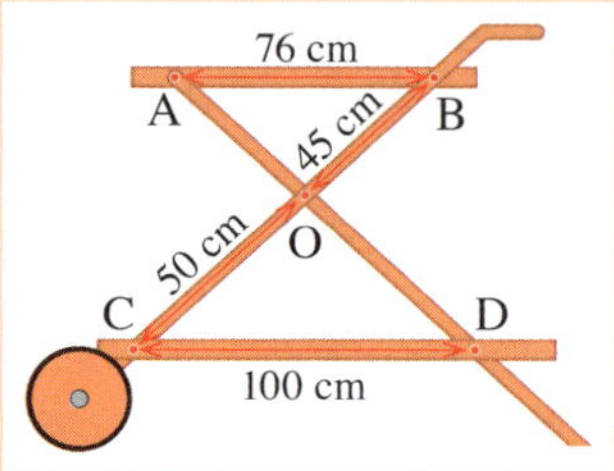

Pour que la desserte soit jugée bonne et fabriquée par l'entreprise, les plateaux en bois symbolisés par les droites (AB) et (CD) doivent être parallèles.

L'entreprise produira-t-elle cette desserte ?

CORRIGÉ

Raisonnons par l'absurde en supposant que (AB) et (CD) soient parallèles.

On aurait alors AOB un triangle avec C sur (OB), D sur (OA) et (AB) et (CD) parallèles.

D'après le théorème de Thalès, on aurait $\dfrac{OA}{OD} = \dfrac{OB}{OC} = \dfrac{AB}{DC}$, soit en particulier $\dfrac{OB}{OC} = \dfrac{AB}{DC}$, c'est-à-dire $\dfrac{45}{50} = \dfrac{76}{100}$, ou encore $0{,}9 = 0{,}76$: ce qui est faux.

Les droites (AB) et (CD) ne sont pas parallèles, la desserte ne sera pas jugée bonne et **elle ne sera pas produite par l'entreprise**.

Sujet 35

Thalès et réciproque

Exercice : 16 points

MATHS

ÉNONCÉ **Théorème de Thalès**

Pour régler les feux de croisement d'une automobile, on la place face à un mur vertical. Le phare, identifié au point P, émet un faisceau lumineux dirigé vers le sol.

On relève les mesures suivantes :
$PA = 0{,}65$ m, $AC = QP = 5$ m et $CK = 0{,}58$ m.
Sur le schéma ci-dessous, qui n'est pas à l'échelle, le point S représente l'endroit où le rayon supérieur du faisceau rencontrerait le sol en l'absence du mur.

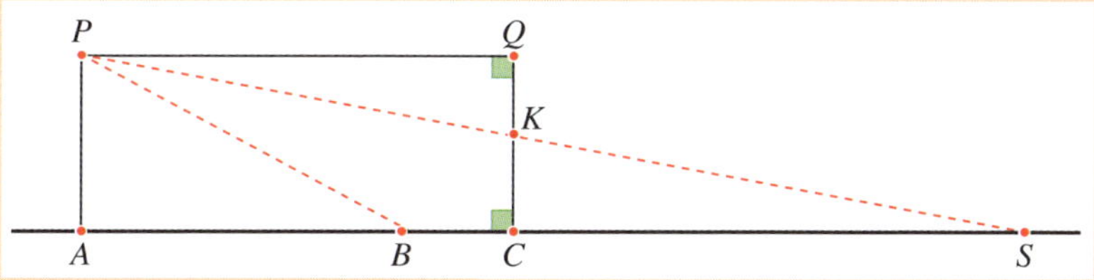

On considère que les feux de croisement sont bien réglés si le rapport $\frac{QK}{QP}$ est compris entre 0,01 et 0,015.

1. Vérifier que les feux de croisement de la voiture sont bien réglés.
2. À quelle distance maximale de la voiture un obstacle se trouvant sur la route est-il éclairé par les feux de croisement ?

CORRIGÉ

1. Le quadrilatère $APQC$ possède trois angles droits en A, en Q et en C.
Si un quadrilatère possède 3 angles droits, alors c'est un rectangle.
Le quadrilatère $APQC$ est un rectangle.
Dans un rectangle, les côtés opposés ont la même longueur.
On a : $QC = PA = 0{,}65$ m.
Comme K est sur $[CQ]$, on a donc :
$QK = QC - CK = 0{,}65 \text{ m} - 0{,}58 \text{ m} = 0{,}07$ m.
On a aussi : $\dfrac{QK}{QP} = \dfrac{0{,}07}{5} = 0{,}014$.
Les feux de croisement de Pauline sont réglés avec une inclinaison égale à 0,014.
Ils sont correctement réglés.

2. Étant perpendiculaires toutes les deux à (CQ), les droites (PQ) et (CS) sont parallèles.
PQK est un triangle, C un point sur (QK) et S un point sur (PK) avec (CS) parallèle à (PQ).
D'après le théorème de Thalès, on a $\dfrac{KC}{KQ} = \dfrac{KS}{KP} = \dfrac{CS}{QP}$, soit $\dfrac{0{,}58}{0{,}07} = \dfrac{CS}{5}$.
On a donc $\dfrac{0{,}58}{0{,}07} \times 5 = CS$, soit $41{,}42 \approx CS$.
Comme C est sur $[AS]$, on a $AS = AC + CS$, soit $AS = 5 + 41{,}42 = 46{,}42$.
Un objet se trouvant sur la route est éclairé par les feux de croisement à une distance maximale de 46 mètres, à 1 mètre près.

Sujet 36

Thalès et réciproque

Exercice : 6 points

ÉNONCÉ **Réciproque de Thalès, agrandissement**

Soit ADU un triangle représenté ci-contre, F un point de $[AD]$, C un point de $[AU]$.
L'unité de longueur est le centimètre.
On donne $AF = 3$; $FD = 1{,}5$; $AC = 2$; $AU = 3$
Sur la figure, les dimensions ne sont pas respectées.

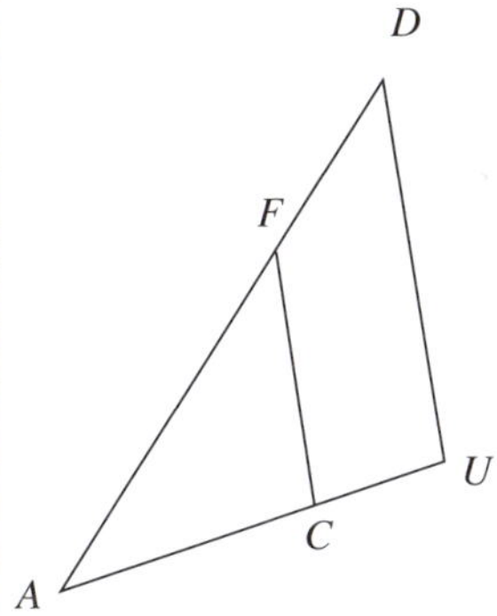

1. Démontrer que les droites (FC) et (DU) sont parallèles.
2. Déterminer le rapport d'agrandissement permettant de passer du triangle AFC au triangle ADU.
3. La hauteur issue de C dans le triangle ACF mesure 1,6 cm. Calculer l'aire du triangle ADU.

CORRIGÉ

1. ADU est un triangle avec F un point de $[AD]$ et C un point de $[AU]$.
On a donc $AD = AF + FD = 3 + 1{,}5 = 4{,}5$ cm.
D'une part, on a $\frac{AF}{AD} = \frac{3}{4{,}5} = \frac{2 \times 1{,}5}{3 \times 1{,}5} = \frac{2}{3}$.
D'autre part, on a $\frac{AC}{AU} = \frac{2}{3}$.
On constate que $\frac{AF}{AD} = \frac{AC}{AU}$.
De plus, les points A, F et D sont alignés dans le même ordre relatif que les points A, C et U.
D'après la réciproque du théorème de Thalès, **les droites (FC) et (DU) sont parallèles**.

2. Le rapport d'agrandissement permettant de passer du triangle *AFC* au triangle *ADU* est $\mathbf{\frac{AU}{AC} = \frac{3}{2}}$.

3. L'aire du triangle *ACF* est :
$$\frac{\text{base } AF \times \text{hauteur issue de } C}{2} = \frac{3 \times 1{,}6}{2} = 2{,}4 \text{ cm}^2.$$
Le triangle *ADU* étant un agrandissement du triangle *ACF* dans un rapport de 1,5, on a :
$\text{aire}_{ADU} = \text{aire}_{ACF} \times 1{,}5^2 = 2{,}4 \times 1{,}5^2 = 5{,}4.$
L'aire du triangle *ADU* est 5,4 cm².

Dans un agrandissement de rapport *k*, les aires sont multipliées par k^2.

Sujet 37

Pythagore et réciproque

Exercice : 18 points

ÉNONCÉ Trigonométrie, tableur, volumes

Des ingénieurs de l'Office National des Forêts font le marquage d'un lot de pins destinés à la vente.

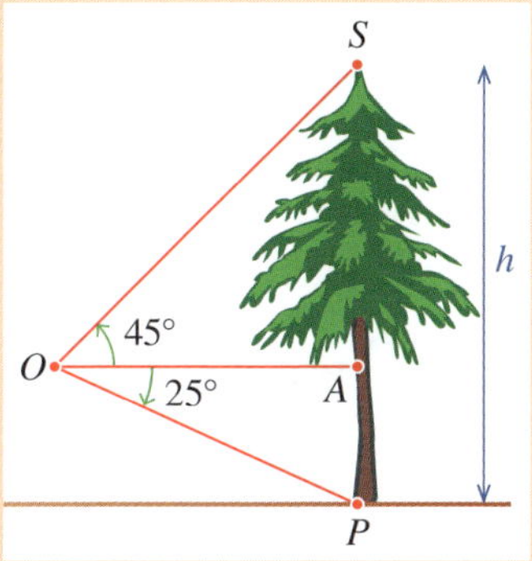

1. Dans un premier temps, ils estiment la hauteur des arbres de ce lot, en plaçant leur œil au point O.
Ils ont relevé les données suivantes :
$OA = 15$ m, $\widehat{SOA} = 45°$ et $\widehat{AOP} = 25°$.
Calculer la hauteur h de l'arbre arrondie au mètre.

2. Dans un second temps, ils effectuent une mesure de diamètre sur chaque arbre et répertorient toutes les données dans la feuille de calculs suivante :

	A	B	C	D	E	F	G	H	I	J	K	L	M
1	Diamètre (cm)	30	35	40	45	50	55	60	65	70	75	80	
2	Effectif	2	4	8	9	10	12	14	15	11	4	3	

a) Quelle formule doit-on saisir dans la cellule M2 pour obtenir le nombre total d'arbres ?

b) Calculer, en centimètres, le diamètre moyen de ce lot. On arrondira le résultat à l'unité.

3. Pour calculer le volume commercial d'un pin en mètres cubes, on utilise la formule suivante :

$$V = \frac{10}{24} \times D^2 \times h$$

où D est le diamètre moyen d'un pin en mètres et h la hauteur en mètres.
Le lot est composé de 92 arbres de même hauteur 22 m dont le diamètre moyen est 57 cm. Sachant qu'un mètre cube de pin rapporte 70 €, combien la vente de ce lot rapporte-elle ? On arrondira à l'euro.

MATHS

CORRIGÉ

1. Dans le triangle OAS rectangle en A, on a :

$\tan(\widehat{SOA}) = \dfrac{\text{côté opposé à } O}{\text{côté adjacent à } O} = \dfrac{AS}{OA}$, soit $\tan(45°) = \dfrac{AS}{15}$.

On fait $\tan(45°) \times 15 = AS$, soit $AS = 15$.

Dans le triangle OAP rectangle en A, on a :

$\tan(\widehat{AOP}) = \dfrac{\text{côté opposé à } O}{\text{côté adjacent à } O} = \dfrac{AP}{OA}$, soit $\tan(25°) = \dfrac{AP}{15}$.

On fait $\tan(25°) \times 15 = AP$, soit $AP \approx 6{,}99$.

Comme A est entre S et P, la hauteur de l'arbre est $h = SA + AP$, soit environ **22 m**.

2. a) Dans la cellule M2, pour avoir le nombre total d'arbres, on peut écrire **=Somme(B2:L2)**.

b) On effectue une moyenne des diamètres pondérée par les effectifs.

$m = \dfrac{30 \times 2 + 35 \times 4 + 40 \times 8 + 45 \times 9 + 50 \times 10 + 55 \times 12 + 60 \times 14 + 65 \times 15 + 70 \times 11 + 75 \times 4 + 80 \times 3}{2 + 4 + 8 + 9 + 10 + 12 + 14 + 15 + 11 + 4 + 3}$

$= \dfrac{5\,210}{92}$.

Le diamètre moyen de ce lot est 57 cm, au cm près.

3. Le volume commercial des 92 arbres est $92 \times \dfrac{10}{24} \times 0{,}57^2 \times 22$, soit environ 274 m^3.

Chaque mètre cube rapportant 70 €, la vente rapportera 274 × 70 €, soit environ **19 180 €**.

Sujet 38

Pythagore et réciproque

Exercice : 16 points

ÉNONCÉ **Théorème de Pythagore, réduction, patron**

La pyramide du Louvre est une œuvre de l'architecte Leoh Ming Pei.
Il s'agit d'une pyramide régulière dont la base est un carré de côté 35,50 mètres et dont les quatre arêtes qui partent du sommet mesurent toutes 33,14 mètres.

1. La pyramide du Louvre est schématisée ci-contre.
Calculer la hauteur réelle de la pyramide du Louvre. On arrondira le résultat au centimètre.

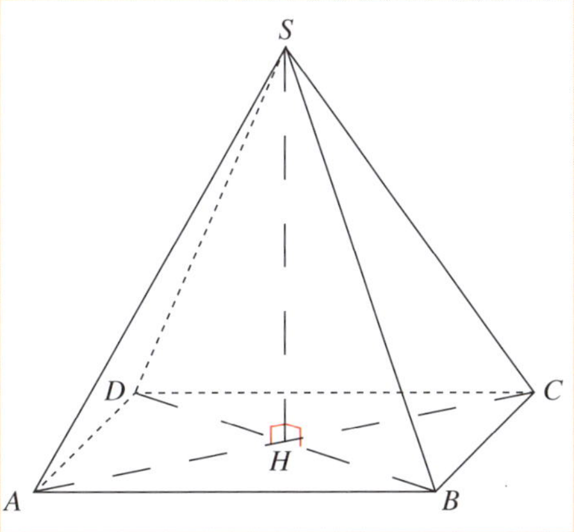

2. On veut tracer un patron de cette pyramide à l'échelle 1/800.

a) Calculer les dimensions nécessaires de ce patron en les arrondissant au millimètre.

b) Construire le patron en faisant apparaître les traits de construction. On attend une précision de tracé au millimètre.

CORRIGÉ

1. $ABCD$ est un carré, donc ABC est un triangle rectangle isocèle en B.
D'après le théorème de Pythagore,
on a $AC^2 = AB^2 + BC^2$, soit $AC^2 = 2 \times 35{,}5^2$ ou encore $AC^2 = 2\ 520{,}5$.
Comme AC est une longueur, on a $AC = 2\ 520{,}5$.

La pyramide étant régulière, le pied H de la hauteur est le centre du carré, c'est-à-dire le milieu de $[AC]$.
On a donc $AH = 0{,}5AC = 0{,}5\sqrt{2\ 520{,}5}$.
Dans le triangle AHS rectangle en H, d'après le théorème de Pythagore, on a :
$AS^2 = AH^2 + HS^2$, soit $33{,}14^2 = (0{,}5\sqrt{2\ 520{,}5})^2 + HS^2$.
On a donc $1\ 098{,}\ 2596 - 630{,}125 = HS^2$.
On obtient $\sqrt{468{,}1346} = HS$.
La hauteur de la pyramide est de 21,64 m, au centimètre près.

2. a) On a 35,50 m ÷ 800 = 0,044375 m, soit 4,4 cm au mm près
et 33,14 m ÷ 800 = 0,041425 m, soit 4,1 cm au mm près.
b) Un patron de la pyramide est donc constitué d'un carré de 4,4 cm de côté et de 4 triangles isocèles avec un côté de 4,4 cm et deux côtés de 4,1 cm.

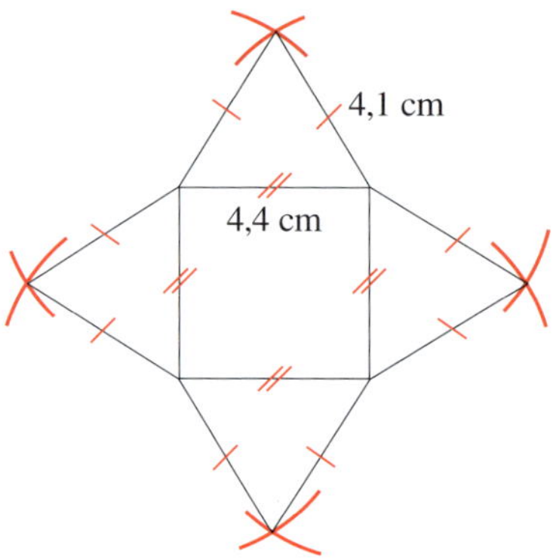

Sujet 39 Trigonométrie

Exercice : 14 points

ÉNONCÉ **Sinus, tangente**

On obtient la pente d'une route en calculant le quotient du dénivelé (c'est-à-dire du déplacement vertical) par le déplacement horizontal correspondant. Une pente s'exprime sous forme d'un pourcentage.
Sur l'exemple ci-dessous, la pente de la route est :

$$\frac{\text{dénivelé}}{\text{distance horizontale}} = \frac{15}{120} = 0{,}125 = 12{,}5\ \%.$$

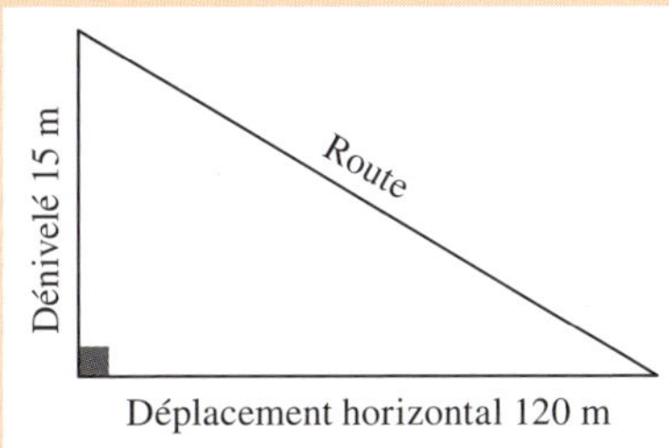

Classer les pentes suivantes dans l'ordre décroissant, c'est-à-dire de la pente la plus forte à la pente la moins forte.

Route descendant du château des Adhémar, à Montélimar	
Tronçon d'une route descendant du col du Grand-Colombier (Ain)	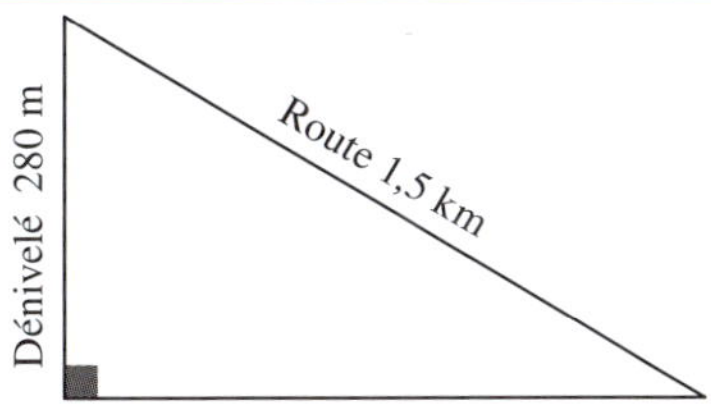

Tronçon d'une route descendant de l'Alto de l'Angliru (région des Asturies, Espagne)	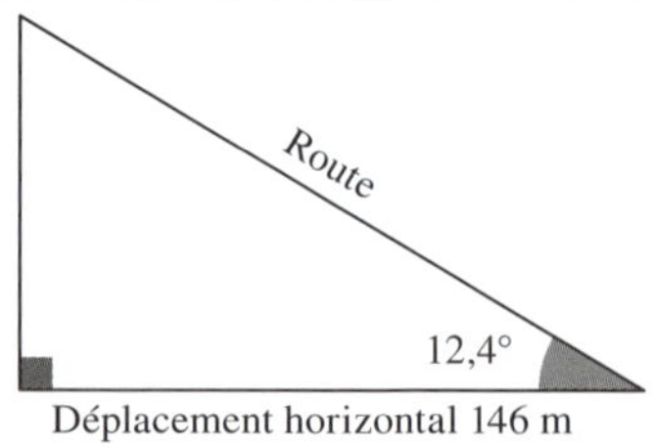

CORRIGÉ

On obtient la pente d'une route en calculant le quotient du dénivelé (c'est-à-dire du déplacement vertical) par le déplacement horizontal correspondant, c'est-à-dire en calculant la tangente de l'angle aigu $\widehat{a}$ formé par la route et l'horizontale.

Pour la route descendant du château des Adhémar, à Montélimar, **la pente est 24 %.**

Pour le tronçon d'une route descendant du col du Grand-Colombier, l'angle $\widehat{a}$ entre la route et l'horizontale est tel que :

$\sin(\widehat{a}) = \dfrac{\text{côté opposé à } \widehat{a}}{\text{hypoténuse}} = \dfrac{280 \text{ m}}{1\,500 \text{ m}} = \dfrac{28}{150}$. On a $\widehat{a} = \sin^{-1}\left(\dfrac{28}{150}\right) \approx 10{,}758$ et $\tan(\widehat{a}) \approx 0{,}19$. **La pente est de 19 %.**

Pour le tronçon d'une route descendant de l'Alto de l'Angliru, $\widehat{a} = 12{,}4$ et $\tan(\widehat{a}) \approx 21{,}9$. **La pente est 21,9%.**

Dans l'ordre décroissant des pentes, on a : **la route descendant du château des Adhémar, à Montélimar, le tronçon d'une route descendant de l'Alto de l'Angliru et le tronçon d'une route descendant du col du Grand-Colombier**.

Sujet 40 Trigonométrie

Exercice : 16 points

ÉNONCÉ Tangente d'un angle, Pythagore, aire

Les panneaux photovoltaïques permettent de produire de l’électricité à partir du rayonnement solaire.
Une unité courante pour mesurer l’énergie électrique est le kilowatt heure, abrégé en kWh.

1. Le plus souvent, l’électricité produite n’est pas utilisée directement, mais vendue pour être distribuée dans le réseau électrique collectif. Le prix d’achat du kWh, donné en **centimes d’euros**, dépend du type d’installation et de sa puissance totale, ainsi que de la date d’installation des panneaux photovoltaïques. Ce prix d’achat du kWh est donné dans le tableau ci-dessous.

Tarifs d’un kWh en centimes d’euros

		Date d’installation			
Type d’installation	**Puissance totale**	**du 01/01/15 au 31/03/15**	**du 01/04/15 au 30/06/15**	**du 01/07/15 au 30/09/15**	**du 01/10/15 au 31/12/15**
Type A	**0 à 9 kW**	26,57	26,17	25,78	25,39
Type B	**0 à 36 kW**	13,46	13,95	14,7	14,4
	36 à 100 kW	12,79	13,25	13,96	13,68

Source : http://www.developpement-durable.gouv.fr

En mai 2015, on installe une centrale solaire du type B, d’une puissance de 28 kW.
Vérifier que le prix d’achat de 31 420 kWh est d’environ 4 383 €.

2. Une personne souhaite installer des panneaux photovoltaïques sur la partie du toit de sa maison orientée au sud. Cette partie est grisée sur la figure ci-contre. Elle est appelée pan sud du toit.
La production d’électricité des panneaux solaires d
toit.
Déterminer, au degré près, l’angle $\widehat{ABC}$ que forme ce pan sud du toit avec l’horizontale.

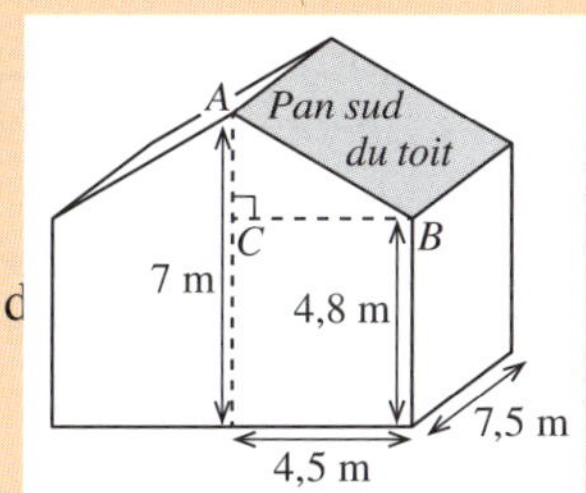

3. a) Montrer que la longueur AB est environ égale à 5 m.

b) Les panneaux photovoltaïques ont la forme d'un carré de 1 m de côté. Le propriétaire prévoit d'installer 20 panneaux.
Quel pourcentage de la surface totale du pan sud du toit sera alors couvert par les panneaux solaires ? On donnera une valeur approchée du résultat à 1 % près.

c) La notice d'installation indique que les panneaux doivent être accolés les uns aux autres et qu'une bordure d'au moins 30 cm de large doit être laissée libre pour le système de fixation tout autour de l'ensemble des panneaux.
Le propriétaire peut-il installer les 20 panneaux prévus ?

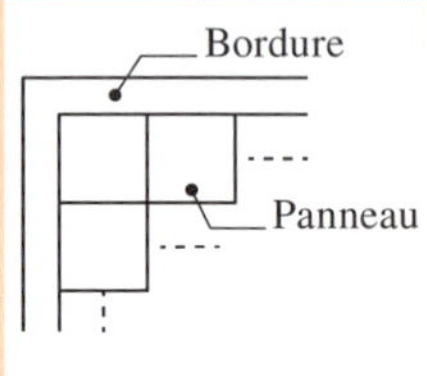

CORRIGÉ

1. D'après le tableau, pour une installation de type B installée en mai 2015 avec une puissance de 28 kW, le prix d'achat du kWh est de 13,95 centimes d'euros, soit 0,1395 euro. Pour 31 420 kWh achetés, le prix d'achat est $31\,420 \times 0{,}1395$ €, soit **environ 4 383 €**.

2. ABC est un triangle rectangle en C avec $AC = 7\text{ m} - 4{,}8\text{ m} = 2{,}2\text{ m}$ et $CB = 4{,}5\text{ m}$.
On a $\tan \widehat{ABC} = \dfrac{\text{côté opposé à } \widehat{B}}{\text{côté adjacent à } \widehat{B}} = \dfrac{AC}{BC} = \dfrac{2{,}2}{4{,}5}$.
On fait $\widehat{ABC} = \tan^{-1}\left(\dfrac{2{,}2}{4{,}5}\right)$.
L'angle $\widehat{ABC}$ que forme le pan sud du toit avec l'horizontale est de **26°** à 1° près.

3. a) ABC est un triangle rectangle en C.
D'après le théorème de Pythagore, on a :
$AB^2 = AC^2 + BC^2$, soit $AB^2 = 2{,}2^2 + 4{,}5^2$, ou encore $AB^2 = 25{,}09$.
Comme AB est une longueur, on a $AB = \sqrt{25{,}09}$, d'où $AB \approx 5$.
La longueur AB est environ égale à 5 m.

b) Chaque panneau solaire est un carré de 1 m de côté et d'aire 1 m^2.
La surface des 20 panneaux solaires est de 20 m^2.
La surface du pan sud du toit est celle d'un rectangle de 5 m sur 7,5 m ; sa surface est 5 m × 7,5 m soit 37,5 m^2.
On a $20 \div 37{,}5 \approx 0{,}53$.

Environ 53 % de la surface du pan sud du toit sera occupée par les panneaux solaires.

Aire d'un rectangle de dimensions *l* et $L = lL$.

c) En faisant un rectangle avec 4 panneaux solaires dans le sens de la hauteur et 5 panneaux solaires dans le sens de la longueur et en ajoutant 0,3 m pour les fixations sur chaque bord, il faut avoir dans le sens de la hauteur 4×1 m + $2 \times 0{,}3$ m, soit 4,6 m et dans le sens de la longueur 5×1 m + $2 \times 0{,}3$ m, soit 5,6 m.
Le propriétaire peut installer les 20 panneaux prévus.

1 cm = 0,01 m.

Sujet 41

Trigonométrie

Exercice : 16 points

ÉNONCÉ Espace, trigonométrie, volume, équation

Dans les marais salants, le sel récolté est stocké sur une surface plane comme l'illustre la photo ci-dessous.
On admet qu'un tas de sel a toujours la forme d'un cône de révolution.

1. a) Pascal souhaite déterminer la hauteur d'un cône de sel de diamètre 5 mètres. Il possède un bâton de longueur 1 mètre. Il effectue des mesures et réalise les deux schémas ci-dessous :

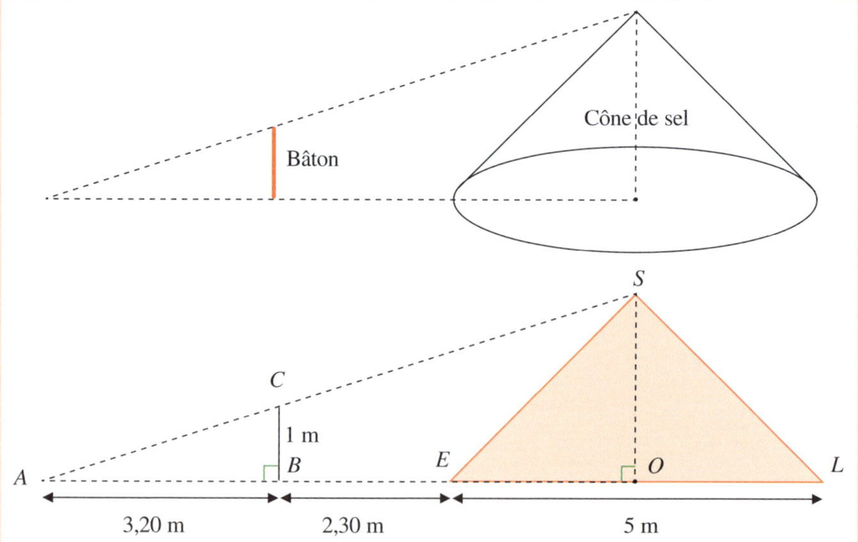

Démontrer que la hauteur de ce cône de sel est égale à 2,50 mètres.
Dans cette question, on n'attend pas de démonstration rédigée. Il suffit d'expliquer brièvement le raisonnement suivi et de présenter clairement les calculs.
b) À l'aide de la formule $V_{\text{cône}} = \dfrac{\pi \times \text{rayon}^2 \times \text{hauteur}}{3}$, déterminer, en m^3, le volume de sel contenu dans ce cône. Arrondir le résultat au m^3 près.
2. Le sel est ensuite stocké dans un entrepôt sous la forme de cônes de volume 1 000 m^3. Par mesure de sécurité, la hauteur d'un tel cône de sel ne doit pas dépasser 6 mètres.
Quel rayon faut-il prévoir au minimum pour la base ? Arrondir le résultat au décimètre près.

CORRIGÉ

1. a) Les points A, B, E et O étant alignés dans cet ordre et O étant le milieu de $[EL]$, on a $AO = AB + BE + EO = 3{,}2 + 2{,}3 + 5 \div 2 = 8$ m.
CAB et SAO sont deux triangles rectangles respectivement en B et en O qui possèdent en A le même angle aigu.
Les tangentes de ces deux angles aigus sont égales.
Dans CAB, on a : $\tan(\widehat{A}) = \dfrac{\text{côté opposé à } A}{\text{côté adjacent à } A} = \dfrac{CB}{AB} = \dfrac{1}{3{,}20}$.
Dans SAO, on a $\tan(\widehat{A}) = \dfrac{\text{côté opposé à } A}{\text{côté adjacent à } A} = \dfrac{SO}{AO} = \dfrac{SO}{8}$.
On a donc $\dfrac{1}{3{,}2} \times 8 = SO$, soit $2{,}5 = SO$.
La hauteur du tas de sel est égale à 2,50 mètres.

On peut aussi utiliser le théorème de Thalès.

b) On a : $V = \dfrac{\pi \times 2{,}5^2 \times 2{,}5}{3} \approx 16{,}36$.
Le volume de sel dans le cône est 16 m^3 à 1 m^3 près.

2. Soit x le rayon minimal à prévoir.
On veut avoir $1\,000 = \dfrac{\pi \times x^2 \times 6}{3}$, qui donne successivement :
$3\,000 = \pi \times x^2 \times 6$;
$3\,000 \div (6\pi) = x^2$;
$\sqrt{\dfrac{3\,000}{6\pi}} = x$ car x est une longueur donc un nombre positif ; $\sqrt{\dfrac{500}{\pi}} = x$.
Le rayon minimum est de 12,6 m au décimètre près.

MATHS

Sujet 42

Propriétés des triangles rectangles

Exercice : 12 points

ÉNONCÉ Trigonométrie, triangle rectangle, polygone régulier

Trois figures codées sont données ci-dessous. Elles ne sont pas dessinées en vraie grandeur.
Pour chacune d'elles, déterminer la mesure de l'angle $\widehat{ABC}$.

Figure 1

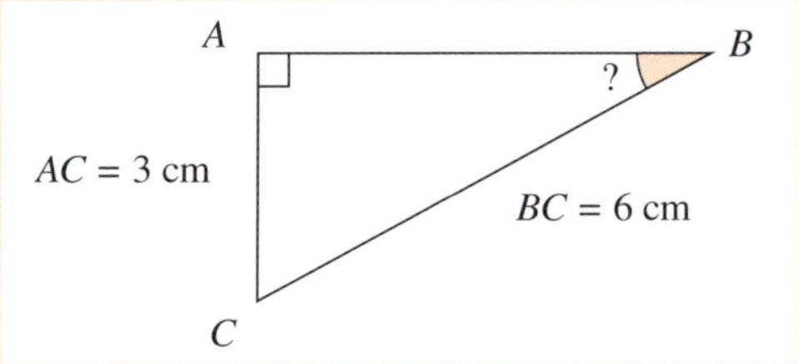

Figure 2

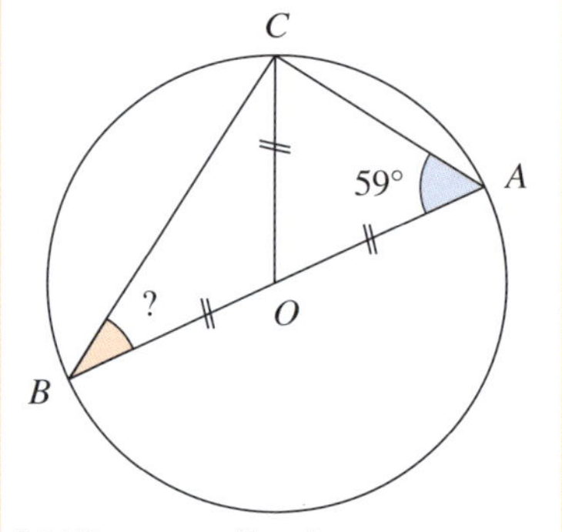

[AB] est un diamètre du cercle de centre O.

Figure 3

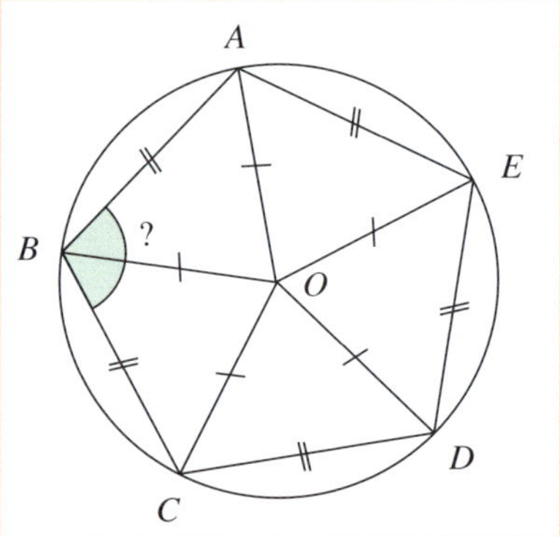

CORRIGÉ

Figure 1

ABC est un triangle rectangle en A.

On a $\sin(\widehat{ABC}) = \dfrac{\text{côté opposé à } B}{\text{hypoténuse}} = \dfrac{AC}{BC}$, soit $\sin(\widehat{ABC}) = \dfrac{3}{6} = 0{,}5$.

On a donc : $\boldsymbol{\widehat{ABC} = 30°}$.

Figure 2

[*AB*] est un diamètre du cercle circonscrit à *ABC*.
Si un côté d'un triangle est un diamètre de son cercle circonscrit, alors ce triangle est rectangle au sommet opposé au côté diamètre.
ABC est rectangle en *C*. Ses angles aigus sont complémentaires.
On a $\widehat{ABC} = 90° - \widehat{BAC} = 90° - 59°$ donc $\boldsymbol{\widehat{ABC} = 31}°$.

Figure 3

ABCDE est un pentagone régulier, donc $\widehat{AOB} = \dfrac{360°}{5} = \mathbf{72}°$.

Les triangles *AOB* et *BOC* sont semblables donc $\widehat{OBC} = \widehat{OAB}$.
On a $\widehat{ABC} = \widehat{ABO} + \widehat{OBC} = \widehat{ABO} + \widehat{OAB}$.
Or, dans un triangle, la somme des trois angles vaut 180°.
On a $\widehat{ABO} + \widehat{OAB} = 180° - \widehat{AOB} = 180° - 72° = 108°$.
On a donc $\boldsymbol{\widehat{ABC} = 108}°$.

Dans un polygone régulier à *n* côtés, l'angle au centre entre deux sommets consécutifs mesure $\dfrac{360°}{n}$.

MATHS

Sujet 43

Propriétés des quadrilatères

Exercice : 8 points

ÉNONCÉ Rectangle, théorème de Pythagore

Pour une bonne partie de pêche au bord du canal, il faut un siège pliant adapté !
Nicolas est de taille moyenne et, pour être bien assis, il est nécessaire que la hauteur de l'assise du siège soit comprise entre 44 cm et 46 cm.
Voici les dimensions d'un siège pliable qu'il a trouvé en vente sur Internet :

– longueur des pieds : 56 cm ;
– largeur de l'assise : 34 cm ;
– profondeur de l'assise : 31 cm.

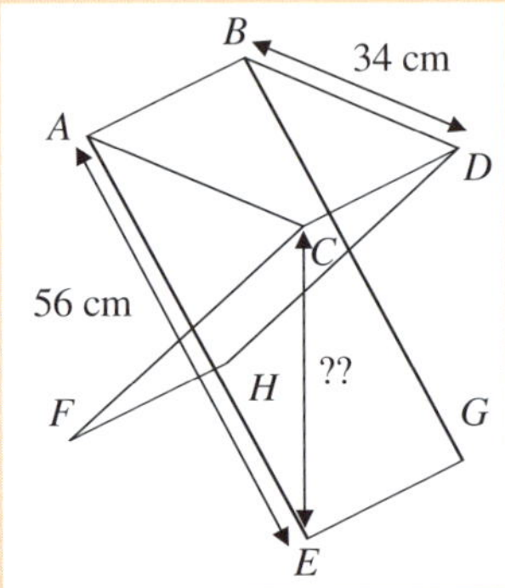

L'angle $\widehat{ACE}$ est droit et $ABDC$ est rectangle.
La hauteur du siège lui est-elle adaptée ?

CORRIGÉ

$ABDC$ étant un rectangle, on a $AC = BD = 34$ cm.
Dans le triangle rectangle ACE, d'après le théorème de Pythagore, on a successivement :
$AE^2 = AC^2 + CE^2$; $56^2 = 34^2 + CE^2$; $3\,136 - 1\,156 = CE^2$;
$\sqrt{1980} = CE$ car CE est une longueur.
On a donc $CE \approx 44{,}5$ cm, donc la hauteur CE de l'assise est comprise entre 44 et 46 cm. **Elle est adaptée à Nicolas.**

Sujet 44

Calcul d'aires

Exercice : 20 points

ÉNONCÉ **Aire rectangle, tableur**

Le schéma ci-dessous représente le jardin de Leïla. Il n'est pas à l'échelle. [OB] et [OF] sont des murs, $OB = 6$ m et $OF = 4$ m.
La ligne pointillée $BCDEF$ représente le grillage que Leïla veut installer pour délimiter un enclos rectangulaire $OCDE$.
Elle dispose d'un rouleau de 50 m de grillage qu'elle veut utiliser entièrement.

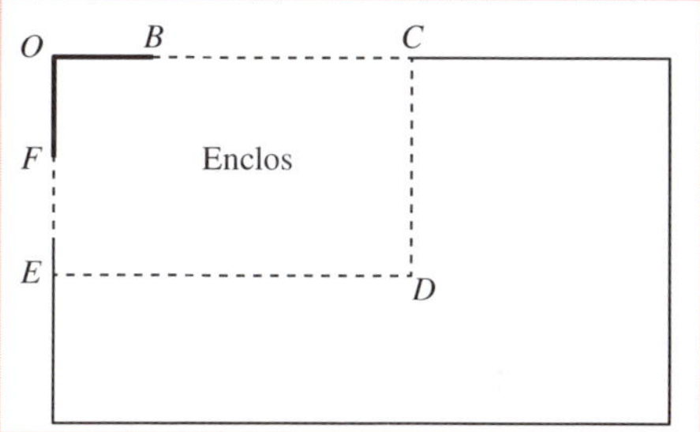

Leïla envisage plusieurs possibilités pour placer le point C.

1. En plaçant C pour que $BC = 5$ m, elle n'obtient que $FE = 15$ m.
a) Vérifier qu'elle utilise les 50 m de grillage.
b) Justifier que l'aire A de l'enclos $OCDE$ est 209 m^2.
2. Pour avoir une aire maximale, Leïla fait appel à sa voisine professeure de mathématiques qui, un peu pressée, lui écrit sur un bout de papier :
« En notant $BC = x$, on a $A(x) = -x^2 + 18x + 144$ ».
Vérifier que la formule de la voisine est bien cohérente avec le résultat de la question 1.
3. Dans cette partie, les questions a) et b) ne nécessitent pas de justification.
a) Leïla a saisi une formule en B2 puis l'a étirée jusqu'à la cellule I2.

B2	=–B1*B1+18*B1+144								
	A	**B**	**C**	**D**	**E**	**F**	**G**	**H**	**I**	**J**
1	x	5	6	7	8	9	10	11	12	
2	$A(x) = -x^2+18x+144$	**209**	216	221	224	225	224	221	216	
3										

Quelle formule est alors inscrite dans la cellule F2 ?

MATHS

b) Parmi les valeurs figurant dans le tableau, quelle est celle que Leïla va choisir pour BC afin d'obtenir un enclos d'aire maximale ?
c) Donner les dimensions de l'enclos ainsi obtenu.

CORRIGÉ

1. a) Comme le point B appartient au segment $[BC]$,
on a $OC = OB + BC = 6 + 5 = 11$.
Comme le point F appartient au segment $[OE]$,
on a $OE = OF + FE = 4 + 15 = 19$.
Dans le rectangle $OCDE$, on a $DE = OC = 11$ et $CD = OE = 19$.
La longueur de grillage utilisée est :
$FE + ED + DC + CB = 15 + 11 + 19 + 5 = 50$.
Elle utilise donc les 50 m de grillage.
b) L'aire du rectangle $OCDE$ est $OC \times OE = 11 \times 19 = 209$.
L'aire de l'enclos est 209 m².

2. Si $x = 5$ alors on a $A(5) = -5^2 + 18 \times 5 + 144 = -25 + 90 + 144 = 209$.
La formule de la voisine est bien cohérente avec le résultat de la question 1.

3. a) Dans la cellule F2, on a **=–F1*F1+18*F1+144**.
b) Dans le tableau l'aire est maximale quand $\boldsymbol{BC = 9}$.
c) On a alors $OC = OB + BC = 6 + 9 = 15$.
L'aire de l'enclos étant alors de 225, on a $OE = 225 \div OC = 15$.
L'enclos est donc un carré dont les côtés mesurent 15 m.

Sujet 45

Calcul d'aires

Exercice : 16 points

ÉNONCÉ Calculs d'aires, équation

Le dessin ci-contre représente une figure composée d'un carré *ABCD* et d'un rectangle *DEFG*.
E est un point du segment [*AB*].
C est un point du segment [*DG*].
Dans cette figure, la longueur *AB* peut varier, mais on a toujours :
$AE = 15$ cm et $CG = 25$ cm.

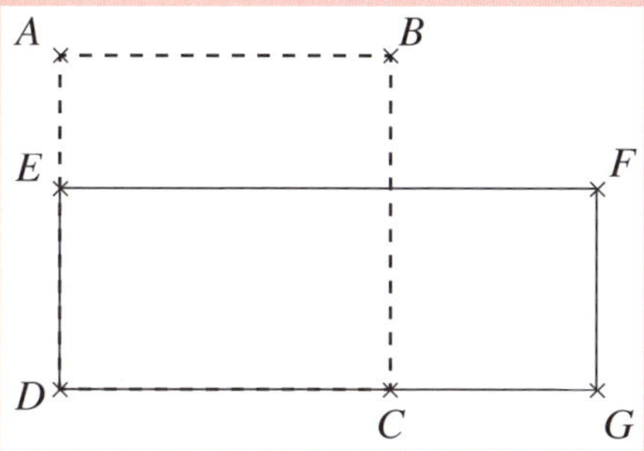

1. Dans cette question, on suppose que : $AB = 40$ cm.
a) Calculer l'aire du carré *ABCD*.
b) Calculer l'aire du rectangle *DEFG*.
2. Peut-on trouver la longueur *AB* de sorte que l'aire du carré *ABCD* soit égale à l'aire du rectangle *DEFG* ?
Si le travail n'est pas terminé, laisser tout de même une trace de la recherche. Elle sera prise en compte dans la notation.

MATHS

CORRIGÉ

1. a) Le côté du carré est 40 cm. On a $40 \times 40 = 1\,600$.
L'aire du carré *ABCD* est 1 600 cm².

L'aire d'un carré de côté a est a^2.

b) Comme *E* est sur [*AD*], on a $DE = DA - AE = 40 - 15 = 25$.
Comme *C* est sur [*DG*], on a $DG = DC + CG = 40 + 25 = 65$.
On a $25 \times 65 = 1\,625$.
L'aire du rectangle *DEFG* est 1 625 cm².

L'aire d'un rectangle de dimensions l et L est lL.

2. Soit x le côté *AB* du carré. L'aire du carré est x^2.

Comme E est sur $[AD]$, on a $DE = DA - AE = x - 15$.
Comme C est sur $[DG]$, on a $DG = DC + CG = x + 25$.
L'aire du rectangle est $(x - 15)(x + 25)$.
On veut que le carré et le rectangle aient la même aire, ce qui donne successivement :
$x^2 = (x - 15)(x + 25)$;
$x^2 = x^2 + 25x - 15x - 375$;
$0 = 10x - 375$;
$375 = 10x$;
$375 \div 10 = x$;
$37{,}5 = x$.
Pour une longueur *AB* de 37,5, l'aire du carré *ABCD* est égale à l'aire du rectangle *DEFG*.

Sujet 46

Calcul d'aires

Exercice : 12 points

ÉNONCÉ **Calculs d'aires, proportionnalité, pourcentage**

BIENVENUE DANS LE PARC « D'ANI-MATH-ION »

Le parc vous accueille dans une entrée-billetterie : c'est un pavé droit à base carrée surmonté d'une coupole semi-sphérique, représenté ci-contre.

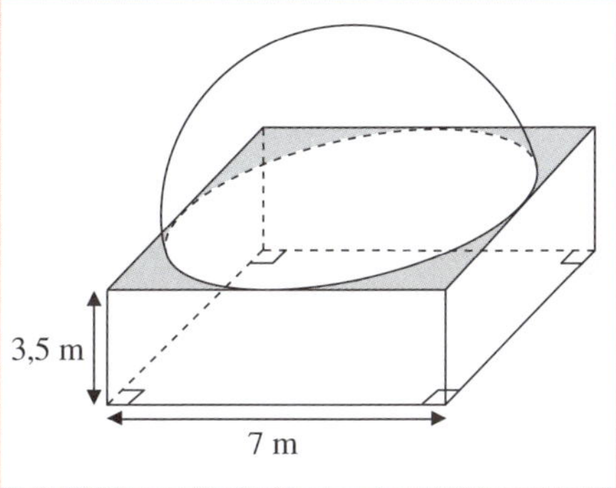

Ouvert depuis quelques années, abîmé par les intempéries, ce bâtiment doit être repeint.

Toutes les surfaces extérieures sont repeintes, c'est-à-dire :

- les 4 faces latérales du pavé droit ;
- la partie plane du toit (parties grisées sur la figure) ;
- la coupole semi-sphérique.

1. Sachant que les ouvertures (portes et fenêtres, non représentées sur la figure) occupent une surface de 18 m^2, montrer que l'aire totale des surfaces à peindre est d'environ 168 m^2.

On rappelle que l'aire A d'une sphère de rayon R est donnée par la formule : $A = 4\pi R^2$.

2. On trouvera ci-dessous la facture correspondant aux travaux de peinture. Compléter cette facture à l'aide des informations fournies ci-dessous :

- un pot de 10 L de peinture permet de couvrir une surface de 40 m^2 ;
- le coût d'un pot de 10 L de peinture est de 400 € ;
- un ouvrier peint une surface de 42 m^2 à l'heure.

MATHS

Quantité	Désignation	Prix unitaire	Prix total
5	pots d'antirouille	500,00 €	2 500,00 €
....	pots de peinture	400,00 €	....
....	heures (main-d'œuvre)	35,00 €	....
Total HT (coût hors taxes)			....
Montant de la TVA à 19,6 %			....
TOTAL TTC (coût toutes taxes comprises)			....

CORRIGÉ

1. Le périmètre du pavé droit est 4×7 m, soit 28 m.
L'aire des 4 parties verticales du pavé droit est $28 \text{ m} \times 3{,}5 \text{ m}$, soit **98 m²**.
L'aire de la partie horizontale du pavé droit à repeindre est : aire d'un carré de côté 7 m diminuée de l'aire d'un disque de rayon 3,5 m, soit $7 \times 7 - \pi \times 3{,}5^2$, donc environ **10,52 m²**.
L'aire de la coupole est $4 \times \pi \times 3{,}5^2 / 2$, soit environ **76,97 m²**.
L'aire totale des surfaces à peindre est : $98 \text{ m}^2 + 10{,}52 \text{ m}^2 + 76{,}97 \text{ m}^2 - 18 \text{ m}^2$, soit environ 168 m^2.

2.
- $168 \div 40 = 4{,}2$: il faut 5 pots de 10 L de peinture.
- $168 \div 4 = 42$: il faut 4 heures de travail à l'ouvrier.

Quantité	Désignation	Prix unitaire	Prix total
5	pots d'antirouille	500,00 €	2 500,00 €
5	pots de peinture	400,00 €	**2 000,00 €**
4	heures (main-d'œuvre)	35,00 €	**140,00 €**
Total HT (coût hors taxes)			**4 640,00 €**
Montant de la TVA à 19,6 %			**909,44 €**
TOTAL TTC (coût toutes taxes comprises)			**5 549,44 €**

Sujet 47

Espace

Exercice : 18 points

ÉNONCÉ Espace

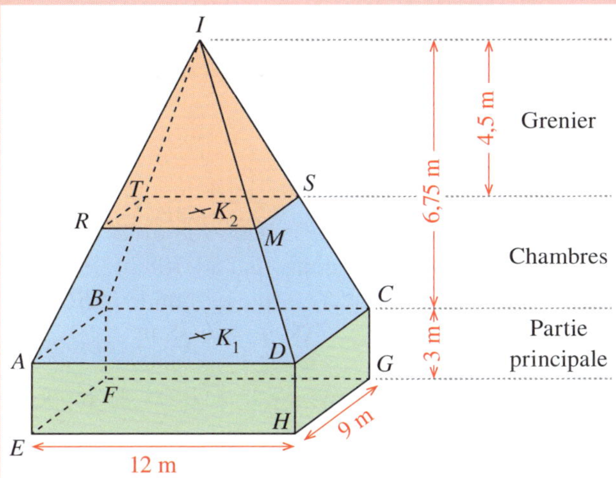

Une maison est composée d'une partie principale qui a la forme d'un pavé droit *ABCDEFGH* surmonté d'une pyramide *IABCD* de sommet *I* et de hauteur $[IK_1]$ perpendiculaire à la base de la pyramide.
Cette pyramide est coupée en deux parties :
– une partie basse *ABCDRTSM*, destinée aux chambres ;
– une partie haute *IRTSM*, réduction de hauteur $[IK_2]$ de la pyramide *IABCD*, correspondant au grenier.
On a : $EH = 12$ m ; $AE = 3$ m ; $HG = 9$ m ; $IK_1 = 6{,}75$ m et $IK_2 = 4{,}5$ m.
La figure donnée n'est pas à l'échelle.

1. Calculer la surface au sol de la maison.
2. Des radiateurs électriques seront installés dans toute la maison, excepté au grenier. On cherche le volume à chauffer de la maison.
On rappelle que le volume d'une pyramide est donné par :

$$V_{\text{pyramide}} = \frac{\text{Aire de la base} \times \text{Hauteur}}{3}.$$

a) Calculer le volume de la partie principale.
b) Calculer le volume des chambres.

MATHS

c) Montrer que le volume à chauffer est égal à 495 m^3.
3. Un expert a estimé qu'il faut dans cette maison une puissance électrique de 925 Watts pour chauffer 25 mètres cubes.
Le propriétaire de la maison décide d'acheter des radiateurs qui ont une puissance de 1 800 watts chacun et qui coûtent 349,90 € pièce.
Combien va-t-il devoir dépenser pour l'achat des radiateurs ?

CORRIGÉ

1. Le sol est un rectangle de 12 m sur 9 m ; la surface au sol est donc égale à 12 m × 9 m, soit **108 m^2**.

2. a) La base est un pavé droit d'aire de la base 108 m^2 et de hauteur 3 m.
Le volume de la partie principale est donc égal à : 108 m^2 × 3 m, soit **324 m^3**.
b) La partie haute (chambres + grenier) est une pyramide *IABCD* de base 108 m^2 et de hauteur 6,75 m. Son volume est $\frac{108 \text{ m}^2 \times 6{,}75 \text{ m}}{3}$, soit 243 m^3.
Le grenier est une réduction de la pyramide *IABCD* de rapport $\frac{4{,}5}{6{,}75} = \frac{450}{675} = \frac{2 \times 225}{3 \times 225} = \frac{2}{3}$.
Son volume est $V_{IABCD} \times \left(\frac{2}{3}\right)^3$, soit $243 \times \frac{8}{27}$, c'est-à-dire 72 m^3.
On a $V_{\text{chambres}} = V_{IABCD} - V_{\text{grenier}} = 243 - 72 = 171$.
Le volume des chambres est de **171 m^3**.
c) Le volume à chauffer est donc $V_{ABCDEFGH} + V_{\text{chambres}} = 324 + 171$, soit **495 m^3**.

3. Pour chauffer la partie principale et les chambres, il faut une puissance de $\frac{495}{25} \times 925$ W, soit 18 315 Watts. On a $18\,315 \div 1\,800 \approx 10{,}18$.
Il faut acheter 11 radiateurs à 349,90 euros pièce, d'où une dépense de 11 × 349,90 €, soit **3 848,90 €**.

Sujet 48

Espace

Exercice : 16 points

ÉNONCÉ **Calcul de volumes, grandeurs composées**

La gélule est une forme médicamenteuse utilisée quand le médicament qu'elle contient a une odeur forte ou un goût désagréable que l'on souhaite cacher.

On trouve des gélules de différents calibres. Ces calibres sont numérotés de « 000 » à « 5 » comme le montre l'illustration ci-dessous (« 000 » désignant le plus grand calibre et « 5 » désignant le plus petit) :

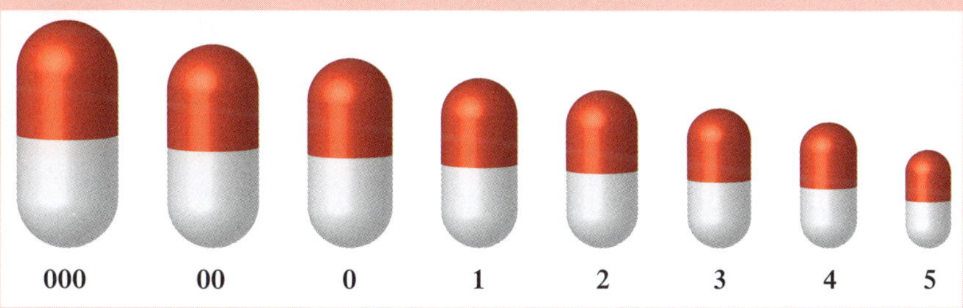

Le tableau suivant donne la longueur de ces différents calibres de gélule :

Calibre de la gélule	000	00	0	1	2	3	4	5
Longueur L de la gélule (en mm)	26,1	23,3	21,7	19,4	18	15,9	14,3	11,1

Source : « Technical Reference File 1st edition CAPSUGEL - Gélules Coni-Snap. »

On considère une gélule constituée de deux demi-sphères identiques de diamètre 9,5 mm et d'une partie cylindrique d'une hauteur de 16,6 mm comme l'indique le croquis ci-contre.

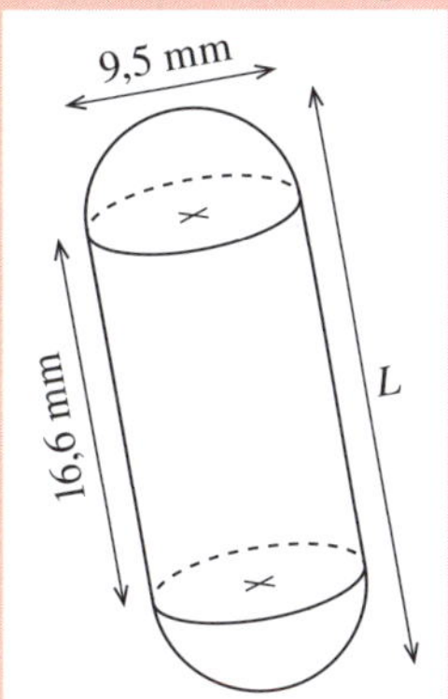

1. À quel calibre correspond cette gélule ? Justifier la réponse.

2. Calculer le volume arrondi au mm^3 de cette gélule.

On rappelle les formules suivantes :

Volume d'un cylindre de rayon R et de hauteur h	Volume d'un cône de rayon de base R et de hauteur h	Volume d'une sphère de rayon R
$V = \pi \times R^2 \times h$	$V = \dfrac{\pi \times R^2 \times h}{3}$	$V = \dfrac{4}{3} \times \pi \times R^3$

3. Robert tombe malade et son médecin lui prescrit comme traitement une boîte d'antibiotiques conditionnés en gélules correspondant au croquis ci-dessus.

Chaque gélule de cet antibiotique a une masse volumique de $6{,}15 \times 10^{-4}$ g/mm^3.

La boîte d'antibiotiques contient 3 plaquettes de 6 gélules.

Quelle masse d'antibiotique Robert a-t-il absorbée durant son traitement ? Donner le résultat en grammes arrondi à l'unité.

CORRIGÉ

1. La longueur L de la gélule est la longueur du cylindre augmentée des deux rayons des demi-sphères, c'est-à-dire augmentée d'un diamètre.

On a $L = 16{,}6$ mm + 9,5 mm = 26,1 mm.

La gélule est de calibre 000.

2. Le rayon commun au cylindre et aux demi-sphères est 9,5 mm ÷ 2, soit 4,75 mm.

Le volume du cylindre vaut $\pi \times 16{,}6 \times 4{,}75^2$, soit environ 1 176,64 mm^3.

Les deux demi-sphères constituent ensemble une sphère de volume $\dfrac{4}{3} \times \pi \times 4{,}75^3$, soit environ 448,92 mm^3.

Le volume de la gélule est donc 1 176,64 mm^3 + 448,92 mm^3, soit **1 626 mm^3** à 1 mm^3 près.

3. La masse d'antibiotique dans une gellule est $1\,626 \times 6{,}15 \times 10^{-4}$ g.

Robert absorbe 3×6 gélules, soit 18 gélules.

La masse d'antibiotique absorbée est $18 \times 1\,626 \times 6{,}15 \times 10^{-4}$ g, soit **18 g** à 1 g près.

Sujet 49 Réduction – Agrandissement

Exercice : 16 points

ÉNONCÉ Probabilités, puissances de 10, angles, réduction

Pour chacune des affirmations suivantes, dire si elle est vraie ou fausse en justifiant soigneusement la réponse.

1. Un sac contient 6 jetons rouges, 2 jetons jaunes et des jetons verts.
La probabilité de tirer un jeton vert vaut 0,5.
Affirmation : le sac contient 4 jetons verts.

2. En informatique, on utilise comme unités de mesure les multiples suivants de l'octet : 1 Ko = 10^3 octets, 1 Mo = 10^6 octets, 1 Go = 10^9 octets, 1 To = 10^{12} octets, où Ko est l'abréviation de kilooctet, Mo celle de mégaoctet, Go celle de gigaoctet, To celle de téraoctet.
On partage un disque dur de 1,5 To en dossiers de 60 Go chacun.
Affirmation : on obtient ainsi 25 dossiers.

3. Sur la figure codée ci-contre, les points B, A et E sont alignés.
Affirmation : l'angle $\widehat{EAC}$ mesure 137°.

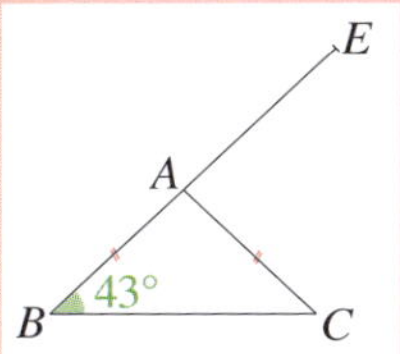

4. Un verre de forme conique est complètement rempli.
On verse son contenu de sorte que la hauteur du liquide soit divisée par 2.
Affirmation : le volume du liquide est divisé par 6.

CORRIGÉ

1. Soit x le nombre de jetons verts.
La probabilité de tirer un jeton vert vaut 0,5.
On a $p(\text{vert}) = \dfrac{\text{nombre de jetons verts}}{\text{nombre total de jetons}}$, soit $0{,}5 = \dfrac{x}{6+2+x}$, qui donne successivement $0{,}5(8 + x) = x$; $4 + 0{,}5x = x$; $4 = x - 0{,}5x$; $4 = 0{,}5x$; $4 \div 0{,}5 = x$.
Il y a 8 jetons verts dans le sac **: l'affirmation « le sac contient 4 jetons verts » est fausse.**

Remarque : on peut raisonner par l'absurde en supposant qu'il y ait 4 jetons verts et en calculant alors la probabilité d'obtenir un jeton vert qui serait $\frac{4}{12}$, soit $\frac{1}{3}$.

2. Un disque dur de 1,5 To, c'est $1{,}5 \times 10^{12}$ octets.
Un dossier de 60 Go, c'est 60×10^9 octets.
Avec 25 dossiers de 60 Go, le nombre d'octets est :
$25 \times 60 \times 10^9 = 1\,500 \times 10^9 = 1{,}5 \times 10^3 \times 10^9 = 1{,}5 \times 10^{3+9} = 1{,}5 \times 10^{12}$.
L'affirmation « on obtient ainsi 25 dossiers » est exacte.

$10^m \times 10^n = 10^{m+n}$

3. Le triangle *ABC* est isocèle en *A*, donc les angles à la base en *B* et en *C* ont la même mesure 43°.
Dans un triangle, la somme des angles vaut 180°.
On a $\widehat{BAC} = 180° - \widehat{ABC} - \widehat{ACB} = 180° - 43° - 43° = 94°$.
Comme les points *B*, *A* et *E* sont alignés, on a
$\widehat{EAC} = 180° - \widehat{BAC} = 180° - 94° = 86°$.
L'affirmation : « l'angle $\widehat{EAC}$ mesure 137° » est fausse.

4. En remplissant à moitié le verre, on réalise une réduction de rapport $\frac{1}{2}$.
Le volume d'eau est égal au volume du verre multiplié par $\left(\frac{1}{2}\right)^3$, c'est-à-dire par $\frac{1}{8}$.
L'affirmation « le volume du liquide est divisé par 6 » est fausse.

Dans une réduction de rapport *k*, les volumes sont multipliés par k^3.

Sujet 50

Réduction – Agrandissement

Exercice : 16 points

ÉNONCÉ **Pyramide, volumes, réduction, périmètre**

Une pyramide régulière de sommet S a pour base le carré $ABCD$ telle que son volume V est égal à 108 cm³.
Sa hauteur $[SH]$ mesure 9 cm.
Le volume d'une pyramide est donné par la relation :
Volume d'une pyramide $= \dfrac{\text{aire de la base} \times \text{hauteur}}{3}$.

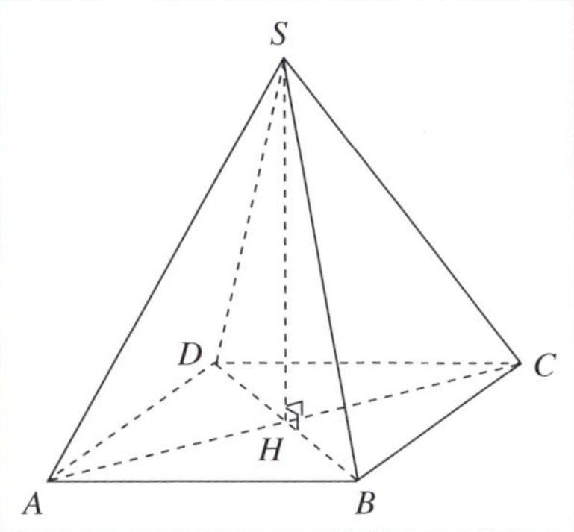

1. a) Vérifier que l'aire de $ABCD$ est 36 cm².
b) En déduire la valeur de AB.
c) Montrer que le périmètre du triangle ABC est égal à $12 + 6\sqrt{2}$ cm.

2. $SMNOP$ est une réduction de la pyramide $SABCD$.
On obtient alors la pyramide $SMNOP$ telle que l'aire du carré $MNOP$ soit égale à 4 cm².

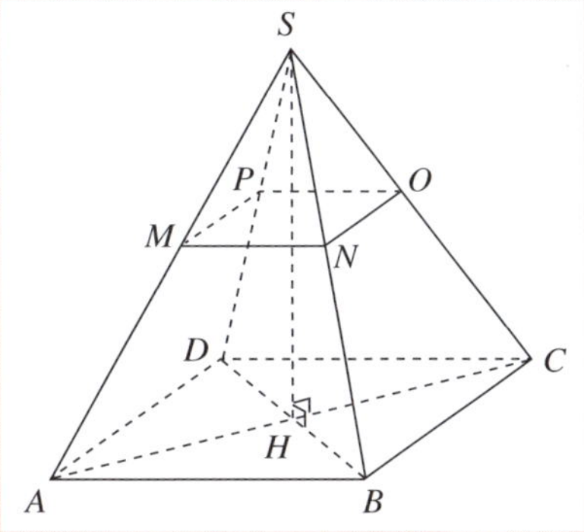

a) Calculer le volume de la pyramide $SMNOP$.
Pour cette question, toute trace de recherche, même incomplète, sera prise en compte dans l'évaluation.
b) Élise pense que pour obtenir le périmètre du triangle MNO, il suffit de diviser le périmètre du triangle ABC par 3.
Êtes-vous d'accord avec elle ?

MATHS

CORRIGÉ

1. a) En utilisant la relation qui donne le volume d'une pyramide en fonction de l'aire de la base et de la hauteur, on a :

$108 = \frac{\text{aire de la base} \times 9}{3}$, soit $108 = 3 \times$ aire de la base, ou encore $108 \div 3$ = aire de la base. **On a bien l'aire de *ABCD* qui vaut 36 cm².**

b) Or, l'aire du carré est aussi AB^2.

On a donc $AB^2 = 36$ et $\mathbf{AB = 6}$ **cm** car AB est une longueur.

c) *ABCD* étant un carré, *ABC* est un triangle rectangle isocèle en *B*.

D'après le théorème de Pythagore,

on a $AC^2 = AB^2 + BC^2$, soit $AC^2 = 6^2 \times 2$. On a donc $AC = 6\sqrt{2}$.

Le périmètre du triangle *ABC* est égal à $AB + BC + AC$ soit à $\mathbf{12 + 6\sqrt{2}}$ **cm.**

2. a) Si l'aire du carré *MNOP* est égale à 4 cm², alors son côté [*MN*] mesure 2 cm.

SMNOP est une réduction de la pyramide *SABCD* de rapport $\frac{MN}{AB} = \frac{2}{6} = \frac{1}{3}$.

Dans une réduction de rapport k, les volumes sont multipliés par k^3.

On a $V_{SMNOP} = V_{SABCD} \times \left(\frac{1}{3}\right)^3 = 108 \times \frac{1}{27} = 4$.

Le volume de la pyramide *SMNOP* est 4 cm³.

b) Comme *MNO* est une réduction de *ABC* dans un rapport $\frac{1}{3}$, pour obtenir le périmètre du triangle *MNO*, il suffit de multiplier le périmètre du triangle *ABC* par $\frac{1}{3}$, c'est-à-dire de diviser le périmètre du triangle *ABC* par 3.

Élise a raison.

Sujet 51

Algorithme et tableur

Exercice : 8 points

ÉNONCÉ **Statistiques, moyenne, tableur, pourcentage**

À partir du 2 janvier 2012, une compagnie aérienne teste un nouveau vol entre Nantes et Toulouse. Ce vol s'effectue chaque jour à bord d'un appareil qui peut transporter au maximum 190 passagers.

1. L'avion décolle chaque matin à 9 h 35 de Nantes et atterrit à 10 h 30 à Toulouse. Calculer la durée du vol.

2. Le tableau suivant donne le nombre de passagers qui ont emprunté ce vol pendant la première semaine de mise en service. L'information concernant le mercredi a été perdue.

Jour	Lundi	Mardi	Mercredi	Jeudi	Vendredi	Samedi	Dimanche	**Total**
Nombre de passagers	152	143		164	189	157	163	**1 113**

a) Combien de passagers ont emprunté ce vol le mercredi ?

b) En moyenne, combien y avait-il de passagers par jour dans l'avion cette semaine-là ?

3. À partir de février, on décide d'étudier la fréquentation de ce vol pendant douze semaines. La compagnie utilise une feuille de calcul indiquant le nombre de passagers par jour. Cette feuille est donnée ci-dessous.

= MOYENNE (J12 : J13)

	A	B	C	D	E	F	G	H	I	J
1		lundi	mardi	mercredi	jeudi	vendredi	samedi	dimanche	TOTAL	MOYENNE
2	Sem. 1	157	145	142	159	190	156	161	1 110	159
3	Sem. 2	147	158	156	141	141	152	155	1 050	150
4	Sem. 3	153	148	162	149	160	146	163	1 081	154
5	Sem. 4	168	156	162	157	166	158	161	1 128	161
6	Sem. 5	163	169	170	162	167	169	162	1 162	166
7	Sem. 6	156	167	171	173	165	165	162	1 162	166
8	Sem. 7	173	172	168	173	161	162	167	1 176	168
9	Sem. 8	168	166	170	173	168	176	165	1 186	169
10	Sem. 9	176	175	175	171	172	178	173	1 220	174
11	Sem. 10	185	176	172	180	185	171	171	1 240	177
12	Sem. 11	178	181	183	172	178	172	173	1 237	177
13	Sem. 12	171	183	171	184	172	176	173	1 230	176
14							moyenne sur trois mois :			166

a) Quelle formule a-t-on saisie dans la cellule I2 pour obtenir le nombre total de passagers au cours de la semaine 1 ?
b) Quelle formule a-t-on saisie dans la cellule J2 pour obtenir le nombre moyen de passagers au cours de la semaine 1 ?
4. Le nombre moyen de passagers par jour au cours de ces douze semaines est égal à 166. La compagnie s'était fixée comme objectif d'avoir un nombre moyen de passagers supérieur aux 80 % de la capacité maximale de l'avion.
L'objectif est-il atteint ?

CORRIGÉ

1. 10 h 30 – 9 h 35 = (9 h + 1 h + 30 min) – (9 h + 35 min)
= 9 h + 60 min + 30 min – 9 h – 35 min
= 55 min.

La durée du vol est 55 minutes.

une heure = 60 min

2. a) 1 113 – 152 – 143 – 164 – 189 – 157 – 163 = 145.
145 passagers ont emprunté ce vol le mercredi.
b) On a 1 113 ÷ 7 = 159.
En moyenne, il y avait **159 passagers** par jour dans l'avion cette semaine-là.

3. a) Dans la cellule I2, on peut écrire comme formule :
=SOMME(B2:H2) ou **=B2+C2+D2+E2+F2+G2+H2** pour obtenir le nombre total de passagers au cours de la semaine 1.
b) Dans la cellule J2, on peut écrire comme formule :
=MOYENNE(B2:H2) ou **=I2/7** pour obtenir le nombre moyen de passagers au cours de la semaine 1.

4. L'avion dispose de 190 places.
80 % de 190, c'est 0,8 × 190, soit 152.
Le nombre moyen de passagers par jour au cours de ces douze semaines est égal à 166, donc supérieur à 152.
L'objectif est atteint.

Sujet 52

Algorithme et tableur

Exercice : 10 points

ÉNONCÉ **Algorithme, branchements conditionnels**

On considère l'algorithme donné ci-contre :

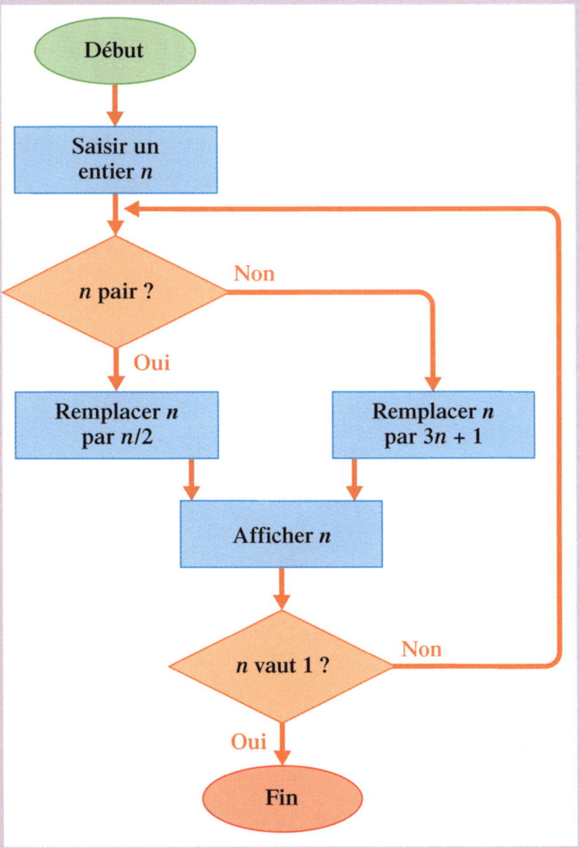

1. Que vaut n quand l'algorithme s'arrête ?

2. a) Donner les différentes valeurs affichées par l'algorithme quand on saisit la valeur 1.

b) Faire de même quand on saisit la valeur 28.

c) Recommencer avec la valeur 32 pour n.

d) Que constate-t-on sur les trois derniers nombres affichés ?

3. Que peut-on penser de l'affirmation : « Plus l'entier n saisi est grand, plus le nombre d'affichages effectués par l'algorithme est grand. » ?

4. Existe-t-il un entier simple pour lequel l'algorithme ne s'arrête pas ? Justifier la réponse.

MATHS

CORRIGÉ

1. Quand l'algorithme s'arrête, ***n* vaut 1**.

2. a) Quand on saisit la valeur 1, l'algorithme affiche : **4 – 2 – 1**.
b) Quand on saisit la valeur 28, l'algorithme affiche :
14 – 7 – 22 – 11 – 34 – 17 – 52 – 26 – 13 – 40 – 20 – 10 – 5 – 16 – 8 – 4 – 2 – 1.
c) Quand on saisit la valeur 32, l'algorithme affiche : **16 – 8 – 4 – 2 – 1**.
d) Les trois derniers nombres affichés sont toujours **4 – 2 – 1**.

3. En partant de 28, on a plus d'affichages qu'en partant de 32, donc l'affirmation « plus l'entier n saisi est grand, plus le nombre d'affichages effectués par l'algorithme est grand » est **fausse**.

4. **Si on entre 0** qui est pair, n garde la valeur 0/2, soit 0 qui est affichée et le **processus recommence sans fin**.

Sujet 53

Programme Scratch

Exercice : 12 points

ÉNONCÉ **Programme Scratch, coordonnées**

On donne le programme suivant qui permet de tracer plusieurs triangles équilatéraux de tailles différentes.

Ce programme comporte une variable nommée « **côté** ». Les longueurs sont données en pixels.

On rappelle que l'instruction 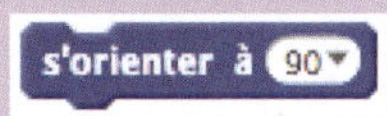

signifie que l'on se dirige vers la droite.

Numéros d'instruction | Script | Le bloc **triangle**

1
2
3
4
5
6
7
8
9

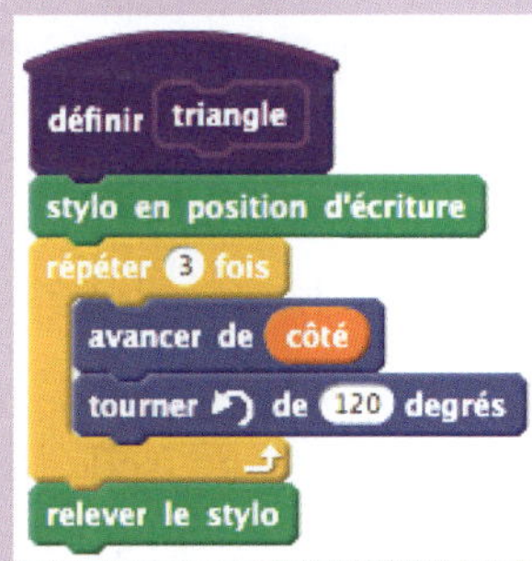

1. Quelles sont les coordonnées du point de départ du tracé ?
2. Combien de triangles sont dessinés par le script ?
3. a) Quelle est la longueur (en pixels) du côté du deuxième triangle tracé ?
b) Tracer à main levée l'allure de la figure obtenue quand on exécute ce script.
4. On modifie le script initial pour obtenir la figure ci-dessous.

Indiquer le numéro d'une instruction du script **après laquelle** on peut placer l'instruction `tourner ↺ de 60 degrés` pour obtenir cette nouvelle figure.

CORRIGÉ

1. L'instruction 3 donne les coordonnées du point de départ du tracé qui sont **(– 200 ; – 100)**.

2. L'instruction 6 donne que **5 triangles sont dessinés par le script**.

3. a) La longueur du côté du premier triangle dessiné est 100 (instruction 5), puis on ajoute – 20 à cette longueur (instruction 9), donc la longueur (en pixels) du côté du deuxième triangle tracé est 100 + (– 20), soit **80**.

b) Quand on exécute ce script, on obtient :

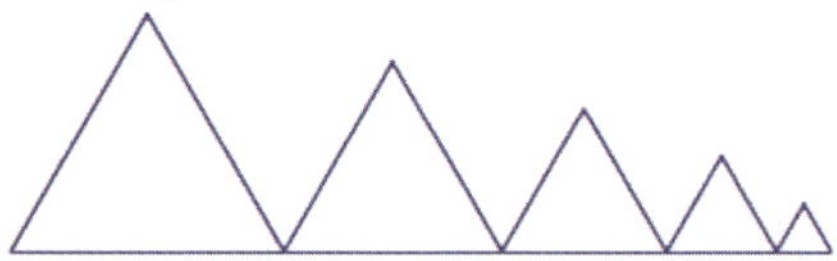

4. On peut placer l'instruction **après l'instruction 8 ou après l'instruction 9** afin d'obtenir la nouvelle figure.

Sujet 54

Programme Scratch

Exercice : 16 points

ÉNONCÉ **Programme Scratch, expressions conditionnelles**

Un site de développement de photos affiche les tarifs suivants :

- de 1 à 20 tirages : 0,15 € par tirage et 3 € de frais de port ;
- de 21 à 60 tirages : 0,10 € par tirage et 4 € de frais de port ;
- à partir de 61 tirages : 0,05 € par tirage et 7 € de frais de port.

1. Déterminer les prix à payer pour 10 tirages, 25 tirages et 75 tirages.

2. Un élève a écrit le programme ci-dessous :

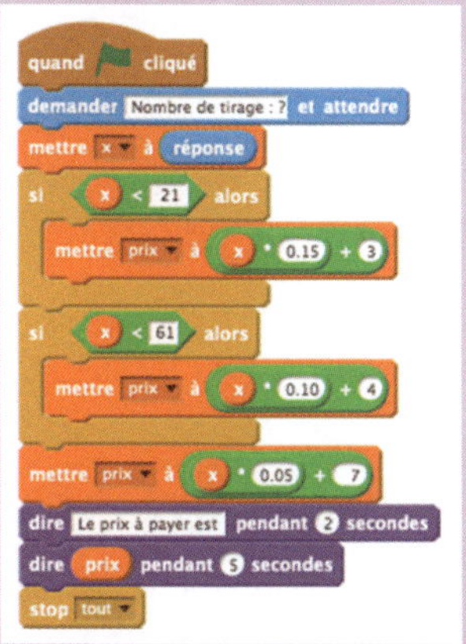

a) Quel prix est affiché si on entre 10 comme valeur de x ? et si on entre 25 ?

b) Expliquer pourquoi ce programme ne donne pas les bons prix.

3. Un professeur a donné la structure suivante pour un programme qui permet d'avoir le bon prix. Replacer à leurs bonnes places les cinq instructions données au-dessus du programme.

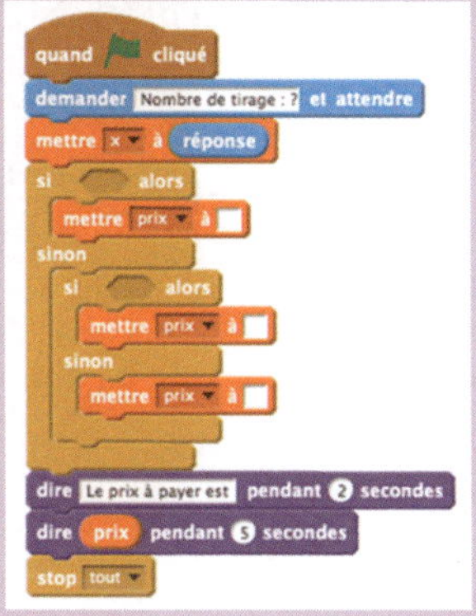

MATHS

CORRIGÉ

1. Pour 10 tirages, on paie $10 \times 0{,}15 + 3$, soit **4,50 €**.
Pour 25 tirages, on paie $25 \times 0{,}10 + 4$, soit **6,50 €**.
Pour 75 tirages, on paie $75 \times 0{,}05 + 7$, soit **10,75 €**.

2. a) Si on entre 10 comme valeur de x, le prix affiché est $10 \times 0{,}05 + 7$, soit **7,50 €**.
Si on entre 25 comme valeur de x, le prix affiché est $25 \times 0{,}05 + 7$, soit **8,25 €**.
b) Quel que soit le nombre de tirages indiqué par la variable x, l'instruction « Mettre prix à x * 0,05 + 7 » est effectuée avant l'affichage et le prix affiché correspond toujours à la formule pour un nombre de tirages supérieur à 60.

3. Le bon programme est :

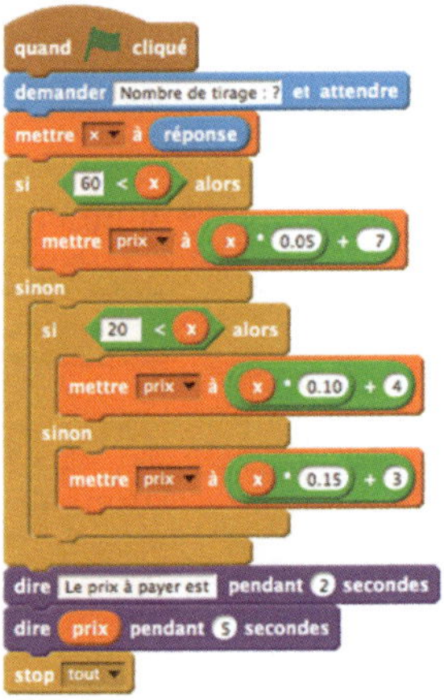

N.B. $60 < x$ correspond à $x \geqslant 61$ car on travaille sur des entiers.

Sujet 55

Programme Scratch

Exercice : 15 points

ÉNONCÉ **Programmes Scratch, tableur, équation**

Mathilde et Paul ont chacun écrit un programme de calcul sous Scratch.

Programme de calcul de Mathilde

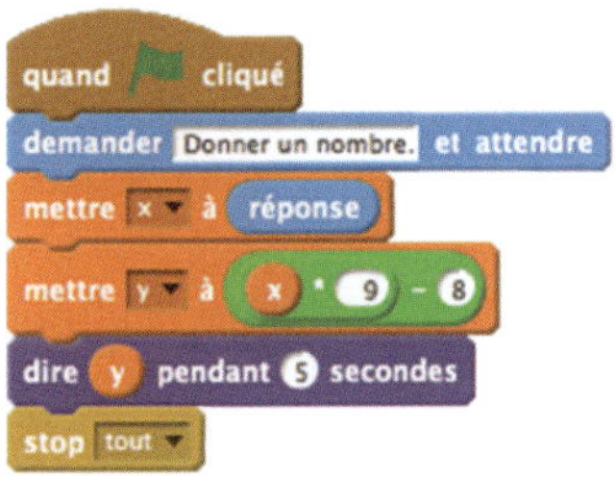

Programme de calcul de Paul

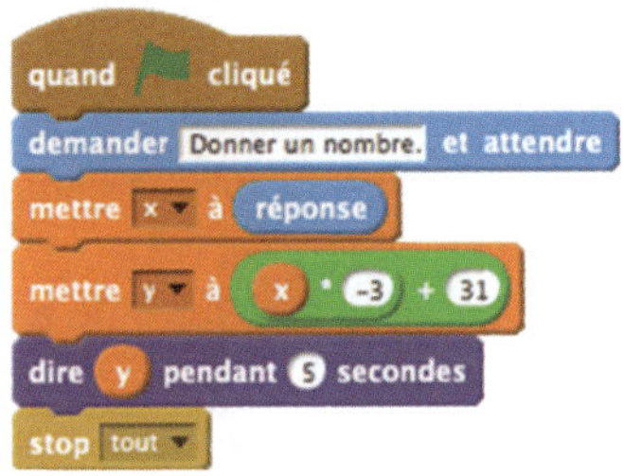

Afin de comparer leurs programmes de calcul, ils décident d'utiliser un tableur.

1. On considère la feuille de calcul suivante :

	A	B	C	D	E	F	G	H	I	J	K	L
1	**Nombre de départ**	0	1	2	3	4	5	6	7	8	9	10
2	**Mathilde**											
3	**Paul**											

a) Quelle formule doit-on saisir dans la cellule B2 puis étirer jusqu'à la cellule L2 pour obtenir les résultats de Mathilde ?

b) Quelle formule doit-on saisir dans la cellule B3 puis étirer jusqu'à la cellule L3 pour obtenir les résultats de Paul ?

2. Voici ce que la feuille de calcul fait apparaître après avoir correctement programmé les cellules B2 et B3, puis les avoir recopiées vers la droite.

	A	B	C	D	E	F	G	H	I	J	K	L
1	**Nombre de départ**	0	1	2	3	4	5	6	7	8	9	10
2	**Mathilde**	– 8	1	10	19	28	37	46	55	64	73	82
3	**Paul**	31	28	25	22	19	16	13	10	7	4	1

Mathilde et Paul cherchent à obtenir le même résultat.

Au vu du tableau, quelle conjecture pourrait-on faire sur l'encadrement à l'unité du nombre à saisir dans les programmes pour obtenir le même résultat ?

3. Déterminer par le calcul le nombre de départ à saisir par Mathilde et Paul pour obtenir le même résultat et vérifier la conjecture sur l'encadrement.

CORRIGÉ

1. a) Comme dans le programme de Mathilde le résultat est y qui prend la valeur $x \times 9 - 8$, il faut mettre dans la cellule B2 la formule **=B1*9–8**.

b) Comme dans le programme de Paul le résultat est y qui prend la valeur $x \times (-3) + 31$, il faut mettre dans la cellule B3 la formule **=B1*(–3)+31**.

2. Au vu du tableau, Mathilde a un résultat inférieur à celui de Paul pour x qui vaut 3, mais un résultat supérieur pour x qui vaut 4.

On conjecture que le nombre à saisir dans les programmes pour obtenir le même résultat est compris entre 3 et 4, soit $3 < x < 4$.

3. Mathilde et Paul ont le même résultat lorsque $9x - 8 = -3x + 31$, ce qui donne successivement : $9x + 3x = 31 + 8$; $12x = 39$; $x = 39 \div 12$; $x = 3{,}25$.

En saisissant 3,25 comme nombre de départ, Mathilde et Paul obtiendront le même résultat, ce qui vérifie la conjecture sur l'encadrement.

Sujet 56

Programme Scratch

Exercice : 14 points

ÉNONCÉ **Programme Scratch, variations en pourcentage**

L'épicier souhaite revendre le sel 20 % plus cher que son prix d'achat (voir Sujet 37).

1. Si le prix d'achat d'un carton de sel est 150 euros, quel sera le prix de revente par l'épicier ?

2. On considère les trois programmes suivants :

Programme A

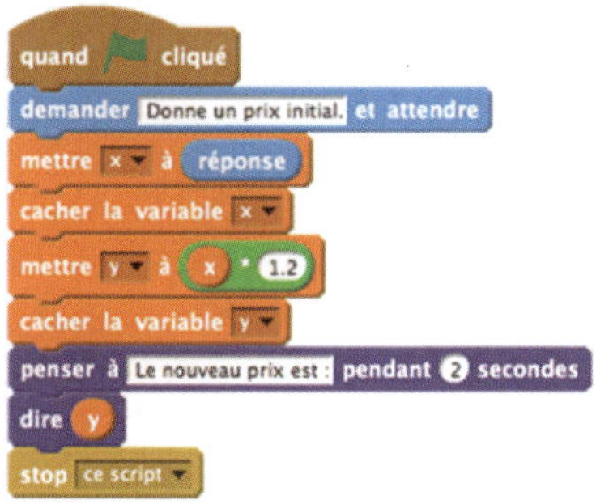

Programme B

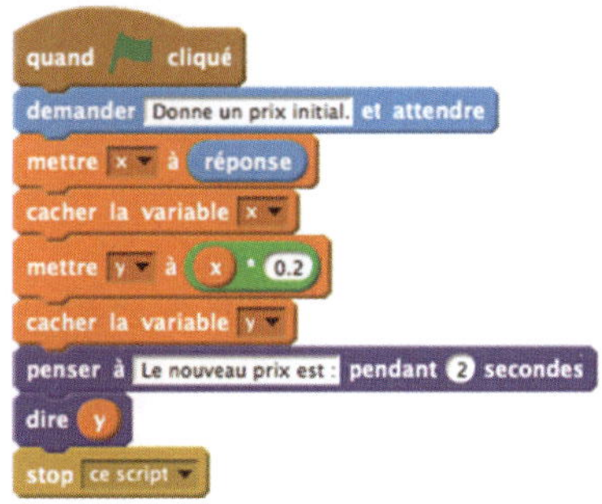

Programme C

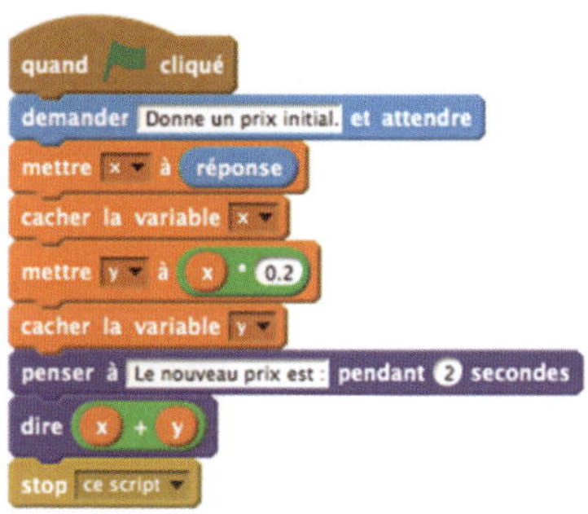

a) Quel résultat est affiché par le programme C si on saisit la valeur 150 ?

b) Pour chaque programme, préciser si le nouveau prix affiché est correct ou incorrect. Justifier la réponse.

3. a) Écrire un algorithme qui demande le prix de revente et qui retourne le prix d'achat.

b) Finalement, après une hausse de 20 %, le prix de revente est 144 €. Déterminer le prix d'achat par l'épicier.

CORRIGÉ

1. Si le prix d'achat d'un carton est de 150 euros, alors le prix de revente sera 150 euros × (1 + 20/100), soit **180 euros**.

Augmenter une valeur de *a* % revient à multiplier par $\left(1 + \frac{a}{100}\right)$.

2. a) Si on saisit 150 comme valeur dans le programme C, la variable *x* prend la valeur 150, la variable *y* prend la valeur *x* × 0,2, soit 30 et le résultat affiché est **180**.

b) **Avec le programme A**, *x* prend la valeur 150 et *y* prend la valeur *x* × 1,2, soit 180 ; **la valeur de *y* qui est affichée est correcte**.

Avec le programme B, *x* prend la valeur 150 et *y* prend la valeur *x* × 0,2, soit 30 ; **la valeur de *y* qui est affichée est incorrecte**.

D'après la question précédente, **le programme C affiche un prix correct**.

3. a) Si *x* est le prix d'achat, le prix de vente est $y = 1{,}2\,x$.

Si *y* est le prix de vente, le prix d'achat *x* est donné par $x = y \div 1{,}2$.

Un algorithme peut être :

```
Afficher « Donner le prix de vente »
Saisir y
x prend la valeur y ÷ 1,2
Afficher « Le prix d'achat est » : x
```

b) Si le prix de vente est 144 €, alors le prix d'achat par l'épicier est 144 € ÷ 1,2, soit **120 €.**

HISTOIRE GÉOGRAPHIE EMC

CONSEILS GÉNÉRAUX DE MÉTHODE EN HISTOIRE, GÉOGRAPHIE, EMC

1 Pendant l'année scolaire

> **Ayez confiance en vous.** Si le programme de l'épreuve peut sembler difficile, il traite cependant d'une histoire récente et de faits géographiques contemporains, ce qui vous permet de compléter, par des films, des reportages télévisés, des expositions ou des articles de journaux, les connaissances du cours et du manuel utilisé en classe. Cet examen n'est pas destiné à vous faire perdre des points, au contraire. Si vous travaillez régulièrement et si vous suivez les conseils de votre professeur et de votre manuel, tout ira bien.

> **Entraînez-vous régulièrement.** La maîtrise des repères chronologiques et spatiaux est essentielle pour l'obtention du diplôme : apprenez des chronologies ; maîtrisez les conventions cartographiques ; familiarisez-vous avec les différentes représentations cartographiques et statistiques. Rédigez de courtes biographies en histoire.

> **Contrôlez régulièrement vos connaissances.** Lorsque vous terminez un chapitre en classe, rédigez des fiches-résumés et essayez de traiter des sujets d'annales afin de vous familiariser avec l'épreuve. Ne commencez pas vos révisions au dernier moment ; alternez celles d'histoire-géographie-enseignement moral et civique avec celles d'autres matières (français et sciences).

2 Le jour de l'examen

> **Organisez-vous.** Vous disposez de deux heures. Prévoyez des stylos, des effaceurs, des crayons de couleur et une règle, car il est interdit de demander quoi que ce soit à son voisin pendant toute la durée de l'épreuve. Soignez la présentation de votre copie.

> **Gérez votre temps.** Mettez votre montre en évidence sur la table. Il faut traiter les trois sujets ; vous n'avez donc pas le choix. Chaque sujet doit être traité en 40 minutes au maximum. Si au bout d'une heure vous n'avez pas terminé un sujet, dépêchez-vous et passez au suivant : il est important de tout faire. Si la gestion de votre temps est correcte, il vous reste 5 à 10 minutes pour relire votre copie.

3 Conseils particuliers

Le travail sur document en histoire, géographie ou EMC doit être méthodique :

> **lisez le titre du document.** Il est souvent un résumé du document et en indique donc le contenu. Il précise parfois la nature du document (par exemple, pour un texte, ce peut-être un discours, un article de presse, un texte de loi...) ;

> **repérez la date de production du document.** Coïncide-t-elle avec les faits relatés ou cartographiés ? S'agit-il d'une description contemporaine des événements ou d'une analyse *a posteriori* ?

> **identifiez l'auteur.** Est-il acteur ou témoin des événements décrits ou bien est-il étranger aux faits rapportés ? S'agit-il d'un personnage historique ? Si oui, essayez de vous souvenir rapidement de sa biographie.

> **répondez aux questions.** Vous devez répondre à toutes les questions, si possible, dans l'ordre où elles sont posées. La majorité des réponses se trouvent dans les documents. Certaines font appel à des connaissances de base

(définitions, localisations spatiales, éléments biographiques...).

> Une bonne **question rédigée** répond précisément au sujet. Ici, les verbes ont un sens : décrire, expliquer, montrer, raconter... Il ne faut pas chercher à dire tout ce que l'on sait, il faut juste répondre à ce qui est demandé. Il est possible d'ajouter des connaissances personnelles, mais en relation avec le sujet. Une syntaxe correcte et un vocabulaire précis sont les autres critères évalués par les correcteurs. L'usage de la première personne du singulier est à éviter, de même que les phrases trop longues. Les phrases simples et courtes sont plus faciles à lire et à comprendre. L'usage des adverbes doit être limité car ils sont souvent mal employés. Les thèmes abordés durant l'année de troisième contiennent souvent des mots compliqués qu'il faut savoir écrire, mais aussi utiliser à bon escient. La bonne copie est celle qui maîtrise ce vocabulaire spécifique.

> Pour la **tâche cartographique**, vous devez procéder à une analyse précise de la consigne de travail, afin de déterminer le(s) phénomène(s) que vous souhaitez représenter pour la traiter. Pour chaque phénomène, choisissez le figuré adéquat : ponctuel, linaire ou de surface. Pensez aux difficultés que peut poser leur superposition. Portez un soin particulier à la lisibilité de votre travail. Il faut pour cela commencer par les figurés de surface (aplats de couleurs, à faire au crayon de couleur), puis il y a à superposer les signes ponctuels et linéaires (au feutre et/ou au stylo), et enfin quelques éléments de repérage (noms de villes, de pays, de fleuves...). Pensez à donner un titre problématisé à l'ensemble, s'il n'est pas déjà donné par le sujet.

	Figurés ponctuels	Figurés de surface	Figurés linéaires
Représenter des informations	Une métropole : Un aéroport : Un port : Une façade maritime : Une région :	– Des plages de couleurs Un espace dynamique : Une zone agricole : – Des hachures : Une région ouverte sur le monde :	Une autoroute : Une voie ferrée : Un flux migratoire : Des exportations de marchandises : Des flux commerciaux :
Hiérarchiser des informations (varier la taille, la couleur, l'épaisseur)	*Ex. La population des villes* peu peuplée très peuplée	*Ex. La densité de population* faible moyenne forte	*Ex. Le trafic des marchandises* faible moyen fort

Sujet 57

L'Europe, théâtre majeur des guerres totales (1914-1945)

Exercice : 20 points

Analyser et comprendre des documents

ÉNONCÉ Civils et militaires dans la Première Guerre mondiale

Document 1 Intervention à la Chambre des députés, le 20 novembre 1917, de M. Georges Clemenceau, président du Conseil, ministre de la Guerre, à l'occasion de son investiture

Messieurs, nous avons accepté d'être au Gouvernement pour conduire la guerre avec un redoublement d'efforts en vue du meilleur rendement de toutes les énergies. Nous nous présentons devant vous dans l'unique pensée d'une guerre totale. […] Ces Français que nous fûmes contraints de jeter dans la bataille, ils ont des droits sur nous. […] Nous leur devons tout, sans aucune réserve. […] Ferme dans les espérances puisées aux sources de l'humanité la plus pure, [la France] accepte de souffrir encore, pour la défense du sol des grands ancêtres, avec l'espoir d'ouvrir, toujours plus grandes aux hommes comme aux peuples, toutes les portes de la vie. La force de l'âme française est là. C'est ce qui meut notre peuple au travail comme à l'action de guerre. Ces silencieux soldats de l'usine, sourds aux suggestions mauvaises, ces vieux paysans courbés sur leurs terres, ces robustes femmes au labour, ces enfants qui leur apportent l'aide d'une faiblesse grave : voilà de nos poilus ! De nos poilus qui, plus tard, songeant à la grande œuvre, pourront dire, comme ceux des tranchées : *J'en étais !*

Plus de campagnes pacifistes, plus de menées allemandes. Ni trahison, ni demi-trahison : la guerre. Rien que la guerre. […] Une censure sera maintenue des informations diplomatiques et militaires, aussi bien que de celles qui seraient susceptibles de troubler la paix civile […]. Nous allons entrer dans la voie des restrictions alimentaires, à la suite de l'Angleterre, de l'Italie, de l'Amérique elle-même, admirable d'élan. Nous demanderons à chaque citoyen de prendre toute sa part de la défense commune, de donner plus et de consentir à recevoir moins. L'abnégation[1] est aux armées. Que l'abnégation soit dans tout le pays !

Source : http://www.assemblee-nationale.fr/histoire/clemenceau/clem3.asp

1. Abnégation : sacrifice de son intérêt personnel au profit de l'intérêt général.

Document 2 La délégation des « Gueules cassées » à Versailles, le 28 juin 1919

Inscription sur la carte postale : *« Congrès de la paix, Versailles, 28 juin 1919, Délégation des mutilés français »*

Questions

1. Repères sur le document 1 :

a) Nommez et datez la guerre évoquée dans ce discours de Georges Clemenceau. **(2 points)**

b) Quelles fonctions politiques Clemenceau occupe-t-il au moment où il prononce ce discours ? À qui parle-t-il et à quelle occasion ? **(3 points)**

c) Citez la bataille qui s'est déroulée sur le front de l'Ouest en 1916, soit l'année qui précède ce discours. **(1 point)**

d) Nommez le pays dans lequel des révolutions se déroulent en 1917. **(1 point)**

2. Trouvez deux adjectifs pour qualifier ce discours de Clemenceau. Justifiez votre réponse en soulignant deux passages du texte, un pour chaque adjectif. **(3 points)**

3. Expliquez la phrase soulignée dans le texte. **(3 points)**

4. Selon Clemenceau, comment la guerre doit-elle être conduite si les Français veulent la gagner ? Citez et expliquez deux éléments de réponse. **(3 points)**

5. Qui sont les « Gueules cassées » photographiées sur le document 2 ? **(2 points)**

6. Expliquez en quoi le destin de ces hommes est représentatif de « l'abnégation » demandée aux Français par Clemenceau. **(2 points)**

CORRIGÉ

Ce qu'il faut savoir avant de commencer

• Toutes les guerres sont violentes, mais la guerre de 1914-1918 où des masses de soldats – 13 millions en Allemagne, 8 millions en France – sont engagées entraîne une **violence de masse**.

• L'artillerie, les gaz asphyxiants, **les armes nouvelles**, comme les avions ou les chars, donnent à cette guerre un niveau de violence jamais atteint jusque-là. Par exemple, les obus tirés par les canons sont étudiés pour qu'ils ne perdent pas leur vitesse et leur force après l'explosion. Leurs éclats provoquent ainsi les pires blessures sur les champs de bataille, comme le montrent les « gueules cassées ».

• La violence change **également** de nature : **la mort est donnée de façon anonyme**. Cette violence « aveugle » est décrite dans les témoignages d'anciens combattants. Le passage de la guerre de mouvement à la guerre de position peut expliquer ce fait : la guerre de position est une guerre d'usure symbolisée par les tranchées dans lesquelles les armées s'enterrent à **partir de l'hiver 1914. Ici, la victoire dépend de la capacité à produire et à utiliser des armes de destruction massive**.

1. Repères sur le document 1 :

a) la Première Guerre mondiale (1914-1918) ou la « Grande Guerre » ;

b) M. Georges Clemenceau est président du Conseil (Premier ministre aujourd'hui) et ministre de la Guerre le 20 novembre 1917. Son discours s'adresse à la Chambre des députés. Il est prononcé à l'occasion de son investiture (la nomination de Clemenceau à la présidence du Conseil est validée par un vote des députés) ;

c) la bataille de Verdun ;

d) la Russie.

2. Plusieurs réponses sont possibles. Par exemple :

– **un discours volontariste** : « Messieurs, nous avons accepté d'être au Gouvernement pour conduire la guerre avec un redoublement d'efforts en vue du meilleur rendement de toutes les énergies. »

– **un discours patriote** : « [la France] accepte de souffrir encore, pour la défense du sol des grands ancêtres, avec l'espoir d'ouvrir, toujours plus grandes aux hommes comme aux peuples, toutes les portes de la vie. La force de l'âme française est là. C'est ce qui meut notre peuple au travail comme à l'action de guerre. »

3. D'habitude, le mot « poilu » désigne affectueusement les soldats français. Ici, Clemenceau englobe volontairement toute la population dans ce mot (« ces vieux paysans courbés sur leurs terres, ces robustes femmes au labour, ces enfants qui leur apportent l'aide […] »). C'est une manière d'évoquer la guerre totale qui rassemble toutes les énergies de la nation sur le front et à l'arrière pour vaincre l'adversaire. Ainsi, la guerre totale n'épargne aucune catégorie d'âge, de sexe, de condition.

4. La guerre totale impose :
– **la mobilisation de tous** : des hommes en âge de se battre sur tous les fronts (terre, mer, air) ; des travailleurs à l'arrière, des femmes et des enfants pour apporter une aide morale aux soldats ;
– **le recul des libertés individuelles et collectives**, car il faut à tout prix éviter le défaitisme. Par exemple, l'effort de guerre justifie l'abandon du droit de grève en France, qui est assimilé à une trahison de la patrie. La presse censurée reprend les communiqués militaires toujours victorieux.

5. Cette carte postale représente la délégation des mutilés (ou des « gueules cassées ») français au Congrès de la Paix à Versailles.

6. L'artillerie, les gaz asphyxiants, les armes nouvelles, comme les avions ou les chars, donnent à cette guerre un niveau de violence jamais atteint jusque-là. Par exemple, les obus tirés par les canons sont étudiés pour qu'ils ne perdent pas de leur vitesse et de leur force après l'explosion. Leurs éclats provoquent ainsi les pires blessures sur les champs de bataille, comme le montrent les « gueules cassées ».
Pourtant, les « poilus » résistent dans les tranchées. Les mutineries de 1917 ne déclenchent pas d'insurrection révolutionnaire comme en Russie. Le défaitisme de l'arrière n'empêche pas les soldats français de se battre jusqu'à la victoire de 1918.

Sujet 58

L'Europe, théâtre majeur des guerres totales (1914-1945)

Exercice : 20 points

Analyser et comprendre des documents

ÉNONCÉ Démocraties fragilisées et expériences totalitaires dans l'Europe de l'entre-deux-guerres

1. Sous la forme d'un développement construit d'une vingtaine de lignes et en vous appuyant sur des exemples étudiés en classe, montrez que l'Allemagne hitlérienne est un État totalitaire. **(15 points)**

2. Complétez la première case du schéma suivant puis caractérisez le régime totalitaire stalinien dans les années 1930 en donnant à chacune des trois rubriques proposées un titre approprié. **(5 points)**

L'État totalitaire stalinien
Un chef : …………………… Un territoire : ……………………

……………………	……………………	……………………
– Collectivisation des terres *– Nationalisation des entreprises* *– Industrialisation accélérée privilégiant l'industrie lourde et l'industrie d'armement*	*– Persécutions contre les koulaks et les opposants politiques* *– Emprisonnements arbitraires*	*– Utilisation des médias pour vanter les mérites du régime et de son chef* *– Encadrement des populations dès l'enfance*

CORRIGÉ

1. Après la chute du nazisme en 1945 et dans la situation de la guerre froide, les démocraties européennes et américaine regardent les régimes stalinien et hitlérien comme les membres d'une seule et même famille « totalitaire » :
– **L'État totalitaire est commandé par un chef qui dispose d'un pouvoir immense** ; la propagande glorifie les actions du chef dans les médias de masse (presse, radio, cinéma). En Allemagne, Hitler est le Reichsführer qui dispose des pleins pouvoirs depuis 1933. Personne ne discute ses ordres.
– **L'État totalitaire impose à la société une idéologie qui doit organiser sa vie entière**, sans tolérer ni discussion publique ni opposition privée. Le rejet de l'ordre antérieur est un point commun des idéologies totalitaires. Ainsi, le nazisme a pour objectif de détruire la République de Weimar et d'imposer un nouveau groupe dominant, la race aryenne prétendue supérieure. Autre point commun des idéologies totalitaires : le partage tranché entre amis et ennemis du régime. En Allemagne, le régime nazi est antisémite : les Juifs – exclus de la citoyenneté allemande par les lois de Nuremberg en 1935 – sont persécutés.
– **L'État totalitaire est un régime antidémocratique**, puisqu'il est le régime du parti unique. En Allemagne, le parti national socialiste des travailleurs allemands (ou NSDAP) est le seul parti autorisé depuis 1933, tous les autres sont interdits.
– **Le régime totalitaire manipule les masse**s, comme le montrent les manifestations grandioses mises en scène par le ministère du Reich à l'éducation du peuple et à la Propagande dirigée par Josef Goebbels. Les Allemands sont embrigadés à l'école, dans les entreprises, pendant leurs loisirs. Ils sont surveillés. La terreur se déchaîne : les SA d'abord, puis les SS et la Gestapo chassent les opposants au régime nazi, qui sont enfermés dans les camps de concentration.

2. Un chef : Staline – Un territoire : l'Union soviétique (l'URSS)
Plusieurs titres sont possibles. Par exemple :
– À gauche : les choix économiques du régime stalinien
– Au centre : le régime stalinien est un régime de terreur
– À droite : l'embrigadement des foules

Sujet 59

L'Europe, théâtre majeur des guerres totales (1914-1945)

Exercice : 20 points

Analyser et comprendre des documents

ÉNONCÉ La Seconde Guerre mondiale, une guerre d'anéantissement

Document 1 Le camp d'Auschwitz-Birkenau en 1944 (site de Birkenau)

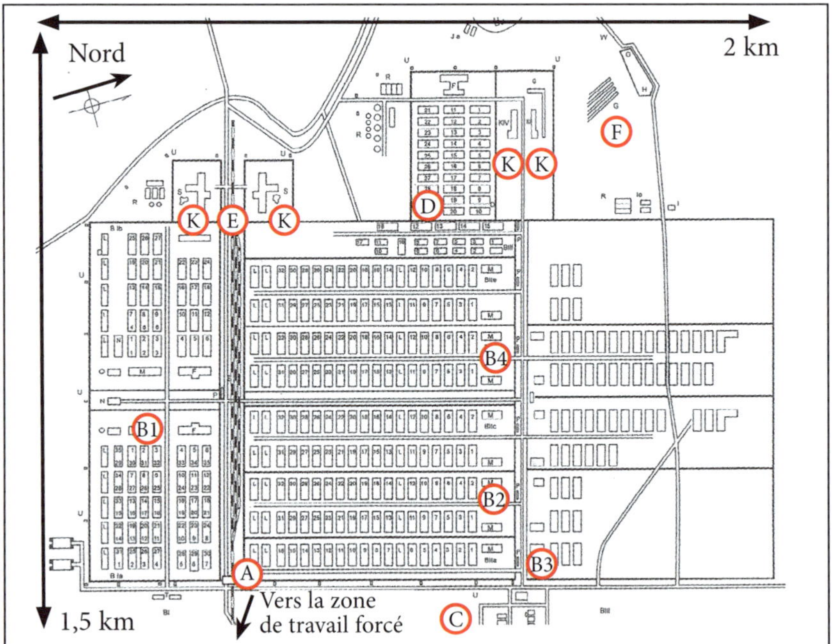

A Entrée du camp
B1 Baraquements d'habitation des déportées juives
B2 Baraquements d'habitation des déportés juifs
B3 Secteur du camp en construction
B4 Secteur des tziganes
C Quartier général et baraques des SS
D Entrepôt contenant les objets et vêtements pris aux déportés
E Rampe de débarquement des convois et sélection
F Fosses communes et bûchers
K Krematorium (chambres à gaz et fours crématoires)
Ligne de chemin de fer

Source : *Bulletin trimestriel de la Fondation Auschwitz*, n° 23, janvier-mars 1990.

Document 2 Témoignage de Rudolf Hoess, commandant SS du camp d'Auschwitz (mai 1941-décembre 1943), au procès de Nuremberg, avril 1946

« Notre méthode pour sélectionner les victimes était la suivante : deux médecins SS examinaient les arrivages de transports de prisonniers. Les prisonniers devaient passer devant l'un de ces médecins qui, à l'aide d'un signe, faisait connaître sa décision. Ceux qui étaient jugés aptes au travail étaient envoyés dans le camp ; les autres sur les lieux d'extermination [...]. La solution de la question juive signifiait l'extermination de tous les Juifs d'Europe [...]. Quand j'aménageais le bâtiment d'extermination à Auschwitz, je choisis le gaz "Zyklon B" que nous faisions tomber dans la chambre à gaz par un petit orifice. Nous attendions une demi-heure avant d'ouvrir les portes et de sortir les cadavres [...]. Les Tziganes représentaient eux aussi un contingent considérable [...]. En juillet 1942, lors d'une visite de Himmler (chef suprême des SS), je lui fis faire un tour d'inspection détaillé dans le camp des Tziganes. Il put tout voir, les baraques remplies à éclater, les conditions sanitaires insuffisantes, l'infirmerie regorgeant de malades [...]. Ayant pris ainsi une vue d'ensemble complète de la situation, Himmler donna l'ordre de liquider tous les Tziganes. »

Questions

1. Repères sur les documents 1 et 2 :

a) Pendant quel conflit sont commis des crimes de masse dans le camp d'Auschwitz-Birkenau ? **(1 point)**

b) Quand et par qui le camp d'Auschwitz-Birkenau est-il libéré ? **(2 points)**

c) Résumez en une phrase le but du procès de Nuremberg. **(2 points)**

2. Observez le document 1 :

a) Retrouvez dans le document qui sont les détenus et les gardiens du camp puis nommez-les. **(2 points)**

b) Quelle était l'une des fonctions économiques du camp d'après le document ? **(2 points)**

3. Confrontez les documents 1 et 2 :

a) Résumez en une phrase ce que les nazis nomment « la solution de la question juive ». **(2 points)**

b) Citez deux éléments montrant que « la solution de la question juive » est méthodiquement appliquée. **(3 points)**

c) Quelle autre population est victime de la barbarie nazie ? **(1 point)**

d) Avec l'aide des documents et de vos connaissances, décrivez précisément le sort des déportés dans le camp d'Auschwitz-Birkenau. **(5 points)**

CORRIGÉ

Ce qu'il faut savoir avant de commencer

• Si le racisme est un fondement du nazisme, la politique antijuive du régime hitlérien connaît une radicalisation progressive. Ainsi, **on est passé d'une politique de persécution mise en place par les lois de Nuremberg en 1935 à celle de l'anéantissement pendant la Seconde Guerre mondiale**. Ce dernier choix n'était pas le seul aux yeux des chefs allemands : après la victoire sur la France (1940), la déportation des Juifs d'Europe sur l'île de Madagascar a été étudiée. Mais l'invasion de l'Union soviétique (1941) fait échouer l'opération du fait de l'augmentation du nombre de Juifs dans les territoires conquis par le Reich. Des commandos SS – les *Einsatzgruppen* – commencent alors à fusiller les Juifs dans les territoires soviétiques occupés. Puis, **la conférence de Wannsee en 1942 décide que les Juifs d'Europe seront déportés dans des centres de mise à mort par le gaz en Pologne**. Parmi ces centres, le camp d'Auschwitz-Birkenau. De 1942 à 1944 sont successivement déportés et gazés les Juifs de Pologne, d'Allemagne, de France, de Belgique, d'Hongrie, de Yougoslavie, de Roumanie, d'Italie. Ainsi, plus de 5 millions de Juifs sont assassinés. Les nazis commettent un autre crime de masse en exterminant au moins 250 000 Tziganes.

1. Repères sur les documents 1 et 2 :
a) Les crimes de masse dans le camp d'Auschwitz-Birkenau sont commis pendant la Seconde Guerre mondiale, plus précisément entre 1942 et 1945.
b) Le camp d'Auschwitz-Birkenau est libéré par l'Armée Rouge (les Soviétiques) en janvier 1945.
c) Le procès de Nuremberg met en accusation une vingtaine de chefs nazis pour « crimes contre la paix », « crimes de guerre » et « crimes contre l'humanité ».

2. a) Les détenus sont des Juifs (« Baraquements d'habitation des déportés juifs » en B1 et B2 dans la légende) et des Tziganes (« Camp des Tziganes » en B4 dans la légende) ; les gardiens du camp sont des SS (« Quartier général et baraques des SS » en C).
b) Le camp d'Auschwitz-Birkenau est un camp de travail forcé (mention « Vers la zone de travail forcé », en bas du document).

3. a) Pour les nazis, « la solution de la question juive » signifie l'extermination de tous les Juifs d'Europe.
b) *1er élément de réponse :* le regroupement des déportés dans quelques centres de mise à mort localisés en Pologne, comme le camp d'Auschwitz-Birkenau ; *2e élément* : l'utilisation du gaz « Zyklon B » pour assassiner le plus de déportés le plus vite possible.
c) Les Tziganes.

d) Les déportés juifs et tziganes d'Europe sont transportés par chemin de fer dans le camp d'Auschwitz-Birkenau (Pologne), qui est à la fois un camp de travail forcé et d'extermination. Au bout de la rampe de débarquement des convois, les déportés subissent l'épreuve de la sélection :

– ceux qui sont reconnus aptes au travail sont enfermés dans le camp ;

– les autres sont immédiatement tués dans les chambres à gaz ; leurs corps sont incinérés dans les fours crématoires attenants.

Sujet 60

L'Europe, théâtre majeur des guerres totales (1914-1945)

Exercice : 20 points

Analyser et comprendre des documents

ÉNONCÉ **La France défaite et occupée. Régime de Vichy, collaboration, résistance**

Document Le programme du Conseil National de la Résistance, 15 mars 1944

Le texte a été diffusé au printemps 1944 dans la clandestinité, par les journaux des mouvements de résistance.

Née de la volonté ardente des Français de refuser la défaite, la Résistance n'a pas d'autre raison d'être que la lutte quotidienne sans cesse intensifiée. Cette mission de combat ne doit pas prendre fin à la Libération. […]

Aussi les représentants des organisations de Résistance, des centrales syndicales et des partis ou tendances politiques groupés au sein du CNR délibérant en assemblée plénière le 15 mars 1944, ont-ils décidé de s'unir sur le programme suivant, qui comporte à la fois un plan d'action immédiate contre l'oppresseur et les mesures destinées à instaurer, dès la libération du territoire, un ordre social plus juste.

I. Plan d'action immédiate

Les représentants des organisations de Résistance des centrales syndicales et des partis ou tendances politiques groupés au sein du CNR […] proclament leur volonté de délivrer la patrie en collaborant étroitement aux opérations militaires que l'armée française et les armées alliées entreprendront sur le continent, mais aussi de hâter cette libération, d'abréger les souffrances de notre peuple, de sauver l'avenir de la France en intensifiant sans cesse et par tous les moyens la lutte contre l'envahisseur et ses agents, commencée dès 1940. [...]

II. Mesures à appliquer dès la libération du territoire […]

4°) Afin d'assurer :

– l'établissement de la démocratie la plus large en rendant la parole au peuple français par le rétablissement du suffrage universel ;

– la pleine liberté de pensée, de conscience et d'expression ;

– la liberté de la presse, son honneur et son indépendance à l'égard de l'État, des puissances d'argent et des influences étrangères ;

– la liberté d'association, de réunion et de manifestation [...] ;
– l'égalité absolue de tous les citoyens devant la loi ;

5°) Afin de promouvoir les réformes indispensables : [...]

Sur le plan social :

– le droit au travail et le droit au repos, notamment par le rétablissement et l'amélioration du régime contractuel du travail ; [...]
– un plan complet de sécurité sociale, visant à assurer à tous les citoyens des moyens d'existence, dans tous les cas où ils sont incapables de se les procurer par le travail ; [...]
– une retraite permettant aux vieux travailleurs de finir dignement leurs jours ; [...]

En avant donc, dans l'union de tous les Français rassemblés autour du CFLN[1] et de son président, le général de Gaulle ! En avant pour le combat, en avant pour la victoire, afin que vive la France !

1. CFLN : Comité Français de Libération Nationale, remplacé le 3 juin 1944 par le Gouvernement Provisoire de la République Française.

Questions

1. Identifiez les auteurs du texte. **(1 point)**

2. Pourquoi le programme d'action du Comité National de la Résistance daté du 15 mars 1944 a-t-il été adopté dans la clandestinité ? Expliquez la phrase soulignée en quelques lignes en faisant appel à vos connaissances. **(5 points)**

3. Comment expliquer que le général de Gaulle soit mentionné dans le dernier paragraphe ? **(2 points)**

4. Relevez et classez les réformes prévues par le CNR dans le tableau suivant : **(8 points)**

Les projets de réformes du CNR après la libération du territoire	
Sur le plan des droits et des libertés	Sur le plan social

5. À partir de deux exemples précis, relevés dans le texte, montrez que le programme du CNR a été appliqué à partir de 1944. **(4 points)**

HISTOIRE

CORRIGÉ

Ce qu'il faut savoir avant de commencer

• Le **Conseil National de la Résistance** (CNR) veut unir, en vue de la Libération, les mouvements de la Résistance intérieure qui luttent contre l'Allemagne nazie et le régime de Vichy depuis la débâcle de 1940. Il se réunit pour la première fois à Paris le 27 mai 1943. Présidé par Jean Moulin, envoyé spécial du général de Gaulle, il rassemble des représentants des mouvements de Résistance, des partis politiques et des syndicats. Ce jour-là, le Conseil approuve un texte reconnaissant le **général de Gaulle pour seul chef**. Le 15 mars 1944, il vote le **programme d'action** de la Résistance, plus connu sous le nom « Les jours heureux ».

• Le texte complet comprend les « mesures à appliquer dès la Libération », sorte de programme de gouvernement qui comprend des mesures ayant trait à l'épuration (« châtier les traîtres »), à la politique (rétablissement de la démocratie, suffrage universel, liberté de la presse), à l'économie (programme de nationalisations) et à l'amélioration des conditions de vie (plan complet de sécurité sociale, retraites).

1. Les auteurs du texte sont les « représentants des organisations de Résistance, des centrales syndicales et des partis ou tendances politiques groupés au sein du CNR. »

2. Le programme du CNR est adopté dans la clandestinité car la France est encore occupée par l'Allemagne nazie en mars 1944. Et le régime de Vichy, commandé par le maréchal Philippe Pétain, soutient les occupants. Les polices allemandes et françaises traquent donc les résistants. Par exemple, Jean Moulin, qui préside la première réunion du CNR à Paris le 27 mai 1943, est arrêté trois semaines plus tard dans la banlieue de Lyon. Il meurt le 8 juillet 1943 des suites des tortures qu'il a subies.

3. Le général de Gaulle est le chef de la France libre qui combat aux côtés des Alliés depuis 1940. Il incarne la Résistance depuis son appel du 18 juin 1940. Il est donc normal que le CNR le reconnaisse comme seul chef.

4.

Les projets de réformes du CNR après la libération du territoire	
Sur le plan des droits et des libertés	Sur le plan social
Le rétablissement du suffrage universel.	Le droit au travail et le droit au repos.
La pleine liberté de pensée, de conscience et d'expression.	Un plan complet de sécurité sociale, visant à assurer à tous les citoyens des moyens d'existence, dans tous les cas où ils sont incapables de se les procurer par le travail.
La liberté de la presse.	Une retraite permettant aux vieux travailleurs de finir dignement leurs jours.
La liberté d'association, de réunion et de manifestation.	

5. *Plusieurs réponses sont possibles ; en voici quelques-unes :*
– « Le rétablissement du suffrage universel » : le suffrage universel est rétabli pour les Français ; dans la foulée, le droit de vote et d'éligibilité est étendu aux Françaises en 1944-1945.
– « Un plan complet de sécurité sociale » : la création de la Sécurité Sociale est effective en 1945 pour couvrir les risques dits « sociaux », comme la maladie, la vieillesse, l'invalidité, les accidents du travail, etc.

Sujet 61

Le monde depuis 1945

Exercice : 20 points

Analyser et comprendre des documents

ÉNONCÉ Indépendances et construction de nouveaux États (2)

Le monde depuis 1945 : indépendances et construction de nouveaux États

1. Rédigez un texte construit d'environ vingt lignes expliquant comment une colonie est devenue indépendante. Vous vous appuierez sur l'exemple étudié en classe. **(14 points)**

Quelques temps forts du XXe siècle en France, en Europe et dans le monde (6 points)

1. La chute du mur de Berlin

2. La libération de la France

3. La naissance de la Ve République

4. La Première Guerre mondiale

5. L'arrivée d'Hitler au pouvoir

Questions

1. Situez les événements sur la frise chronologique ci-dessous, en reportant le numéro correspondant dans la case. **(2,5 points)**

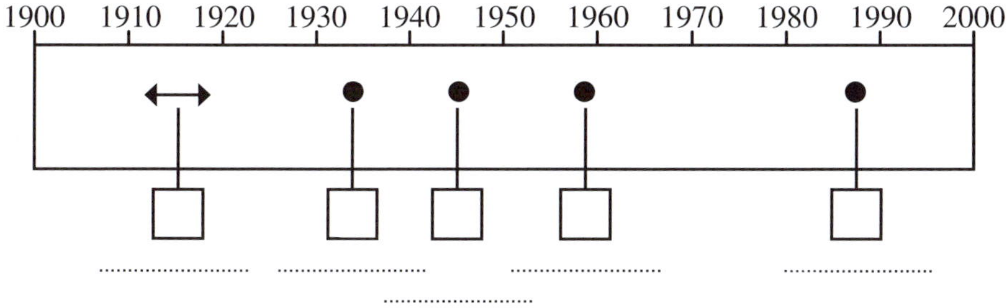

2. Sur les pointillés, vous indiquerez la date de deux événements de votre choix. **(2 points)**

3. À partir de la frise chronologique, trouvez l'événement en lien avec la guerre froide et justifiez votre choix en quelques mots. **(1,5 point)**

CORRIGÉ

1. Le programme laisse aux professeurs la liberté de choisir un exemple de décolonisation en Asie ou en Afrique. Les deux exemples les plus traités sont l'Algérie (pour la France) et l'Inde (pour le Royaume-Uni). Deux exemples pour illustrer deux types contraires de décolonisation : une décolonisation violente pour l'Algérie ; une décolonisation négociée pour l'Inde. En vérité, la violence accompagne ces deux décolonisations :

L'Algérie est un territoire occupé par la France depuis 1830, départementalisé en 1848, et sur lequel vit un million de Français. Le Front de libération nationale (FLN) déclenche la rébellion le 1er novembre 1954. Au départ, la guerre d'Algérie se limite à des opérations locales de maintien de l'ordre, puis elle s'étend aux trois départements algériens. Rappelé au pouvoir en juin 1958 par l'armée et les Français d'Algérie (les « pieds-noirs ») partisans du maintien de l'Algérie dans la France, le général de Gaulle finit par reconnaître aux Algériens le droit à l'indépendance. Mais il lui faut trois ans pour s'entendre avec le FLN et déjouer les complots des partisans de l'Algérie française. Les accords signés à Évian le 18 mars 1962, approuvés par référendum, débouchent sur l'indépendance proclamée le 5 juillet, mais dans une situation dramatique d'exode des Français d'Algérie et de massacre des musulmans accusés de leur être favorables (les harkis).

Le nationalisme indien émerge après la Grande Guerre, lorsque Gandhi, son chef, appelle à la désobéissance civile et au boycott des produits anglais. Le Royaume-Uni n'a plus la force de tenir l'Inde dans l'Empire après 1945. Le vice-roi Lord Mounbatten a pour mission de négocier l'indépendance, si possible dans le maintien de l'unité indienne. Mais ce but est impossible à atteindre à cause d'Ali Jinnah, chef de la Ligue musulmane, qui réclame un État musulman indépendant. Dès lors, hindouistes et musulmans s'affrontent violemment. En février 1947, les Anglais évacuent le pays et en août, la partition est effective : l'Inde, à majorité hindouiste et le Pakistan, à majorité musulmane. Des millions d'habitants sont déplacés de force ou massacrés sur place dans les mois qui suivent.

2. Deux réponses parmi les suivantes sont attendues :

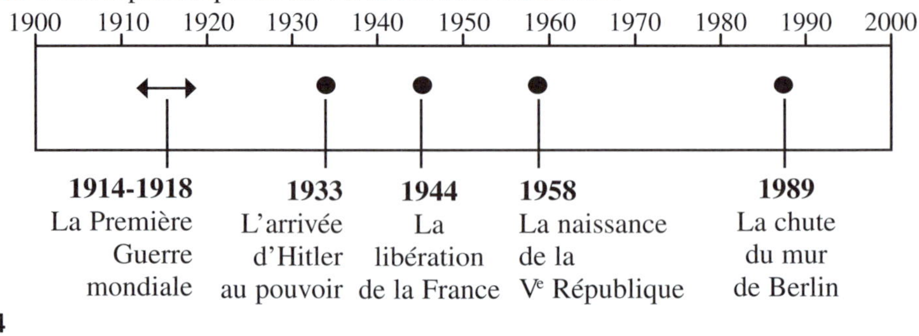

3. L'événement en lien avec la guerre froide est l'événement 1 : la chute du mur de Berlin. Cet événement est le début de la réunification de la ville et/ou de l'Allemagne et la victoire de la démocratie. Il marque l'effondrement du bloc soviétique et la fragilisation de la puissance de l'Union soviétique (avant sa chute en 1991).

HISTOIRE

Sujet 62

Le monde depuis 1945

Exercice : 20 points

ÉNONCÉ **Un monde bipolaire au temps de la Guerre froide**

Sous la forme d'un développement construit d'une vingtaine de lignes, racontez la crise de Berlin pour montrer qu'elle est un exemple de la guerre froide.

CORRIGÉ

Après 1945, **la menace de la bombe atomique interdit la guerre** entre les superpuissances américaine et soviétique. Mais elle n'empêche pas des crises graves, notamment en Allemagne et à Berlin.

– **Les Alliés (États-Unis, Union soviétique, Royaume-Uni et France) s'entendent sur la division et l'occupation de l'Allemagne à la fin de la Seconde Guerre mondiale.** La conférence interalliée de Yalta (février 1945) établit quatre zones d'occupation, Berlin constituant un espace à part, divisé lui-même en quatre, enclavé dans la zone soviétique.

– Mais le désaccord entre les vainqueurs se creuse au début de l'année 1947. Le président américain Harry Truman s'alarme de la mise en place de gouvernements communistes en Europe de l'Est sans le libre consentement des populations. **L'avenir de l'Allemagne divise les superpuissances américaine et soviétique et déclenche la première crise de la guerre froide : le blocus de Berlin-Ouest par l'URSS en 1948-1949.** Cette crise aboutit à la création de deux États allemands en 1949 : d'un côté, la République fédérale d'Allemagne (RFA), sous protection américaine ; de l'autre, la République démocratique allemande (RDA), sous contrôle soviétique. La séparation de l'Allemagne annonce la bipolarisation de l'Europe, coupée en deux par le « rideau de fer ».

– La reprise des tensions entre les États-Unis et l'URSS en 1961 réveille la question du statut de Berlin. **La construction du Mur entre les deux secteurs de la ville en août 1961** s'explique par l'enclavement de Berlin-Ouest en RDA et par les départs massifs d'Allemands de l'Est vers la RFA.

– **La chute du Mur de Berlin en novembre 1989** est le signal attendu par les peuples d'Europe de l'Est pour se libérer du bloc communiste. Elle a une double signification : d'une part la fin brutale de la guerre froide à la suite de l'effondrement du système soviétique, d'autre part la reconnaissance de la pleine souveraineté de l'État allemand réunifié (3 octobre 1990).

Sujet 63

Françaises et Français dans une République repensée

Exercice : 20 points

Analyser et comprendre des documents

ÉNONCÉ **1944-1947 : Refonder la République, redéfinir la démocratie**

1. Sous la forme d'un développement construit d'une vingtaine de lignes, montrez que la Libération de la France (1945) est l'occasion de refonder une république plus juste et plus démocratique. **(18 points)**

2. Dans les cadres prévus ci-dessous, identifiez le droit politique évoqué dans ces deux images. **(2 points)**

a)

© Musée Carnavalet/Leemage

....

b)

© Albert Harlingue/roger-viollet

....

HISTOIRE

CORRIGÉ

1. Une république plus juste

La Libération provoque la chute du régime de Vichy. L'action du Gouvernement Provisoire de la République Française (GPRF), dirigé par Charles de Gaulle, s'appuie sur le **programme du Conseil national de la Résistance (CNR)** élaboré pendant la guerre :

– rendre à la nation les « grands moyens de production », autrement dit nationaliser les sources d'énergie, les grandes entreprises industrielles, les banques et les compagnies d'assurances ;

– rétablir la représentation des salariés dans les entreprises, instaurée par les accords Matignon (1936) et supprimée par le régime de Vichy ;

– inventer un système complet de sécurité sociale pour assurer à tous les citoyens des moyens d'existence, dans les cas où ils sont incapables de se les procurer par leur travail. Les ordonnances prises en octobre 1945 par le général de Gaulle créent la Sécurité sociale, regroupant la caisse vieillesse, la caisse maladie et les allocations familiales.

Un régime plus démocratique

Les Français veulent revenir à la démocratie après l'expérience autoritaire du régime de Vichy. C'est pour cela qu'ils choisissent par référendum en 1946 un **régime parlementaire** dans lequel les députés élus par la nation exercent le pouvoir. Ainsi, le pouvoir législatif est dans les mains de l'Assemblée nationale élue pour cinq ans ; elle seule vote les lois, élit, avec le Conseil de la République (une autre assemblée), le président de la République et vote l'investiture du président du Conseil, désigné par le président de la République pour diriger le gouvernement. Dans le même esprit, le corps électoral est élargi puisque le droit de vote est donné aux Françaises en 1944.

2. Le droit évoqué dans ces deux images est le droit de vote.

a) Le suffrage universel masculin pendant la Révolution en 1792.

b) Le droit de vote des femmes en 1944.

Sujet 64

Françaises et Français dans une République repensée

Exercice : 20 points

Analyser et comprendre des documents

ÉNONCÉ **Femmes et hommes dans la société des années 1950 aux années 1980 (1)**

Document 1 Le débat sur l'interruption volontaire de grossesse (IVG)

Discours de Simone Veil, ministre de la santé, à l'Assemblée nationale, le 26 novembre 1974, © Getty Images.

Une nouvelle loi est-elle vraiment nécessaire ? […] Pourquoi donc ne pas continuer à fermer les yeux ? Parce que la situation actuelle est mauvaise. Elle est mauvaise parce que la loi est ouvertement bafouée, pire même, ridiculisée. […] Parce qu'en face d'une femme décidée à interrompre sa grossesse, ils [les médecins] savent qu'en refusant leur conseil et leur soutien ils la rejettent dans la solitude et l'angoisse d'un acte perpétré dans les pires conditions, qui risque de la laisser mutilée à jamais. Ils savent que la même femme, si elle a

HISTOIRE

de l'argent, si elle sait s'informer, se rendra dans un pays voisin ou même en France dans certaines cliniques et pourra, sans encourir aucun risque ni aucune pénalité, mettre fin à sa grossesse. Et ces femmes, ce ne sont pas nécessairement les plus immorales ou les plus inconscientes. Elles sont 300 000 chaque année.

Document 2 La loi Veil

Art. L. 162-1 : La femme enceinte que son état place dans une situation de détresse peut demander à un médecin l'interruption de sa grossesse. Cette interruption ne peut être pratiquée qu'avant la fin de la dixième semaine de grossesse.
Art. L. 162-2 : L'interruption volontaire de grossesse ne peut être pratiquée que par un médecin. Elle ne peut avoir lieu que dans un établissement d'hospitalisation public ou dans un établissement d'hospitalisation privé. »

Extraits de la loi du 17 janvier 1975 relative
à l'interruption volontaire de grossesse (IVG).

Questions

1. Repères sur les documents 1 et 2 :
a) Sous quelle présidence le débat et le vote de la loi sur l'IVG ont-ils eu lieu ? **(1 point)**
b) Quels présidents de la Vᵉ République ont été élus avant cette présidence ? **(1 point)**
c) Quel président est élu après cette présidence ? **(1 point)**

2. Lisez le document 1 :
a) Qui défend la loi relative à l'interruption volontaire de grossesse ? Quelle fonction politique occupe cette personne à ce moment-là ? **(2 points)**
b) S'agit-il d'un projet ou d'une proposition de loi ? Justifiez votre réponse en utilisant vos connaissances. **(2 points)**
c) Citez deux arguments avancés par l'auteur de la loi sur l'IVG pour obtenir son vote. **(4 points)**

3. Lisez le document 2. Quelles conditions sont fixées par la loi pour pratiquer une IVG ? **(3 points)**

4. Confrontez les documents 1 et 2 :
a) Pourquoi la loi sur l'IVG est-elle considérée comme un progrès par les féministes ? **(2 points)**
b) Indiquez deux autres domaines dans lesquels la place des femmes a progressé, ainsi qu'un exemple illustrant chacun d'eux. **(4 points)**

CORRIGÉ

Ce qu'il faut savoir avant de commencer

• **La première grande conquête des femmes** dans la société, est celle des droits politiques, concrétisée par **l'extension du droit de vote et d'éligibilité en 1944**.
• **La question de la place de la femme se déplace alors vers la maternité.** Les changements interviennent dans les années 1960-1970 avec des lois fondatrices : loi Neuwirth en 1967 qui autorise la contraception, loi Veil en 1975 qui dépénalise l'avortement. Ces lois sont liées à l'action d'un mouvement féministe à son apogée. Les avancées ne se limitent pas à la maternité mais s'étendent aux relations à l'intérieur de la famille. Entre 1965 et 1975, plusieurs lois y établissent l'égalité entre hommes et femmes : autorisation d'exercer une profession sans accord marital (1965), suppression de la notion de « chef de famille », instauration du divorce par consentement mutuel (1975)...
• **Enfin, la troisième évolution concerne le travail.** À partir des années 1960, le taux de féminisation progresse partout. Cependant, la situation professionnelle des femmes reste plus fragile que celle des hommes (salaires moins élevés, emploi à temps partiel plus fréquent).

1. Repères sur les documents 1 et 2 :
a) Le débat et le vote de la loi sur l'IVG ont lieu sous la présidence de Valéry Giscard d'Estaing (1974-1981).
b) Avant cette présidence il y eut : Charles de Gaulle (1958-1969) et Georges Pompidou (1969-1974).
c) Après cette présidence, François Mitterrand est élu (1981-1995).

2. a) Simone Veil défend la loi relative à l'IVG, elle est alors ministre de la santé.
b) Il s'agit d'un projet de loi. En effet, l'initiative de la loi appartient ici au gouvernement, représenté par le ministre de la Santé. La Constitution de 1958 indique que l'initiative de la loi appartient concurremment au gouvernement et au Parlement. Le gouvernement élabore des projets de loi et les parlementaires des propositions de loi.
c) *On peut citer plus de deux arguments :*
– L'interdiction de l'avortement (posée par la loi de 1920) n'est pas respectée.
– L'interdiction favorise les avortements clandestins sans médecin qui menacent la vie des femmes.
– Les plus fortunées d'entre elles ont toujours la possibilité d'avorter à l'étranger, dans les pays européens qui autorisent l'avortement.

3. La loi définit plusieurs conditions :
– la « situation de détresse » de la femme enceinte ;
– le recueil de son consentement par un médecin ;
– le respect du délai légal pendant lequel une IVG peut être pratiquée ;
– l'encadrement médical de cet acte (médecin, hôpital).

4. a) La légalisation de l'IVG permet aux femmes de contrôler leurs maternités. Plus concrètement, elle autorise l'interruption – sous conditions – d'une grossesse non désirée.

b) *Plusieurs domaines dans lesquels la place des femmes a progressé peuvent être traités :*

Droits politiques	Relations à l'intérieur de la famille	Travail
Extension du droit de vote et d'éligibilité (1944)	Autorisation d'exercer une profession sans accord marital (1965) ; suppression de la notion de « chef de famille » ; instauration du divorce par consentement mutuel (1975)…	Progression du taux de féminisation à partir des années 1960

Sujet 65

Dynamiques territoriales de la France contemporaine

Exercice : 20 points

Maîtriser différents langages pour raisonner et se repérer

ÉNONCÉ Les espaces productifs et leurs évolutions (2)

Rédigez un texte structuré d'une vingtaine de lignes décrivant les transformations d'un espace productif français pour s'adapter à la mondialisation (cet espace peut être un espace productif agricole OU un espace productif industriel OU un espace productif touristique OU un espace productif d'affaires). Vous pourrez vous appuyer éventuellement sur un exemple étudié en classe.

CORRIGÉ

La mondialisation explique la nouvelle division internationale du travail (NDIT). Concrètement, les firmes transnationales (FTN) recherchent le coût le plus bas de la main-d'œuvre. Cette stratégie entraine des délocalisations, notamment dans les industries textile et automobile, au profit des pays de l'Asie du Sud-Est et d'Europe de l'Est. En même temps, la mondialisation aggrave la mise en concurrence des territoires français. En effet, ce ne sont plus les ressources naturelles ni la main-d'œuvre qui déterminent la localisation d'activité sur un territoire, mais l'innovation, la connexion au monde et la qualité de l'environnement :

• La capacité d'innovation est un facteur-clé pour comprendre la localisation des activités. Les espaces les plus attractifs sont les technopôles (cité scientifique Paris-Sud, Sophia Antipolis à Nice, Inovallée à Grenoble) et les pôles de compétitivité regroupant des entreprises de haute technologie, des centres de recherche et des établissements d'enseignement supérieur (le plateau de Saclay en Île-de-France). L'innovation donne l'avantage aux grandes aires urbaines du fait de la concentration des grandes écoles et des universités. Ainsi, Paris et la région Île-de-France sont toujours au cœur du système productif, avec 30% du PIB national.

• La présence d'un port, d'un aéroport, d'une gare TGV ou d'autoroutes est un autre facteur d'implantation. La logique de connexion explique :

– la littoralisation croissante des activités sur quatre grandes zones industria-lo-portuaires (ZIP) – Dunkerque, Marseille-Fos-sur-Mer, Saint-Nazaire et le Havre –, qui sont des interfaces entre la France et le reste du monde ;
– la métropolisation du peuplement et des activités sur une dizaine de grandes aires urbaines où sont concentrées les activités du tertiaire supérieur (métiers de service à haut niveau de qualification et fonctions de commandement) et les services rares (les hôpitaux par exemple). Elle est valable pour les espaces industriels, pour les espaces agricoles spécialisés (céréaliculture des bassins parisien et aquitain, élevage intensif breton, viticulture languedocienne…) et pour les espaces du tourisme de masse (l'Île-de-France, le littoral méditerranéen, le massif alpin).
• La qualité de l'environnement est le dernier facteur de localisation. Elle joue en faveur des littoraux de la Méditerranée et de l'Atlantique, ainsi que des vallées alpines.

Sujet 66

Dynamiques territoriales de la France contemporaine

Exercice : 20 points

Maîtriser différents langages pour raisonner et se repérer

ÉNONCÉ Les espaces de faible densité et leurs atouts

1. Sous la forme d'un développement construit d'une vingtaine de lignes, décrivez les mutations des espaces de faible densité en France métropolitaine. Pour cela :
– présentez brièvement l'inégale répartition de la population ;
– dressez une typologie des espaces de faible densité. **(16 points)**

2. a) Nommez un espace fortement peuplé ; puis expliquez les raisons de ce fort peuplement, en donnant au moins deux arguments.
b) Nommez un espace faiblement peuplé ; puis expliquez les raisons de ce faible peuplement en donnant au moins deux arguments. **(4 points)**

L'inégale répartition de la population

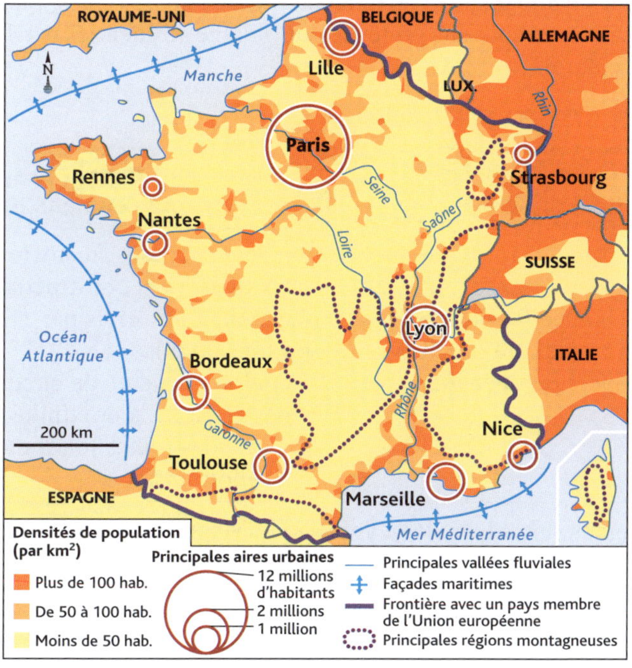

GÉOGRAPHIE

CORRIGÉ

1. La population française est inégalement répartie :
– les espaces très peuplés sont les aires urbaines, les littoraux de l'Ouest atlantique et du Sud méditerranéen, les grandes vallées fluviales (Seine, Loire, Garonne, Rhône), les régions frontalières proches de la mégalopole européenne ;
– les espaces faiblement peuplés sont les vastes espaces de la « diagonale du vide » (des Ardennes aux Pyrénées), les Alpes, les Landes, la Corse.
Les espaces de faible densité sont de moins en moins des espaces de production agricole en raison de la périurbanisation. En effet, l'urbanisation de la population provoque l'extension des lotissements pavillonnaires et des habitats collectifs en grande banlieue. Dans de nombreuses communes périurbaines, on construit également des zones d'activités (centres commerciaux, bâtiments de stockage) et des bases de loisirs.
Les espaces faiblement peuplés présentent donc une plus grande diversité que par le passé :
– les « campagnes des villes », à proximité des villes, très accessibles, de plus en plus peuplées, et donc de moins en moins agricoles ;
– les « campagnes fragiles », vides, isolées, peuplées par des personnes qui n'ont pas fait le choix de vivre dans un espace encore très agricole (les retraités agricoles, par exemple) ;
– les « nouvelles campagnes », bénéficiant d'atouts touristiques, plus ou moins proches des villes, et souvent protégées du mitage résidentiel par leur classement en parc naturel.

2. a) *Plusieurs réponses sont possibles :*

Les types d'espaces fortement peuplés	Les raisons pouvant expliquer ce fort peuplement :
– une aire urbaine – un littoral – une grande vallée fluviale – une région frontalière proche de la mégalopole européenne	– plaines et bas plateaux (espaces plats facilement constructibles et facilement desservis par les transports) – couloirs majeurs de circulation – des estuaires à proximité des grandes routes maritimes – l'héliotropisme

b) Les montagnes (les Alpes, les Pyrénées, le Massif central) sont des espaces faiblement peuplés puisque ce sont des reliefs accentués : pentes, glissements de terrain et transports difficiles.

Sujet 67

Dynamiques territoriales de la France contemporaine

Exercice : 20 points

Maîtriser différents langages pour raisonner et se repérer

ÉNONCÉ **Territoire français et mondialisation**

1. Rédigez un texte structuré d'une vingtaine de lignes montrant que la mondialisation transforme les espaces productifs français. Vous traiterez au choix : espaces productifs industriels OU espaces productifs agricoles OU espaces productifs touristiques OU espaces productifs d'affaires. Vous pouvez vous appuyer sur un exemple étudié en classe.

2. En utilisant la légende, localisez et nommez sur la carte :

a) un grand port maritime

b) deux métropoles

c) placez sur la carte la principale façade maritime française ouverte sur le monde et reportez le figuré choisi en légende.

Territoire français et mondialisation : quelques aspects

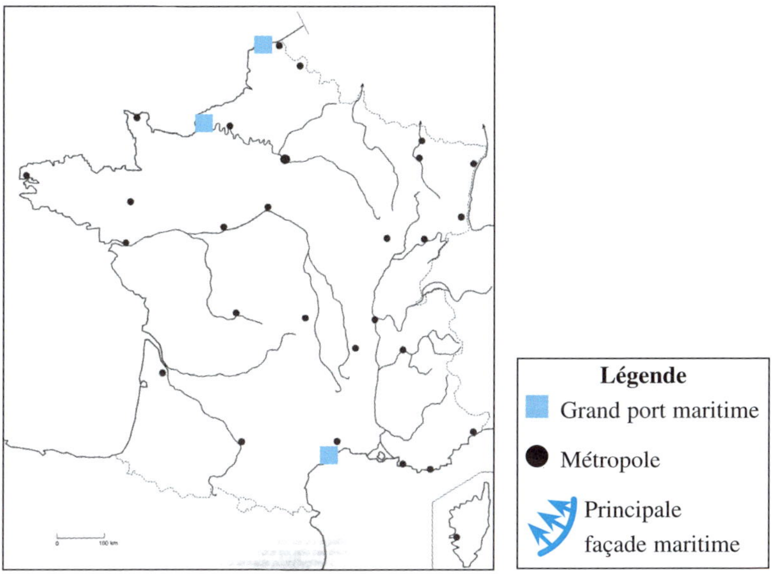

CORRIGÉ

1. La mondialisation explique la nouvelle division internationale du travail (NDIT). Concrètement, les firmes transnationales (FTN) recherchent le coût le plus bas de la main-d'œuvre. Cette stratégie entraine des délocalisations, notamment dans les industries textile et automobile, au profit des pays de l'Asie du Sud-Est et d'Europe de l'Est. En même temps, la mondialisation aggrave la mise en concurrence des territoires français. En effet, ce ne sont plus les ressources naturelles ni la main-d'œuvre qui déterminent la localisation d'activité sur un territoire, mais l'innovation, la connexion au monde et la qualité de l'environnement :

– La capacité d'innovation est un facteur-clé pour comprendre la localisation des activités. Les espaces les plus attractifs sont les technopôles (cité scientifique Paris-Sud, Sophia Antipolis à Nice, Innovallée à Grenoble) et les pôles de compétitivité regroupant des entreprises de haute technologie, des centres de recherche et des établissements d'enseignement supérieur (le plateau de Saclay en Île-de-France). L'innovation donne l'avantage aux grandes aires urbaines du fait de la concentration des grandes écoles et des universités.

– La présence d'un port, d'un aéroport, d'une gare TGV ou d'autoroutes est un autre facteur d'implantation. La logique de connexion explique :

– la littoralisation croissante des activités sur quatre grandes zones industrialo-portuaires (ZIP) – Dunkerque, Marseille-Fos-sur-Mer, Saint-Nazaire et le Havre –, qui sont des interfaces entre la France et le reste du monde

– la métropolisation du peuplement et des activités sur une dizaine de grandes aires urbaines où sont concentrées les activités du tertiaire supérieur (métiers de service à haut niveau de qualification et fonctions de commandement) et les services rares (les hôpitaux par exemple). Ainsi, Paris et la région Île-de-France sont toujours au cœur du système productif, avec 30% du PIB national. Elle est valable pour les espaces industriels, pour les espaces agricoles spécialisés (céréaliculture des bassins parisien et aquitain, élevage intensif breton, viticulture languedocienne…) et pour les espaces du tourisme de masse (l'Île-de-France, le littoral méditerranéen, le massif alpin).

– La qualité de l'environnement est le dernier facteur de localisation. Elle joue en faveur des littoraux de la Méditerranée et de l'Atlantique, ainsi que des vallées alpines.

2. Vous devez indiquer, au choix, un grand port maritime, deux métroplole et placer la principale façade maritime française ouverte sur le monde : la Northern Range sur la Manche, entre les ports de Dunkerque et du Havre, face à l'Angleterre.

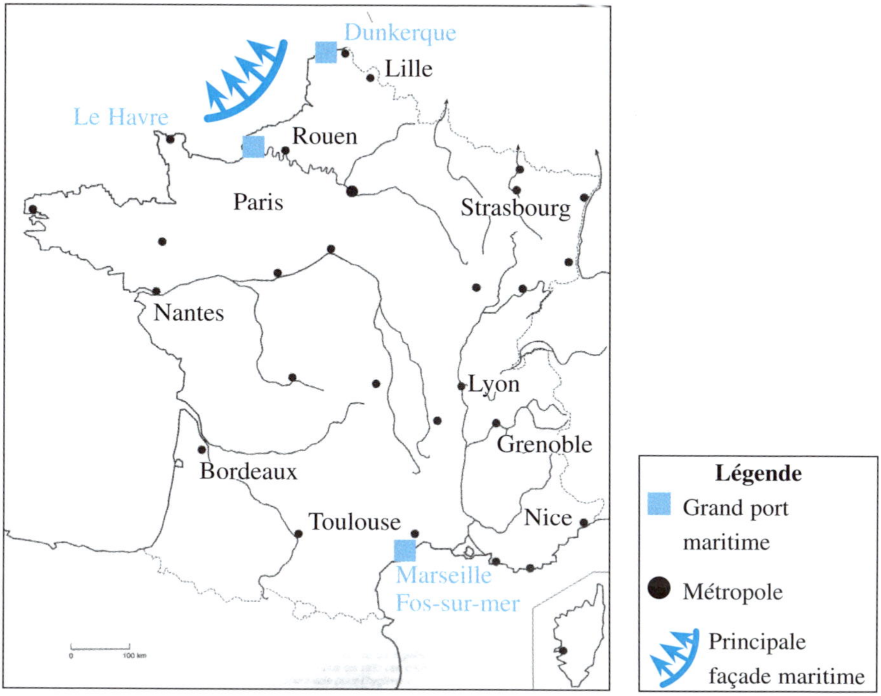
Dunkerque
Lille
Le Havre
Rouen
Paris
Strasbourg
Nantes
Lyon
Grenoble
Bordeaux
Toulouse
Nice
Marseille
Fos-sur-mer
Légende
Grand port maritime
Métropole
Principale façade maritime

Sujet 68

Pourquoi et comment aménager le territoire ?

Exercice : 20 points

Analyser et comprendre des documents

ÉNONCÉ **Aménager pour répondre aux inégalités croissantes entre territoires français à toutes les échelles**

Document 1 Aménager le territoire pour faciliter la mobilité : l'exemple du Grand Paris Express (GPE)

Le réseau Grand Paris Express permettra de se déplacer de banlieue à banlieue sans passer par la capitale en améliorant les temps de parcours dans les transports en commun. Il vise trois objectifs :
– améliorer les transports au quotidien grâce à des déplacements plus directs et rapides de banlieue à banlieue et ainsi assurer un meilleur accès à l'emploi et aux zones d'activités.
– soutenir le développement économique par la mise en réseau des pôles d'excellence (ou *clusters*), véritables « moteurs économiques » de l'Île-de-France, des gares TGV et des aéroports.
– maîtriser le développement urbain par un aménagement urbain autour d'entités urbaines requalifiées et plus denses, par le désenclavement de territoires mal desservis et par la préservation de l'environnement et de la qualité de vie. […]

Le réseau de métros automatiques […] devrait permettre d'attirer 2 millions de voyageurs supplémentaires en Île-de-France chaque jour. Le financement de ce réseau sera assuré par l'État pour un coût de 32 milliards d'euros.

Site de la préfecture du département Val-d'Oise, 2012.

Document 2 Réseaux de transports du Grand Paris

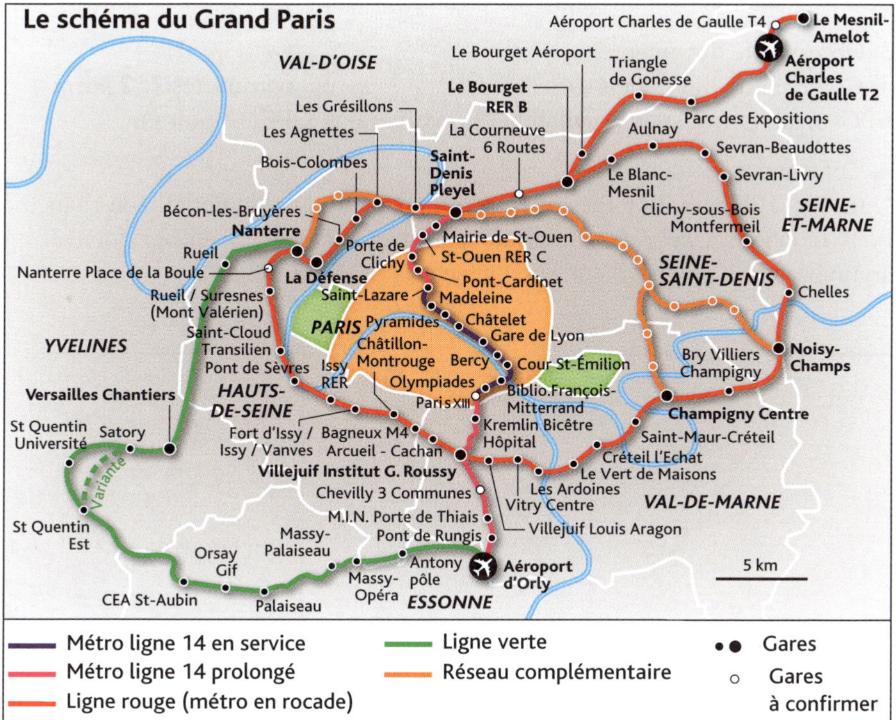

Source : Société du Grand Paris (SGP)

Questions

1. Repères sur les documents 1 et 2 :

a) À quel degré de l'échelle géographique est conçu le Grand Paris Express (GPE) ? **(1 point)**

b) Le Grand Paris Express est un projet de : **(1 point)**
- la région Île-de-France uniquement ?
- l'État central parisien uniquement ?
- la région Île-de-France et de l'État central parisien ?

c) Citez trois départements concernés par le GPE. **(3 points)**

2. Lisez le document 1 :

a) Résumez en une phrase simple ce qu'est le Grand Paris Express (GPE). **(2 points)**

b) Définissez en une phrase l'expression « pôle d'excellence » (ou *cluster*). **(2 points)**

c) À votre avis, pourquoi l'État assure-t-il l'essentiel du financement des travaux ? Justifiez votre réponse en formulant deux hypothèses. **(4 points)**

3. Observez le document 2 :

a) Combien de lignes de métros automatiques seront construites ? **(2 points)**

b) Citez un exemple de population qui profitera du GPE. **(2 points)**

4. Confrontez les documents 1 et 2 :

Quel sera l'impact du GPE sur le développement durable de l'Île-de-France ? Pour répondre à cette question, complétez le schéma suivant en donnant un argument par « pilier » du développement durable. **(3 points)**

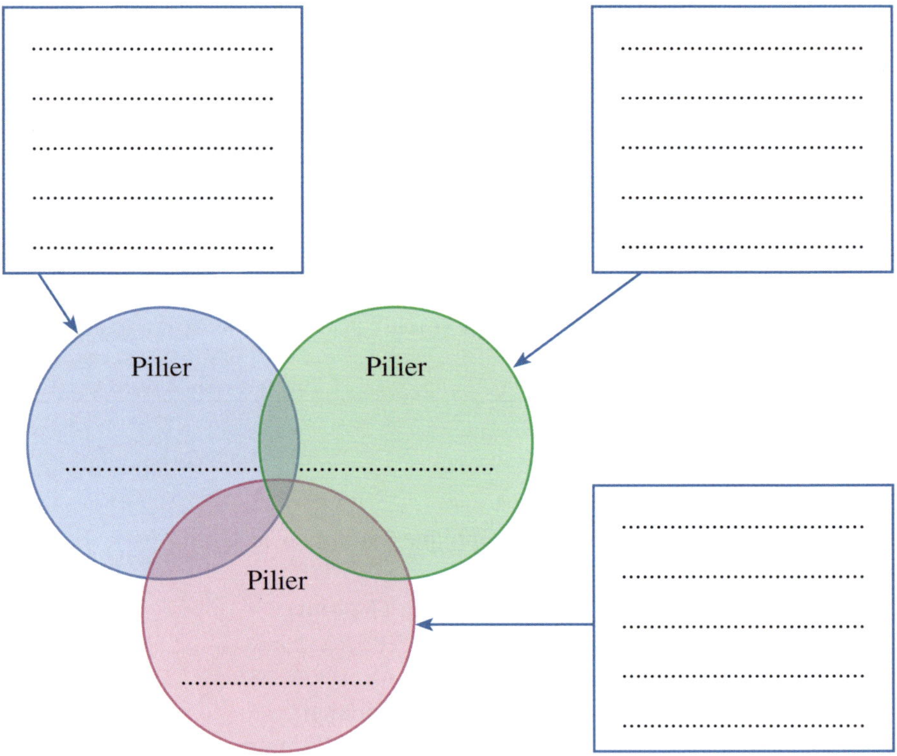

CORRIGÉ

Ce qu'il faut savoir avant de commencer

• **Un aménagement conçu à l'échelle régionale :**
Comment penser l'aménagement de l'Île-de-France, soit un territoire de 12 millions d'habitants et qui représente 30 % du produit intérieur brut français ? C'est le défi relevé par le Grand Paris Express (GPE). Concrètement, l'idée repose sur le développement et la rénovation d'un **réseau de transport public de voyageurs pour la région Île-de-France**. Sur ce tracé de transport, vont pouvoir émerger de nouveaux quartiers accueillant des logements, des *clusters* et des équipements culturels, en particulier autour de ces lieux structurants que sont les **gares** et les **aéroports**.

• **Les enjeux du Grand Paris :**
– C'est un enjeu de **qualité de vie** en Île-de-France. Ainsi, le temps de transport quotidien, qui n'a cessé d'augmenter, redeviendra raisonnable.
– C'est un enjeu d'**emploi**, avec environ 15 000 emplois induits chaque année par les travaux, puis plus encore, une fois les lignes mises en service, grâce à une meilleure efficacité du système métropolitain qui bénéficiera à toutes les entreprises.
– C'est un enjeu de **solidarité** au sein de la région, par le désenclavement des territoires les plus pauvres de l'Île-de-France, qui ont besoin d'un accès facilité aux zones d'emploi.
– C'est un enjeu d'**attractivité** de l'Île-de-France et de la France, car le développement équilibré de la région capitale est un sujet d'intérêt national.

1. a) Le Grand Paris Express est conçu à l'échelle de la région Île-de-France.
b) Le Grand Paris Express est un projet de la région Île-de-France et de l'État central parisien.
c) *Plusieurs réponses sont possibles :* Paris, la Seine-Saint-Denis, la Seine-et-Marne, le Val-de-Marne, l'Essonne, les Yvelines, les Hauts-de-Seine.

2. a) Le Grand Paris Express (GPE) est un réseau de transport rapide (métros automatiques).
b) Un pôle d'excellence (ou *cluster*) est un espace d'innovation créant des produits ou des services d'avenir.
c) L'État assure l'essentiel du financement car ce sont des investissements lourds que même la plus riche région de France ne peut alimenter. Le GPE est un projet d'intérêt national qui doit assurer l'insertion de la région Île-de-France dans l'Europe et la mondialisation.

3. a) Quatre lignes de métro automatiques seront construites : une ligne Nord-Sud aéroport d'Orly/Saint-Denis Pleyel (en violet et en rose sur le schéma) ;

un métro en rocade avec un prolongement Nord Le Bourget/aéroport de Roissy (en rouge) ; un arc Ouest la Défense/aéroport d'Orly (en vert) ; un arc Ouest-Est Nanterre/Champigny centre et Noisy-Champs (en orange). La ligne 14 existe déjà en partie et sera prolongée.

b) Les populations qui profiteront du GPE sont les salariés franciliens qui habitent et travaillent en banlieue.

4. *Plusieurs réponses sont possibles. Par exemple :*

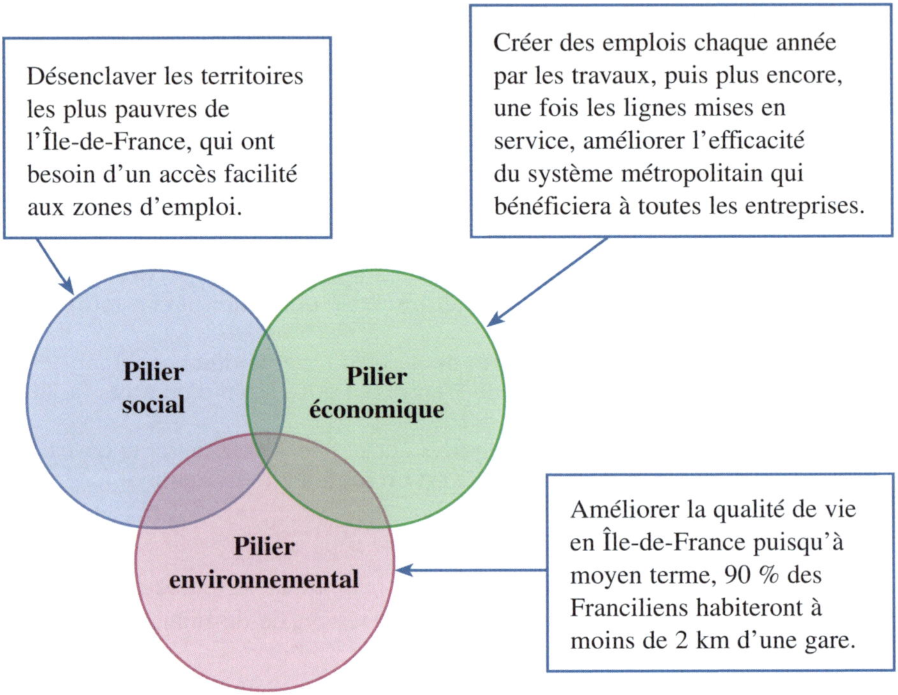

Sujet 69

Pourquoi et comment aménager le territoire ?

Exercice : 20 points

Analyser et comprendre des documents

ÉNONCÉ Les territoires ultra-marins français : une problématique spécifique

Document 1 La région, un enjeu d'aménagement du territoire : l'exemple de la Guyane française

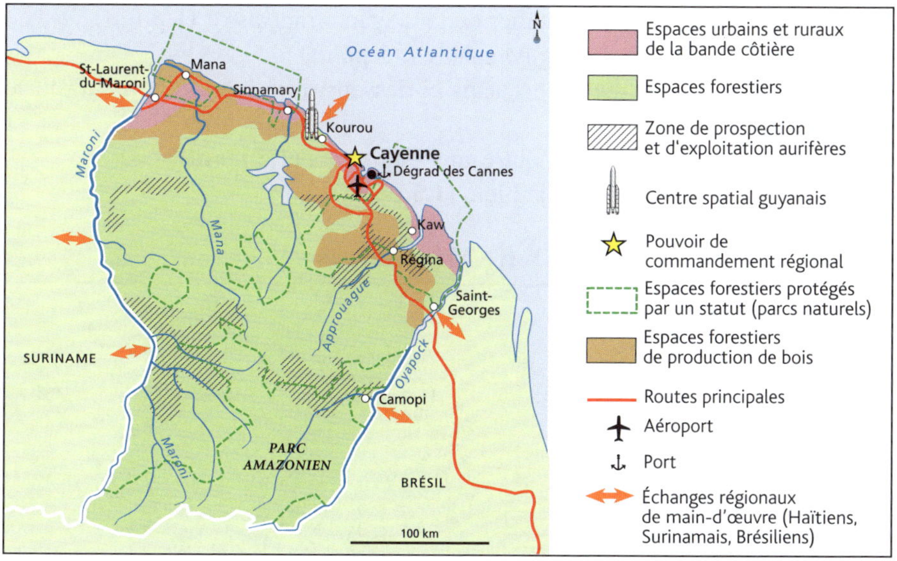

Document 2 L'isolement de la Guyane

Le port de Dégrad des Cannes traite 95 % du fret provenant essentiellement d'Europe ou des Antilles. Or la situation géographique de la côte guyanaise est extrêmement pénalisante pour le bon fonctionnement des infrastructures portuaires. Située à 500 km à l'ouest de l'embouchure de l'Amazone, cette côte est soumise à un apport constant de vases par les courants côtiers. L'apport important des sédiments nécessite ainsi un dragage permanent du chenal d'accès au port de Dégrad des Cannes long de 19 km. […] Par ailleurs, le port est uniquement accessible aux navires d'une longueur maximale de 165 mètres et d'un tirant d'eau de 6 mètres. [...] Depuis la fermeture du quai numéro 1 pour travaux en juin 2002 l'ensemble du trafic a été transféré sur le quai n° 2, [...] qui présente des signes de fatigue. [...] Plusieurs expertises ont conclu à la nécessité de procéder à sa reconstruction. Le coût d'objectif de l'opération de reconstruction du quai n° 2 est de 33 millions d'euros, dont la moitié est financée par l'Union européenne.

D'après les sites Internet http://www.europe-guyane.eu et http://www.guyane.developpement-durable.gouv.fr.

Questions

1. Repères sur les documents 1 et 2 :

a) Quel pays émergent est frontalier de la Guyane française ? **(1 point)**

b) Quel océan borde les côtes guyanaises ? **(1 point)**

c) Sur la carte de l'Outre-Mer français ci-dessous, inscrivez au bon endroit le nom de :

– deux départements-régions d'outre-mer en rouge ; **(1,5 point)**

– deux territoires d'outre-mer en bleu. **(1,5 point)**

L'Outre-Mer français

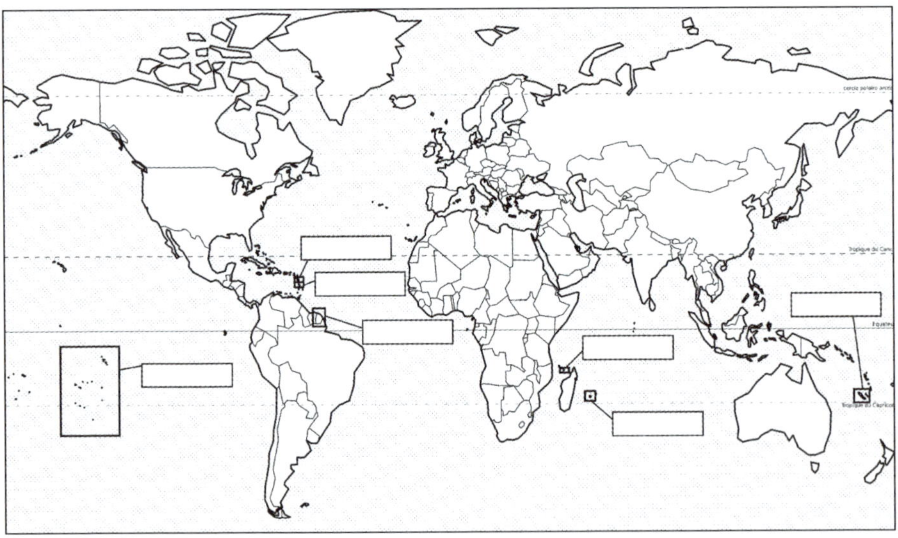

2. Observez le document 1 :

a) Quel élément naturel domine les paysages guyanais ? **(2 points)**

b) Quelle est la répartition des populations et des activités dans l'espace guyanais ? **(4 points)**

c) Quels flux migratoires sont reçus en Guyane ? **(2 points)**

3. Lisez le document 2 :

a) Pourquoi le port de Dégrad des Cannes est-il essentiel pour la Guyane ? **(2 points)**

b) Quelles difficultés empêchent son bon fonctionnement ? **(3 points)**

c) Qui participe aux frais de sa rénovation ? **(2 points)**

CORRIGÉ

Ce qu'il faut savoir avant de commencer

• Les déséquilibres de l'espace guyanais

– La Guyane française se situe en **Amérique du Sud**, à 7 000 km de Paris, à 5 000 km de Rio de Janeiro et de New York. Colonisée au XVIIe siècle, départementalisée en 1946, elle fait partie aujourd'hui des Départements et Régions d'Outre-Mer (DROM). La Guyane française est **la plus grande région administrative de France**. La Guyane appartient à l'**immensité amazonienne**.

– Pourtant, **la mise en valeur de la forêt est limitée** : seules des activités marginales héritées des modes de vie amérindiens (chasse, agriculture sur brûlis, orpaillage…) y perdurent. Ce délaissement de la forêt s'explique par la priorité donnée à l'agriculture pendant l'époque coloniale. En effet, l'exploitation agricole (canne à sucre, café, coton, cacao, riz) a occupé les meilleures terres du littoral.

– En conséquence, **la population et les équipements** de transport **sont concentrés sur la bande littorale**, dans la partie Est, entre Saint-Georges et Kourou. L'installation du **Centre spatial à Kourou**, en 1964, a renforcé le déséquilibre entre le littoral et l'intérieur forestier.

• Les retards de développement

– Les difficultés guyanaises sont identiques à celles qu'on observe dans l'Amérique tropicale : **augmentation rapide de la population** qui annule les progrès économiques, **sous-industrialisation**, **migrations de la pauvreté** (venue du Brésil, du Suriname et d'Haïti), **bidonvilles** autour des villes et des chantiers, **exclusion des tribus amérindiennes**.

– De plus, **la région est enclavée, isolée**. Elle dépend de la métropole et de l'Union européenne pour ses échanges et pour la rénovation de ses équipements. La Guyane est une des neuf **régions ultrapériphériques** aidées par l'Union européenne.

1. a) Le Brésil est un pays frontalier de la Guyane, et un pays émergent.

b) L'océan Atlantique borde les côtes guyanaises.

c) *Plusieurs réponses possibles :*

– Les DROM (en rouge) : Guadeloupe, Martinique, la Guyane française, Mayotte, La Réunion.

– Les Territoires d'Outre-Mer (en bleu) : la Polynésie française, Nouvelle-Calédonie, Wallis-et-Futuna, Saint-Pierre-et-Miquelon, les terres australes et antarctiques françaises.

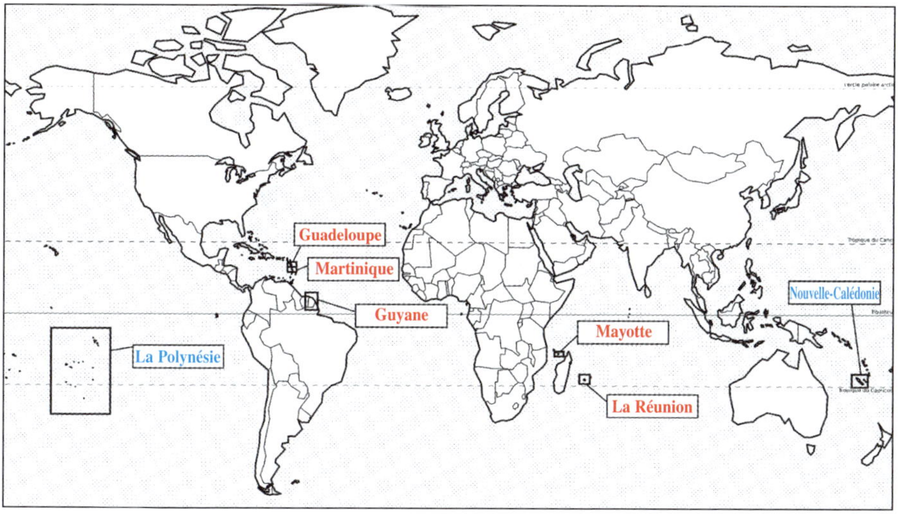

2. a) La forêt tropicale humide couvre 95 % de l'espace guyanais.

b) La bande littorale concentre la population et les activités. On y trouve les réseaux routiers et urbains. Les villes principales, Cayenne, capitale régionale, et Kourou, qui accueille le Centre Spatial Guyanais, ainsi que les villes secondaires de Saint-Laurent-du-Maroni, Mana et Sinnamary se localisent sur cet espace. Cayenne concentre les infrastructures de communication – port de Dégrad des Cannes et aéroport international – assurant l'ouverture du territoire sur l'extérieur.

Par opposition, l'intérieur est le domaine de la forêt équatoriale dense : elle couvre plus de 90 % de l'espace régional. Le parc national amazonien occupe toute la moitié sud. On y rencontre peu de villes hormis Saint-Georges, sur l'Oyapock, qui marque la frontière avec le Brésil et qui offre un point de passage aux migrants.

c) La Guyane est très attractive au regard des niveaux de vie moyens de ses voisins : elle est la zone la plus riche d'Amérique du Sud. Dès les années soixante, elle attire une importante main-d'œuvre étrangère, en relation avec l'implantation du Centre Spatial Guyanais. Puis dans les 1970, 1980 et 1990, elle accueille de nombreux immigrés fuyant l'instabilité politique et les difficultés économiques de leur pays : Haïti, Suriname et Brésil. À cela s'ajoute la perméabilité des frontières guyanaises qui fait de cette région une terre de migrations : frontières fluviales à l'est et à l'ouest, frontière maritime au nord.

3. a) Le port de Dégrad des Cannes traite 95 % du fret provenant essentiellement d'Europe ou des Antilles.

b) *Trois éléments de réponse sont possibles :*
– L'envasement du chenal (« Située à 500 km à l'ouest de l'embouchure de l'Amazone, cette côte est soumise à un apport constat de vases par les courants côtiers. L'apport important des sédiments nécessite ainsi un dragage permanent du chenal d'accès au port de Dégrad des Cannes long de 19 km. »).
– Le faible tirant d'eau (« le port est uniquement accessible aux navires d'une longueur maximale de 165 mètres et d'un tirant d'eau de 6 mètres. »).
– La vétusté des quais (« Depuis la fermeture du quai numéro 1 pour travaux en juin 2002 l'ensemble du trafic a été transféré sur le quai n° 2, [...] qui présente des signes de fatigue »).

c) L'Union européenne participe pour moitié (au titre de l'aide aux régions « ultrapériphériques ») aux frais de reconstruction du quai n° 2.

Sujet 70

La France et l'Union européenne

Exercice : 20 points

Maîtriser différents langages pour raisonner et se repérer

ÉNONCÉ **L'Union européenne, un nouveau territoire de référence et d'appartenance**

1. Sous la forme d'un développement construit d'une vingtaine de lignes, décrivez le processus d'intégration des pays et de leur population dans l'Union européenne. Pour cela :
– indiquez les grandes étapes de la construction européenne ;
– présentez les liens qui unissent les États membres et les peuples vivant dans l'Union européenne. **(18 points)**

2. Localisez et nommez sur le fond de carte ci-dessous 4 pays membres de l'Union européenne de votre choix. **(2 points)**

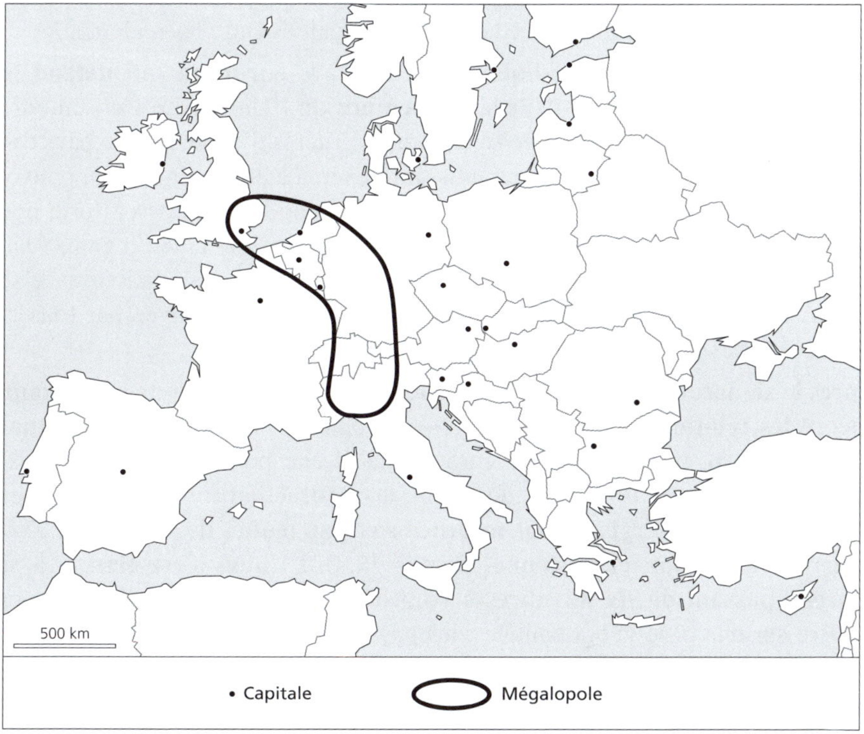

GÉOGRAPHIE

CORRIGÉ

1. **L'Union européenne a été créée par le traité sur l'Union européenne (TUE) signé à Maastricht en 1992.** Elle est l'aboutissement du processus lancé par la « Déclaration Schuman », le 9 mai 1950. Cette déclaration précise les objectifs de la construction européenne :
– assurer la paix grâce à la fin de « l'opposition séculaire de la France et de l'Allemagne » ;
– affirmer l'indépendance de l'Europe dans la Guerre froide entre les États-Unis et l'Union soviétique ;
– faire progresser le rang économique de l'Europe.
Schuman appelle à la mise en commun des productions de charbon et d'acier de la France et de l'Allemagne, au sein d'une Communauté européenne du charbon et de l'acier (CECA, 1951) ouverte aux autres pays d'Europe. Pour lui, la CECA est la première étape vers une fédération européenne. Par la suite, la Communauté économique européenne (CEE, 1957) vise la réalisation d'un marché unique grâce à la libre circulation des marchandises, des services et des capitaux. En même temps, ses adhérents conduisent des politiques économiques communes (ex. : la politique agricole commune, la réduction des inégalités entre les régions).

Le traité de Maastricht indique que tout pays européen qui défend les valeurs démocratiques peut devenir membre de l'Union. Le Conseil européen de Copenhague (1993) précise encore les critères d'adhésion : le pays candidat doit avoir des institutions garantissant l'exercice démocratique du pouvoir et le respect des droits de l'homme ; son économie doit être assez forte pour supporter la concurrence ; sa population doit montrer son envie d'entrer dans l'Union par un vote parlementaire ou par un référendum ; ses relations avec ses voisins doivent être pacifiques… L'adhésion doit être approuvée par tous les membres et les institutions de l'Union.

Après la signature du traité de Maastricht, l'Union européenne approfondit encore les relations entre les États et les peuples en instaurant une **monnaie unique, l'euro**, une citoyenneté européenne et une politique étrangère et de sécurité commune (PESC). Parallèlement, la construction européenne s'élargit. **On désigne par élargissement le processus par lequel de nouveaux États adhèrent à l'Union européenne**. Depuis 1950, **l'Union s'est élargie à six reprises passant de six membres à vingt-huit aujourd'hui**. L'élargissement s'opère sur une base géographique : les pays de l'Europe du Nord-Ouest dans les années 1970 ; de l'Europe méditerranéenne dans les années 1980 ; de l'Europe de l'Est (anciennement communiste) dans les années 2000.

2.

GÉOGRAPHIE

Sujet 71

La France et l'Union européenne

Exercice : 20 points

Maîtriser différents langages pour raisonner et se repérer

ÉNONCÉ **La France et l'Europe dans le monde**

1. Sous la forme d'un développement construit d'une vingtaine de lignes, décrivez les manifestations de la puissance de l'Union européenne et ses limites. **(16 points)**

2. a) Combien de pays forment l'Union européenne en 2015 ? **(1 point)**
b) Où sont situés les sièges de la Commission européenne et du Parlement européen ? **(2 points)**
c) Combien de pays forment la zone euro en 2015 ? **(1 point)**

L'Union européenne en 2015

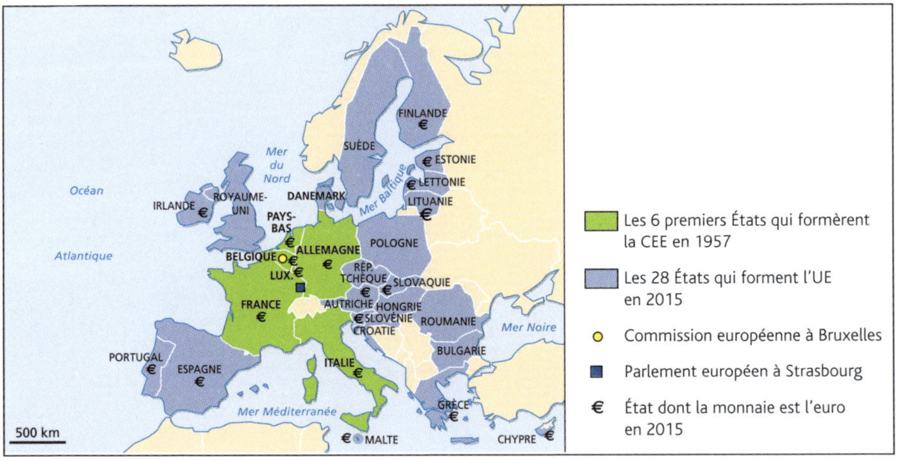

CORRIGÉ

1. **L'Union européenne est un des grands foyers de peuplement (plus de 500 millions d'habitants).** Elle est la première zone de production et de consommation de richesse. Elle occupe le premier rang mondial pour sa production agricole, sa production industrielle et sa production de services. Elle réalise plus de 20 % des échanges mondiaux, loin devant les associations régionales de l'Amérique du Nord et de l'Asie-Pacifique. Elle est le premier espace pour les arrivées touristiques et pour les investissements directs à l'étranger.
Mais l'UE est une « construction à géométrie variable » dont les politiques communes n'associent que ceux qui veulent et peuvent être associés : l'euro n'est pas adopté, aujourd'hui, par le Danemark et la Suède ; les accords de Schengen sur la libre circulation des personnes ne concernent pas, jusqu'en 2015, le Royaume-Uni et l'Irlande mais incluent deux pays non-membres de l'UE (la Norvège et l'Islande). La Politique étrangère et de sécurité commune (PESC), lancée par le traité de Maastricht, est un échec pour l'instant à cause des divergences d'intérêts entre les États. Et les armées européennes sont encore largement intégrées dans l'OTAN sous commandement américain. De plus, les écarts entre les régions se réduisent lentement. Le développement économique par la réduction des inégalités entre les régions est pourtant l'un des buts de la construction européenne depuis le traité de Rome de 1957. Les pays et les régions les moins riches se localisent en Europe centrale et orientale. Ils sont entrés les derniers dans l'UE dans les années 2000. À l'opposé, la richesse et les investissements se concentrent sur les grandes villes d'Europe de l'Ouest, c'est-à-dire Londres, Paris, Francfort, Munich, Turin et Milan.

2. a) 28 pays forment l'Union européenne en 2015.
b) La commission européenne : Bruxelles (Belgique) / le Parlement européen : Strasbourg (France)
c) 19 pays forment la zone euro en 2015.

Sujet 72

La sensibilité : soi et les autres

Exercice : 10 points

ÉNONCÉ Mobiliser les compétences relevant de l'enseignement moral et civique

Document 1 Faire preuve d'empathie pour les personnes en détresse

Campagne d'affichage « Sensibiliser au mal logement », fondation Abbé Pierre, 2013.

Document 2 L'engagement de l'Abbé Pierre

Mes amis, au secours...

Une femme vient de mourir gelée, cette nuit à 3 heures, sur le trottoir du boulevard Sébastopol, serrant sur elle le papier par lequel, avant-hier, on l'avait expulsée. Chaque nuit, ils sont plus de 2 000 recroquevillés sous le gel, sans toit, sans pain, plus d'un presque nu. Devant l'horreur, les cités d'urgence, ce n'est même plus assez urgent !

Écoutez-moi ! En trois heures, deux premiers centres de dépannage viennent de se créer : l'un sous la tente au pied du Panthéon, rue de la Montagne Sainte Geneviève ; l'autre à Courbevoie. Ils regorgent déjà, il faut en ouvrir partout. Il faut que ce soir même, dans toutes les villes de France, dans chaque quartier de Paris, des pancartes s'accrochent sous une lumière dans la nuit, à la porte de lieux où il y ait couvertures, paille, soupe, et où l'on lise sous ce titre « centre fraternel de dépannage », ces simples mots : « Toi qui souffres, qui que tu sois, entre, dors, mange, reprends espoir, ici on t'aime ».

La météo annonce un mois de gelées terribles. Tant que dure l'hiver, que ces centres subsistent, devant leurs frères mourant de misère, une seule opinion doit exister entre hommes : la volonté de rendre impossible que cela dure. Je vous prie, aimons-nous assez tout de suite pour faire cela. Que tant de douleur nous ait rendu cette chose merveilleuse : l'âme commune de la France. Merci ! Chacun de nous peut venir en aide aux sans-abri. Il nous faut pour ce soir, et au plus tard pour demain : 5 000 couvertures, 300 grandes tentes américaines, 200 poêles catalytiques.

Déposez-les vite à l'hôtel Rochester, 92, rue de la Boétie ! Rendez-vous des volontaires et des camions pour le ramassage, ce soir à 23 heures, devant la tente de la montagne Sainte Geneviève.

Grâce à vous, aucun homme, aucun gosse ne couchera ce soir sur l'asphalte ou sur les quais de Paris.

L'Appel de l'Abbé Pierre du 1er février 1954,
extrait du site Internet : http://www.fondation-abbe-pierre.fr

Questions

1. Observez le document 1 :

a) Décrivez l'affiche. Quelle situation indigne est dénoncée ici ? **(2 points)**

b) Comment comprenez-vous le mot « empathie » employé dans le titre ? **(2 points)**

2. Confrontez les documents 1 et 2 :

a) Comment l'abbé Pierre se manifeste-t-il aux Français en 1954 ? **(2 points)**

b) Quelle aide leur demande-t-il ? **(2 points)**

c) Pourquoi peut-on dire que l'abbé Pierre a fait preuve d'empathie toute sa vie ? **(2 points)**

CORRIGÉ

1. a) La progression du nombre des personnes sans-abri est une manifestation virulente de l'exclusion. L'exclusion est un processus de marginalisation, par lequel une personne est rejetée hors d'un groupe et ne peut plus participer à son fonctionnement. Les sources de l'exclusion sont diverses et peuvent se cumuler : chômage, divorce, perte d'un conjoint…
b) L'empathie est la capacité de se mettre à la place des autres personnes pour ressentir leurs émotions. Ainsi, l'empathie nous aide à mieux comprendre les autres.

2. a) Alors que l'hiver 1954 est particulièrement rigoureux *(« La météo annonce un mois de gelées terribles »)*, l'abbé Pierre lance un appel radiodiffusé en faveur des sans-logis.
b) L'abbé Pierre demande aux Français d'accueillir chez eux ces personnes en détresse (« Il faut que ce soir même, dans toutes les villes de France, dans chaque quartier de Paris, des pancartes s'accrochent sous une lumière dans la nuit, à la porte de lieux où il y ait couvertures, paille, soupe, et où l'on lise sous ce titre « centre fraternel de dépannage »). En même temps, il organise des collectes de vêtements et de nourriture.
c) L'engagement de l'abbé Pierre est marqué par la solidarité avec les plus faibles. Il se manifeste pendant l'hiver 1954, lorsqu'il faut, dans l'urgence, porter secours à ceux qui sont jetés à la rue. Il se prolonge avec « la fondation Abbé Pierre » qui lutte pour que les plus pauvres trouvent à se loger dignement et durablement.

Sujet 73

Le droit et la règle : des principes pour vivre avec les autres

Exercice : 10 points

ÉNONCÉ **Mobiliser les compétences relevant de l'enseignement moral et civique**

Document 1 La solidarité et la coopération internationales, l'exemple des opérations de maintien de la paix

Depuis quelques mois, la République centrafricaine (RCA) est de nouveau secouée par des affrontements armés, cette fois-ci entre des éléments de la Séléka et des miliciens anti-balaka. Constituée en août 2012, la Séléka était une coalition de partis politiques et de forces rebelles opposés au Président François Bozizé, qu'elle a contraint à quitter le pouvoir en avril 2013. Des groupes d'auto-défense, les anti-balaka, se sont ligués contre les miliciens de la Séléka, après les exactions commises par ces derniers dans le pays. Ils sont issus d'une population centrafricaine à 80 % chrétienne, alors que la Séléka est principalement formée de musulmans.

5 décembre 2013 – Le Conseil de sécurité de l'ONU a autorisé le déploiement de la Mission internationale de soutien à la Centrafrique sous conduite africaine (MISCA) pour une période de 12 mois. Cette décision a été prise alors que Bangui, la capitale de la République centrafricaine (RCA), est, depuis plusieurs jours, le théâtre d'affrontements ultra-violents entre la Séléka et les anti-balaka.

Préoccupé par la détérioration de la sécurité et la « faillite totale de l'ordre public, l'absence de l'État de droit et les affrontements religieux », le Conseil a, en adoptant à l'unanimité de ses 15 membres la résolution 2127, confié un mandat en plusieurs volets à cette Mission. Appuyée par des forces françaises, la MISCA est notamment chargée de contribuer à protéger les civils et rétablir la sécurité et l'ordre public, à stabiliser le pays et à créer les conditions propices à la fourniture d'une aide humanitaire aux populations qui en ont besoin. Le Conseil de sécurité prie aussi le Secrétaire général de créer rapidement une commission d'enquête internationale chargée d'enquêter sur les violations des droits de l'homme qui auraient été perpétrées en RCA « par quelque partie que ce soit » depuis le 1er janvier 2013.

« La République centrafricaine (RCA) : un pays au bord du génocide »,
site Internet : http://www.un.org/

Document 2 **Le fonctionnement de l'Organisation des Nations unies (ONU)**

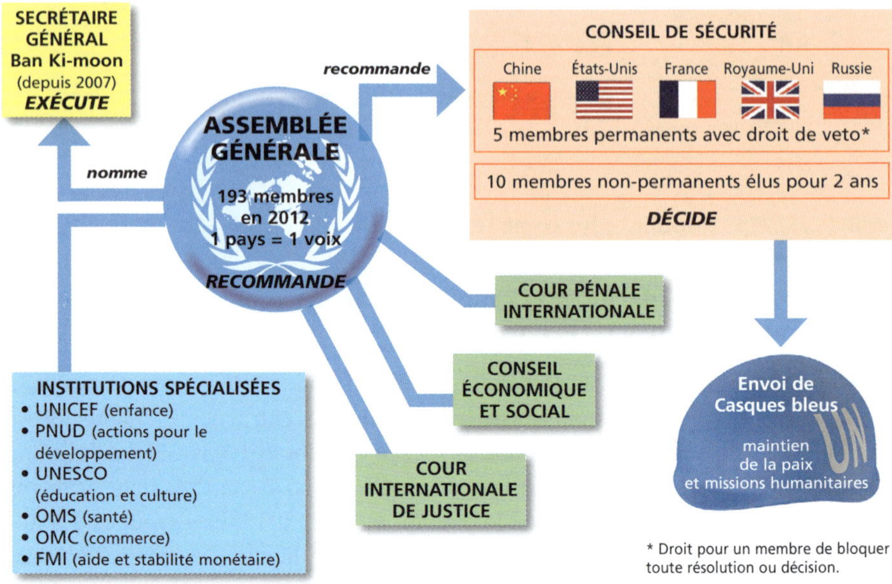

Questions

Confrontez les documents 1 et 2 :

1. Quelle est la situation de la RCA avant que l'ONU ne se décide à agir ? Soyez le plus précis possible. **(3 points)**

2. Comment le processus d'intervention de l'ONU est-il déclenché ? **(2 points)**

3. Qui est chargé d'intervenir sur place ? **(2 points)**

4. Quels sont les objectifs donnés à cette intervention ? **(3 points)**

CORRIGÉ

1. La République centrafricaine (RCA) est en pleine guerre civile : d'un côté la Séléka, de l'autre les anti-balaka. Constituée en 2012, la Séléka était une coalition de partis politiques et de forces rebelles opposés au Président François Bozizé, qu'elle a contraint à quitter le pouvoir en 2013. Des groupes d'autodéfense, les anti-balaka, se sont alors ligués contre les miliciens de la Séléka, après les crimes commis par ces derniers dans le pays. Ils recrutent parmi une population centrafricaine à 80 % chrétienne, alors que la Séléka est principalement formée de musulmans.

2. Le 5 décembre 2013, le Conseil de sécurité de l'ONU autorise – après le vote à l'unanimité de ses 15 membres – le déploiement de la Mission internationale de soutien à la Centrafrique sous conduite africaine (MISCA) pour une période de 12 mois.

3. La MISCA est une force armée constituée de troupes africaines, appuyées par des forces françaises.

4. La MISCA contribue à :
– protéger les civils ;
– rétablir la sécurité et l'ordre public ;
– créer les conditions propices à la fourniture d'une aide humanitaire aux populations qui en ont besoin.

Sujet 74

Le jugement : penser par soi-même et avec les autres

Exercice : 10 points

ÉNONCÉ Mobiliser les compétences relevant de l'enseignement moral et civique

Document 1 **Affiche 2015 de la commune de Floirac (Gironde)**

Boulevard des Potes : Association de lutte contre les discriminations et d'éducation populaire.

Source : Mairie de Floirac, débat sur la laïcité et le vivre ensemble.

Document 2 Extraits de *La Charte de laïcité à l'École* (2013)

Article 3 La laïcité garantit la liberté de conscience à tous. Chacun est libre de croire ou de ne pas croire… / …

Article 4 La laïcité permet l'exercice de la citoyenneté, en conciliant la liberté de chacun avec l'égalité et la fraternité de tous dans le souci de l'intérêt général.

Article 8 La laïcité permet l'exercice de la liberté d'expression des élèves dans la limite du bon fonctionnement de l'École comme du respect des valeurs républicaines et du pluralisme des convictions.

Article 9 La laïcité implique le rejet de toutes les violences et de toutes les discriminations, garantit l'égalité entre les filles et les garçons et repose sur une culture du respect et de la compréhension de l'autre.

Article 13 Nul ne peut se prévaloir de son appartenance religieuse pour refuser de se conformer aux règles applicables dans l'École de la République.

Questions

1. Citez trois valeurs et deux symboles de la République française présents dans les documents. **(2,5 points)**

2. Expliquez les phrases soulignées dans le document 2 pour montrer que la laïcité garantit les libertés à l'École. **(3,5 points)**

3. Vous êtes chargé de présenter la laïcité à l'École à un correspondant étranger en visite dans votre établissement en vous aidant des documents et de vos connaissances. En quelques lignes, comment lui expliquez-vous que la laïcité favorise le « vivre ensemble » à l'École ? **(4 points)**

CORRIGÉ

1. – Trois valeurs républicaines : « Liberté, Égalité, Fraternité ». *Autre réponse possible* : Laïcité.
– Deux symboles de la République française : la figure de Marianne coiffée du bonnet phrygien et le drapeau tricolore.

2. Pour le citoyen, la laïcité signifie la séparation de la citoyenneté et de l'appartenance religieuse augmentée de la garantie de la liberté de conscience.
Depuis la loi de Séparation des Églises et de l'État (1905), l'État ne privilégie aucune religion. En conséquence, il autorise chacun à exprimer ses convictions religieuses « dans la limite du bon fonctionnement de l'École comme du respect des valeurs républicaines et du pluralisme des convictions ».

3. La laïcité fait partie du contrat scolaire depuis les lois de Jules Ferry à la fin du XIXe siècle. Elle signifie : d'une part, l'exclusion de tout enseignement et de tout signe religieux des écoles publiques ; d'autre part, le respect de la liberté de conscience. Depuis la fin des années 1980, la laïcité à l'école a connu de nouveaux développements avec la question du foulard islamique. La loi du 15 mars 2004 interdit aux élèves le port de signes religieux ostensibles dans les écoles, les collèges et les lycées. Cette loi n'empêche pas l'expression religieuse car elle n'est pas dirigée contre la religion en tant que telle, mais contre l'emprise religieuse. La laïcité renforce ainsi la liberté de conscience en protégeant les élèves de tout embrigadement.

Sujet 75

L'engagement : agir individuellement et collectivement

Exercice : 10 points

ÉNONCÉ Les principes démocratiques dans l'élection et la composition de l'Assemblée nationale

Document 1 La composition de l'Assemblée nationale au soir des élections du 17 juin 2012

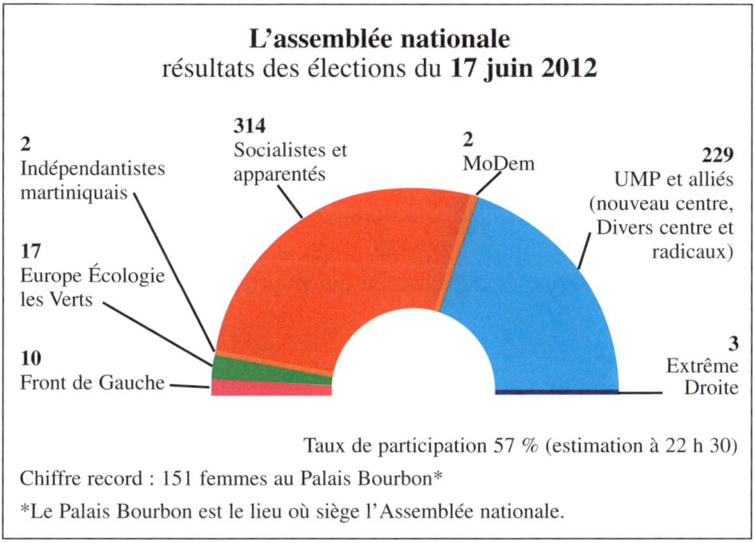

Source : infographie du journal L'Est républicain, 17 juin 2012 (www.estrepublicain.fr)

Document 2 Extraits de la Constitution de la Ve République

Article premier : La France est une République indivisible, laïque, démocratique et sociale. Elle assure l'égalité devant la loi de tous les citoyens sans distinction d'origine, de race ou de religion. [...] La loi favorise l'égal accès des femmes et des hommes aux mandats électoraux et fonctions électives, ainsi qu'aux responsabilités professionnelles et sociales.

Article 3 : La souveraineté nationale appartient au peuple qui l'exerce par ses représentants et par la voie du référendum. [...] Le suffrage peut être direct ou indirect dans les conditions prévues par la Constitution. Il est toujours universel, égal et secret.

EMC

Article 4 : Les partis et groupements politiques concourent à l'expression du suffrage. Ils se forment et exercent leur activité librement. Ils doivent respecter les principes de la souveraineté nationale et de la démocratie.
La loi garantit les expressions pluralistes des opinions et la participation équitable des partis et groupements politiques à la vie démocratique de la Nation.

Questions

1. Quel problème pose le taux de participation aux élections du 17 juin 2012 indiqué dans le document 1 ? **(2 points)**

2. À l'aide d'exemples du document 1, montrez que des opinions différentes s'expriment au sein de l'Assemblée nationale, comme le prévoit la Constitution. **(2 points)**

3. Que révèle le nombre de femmes élues (document 1) sur la représentation des femmes à l'Assemblée nationale et dans la vie politique ? **(2 points)**

4. À l'aide des documents et de vos connaissances, montrez que l'élection et la composition de l'Assemblée nationale mettent en œuvre les principes démocratiques de la République et indiquez ce qui pourrait être amélioré. **(4 points)**

CORRIGÉ

Questions

1. Le faible taux de participation (57 % des inscrits) pose le problème de l'intérêt des citoyens pour la vie politique. Plus précisément pour le choix de leurs députés à l'Assemblée nationale. Le désintérêt des citoyens interroge aussi la légitimité des députés élus par la moitié du collège électoral seulement.

2. – Une dizaine de partis politiques regroupent les 577 députés élus par les citoyens : ils expriment ainsi la diversité des opinions.
– Toutes les opinions sont représentées, de l'extrême gauche (Front de Gauche) à l'extrême droite (Front national).

3. En 2012, 151 femmes siègent à l'Assemblée nationale, soit 26 % du total. Or, les femmes sont majoritaires (plus de 50 %) dans la population française et dans le collège électoral. La confrontation de ces deux réalités révèle la sous-représentation des femmes au Palais Bourbon, et plus généralement dans la vie politique.

4. – Le respect du principe démocratique de la souveraineté du peuple : les députés sont élus au suffrage universel direct par les citoyens.
– Le respect du principe démocratique du pluralisme : les partis politiques participent au pluralisme, c'est-à-dire à l'expression des opinions. Ils animent ainsi le débat politique en présentant leurs propositions qui, s'ils remportent les élections, seront reprises dans le projet du gouvernement. Les partis de l'opposition peuvent proposer des solutions alternatives à la politique de la majorité au pouvoir et ainsi porter le mécontentement de certains électeurs.
– Le respect du principe démocratique de la séparation des pouvoirs : l'Assemblée nationale exerce, comme le Sénat, le pouvoir législatif, soit le pouvoir de proposer et de voter les lois.
– Concernant la place des femmes dans la vie politique, une révision constitutionnelle (1999) ajoute la disposition suivante : « la loi favorise l'égal accès des femmes et des hommes aux mandats électoraux et aux fonctions électives » et prévoit que les partis politiques sont responsables de la mise en œuvre de ce principe. Puis, la loi sur la parité en politique (2000) module le versement de l'argent public aux partis en fonction de leur respect de l'application de cette loi. Il faudrait donc veiller plus fermement au respect de la loi sur la parité.

Sujet 76

Le droit et la règle : des principes pour vivre avec les autres

Exercice : 10 points

ÉNONCÉ **Les grands principes de la Défense nationale**

Document La mobilisation des militaires auprès des populations

Au moment où le Nord-Ouest de la France a connu fin mai 2016 des pluies torrentielles et des débordements de nombreux cours d'eau qui ont généré d'importantes perturbations dans les transports, 10 camions de l'armée de terre ont été déployés, le 2 juin, à la demande du préfet du Loiret pour permettre le transport de plusieurs centaines de personnes bloquées sur des axes routiers vers des zones d'hébergement d'urgence communales. Au total, ce sont 250 militaires qui sont mobilisés depuis un peu plus d'une semaine pour lutter contre les intempéries.

Cette mission de soutien est donc l'occasion de faire un bilan de la participation des forces armées du ministère de la Défense à la lutte contre les intempéries et les feux de forêts sur le territoire national et d'en tirer des conclusions, surtout dans le contexte de resserrement budgétaire et d'état d'urgence dans lequel vit la France.

Source : iFRAP (Fondation pour la recherche sur les administrations et les politiques publiques), article publié le 6 juin 2016.

Questions

1. Expliquez quelle est la mission confiée aux forces de l'armée de terre dans le document. **(2 points)**

2. Citez une autre mission confiée aux forces armées sur le territoire national ou à l'extérieur. **(2 points)**

3. Vous avez été choisi(e) pour représenter la France au prochain sommet de l'Union européenne. Vous êtes chargé(e) de réaliser une note pour présenter une mission des militaires français sur le territoire national ou à l'étranger.
Montrez en quelques lignes que l'armée française est au service des valeurs de la République et de l'Union européenne. **(6 points)**

CORRIGÉ

Questions

1. Ici, la mission confiée à l'armée de terre est une mission de lutte contre les intempéries. Plus précisément, le secours porté aux personnes victimes de pluies torrentielles et d'inondations dans le département du Loiret en juin 2016. Dix camions et 250 militaires ont été déployés pour transporter plusieurs centaines d'habitants bloqués sur les routes vers des zones d'hébergement d'urgence. Les forces armées disposent, en effet, de matériel, d'hommes et de femmes capables d'intervenir rapidement et sur tous les terrains et qui sont placés au service de la population civile.
Autre réponse possible : la lutte contre les feux de forêt, pour les mêmes raisons que précédemment.

2. Parmi les autres missions confiées aux forces armées sur le territoire national, on peut citer : la présence de patrouilles armées pour la surveillance des gares et des lieux très fréquentés par la population française et les touristes (plan Vigipirate ou opération Sentinelle pour prévenir des attaques terroristes)
Une autre mission confiée aux forces armées à l'extérieur : le rétablissement de la paix dans une région du monde, dans le cadre d'une mission commandée par l'Organisation des Nations unies (ONU), par l'Organisation du traité de l'Atlantique Nord (OTAN), par des accords signés avec le pays concerné. Ou encore, une mission humanitaire pour venir en aide à des populations étrangères.

3. Il faut savoir que la Défense repose sur deux piliers :
– garantir l'indépendance de la France pour préserver la valeur républicaine de la liberté et les principes démocratiques de notre régime
– participer à la sécurité internationale pour mettre en action la valeur républicaine de la fraternité (solidarité)
Une échelle des priorités commande l'engagement de l'armée française :
– d'abord, assurer la sécurité du territoire national et européen, et protéger les ressortissants français et européens où qu'ils se trouvent, en France ou à l'étranger
– ensuite, pacifier avec les alliés de la France le voisinage de l'Europe
– enfin, contribuer à la paix dans le monde en participant aux opérations extérieures (OPEX) ordonnées par le Conseil de sécurité des Nations unies, par l'Union européenne ou par le président de la République. Les OPEX sont destinées à défendre les sociétés attaquées par des puissances étrangères ou par

des groupes terroristes. L'armée française a également un rôle humanitaire avec les hôpitaux militaires et l'aide médicale à destination des populations locales.
La mission que vous choisirez devra reprendre ces éléments. Par exemple :
– le secours apporté aux populations civiles victimes d'intempéries est au service de la fraternité (solidarité) ;
– le secours apporté aux populations étrangères victimes d'agressions est au service de la défense de la liberté et des droits de l'homme. Ainsi, depuis 1995, les armées françaises ont été engagées dans plus d'une centaine d'opérations extérieures. À ces opérations, il faut ajouter 5 opérations lancées avant cette date mais toujours en cours : en Israël (depuis 1948), au Liban (1978), au Sinaï (1982), dans le golfe de Guinée (1990) et au Sahara occidental (1991).

SCIENCES

CONSEILS POUR SE PRÉPARER À L'ÉPREUVE DE SCIENCES

1 Le programme

> Le programme de **Sciences et technologie** du cycle 4 est exigeant. Il fait appel à vos connaissances et compétences des classes précédentes et utilise aussi des notions de mathématiques. En classe de troisième, vous allez approfondir vos connaissances, développer votre pratique expérimentale afin de mener une démarche de recherche.

2 Travailler régulièrement tout au long de l'année

> La réussite dans les matières scientifiques, comme dans les autres matières, commence par l'**apprentissage du cours**.

> Pour vous préparer efficacement, apprenez **régulièrement** vos leçons. Construisez à la fin de chaque leçon une **fiche-résumé** sur laquelle devront figurer :

– le titre de la leçon ;
– les notions essentielles ;
– les formules à utiliser.

La fiche doit être synthétique afin d'être facile à relire régulièrement.

> Vous allez être confronté à de nombreux **documents** (tableaux, graphiques, schémas, croquis, cartes, notices…). Vous devez être capable de lire ces documents et d'en tirer des informations.

> Pour réaliser les calculs, il faut bien maîtriser l'usage de la **calculatrice**. Utilisez la même calculatrice le jour de l'épreuve que pendant l'année.

3 S'entraîner à rédiger

> Exercez-vous régulièrement en soignant la **rédaction** et la **présentation des exercices**. Ainsi, le jour d'un contrôle ou d'un examen, vous donnerez une bonne impression au correcteur.

> Face à un exercice, à une question ou à un problème ouvert, il faut clairement **identifier la question posée** et rédiger la réponse :

– quand vous pensez avoir compris la question, récrivez-la avec vos mots ; cela vous permettra, en fin d'exercice, de vérifier que vous y avez bien répondu ;

– citez les documents que vous utilisez pour répondre à la question posée ;

– si vous réalisez un schéma ou un graphique, n'oubliez pas de l'annoter et de lui donner un titre ;

– si la réponse vous conduit à faire un calcul, il faut faire apparaître ses étapes ;

– n'oubliez pas de préciser les unités dans la phrase réponse ; si le résultat est un nombre très grand ou très petit, pensez à utiliser les puissances de dix.

Justifiez toujours vos réponses de façon rigoureuse, en écrivant une phrase complète et rédigez une conclusion : elle doit répondre à la question que vous avez écrite au début.

4 S'entraîner sur de vrais sujets

› Placez-vous dans les **conditions réelles de l'épreuve** : mettez-vous au calme, téléphone éteint, choisissez un sujet d'annales et traitez-le complètement.

› **Respectez le temps imparti** à chaque discipline (1 heure pour les Sciences et technologie), comme le jour de l'examen. Vous pouvez déclencher un chronomètre pour vous aider à gérer votre temps.

› **Lisez l'ensemble du sujet** avant de commencer à rédiger. Identifiez les connaissances dont vous allez avoir besoin et repérez les informations que les documents vous apportent.

› Si vous n'avez pas réussi à faire un exercice, consultez son corrigé puis, deux ou trois jours plus tard, reprenez-le et refaites-le : c'est la meilleure façon de progresser !

5 Quelques jours avant l'épreuve et le jour de l'épreuve

› Vous devez avoir prévu **votre matériel** ; si le papier est fourni, il vous faut en revanche apporter crayons (de différentes couleurs), compas, règle, équerre, calculatrice, gomme et rapporteur.

› Vous devez vous rendre à l'épreuve avec une **pièce d'identité** et votre **convocation**.

› **Sciences physiques et technologie**

– Parcourez le sujet et **identifiez clairement les deux disciplines évaluées**. Vous pouvez traiter les sujets dans l'ordre ou commencer par celui que vous préférez, mais, attention, vous devez traiter les deux sujets.

– Vous devez consacrer un maximum de 30 minutes à chaque sujet : lecture complète du sujet (5 minutes), recherche et rédaction (20 minutes), relecture (5 minutes).

– Soignez l'orthographe, la rédaction et la présentation qui sont évaluées sur 5 points.

› Un sujet peut contenir plusieurs exercices indépendants. Si vous bloquez sur une question, laissez de la place pour y répondre et passez à l'exercice ou à la question suivante.

› Utilisez le brouillon mis à votre disposition pour réaliser au préalable les calculs, les schémas et la conclusion.

Sujet 77

La planète Terre, l'environnement et l'action humaine

Exercice : 14 points

ÉNONCÉ — La Terre dans le système solaire

Température et distance au Soleil

1. La composition des planètes qui gravitent autour de notre Soleil peut être déterminée par des observations directes ou à l'aide de sondes.

Document 1 : Composition des planètes du système solaire.

	Mercure	Vénus	Terre	Mars	Jupiter	Saturne	Uranus	Neptune
Distance au Soleil (en millions de km)	57,9	108,2	149,6	227,9	778,6	1 433,5	2 872,5	4 495,1
Composition chimique	Fer Nickel Roches	Fer Nickel Roches	Fer Nickel Roches	Fer Soufre Roches	Hydrogène Hélium	Hydrogène Hélium	Hydrogène Hélium	Hydrogène Hélium

Comparer les compositions chimiques des différentes planètes du système solaire et justifier leur classement en deux catégories : planètes telluriques (rocheuses) et planètes géantes (gazeuses).

2. Le Soleil libère de l'énergie thermique (chaleur) qui parvient jusqu'en surface des différentes planètes du système solaire.
Il est possible de réaliser une modélisation pour montrer l'influence de la distance au Soleil sur l'énergie therm ique reçue par les planètes.

Document 2 : Schéma du protocole expérimental et résultats.

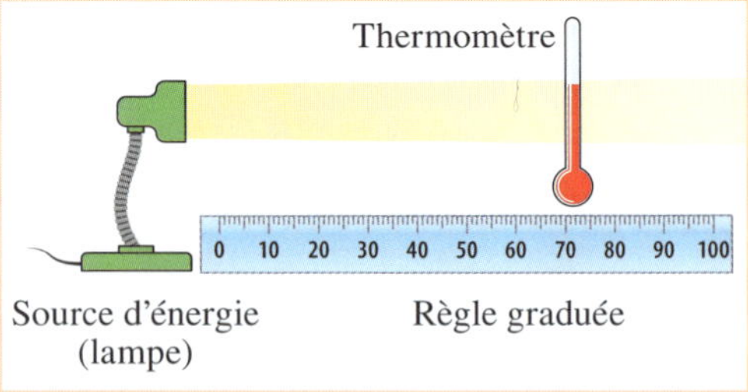

Distance entre la lampe et le thermomètre (en cm)	10	20	30	40	50	60
Température (°C)	28	24	23	21,9	21,5	21

a) À l'aide des résultats obtenus, établir le lien entre température mesurée et distance par rapport à la source d'énergie thermique.
b) En déduire comment devrait varier la température moyenne des planètes du système solaire en fonction de leur distance au Soleil.
3. Les températures moyennes au sol des planètes peuvent être mesurées et mises en parallèle avec les températures théoriques calculées en fonction de leur distance au Soleil.
Le graphique ci-dessous illustre ces températures pour les planètes telluriques.

Document 3 : Températures (mesurées et théoriques) des planètes du système solaire.

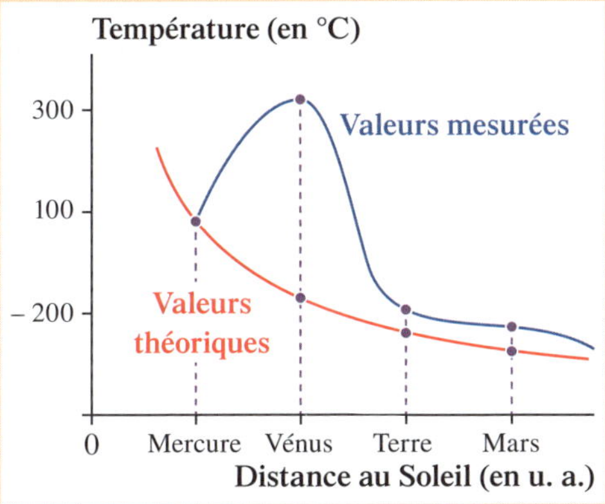

a) Préciser si les températures moyennes théoriques correspondent aux résultats attendus suite à l'expérience de la question précédente.
b) À l'aide de vos connaissances, expliquer simplement pourquoi les températures mesurées sont supérieures aux températures théoriques pour Vénus, la Terre et Mars et pas pour Mercure.

SVT

CORRIGÉ

1. Les 8 planètes du système solaire peuvent être classées en deux catégories en fonction de leur composition chimique.
Les 4 planètes les plus proches du Soleil (Mercure, Vénus, Terre et Mars) sont composées essentiellement de roches : ce sont **les planètes telluriques ou rocheuses**.
Les 4 planètes les plus éloignées du Soleil (Jupiter, Saturne, Uranus et Neptune) sont composées essentiellement de gaz : ce sont **les planètes géantes (gazeuses)**.
2. a) L'expérience montre que **la température diminue lorsque l'on s'éloigne de la source thermique**.
b) **La température moyenne au sol des planètes devrait diminuer avec l'éloignement au Soleil.**
3. a) **Les températures moyennes calculées en fonction de la distance au Soleil correspondent aux résultats attendus** suite à l'expérience précédente, car plus la distance au Soleil est importante, plus les températures décroissent.
b) Les températures au sol mesurées sont supérieures aux températures au sol théoriques pour Vénus, la Terre et Mars car **ces planètes possèdent une atmosphère**. Celle-ci permet **l'effet de serre et donc une augmentation de la température moyenne en surface des planètes**.

Sujet 78

La planète Terre, l'environnement et l'action humaine

Exercice : 14 points

ÉNONCÉ Phénomènes météorologiques

Les courants marins

Les masses d'eau océanique se déplacent et créent de forts courants en surface et en profondeur. On se propose d'étudier les mécanismes permettant la mise en mouvement de ces masses d'eau.

1. Le Gulf Stream est un courant d'eau chaude de surface, qui part de la côte de la Floride et se dirige vers le nord-est de l'océan Atlantique.

Document 1 : Carte des courants océaniques de surface au niveau de l'Atlantique nord.

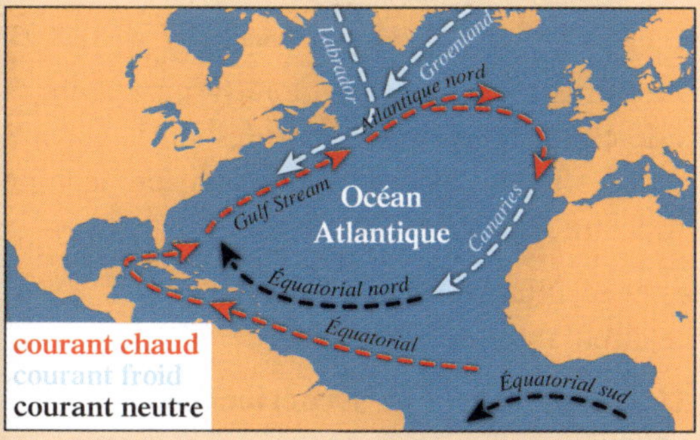

Document 2 : Carte des vents au niveau de l'Atlantique nord.

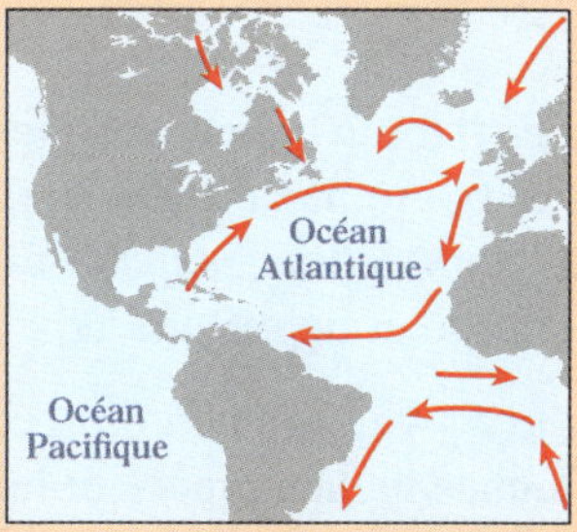

En mettant en relation les deux documents, expliquer une origine possible à la mise en mouvement des eaux de surface à l'origine du Gulf Stream.

2. Des courants océaniques profonds et de surface existent à l'échelle du globe et constituent la circulation dite thermohaline, présentée sur la carte ci-après.

Document 3 : Carte de la circulation thermohaline.

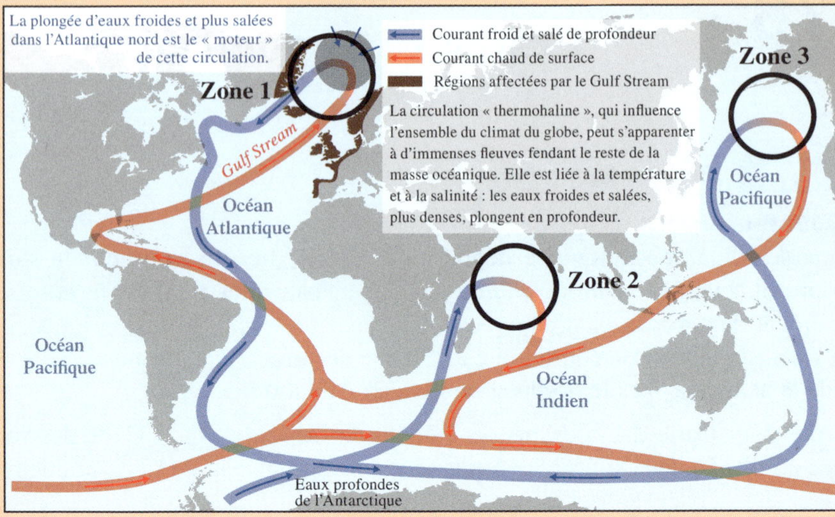

D'après Broeker, 1991 ; Jean-Marc Jancovici, 2003.

Décrire le mouvement des masses d'eau ainsi que l'état de l'eau (température et salinité) pour chacune des trois zones de cette circulation localisées sur la carte.

3. Des expériences peuvent être réalisées afin de vérifier que les différences de température et de salinité de l'eau sont les moteurs de cette circulation.

Document 4 : Tableau des protocoles et résultats d'expériences.
Les flèches bleues précisent le sens de circulation de l'eau colorée.

	Expérience 1	Expérience 2
Expériences sur le rôle de la température de l'eau	**Eau chaude colorée dans la pipette** Eau froide dans le bêcher 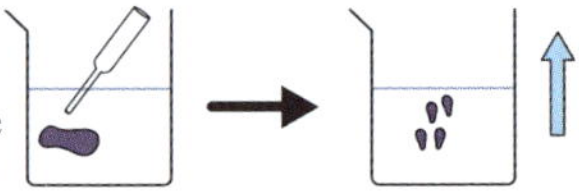	**Glaçon froid coloré** Eau chaude dans le bêcher 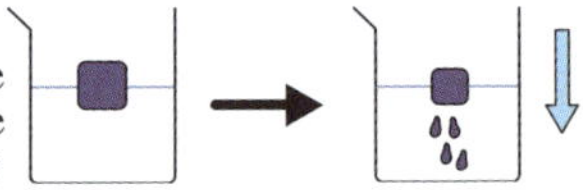
Expériences sur le rôle de la salinité de l'eau	**Eau douce colorée dans la pipette** Eau salée dans le bêcher 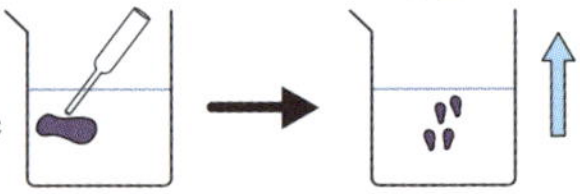	**Eau salée colorée dans la pipette** Eau douce dans le bêcher 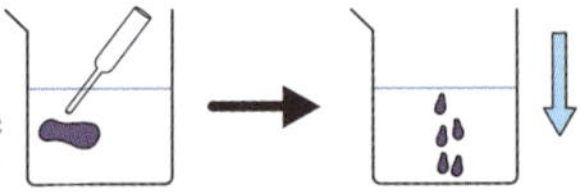

a) Décrire les résultats obtenus pour chacune des expériences présentées dans le document 4.

b) En conclure les rôles de la température et de la salinité des eaux dans la mise en mouvement des masses d'eau océaniques.

CORRIGÉ

1. **Je vois** que la direction des courants de surface est la même que celles des vents à l'échelle de la planète.

J'en déduis que les vents qui soufflent sur les océans provoquent la mise en mouvement de la couche d'eau océanique superficielle et permettent la création de ces courants.

2. **Zone 1 :** Les eaux froides et salées plongent au niveau de l'Atlantique nord et se déplacent vers l'Atlantique sud.

Zone 2 : Les eaux chaudes remontent progressivement au niveau de l'océan Indien.

Zone 3 : Les eaux chaudes remontent progressivement au niveau de l'océan Pacifique.

3. a) **Expériences sur le rôle de la température de l'eau**

- **Expérience 1 :** L'eau chaude venant de la pipette se dirige vers le haut.
- **Expérience 2 :** L'eau froide venant du glaçon se dirige vers le bas.

Expériences sur le rôle de la salinité de l'eau

- **Expérience 1 :** L'eau douce venant de la pipette se dirige vers le haut.
- **Expérience 2 :** L'eau salée venant de la pipette se dirige vers le bas.

b) La basse température de l'eau et sa salinité au niveau de l'Atlantique nord rendent l'eau plus dense, donc plus lourde, et entraînent un mouvement descendant, permettant à ces eaux de plonger. Le réchauffement de cette eau au niveau des océans Pacifique et Indien rend l'eau moins dense, donc plus légère, et entraîne un mouvement ascendant, permettant sa remontée en surface.

Sujet 79

La planète Terre, l'environnement et l'action humaine

Exercice : 17 points

ÉNONCÉ **Exploitation et gestion d'une ressource naturelle**

On s'intéresse à l'approvisionnement énergétique de quelques villes françaises.

Document 1 : Cartes de la répartition du débit d'énergie géothermique, de la moyenne de l'ensoleillement et de la vitesse des vents en France

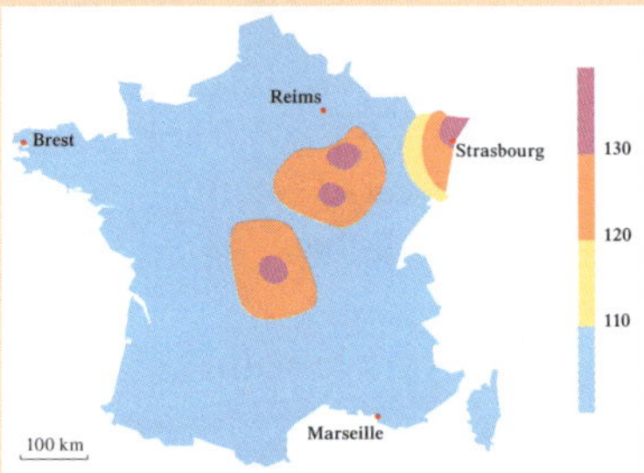

Carte de la répartition du débit moyen d'énergie géothermique issue des profondeurs de la Terre, mesurée en surface de la Terre pour 1 m² (en mW)

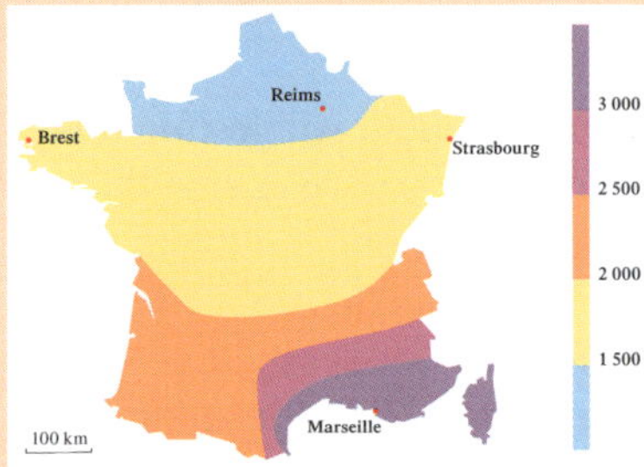

Carte de la moyenne de l'ensoleillement (en heures par année)

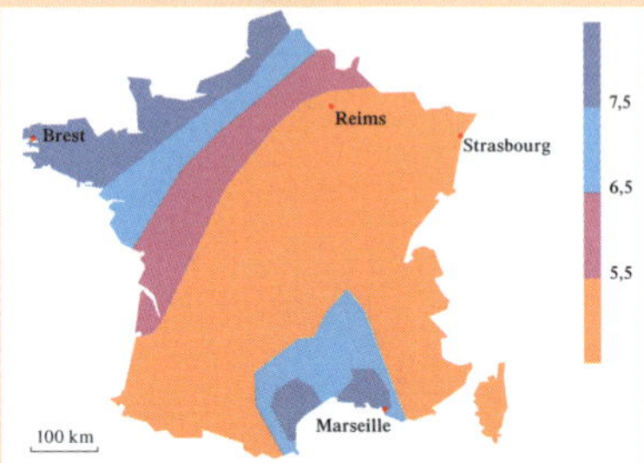

Carte de la vitesse moyenne des vents (en m/s)

Document 2 : Les avantages et les inconvénients de trois énergies renouvelables

Énergies	**Géothermique**	**Solaire**	**Éolienne**
Avantage	Ressource inépuisable à l'échelle d'une vie humaine.		
Inconvénients	Une centrale géothermique n'est installée qu'à partir d'un débit d'énergie en surface suffisant (supérieur à 120 mW/m²).	Certains panneaux solaires ne sont pas rentables si la durée d'ensoleillement ne dépasse pas 1 800 heures de soleil par an.	Une éolienne ne produit pas d'électricité si la vitesse du vent est inférieure à 7,5 m/s.

1. À partir des informations des documents 1 et 2, citer (sans justifier) la ou les énergies renouvelables les plus pertinentes pour les trois villes françaises suivantes : Strasbourg, Brest et Marseille.
2. À partir des informations extraites de ces documents ainsi que des deux documents du sujet 4, proposer une solution à l'approvisionnement énergétique de la ville de Reims. Justifier et argumenter votre réponse.

CORRIGÉ

1. Pour **Strasbourg**, l'énergie renouvelable la plus pertinente est l'**énergie géothermique** ; pour **Brest**, c'est l'**énergie éolienne** et pour **Marseille**, ce sont l'**énergie solaire** et l'**énergie éolienne**.
2. Le document 1 du sujet 4 présente les trois types d'énergie utilisables pour l'approvisionnement énergétique des villes de France : les énergies fossiles, renouvelables ou nucléaire.

Les documents 1 et 2 du sujet 5 nous permettent de voir que Reims se situe dans une zone qui n'est pas favorable aux énergies éolienne, solaire et géothermique. En effet, la ville est située sous le seuil de rentabilité pour ces trois énergies.

Pour la ville de Reims, il reste donc quatre énergies possibles : l'énergie nucléaire, les énergies fossiles, l'énergie renouvelable hydraulique ou l'énergie renouvelable provenant de la biomasse.

Le document 2 du sujet 4 indique que les énergies renouvelables sont à favoriser car leur fréquence doit augmenter entre 2010 et 2035.

Nous pouvons donc choisir **l'énergie provenant de la biomasse comme solution à l'approvisionnement énergétique de la ville de Reims (l'énergie hydraulique étant à exclure car Reims n'est pas en bordure côtière).**

Sujet 80

Le vivant et son évolution

Exercice : 9 points

ÉNONCÉ Nutrition des organismes chlorophylliens

Besoins des plantes en serre

1. Une famille veut installer une serre dans le jardin. Les paramètres à contrôler pour permettre une croissance optimale des plantes dépendent de leurs besoins.
Une plante chlorophyllienne respire et réalise la photosynthèse à condition de recevoir de la lumière. Voici les équations illustrant ces deux réactions.

Document 1 : Équation simplifiée de la photosynthèse.

Eau **(H_2O)** + dioxyde de carbone **(CO_2)** ➡ Molécules organiques + dioxygène **(O_2)**
Lumière

Document 2 : Équation simplifiée de la respiration.

Molécules organiques + dioxygène **(O_2)** ➡ Dioxyde de carbone **(CO_2)** + eau **(H_2O)**

À l'aide de ces équations et de vos connaissances, compléter le schéma du pied de tomate en fin d'exercice (**Document 4**) en précisant les éléments prélevés et rejetés par cette plante chlorophyllienne à côté de chacune des flèches en couleur.

2. La synthèse des molécules organiques se fait dans les parties vertes de la plante (feuilles). Elles sont ensuite redirigées dans l'ensemble des organes afin d'assurer leur croissance.
La synthèse de ces molécules nécessite que l'eau et les sels minéraux prélevés au niveau du système racinaire parviennent jusqu'aux feuilles.

Document 3 : Tableau comparatif des sèves brutes et élaborées.

Type de sève	Composition	Lieu de formation	Rôle
Sève brute	Eau et sels minéraux		
Sève élaborée	Eau et molécules organiques		

a) Compléter le tableau comparatif des deux types de sèves ci-dessus.
b) Ajouter des flèches légendées sur le document 4 indiquant le sens de circulation des sèves brutes et élaborées au sein de la plante.

Document 4 : Prélèvements et rejets d'une plante chlorophyllienne.

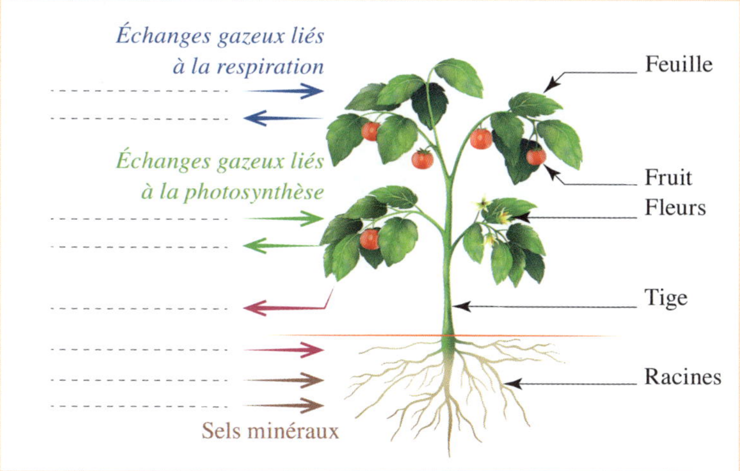

SVT

CORRIGÉ

1. et 2.

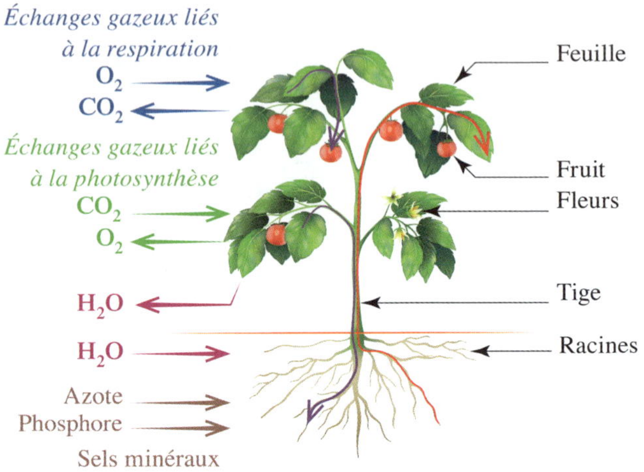

→ **Trajet de la sève brute (des racines aux feuilles)**

→ **Trajet de la sève élaborée (des feuilles vers les autres organes : fleur, fruit, tige, racine…)**

2.

Type de sève	Composition	Lieu de formation	Rôle
Sève brute	Eau et sels minéraux	Racines	Permettre la réalisation de la photosynthèse dans les feuilles.
Sève élaborée	Eau et molécules organiques	Feuilles	Permettre la croissance des organes de la plante.

Sujet 81

Le vivant et son évolution

Exercice : 9 points

ÉNONCÉ Parenté et évolution des êtres vivants

Fossiles et évolution

1. Les tétrapodes sont un groupe de vertébrés caractérisé par la présence de deux paires de pattes locomotrices. La comparaison osseuse des membres antérieurs de tétrapodes actuels et de tétrapodes fossiles permet d'étudier l'évolution de ce groupe.

Document 1 : Croquis du membre antérieur de quatre tétrapodes.

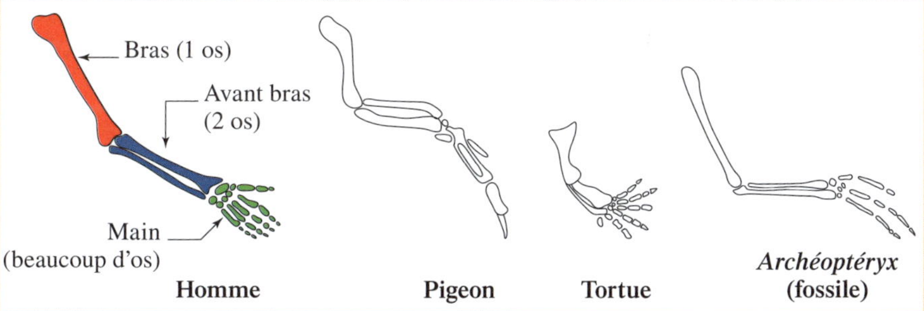

a) Colorier chaque schéma sur le modèle du membre antérieur humain : le bras en rouge, l'avant-bras en bleu et la main en vert.

b) Comparer l'organisation du squelette du membre antérieur de ces quatre tétrapodes.

c) À l'aide de ces informations, justifier un lien de parenté et une origine commune entre les tétrapodes.

2. L'étude et la comparaison des caractères partagés entre espèces actuelles et fossiles permettent de préciser leur degré de parenté.

SVT

Document 2 : Tableau des attributs de 3 tétrapodes. (« Présent » signifie que le tétrapode possède l'attribut.)

Espèces		Oviparité	Mâchoire à dents	Homéo-thermie	Corps à plumes
***Compsognathus* (fossile)**		présent	présent	absent	absent
***Archéoptéryx* (fossile)**		présent	présent	présent	présent
Pigeon domestique		présent	absent	présent	présent

À l'aide du tableau des attributs ci-dessus, compléter l'arbre évolutif avec les termes suivants : *Pigeon domestique*, *Compsognathus*, corps à plumes et perte de la mâchoire à dents.

Document 3 : Arbre évolutif de 3 tétrapodes.

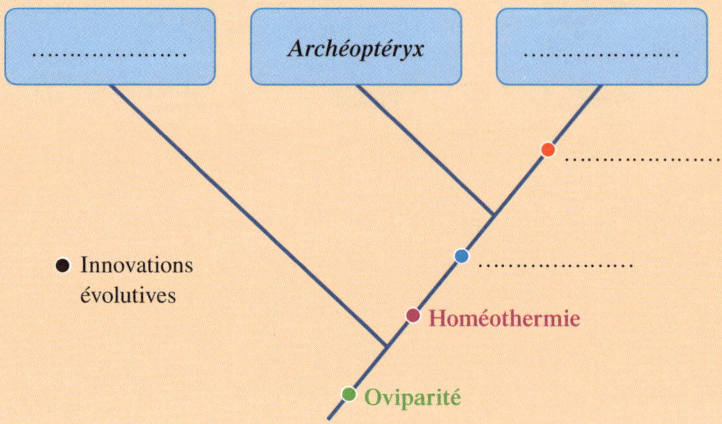

CORRIGÉ

1. a)

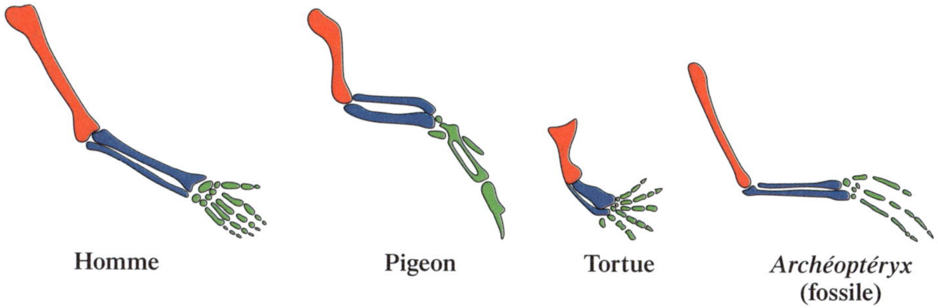

b) La succession bras, avant-bras et main ainsi que le nombre d'os dans chacune de ces parties (bras : 1 os ; avant-bras : 2 os et main : de nombreux os) **se retrouvent chez les 4 tétrapodes, actuels et fossiles**.

c) L'organisation commune mise en évidence par comparaison des membres antérieurs est le signe d'une parenté et d'une origine commune entre les tétrapodes.

2.

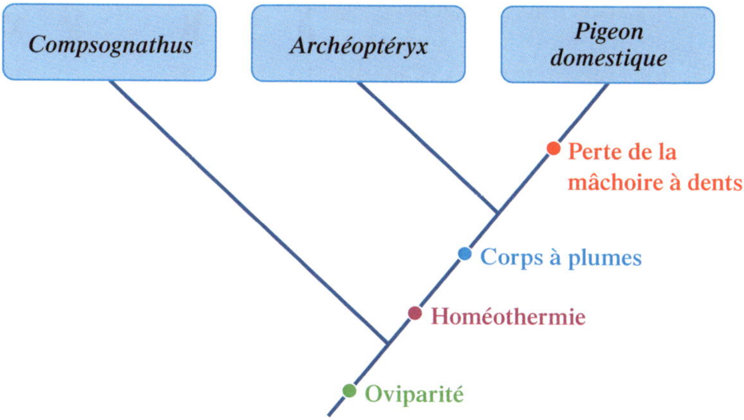

Sujet 82

Le vivant et son évolution

Exercice : 10 points

ÉNONCÉ ADN et génétique

ADN, support de l'information génétique

1. Les chromosomes sont des molécules constituées d'ADN qui se situent dans le noyau de chacune des cellules d'un individu.

Document 1 : Un caryotype.
Un caryotype est une photographie prise de l'ensemble des chromosomes d'une cellule d'un individu à un moment précis de la vie de la cellule.
Les chromosomes sont triés par paire et par taille.
La paire n° 23, appelée paire de chromosomes sexuels, détermine le sexe de l'individu. Les chromosomes sexuels féminins sont XX et les masculins, XY.

Document 2 : Schéma des deux aspects possibles d'un chromosome.

Chromosome simple  **Chromosome double**

Document 3 : Caryotype d'une cellule humaine.

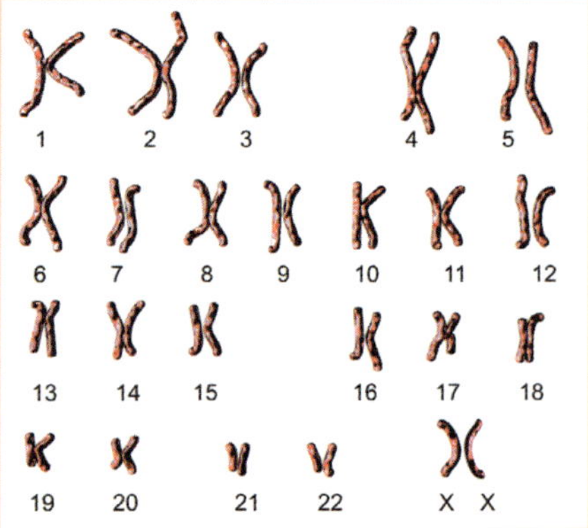

a) En sachant que les chromosomes représentés sur le caryotype (**Document 3**) sont simples, déterminer leur nombre dans une cellule humaine.
b) Déterminer le sexe de l'individu à qui appartient cette cellule.
c) À partir de l'exemple des chromosomes sexuels, justifier l'affirmation : « Les chromosomes portent les informations concernant les caractères de l'individu. »

2. Un gène est un fragment d'ADN portant une information précise. Il peut exister sous plusieurs versions, appelées « allèles ».

Document 4 : Groupe sanguin.
Le groupe sanguin d'un individu est déterminé par la présence ou non de molécules en surface de ses globules rouges.

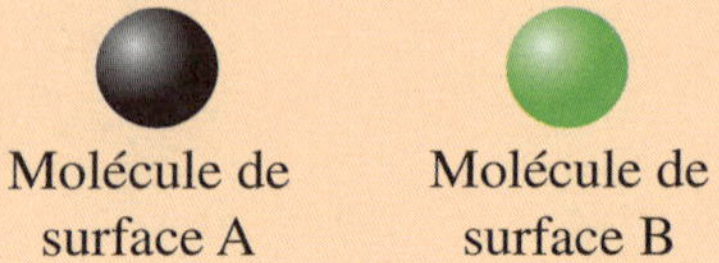

Le gène déterminant le groupe sanguin existe sous trois formes alléliques :
– l'**allèle A** qui permet la fabrication de molécules de surface A ;
– l'**allèle B** qui permet la fabrication de molécules de surface B ;
– l'**allèle O** qui ne permet la fabrication d'aucune molécule.
Les allèles A et B sont co-dominants entre eux et dominants par rapport à l'allèle O.
À l'aide de ces informations et de vos connaissances, compléter le tableau suivant (**Document 5**) des différentes associations alléliques possibles au niveau du gène du groupe sanguin.

Document 5 : Groupe sanguin, origine moléculaire et génétique.

Groupe sanguin	**A**	**B**	**AB**	**O**
Globule rouge (au centre) et molécules de surface	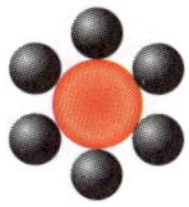			
Associations alléliques possibles sur la paire de chromosomes	 Ou 	 Ou 		

CORRIGÉ

1. a) Une cellule humaine contient **46 chromosomes classés par paires**.

b) La paire de chromosomes sexuels est de type XX, **cette cellule appartient donc à une femme.**

c) L'information concernant le sexe de l'individu est déterminée par les chromosomes sexuels, les chromosomes sont donc bien les porteurs de l'information concernant les caractères de l'individu.

2.

Groupe sanguin	**A**	**B**	**AB**	**O**
Globule rouge (au centre) et molécules de surface	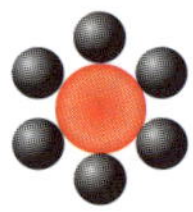			
Associations alléliques possibles sur la paire de chromosomes	allèles **a a** ou allèles **a o** 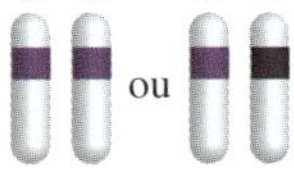	allèles **b b** ou allèles **b o** 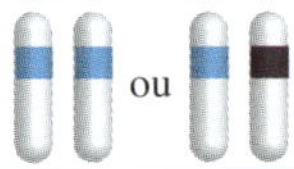	allèles **a b** 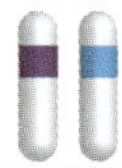	allèles **o o** 

Sujet 83

Le corps humain et la santé

Exercice : 22 points

ÉNONCÉ Système nerveux

Le comportement de l'automobiliste lors du freinage

On s'intéresse au comportement de l'automobiliste lors du freinage, en comparant celui-ci sans ou avec consommation d'alcool.

1. La durée de réaction du conducteur, entre le moment où il voit l'obstacle et le moment où il freine, correspond au temps de prise de décision et de transmission des informations motrices jusqu'aux muscles des membres inférieurs qui appuient sur la pédale de frein.

À l'aide de ces informations, compléter le schéma fonctionnel (doc. 1) ci-dessous de la commande volontaire du freinage chez un automobiliste.

Document 1.

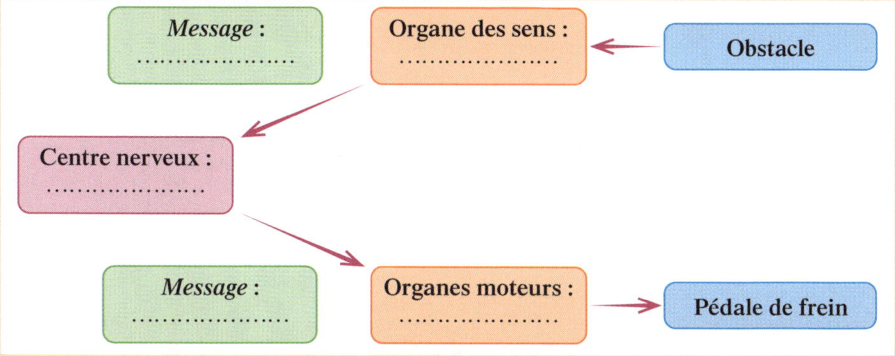

2. Lors d'une expérimentation, on mesure la distance de réaction et la distance de freinage d'une voiture lancée à 50 km/h, conduite par un individu à jeun ou par un individu alcoolisé.

Les résultats de ces mesures sont donnés dans le tableau page suivante.

SVT

Alcoolémie (g/L de sang)	Distance parcourue (mètres)	
	Distance de réaction D_R	Distance de freinage D_F
0	14	16
0,5	22	16
0,8	26	16

Déduire de ces résultats l'effet de l'alcool sur le freinage.

3. Pour identifier le mode d'action de l'alcool sur l'organisme du conducteur, on étudie son effet sur des neurones du circuit de la motricité volontaire chez un animal modèle, dont la sensibilité à l'alcool est identique à celle de l'espèce humaine, selon le protocole schématisé dans le document 2a. Les enregistrements ont été obtenus dans des situations d'alcoolisation différentes (**doc. 2b**).

Document 2a : Principe du dispositif de stimulation électrique et d'enregistrement du message nerveux sur les neurones d'un animal modèle.

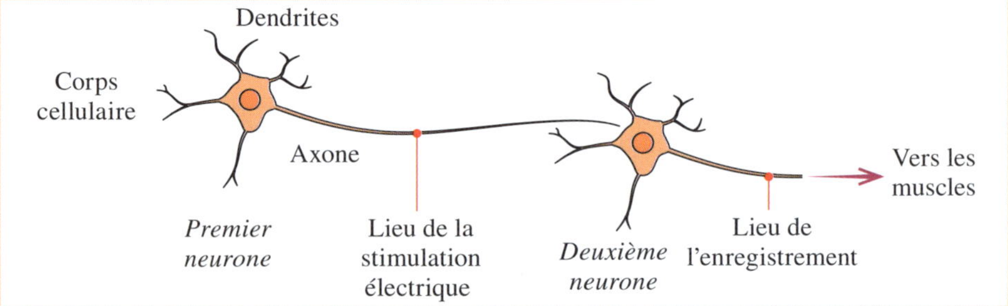

Document 2b : Modélisation des résultats obtenus pour le deuxième neurone dans deux situations expérimentales :
- Situation 1 : sans alcoolisation de l'animal ;
- Situation 2 : avec alcoolisation de l'animal.

À l'aide de l'exploitation des documents 2a et 2b :

a) Préciser sur le document 2a le sens de circulation de l'information nerveuse.

b) Expliquer l'effet de l'alcool sur le comportement d'un conducteur lors du freinage.

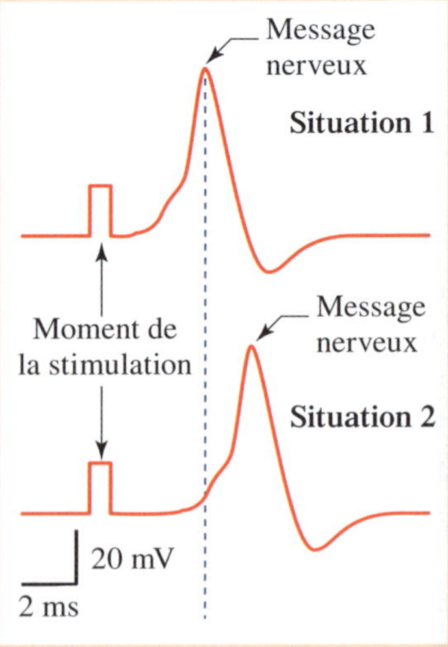

CORRIGÉ

1.

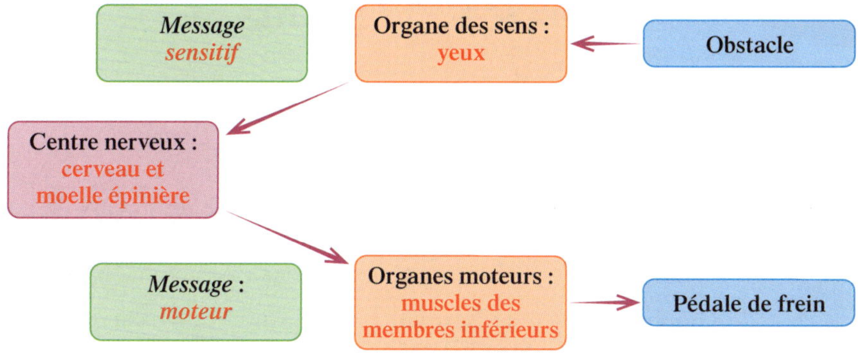

2. Je vois qu'un individu n'ayant pas consommé d'alcool va parcourir 14 + 16 = 30 m pour stopper son véhicule, tandis qu'un individu ayant une alcoolémie de 0,8 g/L va parcourir 26 + 16 = 42 m, donc 12 mètres de plus pour s'arrêter. Je vois que la différence se situe au niveau du temps de réaction du conducteur et non de la distance de freinage du véhicule.

J'en déduis que plus l'alcoolémie du conducteur est importante, plus le temps de réaction et donc la distance totale nécessaire au freinage du véhicule sont importants.

3. a)

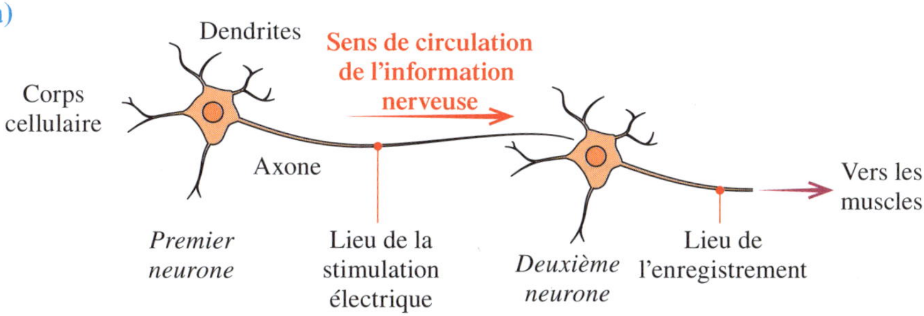

b) Je vois dans le document 2a que l'information nerveuse passe d'un neurone à l'autre jusqu'aux muscles (muscles de la jambe pour freiner). Je vois dans le document 2b que l'information nerveuse met 4 ms pour passer d'un neurone à l'autre chez un animal n'ayant rien consommé tandis qu'elle met 6 ms chez un animal ayant consommé de l'alcool.

J'en déduis que l'alcool ralentit la transmission de l'information nerveuse d'un neurone à l'autre et donc, à grande échelle, de l'organe des sens aux organes moteurs (temps de réaction plus important). La conséquence est l'augmentation de la distance totale d'arrêt du véhicule. **Le comportement du conducteur est donc plus dangereux après une consommation d'alcool.**

SVT

Sujet 84

Le corps humain et la santé

Exercice : 17 points

ÉNONCÉ Réactions immunitaires

Une infection bactérienne

1. Bastien se réveille un matin en ayant une toux persistante, des maux de gorge et de tête. Il se rend aussitôt chez son médecin qui lui diagnostique une bronchite bactérienne (inflammation des bronches pulmonaires causée par une bactérie).

Document 1 : Graphique illustrant l'évolution des quantités de bactéries et d'anticorps dans le sang de Bastien lors de l'infection.

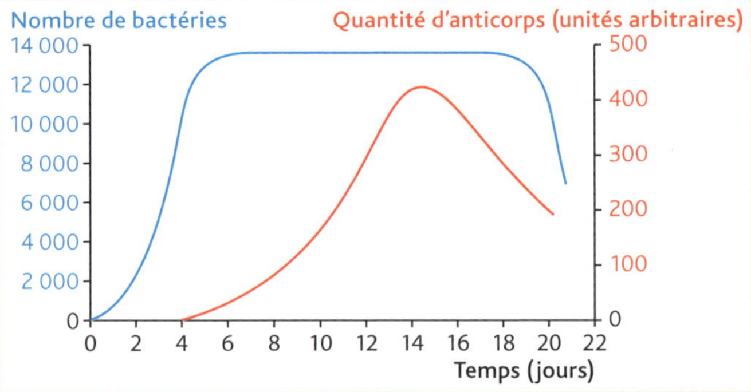

Décrire l'évolution de la quantité de bactéries dans le sang suite à la contamination.

2. L'organisme de Bastien se défend face à cette attaque bactérienne.
Compléter le schéma illustrant l'action des lymphocytes B dans la défense de l'organisme (**Document 2**). Dans l'étape 3, représenter le complexe antigène/anticorps au niveau de la bactérie.

Document 2 : Schéma illustrant l'action des lymphocytes B dans la défense de l'organisme.

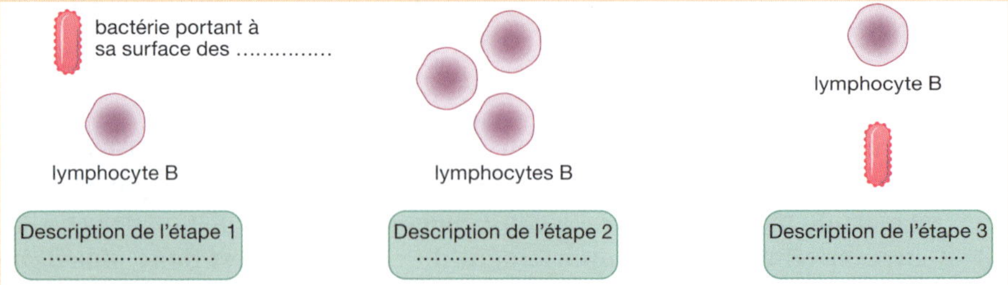

3. Le médecin informe Bastien qu'il est séropositif pour la bactérie responsable de sa bronchite. Rappeler la définition de séropositivité et expliquer pourquoi le médecin peut dire cela à Bastien.

4. Pour aider l'organisme à se défendre face aux bactéries, des antibiotiques peuvent être prescrits.

Document 3 : Schéma illustrant un antibiogramme.

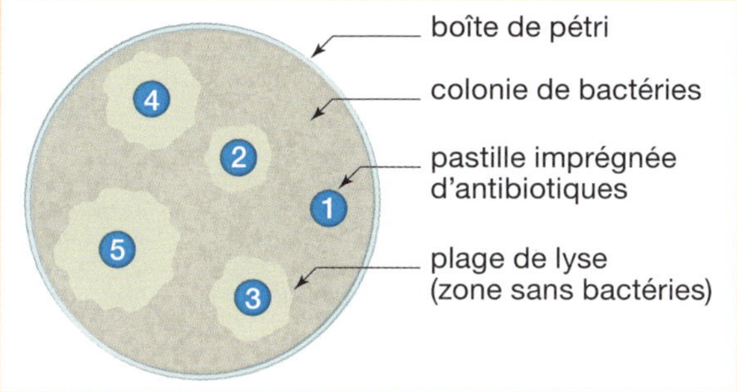

Des pastilles imbibées d'antibiotiques sont placées sur une colonie bactérienne. Une plage de lyse se forme dans la colonie suite à la mort des bactéries. La taille de la plage de lyse dépend de l'efficacité des antibiotiques pour détruire les bactéries.

Document 4 : Tableau illustrant l'évolution de la présence de bactéries et des symptômes ressentis par Bastien au cours du temps.

Jours	**1**	**2**	**3**	**4**	**5**
Présence de bactéries dans l'organisme	Oui +++	Oui +++	Oui ++	Oui ++	Non –
Symptômes ressentis	Maux de tête Mal de gorge Fièvre	Maux de tête Mal de gorge	Aucun	Aucun	Aucun

a) Déterminer à partir de l'antibiogramme du document 3 l'antibiotique qui sera prescrit à Bastien par le médecin.
b) Expliquer, à l'aide du document 4, pourquoi il ne faut pas arrêter de prendre ses antibiotiques avant la fin de la durée du traitement, même si les symptômes disparaissent.
c) Rappeler pourquoi le médecin ne prescrit pas d'antibiotiques lors d'une bronchite virale.

CORRIGÉ

1. La quantité de bactéries augmente fortement dans le sang suite à la contamination : c'est l'**infection.**

2.

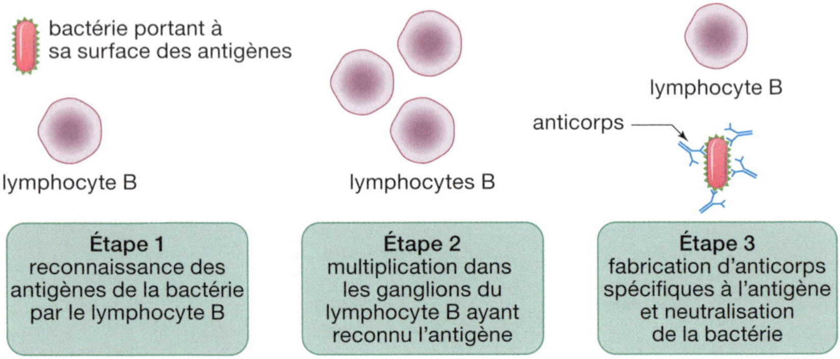

3. Une personne est dite **séropositive lorsque des anticorps contre un antigène donné sont présents dans son organisme.** Bastien est séropositif pour la bactérie responsable de sa bronchite, car ses lymphocytes B ont fabriqué des anticorps spécifiques contre cette bactérie et qu'ils sont détectables dans son sang.

4. a) **L'antibiotique** qui sera **prescrit à Bastien est le n° 5.** La plage de lyse autour de la pastille imprégnée de cet antibiotique est la plus grande, donc la quantité de bactéries tuées par celui-ci est la plus importante. Cet antibiotique est, par conséquent, le plus efficace contre cette bactérie.

b) Il ne faut pas arrêter la prise d'antibiotiques avant la fin du traitement, même si les symptômes disparaissent au bout du deuxième jour ; en effet, **les bactéries les plus résistantes sont encore présentes dans l'organisme jusqu'au quatrième jour.** Si le traitement est stoppé, les bactéries les plus fortes pourront à nouveau se multiplier et développer une résistance face à cet antibiotique.

c) Le médecin ne prescrit pas d'**antibiotiques** lors d'une bronchite virale, car ceux-ci sont **inefficaces contre les virus.**

Sujet 85

Le corps humain et la santé

Exercice : 12 points

ÉNONCÉ Reproduction humaine

Transmission de l'information génétique

1. Les associations alléliques pour chaque gène d'un individu sont déterminées dès la fécondation. La fécondation est la rencontre entre une cellule reproductrice mâle et une cellule reproductrice femelle aboutissant à la fabrication d'une cellule-œuf.

Document 1 : Schéma illustrant l'association des chromosomes au moment de la fécondation.

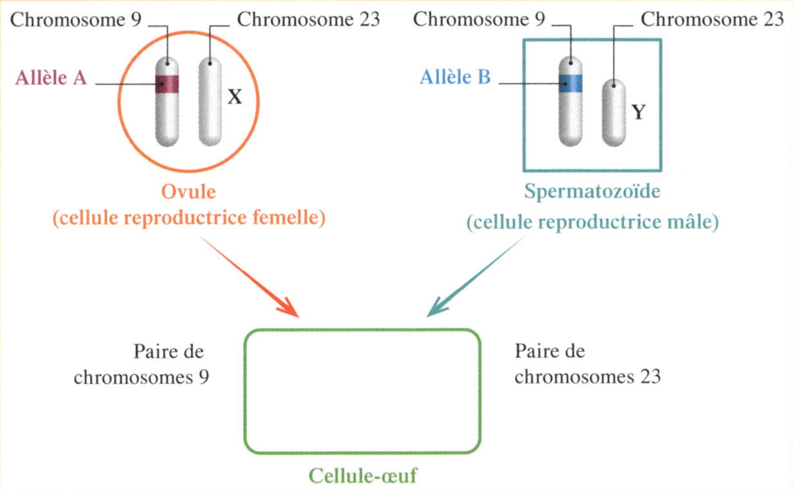

a) Compléter le schéma ci-dessus en précisant les chromosomes des paires 9 (portant le gène groupe sanguin) et 23 (paire de chromosomes sexuels) de la cellule-œuf.
b) En déduire le sexe et le groupe sanguin du futur nouvel individu.

2. Les chromosomes sexuels présents dans la cellule-œuf (XX ou XY) orientent le développement de l'appareil reproducteur vers la voie féminine ou masculine. Cette différenciation permet l'apparition des caractères sexuels primaires. Les caractères sexuels secondaires apparaîtront à la puberté.
Citer deux exemples de caractères sexuels secondaires qui apparaissent à la puberté chez la fille et deux exemples de caractères sexuels secondaires qui apparaissent à la puberté chez le garçon.

SVT

3. À partir de la puberté, les Hommes deviennent aptes à se reproduire. La reproduction humaine est une reproduction sexuée et implique donc une fécondation. Cette fécondation a lieu dans les trompes utérines de la femme.

Document 2 : Schéma de l'appareil reproducteur féminin.

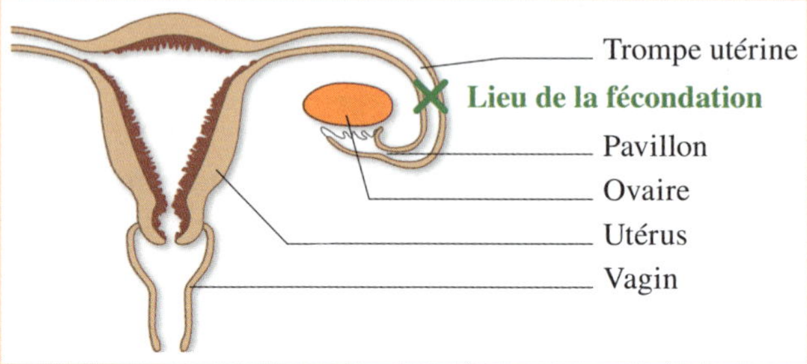

a) Placer sur le schéma ci-dessus :
– une croix bleue pour situer le lieu d'arrivée des spermatozoïdes au moment du rapport sexuel ;
– une croix rouge pour situer le lieu d'arrivée de l'ovule au moment de l'ovulation ;
– des flèches symbolisant le trajet des cellules reproductrices de leur lieu d'arrivée jusqu'au lieu de la fécondation.

b) Expliquer pourquoi la fécondation humaine est un exemple de fécondation interne.

CORRIGÉ

1. a)

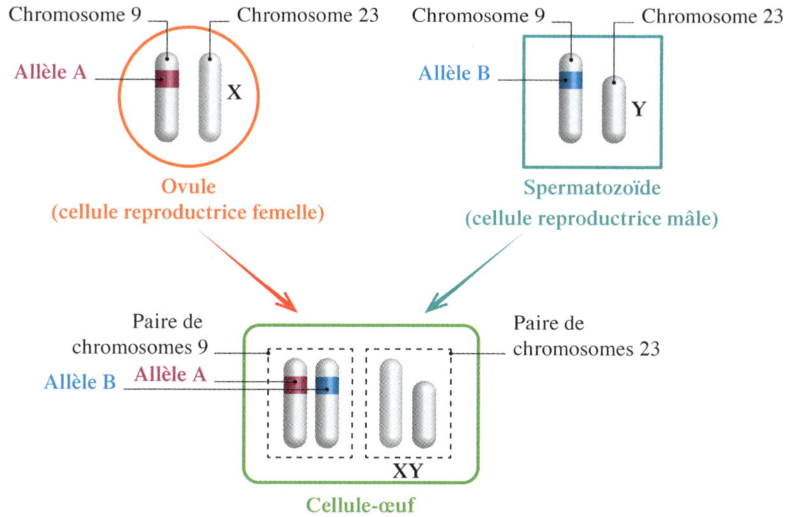

b) Le futur nouvel individu sera un **garçon (XY) de groupe sanguin AB.**

2. Caractères sexuels secondaires chez la **fille** : pilosité, développement de la poitrine, élargissement des hanches…

Caractères sexuels secondaires chez le **garçon** : pilosité, mue de la voix, augmentation du volume des testicules…

3. a)

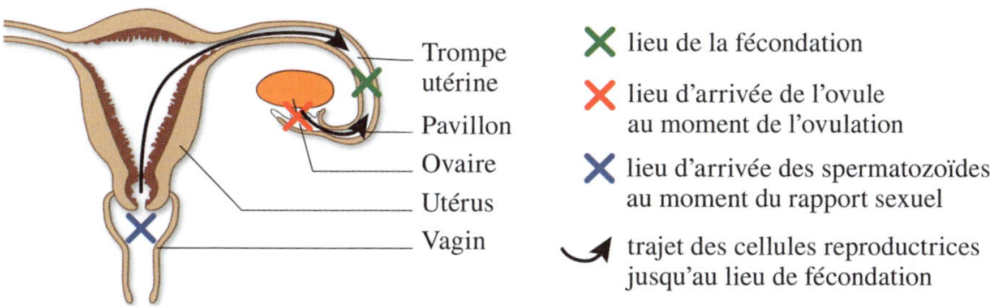

b) Une fécondation interne est, par définition, une **fécondation se déroulant à l'intérieur de l'appareil reproducteur féminin. La fécondation humaine ayant lieu dans les trompes utérines, il s'agit bien d'une fécondation interne.**

SVT

Sujet 86

Organisation et transformations de la matière

Exercice : 14 points

ÉNONCÉ Constitution et états de la matière

1. Mesure du pH

Une solution aqueuse est un liquide contenant de l'eau et une substance dissoute. Elle peut être caractérisée par la mesure de son pH. On a mesuré le pH de quelques solutions se trouvant dans la cuisine.

Document 1 : pH de quelques solutions aqueuses.

Liquide	Lait	Vinaigre	Coca-cola	Eau minérale	Jus de tomate	Soude	Acide chlorhydrique	Eau de javel	Perrier	Ammoniaque
pH	6,5	2,4	2,6	7,0	3,8	13,0	1,8	13,2	5,2	12,0

Document 2 : Matériel pouvant être utilisé pour mesurer le pH.

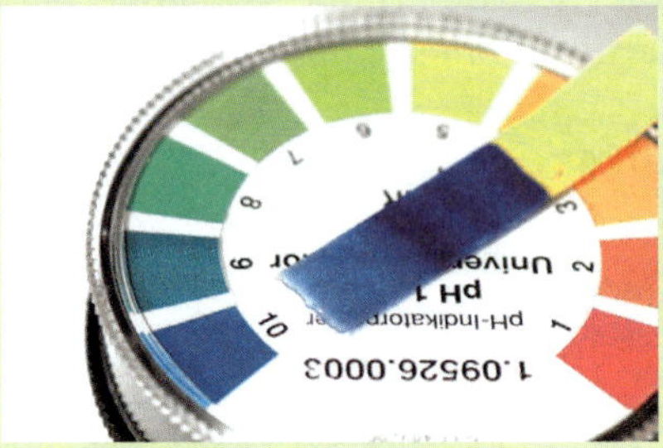

Papier pH et nuancier.

pH mètre.

a) À l'aide de vos connaissances, compléter l'échelle de pH ci-dessous en indiquant le nom des différentes zones de pH. Classer, dans un tableau, les liquides du document 1 en fonction de leur pH.

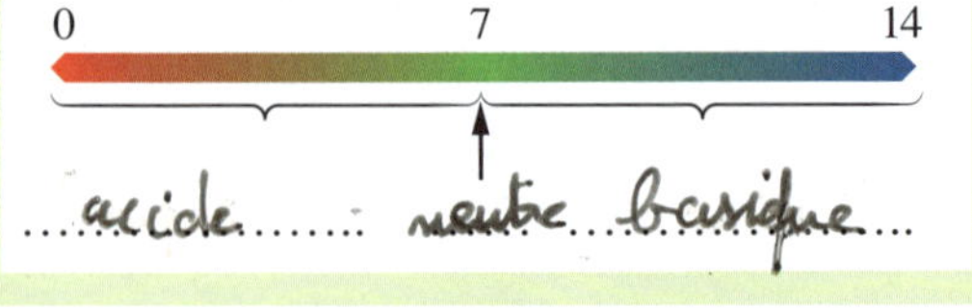

b) Les mesures du pH des solutions du document 1 ont-elles été obtenues en utilisant un papier indicateur de pH ? Argumenter la réponse.
c) Comment varient le pH et l'acidité d'une solution acide ? Classer les solutions acides du document 1 par acidité décroissante.

Document 3 : Modélisation de trois solutions aqueuses.

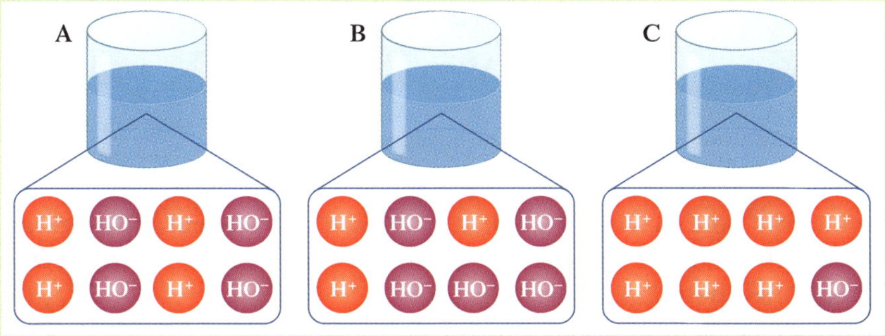

d) Nommer les deux ions représentés dans ces solutions.
e) Quelle modélisation correspond à une solution acide ? À une solution basique ? Justifier la réponse.

2. L'ammoniaque, dangereuse ou pas ?

L'ammoniaque est un produit utilisé comme détachant. Sur la bouteille figurent les informations suivantes :

Solution concentrée de pH = 12
Pour une utilisation domestique, réaliser une dilution en utilisant 50 mL de solution pour 1 litre de préparation.

a) Indiquer la signification des pictogrammes de danger.
b) Quelles précautions faut-il prendre pour utiliser ce produit ménager ?
c) Expliquer la méthode permettant de préparer 1 litre de solution diluée pour un usage domestique et indiquer le volume d'eau à utiliser.
d) Comment va évoluer le pH de l'ammoniaque lors de cette dilution ?

CORRIGÉ

1. a)

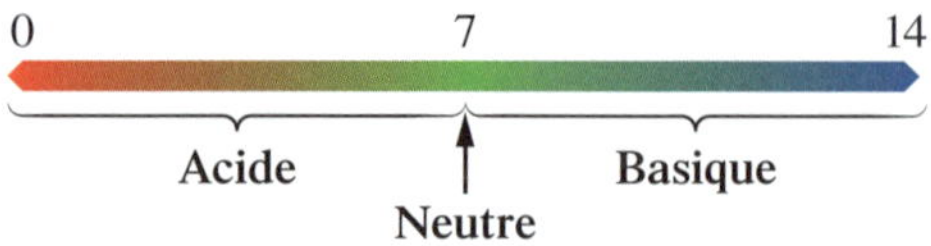

Acide	Neutre	Basique
Lait, vinaigre, Coca-cola, jus de tomate, acide chlorhydrique, Perrier	Eau minérale	Soude, eau de javel, ammoniaque

b) Les mesures sont précises au dixième. **Elles n'ont pas été obtenues avec le papier indicateur de pH** car ce dernier a une précision à l'unité. **Elles ont été obtenues avec le pH-mètre**.

c) Le pH d'un acide diminue lorsque l'acidité augmente. Le liquide le plus acide est donc l'acide chlorhydrique (pH = 1,8), **puis le vinaigre** (pH = 2,4), **le Coca-cola** (pH = 2,6), **le jus de tomate** (pH = 3,8), **le Perrier** (pH = 5,2) et enfin **le lait** (pH = 6,5).

d) L'ion H^+ est l'ion hydrogène. Il est responsable de l'acidité d'une solution.
L'ion HO^- est l'ion hydroxyde. Il est responsable de la basicité d'une solution.

e) Une solution acide contient d'avantage d'ions H^+ que d'ions HO^-. **La modélisation C représente donc une solution acide.**
Une solution basique contient d'avantage d'ions HO^- que d'ions H^+. **La modélisation B représente donc une solution basique.**

2. a) Les pictogrammes de danger signifient :
– Pictogramme 1 : **nocif - irritant**,
– Pictogramme 2 : **polluant**,
– Pictogramme 3 : **corrosif**.

b) Pour utiliser ce produit, il faut **se munir de gants** (pictogramme 4) et **de lunettes de protection** ou **d'un masque** (pictogramme 5).

c) Pour préparer 1 litre de solution diluée pour un usage domestique, **il faut prélever 50 mL de la solution en portant des gants et un masque, puis verser les 50 mL d'ammoniaque dans 950 mL d'eau.**

d) L'ammoniaque est une solution basique (pH = 12,0). Lors de la dilution, la solution va être moins basique, **son pH va donc diminuer et tendre vers 7**.

Sujet 87

Organisation et transformations de la matière

Exercice : 14 points

ÉNONCÉ Les transformations chimiques

L'acide acétylsalicylique est plus connu sous le nom d'aspirine. C'est la substance active de nombreux médicaments utilisés dans les traitements de la douleur (antalgique), de la fièvre (antipyrétique) et des inflammations (anti-inflammatoire). En France, plus de 200 médicaments commercialisés contiennent de l'aspirine.

Document 1 : Description de l'aspirine

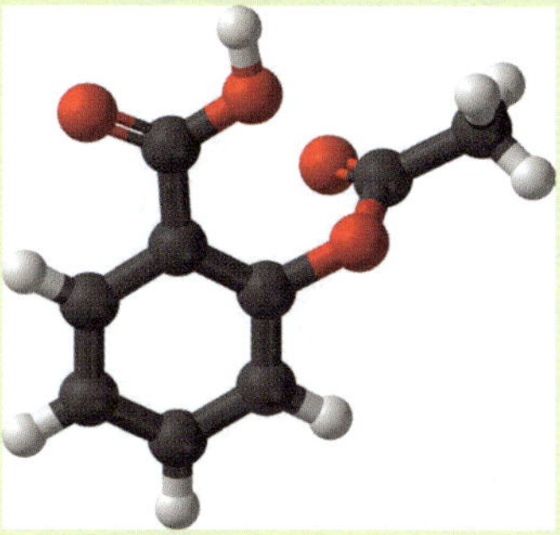

Formule de l'aspirine : $C_9H_8O_4$

Document 2 : Système digestif

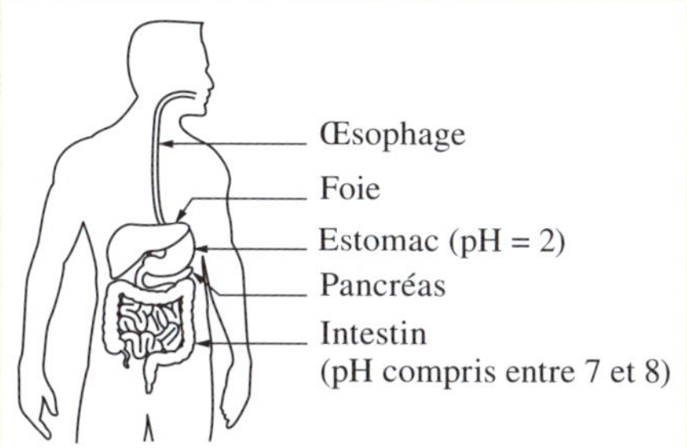

Pour certains traitements médicaux particuliers, le médecin prescrit des gélules d'aspirine gastrorésistantes afin que l'absorption de la substance active se fasse au niveau de l'intestin plutôt qu'au niveau de l'estomac. Comme leur nom l'indique, les gélules gastrorésistantes résistent à l'acidité de l'estomac, dite acidité gastrique, grâce à la pellicule spécifique dont elles sont enrobées.

1. Indiquer le nombre d'atomes d'oxygène présents dans la molécule d'aspirine.

2. En exploitant le document 2, proposer un protocole expérimental permettant de prouver qu'une gélule d'aspirine gastrorésistante résiste à l'acidité gastrique. On pourra formuler la réponse sous forme de texte et/ou de schémas.

PHYSIQUE - CHIMIE

CORRIGÉ

1. La formule chimique de la molécule d'aspirine est $C_9H_8O_4$. Le symbole chimique de l'atome d'oxygène est O. Le coefficient placé à droite du symbole est le chiffre 4. **La molécule contient donc quatre atomes d'oxygène.**

2. *Le protocole expérimental doit permettre de prouver que la gélule résiste à l'acidité gastrique. L'estomac et l'intestin n'ont pas le même pH (document 1). Il faut donc réaliser deux expériences afin de simuler ces deux milieux. Une solution d'acide chlorhydrique dilué (pH = 2, solution acide) permettra de simuler le milieu de l'estomac. Une solution de soude diluée (pH = 7-8, solution légèrement basique) permettra de simuler le milieu de l'intestin.*

Matériel :

2 béchers

2 gélules gastrorésistantes

Solution d'acide chlorhydrique dilué

Solution de soude diluée

Protocole :

Mesurer le pH des deux solutions à l'aide de papier pH afin de vérifier leur pH.

Verser dans un bécher 50 mL d'une solution d'acide chlorhydrique dilué simulant ainsi le milieu de l'estomac.

Verser dans le second bécher 50 mL d'une solution de soude diluée simulant le milieu de l'intestin.

Placer une gélule gastrorésistante dans chaque bécher.

Attendre quelques minutes et observer.

Résultats attendus :

Dans le bécher contenant la solution simulant l'estomac, la gélule ne se dissout pas.

Dans le bécher contenant la solution simulant l'intestin, la gélule se dissout.

La gélule ne se dissout pas lors de son passage dans l'estomac alors qu'elle se dissout bien dans l'intestin. La gélule est bien gastrorésistante.

Schémas : voir page suivante.

Schémas :

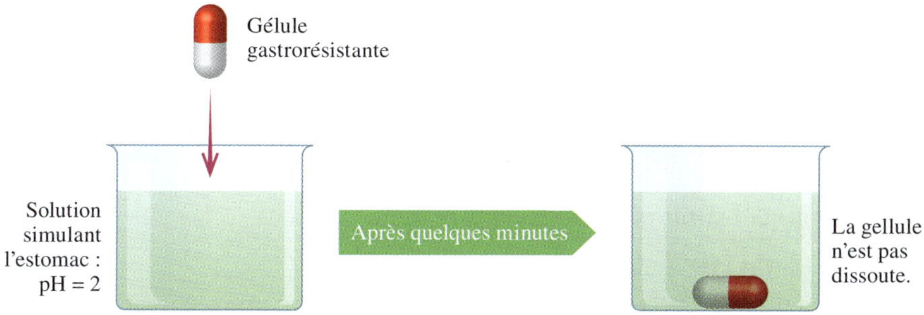
Gélule
gastrorésistante
Solution
simulant
l'estomac :
pH = 2
Après quelques minutes
La gellule
n'est pas
dissoute.

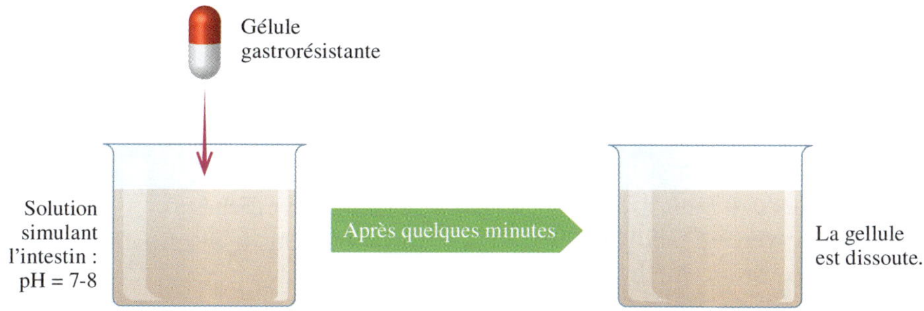
Gélule
gastrorésistante
Solution
simulant
l'intestin :
pH = 7-8
Après quelques minutes
La gellule
est dissoute.

Sujet 88

Organisation et transformations de la matière

Exercice : 12 points

ÉNONCÉ Constitution et états de la matière

Coloration de l'ADN

Le vert de méthyle acétique est une solution qui peut être utilisée pour colorer les noyaux, les chromosomes et l'ADN. On se propose d'étudier les constituants de ce colorant ainsi que le protocole permettant de l'obtenir.

Document 1 : Protocole permettant d'obtenir 100 mL de vert de méthyle acétique.

Préparer une solution contenant 55 mL d'eau distillée et 45 mL d'acide acétique.

Peser 1 g de vert de méthyle en poudre.

Dissoudre le vert de méthyle dans la solution.

Document 2 : Données chimiques.

– Vert de méthyle : $C_{26}H_{33}Cl_2N_3$, $ZnCl_2$

– Acide acétique : $C_2H_4O_2$

– T_{fusion} : 16,64 °C , $T_{ébullition}$: 117,9 °C

– Miscible avec l'eau

– Insoluble dans le disulfure de carbone

Document 3 : Pictogrammes de danger et de sécurité du vert de méthyle acétique.

Document 4 : Extrait de la classification périodique des éléments indiquant le numéro atomique.

1 H Hydrogène							2 He Hélium
3 Li Lithium	4 Be Béryllium	5 B Bore	6 C Carbone	7 N Azote	8 O Oxygène	9 F Fluor	10 Ne Néon
11 Na Sodium	12 Mg Magnésium	13 Al Aluminium	14 Si Silicium	15 P Phosphore	16 S Soufre	17 Cl Chlore	18 Ar Argon

1. Étude des constituants de la solution

a) Donner la composition de la molécule d'acide acétique.

b) Utiliser les documents et vos connaissances pour compléter le tableau suivant.

Nom de l'atome				
Symbole	C	H	N	O
Modélisation				
Numéro atomique				
Nombre de charges positives contenues dans le noyau				
Nombre d'électrons contenus dans le nuage électronique				

c) En vous aidant du tableau précédent, justifier l'affirmation : « Un atome est électriquement neutre. »

d) Proposer une modélisation de l'atome de carbone.

e) Parmi les 4 modèles moléculaires proposés ci-dessous, lequel représente la molécule d'acide acétique ? Justifier la réponse.

Modèle A	**Modèle B**	**Modèle C**	**Modèle D**
		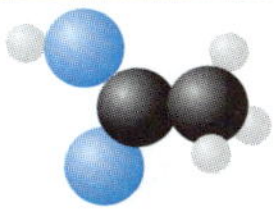	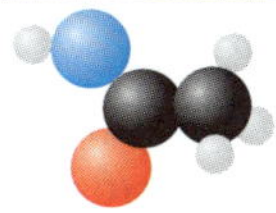

2. Préparation du vert de méthyle

a) Établir la liste du matériel nécessaire à la préparation du vert de méthyle acétique.

b) Le vert de méthyle acétique est-il un corps pur ou un mélange ? Justifier la réponse.

c) Décrire les pictogrammes de danger et de sécurité du vert de méthyle acétique.

d) Expliquer l'indication « miscible avec l'eau » figurant dans les données de l'acide acétique.

e) Calculer la masse de poudre de vert de méthyle nécessaire pour réaliser 150 mL de vert de méthyle acétique.

CORRIGÉ

1. a) La molécule d'acide acétique a pour formule $\mathbf{C_2H_4O_2}$. L'acide acétique contient 2 atomes de carbone, 4 atomes d'hydrogène et 2 atomes d'oxygène.

b)

Nom de l'atome	Carbone	Hydro-gène	Azote	Oxygène
Symbole	C	H	N	O
Modélisation				
Numéro atomique	6	1	7	8
Nombre de charges positives contenues dans le noyau	6	1	7	8
Nombre d'électrons contenus dans le nuage électronique	6	1	7	8

c) Un atome est électriquement neutre **car il contient autant de charges positives dans son noyau que d'électrons (négatifs) dans son nuage d'électrons**.

d) L'atome de carbone contient 6 charges positives dans son noyau et 6 électrons dans son nuage électronique.

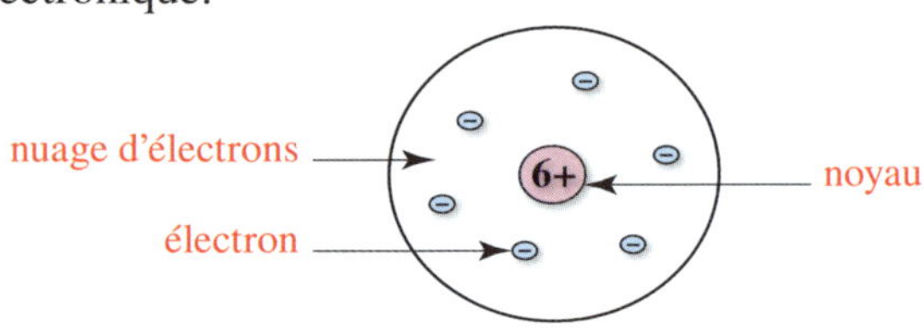

e) Le modèle moléculaire qui représente la molécule d'acide acétique est le **modèle B** car il contient 2 atomes de carbone, 4 atomes d'hydrogène et 2 atomes d'oxygène.

2. a) La préparation du vert de méthyle acétique nécessite :
- balance, coupelle, spatule ;
- eau distillée ;
- vert de méthyle en poudre ;
- éprouvette graduée, béchers ;
- acide acétique.

b) Le vert de méthyle acétique est **un mélange** car il contient **trois substances différentes** : eau distillée, acide acétique et vert de méthyle en poudre.

c) Le vert de méthyle acétique est **nocif** et **irritant**. Il nécessite le **port de lunettes et de gants**.

d) L'acide acétique et l'eau sont miscibles. **Cela signifie qu'ils forment un mélange homogène**.

e) Pour réaliser 100 mL de vert de méthyle acétique, il faut 1g de vert de méthyle. Pour réaliser 150 mL de vert de méthyle acétique, il faut donc **1,5 g de vert de méthyle**.

Sujet 89

Mouvement et interaction

Exercice : 10 points

ÉNONCÉ Modélisation d'une interaction par une force

Modéliser la gravitation universelle (les deux questions sont indépendantes)

Le système solaire est constitué d'une étoile, le Soleil, autour duquel gravitent huit planètes. Le Soleil exerce une action attractive sur chacune d'entre elles. Chaque planète exerce aussi une action attractive sur le Soleil. Leurs trajectoires sont quasi circulaires. Étudions le mouvement de la Terre autour du Soleil puis les interactions entre ces deux astres.

Document 1 : Distance au Soleil de quelques planètes.

Mercure	Vénus	Terre	Mars
58×10^6 km	110×10^6 km	150×10^6 km	230×10^6 km

Document 2 : Masse du Soleil et de quelques planètes.

Soleil	Mercure	Vénus	Terre
2×10^{30} kg	3×10^{23} kg	5×10^{24} kg	6×10^{24} kg

1. En une année (soit 365,25 jours), la Terre va parcourir $942{,}5 \times 10^6$ km autour du Soleil.

a) Reproduire et compléter le schéma modélisant la trajectoire de la Terre autour du Soleil.

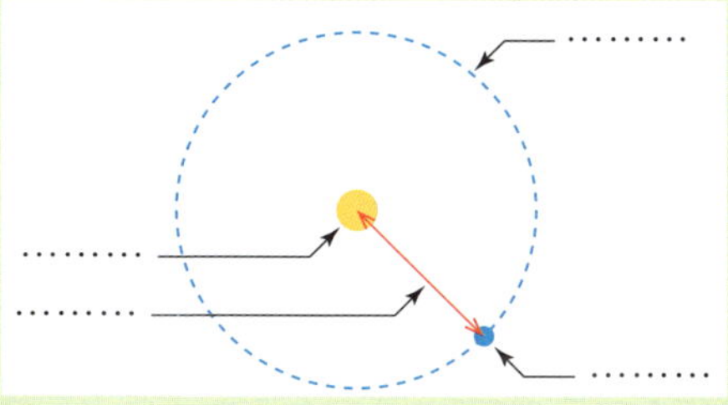

b) Rappeler la formule de calcul de la vitesse, puis calculer, en km/jour, la vitesse du centre de la Terre autour du Soleil.

c) Convertir cette vitesse en km/h, puis en km/s.

PHYSIQUE - CHIMIE

2. Deux corps A (de masse m_A) et B (de masse m_B), séparés par une distance d, exercent l'un sur l'autre une action attractive dont la valeur est obtenue par la formule :

$$F_{A/B} = F_{B/A} = G \times \frac{m_A \times m_B}{d^2}$$

F en newton
m en kilogramme
d en mètre
G constante $= 6{,}67 \times 10^{-11}$ USI

a) Décrire l'action du Soleil sur la Terre. Pourquoi peut-on appeler cette action interaction gravitationnelle ?
b) Vérifier par un calcul que $F_{\text{Soleil/Terre}} \approx 3{,}55 \times 10^{22}$ N.
c) Donner les 4 caractéristiques de la force exercée par le Soleil sur la Terre, puis modéliser cette force sur le schéma ci-dessous. (Échelle : 1 cm représente 1×10^{22} N.)

Point d'application :
Droite d'action :
Sens :
Valeur :

d) Sans faire de calcul mais en justifiant, déterminer $F_{\text{Terre/Soleil}}$.

CORRIGÉ

1. a)

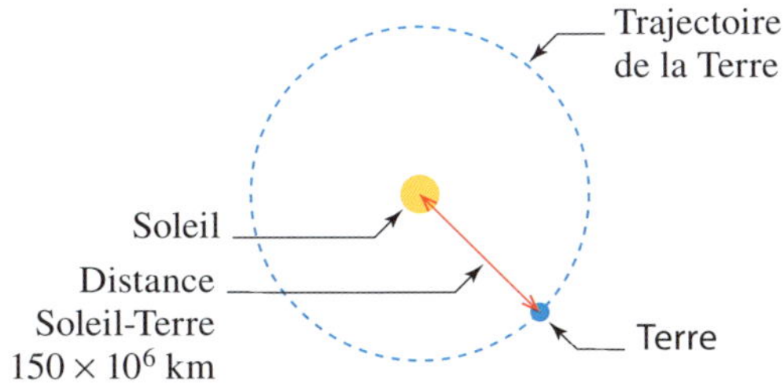

b) $v = d / t$ avec v = vitesse, d = distance et t = durée.

$v = 942{,}5 \times 10^6 / 365{,}25 \approx 2\,580\,424$ km par jour.

La vitesse du centre de la Terre autour du Soleil est ≈ 2 580 424 km par jour.

c) Pour convertir cette vitesse en km/h on divise par 24 car 1 jour = 24 h.

$2\,580\,424 / 24 \approx$ **107 518 km/h**.

Pour convertir cette vitesse en km/s on divise par 3 600 car 1 h = 3600 s.

$107\,518 / 3600 \approx$ **30 km/s**.

2. a) Le Soleil exerce une action attractive à distance sur la Terre. La Terre exerce aussi une action attractive à distance sur le Soleil. La Terre et le Soleil sont donc en interaction gravitationnelle.

b) $F_{\text{Soleil/Terre}} = 6{,}67 \times 10^{-11} \times m_{\text{Soleil}} \times m_{\text{Terre}}$ / (distance Soleil-Terre)^2

$F_{\text{Soleil/Terre}} = 6{,}67 \times 10^{-11} \times 2 \times 10^{30} \times 6 \times 10^{24} / (150 \times 10^9)^2$

$\mathbf{F_{Soleil/Terre} \approx 3{,}56 \times 10^{22}}$ **N.**

c) Point d'application : le centre de la Terre.

Droite d'action : droite passant par le centre des deux astres.

Sens : de la Terre vers le Soleil.

Valeur : $3{,}56 \times 10^{22}$ newtons.

Pour modéliser la force exercée par le Soleil sur la Terre, on utilise un vecteur dont les caractéristiques sont celles de la force. Sa longueur est donc proportionnelle à la valeur de la force.

Le vecteur aura une longueur de $3{,}56 \times 10^{22} / 1 \times 10^{22} = 3{,}56$ cm.

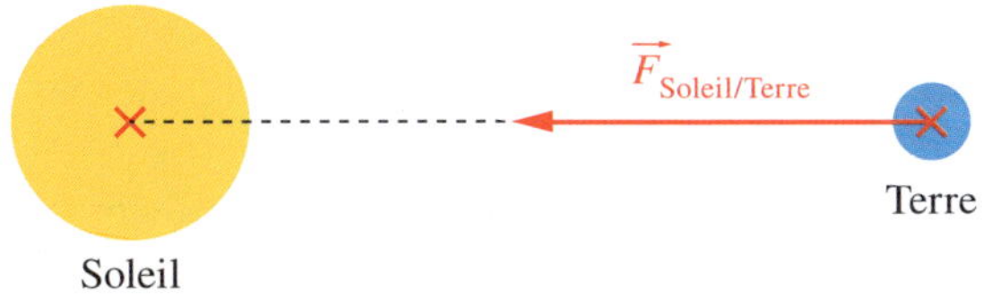

d) Si un objet A exerce une force $F_{a/b}$ sur un objet B, alors l'objet B exerce une force $F_{B/A}$ sur l'objet A telle que $F_{A/B} = F_{B/A}$, donc : $F_{\text{Soleil / Terre}} = F_{\text{Terre / Soleil}} \approx$ **$\mathbf{3{,}56 \times 10^{22}}$ N.**

PHYSIQUE - CHIMIE

Sujet 90

Mouvement et interaction

Exercice : 10 points

ÉNONCÉ Modélisation d'une interaction par une force

Préparation musculaire (les 2 questions sont indépendantes)

1. Emmanuel commence ses étirements en suivant son guide pratique.

Document : Méthode d'étirement des mollets.
Position debout, une jambe tendue derrière l'autre. Appuyer les mains contre le mur et pousser à l'horizontale. Monter sur la pointe des pieds pour bien étendre le mollet puis redescendre. Alterner l'étirement sur les deux mollets.

a) Choisir parmi les termes suivants ceux qui permettent de décrire l'interaction entre la main d'Emmanuel et le mur.

- ☐ Action à distance
- ☐ Action de contact
- ☐ Localisée
- ☐ Répartie

b) Déterminer les trois caractéristiques de la force exercée par Emmanuel sur le mur.

c) La force exercée par chacune des mains d'Emmanuel sur le mur a pour valeur 40 newtons. Représenter, sur le schéma ci-dessus, cette force par un vecteur en utilisant l'échelle 1 cm = 10 N.

2. Lors d'une séance d'entraînement, Emmanuel utilise un haltère de 4 kg afin de réaliser l'exercice représenté ci-dessous.

a) Quelle action subit l'haltère lorsqu'il est immobile sur le sol ? Rappeler la formule permettant de calculer le poids d'un corps, puis calculer le poids de l'haltère. On prendra g = 9,8 N/kg.

b) Pourquoi peut-on dire que l'haltère est en équilibre lorsqu'Emmanuel le tient, bras tendu, sans bouger ?

CORRIGÉ

1. a) La main et le mur sont en contact donc il s'agit d'une **action de contact**. Seule la main touche le mur donc, il s'agit d'une **action localisée**.

b) Point d'application : **point de contact entre le mur et la main**.

Droite d'action : **droite horizontale passant par le point d'application**.

Sens : **vers la droite**.

c) Pour modéliser la force exercée par la main sur le mur on utilise un vecteur dont les caractéristiques sont celles de la force. Sa longueur est donc proportionnelle à la valeur de la force. L'échelle étant de 1 cm = 10 N, le vecteur aura une longueur de 40 / 10 = 4 cm.

2. a) L'haltère subit l'action attractive, à distance, de la **Terre**. Cette action est appelée le poids de l'haltère.

$P = m \times g$ avec P en newton et m en kilogramme.

$P = 4 \times 9,8$

$\boldsymbol{P}$ **= 39,2 newtons.**

b) L'haltère subit le poids de la Terre. Emmanuel tient l'haltère et l'empêche de tomber. Il exerce donc une force opposée à celle du poids. L'haltère est immobile donc il est en équilibre statique. **L'action de la Terre sur l'haltère et l'action de la main sur l'haltère sont deux forces, de même direction, de même valeur mais de sens opposés.**

Sujet 91

Énergie et ses conversions

Exercice : 12 points

ÉNONCÉ **Sources, transferts, conversions et formes d'énergie**

La production d'électricité à partir des centrales thermiques à flamme est le mode le plus répandu dans le monde et bénéficie des abondantes, mais épuisables, ressources en charbon, pétrole et gaz de la planète. Certains pays se lancent dans le développement de centrales géothermiques, on veut ici comprendre ce choix.

Document 1 : Principe de fonctionnement d'une centrale géothermique

Une centrale géothermique produit de l'électricité, sans qu'il y ait de combustion, grâce à la chaleur de la Terre qui transforme l'eau contenue dans les nappes souterraines en vapeur. Le mouvement de la vapeur d'eau sous pression permet de faire tourner une turbine entraînant un alternateur, qui produit alors un courant alternatif.

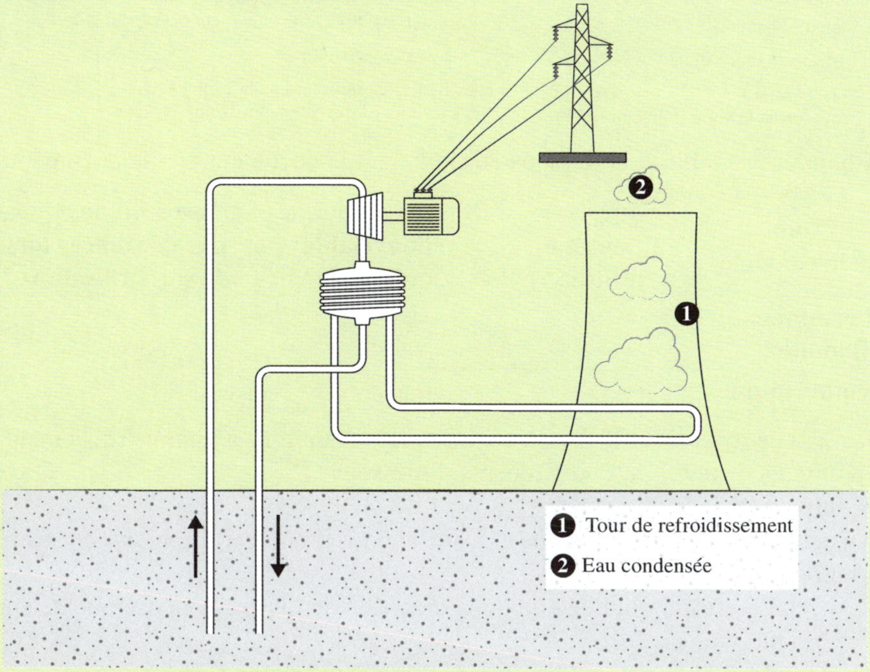

Centrale géothermique de Waikarei en Nouvelle-Zélande

PHYSIQUE - CHIMIE

Document 2 : Principe de fonctionnement d'une centrale thermique à flamme

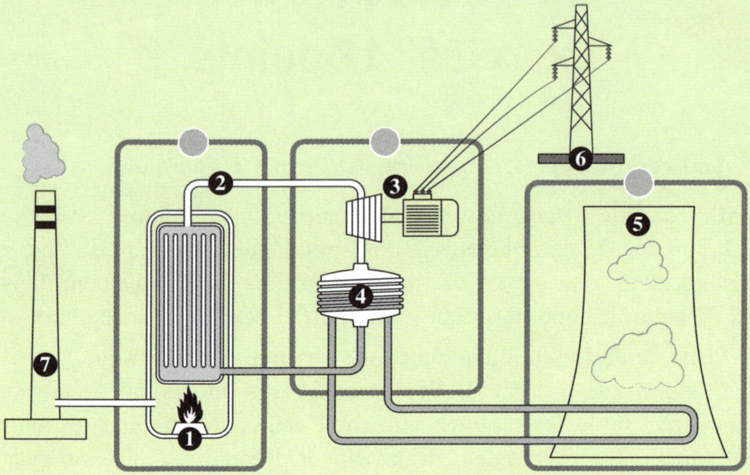

❶ Combustion de charbon, de pétrole ou de gaz
❷ Vapeur d'eau
❸ Turbine et alternateur
❹ Condensateur (transforme la vapeur en eau liquide)
❺ Dans ces tours, l'eau de refroidissement de la centrale est elle-même refroidie en circulant au contact de l'air, ce qui explique le dégagement de vapeur d'eau
❻ Réseau électrique
❼ Cheminée libérant gaz et fumées produits lors de la combustion

1. Compléter le tableau ci-dessous en exploitant le document 1 et le document 2.

Nom de la centrale	Source(s) d'énergie utilisée	Source d'énergie renouvelable ou non ?	Dégage ou ne dégage pas de fumées lors de son utilisation ?
Thermique à flamme			
Géothermique			

2. Il s'agit de repérer sur le dessin de la centrale thermique à flamme (document 2) les 3 circuits distincts A, B et C décrits ci-dessous :
– A : circuit de refroidissement ;
– B : circuit primaire ou lieu de transformation d'énergie chimique en énergie thermique ;
– C : circuit secondaire ou lieu de transformation de l'énergie mécanique en énergie électrique.
Pour répondre à la question 2, mettre A, B ou C à l'intérieur des cercles grisés du document 2.

CORRIGÉ

1.

Nom de la centrale	Source(s) d'énergie utilisée	Source d'énergie renouvelable ou non ?	Dégage ou ne dégage pas de fumées lors de son utilisation ?
Thermique à flamme	Charbon, gaz, pétrole	Non renouvelable (*car son utilisation entraîne la diminution de sa réserve ; par exemple, le charbon est brûlé lors de son utilisation*)	Dégage de la fumée (*lors de la combustion*)
Géothermique	Chaleur de la Terre	Renouvelable (*car son utilisation n'entraîne pas la diminution de sa réserve ; l'eau change juste d'état, elle passe de gaz à liquide*)	Ne dégage pas de fumée (*le panache visible au-dessus de la tour de refroidissement est de l'eau liquide*)

2.

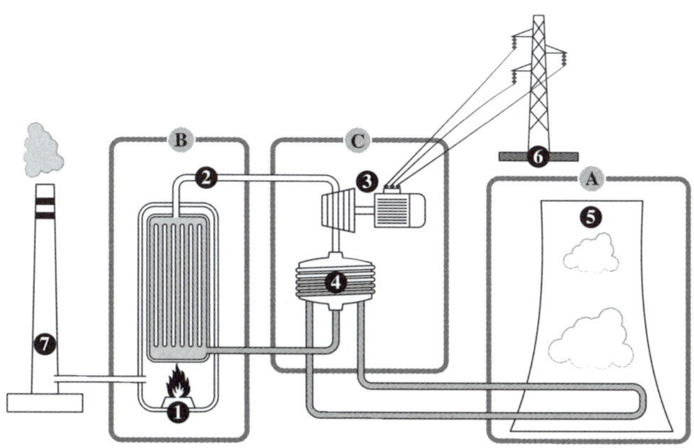

A : Circuit de refroidissement. C'est l'étape 5 du document car le refroidissement de la centrale produit un dégagement de vapeur d'eau qui va ensuite se condenser dans la tour.

B : Circuit primaire. C'est l'étape 2 du document car dans une centrale thermique à flamme la combustion est une transformation d'énergie chimique en énergie thermique.

C : Circuit secondaire. C'est l'étape 3 du document car un alternateur permet de transformer une énergie mécanique en énergie électrique.

Sujet 92

Énergie et ses conversions

Exercice : 10 points

ÉNONCÉ Circuits électriques et lois de l'électricité

La facture d'énergie électrique

La facture d'énergie électrique consommée par une installation est établie par le fournisseur d'énergie. Elle contient les caractéristiques de l'installation, la consommation d'énergie ainsi que le coût de cette consommation.

Détail de la facture du 24/04/2016

Votre contrat Électricité
« Tarif Bleu » – 06 kVA – Option Heures Pleines/Heures Creuses – Compteurs électroniques n° 683
Horaires heures creuses – 23 h 30-7 h 30 – (peuvent varier de quelques minutes)

	Relevé début	Relevé fin	Conso kWh	Prix € HT/kWh	Montant € HT	TVA
Consommation	ERDF	Estimé				
Heures Creuses – 06 kVA – du 24/02/2016 au 23/04/2016	13853	14026	173	0,0638	11,04	20,0 %
Heures Pleines – 06 kVA – du 24/02/2016 au 23/04/2016	17680	18047	367	0,1043	38,28	20,0 %
Total consommation (dont acheminement 18,69 €)			**540**		**49,32**	
				Prix € HT/mois	Montant € HT	TVA
Abonnement						
Heures Creuses – 06 kVA – du 24/02/2016 au 23/04/2016				6,25	12,50	5,5 %
Heures Pleines – 06 kVA – du 24/02/2016 au 23/04/2016				6,25	12,50	5,5 %
Total consommation (dont acheminement 8,24 €)					**25,00**	
			Conso kWh	Prix du kWh	Montant EHT	TVA
Taxes et contributions						
Taxe sur la Consommation Finale d'électricité (TCFE)			540	0,00957	5,17	20,0 %
Contribution au Service Public d'Électricité (CSPE)			540	0,02250	12,15	20,0 %
Contribution Tarifaire d'Acheminement Électricité (CTA)					2,23	5,5 %
Total Taxes et Contributions					**19,55**	
Total Électricité hors TVA					**93,87**	

1. Lecture de la facture

Pour chaque information, choisir la bonne réponse.

a) Durée de consommation établie par la facture :

☐ 1 mois ☐ 2 mois ☐ 3 mois

b) Horaire heures creuses :

☐ de 7 h 30 à 23 h 30 ☐ de 23 h 30 à 7 h 30

c) Puissance de l'installation :

☐ 6 kVA ☐ 9 kVA ☐ 12 kVA

d) Prix du kwh hors taxes en heures pleines :

☐ 38,28 € ☐ 0,0638 € ☐ 0,1043 €

e) Unité d'énergie utilisée pour la facturation :

☐ wattheure ☐ kilowattheure ☐ joule

2. Analyse de la facture

a) Utiliser la facture pour compléter le tableau ci-dessous.

	Heures creuses	Heures pleines
Relevé début (kWh)		
Relevé fin (kWh)		
Consommation (kWh)		

b) Le coût hors taxes de la consommation d'énergie en heures pleines est de 38,28 €. Retrouver ce résultat par un calcul.

3. Économie d'énergie

Expliquer comment il est possible de réduire le coût de sa facture d'énergie grâce à la modulation heures pleines / heures creuses.

PHYSIQUE - CHIMIE

CORRIGÉ

1. a) 2 mois. **b)** de 23 h 30 à 7 h 30. **c)** 6 kVA. **d)** 0,1043 €. **e)** kilowattheure.

2.

	Heures creuses	Heures pleines
Relevé début (kWh)	13 853 kWh	17 680 kWh
Relevé fin (kWh)	14 026 kWh	18 047 kWh
Consommation (kWh)	14 026 – 13 853 = 173 kWh	18 047 – 17 680 = 367 kWh

b) Pour calculer le coût hors taxes de la consommation d'énergie en heures pleines, on multiplie la consommation en heures pleines par le prix du kWh en heures pleines (0,1043 € le kWh).

Coût = 367 × 0,1043 = 38,28 €.

3. Pour réduire le coût de sa facture d'énergie grâce à la modulation heures pleines / heures creuses, il faut **privilégier l'utilisation des appareils dans le créneau horaire compris entre 23 h et 7 h 30**. Certains appareils comme la machine à laver possèdent un mode départ différé permettant ainsi l'utilisation de ces appareils dans ces créneaux.

Sujet 93

Énergie et ses conversions

Exercice : 5,5 points

ÉNONCÉ Circuits électriques et lois de l'électricité

La production d'électricité à partir des centrales thermiques à flamme est le mode le plus répandu dans le monde et bénéficie des abondantes, mais épuisables, ressources en charbon, pétrole et gaz de la planète. Certains pays se lancent dans le développement de centrales géothermiques.
Un réacteur de centrale thermique à flamme produit une puissance d'environ 1 100 MW. Un réacteur de centrale géothermique peut délivrer une énergie de 7 500 000 MWh par an, en fonctionnant 6 820 heures.

Document 1 : Principe de fonctionnement d'une centrale géothermique
Une centrale géothermique produit de l'électricité, sans qu'il y ait de combustion, grâce à la chaleur de la Terre qui transforme l'eau contenue dans les nappes souterraines en vapeur. Le mouvement de la vapeur d'eau sous pression permet de faire tourner une turbine entraînant un alternateur, qui produit alors un courant alternatif.

Document 2 : Principe de fonctionnement d'une centrale thermique à flammes
Une centrale thermique à flammes produit de électricité grâce à la combustion du méthane (d'autres combustibles peuvent être utilisés comme le charbon, le pétrole).
Lors de cette transformation chimique, le méthane réagit avec le dioxygène de l'air pour former du dioxyde de carbone et de l'eau.
Le mouvement de la vapeur d'eau sous pression produite permet de faire tourner une turbine entraînant un alternateur, qui produit alors un courant alternatif.

1. Montrer par un calcul que la puissance électrique du réacteur de centrale géothermique est équivalente à celle du réacteur de centrale thermique à flamme.

2. En faisant référence aux documents, donner deux arguments expliquant pourquoi certains pays ont opté pour des centrales géothermiques.

CORRIGÉ

Pour répondre à cette question, il faut calculer la puissance d'une centrale géothermique et la comparer avec la puissance d'une centrale thermique (1 100 MWh).
On va appliquer la formule $E = P \times \Delta t$. Ici, on cherche P ; donc la formule devient $P = E/\Delta t$.

1. $P = E/\Delta t$.
P = 7 500 000/6 820
P = 1 099,7 MWh, soit environ 1 100 MWh.
On peut donc dire que les puissances des deux centrales sont équivalentes.

2. Certains pays ont opté pour les centrales géothermiques car :
– la **source d'énergie** utilisée (chaleur de la Terre) est **renouvelable**, contrairement au charbon (énergie fossile) ;
– il n'y a **pas de production de gaz à effet de serre** (pas de production de dioxyde de carbone car pas de combustion).

Sujet 94

Des signaux pour observer et communiquer

Exercice : 10 points

ÉNONCÉ Les différents types de signaux

Observer le fond des océans

Le sonar d'un bateau utilise des ultrasons de fréquence 44 000 Hz qui se propagent dans l'eau à la vitesse v = 1 500 m/s. Lorsqu'ils rencontrent un obstacle, les ultrasons se réfléchissent et repartent vers le sonar. En mesurant la durée t entre l'émission et la réception des ultrasons, on peut déterminer la distance séparant le bateau de l'obstacle.

Document 1 : Principe de fonctionnement d'un sonar.

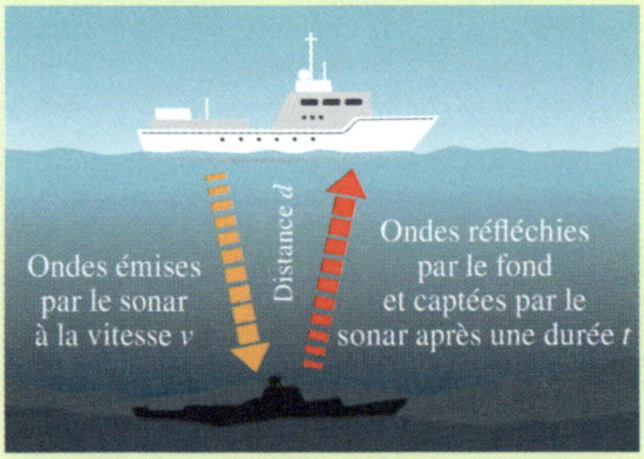

Document 2 : Fréquence des sons audibles par l'homme.

Document 3 : Carte sous marine.

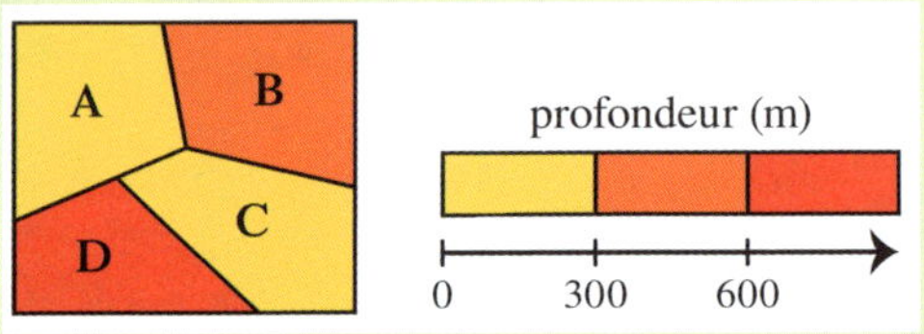

1. Dans quel milieu se propagent les ultrasons émis par le sonar ? À quelle vitesse se propagent-ils ?

2. Ces ultrasons sont-ils audibles par l'homme ? Justifier la réponse.

3. Rappeler l'expression de la vitesse en fonction de la distance parcourue d et de la durée du parcours t, puis calculer la distance parcourue par les ultrasons pour faire un aller-retour entre le bateau et l'épave, sachant que le sonar reçoit un signal réfléchi 0,64 seconde après l'émission.

4. En déduire la profondeur à laquelle se trouve l'épave ainsi que la zone de la recherche.

CORRIGÉ

1. Les ultrasons émis par le sonar se propagent **dans l'eau à une vitesse de 1 500 m/s.**

2. Les **ultrasons ne sont pas audibles par l'homme car leur fréquence (44 000 Hz) est supérieure à la gamme des fréquences audibles par l'homme** (de 20 à 20 000 Hz).

3. $v = d/t$ avec d en mètre et t en seconde.

La distance aller-retour parcourue par les ultrasons est donc $d = v \times t$.

$d = 1\,500 \times 0{,}64$

$d = 960$ m.

Les ultrasons ont parcouru 960 mètres pour faire l'aller-retour entre le bateau et l'épave.

4. L'épave est donc à une profondeur de 960/2 **= 480 mètres.**

La profondeur 480 m correspond à la **zone de recherche B** car la profondeur dans cette zone est comprise entre 300 et 600 mètres.

Sujet 95

Création, innovation et créativité

Exercice : 23 points

Répondre à un besoin, matérialiser une idée en intégrant une dimension design

ÉNONCÉ

Le dispositif de freinage sans blocage des roues (Anti Blocage System : ABS)

Lors d'un freinage, il est important pour la sécurité de ne pas bloquer les roues car cela permet de conserver de bonnes conditions d'adhérence avec la route et d'éviter la perte du contrôle du véhicule en cas de changement de trajectoire ou de conditions différentes de contact des roues avec le sol (une roue sur une flaque d'eau et les autres sur le bitume sec).

La structure matérielle de l'équipement ABS est représentée sur le document suivant.

Document 1 : Principe du système anti-blocage (ABS).

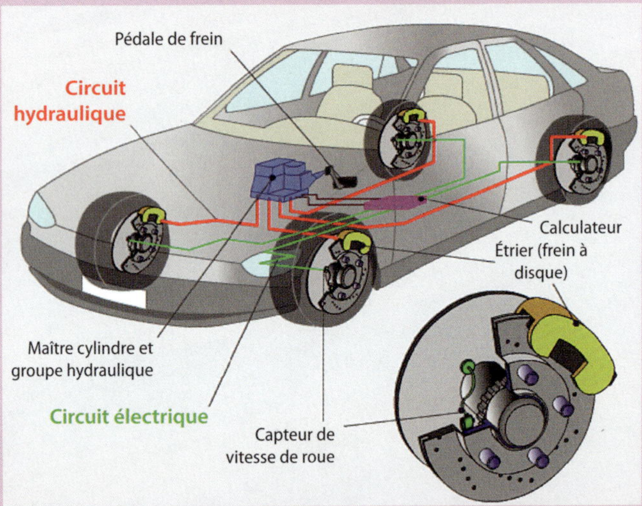

Lorsque le chauffeur appuie sur la pédale de frein, le maître-cylindre alimente en huile le groupe hydraulique qui régule la pression d'huile dans le circuit hydraulique. Les pistons portés par les étriers et disposés de part et d'autre du disque sont poussés par l'huile sous pression, ils pincent fortement le disque solidaire de la roue qui ralentit. Si le pincement est trop fort, la roue peut se bloquer. Pour éviter cela, un capteur détecte la vitesse de la roue et délivre cette information au calculateur. Si la vitesse devient trop faible et proche du blocage, le calculateur donne l'ordre au groupe hydraulique de diminuer la pression. Ainsi, grâce à l'ensemble capteur de vitesse-calculateur-groupe hydraulique, la pression est régulée lors d'un appui sur la pédale de frein pour obtenir la meilleure efficacité du freinage sans blocage.

1. Expliquer pourquoi il est indispensable de doter les quatre roues d'un capteur de vitesse.

2. À partir de l'analyse du document 1, compléter le document 2 ci-après en associant un composant matériel à chaque fonctionnalité.

Document 2.

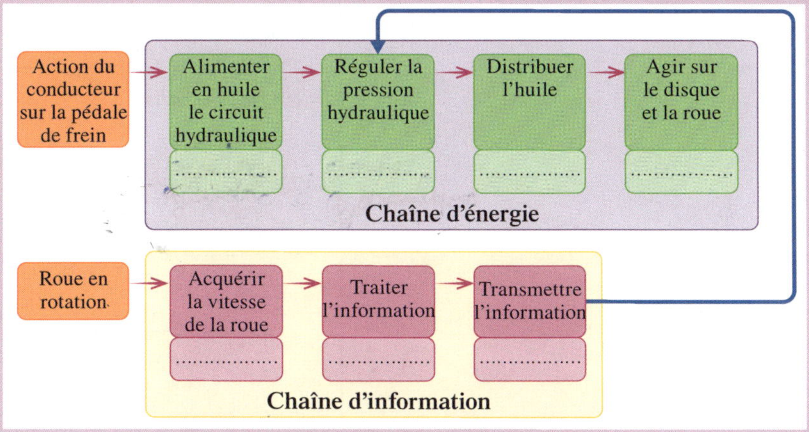

TECHNOLOGIE

3. Le document 3 ci-contre présente l'algorithme du freinage ABS pour une roue. Compléter les parties manquantes.

Document 3.

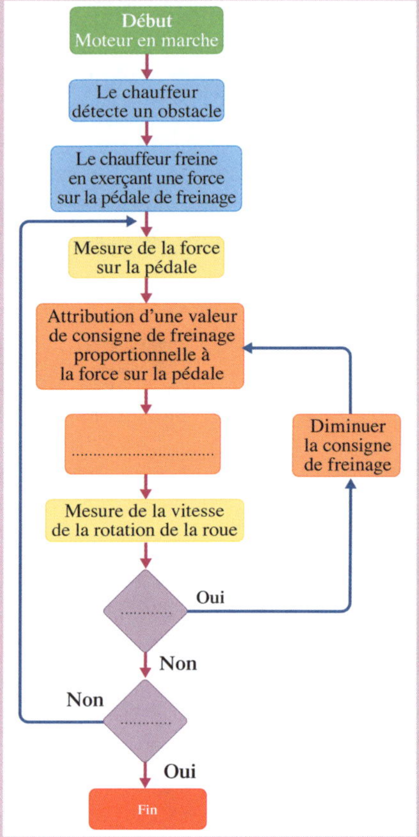

CORRIGÉ

1. Il est indispensable de doter les quatre roues d'un capteur de vitesse pour éviter le blocage d'une roue en cas de freinage trop brusque. Pour que le véhicule freine correctement sans perte d'adhérence ni changement de trajectoire, les quatre roues doivent avoir la même vitesse. Si une roue ne possède pas de capteur de vitesse, le calculateur ne peut pas donner l'ordre au groupe hydraulique de diminuer la pression. Cela pourrait provoquer un changement brusque de trajectoire, voire un accident.

2.

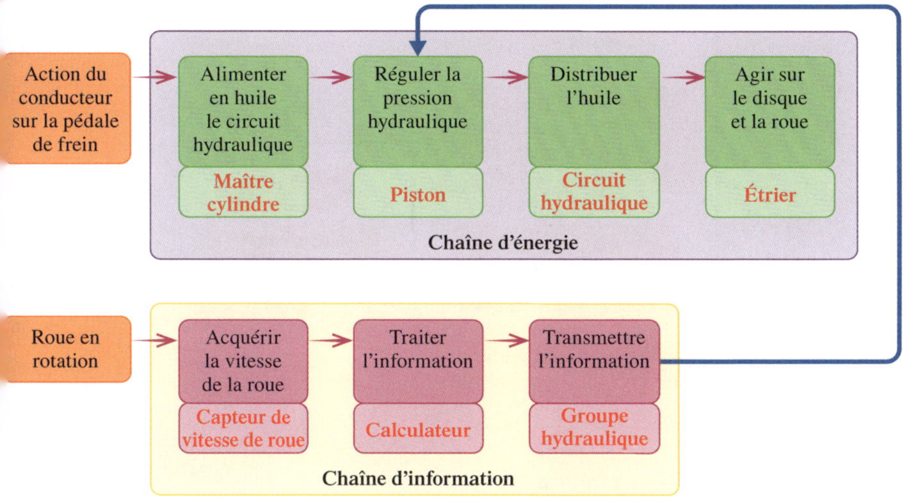

3. Voir page suivante.

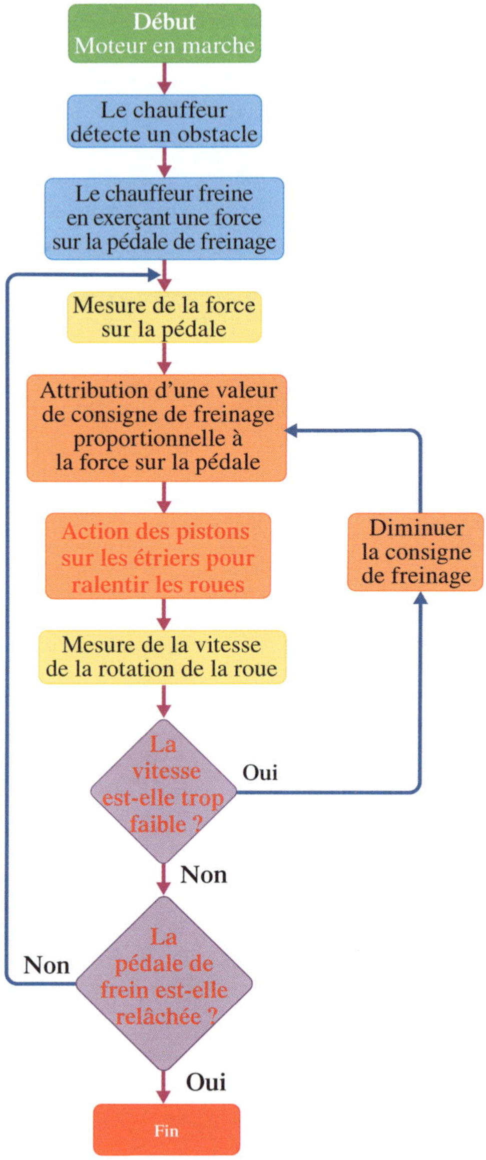
Début
Moteur en marche
Le chauffeur détecte un obstacle
Le chauffeur freine en exerçant une force sur la pédale de freinage
Mesure de la force sur la pédale
Attribution d'une valeur de consigne de freinage proportionnelle à la force sur la pédale
Action des pistons sur les étriers pour ralentir les roues
Mesure de la vitesse de la rotation de la roue
La vitesse est-elle trop faible ?
Oui
Diminuer la consigne de freinage
Non
La pédale de frein est-elle relâchée ?
Non
Oui
Fin

Sujet 96

Objets techniques

Exercice : 12 points

ÉNONCÉ **Outils de description**

Étiquette énergie

Pour informer le consommateur des caractéristiques d'un produit, de ses performances énergétiques et afin de faciliter le choix parmi différents modèles, chaque produit possède une étiquette énergie. Cette classification permet de classer les produits par efficacité énergétique notée de A à G.

Document 1 : Étiquettes énergie et caractéristiques de deux lampes.

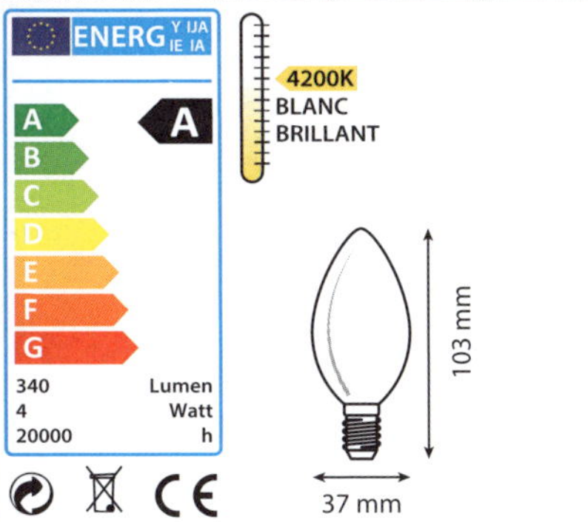

Étiquette énergie d'une lampe LED

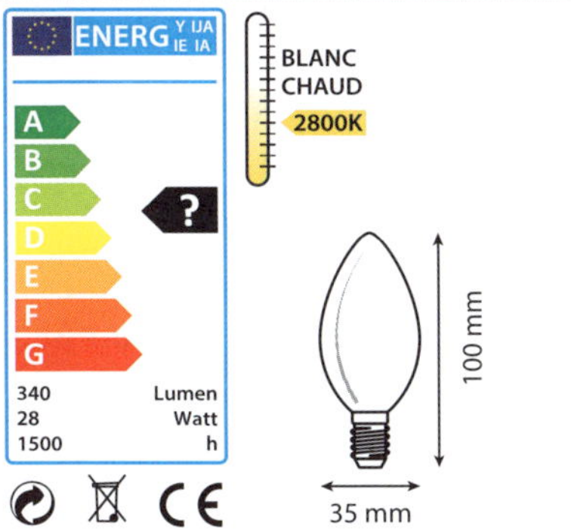

Étiquette énergie d'une lampe halogène

Caractéristiques (lampe LED)	**Caractéristiques** (lampe halogène)
Flux lumineux : 340 lumens	Flux lumineux : 340 lumens
Consommation : 4 watts	Consommation : 28 watts
Culot : E 14	Culot : E 14
Durée de vie : 20 000 heures	Durée de vie : 1 500 heures
Nombre de cycles : 10 000 Allumages / Extinctions	Nombre de cycles : 8 000 Allumages / Extinctions
Tension : 230 volts	Tension : 230 volts
Variateur de puissance : Non	Variateur de puissance : Oui
Temps d'allumage : < 0,3 s	Temps d'allumage : < 0,3 s
Temps de chauffage à 60 % : < 1 s	Temps de chauffage à 60 % : < 1 s
Teneur en mercure : 0	Teneur en mercure : 0
Prix : 5,65 €	Prix : 2,10 €

Document 2 : Classe d'efficacité pour les lampes.

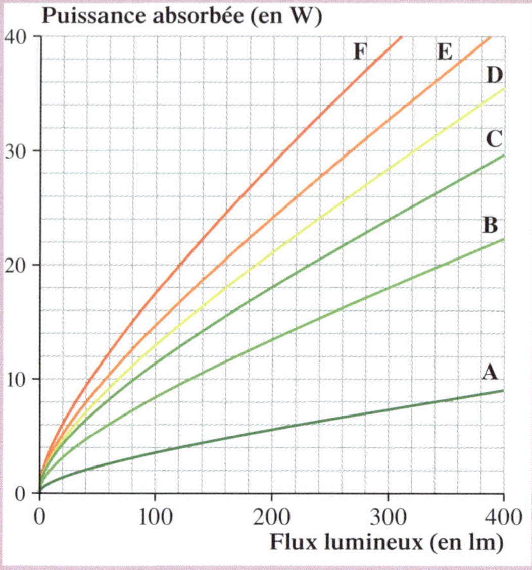

1. Citer 4 informations figurant sur l'étiquette énergie d'une lampe.
2. Utiliser les documents pour déterminer la classe énergétique de la lampe halogène.
3. Construire un tableau permettant de comparer les quatre caractéristiques techniques figurant sur l'étiquette et le prix des deux lampes.
4. Citer deux arguments permettant de convaincre rapidement un utilisateur de privilégier l'utilisation de lampes LED.
5. Un consommateur décide de changer les 4 lampes halogènes de son lustre par 4 lampes LED. Déterminer le coût de son investissement et expliquer pourquoi cet investissement est rentable.

CORRIGÉ

1. L'étiquette énergie indique la **classe énergétique**, le **flux lumineux en lumen**, la **consommation en watt** et la **durée de vie en heures**.

2. La lampe halogène utilise une puissance de 28 watts et produit un flux lumineux de 340 lumens. Ces deux informations se croisent sur le graphique du document 2 dans la zone C. **La classe énergétique de cette lampe halogène est donc C.**

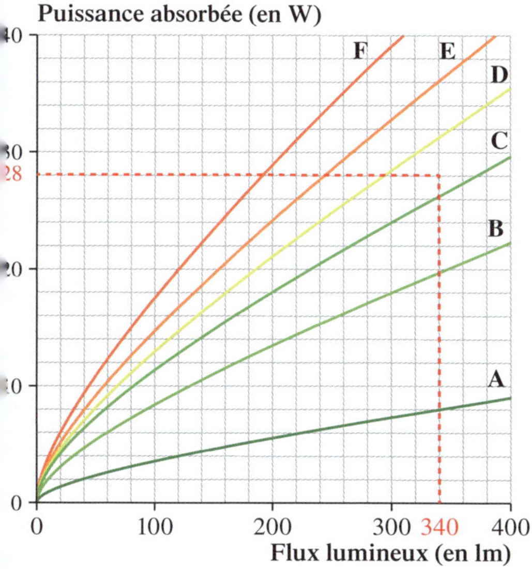

3.

	Flux lumineux	Consommation	Durée de vie	Classe énergétique	Prix
Lampe Led	340 lm	4 W	20 000 h	A	5,65 €
Lampe halogène	340 lm	28 W	1 500 h	C	2,10 €

4. Pour un même flux lumineux, la **lampe Led consomme 7 fois moins d'électricité** (28/4 = 7), et **dure 13 fois plus longtemps** (20 000 / 1 500 ≈ 13).

5. L'investissement pour 4 lampes Led est de 4 × 5,65 = 22,6 €.
La durée de vie (théorique) des lampes est de 20 000 heures.
L'investissement pour 4 lampes halogène est de 4 × 2,10 = 8,4 €.
La durée de vie (théorique) des lampes n'est que de 1 500 heures.
Après 1 500 heures, il faut les changer. Pour 20 000 heures, il faudrait les changer plus de 13 fois (20 000/1 500 ≈ 13), soit un investissement de 8,4 × 13 = 109,2 €.
Investir dans des lampes Led est donc rentable d'un point de vue financier.
Une lampe Led consomme 4 W, donc 4 lampes Led consomment 16 W.
Une lampe halogène consomme 28 watts.
Investir dans les lampes Led est donc rentable d'un point de vue énergétique.

Sujet 97

Modélisation et simulation

Exercice : 22 points

ÉNONCÉ **Fonctionnement et structure d'un objet**

Fonctionnement d'une éolienne

Document 1 : Description d'une éolienne.

Une éolienne utilise une source d'énergie mécanique : le vent. L'éolienne est composée d'un mât (de 45 à 115 mètres de haut) et d'une nacelle à l'intérieur de laquelle se trouve une génératrice électrique. Le rotor de la nacelle (constitué de 2 ou 3 pales) permet d'obtenir une énergie mécanique de rotation afin de mettre en mouvement la génératrice (par l'intermédiaire d'un système d'arbres et de multiplicateur). L'électricité produite est alors acheminée vers un transformateur puis envoyée dans le réseau électrique. Une éolienne fonctionne si la vitesse du vent ne dépasse pas les 90 km/h. Au-delà de cette vitesse, l'éolienne est bridée grâce à un frein placé derrière l'arbre primaire afin que les pales ne se brisent pas. La mesure de la vitesse du vent s'effectue grâce à un anémomètre. Un système d'orientation est relié à une girouette afin d'optimiser la production d'électricité, l'éolienne devant toujours être orientée face au vent.

Document 2 : Principe de fonctionnement du multiplicateur.

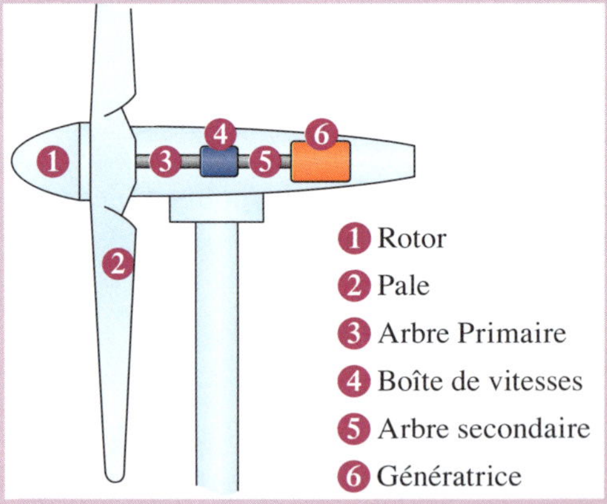

Le rotor est relié à un arbre de transmission primaire qui entraîne le multiplicateur. La vitesse de rotation du rotor (20 tours/minute) n'est pas suffisante pour entraîner la génératrice.

Le multiplicateur de vitesse (boîte de vitesses) augmente cette vitesse à 2000 tr/min. Il est relié par un arbre secondaire à la génératrice qui peut alors produire de l'électricité.

Document 3 : Production électrique annuelle en France et dans le monde.

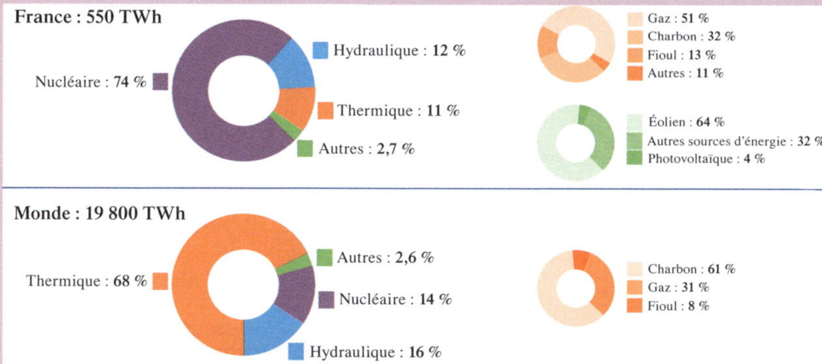

1. Utiliser les documents pour compléter le tableau de la nomenclature de l'éolienne (**Document 4**).

Document 4 : Nomenclature de l'éolienne.

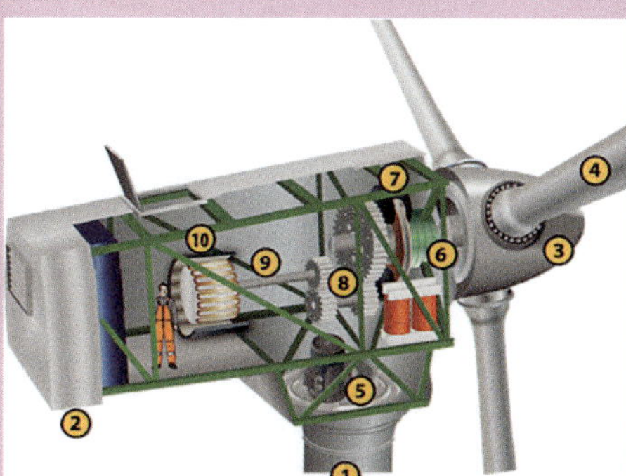

Repère	Désignation
1	
2	
3	
4	
5	
6	
7	
8	
9	
10	

2. Quelle est la source d'énergie primaire utilisée par une éolienne ? Cette énergie est-elle renouvelable ? Justifier la réponse et citer une autre source d'énergie renouvelable utilisée pour produire de l'électricité.

3. Compéter le diagramme énergétique de l'éolienne.

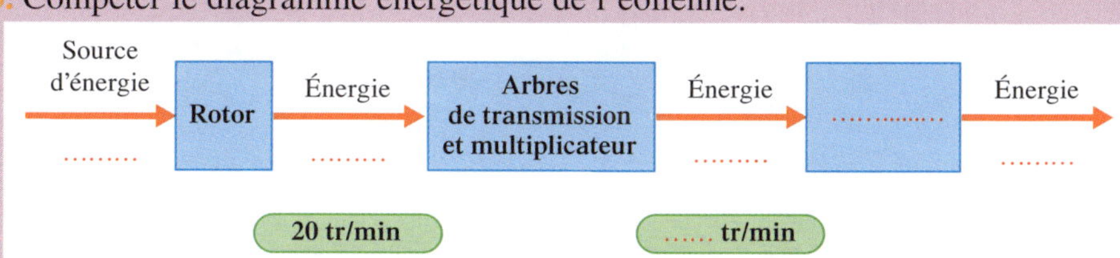

4. Calculer, en TWh, l'énergie produite par l'éolien en France.

TECHNOLOGIE

5. La figure ci-dessous présente l'algorithme du système d'orientation et de freinage de l'éolienne. Compléter les parties manquantes.

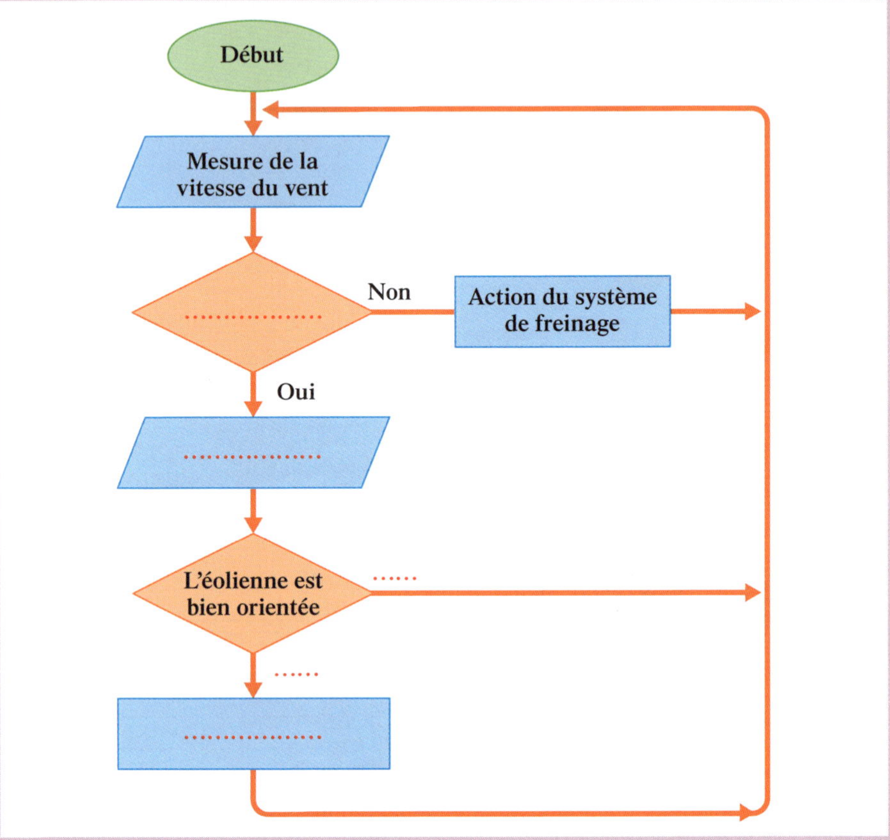

CORRIGÉ

1.

Repère	Désignation
1	Mât
2	Nacelle
3	Rotor
4	Pâle
5	Système d'orientation

Repère	Désignation
6	Arbre de transmission primaire
7	Frein
8	Multiplicateur (boîte de vitesses)
9	Arbre de transmission secondaire
10	Génératrice

2. Une éolienne utilise le **vent** comme source d'énergie primaire. C'est une **énergie renouvelable car son utilisation n'entraîne pas la diminution de sa réserve à l'échelle de l'humanité.**

L'**eau** est aussi une source d'énergie renouvelable. Elle est utilisée pour produire de l'électricité dans les centrales hydroélectriques.

3.

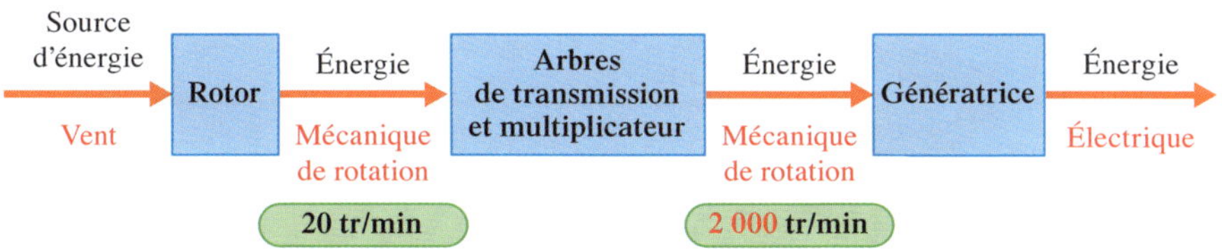

4. La France produit annuellement 550 TWh. La production d'électricité d'origine éolienne se trouve dans la partie verte du diagramme (**Document 3**) qui représente 2,7 % de la production totale.

E = 550 × 2,7 / 100 = 14,85 TWh.

L'éolien représente 64 % de cette partie, soit :

$E_{éolien}$ = 14,85 × 64 / 100 = **9,504 TWh.**

TECHNOLOGIE

5.

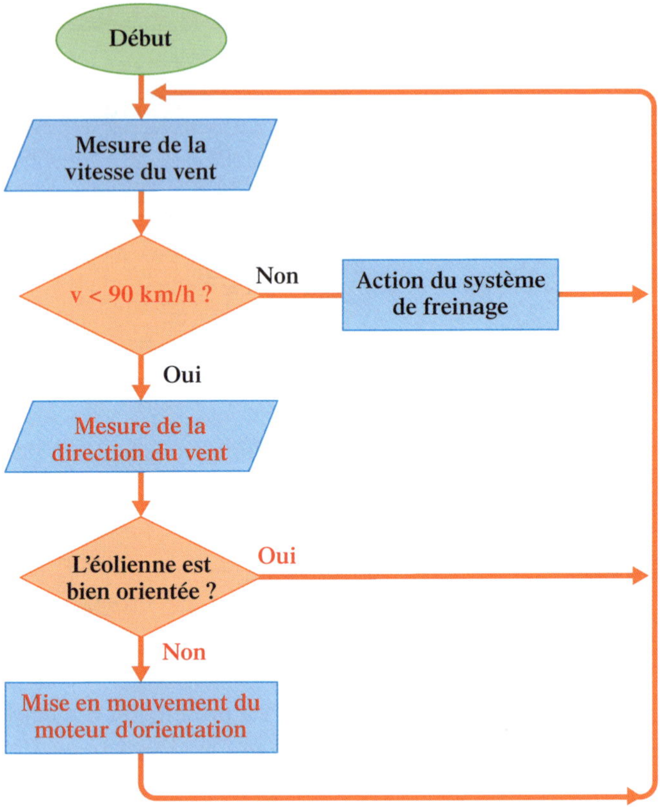

Début
Mesure de la vitesse du vent
v < 90 km/h ?
Non
Action du système de freinage
Oui
Mesure de la direction du vent
L'éolienne est bien orientée ?
Oui
Non
Mise en mouvement du moteur d'orientation

Sujet 98

Informatique et programmation

Exercice : 11 points

ÉNONCÉ Programmation

La société Labteam est spécialisée dans la fabrication de matériel de mesure pour le secteur de l'industrie chimique. Elle a développé une nouvelle gamme d'appareils dédiés aux produits liquides, capables de mesurer jusqu'à quatre grandeurs physiques simultanées. Pour cette création, la société Labteam a réalisé une analyse fonctionnelle qui lui a permis d'élaborer le cahier des charges du produit afin de lancer la fabrication. On se propose d'étudier le programme de mesure automatique de l'appareil Labteam2.

Programmation du Labteam2

Le Labteam2 peut être programmé pour effectuer des mesures de température et alerter l'utilisateur en cas de température excessive. Construire l'algorithme en utilisant la description du programme température et les règles d'écriture d'un algorithme.

Document 1 : Description du programme.

Début

Saisie température maximale Tmax

Mesure de la température T

T< Tmax ?

    Oui : Mesure de la température

    Non : Déclenchement de l'alarme

Alarme sonore désactivée ?

    Oui : Éteindre alarme

    Saisie température Tmax

    Non : Alarme sonore désactivée ?

Document 2 : Règles d'écriture d'un algorithme.

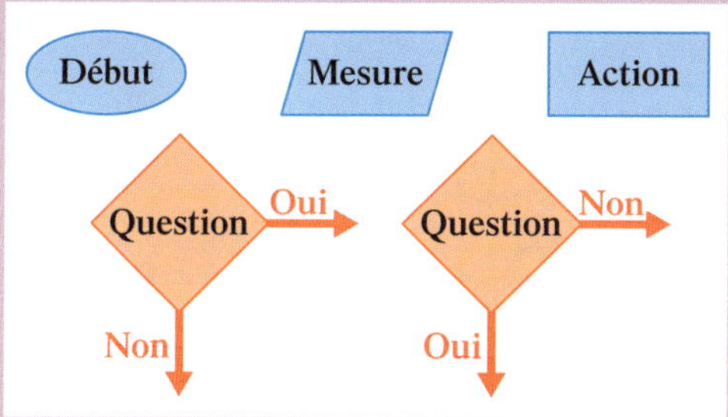

TECHNOLOGIE

CORRIGÉ

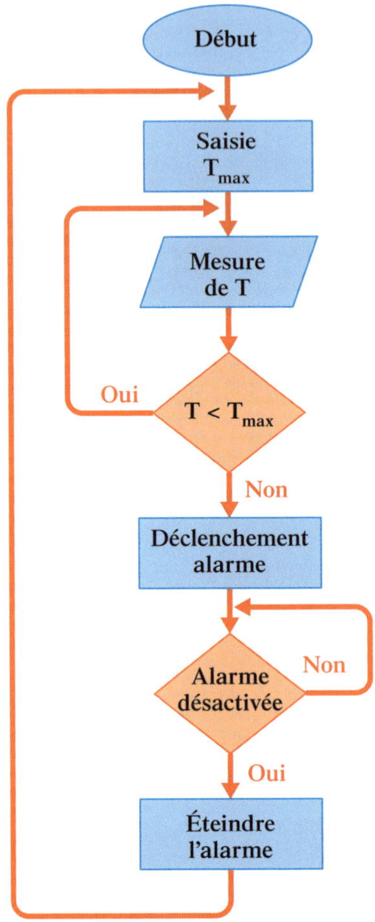
Début
Saisie
Tmax
Mesure
de T
Oui
T < Tmax
Non
Déclenchement
alarme
Non
Alarme
désactivée
Oui
Éteindre
l'alarme

SUJETS COMPLETS 2022

Sujet 99
Français

Centres étrangers, groupe 1, 2022
Antoine de Saint-Exupéry
Vol de nuit

Partie I : Travail sur le texte littéraire et sur une image

1 heure 10 min — 50 points

Document 1 Texte littéraire

Au début du XXe siècle, Fabien, pilote d'une compagnie aéropostale, accompagné d'un opérateur radio, effectue son premier vol de nuit. Rapportant le courrier de Patagonie, il se dirige vers Buenos Aires. Il tente d'échapper à une tempête.

Il monta, en corrigeant mieux les remous[1], grâce aux repères qu'offraient les étoiles. Leur aimant pâle l'attirait. Il avait peiné si longtemps, à la poursuite d'une lumière, qu'il n'aurait plus lâché la plus confuse. Riche d'une lueur d'auberge, il aurait tourné jusqu'à la mort, autour de ce signe dont il avait faim. Et voici qu'il montait vers des champs de lumière.

Il s'élevait peu à peu, en spirale, dans le puits qui s'était ouvert, et se refermait au-dessous de lui. Et les nuages perdaient, à mesure qu'il montait, leur boue d'ombre, ils passaient contre lui, comme des vagues de plus en plus pures et blanches. Fabien émergea.

Sa surprise fut extrême : la clarté était telle qu'elle l'éblouissait. Il dut, quelques secondes, fermer les yeux. Il n'aurait jamais cru que les nuages, la nuit, pussent éblouir. Mais la pleine lune et toutes les constellations les changeaient en vagues rayonnantes.

L'avion avait gagné d'un seul coup, à la seconde même où il émergeait, un calme qui semblait extraordinaire. Pas une houle ne l'inclinait. Comme une barque qui passe la digue, il entrait dans les eaux réservées. Il était pris dans une part de ciel inconnue et cachée comme la baie des îles bienheureuses. La tempête, au-dessous de lui, formait un autre monde de trois mille mètres d'épaisseur, parcouru de rafales, de trombes d'eau, d'éclairs, mais elle tournait vers les astres une face de cristal et de neige.

Fabien pensait avoir gagné des limbes[2] étranges, car tout devenait lumineux, ses mains, ses vêtements, ses ailes. Car la lumière ne descendait pas des astres, mais elle se dégageait, au-dessous de lui, autour de lui, de ces provisions blanches.

Ces nuages, au-dessous de lui, renvoyaient toute la neige qu'ils recevaient de la lune. Ceux de droite et de gauche aussi, hauts comme des tours. Il circulait un lait de lumière, dans lequel baignait l'équipage. Fabien, se retournant, vit que le radio[3] souriait.

– Ça va mieux ! criait-il.

Mais la voix se perdait dans le bruit du vol, seuls communiquaient les sourires. « Je suis tout à fait fou, pensait Fabien, de sourire : nous sommes perdus. »

Pourtant, mille bras obscurs l'avaient lâché. On avait dénoué ses liens, comme ceux d'un prisonnier qu'on laisse marcher seul, un temps, parmi les fleurs.

« Trop beau », pensait Fabien. Il errait parmi des étoiles accumulées avec la densité d'un trésor, dans un monde où rien d'autre, absolument rien d'autre que lui, Fabien, et son camarade, n'était vivant. Pareils à ces voleurs des villes fabuleuses, murés dans la chambre aux trésors dont ils ne sauront plus sortir. Parmi des pierreries glacées, ils errent, infiniment riches, mais condamnés.

Antoine de Saint-Exupéry, *Vol de nuit*, © Éditions Gallimard, 1931.

1. Remous : des tourbillons, de l'agitation.
2. Limbes : a) Séjour des âmes des morts dans la religion catholique. b) Région mal définie.
3. Le radio désigne l'opérateur radio qui accompagne Fabien et s'occupe des communications radio avec les autres avions et le sol.

SUJET 2022 FRANÇAIS

Document 2 Image

Dans la mythologie antique, fasciné par le fait de voler, Icare monte toujours plus haut malgré les appels à la prudence de son père. Ses ailes fixées avec de la cire d'abeille fondent lorsqu'il se rapproche du soleil. Le jeune homme tombe dans la mer et disparaît.

Jacob Peter Gowy, *La chute d'Icare*, huile sur toile, 1636-1637, musée du Prado (Madrid).

QUESTIONS

Compréhension et compétences d'interprétation

1. Lignes 1 à 9 : quelle est la trajectoire de l'avion ? Justifiez votre réponse en citant au moins deux éléments du texte. **(3 points)**

2. Lignes 10 à 13 :

a) Quelle est l'émotion ressentie par Fabien ? **(1 point)**

b) Expliquez la cause de cet état. Justifiez votre réponse. **(3 points)**

3. a) Relevez quatre mots appartenant au champ lexical de la lumière. **(2 points)**
b) Pourquoi, selon vous, cette lumière est-elle omniprésente ? Deux éléments de réponse sont attendus. **(4 points)**

4. En quoi ce texte présente-t-il un aspect poétique ? Deux éléments de réponse sont attendus. **(4 points)**

5. Pourquoi peut-on dire que cette expérience sort de l'ordinaire ? Appuyez-vous sur le texte et l'ensemble de vos réponses. **(5 points)**

Image

6. Pourrait-on rapprocher le personnage de Fabien du jeune Icare représenté sur le tableau de Gowy ? Justifiez votre réponse en vous appuyant à la fois sur le tableau de Gowy et le texte de Saint-Exupéry. **(6 points)**

Grammaire et compétences linguistiques

7. Réécriture

Réécrivez le passage suivant en remplaçant « ***il*** » par « ***ils*** » (Fabien et son passager).
Vous ferez toutes les modifications nécessaires. **(10 points)**
« *Il s'élevait peu à peu, en spirale, dans le puits qui s'était ouvert, et se refermait au-dessous de lui. Et les nuages perdaient, à mesure qu'il montait, leur boue d'ombre, ils passaient contre lui* [...]. *Fabien émergea. Sa surprise fut extrême : la clarté était telle qu'elle l'éblouissait. Il dut, quelques secondes, fermer les yeux. Il n'aurait jamais cru que les nuages, la nuit, pussent éblouir.* » (lignes 6 à 12)

8. « *Fabien, se retournant, vit que le radio souriait* » (lignes 27-28)
a) À quels temps sont les verbes soulignés ? **(2 points)**
b) Quelles sont leurs valeurs ? **(2 points)**

9. « *rayonnantes* » (ligne 13)
Expliquez la formation du mot en nommant chaque élément. **(2 points)**

10. « *“Trop beau”, pensait Fabien.* » (ligne 35)
Quelle remarque pouvez-vous faire sur la construction de la phrase « *Trop beau* » ? **(2 points)**

11. « *Je suis tout à fait fou, pensait Fabien, de sourire : nous sommes perdus.* » (ligne 31)
a) Quel lien logique les deux points expriment-ils ? **(2 points)**

b) Réécrivez la phrase en remplaçant les deux points par le connecteur logique qui convient. **(2 points)**

DICTÉE 20 min 10 points

Sont inscrits au tableau : « Argentine », « rabot », « labour », « charrue ».

La terre nous en apprend plus long sur nous que tous les livres. Parce qu'elle nous résiste. L'homme se découvre quand il se mesure avec l'obstacle. Mais, pour l'atteindre, il lui faut un outil. Il lui faut un rabot, ou une charrue. Le paysan, dans son labour, arrache peu à peu quelques secrets à la nature, et la vérité qu'il dégage est universelle. De même l'avion, l'outil des lignes aériennes, mêle l'homme à tous les vieux problèmes.

J'ai toujours, devant les yeux, l'image de ma première nuit de vol en Argentine, une nuit sombre où scintillaient seules, comme des étoiles, les rares lumières éparses dans la plaine.

Chacune signalait, dans cet océan de ténèbres, le miracle d'une conscience.

Antoine de Saint-Exupéry, *Terre des hommes*, © Éditions Gallimard, 1939.

Partie II : Rédaction

1 heure 30 min 40 points

Vous traiterez au choix le sujet A ou B.

Sujet A : Imagination

« La tempête, au-dessous de lui, formait un autre monde de trois mille mètres d'épaisseur, parcouru de rafales, de trombes d'eau, d'éclairs […]. *»*

Fabien et son opérateur radio se trouvent finalement pris à l'intérieur de la tempête. Vous raconterez cette expérience du point de vue de Fabien. Vous veillerez à prendre en compte sa manière sensible et poétique de la percevoir. Vous insisterez sur les émotions ressenties.

Sujet B : Réflexion

Les progrès technologiques permettent-ils encore à l'être humain de s'évader ?

Vous répondrez à cette question dans un développement argumenté et organisé en vous appuyant sur votre expérience, vos lectures, votre culture personnelle et les connaissances acquises dans l'ensemble des disciplines.

CORRIGÉ

Partie I : Travail sur le texte littéraire et sur une image

Premier réflexe : observer le texte

• Antoine de Saint-Exupéry a été, comme le personnage Fabien, pilote de ligne et pilote d'essai. Né en 1900, il a trouvé la mort au cours de l'une de ses missions, le 31 juillet 1944. Ses expériences ont inspiré son œuvre littéraire. Il est notamment l'auteur du célèbre, poétique et fantaisiste *Petit Prince* (1945).
• Le texte est long, dense, poétique : lisez-le plusieurs fois pour bien le comprendre.
• Gardez bien à l'esprit les éléments importants : c'est la nuit, un premier vol à une époque où l'aviation est encore une aventure risquée, une tempête qui met le pilote et son opérateur radio en danger…

QUESTIONS

Remarques préalables

• Onze questions clairement exprimées qui correspondent bien aux notions que vous avez apprises (champ lexical, temps et valeurs des verbes, formation des mots, phrase nominale, lien logique…).
• Soignez particulièrement vos réponses aux questions 5 et 6 qui vous permettent de réfléchir à l'ensemble du texte, à sa singularité et au rapprochement avec la mythologie (la figure d'Icare) et la peinture.

Compréhension et compétences d'interprétation

1. L'avion tourne sur lui-même en s'élevant, comme le prouvent les éléments « **il monta** » (l. 1), repris par « il montait (vers des champs de lumière) » (l. 5), « il s'élevait peu à peu, **en spirale** » (l. 6), « à mesure qu'il montait » (l. 7), « émergea » (l. 9), « émergeait » (l. 14), « au-dessous de lui » répété plusieurs fois (l. 18, 23, 25).

2. a) Fabien ressent une « surprise » « extrême » (l. 10) à cause de la luminosité intense.
b) La scène se passe en pleine « nuit » (l. 12), au milieu des « nuages » (l. 11) et néanmoins il est aveuglé par la « clarté » (l. 10) éblouissante, « rayonnante » que dégagent la lune et les étoiles et qui est reflétée par la couverture des nuages en dessous.

3. a) Le champ lexical de la lumière comprend « lueur » (l. 3), « ombre » (l. 8), « clarté » (l. 10), « éblouir » (l. 10 et 12), « rayonnantes » (l. 13), « éclairs » (l. 19), « lumineux » (l. 21-22). *[On pourrait ajouter par extension « étoiles », « pâle », « pleine lune », « constellations », « astres »].*
b) La lumière est omniprésente car l'avion est passé au-dessus des nuages (« Fabien émergea », l. 9) et donc plus rien ne fait obstacle à la luminosité de « la pleine lune et

toutes les constellations » (l. 12). De plus cette lumière (blanche comme la « neige ») de la lune se réfléchit sur les nuages (« ces nuages, au-dessous de lui, renvoyaient toute la neige qu'ils recevaient de la lune », l. 25-26).

4. Cette narration, qui pourrait être très technique pour décrire les manœuvres d'un pilote et de son avion en proie à une tempête, prend une couleur poétique grâce à la transfiguration des éléments : la lumière de la lune est qualifiée de « neige » (l. 20, 25), le ciel est assimilé à la terre ou à la mer (« champs de lumière », l. 5, « vagues » l. 8, 13, « houle », l. 15, « les eaux réservées », l. 16, « la baie des îles », l. 17).
De plus, la pureté auréole ce ciel et en fait un espace extraordinaire, réservé à quelques privilégiés : « les nuages perdaient [...] leur boue d'ombre » (l. 7-8), « des vagues de plus en plus pures et blanches » (l. 8-9), « vagues rayonnantes » (l. 13), « un calme [...] extraordinaire » (l. 14-15), « les eaux réservées » (l. 16), « une part de ciel inconnue et cachée comme la baie des îles bienheureuses » (l. 17), « un autre monde » (l. 18), « une face de cristal et de neige » (l. 20), « un lait de lumière » (l. 26-27).
Ces privilégiés sont libres comme des « prisonnier[s] » dont on a dénoué les « liens » (l. 32-33) et « riches » (l. 39) « d'un trésor » (l. 36) inconnu et « fabuleu[x] » (l. 37-38).

5. Le premier vol motorisé a eu lieu en 1903 (frères Wright) et Louis Blériot a réussi la première traversée de la Manche en 1909. Là, nous sommes en 1931 : voler reste une aventure extraordinaire, d'autant plus que Fabien effectue son vol la nuit pour la première fois. Les risques sont très importants, Saint-Exupéry lui-même a perdu la vie lors d'une mission. De plus, les conditions météorologiques sont très mauvaises : Fabien affronte une tempête.
Par ailleurs, au-delà de ces aspects extraordinaires liés à l'aviation, l'expérience sort de l'ordinaire car le pilote, qui emmène son avion de plus en plus haut, a le sentiment de côtoyer la lune et les étoiles et d'accéder à un autre monde. Cet espace de lumière intense lui offre un asile de calme, une île bienheureuse, et c'est d'autant plus étonnant qu'il en arrive à oublier le danger imminent de la mort.

Image

6. Icare, avec son père Dédale également représenté sur le tableau de Gowy, passe pour le pionnier des aviateurs : il a voulu s'échapper du labyrinthe-palais du Minotaure en volant le plus près possible du Soleil. Il est donc monté trop haut et la chaleur du Soleil a fait fondre la cire des ailes qu'il s'était fabriquées. Or ce que représente le tableau, c'est sa chute et non son ascension.
Fabien, comme Icare, cherche à échapper au danger (la tempête) et fait monter son avion toujours plus haut. C'est d'un autre astre qu'il s'approche (la Lune et les étoiles) et qui l'éblouit. Est-ce cette clarté intense qui provoque sa perte (« nous sommes perdus », l. 31) comme la chaleur du Soleil a fait chuter Icare ? Non, la comparaison s'arrête là. Monter trop haut est dû à l'orgueil, à l'*hybris* d'Icare alors que Fabien cherche seulement à éviter la tempête. Rien n'est dit, dans cet extrait, de la chute de l'avion : tout est concentré sur l'extase que provoque en lui la lumière éclatante qu'il découvre au sommet, alors que du tableau de Gowy se dégagent tristesse et tragédie. Le blanc du peintre attire l'œil sur le corps d'Icare mais ne suscite pas le ravissement.

Le décor du tableau reste réaliste : on voit un village en bord de mer alors que dans le texte de Saint-Exupéry le ciel est transfiguré, les éléments se brouillent et les personnages semblent accéder à un paradis.
L'ambiance est donc complètement différente, voire opposée, entre le tableau de la chute d'Icare et le texte de l'ascension de Fabien.

Grammaire et compétences linguistiques

7. Réécriture

■ Repérer les difficultés

- Passer de « il » à « ils » impose d'accorder au pluriel les verbes dont ce pronom est le sujet et eux seuls. Attention à bien orthographier la 3e personne du pluriel du passé simple pour « émergea » et « dut ».
- L'autre modification nécessaire, quand le référent est pluriel, porte sur les formes déclinées du pronom « ils » (« les », « eux ») et les déterminants possessifs (« sa » devient « leur »).

Ils s'élevaient peu à peu, en spirale, dans le puits qui s'était ouvert, et se refermait au-dessous d'**eux.** Et les nuages perdaient, à mesure qu'**ils montaient,** leur boue d'ombre, ils passaient contre **eux** […]. **Fabien et son passager / Ils émergèrent. Leur** surprise fut extrême : la clarté était telle qu'elle **les** éblouissait. **Ils durent,** quelques secondes, fermer les yeux. **Ils n'auraient** jamais cru que les nuages, la nuit, pussent éblouir.

8. a) Le verbe « voir » est au passé simple de l'indicatif, le verbe « sourire » est à l'imparfait de l'indicatif.
b) Les deux verbes fonctionnent dans le système habituel des temps du récit au passé : l'action ponctuelle de premier plan « voir » est au passé simple, l'imparfait « souriait » convient à l'action de second plan qui ici, de surcroît, décrit l'état de bonheur du passager.

9. « rayonnantes » est formé du radical « rayon(n) », du suffixe « -ant » qui permet de former le participe présent, ici utilisé comme un adjectif, et de la désinence du féminin pluriel « -es » puisqu'il qualifie les « vagues ». *[On peut préciser que le « n » du radical « rayon » est doublé.]*

10. La phrase « Trop beau » n'est pas construite comme la majorité des phrases dites « verbales », qui comportent au minimum sujet + verbe : elle est réduite à un adjectif et son adverbe d'intensité. *[Ce raccourci, qui s'apparente à une phrase nominale, permet de valoriser le sentiment d'admiration exprimé.]*

11. a) Le signe de ponctuation « : » exprime un lien logique de cause à conséquence.
b) « Je suis tout à fait fou, pensait Fabien, de sourire **puisque** nous sommes perdus. »
*[On peut aussi utiliser « **vu que, parce que, étant donné que** » ou une coordination « **car, en effet** », mais « **puisque** » est préférable car il introduit une cause subjective, le sentiment d'être perdus. Attention à ne pas dénaturer la phrase en négligeant son début : Fabien ne dit pas « Je souris alors que nous sommes perdus » – rapport d'opposition – mais « Je suis fou (de sourire) puisque nous sommes perdus ».]*

DICTÉE

■ Repérer les difficultés

• **Difficultés grammaticales**

– **Un accord sujet inversé/verbe à ne pas rater** car le sujet inversé n'est pas situé juste à côté du verbe : réalisez bien que le sujet du verbe « scintiller » est le groupe nominal pluriel « les rares lumières » situé après lui, donc accord au pluriel. Ne vous laissez pas piéger par le groupe nominal la « nuit sombre » placé avant. Demandez-vous : « qu'est-ce qui scintille ? »

– **Les accords dans les groupes nominaux :** pensez à mettre au pluriel tous les éléments qui se rattachent au nom pluriel comme dans « **tous les** livre**s** », « quelque**s** secret**s** », « **des** ligne**s** aérienne**s** », « **tous les** vieu**x** problème**s** », « seule**s,** comme **des** étoile**s, les** rare**s** lumière**s** éparse**s** ».

• **Difficultés de conjugaison**

C'est la diversité des terminaisons du présent de l'indicatif qu'il faut maîtriser dans cette dictée. Rappelons que, pour la 3e personne du singulier, c'est « -e » pour les verbes du 1er groupe (« elle résist**e** », « il se mesur**e** », « il arrach**e** », « il dégag**e** », « il mêl**e** ») mais aussi pour certains verbes du 3e groupe (« il se découvr**e** »). En revanche, la terminaison de 3e personne du présent est « -t » pour « il fau**t** » (3e groupe) et « -d » pour « la terre appren**d** » (3e groupe).

• **Difficultés lexicales**

– « rabot », « labour » et « charrue » vous sont donnés : mémorisez-les.

– Ne confondez pas « l'atteindre » avec « la teindre » : « teindre la terre » n'aurait pas de sens, ni « teindre l'obstacle » si vous hésitez sur ce que représente le pronom « l' ».

– Retenez « a**tteint**dre », « a**rr**acher », « **scin**tiller » et « con**science** ».

Partie II : Rédaction

Sujet A : Imagination

■ Comprendre le sujet A

• Il s'agit de décrire l'avion, son pilote et le radio pris dans la tempête en plein ciel : il faut les imaginer secoués dans un avion attaqué de toutes parts par les éléments déchaînés et mobiliser le vocabulaire de mouvements violents. Si vous avez vu des « films catastrophe », ils peuvent vous aider à vous mettre en situation.

• Adopter le « point de vue de Fabien » vous permet d'écrire le texte à la 1re personne (point de vue interne) ou à la 3e personne – notre choix – en veillant à concentrer les notations et les sensations sur la personne du pilote.

• La consigne précise qu'il faut narrer cette expérience « de manière sensible et poétique » comme dans le texte de Saint-Exupéry : introduisez dans votre récit des comparaisons, des métaphores qui transfigurent les éléments. Ces procédés poétiques sont écrits en *italique* dans le corrigé proposé.
• La consigne demande également que vous exprimiez les « émotions ressenties » par Fabien : il faut donc faire appel au vocabulaire des sentiments en choisissant bien évidemment les mots et expressions qui correspondent à la situation. Ils sont écrits en **gras** dans le texte proposé ci-dessous. *[Certains mots peuvent exprimer à la fois le sentiment ressenti par Fabien et la métamorphose des éléments : ils sont en italique et **en gras**.]*

[Situation initiale]

La tempête, au-dessous de lui, formait un autre monde de trois mille mètres d'épaisseur, parcouru de rafales, de trombes d'eau, d'éclairs… Fabien, qui n'avait jamais rencontré des conditions météorologiques aussi épouvantables, se concentrait au maximum et essayait de toutes ses forces de maintenir l'avion le plus horizontal possible mais l'appareil se cabrait sous les violents coups de boutoir du vent, les ailes vibraient sourdement de manière discontinue.

[Personnification et transfiguration des éléments]

Toute la carlingue grondait *comme un fauve échappé d'une cage*. Il semblait à Fabien que ce monstre rassemblait ses forces pour mener à leur perte les hommes qui, dans leur orgueil, avaient cherché à pénétrer dans ces mondes aériens jusqu'ici sauvages et inviolés. Les nuages, *hauts comme des tours*, encerclaient l'avion de tous côtés, le faisaient tourbillonner *comme s'il n'avait été qu'une vulgaire petite toupie dans les mains d'un jeune enfant.*

[Expression des sentiments]

Fabien **les sentait animés d'une force mauvaise, prenant un malin plaisir** à boucher l'horizon, *tels des gardiens* ***hostiles*** *protégeant un trésor*. Toute possibilité de s'échapper était interdite à l'avion encerclé. **Fabien se sentait oppressé :** dans leur toute-puissance, les nuages voulaient **se jouer de lui et l'écraser**. Pas une étoile pour se repérer ; seul *le ballet* des éclairs illuminait les flancs rebondis de ces nuages gigantesques. Plus de lumière, plus de clarté : **il se sentait perdu** ***comme dans la plus sombre des forêts***.

Au comble du désespoir mais gardant malgré tout toute sa lucidité, Fabien se cramponnait aux manettes qui ne répondaient plus. Il entrevoyait du coin de l'œil le radio navigateur qui, **avec acharnement,** cherchait à trouver un signal pour joindre une quelconque tour de contrôle. Mais quel espoir pouvait-on attendre ? **Ils devaient bien se résigner et reconnaître qu'ils étaient tous les deux égarés** au cœur de cette tempête apocalyptique. Malgré toute son **angoisse** dans cet avion soufflé *comme un vulgaire fétu de paille*, Fabien **ne pouvait se retenir d'admirer** la démonstration de la toute-puissance de la nature, l'étalage des forces cosmiques qui ramenaient l'homme à son infinie petitesse… Ne s'était-il pas finalement brûlé les ailes comme Icare cherchant, par son orgueil démesuré, à s'élever plus haut que les dieux ?

Fabien et son opérateur radio **durent se rendre à l'évidence** : il ne leur serait jamais possible de sortir de cette tempête et d'atteindre Buenos Aires. Lorsqu'ils étaient montés dans leur avion en Patagonie, ils étaient tout à fait conscients des risques qu'ils prenaient mais ils étaient **si fiers** de participer à cette aventure fulgurante de la conquête des airs, rêve de l'homme depuis l'Antiquité ! Maintenant, en luttant jusqu'au dernier moment contre les forces déchaînées de la tempête, ils étaient devenus des héros qui pensaient n'avoir accompli que leur devoir.

[Dénouement]

Ils sentirent l'appareil qui se mettait brutalement en vrille ; impossible de le redresser ou même de le maintenir. Tous les voyants clignotaient et étaient au rouge : danger de crash imminent !!!! Dans un dernier éclair de conscience, les noms des pionniers visionnaires de l'aviation, Clément Ader, les frères Wright, Blériot, Roland Garros… virevoltèrent dans leur esprit. Ils se regardèrent une dernière fois et se serrèrent solennellement la main avant de s'écraser au sol dans une gigantesque explosion.

[Conclusion]

Leur sacrifice n'était pas vain : d'autres hommes poursuivraient la voie qu'ils avaient commencé à tracer. Certes, ils avaient été vaincus par la toute-puissance hostile et démesurée de la nature mais, dans un futur proche, d'autres aviateurs se porteraient volontaires et, grâce à leur courage et leur abnégation, cette extraordinaire entreprise un peu folle de l'Aéropostale finirait par s'accomplir.

Sujet B : Réflexion

■ Comprendre le sujet B

• La consigne de ce sujet est assez vague : « les progrès technologiques » recouvrent de nombreux domaines ; « s'évader » doit être précisé (que signifie s'évader ? de quoi s'évade-t-on ?) ; « encore » suppose que la question se pose de façon plus cruciale de nos jours. Rédigez votre brouillon en répondant d'abord à ces questions pour clarifier votre réflexion.

• En fin de collège, on attend surtout de cette réflexion qu'elle soit appuyée sur quelques exemples et structurée. Rassemblez donc des exemples empruntés à la littérature (science-fiction, bande dessinée également), au cinéma, à vos connaissances personnelles sur l'évolution des moyens technologiques, si possible aussi à vos connaissances disciplinaires en physique-chimie ou autre ; analysez-les et organisez votre plan.

• Nous indiquons un plan possible par les titres en *italique* et entre crochets. La nuance ou l'opposition pour/contre sont insérées dans chaque partie.

[Introduction]

Depuis l'invention de la roue, l'un des premiers progrès technologiques majeurs réalisés par l'être humain au IVe millénaire avant J.-C. en Mésopotamie, jusqu'à la création actuelle de l'intelligence artificielle capable d'autonomie, de réactivité et d'apprentissage, nous constatons l'accélération des progrès technologiques. Importante au XIXe siècle en lien avec la révolution industrielle, elle s'accentue actuellement de manière incroyable. Les progrès technologiques semblent donc offrir une extension infinie de nos capacités, mais permettent-ils encore à l'être humain de s'évader ?

[Première partie : pourquoi l'être humain aurait-il besoin de s'évader ?]

La recherche d'évasion peut traduire une insatisfaction : nous nous sentons prisonniers dans la vie réelle, parce qu'elle nous paraît banale et médiocre, et nous rêvons d'une vie stimulante qui déclenche l'adrénaline. Mais la tentation de s'évader procède aussi de la curiosité qui nous pousse à connaître autre chose que le quotidien ou à améliorer la vie courante. C'est la preuve d'un appétit de connaissance qui est la marque de la grandeur de l'esprit humain, cet appétit qui a généralement initié les découvertes et les progrès.

[Deuxième partie : s'évader physiquement grâce aux progrès technologiques]

On peut s'évader de manière physique, en se déplaçant. Et dans ce domaine, il est évident que les progrès technologiques ont révolutionné les déplacements et le rapport au temps. Le premier vol de nuit de l'Aéropostale en Amérique du Sud, narré par le texte de Saint-Exupéry, a pour objectif de concurrencer le transport du courrier par rail pour gagner du temps. La trottinette électrique permet de s'échapper facilement ; le TGV, le Concorde (quand il volait), ou même le futur « hyperloop », offrent la possibilité de partir ailleurs plus vite, dans des pays que l'on rêve de découvrir. Et que dire des progrès dans le domaine des techniques aérospatiales ? Après le premier vol habité dans l'espace avec Gagarine en 1961, le premier pas de l'homme sur la Lune en 1969, il est désormais question de coloniser Mars dans le courant du XXIe siècle. Cette perspective évoquée par la science-fiction deviendrait-elle réalité ? Nous voici rêvant que la Terre et les humains ne seront que l'un des aspects de la vie intergalactique évoqués par les œuvres de science-fiction comme *Dune* ou *La Guerre des étoiles*.

Est-ce que cela garantit qu'on s'évade ? Les voyages imaginés par Jules Verne dans *Le Tour du monde en 80 jours* ou *De la Terre à la Lune* ont plus fait rêver les lecteurs par l'étrangeté des expériences vécues que par la rapidité des déplacements ou l'éloignement des contrées visitées. Quant à la découverte de la grotte de Lascaux, elle doit tout au hasard et rien au progrès mais la contemplation de ses fresques nous plonge dans un tout autre univers. C'est donc le monde que l'on découvre qui nous dépayse avant tout.

Encore faut-il préserver l'étrangeté et l'authenticité de ces mondes. Or les progrès dans les transports ont aussi conduit à une uniformisation mondiale et un tourisme de masse préjudiciable qui a fragilisé certains paysages ou certaines cultures : ainsi l'île Phi-Phi en Thaïlande où avait été tourné le film *La plage* avec Leonardo DiCaprio doit maintenant être protégée de l'afflux touristique.

[Troisième partie : s'évader intellectuellement grâce aux progrès technologiques]

L'évasion nous est aussi offerte par notre imagination : celle-ci est-elle encouragée, stimulée, entraînée vers de nouveaux horizons par les progrès technologiques ? La lecture nous projette depuis longtemps dans d'autres mondes réels ou fantaisistes, nous fait découvrir d'autres sensibilités, d'autres cultures… Plus récemment, les effets spéciaux du cinéma multiplient et accentuent nos sensations : nous sommes éblouis, émerveillés, subjugués… La diversité des chaînes de télévision ou de plates-formes vidéo offre un choix extrêmement riche de découvertes sans partir de chez nous, les jeux vidéo font parcourir des mondes virtuels en transformant le joueur immobile en héros, en explorateur jusqu'au métaverse qui, par le seul truchement d'un « casque », projette son utilisateur dans des univers autres où il n'est pas seulement spectateur : il rencontre d'autres êtres.

Mais cette évasion grâce aux progrès technologiques n'atteint-elle pas certaines limites ? Ainsi les effets spéciaux du cinéma nécessitent tant de technologies que l'on est parfois plus sensible à l'épure des arts vivants comme le cirque ou le théâtre. Des études en cours montreraient que les écrans et leurs prodiges de technologie étouffent l'imagination des enfants.

Par ailleurs, si l'on y réfléchit bien, l'avion est au contraire un piège pour Fabien, alors que son imagination lui permet de ne pas envisager la mort qui l'attend. L'esprit révèle ici une puissance exceptionnelle alors que l'évasion produite par les moyens technologiques peut se révéler artificielle. Et la désillusion est alors cruelle : que penser d'un être humain qui tombe amoureux d'une voix féminine très intelligente et sensuelle appartenant à un programme informatique sophistiqué comme dans le film *Her* de Spike Jonze en 2014 ?

Le retour à la réalité quotidienne est si frustrant que l'on risque de vouloir s'en déconnecter et rechercher frénétiquement et sans cesse l'évasion dans le virtuel. Cela devient quasiment une addiction à laquelle il devient difficile d'échapper. N'oublions pas également les dangers d'internet : le Web est une « toile », peut-être une toile d'araignée qui enserre et retient prisonnière l'imagination car, en fait, elle impose des modes de pensée, une certaine vision de la civilisation.

[Conclusion]

Les progrès technologiques font évoluer la société et multiplient nos capacités d'exploration mais l'imagination personnelle demeure sans doute le moteur le plus puissant de nos évasions.

Sujet 100 Français

France métropolitaine, 2022
Jean de La Fontaine
Le Lion et le Moucheron

Partie I : Travail sur le texte littéraire et sur une image

1 heure 10 min — 50 points

Document 1 Texte littéraire

« Va-t'en, chétif[1] insecte, excrément de la terre[2] ! »
C'est en ces mots que le Lion
Parlait un jour au Moucheron.
L'autre lui déclara la guerre.
« Penses-tu, lui dit-il, que ton titre de Roi
Me fasse peur ni me soucie ?
Un bœuf est plus puissant que toi :
Je le mène à ma fantaisie[3]. »
À peine il achevait ces mots
Que lui-même il sonna la charge[4],
Fut le Trompette[5] et le Héros.
Dans l'abord il se met au large[6];
Puis prend son temps, fond[7] sur le cou
Du Lion, qu'il rend presque fou.
Le quadrupède écume, et son œil étincelle ;
Il rugit ; on se cache, on tremble à l'environ ;
Et cette alarme universelle
Est l'ouvrage d'un Moucheron.
Un avorton de Mouche en cent lieux le harcelle :
Tantôt pique l'échine[8], et tantôt le museau,
Tantôt entre au fond du naseau.
La rage alors se trouve à son faîte[9] montée.
L'invisible ennemi triomphe, et rit de voir
Qu'il n'est griffe ni dent en la bête irritée

Qui de la mettre en sang ne fasse son devoir.
Le malheureux Lion se déchire lui-même,
Fait résonner sa queue à l'entour de ses flancs,
Bat l'air, qui n'en peut mais[10] ; et sa fureur extrême
Le fatigue, l'abat : le voilà sur les dents.
L'insecte du combat se retire avec gloire :
Comme il sonna la charge, il sonne la victoire,
Va partout l'annoncer, et rencontre en chemin
    L'embuscade d'une araignée ;
    Il y rencontre aussi sa fin.

Quelle chose par là nous peut être enseignée ?
J'en vois deux, dont l'une est qu'entre nos ennemis
Les plus à craindre sont souvent les plus petits ;
L'autre, qu'aux grands périls tel a pu se soustraire,
    Qui périt pour la moindre affaire.

Jean de La Fontaine, *Fables*, livre II, fable 9, 1668.

1. Chétif : faible.
2. Excrément de la terre : ce qui est rejeté par la terre. Il s'agit d'une insulte méprisante.
3. À ma fantaisie : comme je veux.
4. Sonna la charge : annonça l'attaque.
5. Trompette : celui qui joue de la trompette pendant une bataille.
6. Dans l'abord il se met au large : pour commencer, il s'éloigne.
7. Fond : se précipite pour attaquer.
8. L'échine : le dos de l'animal.
9. À son faîte : au plus haut.
10. Qui n'en peut mais : qui n'en peut plus.

Document 2 **Image**

Illustration d'Auguste Vimar pour le recueil *Fables de La Fontaine*, Alfred Mame, 1897.

QUESTIONS

Compréhension et compétences d'interprétation

1. Vers 1 à 8 :

a) Qui parle au vers 1 ? À qui s'adresse-t-il ? **(1 point)**

b) Quelle réaction ce propos déclenche-t-il et pourquoi ? **(2 points)**

2. Vers 9 à 29 :

a) Quel animal domine le combat ? Justifiez votre réponse en relevant trois expressions dans ce passage. **(2 points)**

b) Quelle tactique est utilisée par le Moucheron aux vers 12 à 29 ? Quel en est le résultat ? **(3 points)**

c) Comment le fabuliste met-il en évidence le mouvement et l'agitation du combat ? Pour justifier votre réponse, vous vous appuierez notamment sur les verbes, les adverbes et le rythme des vers. **(4 points)**

3. Vers 15 à 29 : Par quels groupes nominaux le Lion est-il désigné ? Quel est l'effet produit ? **(3 points)**

4. Vers 30 à 34 : Quel est le retournement de situation raconté par cette fable ? **(2 points)**

5. Au cours de la fable, de quel défaut le Lion et le Moucheron font-ils preuve à tour de rôle ? Justifiez votre réponse en vous appuyant sur l'ensemble de la fable. **(5 points)**

6. Vers 35 à 39 : Comment comprenez-vous les deux enseignements que le fabuliste donne au lecteur ? **(4 points)**

7. Image

a) Comment l'illustration donne-t-elle à voir les effets de l'attaque du Moucheron sur le Lion ? **(4 points)**

b) Comment s'y prend l'illustration pour laisser entrevoir la fin de la fable ? **(2 points)**

Grammaire et compétences linguistiques

8. « L'autre lui déclara la guerre » (vers 4).

a) Donnez la fonction précise de chaque complément souligné. **(1 point)**

b) Réécrivez la phrase en remplaçant le pronom « lui » par le groupe nominal auquel il renvoie. **(1 point)**

c) Quelles manipulations avez-vous utilisées pour identifier la fonction de « la guerre » ? **(2 points)**

9. « Il rugit ; on se cache » (vers 16).

Transformez ces deux propositions en une phrase complexe comportant une proposition subordonnée. **(2 points)**

10. « L'invisible ennemi » (vers 23).

a) De quels éléments le mot souligné est-il composé ? **(1,5 point)**

b) Donnez sa définition en vous appuyant sur la signification des éléments qui le composent. **(0,5 point)**

11. Réécrivez le passage suivant en remplaçant « Le malheureux Lion » par « Les malheureux Lions » :

« Le malheureux Lion se déchire lui-même,
Fait résonner sa queue à l'entour de ses flancs,
Bat l'air […] ; et sa fureur extrême
Le fatigue, l'abat » (vers 26-29) **(10 points)**

DICTÉE 20 min 10 points

Est inscrit au tableau : D'après Ésope, *Fables*, VIIe-VIe siècle avant J.-C.

Le moustique et le lion

Un moustique s'approcha d'un lion et lui dit : « Je n'ai pas peur de toi, et tu n'es pas plus puissant que moi. Si tu veux, je te provoque même au combat. » Et, sonnant de la trompe, le moustique fondit sur lui, mordant le museau dépourvu de poil autour des narines. Quant au lion, il se déchirait de ses propres griffes, jusqu'à ce qu'il renonce au combat. Le moustique, ayant vaincu le lion, sonna de la trompe, entonna un chant de victoire, et prit son envol. Mais il s'empêtra dans une toile d'araignée : tandis qu'elle le dévorait, il se lamentait d'être tué par un vulgaire animal, une araignée, lui qui avait combattu les plus puissants animaux.

D'après ÉSOPE, *Fables*, VIIe-VIe siècle avant J.-C.

Partie II : Rédaction

1 heure 30 min 40 points

Vous traiterez au choix le sujet A ou B.

Sujet A : Imagination

Le Moucheron *« sonne la victoire »* et *« va partout l'annoncer »*.
Imaginez le récit que fait le Moucheron de son combat victorieux aux autres animaux. Vous mettrez en évidence le caractère, les sentiments et les réflexions du Moucheron et vous pourrez montrer les réactions des autres animaux.
Votre récit peut être rédigé à la première ou à la troisième personne du singulier.

Sujet B : Réflexion

La littérature et les œuvres artistiques peuvent-elles nous aider à réfléchir sur notre propre comportement ? Vous répondrez à cette question dans un développement organisé, en vous appuyant sur des exemples pris dans les œuvres littéraires et artistiques que vous connaissez.

CORRIGÉ

Partie I : Travail sur le texte littéraire et sur une image

Premier réflexe : observer le texte

• Vous avez peut-être déjà lu ou étudié cette fable bien connue de La Fontaine (1621-1695).
• Comparez le texte d'Ésope proposé en dictée et celui de La Fontaine : vous constaterez à quel point le fabuliste transforme une histoire simple en une narration riche, savoureuse, ironique grâce aux procédés stylistiques qu'il emploie. Ce texte est un très bel exemple de la qualité de la narration (c'est-à-dire la manière dont l'auteur raconte les faits).

QUESTIONS

Remarques préalables

• La première partie des questions insiste sur la compréhension du récit (quels personnages ? quelles actions ? quel dénouement ?) et la « morale » du texte (questions 5 et 6). Deux questions (2c et 3) portent sur quelques-uns des nombreux procédés stylistiques qu'emploie La Fontaine.
• Les questions 8 à 11 concernent des points de langue bien connus (pronominalisation, lien logique, formation des mots…).

Compréhension et compétences d'interprétation

1. a) Le lion s'exprime au vers 1 et s'adresse au moucheron, en le tutoyant (« Va-t'en »), en le traitant de « chétif insecte » et en l'insultant (« excrément de la terre »).
b) Ce propos injurieux provoque la colère du moucheron qui ne supporte pas que le lion le chasse et l'humilie. Sa réaction immédiate et violente se traduit par sa « déclaration de guerre » : il réplique et va attaquer physiquement le lion. *[Vous pouvez appuyer votre explication sur différents points : la violence verbale du lion car le tutoiement et l'impératif prouvent que le lion se croit supérieur au moucheron ; il souligne la faiblesse physique de l'insecte (« chétif ») et le considère comme une espèce inférieure qu'on rejette (« excrément » est, à l'époque de La Fontaine, un terme de mépris – préfixe « ex- » qui signifie qu'on l'exclut).]*

2. a) Contre toute attente, c'est le moucheron qui domine le combat. *[Attention ! « Dominer » ne se limite pas à « vaincre » : il faut relever des expressions qui montrent que l'insecte mène le combat du début jusqu'à la victoire finale.]* Plusieurs expressions le signifient : il joue tous les rôles (« [il] [f]ut le Trompette et le Héros », v. 11), c'est lui qui lance les attaques (il « fond sur le cou », v. 13), et les tournures emphatiques accentuent sa domination (« cette alarme universelle », v. 17,

« en cent lieux », v. 19) ; « l'invisible ennemi *[à savoir le Moucheron]* triomphe » (v. 23) *[le verbe « triomphe » est particulièrement mis en valeur par la coupe placée après la 8e syllabe alors que, dans un alexandrin, elle est généralement placée à l'hémistiche, 6e syllabe]*, « sa fureur extrême [...] l'abat » (v. 28-29), « le voilà sur les dents » (v. 29) *[les pronoms « le » et « l' » renvoyant au Lion]*, « L'insecte du combat se retire avec gloire » (v. 30), « il sonne la victoire » (v. 31).

b) Le moucheron emploie en quelque sorte une tactique de **guérilla** : comme d'autres combattants qui n'ont pas la puissance physique ou militaire de leur ennemi, **il harcèle** le lion**,** l'attaque par petites touches de tous côtés comme le prouvent le vers 13 (attaque du « cou » en premier), puis les vers 19 à 21 (« Un avorton de mouche en cent lieux le harcelle, / Tantôt pique l'échine, et tantôt le museau, / Tantôt entre au fond du naseau. »). Par conséquent, le lion qui ne peut attraper le moucheron, trop petit et trop mobile, s'énerve et s'épuise en se battant contre lui-même (« Le malheureux Lion se déchire lui-même », v. 26).

c) *[Les procédés stylistiques pour traduire les attaques du moucheron sont très nombreux ; nous commençons par ceux qui sont suggérés par la consigne et ajoutons d'autres procédés aussi pertinents.]*

– Les verbes utilisés dans les vers 12 à 29 sont essentiellement des verbes de mouvements, que ce soit ceux du moucheron (« se mettre au large », v. 12, « fondre », v. 13, « piquer », v. 20, « entrer », v. 21), ou des autres protagonistes (« se cacher », v. 16, « se déchirer », v. 26, « battre », v. 28, « abattre », v. 29) ; d'autres verbes évoquant le bruit (« sonner », v. 10, « rugir », v. 16, « rire », v. 23, « faire résonner », v. 27) ou la fureur (« écumer » et « étinceler », v. 15 ; « trembler », v. 16) traduisent également l'agitation qui règne.

– L'adverbe « tantôt » est répété trois fois (v. 20-21) : les dentales [t] et [d] (dans « tantôt », « entre », « du ») font entendre comme des coups de boutoir contre le lion ; *[la répétition du son [o] dans « tantôt », « museau », « naseau » rend encore plus sonores ces vers].*

– Le rythme des vers est haché :

• les propositions sont brèves (4 syllabes, par exemple, au vers 13) et plus souvent juxtaposées que coordonnées afin de traduire la rapidité et la répétition des attaques du moucheron ;

• l'alternance d'alexandrins et d'octosyllabes, d'abord deux par deux (v.15-16 et v.17-18), puis vers à vers (v. 20 et v. 21), accentue la vivacité de l'insecte ;

• les coupes (par exemple, au vers 16 « Il rugit 3/ on se cache 3/ on tremble à l'environ 6/ », ou au vers 29 dont le rythme 4/2/6 et la coupe à l'hémistiche appuyée par la ponctuation forte mettent en valeur la défaite du lion terrassé) et les enjambements (par exemple, « fond sur le cou / Du lion », v. 13-14, « et sa fureur extrême / Le fatigue, l'abat », v. 28-29) renforcent l'impression de désordre, de chaos qui affolent le lion.

[On peut aussi relever l'emploi du vocabulaire militaire (« sonner la charge », v. 10, « Trompette » et « Héros », v. 11, « dans l'abord », v. 12, « alarme », v. 17), l'emphase (« fou », v. 14, et « fureur extrême », v. 28, « alarme universelle », v. 17, et « cent lieux », v. 19, « à son faîte montée », v. 22) : ces deux procédés donnent une tonalité épique au vol du moucheron.]

SUJET 2022 FRANÇAIS

3. *[Attention à ne pas vous tromper entre les dénominations des deux animaux ! Ne relevez ni « Un avorton de Mouche » (v. 19), ni « L'invisible ennemi » (v. 23) qui désignent le moucheron.]*
Le lion est désigné par « Le quadrupède » (v. 15), « la bête irritée » (v. 24), « Le malheureux Lion » (v. 26). Ces dénominations décrivent le lion d'un point de vue morphologique (« quadrupède » : il a quatre pattes) ou signalent ses réactions (« irrité[e] », « malheureux ») mais ne mentionnent pas du tout la majesté, la puissance, le prestige qu'on attribue habituellement au roi des animaux. Ainsi le lion est « banalisé » et même diminué, comme réduit à ses pattes ou à ses réactions négatives (exaspération, détresse). *[Ajouter éventuellement « la rage », v. 22, et « sa fureur extrême », v. 28 : en réduisant le lion à ces deux réactions de colère intense et de folie furieuse, on pourrait presque parler de « métonymies » pour le désigner.]*

4. Le fier vainqueur du combat épique contre le lion est vaincu à son tour : il se fait piéger par une simple toile d'araignée et meurt. Ce retournement de situation est renforcé par les procédés de style : alors que la victoire du moucheron est célébrée par trois alexandrins emphatiques (vers 30, 31, 32 : « gloire » et « victoire » à la rime, répétition de « sonner », universalité de l'adverbe « partout »), les deux derniers octosyllabes évoquent avec sobriété sa mort (le verbe « rencontrer » semble anodin, le mot « embuscade » est un peu plus inquiétant et le vers 34 s'achève brutalement sur les mots « sa fin », litote pour dire « sa mort »).

5. Le moucheron, comme le lion, font preuve d'**arrogance** / de **présomption :** le lion avait méprisé le moucheron pour sa faiblesse (« chétif insecte, excrément de la terre », v. 1) mais ce dernier se montre aussi vaniteux (« Un bœuf est plus puissant que toi / Je le mène à ma fantaisie. », v. 7-8 ; il va partout annoncer sa victoire, v. 32).
Ils font également preuve de **bêtise / manque de discernement, d'intelligence :** leur vanité les rend aveugles, leur ôte leur capacité de jugement. Ils surévaluent leur force et sous-estiment celle de l'adversaire ou simplement le danger : le lion se croit invincible, le moucheron, qui est réellement petit et faible, se montre très imprudent.
[L'un ou l'autre défaut suffit. Mais la réponse « orgueil » ne convient pas car lorsqu'on est orgueilleux, cela n'implique pas toujours qu'on méprise l'autre.]

6. Le premier enseignement, formulé aux vers 36-37, est à tirer surtout du comportement du lion : il ne faut pas se montrer présomptueux ou arrogant envers les autres, il est dangereux de les sous-estimer et, pire encore, de les injurier car leur apparente faiblesse peut devenir une force (le lion ne parvient pas à tuer le moucheron en raison précisément de sa petitesse).
Le second enseignement des vers 38-39 est plutôt illustré par le comportement du moucheron : tout occupé à fanfaronner après sa victoire contre le lion, il perd toute prudence, tout discernement et tombe dans le piège de l'araignée. Le lion non plus n'avait pas perçu la capacité de nuisance du moucheron.
En fait, avec ces deux personnages, La Fontaine veut donner une leçon de **modestie** et de **prudence.** *[Vous pouvez aussi utiliser des synonymes proches : humilité et sagesse / intelligence / discernement.]*

Image

7. a) Le dessinateur Auguste Vimar traduit l'attaque du moucheron par la position étrange du lion : un lion est habituellement représenté stable, voire assis ou en mouvement, sur ses quatre pattes. Ici il est dessiné debout sur deux pattes, mais pas dans une attitude de domination. Au contraire, il est complètement tordu et semble en déséquilibre et désarticulé : la patte avant droite surgit au-dessus de la tête, disproportionnée par rapport à la gauche ; la patte arrière droite est levée, la gauche repose à peine au sol, elles ne peuvent assurer un appui. La tête du lion est baissée (c'est plutôt un signe de défaite) et son regard est concentré sur le minuscule insecte devenu son obsession. On imagine que la patte avant droite, énorme, va chercher à le frapper mais sa position, le fait qu'on ne voit pas le membre en entier suggèrent que les mouvements ne sont pas bien coordonnés.
Le dessinateur accentue cette impression de désordre et de trouble par le poil de la crinière et de la queue, tracé à petits traits multiples qui le font paraître hérissé. La gueule ouverte suggère le rugissement mais aussi l'essoufflement.
b) Si l'illustration consacre la majeure partie de l'espace au lion, c'est au détriment d'un décor à peine suggéré : rien à l'arrière-plan. On pourrait avoir l'impression d'être dans un désert sauf que, au premier plan, l'œil est attiré par une butte, quelques touffes d'herbe, une branche morte dressée (est-ce un signe prémonitoire de la mort du moucheron ?) sur laquelle s'accrochent une toile et son araignée qui paraissent disproportionnées au regard de la branche. L'araignée et sa toile prennent donc de l'importance, elles ne sont pas un détail d'un décor inexistant. Selon l'orientation du lion, il semble foncer vers cette toile. Est-ce lui la proie ? Mais le moucheron est dessiné entre les deux : c'est bien lui qui est visé.

Grammaire et compétences linguistiques

8. a) Dans la phrase « L'autre lui déclara la guerre. » (v. 4), le complément d'objet direct (COD) du verbe « déclarer » est « la guerre » et son complément d'objet indirect (COI) est le pronom « lui ». *[On accepte aussi « complément d'objet second » ou « COS ».]*
b) « L'autre déclara la guerre au lion. » *[à la rigueur, « L'autre déclara au lion la guerre. »].*
c) Pour identifier le complément d'objet direct (COD), on essaie de le supprimer : la suite de mots « L'autre lui déclara » n'a plus de sens, « la guerre » est donc un complément essentiel de « déclarer » qui est un verbe transitif direct.
On peut aussi identifier le COD par la transformation passive : il devient « sujet » (« La guerre lui fut déclarée. »), ou encore par la pronominalisation (le pronom personnel « L'autre **la** lui déclara » ou le pronom relatif dans la tournure de mise en relief « C'est la guerre **que** l'autre lui déclara. »).
[Manipulation ne signifie pas poser la question « L'autre lui déclara quoi ? » ; ce n'est pas un procédé sûr pour identifier le COD.]

9. *[On peut admettre deux rapports logiques différents entre ces deux propositions : soit un rapport de temps (simultanéité), soit un rapport de cause à conséquence, d'où nos deux propositions de corrigés. La proposition subordonnée est en gras. N'employez pas de conjonctions de coordination (car, en effet, alors…).]*

SUJET 2022 FRANÇAIS

« **Dès qu'il rugit / Quand il rugit**, on se cache. » : lien temporel.
« **Comme il rugit,** on se cache. » : la conjonction « comme » permet d'associer le lien temporel et le lien causal.
« **Parce qu'il rugit / Vu qu'il rugit / Étant donné qu'il rugit,** on se cache. » ou « Il rugit **tant / si bien / de sorte qu'on se cache. »** expriment un lien logique de cause à conséquence ou inversement.

10. a) « Invisible » est formé du radical « vis- », précédé du préfixe négatif « in- » et suivi du suffixe exprimant la possibilité « -ible » *[comme « -able » et « -uble »]*.
b) Le radical « vis- » est celui qu'on trouve dans « vision ». L'adjectif « invisible » qualifie donc quelqu'un ou quelque chose **qu'on ne peut pas voir.**

11. Réécriture

Repérer les difficultés

• Mettre au pluriel le groupe nominal « Le malheureux Lion » implique avant tout d'accorder au pluriel les verbes dont il est le sujet mais seulement eux : « se déchire », « fait » et « bat ». Ne pas transformer « fatigue » et « abat » qui ont pour sujet au singulier « sa fureur extrême ».
• Il faut aussi mettre au pluriel les déterminants possessifs et les pronoms personnels qui renvoient à ce groupe : « lui-même », « sa (queue) », « ses (flancs) », « sa (fureur) », « le (fatigue) » et « l'(abat) ».
• Attention ! « même » est ici un adjectif qui renforce le pronom et il s'accorde.

« **Les malheureux Lions se déchirent eux-mêmes,** / **Font** résonner **leur** queue à l'entour de **leurs** flancs, / **Battent** l'air […] ; et **leur** fureur extrême / **Les** fatigue, **les** abat ».

DICTÉE

Repérer les difficultés

• **Difficultés de conjugaison** dans ce texte plutôt facile d'Ésope :
– **Attention aux désinences du passé simple, 3e personne du singulier, selon le groupe : « -a »** pour les verbes du 1er groupe (il « s'approcha », « sonna », « entonna », « s'empêtra ») ; « **-it** » pour les verbes du 3e groupe présents dans ce texte (il « d**it** », « fond**it** », « pr**it** »).
– **Quelques 1res et 2e personnes du singulier du présent de l'indicatif de verbes très connus** : « je n'**ai** pas », « tu n'**es** pas » [remarquez que ces deux formes en gras sont des homonymes], « tu **veux** », « je **provoque** ».
– **Deux participes passés du 3e groupe :** « vainc**u** », « combatt**u** ».
• **Difficultés lexicales :**
– Ne confondez pas « quant à », locution qui met en relief un mot (ici « quant au lion ») et la conjonction « quand », introduisant une notion temporelle.
– N'oubliez pas la double consonne « n » dans « so**nn**ant » et « so**nn**a ».
– Retenez l'orthographe de « s'empêtrer ».

Partie II : Rédaction

Sujet A : Imagination

■ Comprendre le sujet A

- Il s'agit de raconter la scène de combat, avec ses péripéties et son ambiance, du point de vue du moucheron : recopier le texte de la fable en se contentant de mettre le récit à la première (ou à la troisième) personne ne suffit pas ! Il vous faut faire preuve d'invention, voire d'originalité.
- Respectez la personnalité du moucheron telle que La Fontaine le décrit : vantard, fanfaron, imprudent mais aussi malin puisqu'il parvient à ce que le lion retourne sa force contre lui-même. Faites ressortir tel ou tel trait dans les commentaires dont le moucheron parsèmera son récit.
- Mais il ne faut pas limiter votre texte à ce récit du combat : la consigne demande de « montrer les réactions des autres animaux ». C'est là que vous pouvez apporter votre touche personnelle, en accentuant par exemple le comique de cette histoire, comme le corrigé proposé essaie de le faire.
- Pour constituer le public, faites appel à des animaux que vous avez rencontrés dans les fables de La Fontaine : ce « clin d'œil » à la littérature devrait plaire aux correcteurs ! Mais vous pouvez aussi introduire des personnages des dessins animés que vous aimiez.
- Écrivez les noms d'animaux avec ou sans majuscule mais choisissez la même présentation pour tous.
- C'est ici un récit au présent.

[Situation initiale]

Le moucheron, ivre de gloire et exalté par sa victoire éclatante sur le roi des animaux, ce lion si sûr de lui, si pétri d'orgueil et de mépris, ne cesse de voleter de-ci de-là. Mais il ne voit personne aux alentours ! Aucun témoin de son exploit ! Allons ! il faut aller trompeter son épopée aux autres animaux ! Il ne tient plus en place et n'a de cesse de vouloir réunir autour de lui un public qui, il n'en faut point douter, se pâmera d'admiration devant son héroïsme. Il s'époumone : « Oyez ! Oyez ! Braves gens, venez, accourez, précipitez-vous ! »

[Narration : le rassemblement du public]

Les autres animaux, intrigués par son agitation frénétique, finissent par sortir de la torpeur de leur sieste et commencent tranquillement à se rassembler : « Que peut bien nous vouloir ce minus ? Allons, une histoire est toujours bonne à entendre ». « Et quelle histoire ! », pense le moucheron qui trouve qu'on ne se presse pas assez.

[Premier épisode : la joute verbale]

L'insecte, jugeant enfin que son auditoire est prêt à l'entendre, prend une pose avantageuse et commence son récit :

« Mes chers amis, si je vous réunis ici, c'est pour vous faire part d'une très grande nouvelle !!! D'une nouvelle absolument inouïe, remarquable, extraordinaire, époustouflante, merveilleuse, épatante, sensationnelle*…

– Bon, ça va maintenant, abrège ! nous aimerions la connaître enfin, ton histoire ! », intervient brutalement le renard.

– « … incroyable et pourtant vraie… », insiste le moucheron, un peu vexé de cette interruption irrespectueuse.

Mais comme il ne veut pas le montrer, il enchaîne le récit mirifique de son épopée : « Eh bien voilà, alors que je me promenais paisiblement ce matin, j'ai croisé le chemin du lion. J'attendais qu'il me saluât, n'est-ce pas, mais il m'a tout de suite apostrophé méchamment : "Va-t'en, chétif insecte, excrément de la terre !". Vous vous rendez compte, me dire ça à moi, alors que je passais tranquillement près de lui ! Vouloir me chasser ! me traiter de faiblard ! Alors, vous me connaissez, je suis poli, gentil, prévenant, respectueux… »

Quelques toussotements se font entendre dans l'auditoire. Le moucheron n'y prend pas garde : « Mais j'ai le sang vif et il n'a fait qu'un tour : j'ai immédiatement pris la décision de laver mon honneur bafoué… »

Fuse alors un rire moqueur et le héros du jour tourne un regard offensé et réprobateur vers la hyène qui baisse la tête mais n'en pense pas moins… « Qu'a donc ce vantard à parler d'honneur ? »

« Pfff ! Continuons donc : comme je vous le disais, j'ai voulu prendre ma revanche ! De quel droit le lion me traitait-il ainsi ? Quelle arrogance ! Il faut en finir avec la tyrannie de ceux qui se croient plus beaux, plus grands, plus forts ! Il faut venger les animaux opprimés ! »

Il repère à ce moment-là dans l'assemblée de nombreux herbivores qui acquiescent vigoureusement à ces paroles : l'âne, la génisse, la brebis, la chèvre qui ne peuvent jamais donner leur avis sous peine de châtiment immédiat et sanglant comprennent bien ce que le moucheron veut dire, eux qui ne sont bons qu'à satisfaire les appétits gloutons de Sa Majesté**. Mais ils n'oublient pas non plus, le bœuf surtout !, les nombreuses fois où cette bestiole les a agacés en vrombissant autour d'eux et en les piquant à volonté, surtout aux endroits si sensibles comme le museau !

[Deuxième épisode : le combat physique]

Le moucheron sent qu'il tient l'auditoire sous sa coupe et il poursuit, dans un élan de profonde jubilation : « Eh bien ! ce tyran odieux et méprisant, je l'ai complètement terrassé, mis en miettes, en sang, réduit à néant, le museau écumant ! »

« Alors ça ! je me demande bien comment ? », s'étonne un candide agneau qui aimerait bien régler un vieux compte à certain loup. « Oui, comment ? comment ? » reprennent en chœur tous les animaux maintenant médusés.

« Je me suis mis alors à harceler la bête de tous côtés, elle est devenue mon jouet, mon souffre-douleur. Je la piquais à droite, je la piquais à gauche, je la piquais au milieu, au ventre, au dos et surtout au museau. Elle ne savait plus comment se débarrasser de moi ! Je lui faisais vivre un enfer. Elle se tordait en tous sens : sa grosse patte griffue, elle la brandissait, menaçante. Mais quand elle s'abattait, ça tombait sur du vide, je n'étais déjà plus là. Ou pire, elle frappait violemment son flanc, sa cuisse, et même sa gueule. Ce pauvre diable avait beau donner aussi des coups de queue dans tous les sens, il ne faisait que se déchirer lui-même. Ah ! il fallait le voir, ce misérable : il écumait, il rugissait, mais c'était ses propres flancs qu'il lacérait… Sa peau est désormais tellement abîmée qu'un chasseur n'en voudrait même pas comme carpette chez lui ! Et ce massacre est mon œuvre ! »

Un peu essoufflé de sa tirade héroïque, le moucheron s'interrompt et attend les applaudissements. Des murmures flatteurs commencent à circuler jusqu'à ce que l'éléphant dise : « Oui, en fait, il s'est détruit tout seul, le vieux stupide. »

[Troisième épisode : changement de couronne]

Contrarié de ce coup de canif à sa gloire, l'insecte surenchérit : « Moi, le minuscule moucheron si méprisé, j'ai magistralement réussi à triompher du soi-disant roi des animaux ! Et je suis prêt, pour vous défendre vous aussi, à en découdre avec l'humanité tout entière jusqu'à la fin des temps ! Qui est le véritable Roi maintenant ? » assène-t-il en bombant les ailes.

Une fourmi, habituée aux forfanteries d'un certain autre insecte, hoche les antennes : « Il faudra bien voir cela au long terme, quand l'hiver sera venu et le moucheron disparu… »

Les courtisans s'entreregardent : il n'est bien sûr pas question pour eux de remplacer le Roi par ce misérable avorton ! Mais le renard, le loup, l'ours se verraient bien porter la couronne… Ils commencent à se jauger et à aiguiser leurs dents… Les uns rivalisent de fanfaronnades, d'autres animaux, plus paisibles, s'alarment : quelle tyrannie vont-ils encore subir ?

[Dénouement]

Le moucheron exulte : non seulement il a brillamment triomphé du Roi déchu mais il va régner sur toute la gent animale quand les « seigneurs » se seront entretués ! Son pouvoir va éclater et ne connaîtra plus aucune limite !

C'est alors qu'une araignée vient discrètement proposer ses services…

---

* Pastiche de la lettre 72 (15 décembre 1670) de Madame de Sévigné annonçant à son cousin le mariage du duc de Lauzun avec la Grande Mademoiselle, cousine germaine de Louis XIV.

** Allusion à la fable « Les Animaux malades de la peste » (Livre VII, 1) ; reconnaissez aussi les allusions à « La Génisse, la Chèvre et la Brebis en société avec le Lion » (I, 6), « Le Loup et l'Agneau » (I, 10), « La Cigale et la Fourmi » (I,1).

SUJET 2022 FRANÇAIS

Sujet B : Réflexion

■ Comprendre le sujet B

- C'est un sujet de réflexion assez classique du type : « À quoi sert l'art ? » mais il faut ici centrer l'argumentation sur **l'apport psychologique et moral des œuvres** puisque la consigne demande si les œuvres nous font « réfléchir sur notre propre comportement ». Donc n'hésitez pas à exposer les réactions personnelles que vous avez eues après avoir lu tel texte, étudié tel tableau, vu tel film… ainsi que les échanges et réflexions que vous avez pu avoir en classe ou avec vos camarades.
- Le plan proposé pour ce sujet progresse de l'auteur (ou l'artiste), créateur d'une œuvre – partie 1 – à son récepteur (lecteur ou spectateur) – partie 2 – pour élargir, en partie 3, aux répercussions sur la société.

[Introduction]

La Fontaine, qui a souvent terminé (ou parfois commencé) ses fables par une « morale », s'est fait accuser d'immoralité par Rousseau et de cynisme par Lamartine. A-t-il échoué dans son dessein, lui qui affichait de vouloir, par son œuvre, *« docere et placere »*, « instruire et plaire » ? Faut-il donc penser qu'une fable, et plus généralement un texte ou toute œuvre d'art, doit seulement chercher à distraire ? Ou bien les œuvres d'art peuvent-elles au moins nous aider à nous connaître et à réfléchir sur notre propre comportement ?

[Première partie : toute œuvre d'art est une parcelle d'humanité]

Tout d'abord, les créateurs d'œuvres artistiques sont des hommes « presque comme les autres » pourrions-nous dire. Ils perçoivent le monde de manière sans doute plus sensible et plus aiguë mais ils revendiquent de donner une forme, à travers leur œuvre, à leurs propres rêves, à leurs propres souffrances, à leurs propres hantises. Dans l'Antiquité, Térence écrit : « Je suis homme et rien de ce qui est humain ne m'est étranger » et Hugo dans *Les Contemplations* aura ce cri du cœur : « Ah ! Insensé qui crois que je ne suis pas toi ! ».

Les œuvres artistiques, quelle que soit leur époque et quel que soit leur lieu de création, transmettent un fond humain qui se veut intemporel et universel. Ainsi les fables peuvent être lues et appréciées différemment à tout âge ; les œuvres de l'Antiquité continuent de nous émouvoir et d'inspirer les créateurs (pour exemple, le chagrin d'Achille à la mort de Patrocle ou la supplique de Priam venant réclamer le corps d'Hector, son fils, dans *L'Iliade*, sont très justement transcrits dans le film *Troie* de W. Petersen, 2004). L'éloignement des faits n'entrave pas notre sensibilité : ainsi nous compatissons au désarroi des deux orphelins japonais victimes de la guerre dans *Le Tombeau des lucioles* (film d'animation d'Isao Takahata, 1988). Nous retrouvons partout les sujets qui concernent l'homme, que ce soit la guerre comme dans *Guernica* de Picasso dont les personnages hurlent de douleur, l'amour dans les poèmes d'Aragon, l'engagement dans l'œuvre d'Éluard…

[Deuxième partie : une œuvre d'art est un miroir]

Dès lors que Socrate, philosophe de l'Antiquité, a érigé comme pilier de toute vie morale et intellectuelle le célèbre aphorisme : « Connais-toi toi-même », on se retrouve à penser que toute lecture, toute contemplation d'une œuvre est un miroir de notre personnalité et que ce reflet nous aide à la comprendre. Ainsi, nous avons tous nos héros préférés : nous avons rêvé, l'un d'être Ulysse, Rodrigue, Edmond Dantès ou d'Artagnan, l'autre d'être Batman ou Superwoman, ou bien un personnage plus modeste qui fait son chemin et conquiert sa liberté comme Agnès de *L'École des femmes* (Molière) ou Figaro chez Beaumarchais.

En revanche nous éprouvons de la répulsion pour certains autres : Georges Duroy (le *Bel-Ami* de Maupassant) ou le Joker, au comportement méprisable, ont peu de chances de nous séduire.

Cette confrontation avec des personnages qui portent un idéal ou incarnent un défaut nous permet de définir notre personnalité, d'entrevoir nos ambitions.

Le créateur, notre *alter ego*, va plus loin : il nous place en face de lui-même ou en face de ses créatures ou créations pour nous poser des questions, « pour tenter d'éclairer la part d'ombre qui nous échappe » (Ionesco). Ainsi une autobiographie qui nous raconte le cheminement de quelqu'un d'autre, un étranger pour nous, nous amène néanmoins à approfondir la connaissance que nous croyons avoir de nous-mêmes. Parfois elle nous permet de comprendre que nous ne sommes pas seuls à nous battre contre nos angoisses ou nos complexes : d'autres les partagent et cette complicité nous aide à mettre à distance ces « ombres » en nous et à les maîtriser.

[Troisième partie : une œuvre d'art est formatrice]

La Fontaine annonce clairement, à la suite de la fable « Le Héron » (VII, 4) : « Ce n'est pas aux hérons que je parle / Écoutez, humains, un autre conte : / Vous verrez que chez vous j'ai puisé ces **leçons** ». En effet le XVIIe siècle, par ses fables, ses comédies, ses tragédies affichait l'ambition de « corriger les mœurs », d'améliorer les hommes pour atteindre l'idéal du parfait « honnête homme ».

Les œuvres artistiques peuvent nous faire réfléchir sur notre propre comportement, parfois de manière assez légère et amusante, « en riant », selon le précepte *« Castigat ridendo mores »** de la comédie. Effectivement Harpagon doit nous détourner de l'avarice, Cathos et Magdelon de la préciosité ridicule et M. Jourdain du snobisme. Quant à la fable « Le Lion et le Moucheron », elle nous incite à combattre l'arrogance, qui nous empêche de prendre la juste mesure de nous-mêmes et des ennemis ou des dangers que nous affronterons sans prudence. Serions-nous capables d'avoir l'ambition effrénée et féroce d'un personnage comme Rastignac dans *Le Père Goriot* (Honoré de Balzac) ou la trouvons-nous choquante ? Et dans un registre moins réjouissant que les fables, la nouvelle « La Parure » de Maupassant nous met en garde contre la vanité et le désir de paraître.

En insérant leurs personnages dans ces sociétés, la littérature et l'art peuvent aussi nous aider à construire une conscience sociale : « Les Animaux malades de la peste » (Fable VII, 1, 1668) tout autant que le film *Ridicule* de Patrice Leconte (1996) dénoncent la courtisanerie, fléau de toutes les époques. Que ce soient les romans de Zola ou *Bel-Ami* de Maupassant qui mettent en relief les injustices et perversités de la société, ou le film de Quentin Tarantino, *Django unchained* (2012), qui donne à voir toute la cruauté de l'esclavage, les réactions d'empathie ou de révolte qu'ils suscitent nous aident à devenir citoyens.

Les œuvres nous interpellent de manière beaucoup plus grave encore en nous confrontant à des situations de crise : face à la nécessité d'agir, le ferions-nous de la manière la plus pragmatique possible comme Créon, même si ses décisions semblent injustes et révoltantes, ou refuserions-nous au contraire tout compromis comme Antigone ? Celle-ci, au nom de la lutte pour son idéal, ne se montre-t-elle pas égoïste ? Dans *La Vague* (roman de Todd Strasser, paru en 1981 et adapté en film par Dennis Gansel en 2008), aurions-nous suivi ceux qui deviennent de plus en plus autoritaires, aurions-nous eu peur de nous faire exclure du groupe ? Réfléchir sur notre comportement nous amène nécessairement à réfléchir sur le monde et la société qui nous entourent.

[Quatrième partie : les limites]

Quel que soit leur impact sur notre conscience, il n'est pas certain qu'art et littérature nous fassent changer. Nous pouvons rire des personnages ridicules de Molière mais nous comporter comme eux. Quant à la science-fiction et aux dystopies qui imaginent un ailleurs ou un futur qui ne ressemblent pas à notre réalité commune, elles nous intriguent, nous dérangent : changeons-nous de comportement pour autant ? Que faisons-nous, chacun et chacune d'entre nous, pour essayer d'améliorer les choses dans les années à venir ?

Il est vrai qu'à trop vouloir convaincre, on rate souvent sa cible : les œuvres les plus engagées ne sont pas forcément les plus convaincantes. Celles qui posent un dilemme sans imposer de solution ont plus de chance de nous influencer.

Et c'est là qu'intervient un autre facteur : c'est l'échange avec d'autres humains en prenant comme appui un livre, un film, un tableau, une sculpture qui sera plus efficace pour nous faire avancer par la confrontation des idées et la défense de nos convictions.

[Conclusion]

Les œuvres d'art contribuent à notre « chemin d'apprentissage ». Comme les gens qui nous entourent, elles ne parviennent pas toujours à nous donner des leçons : elles peuvent se contenter d'accompagner notre vie. Mais souvent, sans que nous en soyons conscients, œuvres et gens nous aident à grandir.

---

* [La comédie] corrige les mœurs par le rire.

Sujet 101 Maths

Amérique du Nord Juin 2022

L'usage de calculatrice **avec mode examen activé** est autorisé.
L'usage de calculatrice **sans mémoire**, « type collège », est autorisé.

Indication portant sur l'ensemble du sujet

Toutes les réponses doivent être justifiées, sauf si une indication contraire est donnée. Pour chaque question, si le travail n'est pas terminé, laisser une trace de la recherche ; elle sera prise en compte dans la notation.

EXERCICE 1 — 22 points

La figure ci-dessous n'est pas à l'échelle.

- Les points M, A et S sont alignés.
- Les points M, T et H sont alignés.
- $MH = 5$ cm
- $MS = 13$ cm
- $MT = 7$ cm

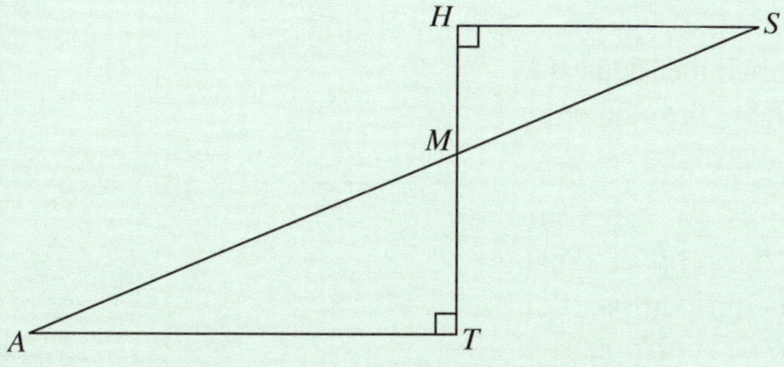

1. Démontrer que la longueur HS est égale à 12 cm.

2. Calculer la longueur AT.

3. Calculer la mesure de l'angle $\widehat{HMS}$. On arrondira le résultat au degré près.

4. Parmi les transformations suivantes quelle est celle qui permet d'obtenir le triangle MAT à partir du triangle MHS ?

Dans cette question, aucune justification n'est attendue. Recopier la réponse sur la copie.

Une symétrie centrale	Une symétrie axiale	Une rotation	Une translation	Une homothétie

5. Sachant que la longueur MT est 1,4 fois plus grande que la longueur HM, un élève affirme : « L'aire du triangle MAT est 1,4 fois plus grande que l'aire du triangle MHS. »
Cette affirmation est-elle vraie ? *On rappelle que la réponse doit être justifiée.*

Corrigé page 355

EXERCICE 2 — 15 points

Dans cet exercice, aucune justification n'est attendue.
Cet exercice est un questionnaire à choix multiple. Pour chaque question, une seule des quatre réponses est exacte.
Sur la copie, écrire le numéro de la question et la réponse choisie.

		Réponse A	**Réponse B**	**Réponse C**	**Réponse D**
1	On lance un dé équilibré à 20 faces numérotées de 1 à 20. La probabilité pour que le numéro tiré soit inférieur ou égal à 5 est…	$\frac{1}{20}$	$\frac{1}{4}$	$\frac{1}{5}$	$\frac{5}{6}$
2	Une boisson est composée de sirop et d'eau dans la proportion d'un volume de sirop pour sept volumes d'eau (c'est-à-dire dans le ratio 1 : 7). La quantité d'eau nécessaire pour préparer 560 mL de cette boisson est…	70 mL	80 mL	400 mL	490 mL

3	La fonction linéaire f telle que $f\left(\frac{4}{5}\right) = 1$ est…	$f(x) = x + \frac{1}{5}$	$f(x) = \frac{4}{5}x$	$f(x) = \frac{5}{4}x$	$f(x) = x - \frac{1}{5}$
4	La décomposition en produit de facteurs premiers de 195 est…	5×39	$3 \times 5 \times 13$	$1 \times 100 + 9 \times 10 + 5$	3×65
5	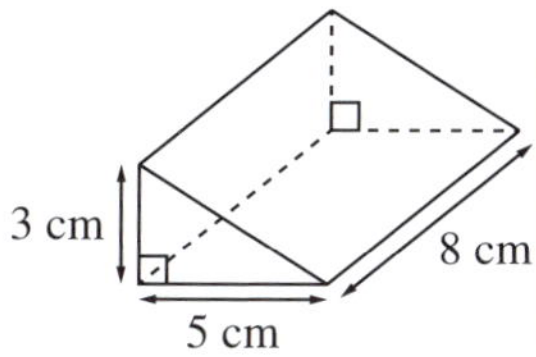 Le volume de ce prisme droit est…	40 cm^3	60 cm^3	64 cm^3	120 cm^3

Corrigé page 355

EXERCICE 3 — 20 points

Pour être en bonne santé, il est recommandé d'avoir régulièrement une pratique physique. Une recommandation serait de faire au moins une heure de pratique physique par jour en moyenne.
Sur 1,6 millions d'adolescents de 11 à 17 ans interrogés, 81 % d'entre eux ne respectent pas cette recommandation.

D'après un communiqué de presse sur la santé

1. Sur les 1,6 millions d'adolescents de 11 à 17 ans interrogés, combien ne respectent pas cette recommandation ?

Après la lecture de ce communiqué, un adolescent se donne un objectif.
Objectif : « Faire au moins une heure de pratique physique par jour en moyenne. »
Pendant 14 jours consécutifs, il note dans le calendrier suivant, la durée quotidienne qu'il consacre à sa pratique physique :

Jour 1	Jour 2	Jour 3	Jour 4	Jour 5	Jour 6	Jour 7
50 min	15 min	1 h	1 h 40 min	30 min	1 h 30 min	40 min
Jour 8	**Jour 9**	**Jour 10**	**Jour 11**	**Jour 12**	**Jour 13**	**Jour 14**
15 min	1 h	1 h 30 min	30 min	1 h	1 h	0 min

2. a. Quelle est l'étendue des 14 durées quotidiennes notées dans le calendrier ?
b. Donner une médiane de ces 14 durées quotidiennes.

3. a. Montrer que, sur les 14 premiers jours, cet adolescent n'a pas atteint son objectif.
b. Pendant les 7 jours suivants, cet adolescent décide alors de consacrer plus de temps au sport pour atteindre son objectif sur l'ensemble des 21 jours. Sur ces 7 derniers jours, quelle est la durée totale de pratique physique qu'il doit au minimum prévoir pour atteindre son objectif ?

Corrigé page 356

EXERCICE 4 — 21 points

Dans cet exercice, aucune justification n'est attendue.

On a créé un jeu de hasard à l'aide d'un logiciel de programmation. Lorsqu'on appuie sur le drapeau, le lutin dessine trois motifs côte à côte. Chaque motif est dessiné aléatoirement : soit c'est une croix, soit c'est un rectangle.

Le joueur gagne si l'affichage obtenu comporte trois motifs identiques.

Au lancement du programme, le lutin est orienté horizontalement vers la droite :

Programme principal

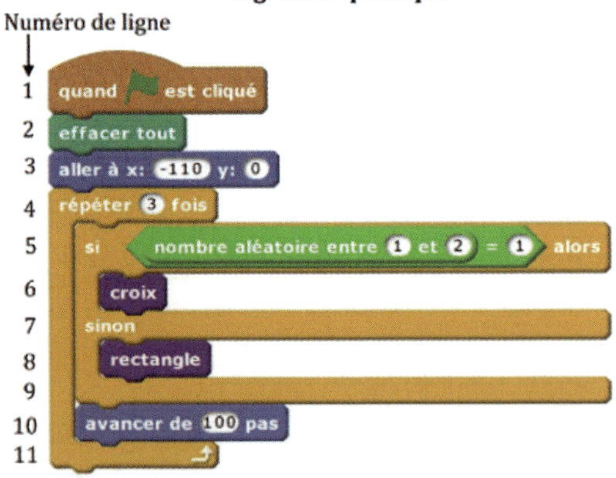

Bloc « rectangle »

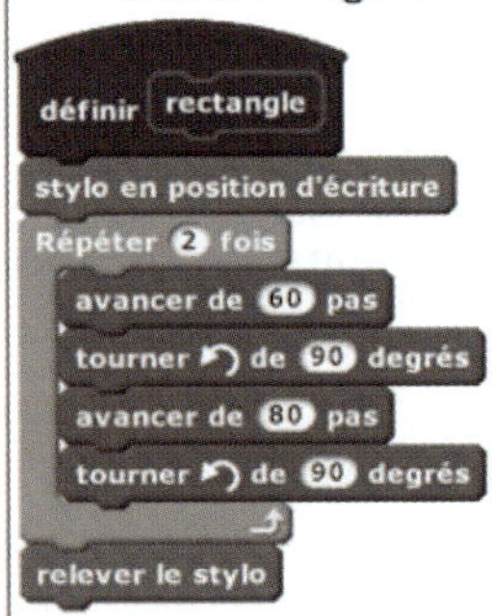

Bloc « croix »

Le script n'est pas donné.

Explication de l'instruction « nombre aléatoire entre... » sur un exemple :

renvoie un nombre au hasard parmi 1, 2, 3 et 4.

1. En prenant pour échelle 1 cm pour 20 pas, représenter le motif obtenu par le bloc « rectangle ».

2. Voici un exemple d'affichage obtenu en exécutant le programme principal :
Quelle est la distance *d* entre les deux rectangles sur l'affichage, exprimée en pas ?

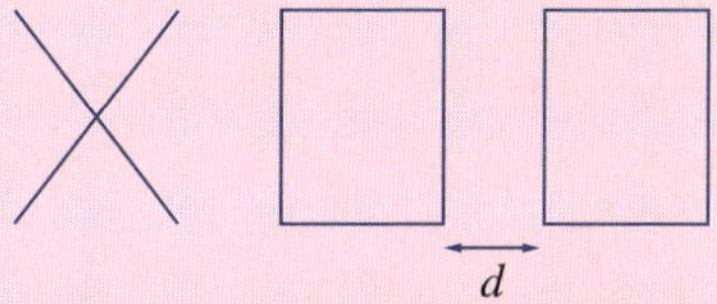

3. Quelle est la probabilité que le premier motif dessiné par le lutin soit une croix ?

4. Dessiner à main levée les 8 affichages différents que l'on pourrait obtenir avec le programme principal.

5. On admettra que les 8 affichages ont la même probabilité d'apparaître. Quelle est la probabilité que le joueur gagne ?

6. On souhaite désormais que, pour chaque motif, il y ait deux fois plus de chances d'obtenir un rectangle qu'une croix. Pour cela, il faut modifier l'instruction dans la ligne 5.
Sur la copie, recopier l'instruction suivante en complétant les cases :

Corrigé page 357

EXERCICE 5

22 points

On considère le programme de calcul suivant, appliqué à des nombres entiers :

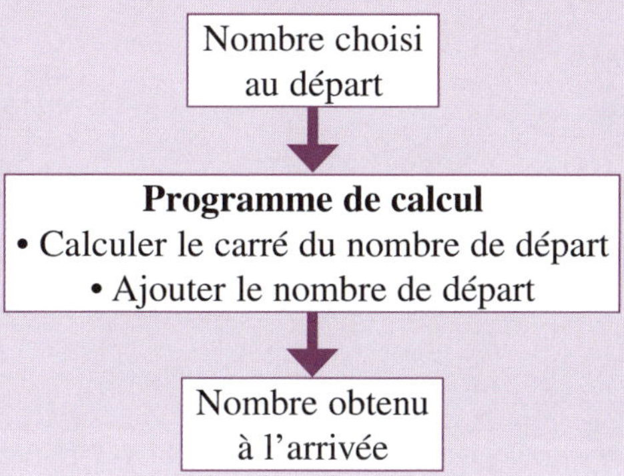

PARTIE A

1. Vérifier que, si le nombre de départ est 15, alors le nombre obtenu à l'arrivée est 240.

2. Voici un tableau de valeurs réalisé à l'aide d'un tableur :

Il donne les résultats obtenus par le programme de calcul en fonction de quelques valeurs du nombre choisi au départ.

Quelle formule a pu être saisie dans la cellule B2 avant d'être étirée vers le bas ?
Aucune justification n'est attendue.

◇	A	B
1	**Nombre choisi au départ**	**Nombre obtenu à l'arrivée**
2	0	0
3	1	2
4	2	6
5	3	12
6	4	20
7	5	30
8	6	42
9	7	56
10	8	72
11	9	90
12	10	110

3. On note x le nombre de départ.
Écrire, en fonction de x, une expression du résultat obtenu avec ce programme de calcul.

PARTIE B

On considère l'affirmation suivante :
« Pour obtenir le résultat du programme de calcul, il suffit de multiplier le nombre de départ par le nombre entier qui suit. »

4. Vérifier que cette affirmation est vraie lorsque le nombre entier choisi au départ est 9.

5. Démontrer que cette affirmation est vraie quel que soit le nombre entier choisi au départ.

6. Démontrer que le nombre obtenu à l'arrivée par le programme de calcul est un nombre pair quel que soit le nombre entier choisi au départ.

Corrigé page 357

CORRIGÉ

Exercice 1 (Énoncé p. 349)

1. Le triangle MHS est rectangle en H.
D'après le théorème de Pythagore, on a :
$MS^2 = MH^2 + HS^2$, soit $13^2 = 5^2 + HS^2$.
On fait $169 - 25 = HS^2$, donc $144 = HS^2$.
On a $HS = \sqrt{144}$ car HS est une longueur.
On a bien $HS = 12$ cm.

2. Les droites (HS) et (AT) sont perpendiculaires à (HT).
Or, si deux droites sont perpendiculaires à une même troisième droite, alors elles sont parallèles entre elles.
On a donc (HS) et (AT) parallèles.
MHS est un triangle avec T sur (MH), A sur (MS) et (TA) parallèle à (HS).
D'après le théorème de Thalès, on a :
$\frac{MT}{MH} = \frac{MA}{MS} = \frac{TA}{HS}$, soit $\frac{7}{5} = \frac{MA}{13} = \frac{TA}{12}$.
En particulier, on a $\frac{7}{5} = \frac{TA}{12}$.
On fait $\frac{7}{5} \times 12 = AT$.
On obtient $AT = 16{,}8$ cm.

3. Dans le triangle HMS rectangle en H, on a :
$\sin(\widehat{HMS}) = \frac{\text{côté opposé à } M}{\text{hypoténuse}} = \frac{HS}{MS}$, soit $\sin(\widehat{HMS}) = \frac{12}{13}$.
On fait $\widehat{HMS} = \sin^{-1}\left(\frac{12}{13}\right)$.
L'angle $\widehat{HMS}$ mesure 67° au degré près.

On peut aussi utiliser le cosinus ou la tangente.

4. Symétries, rotations et translations conservant les longueurs : **seule une homothétie de centre M transforme le triangle MHS en le triangle MTA** qui est plus grand.

5. Pour obtenir l'aire de MAT, il faut multiplier celle de MHS par $1{,}4^2$, soit par 1,96.
L'affirmation de l'élève est donc fausse.

Dans une homothétie de rapport k, les aires sont multipliées par k^2.

Exercice 2 (Énoncé p. 350)

1. Parmi les 20 faces équiprobables, 5 comportent un chiffre inférieur ou égal à 5, donc la probabilité d'avoir un chiffre inférieur ou égal à 5 est :
$\frac{5}{20} = \frac{1}{4}$: **réponse B.**

2. Comme il y a sept fois plus d'eau que de sirop, le sirop représente un huitième du volume de la boisson et l'eau les sept huitièmes.

Le volume d'eau est $\frac{7}{8} \times 560$ ml, soit 490 ml : **réponse D.**

3. Une fonction linéaire a pour modèle $f(x) = a\,x$ avec a réel.

Ici, $f\left(\frac{4}{5}\right) = 1$ donne $a \times \frac{4}{5} = 1$, soit $a = 1 \times \frac{5}{4}$.

On a donc $f(x) = \frac{5}{4}x$: **réponse C.**

4. $39 = 3 \times 13$ et $65 = 5 \times 13$ ne sont pas premiers et
$1 \times 100 + 9 \times 10 + 5$ n'est pas une décomposition en facteurs premiers.
On a $195 = 3 \times 5 \times 13$: **réponse B.**

> La liste des nombres premiers commence par :
> 2 – 3 – 5 – 7 – 11 – 13 – 17 – 19 – 23 – 29

5. Le volume du prisme est :

aire de la base × hauteur = $\frac{3\text{ cm} \times 5\text{ cm}}{2} \times 8\text{ cm} = 60\text{ cm}^3$:
réponse B.

> Le volume d'un prisme droit est aire de base × hauteur.
> L'aire d'un triangle est $\frac{\text{base} \times \text{hauteur}}{2}$.

Exercice 3 (Énoncé p. 351)

1. On a $\frac{81}{100} \times 1{,}6 = 1{,}296$: **1,296 millions** d'adolescents ne respectent pas la consigne.

2. a. 1 h 40 min – 0 min = 1 h 40 min. **L'étendue de la série est 1 h 40 min**.

> L'étendue d'une série statistique est la différence entre la plus grande valeur de la série et la plus petite.

b. On ordonne la série dans l'ordre croissant :
0 min ; 15 min ; 15 min ; 30 min ; 30 min ; 40 min ; 50 min ;
1 h ; 1 h ; 1 h ; h ; 1 h 30 min ; 1 h 30 min ; 1 h 40 min.
Il y a 14 valeurs.
La médiane est donc la moyenne de la 7e et de la 8e durée.

C'est donc $\frac{50\text{ min} + 60\text{ min}}{2}$ = **55 min**.

3. a. On commence par convertir les durées en minutes pour calculer la moyenne.
La durée totale en minutes sur les 14 premiers jours est :
0 + 15 + 15 + 30 + 30 + 40 + 50 + 60 + 60 + 60 + 60 + 90 + 90 + 100 = 700.
La durée moyenne est 700 min ÷ 14 = 50 min.
En moyenne, il a fait 50 minutes de pratique physique par jour sur ces 14 jours. **Il n'a donc pas atteint son objectif.**

> 1 h = 60 min

b. Pour avoir une moyenne de 60 minutes par jour, il doit faire au moins 60 minutes × 21, soit 1 260 minutes de pratique physique sur ces 21 jours.
Sur les 14 premiers jours, il a déjà effectué 700 minutes de pratique physique.
Il en reste 1 260 minutes – 700 minutes, soit 560 minutes de pratique physique sur les 7 derniers jours, soit **en moyenne 80 minutes par jour**.

Une moyenne est le quotient du total des valeurs par le nombre de valeurs, c'est-à-dire que la somme des valeurs est le produit de la moyenne par le nombre de valeurs.

Exercice 4 (Énoncé p. 352)

1. On dessine un rectangle de 60 pas de large sur 80 pas de haut, avec 60 ÷ 20 = 3 et 80 ÷ 4 = 4.
Le rectangle fait donc 3 cm sur 4 cm.
2. Après avoir dessiné un rectangle, on déplace le lutin de 100 pas. Comme le rectangle fait 60 pas de large, l'espace avec la figure suivante est :
d = 100 pas – 60 pas = **40 pas.**
3. Comme on dessine une croix si l'on obtient 1 en choisissant un nombre au hasard entre 1 et 2, la probabilité que le premier motif dessiné par le lutin soit une croix est 1 ÷ 2, soit **0,5**.
4. On peut obtenir

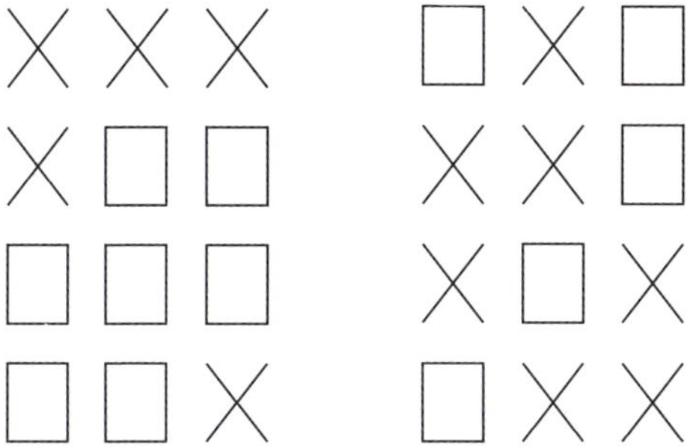

5. Parmi les 8 résultats possibles, seuls 2 sont formés de 3 figures identiques.
La probabilité que le joueur gagne est donc égale à 2 ÷ 8, soit **0,25**.
6. On veut donc que les croix représentent un tiers des dessins. Il suffit de tirer un nombre aléatoire entre 1 et 3 (3 résultats possibles) et de dessiner la croix si le nombre aléatoire prend l'une de ces trois valeurs (1 par exemple).

Exercice 5 (Énoncé p. 353)

PARTIE A

1. Si le nombre de départ est 15, son carré est $15^2 = 225$.
En ajoutant 15 à ce carré, on obtient 225 + 25 = **240.**
2. Une formule qu'on peut écrire en B2 et recopier vers le bas est **=A2^2+A2.**

Une formule tableur commence par un le symbole =.

3. Si x est le nombre de départ, le résultat du programme de calcul est $\boldsymbol{x^2 + x}$**.**

PARTIE B

4. Si le nombre de départ est 9, son carré est 92 = 81 et le résultat est $81 + 9 = 90$.
On a aussi **90 = 9 × 10, produit de 9 par l'entier qui suit 9.**

5. Si x est le nombre de départ, le résultat est $x^2 + x = x \times x + x \times 1 = x(x + 1)$.
Le résultat est toujours le produit de l'entier de départ par l'entier qui suit.

6. Si x est pair, alors $x = 2k$ avec k entier
et le résultat est $x(x + 1) = 2k(2k + 1)$ qui est pair.
Si x est impair, alors $x = 2k + 1$ avec k entier
et le résultat est $x(x + 1) = (2k + 1)(2k + 2) = 2(2k + 1)(k + 1)$ qui est pair.
Le nombre obtenu à l'arrivée est donc toujours pair.

Sujet 102 Maths

France métropolitaine Juin 2022

L'usage de calculatrice **avec mode examen activé** est autorisé.
L'usage de calculatrice **sans mémoire**, « type collège », est autorisé.

Indication portant sur l'ensemble du sujet

Toutes les réponses doivent être justifiées, sauf si une indication contraire est donnée. Pour chaque question, si le travail n'est pas terminé, laisser une trace de la recherche ; elle sera prise en compte dans la notation.

EXERCICE 1

20 points

Une famille se promène au bord d'une rivière. Les enfants aimeraient connaître la largeur de la rivière. Ils prennent des repères, comptent leurs pas et dessinent le schéma ci-contre sur lequel les points C, E et D, de même que A, E et B sont alignés. (Le schéma n'est pas à l'échelle.)

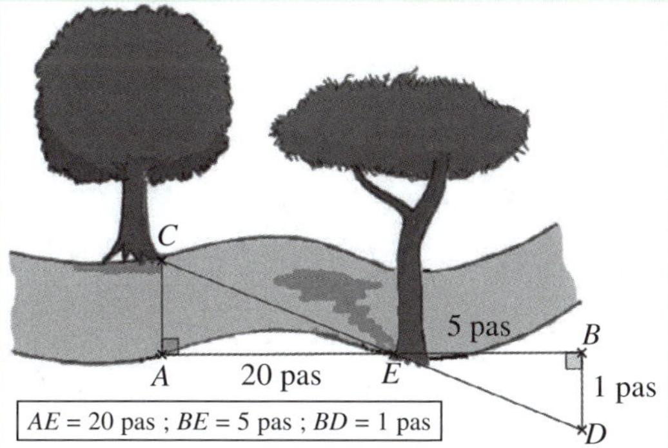

1. Démontrer que les droites (AC) et (BD) sont parallèles.

2. Déterminer, en nombre de pas, la largeur AC de la rivière.

Pour les questions qui suivent, on assimile la longueur d'un pas à 65 cm.

3. Montrer que la longueur CE vaut 13,3 m, en arrondissant au décimètre près.

4. L'un des enfants lâche un bâton dans la rivière au niveau du point E. Avec le courant, le bâton se déplace en ligne droite en 5 secondes jusqu'au point C.

a) Calculer la vitesse du bâton en m/s.

b) Est-il vrai que « le bâton se déplace à une vitesse moyenne inférieure à 10 km/h » ?

Corrigé page 365

EXERCICE 2

20 points

Cet exercice est un questionnaire à choix multiples (QCM). Aucune justification n'est demandée. Pour chaque question, trois réponses (A, B et C) sont proposées. **Une seule réponse est exacte**.

Recopier sur la copie le numéro de la question et la réponse.

Questions	Réponse A	Réponse B	Réponse C
1. On considère les deux figures suivantes. Par quelle transformation la figure 2 est-elle l'image de la figure 1 ? 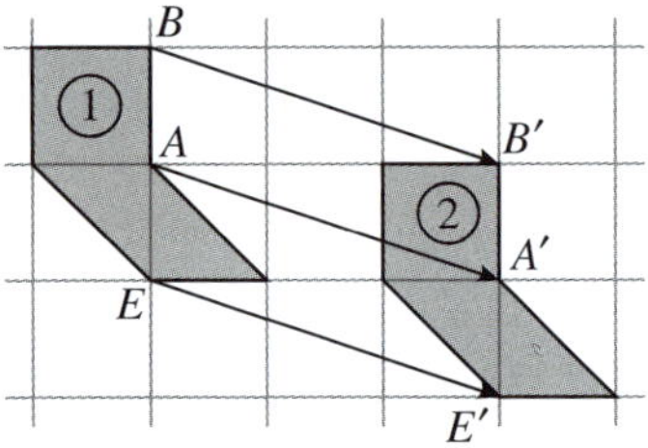	Une translation	Une homothétie	Une symétrie axiale
2. On considère la représentation graphique de la fonction g suivante : 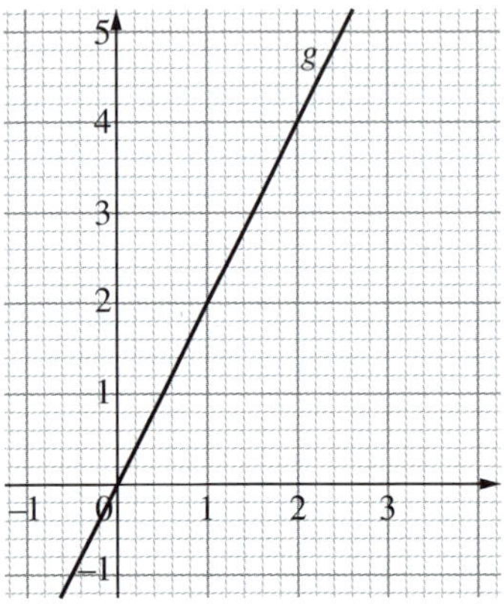 Quel est l'antécédent de 2 par la fonction g ?	2	1	4

3. Soit f la fonction définie par : $f : x \mapsto 3x^2 - 7$ Quelle affirmation est correcte ?	29 est l'image de 2 par la fonction f.	$f(3) = 20$	f est une fonction affine.
4. On a relevé les performances, en mètres, obtenues au lancer du poids par un groupe de 13 élèves d'une classe. 3,41 m ; 5,25 m ; 5,42 m ; 4,3 m ; 6,11 m ; 4,28 m ; 5,15 m ; 3,7 m ; 6,07 m ; 5,82 m ; 4,62 m ; 4,91 m ; 4,01 m Quelle est la médiane de cette série de valeurs ?	7	4,91	5,15
5. On considère la figure suivante, dans laquelle les triangles LAC et BUT sont semblables. 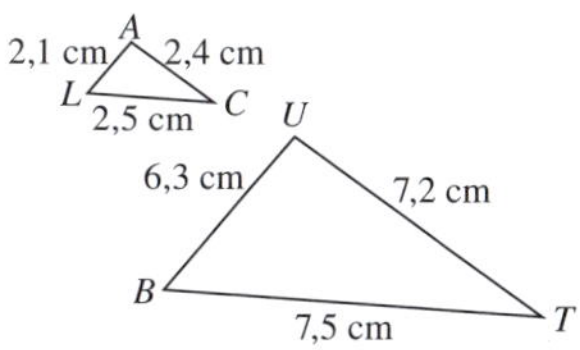 Par quel nombre doit-on multiplier l'aire du triangle LAC pour obtenir l'aire du triangle BUT ?	3	6	9

Corrigé page 365

EXERCICE 3

20 points

Une collectionneuse compte ses cartes Pokémon afin de les revendre.
Elle possède 252 cartes de type « feu » et 156 cartes de type « terre ».

1. a) Parmi les trois propositions suivantes, laquelle correspond à la décomposition en produit de facteurs premiers du nombre 252 ?

Proposition 1	Proposition 2	Proposition 3
$2^2 \times 9 \times 7$	$2 \times 2 \times 3 \times 21$	$2^2 \times 3^2 \times 7$

b) Donner la décomposition en produit de facteurs premiers du nombre 156.

2. Elle veut réaliser des paquets identiques, c'est à dire contenant chacun le même nombre de cartes « terre » et le même nombre de cartes « feu » en utilisant toutes ses cartes.

a) Peut-elle faire 36 paquets ?

b) Quel est le nombre maximum de paquets qu'elle peut réaliser ?

c) Combien de cartes de chaque type contient alors chaque paquet ?

3. Elle choisit une carte au hasard parmi toutes ses cartes. On suppose les cartes indiscernables au toucher.
Calculer la probabilité que ce soit une carte de type « terre ».

Corrigé page 366

EXERCICE 4

20 points

Dans cet exercice, x est un nombre strictement supérieur à 3.
On s'intéresse aux deux figures géométriques dessinées ci-dessous :
- un rectangle dont les côtés ont pour longueurs $x - 3$ et $x + 7$;
- un carré de côté x.

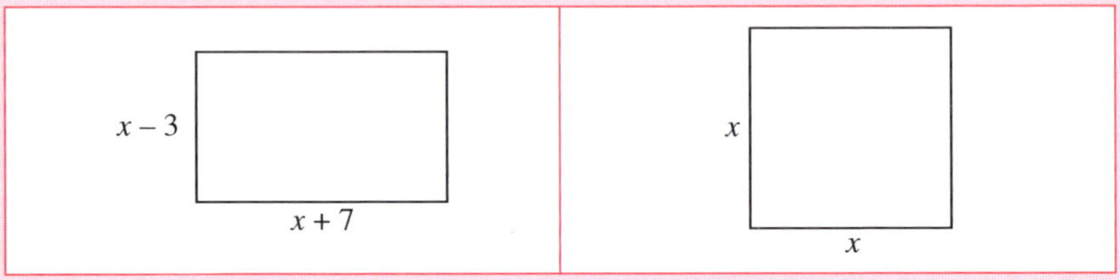

1. Quatre propositions sont écrites ci-dessous.
Recopier sur la copie celle qui correspond à l'aire du carré. On ne demande pas de justifier.

$4x$	$4 + x$	x^2	$2x$

2. Montrer que l'aire du rectangle est égale à : $x^2 + 4x - 21$.

3. On a écrit le script ci-après dans Scratch.
On veut que ce programme renvoie l'aire du rectangle lorsque l'utilisateur a rentré une valeur de x (strictement supérieure à 3).

Écrire sur la copie les contenus des trois cases vides des lignes 5, 6 et 7, en précisant les numéros de lignes qui correspondent à vos réponses.

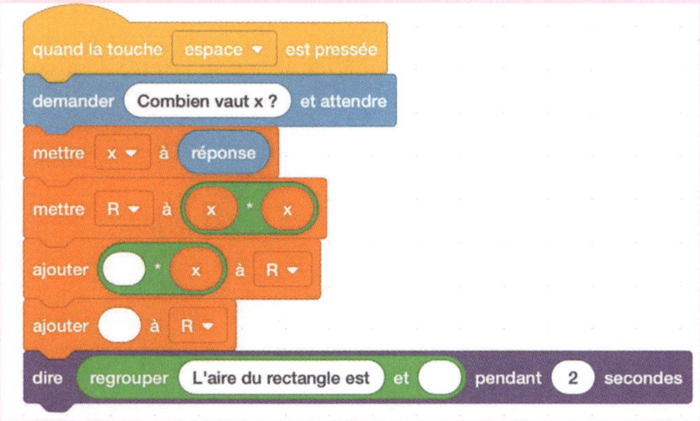

4. On a pressé la touche espace puis saisi le nombre 8. Que renvoie le programme ?

5. Quel nombre x doit-on choisir pour que l'aire du rectangle soit égale à l'aire du carré ?

Toute trace de recherche, même non aboutie, sera prise en compte.

Corrigé page 366

EXERCICE 5

20 points

Dans une habitation, la consommation d'eau peut être anormalement élevée lorsqu'il y a une fuite d'eau.

On considère la situation suivante :

- Une salle de bain est équipée d'une vasque de forme cylindrique, comme l'illustre l'image ci-dessous.
- Le robinet fuit à raison d'une goutte par seconde.
- En moyenne, 20 gouttes d'eau correspondent à un millilitre (1 ml).

Caractéristiques de la vasque :
Diamètre intérieur : 40 cm
Hauteur intérieure : 15 cm
Masse : 25 kg

Rappels

Volume du cylindre = $\pi \times$ rayon^2 $\times$ hauteur
1 dm^3 = 1 litre

1. En raison de la fuite, montrer qu'il tombe 86 400 gouttes dans la vasque en une journée complète.

2. Calculer, en litres, le volume d'eau qui tombe dans la vasque en une semaine en raison de la fuite.

3. Montrer que la vasque a un volume de 18,85 litres, arrondi au centilitre près.

4. L'évacuation de la vasque est fermée et le logement inoccupé pendant une semaine. L'eau va-t-elle déborder de la vasque ? Justifier la réponse.

5. À la fin du XIXe siècle, la consommation domestique d'eau par habitant en France était d'environ 17 litres par jour. Elle a fortement augmenté avec la généralisation de la distribution d'eau par le robinet dans les domiciles : elle est passée à 165 litres par jour et par habitant en 2004.

En 2018, la consommation des Français baisse légèrement pour atteindre 148 litres d'eau par jour et par habitant.

Calculer le pourcentage de diminution de la consommation quotidienne d'eau par habitant entre 2004 et 2018. On arrondira ce pourcentage à l'unité.

Corrigé page 367

CORRIGÉ

Exercice 1 (Énoncé p. 359)

1. Les droites (AC) et (BD) sont perpendiculaires à (AB).
Or, si deux droites sont perpendiculaires à une même troisième droite, alors elles sont parallèles entre elles.
On a donc **(AC) et (BD) parallèles.**

2. EBD est un triangle avec A sur (EB), C sur (ED) et (AC) parallèle à (BD).
D'après le théorème de Thalès, on a

$$\frac{EA}{EB} = \frac{EC}{ED} = \frac{AC}{BD}, \text{ soit } \frac{20}{5} = \frac{EC}{ED} = \frac{AC}{1}.$$

En particulier, on a $\frac{20}{5} = \frac{AC}{1}$, donc $4 = AC$.

La largeur de la rivière est de 4 pas.

3. Le triangle AEC est rectangle en A.

D'après le théorème de Pythagore, on a :

$CE^2 = EA^2 + AC^2$, soit $CE^2 = 20^2 + 4^2$ ou encore $CE^2 = 416$.

On a $CE = \sqrt{416}$ (en pas) car CE est une longueur.

Or un pas vaut 65 cm, soit 0,65 m.

On a donc $CE = \sqrt{416} \times 0{,}65$ m, soit **13,3 m** au décimètre près.

4. a) Le bâton parcourt 13,3 mètres en 5 secondes.

Sa vitesse moyenne est $\frac{13{,}3 \text{ m}}{5 \text{ s}}$, **soit 2,66 m/s.**

> $$\text{vitesse moyenne} = \frac{\text{distance parcourue}}{\text{temps de parcours}}$$

b) On a $\frac{13{,}3 \text{ m}}{5 \text{ s}} = \frac{13 \times \frac{1}{1\,000} \text{ km}}{5 \times \frac{1}{3\,600} \text{ h}} = \frac{13{,}3 \times 3\,600}{5 \times 1\,000}$ km/h, soit environ 9,6 km/h.

L'affirmation « Le bâton se déplace à une vitesse inférieure à 10 km/h » est vraie.

Exercice 2 (Énoncé p. 360)

1. Les deux figures ayant les mêmes dimensions et la même orientation, c'est **une translation (réponse A)** qui transforme l'une en l'autre.

2. L'antécédent de 2 par g est l'abscisse du point de la droite représentant g qui a pour ordonnée 2 : **cet antécédent est 1 (réponse B)**.

3. Pour $f : x \mapsto 3x^2 - 7$, on a $f(3) = 3 \times 3^2 - 7$, soit **$f(3) = 20$ (réponse B)**.

4. Dans l'ordre croissant, on a :
3,41 m ; 3,7 m ; 4,01 m ; 4,28 m ; 4,3 m ; 4,62 m ; **4,91 m** ; 5,15 m ; 5,25 m ; 5,42 m ; 5,82 m ; 6,07 m ; 6,11 m.
Il y a 13 valeurs. Le rang de la médiane est 7 et la septième valeur de la série ordonnée est **la médiane qui vaut 4,91 m (réponse B).**

5. On passe de la figure *LAC* au triangle *BUT* en multipliant les longueurs par 3. On a donc un agrandissement de rapport 3.
Il faut donc multiplier par 3^2, soit **par 9 (réponse C)**, l'aire de *LAC* pour obtenir celle de *BUT*.

Dans un agrandissement de rapport k, les aires sont multipliées par k^2.

Exercice 3 (Énoncé p. 361)

1. a) On a 9 et 21 qui ne sont pas des nombres premiers.
La décomposition de 252 en produit de nombres premiers est **la proposition 3 : $2^2 \times 3^2 \times 7$.**

La liste des nombres premiers commence par :
2 – 3 – 5 – 7 – 11 – 13 – 17 – 19 – 23 – 29

b) On a $156 = 2 \times 78 = 2 \times 2 \times 39 = \mathbf{2 \times 2 \times 3 \times 13}$.

2. a) On a $156 \div 36 \approx 4{,}3$, qui n'est pas entier. **Il est donc impossible de répartir les 156 cartes de type « terre » en 36 paquets identiques.**
b) Pour faire des paquets identiques en utilisant toutes les cartes, le nombre de paquets doit diviser $252 = 2^2 \times 3^2 \times 7$ et $156 = 2^2 \times 3 \times 13$.
Comme on veut un nombre maximum de paquets, il faut prendre le PGCD de 252 et de 156 qui vaut $2^2 \times 3$, soit **12 paquets**.
c) On a $252 \div 12 = 21$ et $156 \div 12 = 13$.
Chaque paquet contiendra alors 21 cartes de type « feu » et 13 cartes de type « terre ».

3. Il y a en tout 252 + 156 cartes, soit 408 et, parmi elles, 156 sont de type « terre ». Comme la collectionneuse choisit au hasard, la probabilité de choisir une carte de type « terre » est $\frac{156}{408} = \frac{12 \times 13}{12 \times 34}$,
soit $\mathbf{\frac{13}{34}}$.

Exercice 4 (Énoncé p. 362)

1. L'aire du carré de côté x est x^2.

2. L'aire du rectangle est :
longueur × largeur $= (x + 7)(x - 3) = x^2 - 3x + 7x - 21$.
C'est bien $x^2 + 4x - 21$.

3. On a :

ligne 5 `ajouter (4 * x) à R`

ligne 6 `ajouter (-21) à R`

ligne 7 `dire (regrouper (L'aire du rectangle est) et (R)) pendant (2) secondes`

4. Si l'on saisit 8, on a $8^2 + 4 \times 8 - 21 = 75$.

Le résultat renvoyé par le programme est :
L'aire du rectangle est 75.

5. On veut que l'aire du rectangle soit égale à celle du carré, soit

$x^2 + 4x - 21 = x^2$,

donc $4x - 21 = 0$,

ou encore $4x = 21$.

On fait $x = 21 \div 4$.

Pour $x = 5{,}25$, l'aire du rectangle est égale à celle du carré.

Exercice 5 (Énoncé p. 363)

1. En 1 heure, il y a 3 600 secondes et 24 heures dans une journée.
On a $3\,600 \times 24 = 86\,400$.
Il y a 86 400 secondes en une journée et donc **86 400 gouttes**.

> 1 h = 3 600 s et 1 j = 24 h

2. Comme il faut 20 gouttes pour faire un millilitre, le nombre de millilitres par jour est $86\,400 \div 20 = 4\,320$, ce qui fait 4,32 litres.
En une semaine (7 jours), le volume d'eau est 4,32 litres × 7, soit **30,24 litres**.

3. Le volume de la vasque est :
$\pi \times \text{rayon}^2 \times \text{hauteur} = \pi \times (20\text{ cm})^2 \times 15\text{ cm} = 6\,000\,\pi\text{ cm}^3 = 6\,\pi\text{ dm}^3$
Le volume de la vasque est environ 18,85 L.

> Le volume d'un cylindre de rayon r et de hauteur h est :
> $V = \pi r^2 h$.
> $1\text{ L} = 1\text{ dm}^3 = 1\,000\text{ cm}^3$

4. Comme on a $30{,}24 > 18{,}85$, au bout d'une semaine, **l'eau va déborder de la vasque.**

5. Pour passer de 165 à 148, il faut multiplier par $\frac{148}{165} \approx 0{,}896$

soit environ par 1 – 10,4, c'est-à-dire par $1 - \frac{10{,}4}{100}$.

C'est donc une **diminution de 10 %** à l'unité près.

Diminuer une valeur de *a* % revient à multiplier cette valeur par $1 - \frac{a}{100}$.

Sujet 103 Centres étrangers Groupe 1 2022

Histoire-Géographie-EMC

Partie I

ANALYSE ET COMPRÉHENSION DE TEXTES ET DE DOCUMENT

2 heures — 50 points

Exercice 1 Analyser et comprendre des documents — 20 points

HISTOIRE

Françaises et Français dans une République repensée

Document 1 Témoignage de Denise Boucheron, cité dans le numéro spécial du journal *Ouest-France*, le 29 avril 2015

Il y avait peu d'endroits où voter à Argentan après la guerre. Quand j'ai glissé mon bulletin dans l'urne, j'étais toute contente. Le droit de vote, c'était le début de l'indépendance des femmes. Pendant la guerre, les femmes ont pris des responsabilités en remplaçant les hommes, prisonniers, au travail et dans la Résistance également. Elles venaient de prouver qu'elles étaient aussi capables que les hommes. De plus, nous sortions d'une guerre où il fallait se taire et là, on allait enfin pouvoir s'exprimer. Il y avait une vraie attente.

Dans certaines familles, les hommes disaient à leur femme pour qui elles devaient voter. Certaines refusaient mais d'autres s'y pliaient. C'était une petite révolution, les femmes pouvaient avoir des opinions différentes de celles de leur mari et les exprimer dans l'isoloir.

Le droit de vote, c'était une première étape. Puis, petit à petit, les femmes ont obtenu des postes. Même si, encore aujourd'hui, les chefs sont le plus souvent des hommes. Il reste encore du chemin à faire, mais ça viendra. C'est l'affaire des jeunes générations.

Source : Brochure éditée par la préfecture de l'Orne
à l'occasion du 70e anniversaire du vote des femmes.

Document 2 Photographie prise le 26 août 1970 à Paris

Le 26 août 1970, à Paris, des femmes sont arrêtées alors qu'elles veulent déposer une gerbe de fleurs, sous l'Arc de Triomphe, pour la femme du Soldat inconnu. C'est le début du mouvement de libération des femmes (MLF).

Source : Revue *Hérodote, Les femmes à travers l'Histoire*. Publié le 1er mai 2019.
https://www.herodote.net/XXe_siecle_grandes_esperances-synthese-2538.php

Questions

Document 1

1. En 2015, le journal *Ouest-France* publie le témoignage de Denise Boucheron. Pourquoi, selon vous ?

2. Relevez les raisons qui, selon Denise Boucheron, ont permis aux femmes d'obtenir le droit de vote.

3. Expliquez la phrase soulignée dans le document.

Document 2

4. Décrivez la photographie et expliquez le message écrit sur la banderole des manifestantes.

Documents 1 et 2

5. En vous appuyant sur les documents et sur vos connaissances, montrez que les femmes françaises ont acquis des droits après la Seconde Guerre mondiale et les utilisent jusqu'à nos jours.

Exercice 2 Maîtriser différents langages pour raisonner et utiliser des repères ✓ 20 points

GÉOGRAPHIE

Dynamiques territoriales de la France contemporaine

Questions

Développement construit (14 points)

Sous la forme d'un développement construit d'une vingtaine de lignes et en vous appuyant sur une étude de cas ou sur des exemples concrets vus en classe, décrivez les différents espaces d'une aire urbaine et expliquez leurs dynamiques. Vous pourrez éventuellement illustrer votre développement à l'aide d'un croquis.

Comprendre et pratiquer un autre langage ; utiliser des repères (6 points)

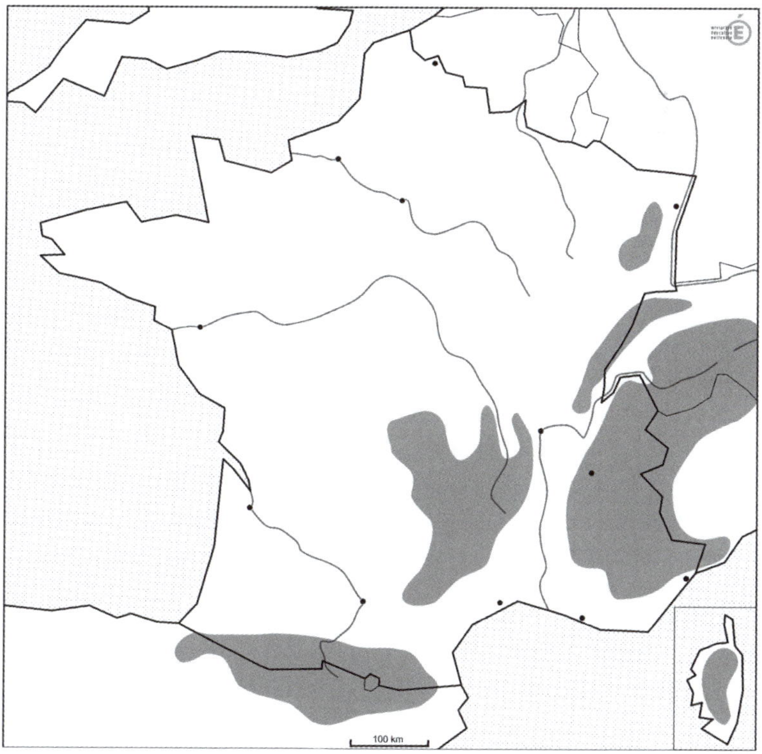

1. Nommez ci-dessous les territoires numérotés sur la carte :

1 = ... **2** = ...

2. Localisez et écrivez sur la carte :
– Seine
– Rhône

3. Localisez et écrivez sur la carte les noms de quatre aires urbaines au choix.

Exercice 3 Mobiliser des compétences relevant de l'enseignement moral et civique 10 points

ENSEIGNEMENT MORAL ET CIVIQUE

Construire une culture civique

Document 1 Élections municipales 2020 dans le village de Saillans

Après six ans d'expérience à la tête de la commune de Saillans, la liste citoyenne élue en 2014 est de nouveau candidate au scrutin de mars, dans le village de 1 300 habitants de la Drôme.

À Saillans, dans la Drôme, le lancement de la campagne municipale ne pouvait être qu'à l'image de la mandature écoulée : participative, et singulière. Ce village de 1 300 âmes a acquis une petite renommée pour avoir porté au pouvoir une liste citoyenne, qui gère depuis 2014 les affaires en impliquant étroitement les habitants.

[…] « Il faut s'engager, on est là pour prendre des responsabilités ! On n'a pas forcément envie d'y aller, mais ça vaut le coup car on peut changer les choses », encourage le maire de la commune.

Pour les actions à mener, l'équipe propose un petit remue-méninges dont elle a le secret. Tout seuls, ensuite en binôme, puis par petits groupes, les participants cherchent des idées et les notent sur un grand tableau […]. Dans un joyeux brouhaha, chacun vient ensuite accoler des notes adhésives à ces actions : vert quand on aime, bleu quand on s'engage à les animer.

À l'heure où, partout en France, des listes citoyennes et participatives se lancent à la conquête des mairies, celle de Saillans fait figure de pionnière. Il y a six ans, échauffé par sa bataille victorieuse contre l'implantation d'un supermarché, un groupe d'habitants propose une liste sans programme ni candidat, avec comme seul engagement celui de faire de la politique autrement. Pari gagné.

Source : Angela Bolis, « Élections municipales 2020 : Saillans, village laboratoire de la démocratie participative », *Le Monde*, 7 février 2020.

Document 2 **Infographie sur les actions de démocratie participative**

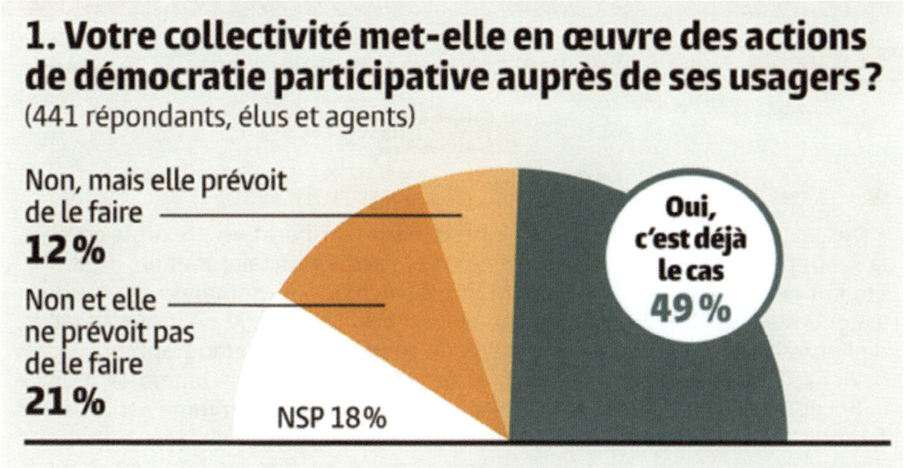

Source : Brigitte Menguy, « La démocratie locale avance à pas de fourmi », La gazette.fr, 22 juin 2020.

Questions

Document 1

1. Quelle est la particularité de la liste qui dirige la commune de Saillans depuis 2014 ?

2. Quel événement a déclenché l'engagement des habitants de Saillans ?

3. Relevez dans le texte un extrait qui présente la manière dont les habitants travaillent pour mener leurs actions.

Document 2

4. Si les habitants de Saillans devaient participer au sondage du document 2, quelle serait leur réponse ? Justifiez votre propos.

Documents 1 et 2

5. En vous appuyant sur des extraits des documents 1 et 2, proposez une définition de la démocratie participative.

CORRIGÉS

Exercice 1 Analyser et comprendre des documents 20 points

HISTOIRE

Ce qu'il faut savoir avant de commencer…

• Des progrès interviennent pour les femmes à la Libération : le droit de vote, la simplification de la procédure de divorce, l'accès à certains métiers dont elles étaient auparavant écartées, etc. Mais globalement, les femmes sont toujours assignées à leurs fonctions d'épouse et de mère. En effet, la politique nataliste de l'après-guerre – dans la perspective du redressement démographique après la débâcle de 1940 – n'incite pas les femmes à travailler, comme le montre l'allocation de salaire unique versée aux couples où seul l'homme est actif. Les femmes sont d'autant plus poussées à adhérer à ce modèle que la majorité des emplois qu'on leur propose sont mal payés, et que les hommes, dans le contexte de plein emploi des Trente Glorieuses, ne sont pas menacés par le chômage. Seules les femmes célibataires ou les épouses qui travaillent dans des entreprises familiales sont présentes sur le marché du travail.

• Durant les années 1960 et 1970, les mobilisations féministes paient, pour l'émancipation, et contre la domination masculine et le sexisme. De nouveaux droits sont conquis : le libre exercice d'un métier à partir de 1965, la légalisation de la contraception en 1967, l'autorité parentale conjointe en 1970, le droit à l'avortement en 1975. L'activité salariée des femmes progresse (un tiers de la population active en 1963, la moitié en 2020), de même que leur accès aux études supérieures (elles sont plus nombreuses que les hommes après 1968).

Questions

1. Le journal *Ouest France* publie le témoignage de Denise Boucheron pour fêter le 70e anniversaire du vote des femmes françaises.

2. Les raisons qui ont permis aux femmes d'obtenir le droit de vote selon Denise Boucheron :

– « Pendant la guerre, les femmes ont pris des responsabilités en remplaçant les hommes, prisonniers, au travail et dans la Résistance également. Elles venaient de prouver qu'elles étaient aussi capables que les hommes. »

– « De plus, nous sortions d'une guerre où il fallait se taire et là, on allait enfin pouvoir s'exprimer. Il y avait une vraie attente. »

3. Pour celles qui refusent les consignes données par les chefs de famille, le droit de vote est « une petite révolution » car « les femmes pouvaient avoir des opinions différentes de celles de leur mari et les exprimer dans l'isoloir. » Cette citation pour dire que l'exercice du droit de vote est l'occasion donnée aux femmes de s'exprimer librement sans que les hommes déterminent leurs opinions politiques.

4. La photographie saisit le face-à-face entre un policier et quelques militantes féministes sous l'Arc de Triomphe à Paris, à quelques pas de la tombe du Soldat inconnu. L'une d'entre elles porte une gerbe de fleurs, tandis que deux autres tiennent une banderole sur laquelle on peut lire « Il y a plus inconnu que le soldat inconnu, sa femme ». Le slogan est volontairement provocateur : la tombe du Soldat inconnu souligne l'incapacité des autorités à identifier les corps de soldats « morts au champ d'honneur » pendant la Grande Guerre, des corps jetés dans des ossuaires plutôt que rassemblés dans des cimetières militaires. Pour les féministes, la condition des femmes ne vaut pas mieux puisqu'elles sont encore plus « invisibles » socialement que le Soldat inconnu.

5. La question invite à revenir sur le long combat féministe pour l'égalité des droits :
– d'abord, l'égalité des droits politiques, concrétisée par l'élargissement du droit de vote en 1944-1945 ;
– puis, le contrôle par les femmes de leur corps. Une série de lois sont votées dans les années 1960-1970, comme l'autorisation de la contraception en 1967 et la dépénalisation de l'avortement en 1975. Les progrès débordent sur la vie familiale. Plusieurs lois y établissent l'égalité entre hommes et femmes (autorisation d'exercer une profession sans accord de l'époux ; suppression de la notion de « chef de famille » ; instauration du divorce par consentement mutuel, etc.) ;
– enfin, l'égal accès au marché du travail. Là encore, la situation s'améliore à partir des années 1960 car les taux de féminisation progressent partout.

Exercice 2 Maîtriser différents langages pour raisonner et utiliser des repères ✅ 20 points

GÉOGRAPHIE

Développement construit

Une population sous l'influence de la ville

Comme dans tous les pays riches et industrialisés, la forme urbaine est la forme dominante du peuplement en France. Ainsi, 60 millions de Français, soit 93 % de la population, vivent sous l'influence de la ville. Il s'agit des personnes habitant dans les aires d'attraction des villes. L'aire d'attraction d'une ville mesure l'étendue de son influence sur les communes voisines. Elle est composée d'un pôle et d'une couronne périurbaine. Une tendance pointe : la population augmente très vite dans les grandes aires (700 000 habitants et plus), tandis qu'elle est stable ou en diminution dans les petites aires (moins de 50 000 habitants) et dans les communes hors attraction des villes.
Cette tendance s'explique par la métropolisation, c'est-à-dire par la concentration croissante de la population, de la richesse et des fonctions de commandement dans les villes les plus peuplées. Elle se traduit par un spectaculaire étalement urbain, ou périurbanisation, qui amène vers les zones de faible densité les populations qui sont obligées de s'éloigner des pôles, trop chers ou trop construits. Les couronnes

périurbaines sont ainsi en forte croissance. Elles sont constituées de lotissements pavillonnaires et de zones commerciales qui « mitent » les espaces ruraux disponibles, ce qui rend de plus en plus difficile de définir ce qui est urbain. L'étalement désordonné des couronnes s'appuie sur des systèmes de transport diversifiés, déployés dans toutes les directions, et parfois interconnectés. Les migrations pendulaires (mobilité domicile-travail) sont très denses des couronnes vers les pôles, mais également de la périphérie vers la périphérie. En même temps, l'étalement aggrave les inégalités spatiales et sociales. Les pôles perdent souvent des habitants partis dans les couronnes, mais regroupent de plus en plus des populations aisées puisqu'ils sont les lieux de concentration des pouvoirs. Tandis que les populations les plus fragiles – les immigrés notamment – sont reléguées en périphérie, dans des banlieues en difficulté ou dans des lotissements de plus en plus éloignés.

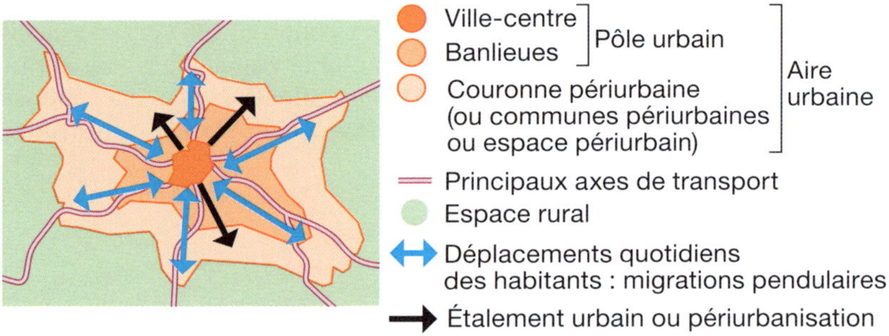

Comprendre et pratiquer un autre langage ; utiliser des repères

1. ❶ = les Pyrénées
❷ = les Alpes

2. et **3.** Voir carte ci-contre.

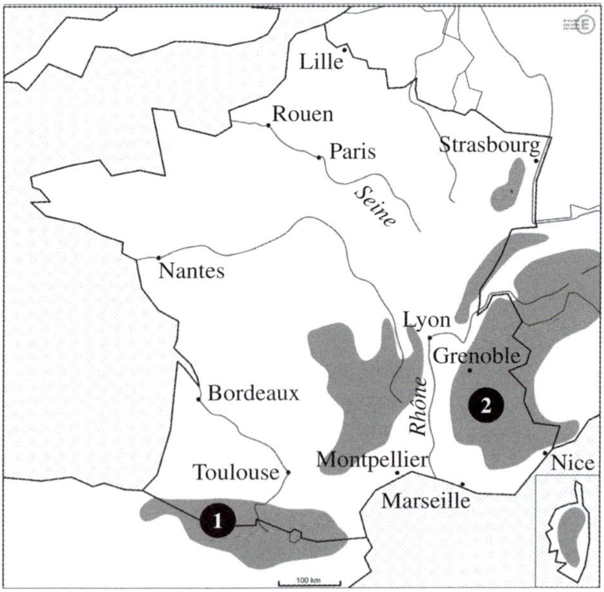

Exercice 3 Mobiliser des compétences relevant de l'enseignement moral et civique 10 points

ENSEIGNEMENT MORAL ET CIVIQUE

Questions

1. La liste de Saillans est une liste participative :
– elle n'est pas affiliée à un parti politique ;
– son programme d'action est élaboré par les citoyens eux-mêmes, en dehors des consignes partisanes.

2. L'engagement des habitants de Saillans remonte à leur combat contre l'implantation d'un supermarché dans cette commune de la Drôme.

3. « Pour les actions à mener, l'équipe propose un petit remue-méninges dont elle a le secret. Tout seuls, ensuite en binôme, puis par petits groupes, les participants cherchent des idées et les notent sur un grand tableau [...]. Dans un joyeux brouhaha, chacun vient ensuite accoler des notes adhésives à ces actions : vert quand on aime, bleu quand on s'engage à les animer. »

4. Leur réponse serait « Oui, c'est déjà le cas ». La liste citoyenne a été élue en 2014 et elle est de nouveau candidate aux élections municipales de 2020.

5. Les dispositifs de démocratie participative – ou démocratie directe – permettent d'associer davantage les citoyens au processus de décision. Certains dispositifs sont institués par des textes, d'autres pas. Certains sont locaux, d'autres nationaux. Par exemple, la Constitution autorise les électeurs à saisir l'assemblée élue de leur collectivité pour qu'elle examine une question relevant de sa compétence. C'est ce qu'on appelle le droit de pétition locale. De même, les collectivités peuvent soumettre à référendum local tout projet relevant de leur compétence. Tandis que la révision constitutionnelle de 2008 autorise un nouveau type de référendum national qui repose sur une initiative parlementaire soutenue par les citoyens, le référendum d'initiative partagée. Les citoyens peuvent aussi adresser des pétitions écrites à l'Assemblée nationale et au Sénat, qui ont ouvert des plateformes de dépôt de pétitions, e-petitions.

Sujet 104 France métropolitaine 2022

Histoire-Géographie-EMC

Partie I

ANALYSE ET COMPRÉHENSION DE TEXTES ET DE DOCUMENT

2 heures — 50 points

Exercice 1 Analyser et comprendre des documents — 20 points

GÉOGRAPHIE

La France et l'Union européenne

Document 1 La coopération entre les États de l'Union européenne

La Politique de Cohésion, qui vise à réduire les écarts de développement entre les régions, est la principale politique de l'Union européenne en matière territoriale […].

L'intégration européenne passe par le développement de la coopération entre les États membres. Cette coopération prend des formes très diverses et se situe à différents niveaux institutionnels. En matière de sécurité, les États sont amenés à coopérer autour d'une politique commune de défense et d'accords de police (Europol). En matière d'éducation, […] c'est notamment le cas du programme Erasmus[1]. Toutefois, l'Union européenne promeut surtout la coopération interrégionale, c'est-à-dire l'interaction directe entre régions appartenant à des pays membres différents autour d'un projet commun.

Source : Eloïse Libourel, *Géographie de la France*, © Dunod, 2017, Malakoff.

1. Erasmus : programme d'échanges d'étudiants entre des établissements d'enseignement.

Document 2 Un exemple de coopération transfrontalière entre la France et l'Espagne

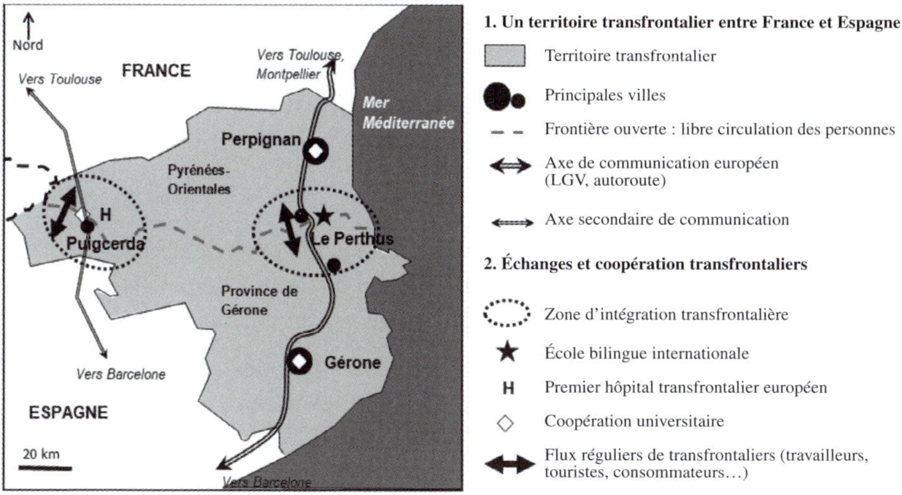

Questions

Document 1

1. Quel est l'objectif de la Politique de Cohésion de l'Union européenne ?
2. Quelles sont les deux échelles de coopérations évoquées par le document ?

Document 2

3. Citez deux éléments qui favorisent les flux entre la France et l'Espagne.
4. Quels aménagements ou équipements ont été réalisés dans le cadre de la coopération entre la France et l'Espagne ?

Documents 1 et 2

5. En vous appuyant sur des exemples précis, montrez que l'Union européenne favorise aux échelles nationale, régionale et locale, les échanges et la coopération.

Exercice 2 Maîtriser différents langages pour raisonner et utiliser des repères ✅ 20 points

HISTOIRE

L'Europe, un théâtre majeur des guerres totales (1914-1945)

Questions

Développement construit

Sous la forme d'un développement construit d'une vingtaine de lignes, présentez les principales caractéristiques du régime mis en place en Allemagne entre 1933 et 1945. Vous illustrerez chaque caractéristique par un exemple de votre choix.

Comprendre et pratiquer un autre langage ; utiliser des repères

1. Datez les trois événements ou périodes ci-dessous à l'emplacement des pointillés prévus à cet effet.

– Avec la Révolution russe, les bolcheviks dirigés par Lénine s'emparent du pouvoir en Russie. Un régime fondé sur les idées communistes est mis en place. Indiquez la date de cet événement : ....

– La Deuxième Guerre mondiale débute par l'invasion de la Pologne par l'Allemagne. C'est une guerre d'anéantissement au bilan très lourd : plus de 50 millions de victimes. Elle se termine par la capitulation de l'Allemagne suivie de celle du Japon quelques mois plus tard. Indiquez les dates de début et fin de la Deuxième Guerre mondiale : .... et ....

– Le Front populaire est une union des trois partis de gauche. Cette union gagne les élections législatives et fait adopter des lois sociales en France. Parmi ces mesures, il y a notamment la semaine de travail de 40 heures ou encore les 14 jours de congés payés. Indiquez la date de la victoire électorale du Front populaire : ....

2. Sur la frise ci-dessous, placez, en utilisant des figurés adaptés, les trois événements ou périodes présentés à la question 1.

Exercice 3 Mobiliser des compétences relevant de l'enseignement moral et civique ✅ 10 points

ENSEIGNEMENT MORAL ET CIVIQUE

Situation pratique : un exemple d'éducation aux médias

Document 1 Créer un média par établissement scolaire

Hélène Paumier, professeure de français, explique l'importance pour elle d'apprendre aux élèves à produire et à publier des contenus médiatiques.

C'est en produisant des contenus médiatiques (qu'ils aient pour support la radio, la presse écrite, la vidéo ou le web) qu'on devient un lecteur, un auditeur, un téléspectateur averti[1]. Qui a fait de la radio une fois ne l'écoute plus jamais de la même oreille : il sait qu'un micro-trottoir est le résultat d'un choix, d'un angle, que les recherches doivent être sérieuses, validées et que l'information se vérifie et se replace dans son contexte.

Et cette leçon s'étend à d'autres situations : elle permet de comprendre qu'on ne doit pas, sur les réseaux sociaux, répercuter sans vérifier, s'indigner sans savoir qui parle.

Source : Hélène Paumier, article extrait du journal *Le Monde*, publié le 21 février 2019.

1. Averti : un citoyen informé qui fait preuve d'un esprit critique face à l'information.

Document 2 Extrait de la Déclaration des droits de l'Homme et du Citoyen de 1789

Article 11. La libre communication des pensées et des opinions est un des droits les plus précieux de l'Homme : tout Citoyen peut donc parler, écrire, imprimer librement, sauf à répondre de l'abus de cette liberté dans les cas déterminés par la Loi.

Questions

Document 1

1. Indiquez deux raisons pour lesquelles la professeure pense qu'une éducation aux médias est nécessaire pour les collégiens.
2. Expliquez le passage souligné.

Document 2

3. Nommez la valeur de la République à laquelle fait référence l'article 11 de la Déclaration des droits de l'Homme et du Citoyen et précisez par quoi elle est limitée dans ce même article.

Documents 1 et 2

4. Vous êtes membre du conseil de la vie collégienne (CVC) et vous avez décidé avec des camarades de créer un média pour le collège. Vous rédigez un texte expliquant ce que l'on doit respecter quand on produit ou diffuse des informations pour ce média, au moment où les réseaux sociaux sont de plus en plus utilisés.

CORRIGÉS

Exercice 1 Analyser et comprendre des documents — 20 points

GÉOGRAPHIE

Ce qu'il faut savoir avant de commencer…

• L'Union européenne est basée sur la libre adhésion de ses membres, contrairement aux tentatives d'unification antérieures qui reposaient sur la guerre et la domination d'un peuple sur les autres (empires de Charlemagne et de Napoléon Bonaparte, IIIe Reich d'Adolf Hitler).

• L'Union européenne repose également sur la mise en œuvre de règles communes pour intensifier les échanges de marchandises, de services, de capitaux et de personnes entre les États membres. Le premier exemple est celui de l'union douanière établie en 1968 par l'application de la règle de reconnaissance mutuelle : tout produit vendu dans l'un des États membres doit pouvoir être vendu dans d'autres États membres. L'intégration européenne devient donc une réalité en obligeant les pays membres à se faire confiance. Dans le même esprit, on peut citer l'adoption de règles de sécurité communes et une meilleure coopération entre les centres de contrôle pour fluidifier le trafic aérien, la commercialisation du pass Interrail pour circuler pendant une durée limitée sur tous les réseaux ferrés des pays membres de l'Union, l'élaboration d'une stratégie commune pour assurer l'indépendance énergétique de l'Union et accélérer sa transition vers les énergies non carbonées… On retrouve ici la méthode des « petits pas », exposée par Robert Schuman le 9 mai 1950 : « L'Europe ne se fera pas d'un coup, ni dans une construction d'ensemble : elle se fera par des réalisations concrètes créant d'abord une solidarité de fait. »

Questions

1. L'objectif de la Politique de Cohésion « vise à réduire les écarts de développement entre les régions » des pays membres de l'Union européenne.

2. Les deux échelles de coopération évoquées sont les échelles nationale (« L'intégration européenne passe par le développement de la coopération entre les États membres. ») et régionale (« Toutefois, l'Union européenne promeut surtout la coopération interrégionale [...]. »).

3. *Plusieurs éléments de réponse sont possibles :*
– la frontière commune et ouverte entre la France et l'Espagne ;
– la libre circulation des personnes de part et d'autre de la frontière ;
– le développement d'un axe de communication transfrontalier (LGV, autoroute).

4. *Plusieurs éléments de réponse sont possibles :*
– la mise en place d'un axe de communication transfrontalier (LGV, autoroute) ;
– l'École bilingue internationale ;
– le premier l'hôpital transfrontalier européen.

5. Les traités européens visent à instaurer un espace sans frontières intérieures dans lequel la libre circulation des marchandises, des services, des capitaux et des personnes doit être assurée. Aujourd'hui, c'est en grande partie chose faite. Presque tous les États membres échangent la majorité de leurs marchandises avec les autres États membres. Tous les citoyens européens peuvent se déplacer dans un autre pays de l'Union pour voyager, étudier, travailler et même y résider. La liberté de circulation ne posait pas de problème tant qu'il n'existait pas d'écart de richesse important entre les pays membres. Avec les adhésions des pays d'Europe de l'Est dans les années 2000, l'exercice de cette liberté risquait de fausser la concurrence économique parce que ces pays étaient plus pauvres et leurs travailleurs moins chers. Pour réduire ce risque, la Politique de Cohésion s'est attaquée aux inégalités de richesse dans l'Union, à toutes les échelles (entre pays membres et entre collectivités locales).

Exercice 2 Maîtriser différents langages pour raisonner et utiliser des repères 20 points

HISTOIRE

Développement construit

Le régime nazi s'installe en Allemagne entre 1933 et 1945. La violence et le racisme sont au cœur du fonctionnement de ce régime totalitaire, pour éliminer les oppositions et uniformiser la société allemande.

– Le régime nazi est dominé par un chef suprême, le Führer Adolf Hitler. La propagande magnifie le Führer et les prétendues réussites du régime, comme la sortie de la crise économique à l'intérieur et la récupération d'un statut de puissance à l'extérieur (réarmement et regroupement des populations germanophones dans le Grand Reich, malgré les interdits posés par le traité de Versailles).

– Le régime nazi est un État policier qui impose son idéologie, sans tolérer ni discussion publique ni opposition privée. Sauf à prendre le risque d'être enfermé dans un camp de concentration. Le régime exploite des préjugés largement répandus, comme le goût pour l'autorité, le sexisme, le pangermanisme, la haine du traité de Versailles, l'anticommunisme… En même temps, il diffuse ses thèses racistes et antisémites qui insistent sur la présumée supériorité de la « race aryenne », justifient les stérilisations et les euthanasies pratiquées sur les personnes handicapées, planifient la conquête de « l'espace vital » à l'Est et la destruction des Juifs et des Tziganes pendant la Deuxième Guerre mondiale.

– Le régime nazi cherche aussi à séduire les Allemands, comme le montrent les manifestations grandioses qu'il organise (les congrès du parti nazi à Nuremberg par exemple) et la générosité de sa politique sociale (les aides distribuées aux citoyens du Reich). Tout cela a un prix : ce que les Allemands ne paient pas, ce sont les ennemis du régime qui le paient. Les Juifs d'abord, qui sont persécutés et volés dès l'arrivée au pouvoir des nazis (se souvenir des lois antisémites de Nuremberg en 1935 et du pogrom de la « nuit de Cristal » en 1938). Puis, les populations des territoires occupés et pillés par les Allemands pendant la guerre.

Comprendre et pratiquer un autre langage ; utiliser des repères

1.
– 1917
– 1939 et 1945
– 1936

2.

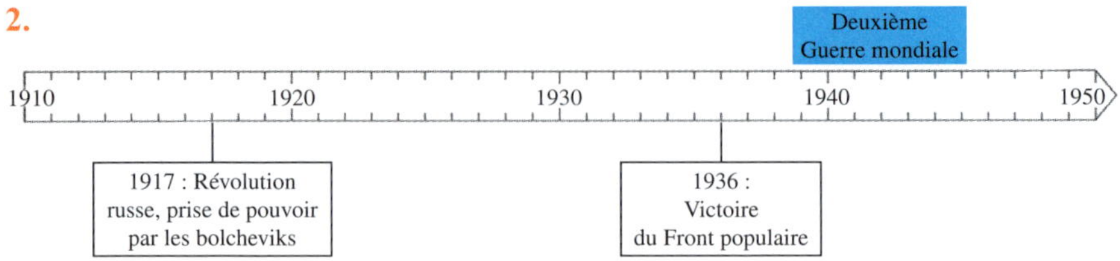

Exercice 3 Mobiliser des compétences relevant de l'enseignement moral et civique ✓ 10 points

ENSEIGNEMENT MORAL ET CIVIQUE

Questions

1. La professeure pense qu'une éducation aux médias est nécessaire pour deux raisons :
– c'est en produisant des contenus médiatiques qu'un collégien devient un lecteur, un auditeur, un téléspectateur informé sur les conditions de production de l'information ;
– c'est en produisant des contenus médiatiques qu'un collégien devient un lecteur, un auditeur, un téléspectateur responsable.

2. Les faits rapportés doivent être vérifiables et vérifiés pour éviter de diffuser des bêtises ou des mensonges. De plus, la compréhension des faits nécessite de les rapporter à l'époque dans laquelle ils se déroulent.

3. L'article 11 de la Déclaration des droits de l'Homme et du Citoyen est relatif à la liberté d'expression (« tout Citoyen peut donc parler, écrire, imprimer librement »). Mais la liberté d'expression n'est pas une liberté absolue et certaines limites, prévues par le droit, s'imposent à son exercice. Ainsi toute incitation à la violence ou à la discrimination est punie par la loi.

4. Nous avons à notre disposition une multitude de sources d'information : la presse écrite, la radio, la télévision et, depuis plus récemment, Internet et les réseaux sociaux. Dans cette situation d'abondance, il faut rappeler quelques règles d'appropriation des médias afin de permettre à chacun d'en faire un usage raisonnable :
– s'interroger sur la provenance des informations pour mesurer leur fiabilité ;
– savoir reconnaître les contenus et les comportements inappropriés (manipulation, harcèlement, injure, propos discriminatoire…) ;
– comprendre que la liberté d'expression est un droit, mais que ce droit s'exerce dans le respect des règles juridiques (droit à l'image, propriété intellectuelle, règles de citation…) ;
– savoir que nos activités en ligne laissent toujours des traces et peuvent contenir des informations personnelles qui peuvent être vues, enregistrées et diffusées par d'autres personnes sans notre accord.

Sujet 105 Sciences

Amérique du Nord 2022

Physique-Chimie-SVT

Indication portant sur l'ensemble du sujet

Toute réponse, même incomplète, montrant la démarche de recherche du candidat sera prise en compte dans la notation.

PHYSIQUE-CHIMIE

Exploration de la planète Mars

La sonde spatiale *Mars* 2020, développée par la NASA, a été lancée le 30 juillet 2020. Après un long voyage, elle est arrivée dans l'atmosphère de Mars le 18 février 2021 à 21 h 38. Cette sonde a permis de déposer sur le sol martien un petit véhicule tout terrain, appelé rover *Perseverance*.

L'entrée de la sonde dans l'atmosphère de Mars, jusqu'à l'atterrissage du rover comporte plusieurs phases décrites par le dessin suivant. Les vitesses indiquées sont celles de la sonde.

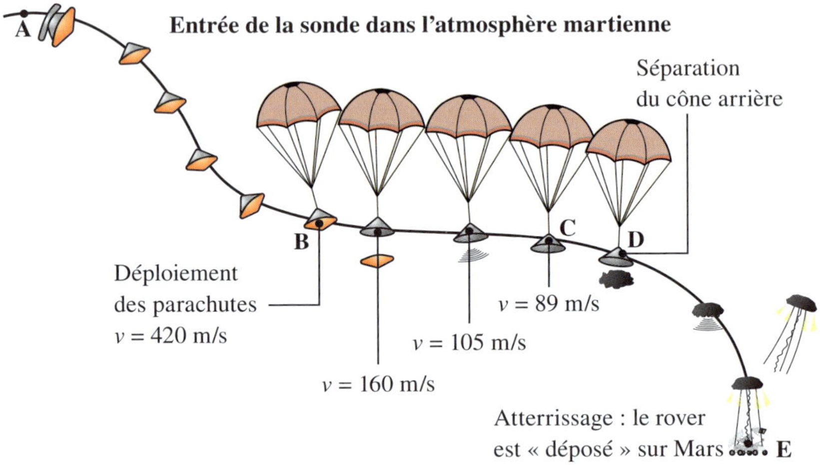

D'après un document de la NASA (National Aeronautics and Space Administration

Données :

– Masse du rover *Perseverance* sur Terre : 1 050 kg ;

– Intensité de la pesanteur g à la surface de quelques planètes du système solaire :

Planète	Mercure	Terre	Mars	Jupiter	Saturne
g (N/kg)	3,70	9,81	3,72	24,8	10,4

– Vitesse de la lumière dans le vide : $3{,}00 \times 10^8$ m/s ;
– Distance Terre-Mars le 18 février 2021 : $2{,}10 \times 10^8$ km.

QUESTION 1 — 2 points

Indiquer si le mouvement de la sonde entre les points B et C est ralenti, accéléré ou uniforme. Justifier la réponse.

Corrigé page 391

QUESTION 2 — 3 points

Parmi les trois relations suivantes, recopier celle qui permet de calculer l'énergie cinétique de la sonde. Préciser ce que représentent m et v.

$E_c = \frac{1}{2} \times m \times v^2$ $\quad$ $E_c = \frac{1}{2} \times m \times v \times 2$ $\quad$ $E_c = \frac{1}{2} \times \frac{m}{v^2}$

Corrigé page 391

QUESTION 3 — 2 points

Sans faire de calcul, indiquer comment évolue l'énergie cinétique de la sonde du point B au point C. Justifier.

Corrigé page 391

QUESTION 4 — 2 points

Indiquer comment évolue l'énergie potentielle de la sonde du point A au point B. Justifier.

Corrigé page 391

Après l'atterrissage, le rover reste immobile pendant plusieurs jours, le temps de vérifier le bon fonctionnement des instruments scientifiques embarqués.

QUESTION 5 — 2 points

En négligeant l'action de l'atmosphère martienne, identifier les actions mécaniques qui s'exercent sur le rover immobile.

Corrigé page 391

QUESTION 6 — 4 points

Schématiser le rover par un rectangle et représenter, au choix, la force modélisant l'une des actions mécaniques par un segment fléché à l'échelle 1 cm pour 1 000 N. Justifier la longueur du segment fléché.

Corrigé page 392

L'atmosphère de Mars est composée principalement de dioxyde de carbone CO_2 ; la vie pour l'être humain y est donc impossible. Une des missions du rover est de fabriquer du dioxygène O_2 à partir du dioxyde de carbone.

QUESTION 7 3 points

Donner le nom des atomes présents dans les molécules de dioxyde de carbone et de dioxygène, et préciser leur nombre.

Corrigé page 392

La sonde et le rover peuvent communiquer avec la Terre à l'aide de signaux radio se propageant à la vitesse de la lumière dans le vide. La phase d'atterrissage commence dès l'entrée dans l'atmosphère de Mars au point A et s'achève au point E lorsque le rover touche le sol. Cette phase dure environ sept minutes.

QUESTION 8 7 points

En construisant un raisonnement prenant appui sur des calculs, expliquer pourquoi si un événement inattendu se produit au cours de la phase d'atterrissage, la Terre n'en sera pas informée à temps.

Corrigé page 392

SVT

Préparer une population face à un risque de tsunami

CARIBE WAVE est l'exercice annuel sur les tsunamis de la Commission Océanographique rattachée à l'Organisation des Nations Unies. Le but de cet exercice est de faire progresser les efforts de préparation aux tsunamis dans les Caraïbes et notamment dans les Petites Antilles (Guadeloupe, Martinique, etc.).

Document 1 : Aléa sismique en Martinique entre 1996 et 2011 (séismes de magnitude supérieure à 3)

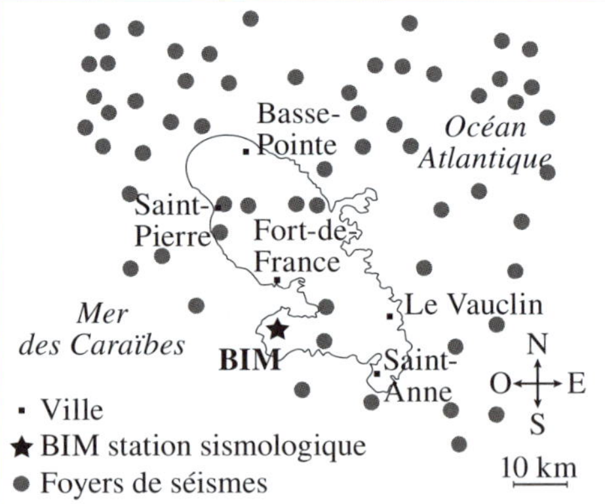

D'après https://www.senat.fr/rap/r17-688-1/r17-68813.html

Document 2 : Carte d'exposition du littoral de la Martinique aux tsunamis

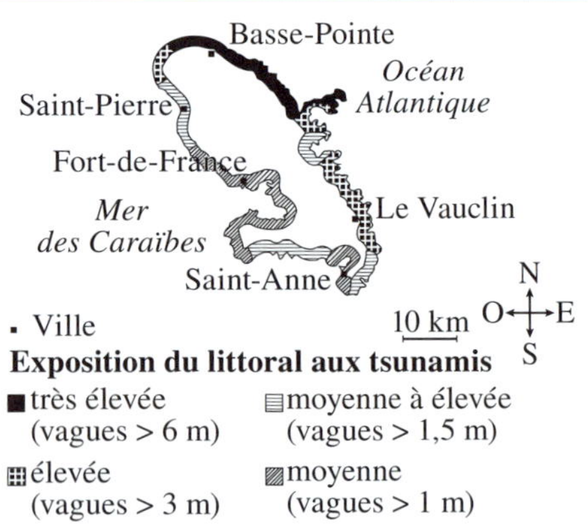

D'après http://www.martinique.developpement-durable.gouv.fr/exercice-tsunami-caribe-wave-21a1572.html

Document 3 : Origine d'un tsunami

Un tsunami se crée lorsqu'une grande masse d'eau est déplacée, suite à un séisme, un glissement de terrain ou une éruption volcanique, par soulèvement ou affaissement du fond océanique. La surface de l'eau commence alors à osciller et les vagues se propagent dans toutes les directions. Plus le volume d'eau déplacé est grand, plus la distance parcourue par le tsunami sera longue, plus les dégâts risquent d'être importants.

D'après : https://www.gouvernement.fr/risques/tsunami

QUESTION 1 — 4 points

À l'aide des documents 1 et 3, justifier que la Martinique soit une zone à risque concernant les tsunamis.

Corrigé page 393

QUESTION 2 — 6 points

À l'aide du document 1 et des données chiffrées du document 2, comparer l'exposition des côtes caraïbe et atlantique de la Martinique aux tsunamis, puis, proposer à l'aide du document 3, une explication à la différence observée.

Corrigé page 393

Document 4 : Sismogramme enregistré à la station BIM

Un séisme a eu lieu à environ 255 km au nord de la Martinique, le 10 septembre 2021 à 0 h 43 min et 17 s (00:43:17) GMT (heure de Greenwich), et a été enregistré par la station sismologique BIM située en Martinique (voir localisation sur le document 1).

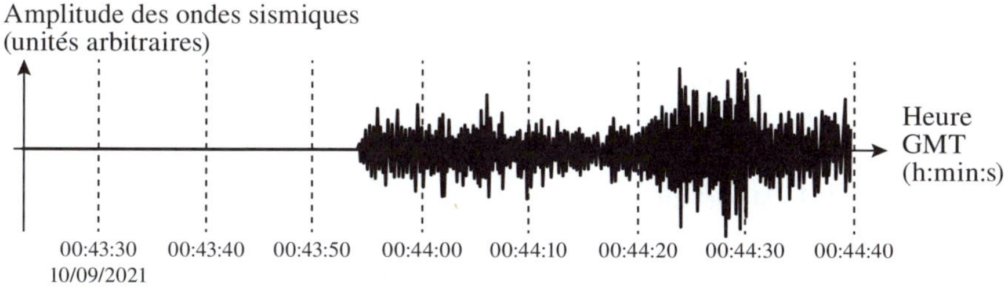

https://waveforms.franceseisme.fr/?event_publicid=fr2021hhqiyg

Document 5 : Propagation des ondes sismiques et du tsunami

Les ondes sismiques se propagent au moins 40 fois plus rapidement dans les roches qu'un tsunami ne se déplace en pleine mer. On peut donc détecter ces ondes avant qu'un éventuel tsunami n'atteigne la côte. L'apparition d'un tsunami peut ensuite être vérifiée par des bouées en pleine mer mesurant la hauteur des vagues.

D'après : https://theconversation.com/alertes-aux-seismes-et-tsunamis-comment-gagner-de-precieuses-secondes

Document 6 : Un enjeu en Martinique : être prêt à évacuer en cas de tsunami

Lors de l'exercice de 2019, 220 enfants d'une école ont été évacués et ont trouvé refuge à une centaine de mètres de l'école sur une hauteur.

https://www.martinique.franceantilles.fr

QUESTION 3 — 6 points

À l'aide des documents 4 et 5, pour chaque question, cocher la bonne réponse.

1. Il n'y a aucune onde enregistrée sur la première partie de l'enregistrement car :

☐ les ondes sismiques ne sont pas encore arrivées à la station BIM,
☐ le séisme n'a pas encore eu lieu,
☐ la station BIM est trop proche du séisme.

2. Les premières ondes sont arrivées à la station BIM à environ :

☐ 0 h 43 min 17 s, ☐ 0 h 43 min 54 s, ☐ 0 h 44 min 25 s, ☐ 0 h 44 min 40 s.

3. Les premières ondes ont mis environ 37 secondes pour parvenir à la station BIM. Si ce séisme avait produit un tsunami, la vague, pour parvenir sur les côtes de la Martinique, aurait mis environ :

☐ 37 secondes, ☐ 10 minutes, ☐ 25 minutes, ☐ 40 minutes.

Corrigé page 393

QUESTION 4a ✓ 3 points

Définir le risque géologique à l'aide de vos connaissances.

Corrigé page 394

QUESTION 4b ✓ 6 points

À partir des documents 4, 5 et 6, comment peut-on prévoir l'arrivée d'un tsunami et préparer les populations à réagir pour se protéger ?

Corrigé page 394

CORRIGÉS

PHYSIQUE-CHIMIE

Question 1 (Énoncé p. 387)

Pour répondre à cette question, on va utiliser les données du document « Entrée de la sonde dans l'atmosphère martienne ». Ce document fournit les vitesses entres les points B et C. Ces vitesses sont décroissantes : 420 m/s, 160 m/s, 105 m/s, puis 89 m/s. **Le mouvement de la sonde est donc ralenti**.

Question 2 (Énoncé p. 387)

La relation qui permet de calculer l'énergie cinétique de la sonde est $E_c = \frac{1}{2} \times m \times v^2$.
m représente la **masse** de la sonde **en kilogramme**, kg.
v représente la **vitesse** de la sonde **en mètre par seconde**, m/s.

Question 3 (Énoncé p. 387)

D'après la formule de la question 2, l'énergie cinétique varie avec la vitesse.
Entre les points B et C, la vitesse diminue. **L'énergie cinétique de la sonde diminue donc entre les points B et C.**

Question 4 (Énoncé p. 387)

Entre les points A et B, on voit que l'altitude de la sonde diminue (document « Entrée de la sonde dans l'atmosphère martienne »). **L'énergie potentielle varie avec l'altitude. Si l'altitude diminue, alors l'énergie potentielle diminue également.**

Question 5 (Énoncé p. 387)

Lorsque le rover est immobile à la surface de Mars, il est soumis à deux actions mécaniques :
- **l'action mécanique gravitationnelle de la planète Mars (le poids) ;**
- **l'action mécanique du sol martien.**

Question 6 (Énoncé p. 387)

On va représenter l'action mécanique de la planète Mars sur le rover : le poids du rover. Cette valeur ne figure pas dans l'énoncé. Il faut donc la calculer.
On va utiliser la formule $P = m \times g$, avec m masse du rover et g intensité de la pesanteur à la surface de Mars.

Ces valeurs se trouvent dans les données : $m = 1\ 050$ kg et $g = 3{,}72$ N/kg.

$P = 1\ 050 \times 3{,}72$
$P = 3\ 906$ N

Le poids du rover est de 3 906 N.

Pour représenter le poids du rover, on va utiliser l'échelle donnée dans l'énoncé : 1 cm ↔ 1 000 N.

Le segment fléché aura par conséquent une longueur de 3 906/1 000 = 3,9 cm.

Ce segment fléché aura :
pour point d'application : le centre de l'objet,
comme direction : la verticale,
et comme sens : vers le centre de Mars.

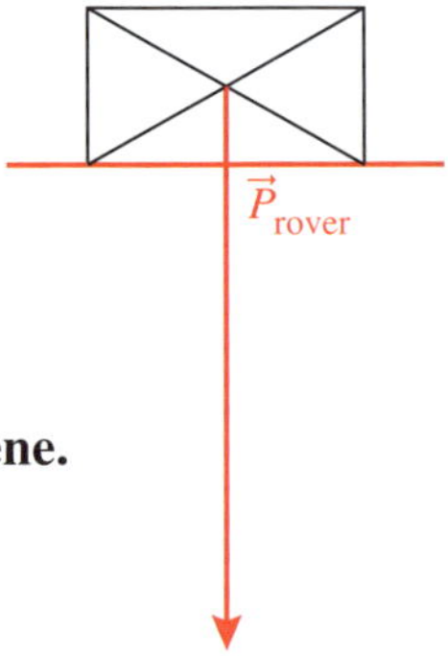

Question 7 (Énoncé p. 388)

Molécule de dioxyde de carbone : formule CO_2
Elle contient un atome de carbone et deux atomes d'oxygène.
Molécule de dioxygène : formule O_2
Elle contient deux atomes d'oxygène.

Question 8 (Énoncé p. 388)

La sonde et le rover communiquent avec la Terre à l'aide de signaux radio qui se propagent à la vitesse de la lumière.
Pour qu'une information parvienne jusqu'à la Terre, elle doit parcourir la distance de $2{,}10 \times 10^8$ km (données de l'énoncé).
On va calculer la durée nécessaire au signal radio pour parcourir cette distance.
On utilise la formule $v = d/t$. Ici, on cherche t.
La formule devient $t = d/v$, avec $d = 2{,}10 \times 10^8$ km et $v = 3{,}00 \times 10^8$ m/s.

Attention, la distance doit être convertie en mètre !

$d = 2{,}10 \times 10^8$ **k**m $= 2{,}10 \times 10^8 \times \mathbf{10^3}$ m $= 2{,}10 \times 10^{11}$ m
$t = 2{,}10 \times 10^{11}/3{,}00 \times 10^8$
$t = 700$ secondes, soit 11 minutes et 40 secondes.

Une information met 11 minutes et 40 secondes pour parvenir jusqu'à la Terre par signal radio.
La phase d'atterrissage dure 7 minutes. Si un évènement inattendu se produit au cours de cette phase, l'information va mettre 11 minutes et 40 secondes pour parvenir jusqu'à la Terre par signal radio. **Le temps de propagation du signal est supérieur à la durée de l'atterrissage. La Terre ne sera donc pas informée à temps.**

SVT

Question 1 (Énoncé p. 389)

Nous pouvons voir sur la carte du document 1 que de nombreux séismes de magnitude supérieure à 3 ont eu lieu entre 1996 et 2001 en Martinique, sur les terres, et au niveau de la mer des Caraïbes et de l'océan Atlantique qui entourent l'île.
Nous pouvons voir sur le document 3 qu'un tsunami se crée lorsqu'une grande masse d'eau est déplacée à la suite d'un séisme.
Nous pouvons en déduire que la Martinique est une zone à risque concernant les tsunamis puisqu'elle se trouve dans une zone hautement sismique entourée d'eau.

Question 2 (Énoncé p. 389)

Nous pouvons voir sur la carte du document 1 que le nombre de séismes en Martinique est plus important au niveau de la côte atlantique qu'au niveau de la côte caraïbe.
Nous pouvons voir sur la carte du document 2 que l'exposition aux tsunamis en Martinique est plus importante au niveau de la côte atlantique qu'au niveau de la côte caraïbe. En effet, la hauteur des vagues côté océan Atlantique est élevée (supérieure à 3 m) à très élevée (supérieure à 6 m), tandis qu'elle est moyenne (supérieure à 1 m) côté mer des Caraïbes.
Le document 3 nous indique qu'un tsunami se crée lorsqu'une grande masse d'eau est déplacée, à la suite d'un séisme, ou par soulèvement ou affaissement du fond océanique.
L'exposition plus importante aux tsunamis de la côte atlantique de la Martinique s'explique probablement par des mouvements tectoniques plus importants dans cette zone, entraînant la création de séismes et donc de tsunamis.

Question 3 (Énoncé p. 390)

1. Il n'y a aucune onde enregistrée sur la première partie de l'enregistrement car :
☒ les ondes sismiques ne sont pas encore arrivées à la station BIM,
☐ le séisme n'a pas encore eu lieu,
☐ la station BIM est trop proche du séisme.

Méthode de résolution

Le document 4 nous indique que le séisme a eu lieu au nord de la Martinique à 0 h 43 min et 17 s, début de l'enregistrement du sismogramme BIM situé sur le continent.
Nous voyons que les ondes apparaissent plus tard sur le sismogramme car la station est au sud de la Martinique (carte du document 2).

2. Les premières ondes sont arrivées à la station BIM à environ :
☐ 0 h 43 min 17 s, ☒ 0 h 43 min 54 s, ☐ 0 h 44 min 25 s, ☐ 0 h 44 min 40 s.

Méthode de résolution

L'heure d'arrivée est visible sur le sismogramme du document 4.

3. Les premières ondes ont mis environ 37 secondes pour parvenir à la station BIM. Si ce séisme avait produit un tsunami, la vague, pour parvenir sur les côtes de la Martinique, aurait mis environ :

☐ 37 secondes, ☐ 10 minutes, ☒ 25 minutes, ☐ 40 minutes.

Méthode de résolution

Le document 5 indique que les ondes sismiques se propagent au moins 40 fois plus rapidement dans les roches qu'un tsunami ne se déplace en pleine mer.
Les premières ondes ont mis 37 secondes pour arriver à la station BIM donc la vague aurait mis 40 fois plus de temps, soit : $37 \times 40 = 1\,480$ secondes pour parvenir sur les côtes de la Martinique.
1 480 secondes/60 = 24,66 minutes ≈ 25 minutes

Question 4a (Énoncé p. 391)

Un risque géologique est la probabilité que se produise un phénomène géologique (= aléa géologique) **dont les effets peuvent avoir des conséquences humaines et matérielles** (= enjeu)**.**

Question 4b (Énoncé p. 391)

Nous pouvons voir sur le sismogramme du document 4 et grâce au document 5 que les ondes sismiques libérées par le séisme sont enregistrées avant qu'un éventuel tsunami n'atteigne la côte.
Nous pouvons également voir sur le document 5 que l'apparition d'un tsunami peut ensuite être vérifiée par des bouées en pleine mer mesurant la hauteur des vagues.
Il est donc possible de prévoir l'arrivée d'un tsunami sur les côtes grâce notamment aux sismogrammes et aux bouées.
Nous pouvons voir sur le document 6 que **les populations sont préparées à reconnaître les signes précurseurs d'un tsunami** (secousses sismiques et comportement de l'eau) **et à adopter un comportement adapté pour s'en protéger. Des exercices d'évacuation sont organisés dans les écoles.**

Sujet 106 France métropolitaine 2022

Sciences

SVT-Technologie

Indication portant sur l'ensemble du sujet

Les essais et les démarches engagés, même non aboutis, seront pris en compte.

SVT

Situés dans la zone intertropicale dans des eaux peu profondes et chaudes, les récifs coralliens couvrent moins de 0,2 % de la surface des océans mais offrent un potentiel économique et une source de nourriture à plus de 500 millions de personnes, soit 8 % de la population mondiale.
On constate actuellement que l'augmentation de la température des eaux de surface des océans due au réchauffement climatique provoque le blanchissement des coraux.

Photographies de coraux sains, en cours de blanchissement et complètement blancs
(Marinesavers, 2016)

Document 1 : Le corail, une association symbiotique entre des animaux et des algues

Les récifs coralliens sont construits par des animaux qui fabriquent un squelette calcaire. Ces animaux marins, appelés polypes, hébergent à l'intérieur de leurs cellules des algues microscopiques : les zooxanthelles responsables en partie de leur couleur.

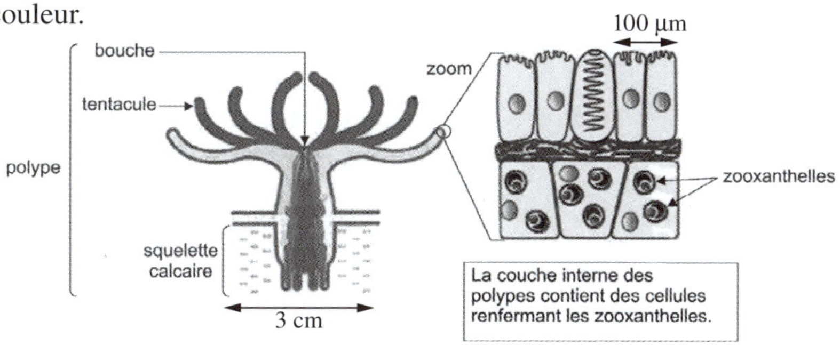

Schéma d'une coupe longitudinale d'un polype

(NOAA, s.d.)

Grâce à la photosynthèse, les zooxanthelles apportent des molécules riches en carbone et du dioxygène aux polypes. Les zooxanthelles bénéficient d'un environnement protégé du broutage par les prédateurs et des conditions stables pour leur multiplication. Elles utilisent les déchets azotés et phosphatés du polype comme source d'éléments minéraux.

QUESTION 1 — 4 points

Sachant qu'une symbiose est une association à bénéfices réciproques, justifier que le corail est une association symbiotique.

Corrigé page 402

La température est un paramètre environnemental primordial car elle agit sur la photosynthèse, la respiration et la croissance des coraux.

Document 2 : Nombre de zooxanthelles dans les polypes en fonction de la température de l'eau

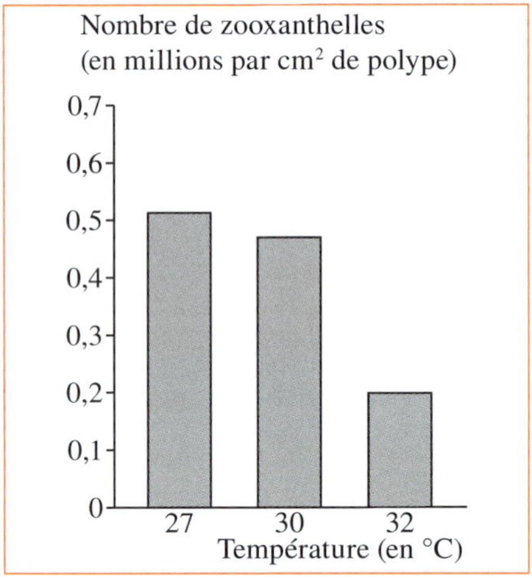

QUESTION 2 — 6 points

En vous aidant du graphique du document 2, établir le lien entre la quantité de zooxanthelles et la température de l'eau de mer. Votre réponse sera justifiée par des valeurs.

Corrigé page 402

Les zooxanthelles sensibles à l'élévation de température meurent, ce qui entraîne la mort des polypes et le blanchissement des coraux.
On cherche à sélectionner des coraux résistant à une température de 32 °C afin de les multiplier et de les réintroduire dans l'environnement.

Document 3 : Matériel disponible pour réaliser les expériences

– coraux hébergeant des zooxanthelles d'espèce A,
– coraux hébergeant des zooxanthelles d'espèce B,
– coraux hébergeant des zooxanthelles d'espèce C,
– aquariums,
– eau de mer,
– bains thermostatés (conservant une température constante),
– thermomètres.

Durée des expériences : Les résultats des expériences ne seront visibles qu'au bout de quelques semaines car le blanchissement des coraux n'est pas immédiat.

QUESTION 3 — 6 points

En vous aidant du document 3, proposer un protocole expérimental pour sélectionner des coraux résistant à une température des eaux de surface de 32 °C. Votre réponse sera présentée sous forme d'un texte ou/et d'un schéma légendé.

Corrigé page 402

On s'intéresse aux services rendus par les récifs coralliens pour les 8 millions d'humains vivant à leur proximité.

Document 4 : Les récifs coralliens de l'île de La Réunion, des écosystèmes marins d'une grande valeur

Aspects socio-économiques	Aspects environnementaux
Les ressources marines sont limitées, les récifs constituent des zones de pêche privilégiées. La pêche est la ressource principale des familles les plus démunies. Environ un demi-million de touristes visitent l'île chaque année en moyenne. Plus de 80 % des touristes passent au moins une journée ou plus à la plage pendant leur séjour. L'ensemble des touristes dépense en moyenne 350 millions d'euros chaque année sur l'île. Les activités récréatives de sports côtiers (voile, plongée, surf, kayak) représentent plus de 80 000 pratiquants par an. Des dizaines de clubs de plongées vivent directement des activités en lien avec les récifs. L'utilisation pharmacologique potentielle des différentes espèces marines constitue un réservoir naturel susceptible de constituer les médicaments de demain.	Les récifs coralliens protègent les côtes de la houle et évitent la dégradation des habitats du littoral. L'érosion des plages est ralentie par la barrière de corail qui diminue l'énergie de la houle. 1/3 des espèces marines connues vivent dans les récifs : les récifs sont un réservoir de biodiversité. Les récifs constituent une zone de frayère et de nurserie pour de très nombreuses espèces de poissons, notamment des poissons pêchés. Des espèces rares et menacées vivent de manière protégée dans les récifs. Le carbone est séquestré dans le squelette calcaire des coraux.

QUESTION 4 — 9 points

À partir de l'ensemble des documents, montrer comment un changement à l'échelle de la planète peut influencer la biodiversité locale et les activités humaines sur l'île de La Réunion.
On attend au moins deux exemples qui associent obligatoirement ces trois éléments : activités humaines, biodiversité et climat.

Corrigé page 403

TECHNOLOGIE

De plus en plus de déchets flottent en mer, polluent les eaux et intoxiquent les animaux.
La collecte de ces déchets, triés puis recyclés permet d'économiser les ressources naturelles non renouvelables (pétrole, aluminium…), de limiter les émissions de gaz à effet de serre, de préserver la faune et la flore subaquatiques.
L'étude porte sur un robot collecteur de déchets se déplaçant de façon autonome sur l'eau.

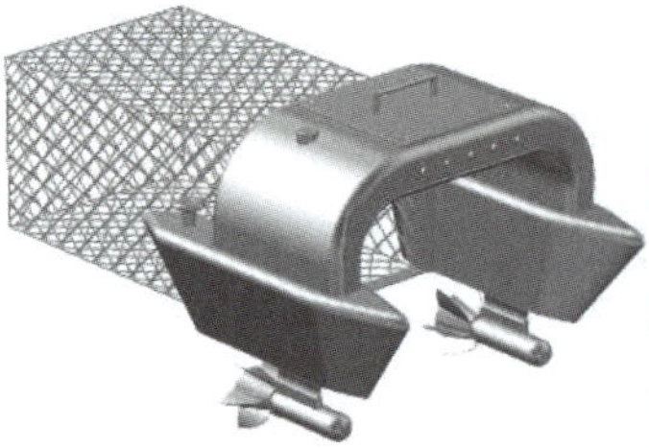

QUESTION 1 — 4 points

En complétant ci-dessous, **donner** la fonction d'usage de ce robot. **Citer** trois éléments permettant d'expliquer l'importance de recycler les déchets collectés par ce robot.

Fonction d'usage du système :

....

....

Importance de recycler les déchets collectés :

....

....

....

....

....

Corrigé page 404

Document 1 : Principe de fonctionnement

Le déplacement du robot sur l'eau est assuré par deux hélices couplées chacune à un moteur électrique.
La consommation électrique des moteurs est proportionnelle à la quantité de déchets collectée. Le niveau de déchets collecté est estimé à l'aide d'un capteur qui effectue une mesure du courant consommé par les moteurs électriques. L'énergie électrique, nécessaire au fonctionnement du robot, est stockée au sein d'une batterie.
Un module de puissance distribue, sur ordre d'une interface programmable, l'énergie aux moteurs électriques.
Les flux d'information et de puissance sont gérés par l'interface programmable.
Un retour à la base est programmé dès lors que l'intensité lumineuse, détectée par le capteur de luminosité, est faible ou que le réservoir de déchets est plein.

QUESTION 2 — 6 points

À l'aide du document 1, **compléter** le diagramme des blocs internes en utilisant les termes suivants :

- ☐ interface programmable ;
- ☐ capteur de mesure de courant ;
- ☐ capteur de luminosité ;
- ☐ batterie ;
- ☐ moteurs électriques;
- ☐ hélices.

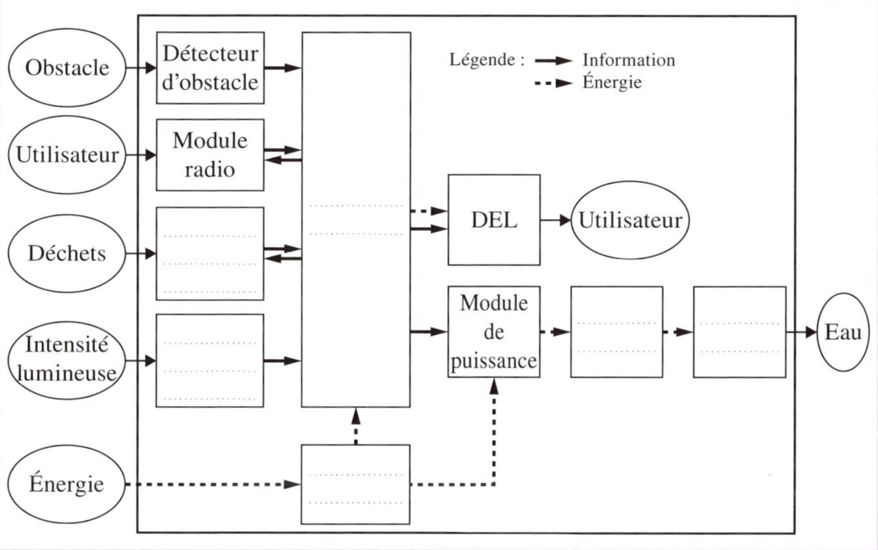

Corrigé page 404

Document 2 : Algorithme du programme de gestion du retour à la base

Si la valeur mesurée par le capteur de courant est supérieure à 80 A
Alors les DEL* d'information à destination de l'utilisateur sont allumées,
la commande « retour base » est activée,
le message « vider les déchets » est envoyé à tous
Sinon
Si l'intensité lumineuse reçue par le capteur est inférieure à 50 lux
Alors les DEL d'information à destination de l'utilisateur sont allumées,
la commande « retour base » est activée,
le message « intensité lumineuse insuffisante » est envoyé à tous
Sinon le robot effectue son cycle de « déplacement ».

*DEL : diode électroluminescente

QUESTION 3 — 8 points

À l'aide du document 2, **compléter** le programme de gestion « retour à la base ».

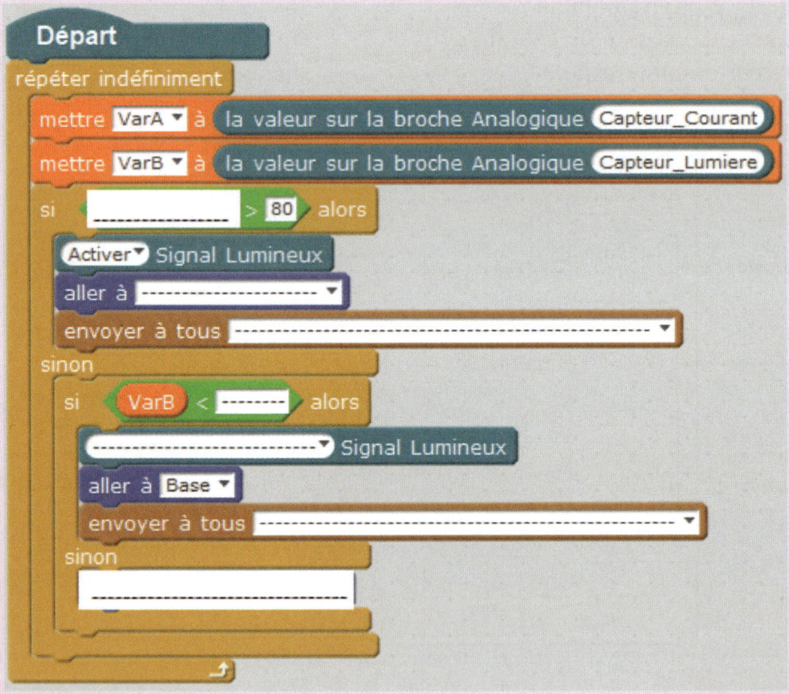

Corrigé page 405

Document 3 : Caractéristiques des matériaux

Matériau	aluminium recyclé	composite (fibre de carbone)
Volume de la pièce	2 500 cm^3	1 800 cm^3
Masse volumique du matériau	2,7 $g \cdot cm^{-3}$	1,7 $g \cdot cm^{-3}$
Émission de gaz à effet de serre pour 1 kg de matière utilisée	560 g	2 600 g

Remarque : le volume de la pièce varie en fonction du matériau utilisé car l'épaisseur de la coque est différente pour obtenir un même niveau de résistance.

QUESTION 4 — 7 points

En complétant ci-dessous et à l'aide du document 3, **calculer** la masse de chaque matériau puis la quantité d'émission de gaz à effet de serre. **Déterminer** alors le matériau à utiliser pour réaliser la coque du robot. **Argumenter**.

Matériau		**Aluminium recyclé**	**Composite : fibre de carbone**
masse du matériau	détail du calcul		
	résultat en kg		
émission de gaz à effet de serre lors du cycle de vie de la coque	détail du calcul		
	résultat en g		

Matériau choisi :

....

Argumentation :

....

....

Corrigé page 405

CORRIGÉS

SVT

Question 1 (Énoncé p. 396)

Nous pouvons voir dans le document 1 que le corail est l'association de polypes et de zooxanthelles. Les algues zooxanthelles apportent aux polypes des molécules riches en carbone et du dioxygène. Le polype apporte aux algues zooxanthelles un environnement protégé du broutage par les prédateurs, des conditions stables pour leur développement et des déchets azotés et phosphatés, source d'éléments minéraux.

Nous pouvons en déduire que l'association entre polypes et zooxanthelles que représente le corail est une association à bénéfices réciproques puisque chaque partenaire apporte à l'autre. C'est donc bien une association symbiotique.

Question 2 (Énoncé p. 396)

Nous pouvons voir sur le graphique du document 2 que plus la température de l'eau est élevée, plus le nombre de zooxanthelles par cm^2 de polypes est faible. En effet, dans une eau à 27 °C, il y a environ 0,5 millions de zooxanthelles par cm^2 de polype ; dans une eau à 30 °C, il y a environ 0,48 millions de zooxanthelles par cm^2 de polype et dans une eau à 32 °C, il y a environ 0,2 millions de zooxanthelles par cm^2 de polype.

Question 3 (Énoncé p. 397)

Dans notre protocole expérimental, il faut placer chacun des coraux hébergeant des zooxanthelles d'espèces différentes dans un aquarium contenant une eau de mer à 32 °C et attendre quelques semaines en maintenant cette température constante grâce aux bains thermostatés. Un thermomètre est placé dans chaque aquarium afin de vérifier le maintien de la température à 32 °C.

Les coraux à sélectionner seront ceux qui ont le mieux résisté à cette température c'est-à-dire ceux qui n'ont pas blanchi.

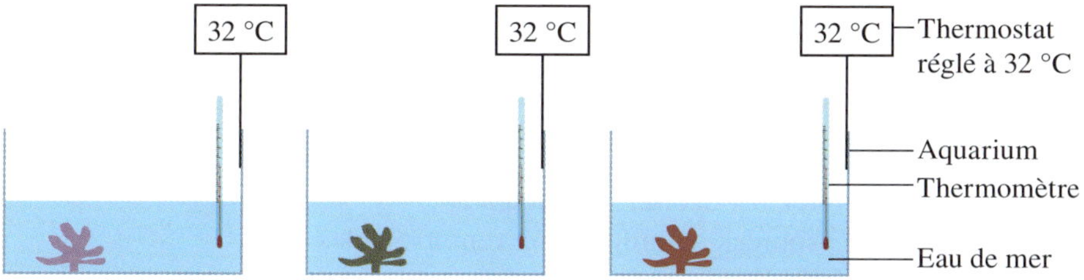

Schéma du protocole expérimental permettant de sélectionner des coraux résistant à une température de 32 °C

Question 4 (Énoncé p. 398)

Nous pouvons voir dans le document 1 que le corail est une association symbiotique entre un animal et une algue. Le regroupement de nombreux polypes constituent les récifs coralliens.

Nous pouvons voir dans les documents 2 et 3 que l'augmentation de la température de l'eau liée au réchauffement climatique entraîne la mort des polypes et le blanchissement des coraux.

Nous pouvons voir dans le document 4 que les récifs coralliens de l'île de La Réunion représentent un écosystème marin abritant une forte biodiversité et apportant de nombreux bénéfices environnementaux : protection des côtes de la houle, ralentissement de l'érosion des plages, réserve de carbone…

Nous pouvons voir également dans le document 4 que les récifs coralliens de l'île de La Réunion apportent de nombreux bénéfices socio-économiques : zone de pêche, lieu touristique attractif, zone d'activités marines, source de revenus importante pour l'île...

Nous pouvons en déduire que le réchauffement climatique actuel a pour conséquence une baisse importante de la biodiversité locale et donc également de l'attractivité touristique de l'île de La Réunion (*ex. :* plongée).

Cette baisse de la biodiversité impacte également la pêche et donc le revenu des populations car c'est la ressource principale des familles les plus démunies.

Nous pouvons enfin citer l'augmentation de l'érosion des plages liée à la disparition des récifs qui a un impact sur l'attractivité touristique. En effet, 80 % des touristes sur l'île passent au moins une journée ou plus sur la plage pendant leur séjour.

SUJET 2022 SCIENCES

TECHNOLOGIE

Question 1 (Énoncé p. 398)

Fonction d'usage du système : collecter les déchets qui flottent sur l'eau.

Importance de recycler les déchets collectés :

– économiser les ressources naturelles non renouvelables ;
– limiter les émissions de gaz à effet de serre ;
– préserver la faune et la flore subaquatiques.

Question 2 (Énoncé p. 399)

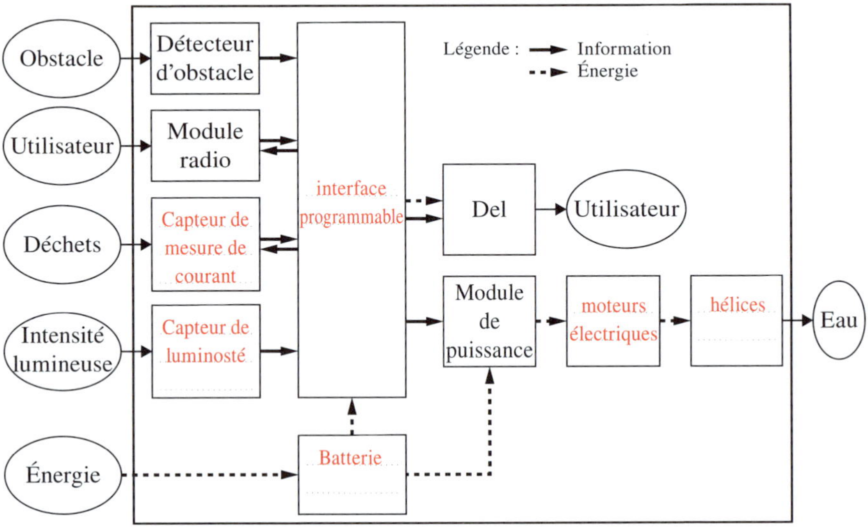

Question 3 (Énoncé p. 400)

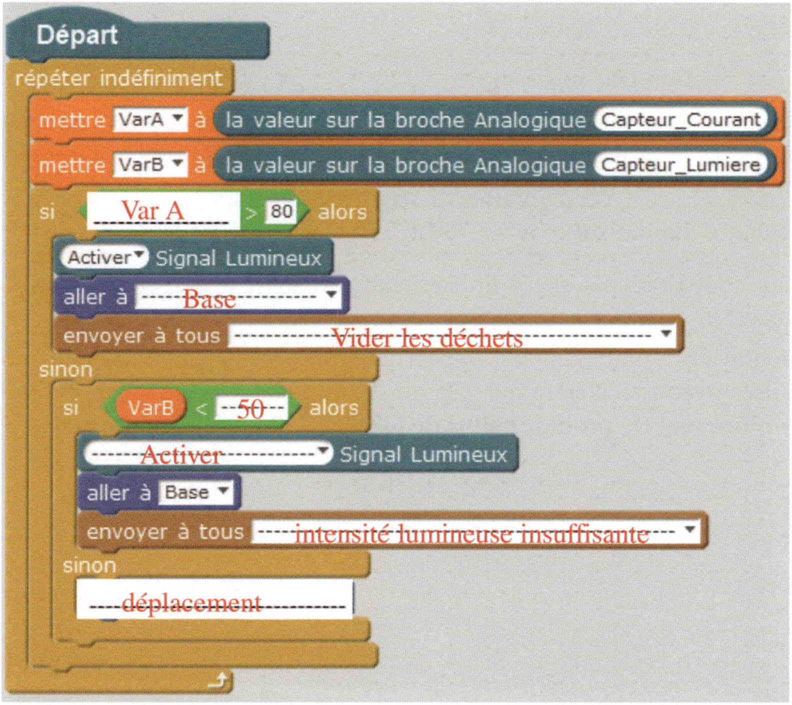

Question 4 (Énoncé p. 401)

Il faut calculer la masse de l'échantillon à l'aide du volume et de la masse volumique donnés dans le document 3.

On applique la formule $\rho = m/V$, avec ρ masse volumique en $g.cm^{-3}$ et V en cm^3.

Ici, on cherche m, donc la formule devient $m = \rho \times V$.

Pour l'aluminium recyclé

- Masse du matériau : $\rho = m/V$, donc $m = \rho \times V = 2{,}7 \times 2\ 500 = 6\ 750$ g.

Il faut convertir la masse en kilogramme, soit $m = 6\ 750/1\ 000 = 6{,}75$ kg.

- Émission de gaz à effet de serre (GES) lors du cycle = émission de GES par kg de matière utilisée × masse du matériau

Émission de GES lors du cycle = $560 \times 6{,}75 = 3\ 780$ g.

Pour le composite

- Masse du matériau : $\rho = m/V$, donc $m = \rho \times V = 1{,}7 \times 1\ 800 = 3\ 060$ g.

Il faut convertir la masse en kilogramme, soit $m = 3\ 060/1\ 000 = 3{,}06$ kg.

- Émission de GES lors du cycle = émission de GES par kg de matière utilisée × masse du matériau

Émission de GES lors du cycle = $2\ 600 \times 3{,}06 = 7\ 956$ g.

Aluminium recyclé	Composite
$m = \rho \times V = 2{,}7 \times 2\,500 = 6\,750$ g	$m = \rho \times V = 1{,}7 \times 1\,800 = 3\,060$ g
$m = 6\,750/1\,000 = 6{,}75$ kg	$m = 3\,060/1\,000 = 3{,}06$ kg
Émission de GES lors du cycle = émission de GES par kg de matière utilisée × masse du matériau = 560 × 6,75	Émission de GES lors du cycle = émission de GES par kg de matière utilisée × masse du matériau = 2 600 × 3,06
Émission de GES lors du cycle = 3 780 g	**Émission de GES lors du cycle = 7 956 g**

Matériau choisi : le matériau à utiliser pour réaliser la coque du robot est l'**aluminium recyclé.**

Argumentation : pour limiter l'impact environnemental, la coque du robot doit être réalisée avec le matériau qui a la plus faible émission de gaz à effet de serre. **L'aluminium recyclé produit moins de GES (3 780 g) que le composite (7 956 g).**

Formulaire de mathématiques

Règles de calcul

Algorithme

- Une variable informatique contient une valeur. Toute saisie de cette variable ou affectation dans cette variable fait perdre la valeur précédente.
- On peut utiliser un compteur du type « pour i variant de 1 à n » pour effectuer une instruction pour toutes les valeurs entières de la variable i prises de 1 en 1 depuis 1 jusqu'à n.

Par exemple, avec l'algorithme « pour i variant de 1 à 10, A prend la valeur i^2, fin de pour », A prend successivement les valeurs 1, 4, 9, 16, 25, 36, 49, 64, 81 et 100. En fin d'algorithme, A contient la valeur 100.

Arithmétique

- Soit a, b et n trois entiers non nuls tels que a et b sont des **diviseurs** de n.

n est un **multiple** de a et de b.

- Le plus grand des diviseurs communs à deux entiers est leur **PGCD**.
- Deux entiers dont le PGCD vaut 1 sont dits **premiers entre eux**.
- Une fraction $\frac{a}{b}$ avec a et b premiers entre eux est dite **irréductible**.

Puissances

- Soit n un entier supérieur à 1 et a un nombre :

$$a^n = \underbrace{a \times a \times \ldots \times a}_{n \text{ facteurs } a} \quad \text{et} \quad \text{si } a \neq 0, a^{-n} = \frac{1}{a^n}$$

$$a^1 = a \quad \text{et} \quad \text{si } a \neq 0, a^0 = 1 \quad a^{-1} = \frac{1}{a} : \text{c'est l'inverse de } a.$$

- Soit a un nombre, b un nombre non nul, n et m deux entiers relatifs :

$$a^m \times a^n = a^{m+n} \qquad \frac{b^m}{b^n} = b^{m-n} \qquad (a^m)^n = a^{m \times n} \qquad a^m \times b^m = (ab)^m \qquad \frac{a^m}{b^m} = \left(\frac{a}{b}\right)^m$$

Notation scientifique

On appelle **notation scientifique** d'un nombre strictement positif une notation de la forme $a \times 10^n$ avec $1 \leqslant a < 10$.

Fractions

$$\frac{a}{b} + \frac{c}{b} = \frac{a+c}{b} \qquad \frac{a}{b} - \frac{c}{b} = \frac{a-c}{b} \qquad \frac{a \times k}{b \times k} = \frac{a}{b}$$

→ *Pour additionner ou soustraire des fractions, on commence par les réduire au même dénominateur.*

L'inverse de $\frac{c}{d}$, c'est $\frac{d}{c}$. $\frac{a}{b} \times \frac{c}{d} = \frac{a \times c}{b \times d}$ $\frac{a}{b} \div \frac{c}{d} = \frac{a}{b} \times \frac{d}{c}$

Racines carrées

Soit a un nombre positif : on appelle **racine carrée** de a le nombre positif dont le carré vaut a.
La racine carrée de a se note $\sqrt{a}$ et on a :

$$\sqrt{a}^2 = a \text{ et } \sqrt{a^2} = a$$

Calcul littéral

• Notations : $1x$ se note x $-1x$ se note $-x$ $x \times x = x^2$

• **Développer**, c'est transformer un produit en une somme algébrique. On peut utiliser les règles de distributivité :

$$a(b + c) = ab + ac \qquad a(b - c) = ab - ac$$

$$(a + b)(c + d) = ac + ad + bc + bd$$

On peut utiliser les identités remarquables :

$$(a + b)^2 = a^2 + 2ab + b^2 \qquad (a - b)^2 = a^2 - 2ab + b^2 \qquad (a + b)(a - b) = a^2 - b^2$$

→ *Le carré de $2x$ est $(2x)^2$ soit $4x^2$.*

• **Factoriser**, c'est transformer une somme algébrique en un produit.
On peut utiliser les règles de distributivité :

$$ab + ac = a(b + c) \qquad ab - ac = a(b - c)$$

On peut utiliser les identités remarquables :
→ *Bien identifier les termes a et b.*

• **Prouver une égalité**
Soit A et B deux expressions littérales. Pour **prouver que $A = B$**, on peut :
– transformer l'une des deux expressions pour obtenir l'autre ;
– transformer les deux expressions pour obtenir une même troisième expression et conclure.

• **Équation produit**
Si un produit de facteurs est nul, alors l'un des facteurs au moins est nul.
Par exemple, l'équation produit $(x + 3)(x - 4) = 0$ s'écrit aussi : $x + 3 = 0$ ou $x - 4 = 0$.

• **Inéquations**
Pour résoudre une inéquation, on peut à chaque étape :
– simplifier les membres de l'inéquation ;
– ajouter ou soustraire un même nombre aux deux membres ;
– multiplier ou diviser les deux membres par un même nombre positif ;
– multiplier ou diviser les deux membres par un même nombre **négatif** en **changeant le sens** de l'inégalité.

Fonctions

• Fonction linéaire

– Deux grandeurs x et y sont **proportionnelles** s'il existe un réel a tel que $y = ax$.
– Une fonction f définie par $f(x) = ax$ est une **fonction linéaire**.
– La représentation graphique d'une fonction linéaire est une droite passant par l'origine du repère.

• Fonction affine

– Une fonction f telle que $f(x) = ax + b$ est une fonction **affine**.
– La représentation graphique d'une fonction affine est une droite sécante à l'axe des ordonnées, d'équation $y = ax + b$.
– a est le **coefficient directeur** et b est l'**ordonnée à l'origine**.

• Coefficient a d'une fonction affine

Soit f une fonction affine, x_1 et x_2 deux réels.

Le coefficient a de f est donné par : $a = \dfrac{f(x_2) - f(x_1)}{x_2 - x_1}$.

Probabilités

• Chacun des résultats possibles lors d'une expérience aléatoire est un **événement**.

• **La probabilité** d'un événement A représente les chances que l'événement se réalise lors d'une expérience aléatoire.
Cette probabilité se note $p(A)$: c'est un nombre compris entre 0 et 1.

• L'événement **contraire** d'un événement A est l'événement *non* A. On a $p(non\ A) = 1 - p(A)$.

• Deux événements A et B qui ne peuvent pas se réaliser en même temps sont dits **incompatibles**.
On a alors :

$$p(A \text{ ou } B) = p(A) + p(B)$$

Statistiques

• Dans une série statistique, la **fréquence** d'une valeur est l'effectif de cette valeur divisé par l'effectif total.

• Dans une série statistique, on appelle **effectif cumulé croissant** d'une valeur la somme de l'effectif de cette valeur et des effectifs des valeurs plus petites.

• On appelle **fréquence cumulée croissante** d'une valeur le quotient de son effectif cumulé croissant par l'effectif total de la série.

• La **moyenne** d'une série de valeurs est le quotient de la somme des valeurs par l'effectif total.

• Une **moyenne pondérée** s'obtient en divisant la somme des produits de chaque valeur par son coefficient par la somme des coefficients.

note	10	3	5	8
coefficient	1	2	3	1

La moyenne est : $\dfrac{10\times1+3\times2+5\times3+8\times1}{1+2+3+1}$, soit 5,57.

• On appelle **médiane** d'une série de valeurs un nombre m tel que la série comporte autant de valeurs plus petites que ce nombre m que de valeurs plus grandes que ce nombre m.

• L'**étendue** d'une série de valeurs est la différence entre la plus grande valeur et la plus petite.

Variations en %

• Augmenter de a % une valeur, c'est la multiplier par $\left(1+\dfrac{a}{100}\right)$.

• Diminuer de a % une valeur, c'est la multiplier par $\left(1-\dfrac{a}{100}\right)$.

→ *Faire varier de a % une valeur, c'est lui appliquer une fonction linéaire.*

Géométrie

Homothétie

Soit O un point donné et **k un nombre strictement positif**.
On appelle **homothétie de centre O, de rapport k**, la transformation du plan qui, à tout point M autre que O, associe comme image le point M' tel que :
– M' appartient à $[OM)$,
– $OM' = k \times OM$.
Ci-dessous, M' est l'image de M par l'homothétie de centre O et de rapport 3.

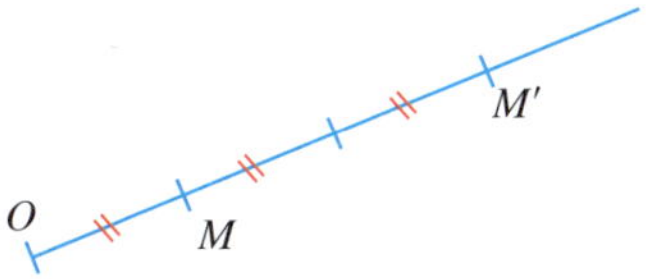

Théorème de Thalès

Si ABC est un triangle avec M un point sur (AB) et N un point sur (AC) tels que (MN) soit parallèle à (BC), alors on a :

$$\frac{AM}{AB} = \frac{AN}{AC} = \frac{MN}{BC} \quad \begin{matrix} \leftarrow \text{côtés du triangle } AMN \\ \leftarrow \text{côtés du triangle } ABC \end{matrix}$$

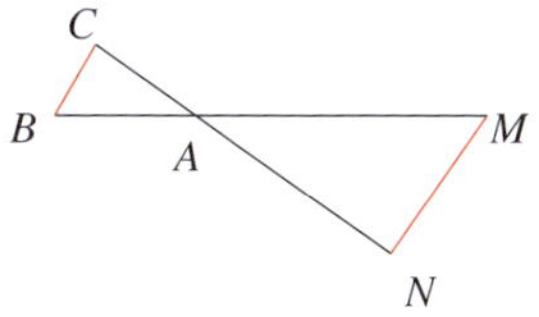

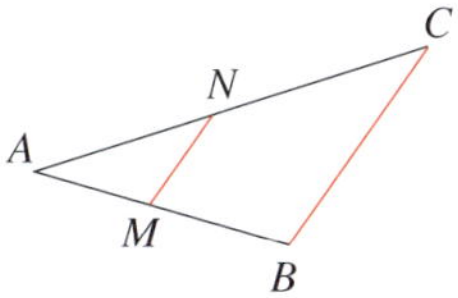

Réciproque du théorème de Thalès

Si ABC est un triangle, avec M un point sur (AB) et N un point sur (AC), tels que :

$$\frac{AM}{AB} = \frac{AN}{AC} \quad \begin{matrix} \leftarrow \text{côtés du triangle } AMN \\ \leftarrow \text{côtés du triangle } ABC \end{matrix}$$

et que A, M et B soient dans le même ordre relatif que A, N et C, alors (MN) est **parallèle** à (BC).

Agrandissement - réduction

• En multipliant toutes les longueurs d'un objet par un réel k, on réalise un **agrandissement** si $k > 1$ ou une **réduction** si $0 < k < 1$.
• Dans un agrandissement ou une réduction de rapport k, les aires sont multipliées par k^2 et les volumes par k^3.
• En sectionnant une pyramide ou un cône par un plan parallèle à sa base, on obtient deux solides dont l'un est une réduction du solide initial.

Théorème de Pythagore et réciproque

• Si un triangle est rectangle, alors le carré de la longueur de l'hypoténuse est égal à la somme des carrés des longueurs des deux autres côtés.
• Si, dans un triangle, le carré de la longueur d'un côté est égal à la somme des carrés des deux autres côtés, alors ce triangle est rectangle au sommet opposé au plus grand côté.

Trigonométrie

Formules dans un triangle rectangle

Dans un triangle *ABC* rectangle en *A*, on a :

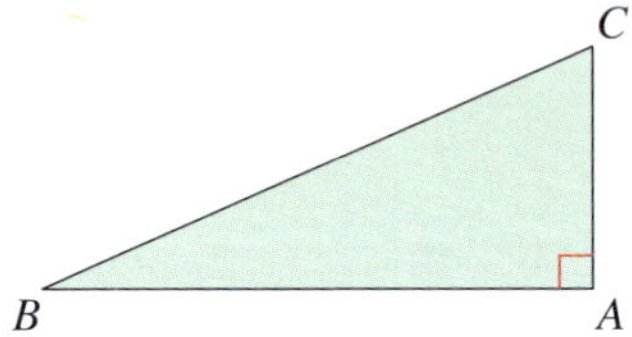

$$\cos(\widehat{ABC}) = \frac{\text{côté adjacent à } \widehat{B}}{\text{hypoténuse}} = \frac{AB}{BC}$$

$$\sin(\widehat{ABC}) = \frac{\text{côté opposé à } \widehat{B}}{\text{hypoténuse}} = \frac{AC}{BC}$$

$$\tan(\widehat{ABC}) = \frac{\text{côté opposé à } \widehat{B}}{\text{côté adjacent à } \widehat{B}} = \frac{AC}{AB}$$

Surfaces usuelles planes

• **Périmètre d'un polygone :** c'est la somme des longueurs de tous les côtés.

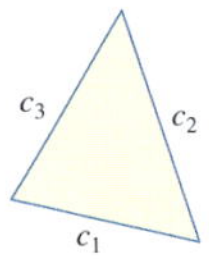

triangle
$p = c_1 + c_2 + c_3$

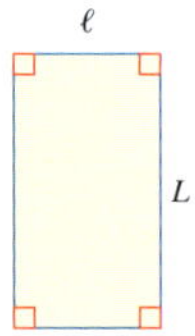

rectangle
$p = (L + \ell) \times 2$

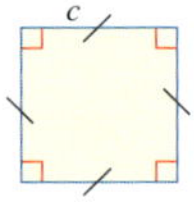

carré
$p = c \times 4$

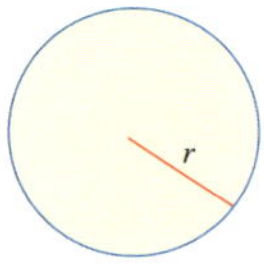

cercle-disque $p = 2\pi r$
avec $\pi = 3{,}141526535\ldots$

• **Aire :**

$\mathcal{A} = \dfrac{\text{base} \times \text{hauteur}}{2}$ | $\mathcal{A} = L \times \ell$ | $\mathcal{A} = c^2$ | $\mathcal{A} = \pi r^2$

Solides usuels

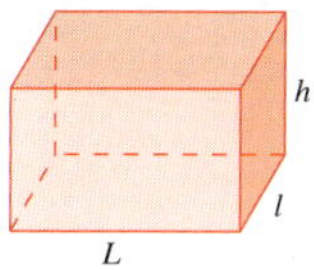

Parallélépipède rectangle
$V = L \times \ell \times h$

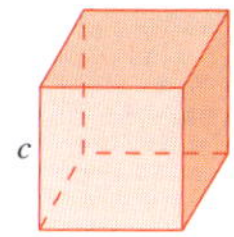

Cube
$V = c^3$

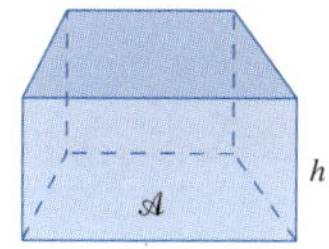

Prisme droit
$V = \mathscr{A} \times \mathrm{h}$

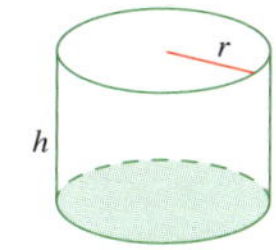

Cylindre droit
$V = \pi r^2 h$

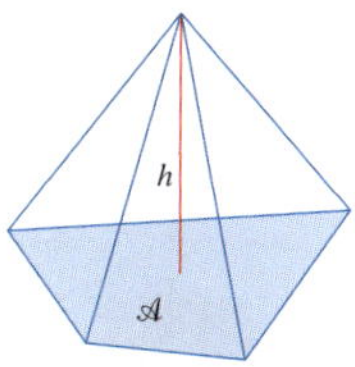

Pyramide
$V = \dfrac{\mathscr{A} \times h}{3}$

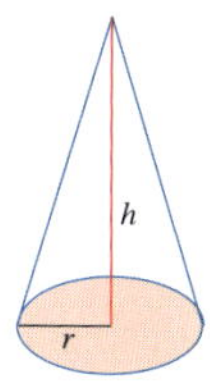

Cône
$V = \dfrac{\pi \times r^2 \times h}{3}$

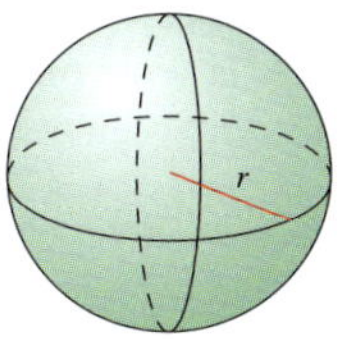

Boule-Sphère
$\mathscr{A} = 4\pi r^2 \quad V = \dfrac{4\pi r^3}{3}$

Formulaire de SVT

La planète Terre, l'environnement et l'action humaine

• Les particularités de notre planète

La Terre est la seule **planète tellurique** de notre système solaire à abriter la vie. Cela est permis par sa distance au Soleil et la présence de son atmosphère.

• La structure interne de la Terre

La lithosphère rigide est en mouvement sur l'asthénosphère moins rigide : c'est la **tectonique des plaques**.

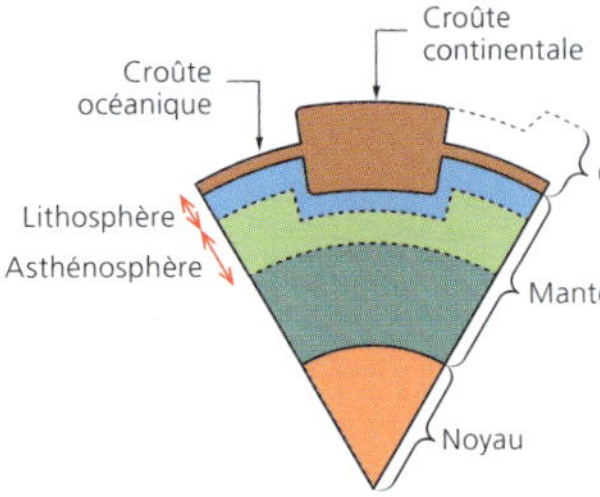

• Les deux types de volcanisme

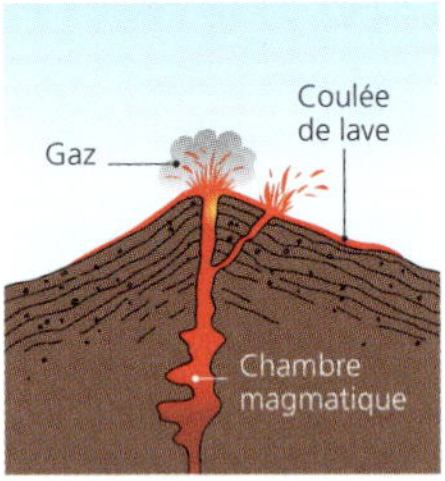

Volcanisme effusif

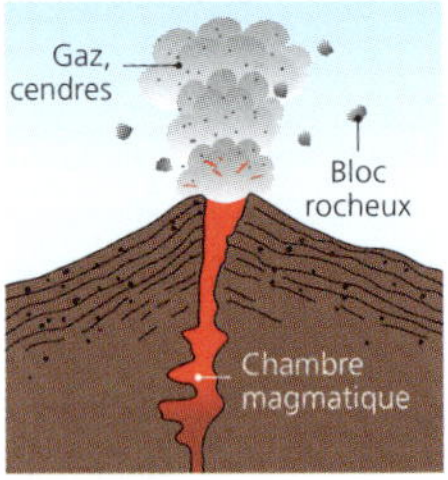

Volcanisme explosif

Ils ne sont pas localisés au hasard sur notre planète et délimitent, avec les zones sismiques, les plaques lithosphériques.

• Météo et climat

Météo : temps qu'il fait en ce moment ou dans les jours qui viennent.
Climat : Valeurs moyennes du temps sur des semaines et des années.

Le vivant et son évolution

• Les besoins des cellules animales

Une cellule animale produit sa matière organique à partir de matière organique et de matière minérale qu'elle prélève dans son milieu de vie.

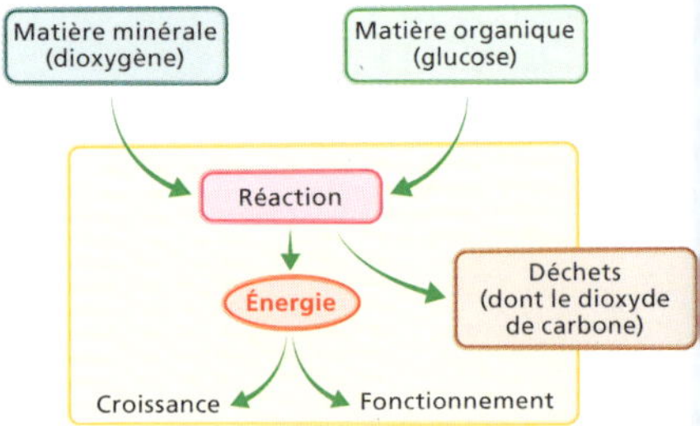

• Les enzymes digestives

Certains organes du système digestif libèrent des enzymes digestives assurant la transformation des molécules alimentaires (lipides, glucides, protides) en **nutriments** (ex. : le glucose).

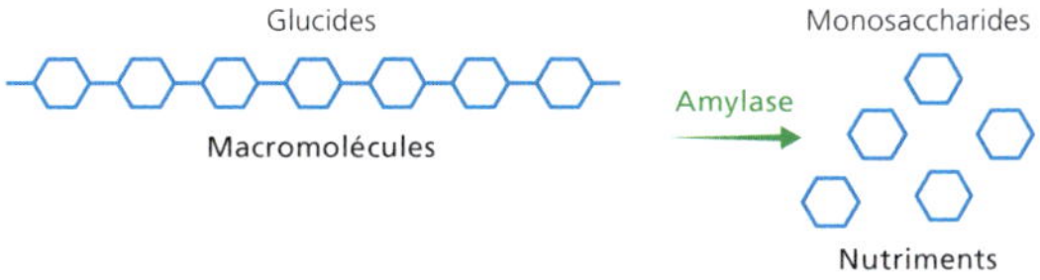

• Absorption et rejet du dioxygène

L'absorption de dioxygène et le rejet de dioxyde de carbone par l'organisme se font au niveau de surfaces d'échange.

Respirer dans l'air avec des poumons :

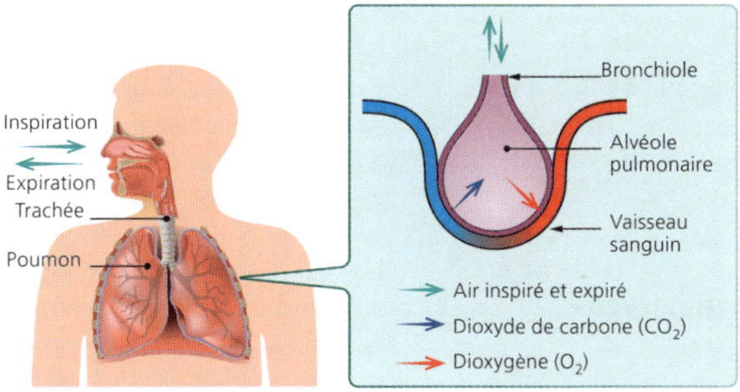

Respirer dans l'air avec des trachées :

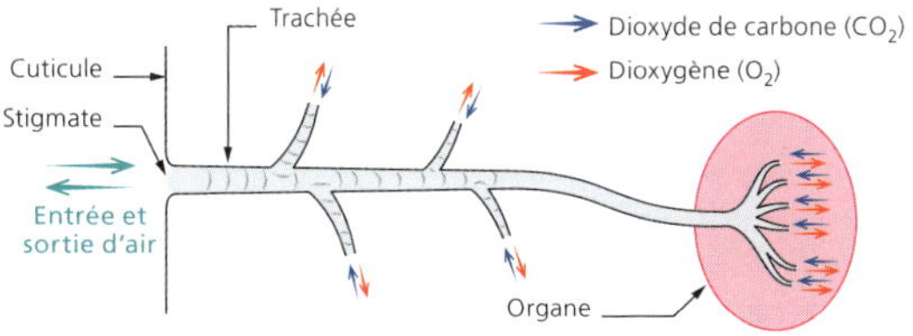

Respirer dans l'eau avec des branchies :

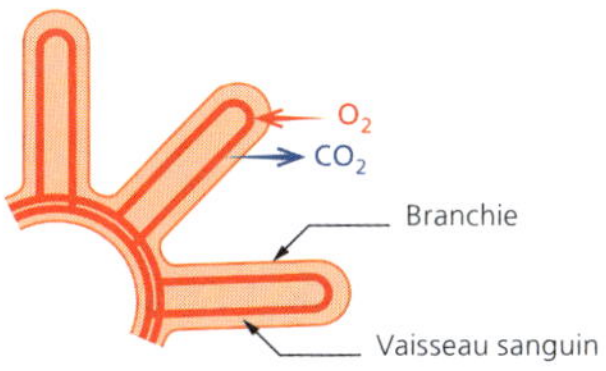

• La fécondation

C'est la rencontre entre **un gamète mâle et un gamète femelle**, qui aboutit à la formation d'une **cellule-œuf**. Elle peut être interne ou externe.

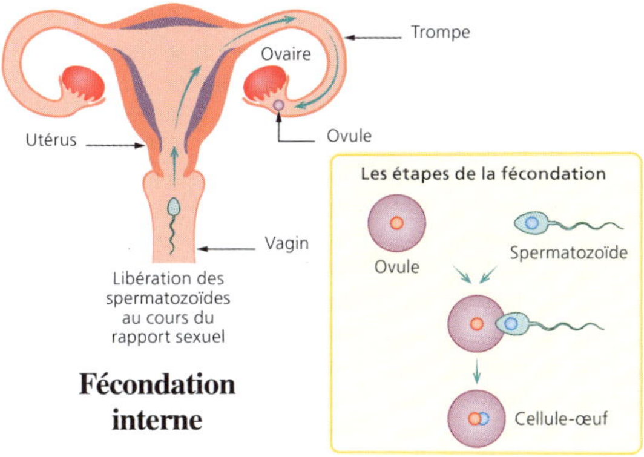

Fécondation interne

Le corps humain et la santé

• Chromosomes, gènes et allèles

Un **caryotype** représente l'ensemble des **chromosomes** d'une cellule d'un individu. Chaque chromosome porte de nombreux **gènes** qui eux-mêmes, peuvent présenter plusieurs **allèles**.

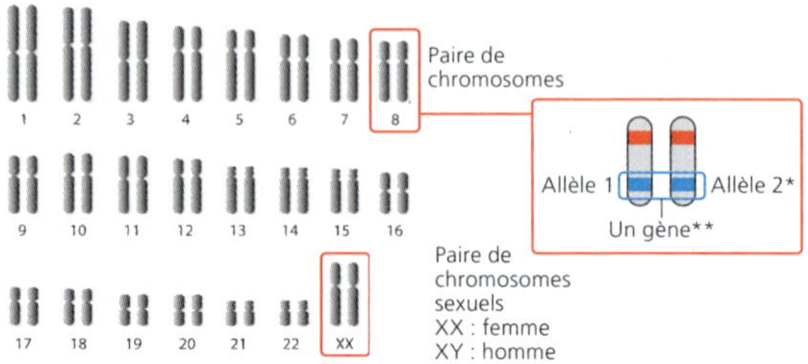

** Version d'un gène*
*** Portion de chromosome contenant une information concernant un caractère héréditaire*

• Le trajet du message nerveux

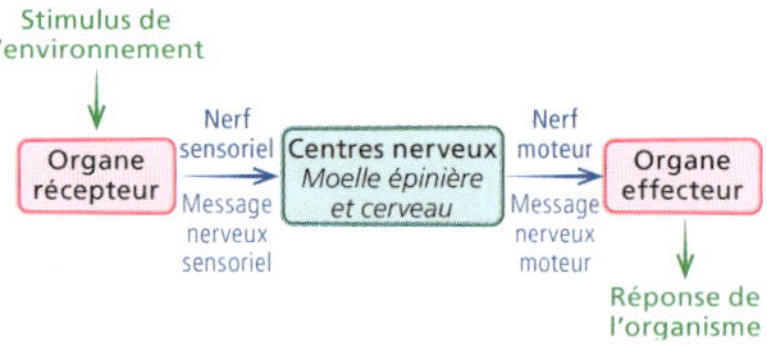

• Le cœur et la circulation sanguine

Le cœur, en propulsant le sang dans les différents vaisseaux sanguins, assure l'apport en O_2 et en nutriments aux organes en fonctionnement.

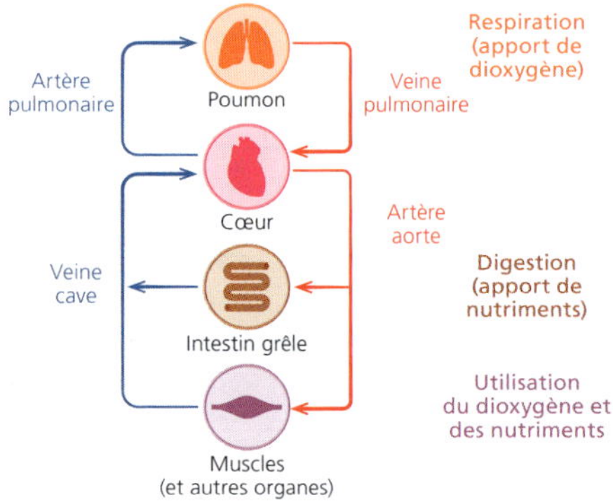

Achevé d'imprimer en Février 2023 en République Tchèque par Finidr
Dépôt légal : août 2022 - Édition 02
28/0631/7